诺贝尔文学奖得主
帕特里克·怀特作品

The
Eye
of
the
Storm

Patrick White

风暴眼

［澳］帕特里克·怀特 著

朱炯强 等 译

浙江文艺出版社
Zhejiang Literature & Art Publishing House

主要人物表

伊丽莎白·亨特——年迈的富孀。原名：伊丽莎白·索尔克尔德;昵称：贝蒂。

艾尔弗雷德·亨特——亨特太太的丈夫。昵称：比尔。

多萝茜·亨特——亨特太太的女儿。

休伯特·拉萨贝娜——多萝茜的丈夫。

埃蒂娜夫人——休伯特的母亲。

玛德莱娜——休伯特的前妻。

巴兹尔·亨特爵士——亨特太太的儿子。

西拉·斯特奇斯——巴兹尔的第一个妻子。

伊尼德·索布里奇——巴兹尔的第二个妻子。

伊莫金——巴兹尔的女儿。

玛丽·德桑蒂——亨特太太的护士。

恩里科·德桑蒂——德桑蒂护士的父亲。

弗洛拉·曼胡德——亨特太太的护士。

科林·帕多——曼胡德的男友。昵称：科尔。

斯诺·滕克斯——曼胡德的表姐。

杰西·巴杰莉——亨特太太的护士。

戈登——巴杰莉的丈夫。

洛蒂·李普曼——亨特太太的管家。

库什太太——亨特太太的清洁工。

阿诺德·威勃德——亨特太太的律师。

拉尔·彭尼丘克伊克——律师的妻子。

海加思——律师的女秘书。

阿索尔·施里夫——政客。

格拉迪斯·雷德福——亨特太太的女友。

凯蒂·纽特利——亨特太太少女时代的女友。

莉莲·纽特利——凯蒂·纽特利的姐姐。

杰克·沃明——邀请亨特太太上海岛的人。

海伦·沃明——杰克·沃明的妻子。

爱德华·皮尔——亨特太太在海岛上碰见的生态学家。

奇斯曼太太——多萝茜少女时代的朋友。原名：切丽·布利文特。

罗里·马克罗里——"库杰里"的新房主。

安妮·马克罗里——罗里·马克罗里的妻子。

目 录

第一章 / 001
第二章 / 077
第三章 / 126
第四章 / 182
第五章 / 197
第六章 / 220
第七章 / 286
第八章 / 375
第九章 / 467
第十章 / 495
第十一章 / 564
第十二章 / 593

1973年诺贝尔文学奖授奖辞 / 656
一把解剖灵魂的手术刀 / 660
——《风暴眼》译后记

第一章

那老太婆的头只是烦躁不安地在枕头上转动了一下,很可能还轻轻地呻吟了一声。

"怎么啦?"护士一边问一边从暗处向她走来,"不舒服,亨特太太?"

"难受死了,躺在软木疙瘩上,浑身都疼。"

护士抻平毛毯和防水垫布,又理了理床单。她的态度既非完全是职业性的超然,也不包含人世间的恻隐之心。她也许只是在照章办事。现在已没有必要开灯:熹微的晨光已经透过敞开的窗户照过来,黑乎乎的家具丛中已经泛出了乳白的月长石的光晕。

"哎,老天永远不会亮了吗?"亨特太太费劲地从热乎乎的枕头上抬起头来。

"亮了,"护士说,"难道你——难道你不能觉察到吗?"当她在自己负责护理的这位几乎像蛹一般的病人周围忙碌时,她的头巾渐渐地变透明了,而从细布帽下露出来的鬓发,却仿佛从来没有这般乌黑过。

"能,我能觉察,是早晨了。"老人叹了口气。然后,她张开嘴唇露出苍白的齿龈,像大孩子似的绽出笑容。"你是哪位啊?"她问。

"德桑蒂。你一定认识,我是值夜班的。"

"认识,当然认识。"

德桑蒂护士把枕头都抽出来了,把它们抖松,只留下一个给亨特太太。尽管她还有枕头支撑,身形却显得十分扁平。

"我真希望今天是我状态比较好的日子,"她说,"真希望说起话来聪明颖悟,而且模样——也能够见得人。"

"你想的都能做到的,"德桑蒂护士换上枕头,"我从没见过你有对付不了的场面。"

"我意志有时很顽强。"

"有什么事吉德利大夫会来的。我昨晚给他打了电话。我们得记得通知巴杰莉护士。"

"意志并不取决于医生。"

德桑蒂护士未必不赞同她的意见,只是不愿听这种话。"现在舒服了吗,亨特太太?"

亨特太太衰老的头颅枕在舒适的枕头堆上,仿佛敷过防腐香料;她腭骨以下的身体被笔直的被单罩在床上。"我已经好多年没舒服过了,"她说,"你为什么一定要走?为什么非要巴杰莉来不可?"

"因为她接早班。"

楼下花园中什么地方响起一阵鸽子的扑腾声。

"我讨厌巴杰莉。"

"要知道你其实并不讨厌她,她心肠很好。"

"她太多嘴——老是说不完她那个丈夫。她也太自以为是了。"

"她不过比较讲究实际罢了。白天不能不讲究实际。"这也正是德桑蒂护士喜欢值夜班的一个理由。

"我讨厌所有别的女人。"今天早晨,亨特太太执拗的脾气全使出来了。"我只喜欢你,德桑蒂护士。"她向护士投去一瞥柔和的目光,那目光有时似乎仍然闪烁着令人惊叹的宝石般湛蓝的光辉。

德桑蒂护士开始以其惯有的谨慎在房间里忙碌起来。

"至少,我今天上午可以看到你,"亨特太太说,"你不能躲开我。你看起来像一种——大——百合花。"

护士不由得把头巾拉低了一点。

"你在听我说吗?"

她当然在听:这是使她们两人都感到畅快的时刻。

"我还能看见窗子呢,"亨特太太漫不经心地说,"还有——白茫茫的——唔,对了,是镜子。都是好兆头!今天是我视力比较好的一天,我将看见他们!"

"是的,你将看见他们。"护士正在整理发刷。这些象牙发刷镶嵌着黄金和碧玉的同心结,对她具有一种特殊的魅力。

"人与人之间的爱,最糟糕的是,"床上的声音对护士说,"当你准备爱他们时,他们却不需要你的爱;而当他们需要时,你又不爱了。"

"你还要熬一个白天,"德桑蒂护士提醒亨特太太,"可别太激动了。"

"只要一有机会,我总会很激动的。我现在就控制不住了——谁都劝不住。"

她眼眶中又闪烁出蓝宝石的光彩,接着眼睑像鱼鳞般垂落下来,双目又黯然失色了。

"不过,你说得对,我需要气力。"她的声音变得像在哄孩子,"握一会儿我的手,亲爱的玛丽——好吗?德桑蒂?"

德桑蒂护士迟疑了好一阵,克服着她所受的训练教给她的那一套。然后,她拉过一张蒙着褪成灰绿色的椅罩的红木矮凳,并使自己那丰满的胸脯平静下来。这对丰满的乳房,长在她的身上,令人不胜诧异,因为要是没有它们,她将十分淡雅清丽。接着,她握住了亨特太太那只瘦骨嶙峋的手。

这样的握手,使她们巧妙地结合了。从透进窗户的光亮看,天即将破晓。她们沉浸在互相依赖的境界之中,而她们的肉体和心灵仅仅是进入其中的门户。当然,德桑蒂护士无法真正对她病人的心灵负责,那是个多么衰老、多么乖僻、中风后又多么脆弱的心灵啊;但她们确实有过像现在这样似乎心有灵犀一点通的特别时刻。如果她没有在她护士生涯中产生一种意念——不,岂止是一般的意念——一种千古永存的信仰,她也许会希望永远滞留在这种美好的境界之中。她容貌美丽,仪态威严,所以那些同事虽然在她身上发现了某种奇特的、无可非议的东西,却不敢说这种东西"具有宗教性质";她们即使讥笑她,也都在背后。然而,她选择夜班却出于轻蔑。在夜里,她可以在更加强烈的信念的天地间徘徊,不但可以践行她所从事的职业信条,还可以举行其秘密信仰的仪式。

那么为什么选择亨特太太呢?那些不太虔诚或较有理智的人们也许要问。对此,玛丽·德桑蒂无从解释。她只知道这是个年轻貌美时过于放荡的落魄者,在没有滥施残暴、凌辱别人(这种事只有处于垂暮之年的人才干得出来),因而为愤愤不平的怨恨所侵扰的时候,也是一个行将脱离它寄寓的躯壳的灵魂,一个已从人类感情中完全脱离出来的灵魂;解脱得那么彻底,它有时变得像河水一样浊而复清,变得和晨光一样澄澈透明。

这天清晨,亨特老太太睁开眼睛问护士:"那些洋娃娃呢?"

"我想在你原来扔下它们的地方。"因为双方都不满意这个愚蠢的回答,护士露出痛苦的表情。

"他们总是这么说!他们为什么不拿来?"亨特太太责问护士。

护士只能紧咬着嘴唇,亨特太太的手已经从她手中抽开了。

"你肯定知道那些洋娃娃的事,别说我没有告诉过你。"老妇人几乎有点愤愤然了,"我们过去住在——哦,一条——一条大河旁边。我父亲给了我一百个洋娃娃。嘿嘿——一百个!有的我不感兴趣,连看都不看一眼,有的却爱得入迷。"

突然,亨特太太洋娃娃似的把头一甩,转了过去,德桑蒂护士不由得屏住了呼吸。

"你知道这不是实话,"老娃娃怨恨地说,"凯蒂·纽特利才有洋娃娃,她被宠坏了。我只有两个——又破又烂。我喜欢它们的程度并不一样。"

德桑蒂护士对她被迫再次过于急剧地卷入这个错综复杂的世界而感到苦恼。

"我扯掉了一只洋娃娃的腿。"亨特太太承认,这时她令人羡慕地恢复了平静。

"后来他们装上了吗?"护士壮着胆子问道。

"我记不得了。"亨特太太呜咽似的回答,"而今天却必须把什么都记起来。人们竭力要揪住我——指责我爱——爱他们爱得不够。"

她神情可怕地凝视着逐渐增强的——如果不说是耀眼的——晨光。

"要尽可能显得漂亮。把我的镜子拿来,护士。"

德桑蒂护士取来镜子:与发刷一样,也是象牙制品,也镶着黄金和碧玉的同心结。护士握着镂刻着长长的指形凹槽的把柄,斜过镜子,让病人照着。她庆幸自己看不见镜中的影像,因为镜中的影像可能比真实的面容更加丑陋。

亨特太太喘息着:"得有人给我化妆。"

"巴杰莉护士会办的。"

"哼，巴杰莉！去她的，要是小曼胡德在这儿就好了——她知道该怎么办，我很喜欢她。"

"曼胡德护士要吃了中午饭才来。"

"为什么不能叫人给她打个电话？"

"她还在睡觉呢。睡醒了也许还得上街买东西。"

亨特太太很懊恼，头跌落在枕头上，泪水突然涌出半闭的眼眶。

德桑蒂护士听到自己的声音比她所感觉到的平静。"如果静心休息，那你的容颜也许就会显得比原来更漂亮些。这是他们都希望见到的。"

老妇人完全合上眼睛。"现在不行了。唉，我的睫毛脱落了——我的皮肤，我不用照镜子也能感觉到上面的斑点，甚至眼睑上也有。"

"你太夸大了，亨特太太。"一点小小的安慰。护士感到双脚酸痛，头脑和眼睛都还不适应白昼的光线：黑暗的退却使她头昏脑涨，活像一只飞蛾。

这时，她发现病人着魔似的盯着自己。"我想请你拿点什么喝的来，再拿点别的什么——"说着，她伸出一只极其苍老的手，"希望你原谅我，玛丽，好吗？"这时轻轻拍打着的不像是那副骨头，而像是羽毛的末梢。

德桑蒂护士这时的感受简直不是通过感官接受的，但还没有升华到她们有时共享的超脱肉体的程度。然而，这种感受有些令人烦恼。

为了保护自己，护士对一半要求置之不理，而对另一半则欣然同意。"行！你要什么呢？"

"不要有牛奶的。"亨特太太的嘴唇咂了一下，因为那两片嘴唇粘在一起很难分开。"要点清凉洁净的。"拒绝了半流质食物之后,她补充了一句。

德桑蒂护士只好变得温和些。她不由得看了一下,立即发现,除那羽毛梢之外,老太太的目光也在轻拂自己。那当年熊熊燃烧的蓝宝石的光彩,至少有一部分透过了苍老和疾病企图加以遮蔽的薄翳。"我想要一杯水。"亨特太太说。

德桑蒂护士被弄得困窘而迟钝。"水肯定清凉,"她保证,"从冰箱中取出的,但不能保证洁净,因为那是自来水公司供应的。"

当这位高级修女离开房间时,家具上和那几乎被毛巾掩盖的便盆上反射出来的强光照在她身上,驱散了她的职责所产生的幻象,驱散了她夜间的思绪,也驱散了她神秘的癖性所产生的臆想。她的臆想也许除了一位邪恶的老妇人之外,谁也无从猜测,因而谢天谢地,除了她谁也不能分享。至于白天的玛丽·德桑蒂,凭她宽阔的胸膛和结实的小腿,简直顶得上篮球队长。

亨特太太被独自一人留在屋里,这正是她所希望的。怀着对可怜、抑郁而忠实的德桑蒂护士的尊重,她眼睛半闭,躺着倾听她的房屋、她的思想和她的生活。四周钟声嘀嗒,当然还有低沉的节拍器的响声,那也许是她的心脏在搏动。在某些方面,人们所说的"半瞎"未尝不是有利之处。似乎她的眼光向来过于敏锐:一些愚钝的朋友曾经因此惊恐不安,丈夫和几个情人也曾为此而怨恨、嫌恶。更糟的是,她的子女——他们简直会谋杀她。她摸不到护士藏起来的手帕,只得不用手帕就哭泣起来了。我从来没见你哭过,伊丽莎白,除非你想要什么。艾尔弗雷德经常低着下颚,仿佛准备骑马冲向全副甲胄的敌人;而她则仰起下颚接受挑战。我可没想到要哭,但既然叫你看到了,那一定没错。她以脸的侧面为武器抵抗丈夫:

人们告诉她，说她的鼻梁极其优美，她自己也在镜子中端详过，只有艾尔弗雷德没有向她说过。是她的鼻梁不够娇美吗？她的朋友都叫他"比尔"。他大半辈子都把自己扮成那些吝啬的、拄着笨重的拐杖的男子中的一员；他们上门来谈论羊毛和肉食，步履迟缓，行动笨拙，活像领着母羊穿过一丛紫花苜蓿的公羊。一些自作多情的妇女，不了解"比尔"多么洁身自爱，也凑上去向他调情。

亨特太太不禁笑了。

你知道，贝蒂，只有你从来不叫我的昵称。"比尔"，不行，还没开口，她就觉得双颚像猎犬似的颤抖起来。我怎么能呢？"艾尔弗雷德"是给你取下的名字啊。我是说，那是你的名字——如同我叫"伊丽莎白"一样。她提高嗓门，嘴巴朝下一抿，亮出她为不时之需准备的笑窝；然而在这种场合，笑窝是不能使他臣服的。

虽然他没有指责她冷漠，但影射者却不乏其人：那些幻想延长学生时代的痴情迷梦，让人围着转的老处女啦，那些需要找个对象倾泻满腹冤屈的妻子啦，阿索尔·施里夫一类的男子啦（她仅仅因为想尝试一下纵情声色才与他接触过，那一身的毛就够她嫌恶的了），还有那个年轻的挪威人——不，他这样影射过吗？（他的话题可是鱼类？）——在沃明家的海岛上。

并非人人都是冷峻的海岛。他们挚爱"比尔"，也仰慕伊丽莎白·亨特。最冷峻、最不友好的海岛莫过于自己的儿女——虽然只要你懂得如何积攒足够的金钱，也能点燃他们火一般的热情。

她吮着枕套角，回忆着她的子女。他们叫什么名字？多——萝——茜？皮斯尔？巴兹——尔！当初热乎乎的名字，到最后都成了丑恶和虚伪。

亨特太太一边迷糊入睡，一边竭力想记起她已经发觉的某种别的东西：不是与毛茸茸的男子搂抱，不是受其他女人湿漉漉的亲吻的威胁,也不是子女们更迭交替的轻薄与指责。她渐渐坠入小小的梦乡,希望体味到一种她知道确乎存在,但除非上帝大发慈悲,否则无法进入的微妙的心境。

那位夜班护士穿过这名义上属于她雇主的丑陋而浮华的房屋。她必须记住这一点。现在,晨光已经穿透窗帘,走起来比较容易了。她必须记住她装在镜框中与父亲的证书并排悬挂的执照;记住自己已经做了三十二年的护理工作(过两个月她就要五十岁啦)。亨特太太家的楼梯口和过道中都挤满了家具,挤满了那些房间里塞不下去的衣柜、桌案、书橱。那一度色彩绚丽、富有弹性的地毯,现在有的地方已越磨越薄了。这点,屋子的主人看不到,而那些看见了的人又不加理会,因为地毯算得了什么?他们在等待主人作古呢。

在楼梯中间的驻脚台上,护士猛拉了一把窗帘,放进更多的阳光。刺目的阳光与壁龛中的一瓶缎花很不协调:当她缩回手时,那枯枝上的银白花瓣仿佛在咯咯发笑。库什太太负责打扫,可灰尘仍在阳光中悬浮飞舞,犹如一股没有香气的香烟:每周只有一个人来打扫两次,有点灰尘是不足为奇的。

什么念头在作践着德桑蒂护士,她不禁哆嗦起来。他们是这样解释的,她应该记住,不必让良心因为发现自我而愧怍。那是当亨特太太上一次发病恢复过来之后,她把潮湿的棉花球按上亨特太太多斑的眼睑时。或者说她应该记住,一个讨厌的病人应该少耗费你些心血——或许她某些同行是这样认为的。

护士扶着栏杆继续下楼,仿佛需要什么支持似的。夜间,她什么也不用扶,轻快地上上下下,直挺挺的裙子几乎不会擦到栏杆和栏杆上那些纠缠盘结、果实累累的铸铁枝条。夜间很少产生疑虑,因为挚爱和习惯已经把神圣的形式和内容赋予这幢最富有物质性的房屋,而作为一位新入门的教徒,她的思想犹如五花八门的祈祷,从中升腾而起,直上霄汉。

然而今天早晨,当德桑蒂护士深入这个拥挤不堪的井孔时,一阵淡淡的粪臭和一缕缕从老年膀胱里飘出来的秽气,却无缘无故地追逐着她;而那阳光本身、栏杆上的铁刺和透明的指甲,都在恶狠狠地戳着她。

她也许必须记住,没有一个病人是邪恶透顶或者不可理喻的。

那一定是十五年前的事了。当时威勃德先生警告她说:"我必须告诉你,德桑蒂小姐,你接受了一个我该说难以对付的病人。"

威勃德先生双手指尖对指尖,叠成一个锥形,显出十足的律师派头。她竭力估计他的年龄:春秋不高,却老态毕露(也许是生就一副老态);皮肤已经开始干枯,一双僵直的手上,青筋暴突;一只小指上戴着印章戒指,镶嵌在上面的宝石,颜色与青筋一样。

"不能说是反复无常、怪诞不经——但我得说是性情多变。"他语气慎重地强调。

他一边端详着眼前的护士,一边可能在考虑是否可以把自己的声誉押在她的身上,把一位比较重要的委托人的护理工作托付给她。不过这只是一瞬间的事。他对于从事专门职业的人士,向来彬彬有礼。

德桑蒂护士虽然外表上还像认识她的人所说的那么平静,但至少在思想上已经开始权衡面临的困难,琢摸律师所警告她的病人多变的性格了。此时此刻,仿佛有什么东西在刺痛着她。但那无言的嗫嚅,那缓缓荡开的俏丽的微笑却表明她并不那么信以为真。

一个漂亮的女人,呆滞然而可靠。她的工作鉴定是无懈可击的,还有一位上校留给她的一笔年金。

威勃德先生清了清嗓子说："亨特太太当年绰有风姿,啊,至今余韵尚存呢。她备受人们的仰慕,许多人依仗她——征求她的意见,聆听她的劝告。"威勃德先生笑了起来,放开双手,藏在桌子底下。"她还喜欢斗智哩!"

玛丽·德桑蒂微微一笑,表示赞同。她感到自己显得很蠢,但她必须掩饰自己的感情:兴奋和期待的感情。她每接受一个新病人,都希望再次验证自己的能力,但从来都不曾如此强烈地希望与这位容颜已消损的想象中的美人抗争。于是,她微笑着越过律师的肩膀,望着一卷卷纤尘不染、一律以鲜艳的粉红丝带扎好的文件;她同样被这些文件,被它们无名的神秘迷住了。

威勃德先生接着提起一件可能给他带来麻烦的事情。"我说过,亨特太太患——你还不能称之为精神崩溃——一种轻微的神经方面的毛病。她女儿最近回法国去了——她嫁给一个法国人后一直住在那里。"威勃德先生讲话从来不像此刻这样吞吞吐吐,"我简直不能把这位先生称作她的'丈夫'。你不妨说他是形式上离婚之后再婚的,但这种离婚,多萝茜·亨特的信仰不允许她承认。"

对于这些别人履历上的具体细节,律师和护士都同样采取适当的严肃态度。

威勃德先生最后宽慰地认为,德桑蒂护士虽然有些愚钝不灵,但这点在与伊丽莎白·亨特的相处上绝无不利,也不会削弱她的责任感。他瞥了一眼悬在她那顶不合时宜的帽子后面的头巾。那顶帽子,在他女儿们眼中,恐怕颇称得上"乖戾守旧"了。

"我什么时候上班呢,威勃德先生?"

与伊丽莎白·亨特结识以来的十五年中,玛丽·德桑蒂一直断断续续地被召进这幢房屋,有时是为了满足友谊的需要,有几次是为了让一点小病小痛变得煞有介事，最后则是在总摊牌中主持护理工作。这时，巴杰莉护士、曼胡德护士、李普曼太太和库什太太都不辱自尊地在这支队伍中接受了较低的地位。她们谁都不怀疑上司的能力，有的还从她的热心和虔诚中感觉出一种权威的力量。她的热心与虔诚使她能够更深进入那位老妇人的心窝；而那位老妇人，则是她们环绕的中心和或多或少为之献身的对象。

今天早晨，这位高级修女迟钝、笨拙地走下楼梯，在最后一级上打了个趔趄。在现在的情况下她的笨拙令她加倍恼火。她低头发现地毯压杆松脱开了，地毯也随之滑离原来的位置。在殊非寻常的今天，这个事故叫德桑蒂护士出了一身冷汗。她感到背上汗水涔涔，鼻子上的毛孔也一定张得很大了。黑夜把又累又脏、浑身黏糊糊的她扔出了它的怀抱。

她一路猛扯窗帘，拔闩开窗，在窗口深深地吸气：她周围的混浊空气浓厚得像天鹅绒。要不是她生性温和，那一定会大闹一通，因为此刻她气得不得了。如果当时有适当的机会，即使没有真正的理由，她也要把管家狠狠地训斥一顿；然而李普曼太太还在睡觉。这是李普曼太太的短处，也是她唯一的享受。（我的前半生，也就是自己还在当小姐而没当用人的时候，德桑蒂小姐，我都从外面回来了，女仆才刚刚起床呢。）

无论你愿不愿意，这幢房子也将再由你掌管一小段时间，除非那面烫金大镜子一口吞下它那模模糊糊的密友，连同叮叮当当的瓷器和乒乒乓乓的镶嵌细工一并装入腹中。

镜子已经糟透了，但更糟的还是画像。德桑蒂护士要到食品室去，不得不经过客厅。她无法判断那些画像是否有价值，仅仅猜测它们一定花了不少钱。此外，除了瞬息即逝的高雅风度和时髦虚伪，她还看到画像上的人儿流露出某种豪富者动人的哀怜气质。巴兹尔尽管睫毛弯弯、面容灵秀，却总逃不出是个招人厌憎的坏小子，而多萝茜则是一个面目丑陋、性情乖戾的女孩，既无矫饰的光彩，又无做作的体态。伊丽莎白·亨特手腕上和双肩上的宝石成串成串的，如瀑布一般，几乎可以把安分守己、天真无邪的人们淹没在羡慕的波涛之中。然而玛丽·德桑蒂对珠宝却无动于衷。她早就认为，只有那面庞是真实的，不受画师的影响，或者毋宁说它超脱了浅薄、虚伪和庸俗的油彩，反映出事物的真相，犹如某些不太珍贵的宝石，或者鲜花、音乐上的短句和光线的穿过一样。

正是画像上这两个孩子迫使护士联想起那个带着棕褐色的斑点、灰黄色的条纹和刀伤疤痕的干枯躯体：他们正是从这个躯体中跳出来并把自己的意志强加于生活的。今天早晨，亨特太太这两个孩子的画像使德桑蒂护士不寒而栗。（我喜爱所有的孩子。你不喜爱这两个小孩吗，护士？幸亏巴杰莉护士不指望任何回答。）

德桑蒂护士没有在餐厅中停下来拉开窗帘，她匆匆穿过悬挂着棕色天鹅绒窗帘的沉寂的餐厅，经过艾尔弗雷德·亨特（他的朋友叫他"比尔"）的画像。亨特先生的画像比他妻子的小得多，花费也一定少得多。尽管如此，光凭画像角上画师的签名，你便可知道这也非得大大地破费一笔不可。对富翁来说，亨特先生看起来缺乏自信：除了给画师开支票，他在其他方面都可能使画师大失所望。护士怀着对那些生前可能认识而不认识的死者的敬意，放慢脚步，缓缓地走着。她出于崇敬的心理，赋予亨特先生她记忆中的自己父亲的品格。

即使在发现自己不爱——或者说不可能深爱自己的丈夫之后，护士，我还是那么渴望能爱他。开始，亨特太太的这般表白使人非常尴尬：你不得不使自己相信不是在偷听别人说话。

德桑蒂护士推了一下食品室的毛绒门帘，房门像活人似的叹了口气;如果她愿意这么想象,那么它也真会像人似的具有感情的。

她把食品室的冰箱中一只小雕花玻璃壶灌了半壶水。这时,突然听到隔壁厨房中传来"砰"的一声。她走进厨房,发现管家正在穿围裙。管家挥动着手臂,脸给围裙蒙住了,身体可笑地扭动着:也许睡糊涂了还没有清醒。

"起床太早了吧?"夜班护士说。管家仍然蒙在围裙中。

"哎,我真够——慌张的①!"当她终于钻出围裙时,其模样更加可笑:表情麻木的面孔上一副僵硬的嘴唇仿佛刚从倾盆大雨中逃出来似的。"真够慌张的了!"她气喘吁吁地说,"都是客人的缘故。还有,威勃德先生要来吃早饭。"

"威勃德先生会去应酬客人的。"

"是的,可实在太早了,我好不容易才离开床铺。此外,"李普曼太太很高兴地记起了什么,"你今天比平常迟了些,是吗,护士?"

"少管闲事。"

管家立即恢复了那副紧绷绷的神情。她双手握拳,手指关节看上去比她面孔还衰老得早,因为几乎脸上所有有意识的表情中都还有一种虚假的青春。"呵,一天中就数现在最难度过。你为什么不能每天早晨都多待一会儿,等巴杰莉护士来了再走,德桑蒂小姐?她从来不会准时到的,绝对不会!我一个人守着她,万一她从床上滚下来可怎么办?或者再来次中风,那可怎么是好啊?"李普曼太太开始没完没了地发起牢骚来,似乎成了最不幸的人。这些话曾经把巴杰莉和曼胡德吓得瞠目结舌,但德桑蒂护士的异国气质却使她能够比较从容地应付。

但仅靠异国气质是不能经常帮助她安慰这位瘦小而不幸的犹

---

① 原文为德语。——若无特殊说明,本书脚注均为译者注

太女人的。"也许你所想象的事情一件也不会发生。"今天早晨她只能给她这句安慰,"顺便提醒一句,李普曼太太,我们千万不要提起中风什么的。无论如何,那只能算很轻微很轻微的一点:一只眼睛后面的什么地方破了一根血管。"

虽然遭到抢白,李普曼太太却似乎为护士关于医疗业务的计谋的暗示感到高兴:她摇头摆尾地在宽敞的厨房中跳了几步舞,然后突然站住,身体上的每一块肌肉都绷得不能再紧了。

"完全正确!我们的客人会带来生气。我几乎盼得发狂。确实也是艺术家哪!我已经把床铺好了,还照她的意思插上了鲜花。"

"其实你不必插花。"

"可她也许会坐在椅子上叫人推进去看看的。"

"她看不见。"

"亨特太太只要有心简直能看穿墙壁。"

"我告诉你,你为客人准备的鲜花可是白白糟蹋啦,他们不会住下——不会住这幢房子。"

"可我都把床铺好了!那是她的吩咐。"

"他们不会住下的。"

"那得有人告诉她一声。"

"威勃德先生会告诉她的。在这类事情上,他有丰富的经验。"当意识到自己忽略了自己的职责时,德桑蒂护士向手中的小水壶皱了皱眉头。

李普曼太太的双眉拧成一道,活像条闪亮的毛虫,颤颤抖抖的。"我永远搞不懂,为什么盎格鲁-撒克逊人不要家庭的温暖。"

"他们担心被吞噬,家庭是会吃人的。"

"总会被吃掉的:即使不被家庭吞掉,最终也得去喂火葬炉。"李普曼太太痛苦地抱怨。

德桑蒂护士爬上楼梯,一路上小心翼翼地不让托盘上的杯子和水壶叮当作响。手中端着的托盘与屋子中的其他银器一样,沉甸甸地累得她手臂发酸。

她走到床边,看见病人已经睡着了:开启的双唇接连不断地吸到齿龈上:白垩似的双手像对鸟爪,钩着被单,随着均匀的呼吸在一起一伏。

德桑蒂护士熟练地把托盘放在床头桌上,没有发出一点玻璃器皿和银器的撞击声。

"我没有睡着,护士。"亨特太太的声音这样告诉护士,"我——病情的最坏征兆是几乎从来没有睡着过。"

德桑蒂护士倒了一杯水,当她扶起病人的肩膀时,病人的头颈也活动了。她翘起嘴唇,喝水的模样很不雅观。她的嘴唇令人联想起某种低级动物,也许是海洋中的水生动物吧,在水中吸进比水更多的东西。因为人性原本就是不可能从伊丽莎白·亨特身上得到的,所以人们也不必因此感到遗憾。

德桑蒂护士尽完自己的职责时,镶嵌在花梨木床上的银太阳已经与天上的金太阳争相辉映了。她逃进巴杰莉称作"护士隐退室"的房间,去躲避一会儿。这间房子实际上是间藏衣室,收藏着亨特太太一生中购置的大部分衣服。玛丽·德桑蒂坐在镜子前,松开头发。她在竭力回忆什么呢?她一直都在盼望什么呢?她的脸蛋半匿在乌黑的秀发之中,不时地映照在镜中。

无论睡着也罢,醒着也罢——其实亨特太太的生活已经变成漫长的睡不着的睡眠了——她又重新滑进刚刚离开的梦境。她发现自己可以轻而易举地继续做清醒的迷梦——这些梦组成了她的生活,有时,甚至可以操纵那些她不承认是睡眠中出现的深沉可怕的噩梦。

　　现在,她那忠于职守但未免性情过于抑郁的护士给她送来的凉水帮助她回到了另一种比较肤浅的经历或者说梦境之中。她们俩——她和凯蒂·纽特利——每人抱着一大捧洋娃娃,在大河边走着。不,不是大河,是一条很浅的经常干涸的小溪,它弯弯曲曲地流过索尔克尔德家,流过纽特利家,流过亨特家,流过每个人的房屋门前,宛如一条在柳荫下、卵石上摆动的棕色丝带。水大时,这条河流波翻浪涌,喧逐欢腾,虽说回水流动不大,却也常有翻动的泡沫,偶尔还有一只漂浮在水面上的泡涨了的绵羊。总是要伊丽莎白去戳泡涨的绵羊,凯蒂是决不动手的。伊丽莎白·索尔克尔德和凯蒂·纽特利走到河流的一个转弯处站住了,那里河水比较深,打着漩涡。伊丽莎白开始向漩涡中扔洋娃娃。它们有的在水面上漂着,有的四肢浸湿了,沉下水底。凯蒂哭了起来。伊丽莎白一开始就发现她是个既认真又单纯的女孩。你有那么多洋娃娃,哭什么啊?看,它们被扔进水里的情景不是很有趣吗?凯蒂有哭鼻子的习惯:我不是哭洋娃娃,是哭我姐姐的遭遇,你知道她的遭遇吗?伊丽莎白哼了一声,以便掩饰她的羞愧。索尔克尔德夫妇说话低声细气的,比当地大多数孩子的父母亲都轻,所以她至今还不知道凯蒂的姐姐莉莲发生了什么事情。凯蒂准备解释,莉莲跟一个俄国人什么的逃走了。啊,你知道这件事!她现在被杀死了。他们怎么知道的?你认识的人是不会被杀死的啊。但凯蒂似乎突然长大成人了:她比过去更严肃了。他们在某条大河的堤岸上发现了莉莲的尸体——在中国或者西伯利亚。这样说来,别处也有这么大的大河啰!当时她头颈上的血快要流干了。凯蒂说不下去,她又哭了。但伊丽莎白·索尔克尔德不可能因为凯蒂的姐姐莉莲没命地飞奔到那条亚洲大河的堤岸上去寻死而掉眼泪。相比之下,她们自己肤浅的生活和一潭死水般的日子倒变得难以忍受了。伊丽莎白·索尔克尔德几乎要为看不到莉莲策马飞驰的飒爽英姿和听不到莉莲驰骋时的嘚嘚蹄声而掴她朋友的耳光。然而,她只是用一根柳枝狠狠地抽打着河水。

"我那时真是个可怕的小女孩!"亨特太太喃喃自语道,"其实大多数孩子都是可怕的,尽管从理论上说并非如此。"

她知道,无论她的生活变得多么死气沉沉,她都不会去寻死。她只希望能够再次享受时常允许她进入的那种纯洁、真实的极乐世界。如何进入呢?她不知道,也许有赖于德桑蒂护士;她需要玛丽握着她的手。

她睁开眼睛,开始摸索手铃,想责备护士居然抛开她不管了。门口站着一个比护士更高瘦的身形,模模糊糊,她无法猜测是谁,只觉得能够嗅出那是个男人。

"是你吗,亲爱的?"她喊道,"我等了好久了啊。"

对方冷淡的沉默使她明白自己泄露了秘密。

然后一个声音说:"是我——我是威勃德。"他刚才迟疑了一会儿,不知该怎么回答。他的外孙,有时甚至女儿都拿他一本正经的语法和措辞当笑话。

"啊,是你!很高兴见到你,阿诺德。我知道你要来的,当然,我很高兴!"她的声音比一般人对律师说话时的声音更有感情,因为阿诺德·威勃德不光是她的律师;但尽管如此,经历了这一切之后,他可是帮不上什么忙的了。

基米斯要带他的小伙计阿诺德·威勃德送文件来,这样我们就可以保证不让别人抢走你看中的宅基了。说起来,那还是伊丽莎白和艾尔弗雷德·亨特("比尔")彼此打量并最后做出许诺的那年的事儿。艾尔弗雷德凝望她的时间比她凝望他的时间长,因为他比她诚实。她当时就承认这一点:她不是不诚实,而是缺乏他那种纯洁的心地。问题在于,艾尔弗雷德,你必须允许我把我们应该给孩子的东西交给他们;这里谈不上什么生活,还有,他们的教育怎么办?一提起教育,艾尔弗雷德总是立即付诸行动。于是他们就准备买下悉尼市森蒂尼尔公园中的宅基地,而那个小伙计就要送契约来签字了。伊丽莎白·亨特发现阿诺德·威勃德是个讨人喜欢而无论如何不会加害于人的年轻人。在他离开后的那个晚上,他们在走廊上来回徜徉。艾尔弗雷德盯着她前胸露出的地方:她穿着一条朴素而非常漂亮的白花边连衣裙,在山风的吹拂下,十分凉爽。她知道今夜只得答应他了:从他的呼吸中听得出他在期望;他那么体贴,而"库杰里"的夜又那么漫长。

现在,年老的阿诺德·威勃德走到她的床前——唔,不老,不如她老,任何人都不如她老,只能说是年纪大了点,但他样子老了,声音也干涩了。他握住她的手,她的手碰上他那薄薄的、柔软的细胞组织。要是还能再被情欲撩拨,她也许会把那只手抚弄一番的。

"诸事顺利吗?"律师大声地问,声音微微有点颤抖。

"为什么不顺利呢?"

一句男人常有的问话,但阿诺德问时的腔调却活像老太婆。

也许拉尔倒成了丈夫;不过他们毕竟生了两个女儿。

"拉尔好吗?"

"很遗憾,在受风湿痛的折磨。"

"倒不知道她患风湿病。"

"好几年了,只是时好时坏罢了。"

"那就该感恩戴德了,'时好时坏'算什么,我一直吃关节炎的苦,无休无止的,好几年了。"

"是吗?"

记住,让他捎件礼物给拉尔:这个最平常的女人,一脸雀斑。

(亨特太太用手摸摸面孔。)拉尔甚至在当姑娘时就有眼袋了。

律师清了清嗓子。"我得告诉你一个令人失望的消息,不过只是一个小小的失望。"

"别——告诉我。"

她睁着眼睛,阿诺德·威勃德决心避开它们。

"巴兹尔在曼谷耽搁了,他要今天晚上才到。"

"什么——什么?曼谷!"亨特太太的嘴巴从痛苦转向辱骂,"巴兹尔比谁都清楚地知道怎么——叫人失望,"她喘着粗气,"我不知道他这个演员是否已使我失望了。"

"他有一大批崇拜者。你记得,那次拉尔带马乔里和希瑟到伦敦去时见到过他。我想是在《麦克白》一剧中。马乔里在什么地方读到,说只有最杰出的演员才能演好麦克白这个角色,说别人都没有那种声音。似乎是个很重要的角色哩。"

若不是当时她感到有如被泼了瓢冷水似的心灰意冷,那么阿诺德的这段介绍,无论多么枯燥乏味,她也会引以为荣的。当时,她心里懊恼极了,巴不得阿诺德·威勃德快走。

他有所察觉,但还没完全领会她的意思,这会儿他早已走到一扇俯视公园的窗前。夏季的公园中,草皮焦黄,湖水退落,只有一根根圆柱依然高高耸立,在美人蕉和爱之花的簇拥之上,继续炫耀着欧洲的雕塑艺术。

为什么在与亨特太太的相互关系中,他的自卑感至今未除呢?他固然不喜欢自卑,但不能不仰慕这位先为委托人的妻子而后为其寡妇的女人;当然,还有拉尔来愈合他自尊心上的创伤:亨特太太是个很出色的女人,即使她不让我们忘却她的缺点,我们也要原谅她。

他转过身来,也许想为巴兹尔在途中耽搁而进一步安慰她:根据最后一次同机场联系的结果,多萝茜将按时到达。但她还是躺着,嘴唇微启,发出轻轻的鼾声,吸吮着空气和生命。

唉!她站立在躯壳的外面——她记得自己使用过许多躯壳——深深地悲叹了一声。她凝视着熟睡的丈夫。他当然没有死,只是不知道当她不在监督、责备家庭女教师和数落女仆时,她在忙着做水果罐头和腌洋葱之类的活儿——如果厨师许可——的同时,她在这间屋里在他身旁还过着别的生活。他喜欢与她一起骑马穿过围场。然而,甚至当他们并肩骑马外出,当他绑着裹腿的结实小腿紧紧地挨着她,以致马镫与马镫相碰之时,他也不知道她从来就不是他所想象的女人。她经常戴一顶破旧的、带子上沾着斑点的丝绒帽,从而更使他看不清她的内心世界。当牛群摩擦着从身边经过,当母羊在被挤奶、奔跑,或当公羊一边喘气一边慢吞吞地移动的时候,她曾经一手抓着羊角,一手理着他宽阔的肩膀上的饰带,和他站在一起照相。那些公羊比任何东西都更严重地加速了他们那本该天长地久的婚姻的破裂。

唉,亲爱的!她一声声地悲叹;她今后要爱他了。从他还是个叫亨特的孩子,长到被人称为"比尔",艾尔弗雷德,一直到成为和顺的丈夫,成为闷热的夜晚里蚊帐中的主宰,她对他都了解得一清二楚。按理说,他们应该没有什么不可以共有的思想感情了吧,然而他们的肉体却阻碍了思想感情的交流,或者说看起来是这样吧。他抚摸着她,搓揉着她,直至探入她的体内去寻查她那些对他保守着的秘密。

上门求教的羊毛商人和畜牧专家对他毕恭毕敬、诚惶诚恐;而在她眼里,形容枯槁、大汗淋漓地趴着的他却十分渺小:他肩膀周围的肌肉十分肥厚,疲惫的双肺仍然击打着她几乎被夷为齑粉的乳房。动作最熟练时,他的脚趾经常夹住她颀长而清凉的双腿两侧的床单，仿佛找到了一个给她留下最深印象的杠杆支点。她记得，有一次她觉得顺着她的脖子往下流的不是他的汗水，而是他的眼泪，最后他咳嗽起来，从她身上移开：他们的皮肤发出拉开胶布时发出的那种声音。她很想问问，最后终于问了他心中有什么不快。他的"运气"，在一切事情上，都超过了他应得到的；这个回答虽然含糊不清，但确乎如此。

无论如何，她给他生了他们的孩子。她必须记住这一点，必须再现他们的面目：在黑暗的屏幕上，跳动着多萝茜的小小面具，既不十分透明又非完全黯然，颇像那些枯枝上的花瓣；屏幕上也跳动着巴兹尔，一个喜欢为陌生人和拉尔·威勃德一类易受欺骗的笨蛋表演的大演员。他们的孩子除了偶然的血缘关系，简直不像是艾尔弗雷德的后代。

所以她必须有所弥补。对于她的身体，他付出了巨大的代价。对此，她并不悭吝。他来不及抢救她父亲的生命，那绝不是他的过错。在开初的那些岁月中，人生悲剧和被唤醒的肉欲的适应能力使他们亲密无间。这是他们的一致看法。除此之外，她不知道自己还能提供些什么。随后，她就开始故意回避他，希望独自深入了解那个或许自己就是其微不足道的组成部分的神秘世界。不陪他骑马到围场去的借口很容易找，家务琐事啊，小孩病痛啊，没完没了的简单而有说服力的理由信手可拈。她继续禁锢自己，不是禁锢在可见的山峦和灌木的景色之中，而是禁锢在内心的景色之中。"我又轻浮又浅薄，"她无可奈何地脱口而出，"没有任何证据能说明我会有什么结果，更不必提孩子了。"四周的群山在春晖下闪烁着宝石般的光辉，而在夏季的炎炎烈日下熔化为一堆堆翠绿的金属：但在她眼里，无论春夏都是死气沉沉的。她对自己的心境越来越感到惊骇了。

她的心境,他究竟猜测到——更不必提理解——几分,她固然无从判断,但他不可能是那种轻易不受伤害的坚毅男子。他是痛心的;她不是有一次觉察到他在流泪吗?除此之外,他却谨慎地掩藏起自己的感情,这无疑使她的行为愈加乖戾:不完全是自私。无疑,有人看出了这一点,但没有人胆敢公开抨击,仅仅因为,尽管她挑逗他们那么做,但他们怕她。女仆们默默地谴责她:这是她们的眼神流露出来的想法。在偷听电话,或伤风感冒的时候,女仆们较为坦率。朋友们可能会被社会习俗,被女仆逼得困窘不堪。无论如何,你的那些女朋友,只要不是过于愚蠢,都不会把你作为她们未来的契友。而男朋友,则不是过于愚钝,视而不见,就是优雅清高,不屑置评:例如阿诺德·威勃德,他就比大多数人了解内情。阿诺德与其妻子相比,前者清高优雅,后者忠厚老实。你几乎见不到拉尔,但偶尔见到时,那平淡的答话以及某种程度的紧张也是蕴含着精明见识的。

自然,拉尔·威勃德一定把人们,不管是谁,企图摆脱束缚、重获当初属于自己,最后也将属于自己的理智而作的挣扎视为一种自私。这种挣扎经历了相当长的岁月,其间,你一方面疯狂地追逐爱情、金钱、地位和财产,一方面不断隐约地感觉到,有时甚至清晰地意识到一种恬静,一种剔除了——即使十分痛苦地——人类弊病的自我的恬静。

亨特太太一声叹息,站在窗口的律师转身看了看。她在被单下保持了那么久的冰冷傲慢的态度终于消融了。

"这是一件拉尔·威勃德根本不可能理解的事情,她太正经了。"她不无悲叹地说。

律师正在想着妻子,委托人莫名其妙的插话未免使他结结巴巴。"怎——怎么回事？你哪儿疼痛吗？我能做点什么——给你翻——翻个身，还是什么的？"他原本并不结巴，尽管声音沙哑，却喜欢表现出一定的亲切。

至于亨特太太，她似乎觉得并无回答的必要：嘴唇又紧紧地粘在齿龈上了。

于是，他继续站在窗口，仍然是个经理已经去世多年的事务所下手。

这时，公园已是一派早晨的景象。和煦的秋天把勃发的生机输进衰草枯叶；不知名的人们，有的沿着小湖堤岸悠然徜徉，有的在目标明确地步行上班；一位姑娘骑着出租马店的马，当她的马在一丛树木前受到惊吓时，她几乎摔下马来。

年轻时，阿诺德·威勃德曾经幻想自己戴着一顶缀着条纹缎带的草帽，而且已开始穿上，或者说喜欢想象自己穿上一件黄铜纽扣的蓝色运动上衣。后来他断绝了这个念头，因为，坦白地说，它不符合人们对他的期望。他突然发现自己成了一家之主，娶了拉尔·彭尼丘克伊克——一位很敏感，虽不漂亮但惹人喜爱的年轻女人，与她养了马乔里和希瑟两个小女儿。近来，他与拉尔见面比较少了。这是可以理解的，因为外孙很需要她的照顾。而且，由于他们自己的手脚越来越慢，要做的事情也仿佛越来越多。

尽管有家庭的拖累，又有虽然体面但范围狭窄的事务上的种种事要办——这些都同样令人满意，他和拉尔还是天天晚上在床上相会。也许，双方都很喜欢谈论当天的事情。他相信拉尔比较谨慎，所以有时竟谈及一些他最敬重的委托人的怪诞念头；而她在表露自己的某些见解方面，如谈到他们的女婿奥斯卡·霍金斯的吝啬相，以及希瑟的更年期病痛等等，其坦白之程度，也不相上下。如果他不曾表示他暗暗地宠爱马乔里那个排行居中的女儿，那只是因为怕有负于其他的外孙。

阿诺德·威勃德几乎不能容忍自己听到的从他委托人床铺方向传来的也许仅仅是一声又慢又轻的放屁声;他简直记不起过去是否听到过女人放屁。至于亨特太太自己是否听见,那却不得而知:她几乎完全沉浸在睡眠和思绪之中。

其实,除非感到不适,她已不再怎么注意自己的生理活动了,顾不上什么臭气不臭气。但那些急剧增加的意外事件,却使护士们有所事事了。

那么律师们呢?阿诺德·威勃德做了些什么呢?今天早晨,在那间老式的办公室中,他除了浏览《先驱报》外是否还干了些什么其他事情,这的确值得怀疑。幸亏有护士们和李普曼太太要他付工资,否则亨特太太就得给他找点零碎琐事,譬如去探望探望退休女仆,看看她们是否需要经济上的帮助,以及查询查询飞机到达的情况等等。

他到"库杰里"来是送艾尔弗雷德为她买下悉尼市那块宅基的契约的吗?她是下决心要死在这块土地上的——绝不死在疗养院中,肯定不会死在极乐村里。谢谢你——那次送契约是她第一次见到年轻的阿诺德吗?她记不起还有哪次了。在五大三粗、面色红润的艾尔弗雷德身边,他显得那么瘦弱和拘谨,同时又是那么白皙。她觉得他是地地道道的律师,因为他穿着黑色的不合时宜的城里穿的衣服,显得很热。她叫他脱掉外衣,但他不肯。

接着,在考虑了相当一段时间以后,他改变了主意。当她把他的外衣从沙发移到椅背上时,她嗅到一股淡淡的湿热的气味。它不大像汗味;肯定不像男人那雄猫似的臭味。

(为什么这一切都涌上心头,而当天中饭吃了些什么,甚至有没有吃过却都记不起呢?往事历历,如铭如刻——就像他们在牛背上打下的烙印。)

当时阿诺德结婚了吗？啊，结过婚了，他一定结过婚了。那天晚餐时正式谈起过孩子。是的，可敬的拉尔已经生了一个，就要生第二个了。晚饭后，多萝茜和巴兹尔走了进来：那年冬天多萝茜患过气管炎，显得很瘦弱（这是艾尔弗雷德提议在悉尼造房子的正式理由）；而巴兹尔则相反，无病无痛，什么都不在乎。两个孩子都不喜欢威勃德先生：这并不奇怪。后来，多萝茜渐渐爱上了他的妻子。有几次他们碰在一起，她总不肯离开拉尔，手臂吊在拉尔长着雀斑的脖子上要她搂抱——滑稽极了。甚至巴兹尔到了那个开始对谁都不理不睬的年纪时，也常常要跟威勃德太太谈话，想把这位律师夫人拉到角落里倾诉自己的雄心壮志。那副殷勤劲儿，可真让人感激涕零。然而，阿诺德与孩子们在一起时总是一本正经，其实他对任何人都是这个样子。那天晚上在"库杰里"，他给她点香烟，一只手不住地发抖。她握住他的手腕，想让他镇静下来，却吃惊地发现他的肌肉居然十分结实。也许，她可以教他激发勇气的诀窍。是的，那正是她可以授予一切男人的东西；她从来不知胆怯。

那是一个痛苦的夜晚。艾尔弗雷德在说了几句有关羊和前一夜流产的吉姆克莱克母马的事以后，径自睡熟了。那位年轻的阿诺德·威勃德，穿着一件舒适的衬衣，闷闷不乐地坐着，凝视着你摇晃着的脚踝（拉尔一直到大家都忘了裙子原本是短的时候才把自己的裙子截短）；而你则在搜索枯肠，寻找话题，以便打破难熬的沉默。第二天早晨，他走了，你没有见到他：没有理由要见他；艾尔弗雷德驾驶宾利轿车送他到戈岗搭火车就已经够殷勤了。

（乡村的夜晚令人生厌，人们只有在完全忘却了生活中的详情之后才会对它顶礼膜拜。真有趣，你居然还对阿诺德光洁无毛、强壮有力的手腕记忆犹新。）

房屋造好了,心怀恶意的以及意见未免偏颇的人们喜欢称之为"大厦",其实并不是。不把仆役的住房计算在内,只有四个接待间和四个卧室。你决定不急于搬迁,以免让流言蜚语得到可乘之机。再说,在莫里顿大道,一切都得从零开始,不像"库杰里"继承了那么多荒谬可恶的弊端;莫里顿大道有许多细木工、装饰工等匠人在忙乎,使得忍耐成了一种有用的品质。你拖延搬迁和不务时尚的屋址本应使得多数人为之噤声,但一些惯于摇唇鼓舌的轻浮之徒却仍然不免有所议论。哎呀,伊丽莎白,你住到森蒂尼尔公园去,不是与世隔绝了吗?从灌木丛中搬出来,又住进了——实际上还是灌木丛!我们从来不认识住在莫里顿大道的什么人啊。对此,她只能回敬:现在你不就认识了吗?当然,这里多沙,没有房屋的地方几乎都是一堆堆的沙丘;风声起处,问荆①飒飒,长年不断,对花园和头发都很不利。然而,她却决心让那些见识平庸的熟人们开开眼界。

她深信自己的创造力和鉴赏力;大家也都承认她具有这方面的才华。她对为占有而占有不感兴趣,却也抵挡不住许多美丽和昂贵之物的诱惑。对于这些指责她奢侈的人们,她常常回答,它们可能会变得更有价值。不是因为她注重实利,至少目前她不注重。她的理由是:如果不能叫你惊讶得瞠目结舌,不能把你从对自己丑陋的房屋的迷恋中惊醒,那我就失败了。她确实诚心诚意地想要熟人们与她自己一样,陶醉于美的感觉之中。

啊,她今天恨不得把眼珠更深地旋进脑壳,因为她知道自己再也看不见长长的客厅,看不见古铜色窗帘后面落日的金碧辉煌的气象了。

你知道,她说,只要是美的,你就不能说是什么奢侈,对吗?她

---

① 问荆,一种植物。

站在楼梯上,甩开双臂拥抱她的房子——她的艺术品,同时也没有忘记她拥有的听众:丈夫、孩子和两个仆人。如果她做得稍嫌过分,那仅仅是因为她具有演员的气质。(他们提到巴兹尔时常说,你不难看出他是从哪里得到演员气质的。)

只有在这时,艾尔弗雷德才会说,别太激动了,贝蒂,我们每个人都满心赞赏。可怜的亲爱的艾尔弗雷德啊,她有时感激得要把他一口吞下,而其实他所喜欢的只是温柔而真挚的爱情。她自己做什么,总想把他也扯进去。来看看你的房间——书房——我希望你用得着它——当你来跟我们一块住的时候——希望你经常来。亲爱的——我们会想念你的,对吧,多萝茜?她拉着艾尔弗雷德,而且只拉着艾尔弗雷德一个人的手。由于在"库杰里"为讨好牧工而参加劳动,他的手皮肤很粗糙。一只宽大结实、感情含蓄的手,令人兴奋地轻轻紧握着她的手,想用这种男子汉的方式回报她的热情。(他们整个婚姻生活,都是在试图激励对方索然无味的兴趣中度过的。)如果真的要使用这间书房,他勉强笑道,那该在里面读点什么书呢?

然而,她发现他确实是读书的。他积累了整整一房间出人意料的书籍,从上面的痕迹和书页上的折痕可以看出,这些书都是读过的。当他们又在"库杰里"最后相处的那几个月痛苦的日子里,她也有同样的发现。

在这之前,他来到莫里顿大道把他们安排住下时,他就迷上了看电影。尽管巴兹尔想象不出爸爸从看过的每部影片中能看到些什么,但他发出介乎童音和成人声音之间的哈哈大笑(他甜润圆亮、悦耳动听的高音已经发生了变化)。巴兹尔俊俏的外貌掩藏着极其可怕的尖酸刻薄,像一颗尚未成熟的果子,只要咬一口,就会叫你满嘴巴又酸又涩。不过,对于那些粗制滥造的电影,他的看法却是对的;你跟着去看了一两部之后,只能得出这样的结论:可怜的艾尔弗雷德是按自己的意愿来理解剧情的，在毫不可笑的地方会哈哈大笑，而在见到一位秀发卷曲、演技平庸的女演员抱着婴儿到她情人家所资助的教堂去施行洗礼时竟呜呜痛哭起来——你对此很有些怀疑。不可否认，你也轻轻地抽噎了几声，违背了你自己健全的审美观。或者，那是因为艾尔弗雷德想要抓住你的手，同时把大腿紧紧地挨向你的大腿的缘故。（嘿，倘若灯一下亮起来，你们认识的那个人看见这幕"电影"就好看了！）

亨特太太衰老、斑驳和素有控制的眼睛深处，这时开始渗出了泪水，真是幸运，不然，她的眼皮可就成了胡桃壳了。

即使在（非正式的）分居阶段，每当他从"库杰里"到悉尼来，她也从不冷淡。她决心对自己获得的自由表示感谢和报以亲热的态度。（他也一定察觉得出，这种态度远比激烈的感情要来得平稳。）只要她发出某种暗号，或者过于戏剧性地咳嗽几声，或者"砰"地关上抽屉，或者故意高声叫喊：你那些威勃德——你认为她知道怎么对待他吗？艾尔弗雷德就会从隔壁房间赤脚过来，于是他们就立即撤下伪装。如果他还活在世上，她希望他能像自己一样愉快地记住这种比较平静的、有益于健康的关系所带来的欢乐。

另一种关系并非没有必要，并非不可取：目的性是必不可少的，他们的孩子就是有目的的行动。她至今还梦见他在她的子宫中栽下的倒钩。

阿诺德·威勃德是必不可少的吗？

刚搬到莫里顿大道时很少见到他。老基米斯的占有欲太强：一个勾搭女人出了名的老头，戴着一顶丝帽，结婚戒指似的脖子上结着一条薄薄的白丝领带。他娶了米莉森特，一个谁都不屑一顾的女子，据说是个残疾人。基米斯老头举止彬彬有礼，譬如说，为了掩盖口臭而嚼薄荷糖。她可能更喜欢那股薄荷香中久久不散的浓重的烟气。还有基米斯祝贺她生日的鲜花：黄色的玫瑰，以及圣诞节赠送的法国酒心巧克力。阿尔奇·基米斯是一位似乎能使生命长存的人物，不久却在圣诞节那天回俱乐部的途中死在皮特大街上。对于这位不值得她哀悼的老人，她却感到了一种从未有过的、情不自禁的悲伤。原因一定是由于死得突然、令人震惊和失去了某种实实在在的可以依靠的东西。几乎所有参加葬礼的男人都若无其事地观察她。她很高兴自己事先想到戴上面纱。他们要看看"比尔"·亨特的妻子与他们的律师曾是什么关系。米莉森特·基米斯当时不在场。无论残废到什么程度，在那些十分相信自己算计的男人眼中，她的缺席必然使你的到场变得更加煞有介事。她发现，诚实的感情经常比明目张胆的不贞更加见疑：也许没有任何人——或者，几乎没有什么人猜疑过她的极其放纵的行为。当然还有其他不太放纵的，因为你可能对一枚宝石、一幢房屋、一个孩子或者一个女人不忠实，在思想上不忠实——你不可能完全顺从一个女人，也不可能仅仅挥手致意而已。什么人曾经说过——记不清是哪个恶棍了——她唯一真正的奸情是与她自己发生的。她一定要尽力回忆起来。

  不是阿尔奇·基米斯。他尽管有"色狼"之称，但一直彬彬有礼，他太老了，太诚实正直了；他的下手阿诺德·威勃德也一样。正是阿尔奇建议她立遗嘱的——距他们发现他倒毙在皮特大街仅仅两个星期。（死：她过去都把它当成一块石头似的避开的，后来形成了一种概念，一种从脑壳中飘逸而出，像雾气一般笼罩着身体的凌乱而不连贯的思想，但从来都不是可怕的，也从不涉及她本人。）真令人难以置信，由于身后会留下遗产（莫里顿大道的房屋、钻石、艾尔弗雷德婚后划到她名下的股票），阿尔奇竟要她承认对于死亡的信念。她从来不曾想到过死亡。如果不是胃中微微有点不适，她真要有点飘飘然地自尊自大了。文件本身就够滑稽可笑的了：一定要把她简单的意愿包裹在煞费苦心的词句之中。他那严肃认真、温良恭谦的态度使她莞尔一笑。她一边抚弄着戒指，一边欣赏积满灰尘的办公室中一切看得见的东西；她总是喜欢欣赏那里的一切。为了免除她进城的麻烦——其实即使在找不到什么借口时，她也要每天驾着小轿车进城——他说，他将把稿本送上门去请她核准。

后来，他们来电话说基米斯先生身体不适，没有上班，稿本将由威勃德先生午饭后送来。

这一次阿诺德·威勃德穿了一身灰色的服装，比起在"库杰里"时穿的色彩强烈的黑衣服来，可谓一大进步。她进去时，他正在凭窗眺望。她猛然间发现自己竟想摸摸他的背脊，轻轻地用双臂搂他的腰，并且顺势往上移动，直到双手在他胸前相碰，把自己紧贴在这个美妙、颀长和尚未觉察的灰色的身体上。

不过，他一定觉察到了。他没有转身，她开始意识到他是在故意推迟互相照面的时间。她感到脸上发热，同时咬紧牙关，阻挡住已冲到喉咙口的、目前还仅仅是一般兴奋的热情，以免脱口而出，变成更加邪恶的热情。天气温暖而不炎热，瑞香的芬芳从户外的花畦上阵阵袭来。当他不能继续推延而终于转身时，吸引她的不是他的眼睛，而是一侧太阳穴上的一粒粒汗珠。

他们开口互相表示欢迎和歉意：从某种意义去理解算是社交辞令。他拿着折叠着的遗嘱——她最终死亡的保证书。她仿佛看见那挺括的纸上束着一条丝带；它使那张纸显得颇有几分妖艳风骚。

你不必害怕。她说。这句话倘若不是某种计划或观念的一个组成部分，那就会更加令人惊诧。这个计划或者观念，她怀疑，当她在"库杰里"握住他白皙而强壮的手腕以稳定蹿动的情焰时就开始产生和发展了。她接着详细解释——现在回忆起来，亨特太太不禁哑然失笑。你应该知道,我的年纪比你大得多——我结婚迟,三十二岁才结婚——所以没有什么值得害怕的。即使在现在,这些不着边际的话听起来也极其愚蠢。一定是从一开始就把阿诺德看作一个愚钝不灵的青年。她又疑惧又冷静,但冷静随即占了上风。至少,这番话对他的影响超过了拉尔·彭尼丘克伊克以及马乔里和另一个叫什么名字的小女孩对他的影响。你没有忘却你自己的多萝茜和巴兹尔:南尼正领着他们在公园中散步。诺拉——你知道她的习惯——已经回来读她的没有读完的短篇小说了;而格特鲁德现在则一定面对午餐的圆饼和浓茶在柳条圈椅中呼呼大睡。

她冷静的思绪范围扩展到了阿诺德·威勃德身上,还从来没有一张嘴巴能够在更短的时间内变得如此亲昵。

"啊呀!"负疚之心一时剧烈地折磨着亨特太太。站在窗口的老律师又一次思索是否要走到床边,设法以某种方式分担她的痛苦。

在大白天做爱:记忆所及,这还是第一次;是的,阿诺德·威勃德也一定是第一次当着别人的面脱下衣服。脱掉鞋子之后,事情就容易一些了。她的床铺那么凉,使她不由得哆嗦起来。它从来没有这么使人眼花缭乱过。她闭上眼睛,既是出于害羞,也是希望阿诺德能因此比较容易地获得她向自己保证过要在他身上激起的勇气。不过,结果表明阿诺德似乎并不需要什么鼓励。他呼呼的沉重喘气粉碎了她的观念。于是她睁开眼睛,望着他那雪白的、几乎无毛的强壮身体。当他抬头、喘气时,她发现倒是他的眼睛闭着。就因为她不是拉尔才把她关在眼皮之外?无论如何,眼睛闭也罢,睁也罢,她心下明白,他不是艾尔弗雷德;这既不是爱情,也不是比爱更令人满意的感情。在她,这仅仅是一种欲望;而在阿诺德,则仅仅意味着某种对感情冲动的防范的瓦解。她得到了慰藉,几乎发出笑声。他不可能感觉到这种极其微弱的兴奋:他过于全神贯注了;她似乎使他越来越深、越来越深地堕入其中了。在他达到高潮时,她双手抱住他的头,竭力把涌遍她全身的赞赏压进他的嘴唇:终于,在她的帮助下,他越过了栅栏。

接着,阿诺德·威勃德突然推开她,完全摆脱了她的羁绊;他的一只脚踩在床腿的活动脚上。我决不能原谅自己,亨特太太,这可是一个关系到许多人的信任的职业啊。可怜的人儿。可我们并不相爱,阿诺德,都怪我,我不爱你,但我爱它,这是不可避免的,你可以忘却它,而我却要愉快地铭记不忘。真蠢,她居然暗示他们仅能得到一半赦免。她竭力使他的背带和吊袜带在自己心上留下深刻的印象,以便永远牢记不忘。男人在整理它们的时候往往极其一本正经。不过,她暗自猜想,一本正经的律师总比淫邪的律师要好。

她记不起阿诺德·威勃德是怎么走的。没有打电话叫出租汽车,大概是步行去搭电车的。她走下楼梯,正赶上孩子们从公园回来。她在这时发现了遗嘱稿本。她希望它就是最后文本。第二天早晨,她驾车进城,把核准的稿本交给基米斯和威勃德办公室中的一位年轻女子:阿诺德没有露面;可怜的阿尔奇正在家里准备上皮特大街去死。

"谁要吃早饭哪?"那么叽叽咕咕的声音,粗鲁地打断了她的思绪和卧室的宁静。

"你是谁?"亨特太太问。

"我是你的护士——巴杰莉护士,请你吃鲜美可口的嫩煮鸡蛋!"

"我刚才还以为你是那个护士——玛丽呢。她没有抛弃我——是吗?"

"她现在下班了,在楼下喝咖啡呢。今天早晨她待着没走,是想看看那位——你的女儿。"

"唔,是的,她们从来没有会过面。德桑蒂那次到我这儿——我刚从一个什么岛回来不久——也就是在多萝茜又一次赌气飞回法国之后。"

"请吃鲜美的鸡蛋吧,亲爱的!张开嘴巴,亨特太太!"

亨特太太翘起下巴。"我对早餐向来没兴趣——结婚以后一直没有兴趣。我喜欢吃一顿像样的午餐——现在他们好像叫正餐了——晚餐不吃什么难消化的东西。"一说完,她的上下齿龈就闭紧了。

"吃一小匙!"亨特太太觉得巴杰莉的骨匙在撬她的嘴唇。"我相信你一定不会叫我失望,或者叫站在这里的威勃德先生失望。世上没人能像威勃德先生那样关心你的利益了。"

"嘀,我的律师,是的,你见过他?"

巴杰莉护士送讨厌的鸡蛋上来,使亨特太太心慌意乱。她吓得要命,生怕在多萝茜到达之前自己的心先碎了,更不必提耽搁在途中的巴兹尔了。

"见过,我们彼此认识。对吗,威勃德先生?"巴杰莉护士眨眨眼睛,又用舌尖濡湿原来就那么闪闪发亮的牙齿。

他太熟悉她了。她捧着托盘侧身走进房间时就对他摇了摇头,使他联想起一位叫莱格霍恩的老实人:好奇爱问,炫耀勤勉,傻里傻气,容易发怒。每逢星期五,她下班后都要去一趟他的办公室,这时他就把她的工资袋交给她。(这件事是亨特太太为她的全体雇员作出的规定,在他也并非什么麻烦,倒能借此与他们保持个人关系。)巴杰莉往往要在办公室坐上一会儿,夸耀夸耀自己的非凡。她的非凡,一是基于艾尔弗雷德王子医院的护士训练,二是基于她与一位来自锡兰的退休茶园主的短命婚姻。

威勃德先生显然很不乐意开启嘴唇,仅仅听得出他嘟哝说:"巴杰莉护士和我是老朋友了。"

亨特太太咽下第三口讨厌的鸡蛋，觉得有几滴流到下巴上了，但巴杰莉却由于阿诺德的奉承而高兴得没有看见。

"威勃德先生，"她终于能够让话语从口中喷射出来了，"你应该去吃早餐了。已经安排好了。我希望那是男子汉的早餐，阿诺德，外国女人不懂得男子汉的力量——依靠——早餐。"

巴杰莉护士听见这个笑话哈哈大笑，托盘上的餐具发出叮叮当当的响声。

"我不怀疑，早餐一定很丰盛。"威勃德先生说，巴杰莉护士又大笑了一阵，仿佛他也说了一个笑话。

"我真不明白，你为什么不早点离开！"亨特太太大声咆哮：一个靠自己供养的人所表现出来的愚蠢，会使她一下子变得怒不可遏。

"你刚才睡得很香，"他辩解说，"我不想打扰你。"

"我并不在睡觉——只是在思考。但愿李普曼太太给你烤了一块肉——或者炒了一盘腰花。艾尔弗雷德去料理牲口时总要吃几块冷烤肉。可怕！男人就是这样。带他出去——领他出去，护士！"

"威勃德先生熟门熟路，我敢说，在这幢房子里，我根本不知道的角落他都能领我去。"巴杰莉护士又笑了几声。威勃德先生带着极大的屈辱，独自下楼。

"现在你可以收掉这该死的鸡蛋了，你还得给我做点事情呢——很紧急的事情。"

"是吗？可还有咖啡呢，您忘掉咖啡了，亨特太太。"

咖啡也不得不喝。"加过白兰地了吗？"

"啊呀，加过了，要是把白兰地都忘了，那我活着还有什么用啊，您说呢？"

亨特太太一边摸索着接住杯子,一边用嘴唇探寻杯口。她觉得力量像一股使人极度兴奋的暖流回到身上,从漏斗形的嘴巴一直到冰凉的脚尖。

巴杰莉护士赞许地,甚至爱怜地注视着这位双目失明的老娃娃。她一般并不赞成饮酒,仅仅称许亨特太太的白兰地。她羡慕富人,喜欢为他们服务,因为那可以得到一种安全感,一种与富人为伍的感觉,尽管得代人吃苦。在朋友面前提到富有的病人时,她总是亲热地直呼其名;甚至报纸的闲话栏中谈到陌生人,她也了解得十分详细:其实,只要你经常去读,他们就不再是陌生的了。

亨特太太呷着白兰地咖啡;她很快就会迷迷糊糊地睡去的。

"我想要你给我化一下妆,护士,"她呷着最后一口咖啡,嘟哝说,"迎接我女儿的到来。"

"给您化妆?您知道我不会。一生中只有肥皂和清水上过我的面孔。"

"我就怕肥皂和清水。"她的声音,与其说是讽刺,不如说是无可奈何,"小曼胡德在这儿就好了,她会给我化妆的。"

"我不怀疑。曼胡德护士的出身不同。"

"那又怎样?难道她是香蕉园出来的,你是司机的女儿?"

"我父亲是政府雇佣的工程师,三个兄弟都是公务员,其中两个是长老会的长老。"但亨特太太不像巴杰莉护士那么在意这些。"我从小受到严格的教养,即使在艾尔弗雷德王子医院接受护士训练时,我父亲也要我详细报告空余时间的活动情况;至于曼胡德护士——那些住院医生,不论是谁,只要邀请她,她就起劲地与人家跳舞。这完全是真的。啊,我没有什么与曼胡德护士过不去的地方,请你相信我!她是个漂亮的姑娘——生气勃勃,我真的很喜欢曼胡德护士,只希望她别太过分了,以免给不了解情况的人造成某种错觉。"

亨特太太说:"我喜欢觉得自己已经化好妆了,这使我——感到——美,当然,也许我从来不美,即使在豆蔻年华也没有完全的把握——只知道人们眼睛中的反应——而现在,我再也看不清楚了。"

"很抱歉,亲爱的,谈到化妆我无能为力。"巴杰莉护士从老东西手上接过杯子时,微微动了点恻隐之心,"还有什么事情要我做吗?"

护士屏息站着:要是叫她用便盆接溺,那可就糟透了,而扶她上便桶又几乎总要扭伤自己的腰背。

"有,有点事情,"亨特太太说,"我的珠宝箱。这样我就不会感到毫无装饰。"

巴杰莉赶紧行动起来。那些珠宝饰物在它们主人生活中的显要地位,足以增加这间屋里每个参与装饰仪式的成员的自尊心。

李普曼太太曾有一次鼓起勇气说:"她不应该在随便什么人面前都炫耀她的珠宝,连电工、擦窗子的都不例外,真是的!"管家的能嫉善妒是颇有名的。

"可怜的老太婆,她只有珠宝可以炫耀,"巴杰莉回答,"也只爱珠宝啊。"

"说不定有人要偷——或者竟为珠宝而谋杀她。"

"大概不敢。"

李普曼太太同意"大概不敢"。

这时,巴杰莉护士取来珠宝箱,问道:"还是我给您打开吧?"

"不,谢谢。"对那珠宝箱上的挂钩,即使比她灵活的手指也无法作出比她更迅速的反应:她知道其中的奥妙。这只肮脏不堪、蒙着天鹅绒的箱子,每一寸她都了如指掌。

她的珍宝啊!

如同往常一样,巴杰莉护士一见珠宝就着迷。她自以为不但认识每一件,或者几乎每一颗珠宝——其实只是特别的一部分,并非所有的珠宝都展示了出来——而且熟记每一件珠宝的故事(同样并非全部,因为旧故事往往勾出新故事)。今天早晨,亨特太太竟在天鹅绒托盘上乱摸一通,还暗暗戴上半打戒指。

"您身体真好!您动作真快!"护士真正感动了,"是您女儿要来了吧?"

"嘿,还有珠宝的故事呢!"亨特太太知道,她的侍女一定经常发现她在数那些虽然现在已经黯然失色而当初却全是闪闪发光的珠子。

无论巴杰莉护士多么虔诚,你都无法从行动上看出她的感情:譬如,谁也看不出她多么崇拜那颗深红色的红宝石;谁也看不出她会因为财富而去崇拜一个古老的偶像。

为了以实在的职业技能来转移祖先的愤怒,她说:"把您的背垫高一点好吗?哼哼唷,嘿,亨特太太!"她边叫边撑。

喏,那倚靠在枕头上的就是拥有财富的偶像,它伸开饰满珠宝的手指,俨然要对被单的缝边进行一番复杂的计算。

为了表示一点亲切,护士问道:"要穿上外衣吗?或者披上羊毛围巾?"

"谢谢,要羊毛围巾。"亨特太太有气无力:体力的过度消耗使她筋疲力尽了。

巴杰莉护士给她披上围巾。即使对于一位圣徒,她也不至于如此崇敬;不过她不相信什么圣徒,至少不相信那些罗马天主教的圣徒:呸!

"今天的事可是大事,我给您选条项链好吗?"

"不要项链,吃午餐前不用,不戴给多萝茜看。"

巴杰莉护士听从了她的意见。"戈登给过我一条水晶项链。"

"戈登？"

"我丈夫。我告诉过你，不记得了？"

"应该记得。"

"哎，戈登给了我条项链，很精巧，我至今还戴——仅仅在探亲访友，或者参加护士和医生舞会时才戴。"

亨特太太虽然从来不曾清晰地看见过巴杰莉护士的脖子，但她想象，它一定很纤细洁白，用肥皂擦洗得干干净净：一条适合戴水晶项链的脖子。

"也许我没有说起过。"巴杰莉护士口若悬河，"我是在去佛牙寺的途中遇上巴杰利先生——戈登的。我当时在锡兰观光旅行——是趁护理工作的空隙去的。您说什么，亲爱的？亨特太太？"

亨特太太不肯重复刚才的话：他们把到锡兰水域去撒网的澳大利亚女人叫作"捕捞队"。但供认了自己的一个弱点。"我把孩子们的乳牙装在瓶子里保存了好几年。后来，有一天，不知为什么又把它们扔了。"

"我刚才对你讲到去康提的那次旅行。我朋友车子的轮胎炸了，一个茶园主碰巧带着个土人从旁边经过。那茶园主就是巴杰利先生。他很客气地请我们吃点心——事情就这样开始了。不久以后，他从茶园退休，就跟我搭船到悉尼来了。"

"他去世了，是吗？"仿佛你竟然不知道似的，但巴杰利先生的遗孀却喜欢被这么问上一句。

"是的，去世了。是在我们结婚后才去世的。那水晶项链是他在我们结婚时给我的。"

亨特太太一时拿不定主意，不知究竟应不应该从珠宝箱中拿点什么赠给巴杰莉太太；赠送礼物总比耗费你贮存起来以备不测的情感要容易些：光阴似水，你可不知道将来会面临些什么情况啊。

"这只怪戒指是怎么回事?我过去从没见过。"巴杰莉护士问,"右手大拇指上的那个。"

老太婆懒洋洋地斜倚在枕头上,郁郁不乐的手指简直不是她自己的。那只大拇指上,一簇金丝瓣环绕着一个原来也许是十字架般的东西,整个效果完全是亵渎神明的。

"这是埃塞俄比亚戒指,"亨特太太解释,"是我儿子唯一的馈赠——除了那些要钱的信之外。"

巴杰莉护士舔舔牙齿。"巴兹尔爵士是个伟人!报纸上说的。"

"我看,如果他们不装模作样,伟人与微不足道的小人一样渺小。"

这话语调偏激而且悲哀凄楚,巴杰莉护士忙改变了话题。"我想你女儿——多萝茜——有许多漂亮的珠宝;像她这么有地位的夫人是不会没有的。"

"他抛弃她时,她并没有得到什么——虽然她是无辜的,不过,她确实向她卑鄙的夫家榨出了一两件珠宝。"

巴杰莉护士很高兴听到这个物质上的胜利。她取来梳子,开始给病人梳头。

"我看你不知道我女儿的名字。"

"唔,'多萝茜',对吗?外国名字我一窍不通。"

"我来教你。"亨特太太说。她鼓起嘴唇,仿佛在品尝什么奇珍异馐,鼻孔中也如充满妙香一般。"拉萨贝娜公爵夫人。"①为了让巴杰莉护士听清楚,她竭力把这几个法国字念得字正腔圆。"你念给我听听。"

护士勉强学舌。"我们称她什么呢?"她声音失望而无可奈何

---

① 原文为法语。

地说。

"就叫'马丹'①,不必太复杂了。"

"马——丹,马——丹,"巴杰莉护士模仿着,接着又响亮地念了一声,"马——丹!"

亨特太太感到已经把护士制服了,这正是她所希望的;同时,她觉得巴杰莉护士还会口口声声称呼"多萝茜公爵夫人",既可让她自己听着高兴,又可给她朋友们留下深刻的印象。

"马——丹,马——丹!"由于新的成就,那更加兴奋的声音响彻金色早晨的室内户外。

亨特太太从钟声和白兰地中得到莫大的安慰,仿佛不会有什么人要来似的;即使他们要来,那也是不受欢迎的:她的生活已经安排得井井有条了。

"张开嘴巴!亨特太太?"又是那个巴杰莉。"无论发生什么,我们还得量体温啊,对吗?"

这东西他们叫什么?不管叫什么,反正是凉冰冰、经过消毒杀菌的。不如这样被消毒消死,好吗?死倒不怕,吉德利大夫,但我希望护士保护我,不要遭到比死更坏的结局:例如会见不速之客,尤其是女性。

"不知道会健壮起来吗?"

巴杰莉护士握着病人的手腕,发觉并无回答的必要:脉搏相当有力。

这时,一件值得庆贺的事情打断了他们,即使没让他们感到惊慌,也确使他们大为诧异。

门开了。

---

① 马丹,法语"夫人"的发音。

"护士,可以见她吗?"威勃德先生的声音,远非轻声轻气,也比平常的措辞简括。"公爵夫人到了。她的女儿。"

似乎这还不够,第二个身影随即沙沙擦过站在门口的身影:对亨特太太来说,这是声音,是芳香,是欢欣,也是悲哀。而巴杰莉护士则看见一个又高又瘦、不戴帽子的女人,五十岁左右(出于体恤别人的估计);除了她半奔跑半蹒跚走进时在脖子周围和胸前跳跃着的珍珠外,服饰简朴,并不惊人。

公爵夫人是不应该跑跑跳跳的,护士刚一镇定下来就对此不以为然;而且,她的脸也不该竟然长得像张马面。

但多萝茜不顾她的挑剔,依然如故,继续跟跄而来。

"啊,上帝,救救我吧!"①她先气喘吁吁地用法语喊了一声,然后才换上另一个自我,或者另一种语言说,"母亲!"接着是一声低一点的"妈!"。

继而,用一个特别优雅的动作,闯入者掩饰起对眼前这位妈妈所产生的表情。她妈妈支撑在床上,嘴中插着体温表,那么衰老;如果说还存在生命,那么,这生命一定来自堆积在僵直的鸡爪般的手指上的珠宝。

公爵夫人扑到床上,在酒精和爽身粉的气味中摸索着,拥抱与其说是她的母亲,倒不如说是她自己的童年。

亨特太太吐出体温表——幸亏没有咬碎——微笑着。你很难判断那是出于喜悦,抑或出于惶遽。

她一直微笑着。最后,她一边泪涌如泉,一边咯咯发笑:"太激动了! 我大概尿了一身。"

---

① 原文为法语。

拉萨贝娜夫人在机场忍受屈辱时,曾感到焦急不安,又病态地盼望受到款待,接着又变成怒气。

一位海关人员看着她的护照,说:"'多萝茜·拉萨贝娜夫人',嗯?法国公民,生于戈岗,澳大利亚。天晓得!"

公爵夫人抬起雪白的鼻梁瞪着他;她颇为扁平的胸脯,在她为这次旅行挑选的简朴短小的衣衫下剧烈地起伏。舒适的香奈儿旧衣服,一旦穿破了,她该怎么办呢?

"我在什么地方出生关你什么事?"生疏了的语言使她唾沫横飞。

"我只是照护照上写的念罢了。"

"我认为,我的出生地与海关检查无关——在目前的情况下。"荒疏了的英语使她的话听起来更加粗鲁;不过她倒希望如此。

"仅仅表示友好罢了,我们并不因此难为您,夫人,欢迎您返回故乡!"那人哈哈大笑,把护照还给她。

"我要控告。"她说。但向谁控告,控告什么呢?

现在,倒是她自己的坏脾气比这个机场官员问讯时的傲慢无礼更使她受尽屈辱了。

若非在决定尽其所知尽量简短、冷静地回答提出的任何问题——其实是法国式的简约——之后她咬紧了牙关,那她在海关的遭遇或许还要更糟。

那位穿着官员制服的粗暴无礼的年轻人开始乱翻她那两只她亲自收拾得整整齐齐的旅行袋,这立即使她经受到一场考验。还有,在搜查她装着化妆品、绢手帕之类以及几件珠宝的箱子时,他故意激她发怒。然而,甚至当他嘲弄般地拨弄那些珠宝,掂量它们的价值时,他也没能使她就范。(当然,她的珠宝很动人:有的光泽柔和,有的则在机场低劣的光线中,仍然非同寻常地光彩夺目。这可是她的战利品啊！若不是对休伯特的私生活了如指掌,她也许会在夺取珠宝之战中落败;然而,这个庸俗的家伙,这个使人讨厌的澳大利亚女人对她过去的婆婆埃蒂娜公爵夫人太了解了,对她发起了胜利的攻势。)

无论如何,那位海关人员的不恭并没有见诸言语,否则,她可就不堪忍受了。无论他默默地把几片安眠药倒入掌心检查,还是在她的书面留下指印,重重地翻查着书页,没完没了地到处搜索,几乎折断她心爱的《巴马修道院》的书脊时,她都默默地强忍着她的满腔愤恨。

他却一边用一条塑料杆翻腾着她那已经凌乱不堪的行李,一边还喃喃自语:"这些法国书有的你肯定看过多次。"

有一阵子,她懊悔自己不该执意不让别人来接,不该执意避开她认为巴兹尔最可能选择的旅行路线。现在,她能做的只是不想这些,垂下细心涂抹的眼睑,拍去拿在手中的外衣上的灰尘(波斯小羊羔皮制品),大步跟在搬运她旅行袋的手推车后面。要是踌躇迟疑时,她只要瞥一眼她自己的形象就会恢复自信。她瞥了一眼,但那完美无瑕的形象却使她感到沮丧。

多萝茜·亨特的不幸在于在澳大利亚她法国味太重,而在法国又太具澳大利亚的土气了。有时她希望自己生在芬兰,那么她也许就不会对此有那么强烈的感受了。她只碰见过一对芬兰夫妇,但澳大利亚人——就在这里,她周围到处都是。年长的像一只只床垫,里面露出一根根鬃毛;年轻的粗鄙无知、碎嘴多舌;女人们不是只罩一件俗丽的夏天穿的汗衫,里面明显地什么也不穿,就是被封锁在花边饰带的甲胄之中,由于内心不可愈合的创伤而经常冲着别人发出单调的惊呼怪叫。有的女人看起来似乎希望连死的时候也戴着帽子。

拉萨贝娜夫人两手合掌,双手祷告似的合拢在裹成一团的外衣下面,推开别人,向前挤去。在羊皮圆盾的保护下,拉萨贝娜夫人挤到一排夹在人海中的出租汽车旁边,多付了些小费("贫困"的原则之一)给那个对人信而不疑、庄重正经的男人——搬运工,或者叫别的什么:她的母语都忘得一干二净了。

她钻进出租汽车时差点要哭了;实际上,当她的头被撞了一下,接着说出"维多利亚女王俱乐部"的地址时,也确实落下了一两滴眼泪。

仅仅经过很少几次的通信联系,她就被选为她此刻要驱车前往的那个无可指摘的组织的名誉会员了。在那里休息一番之后,今天晚些时候再到母亲家去。她眼下对贸然地被拖进一个专横跋扈的老太婆的感情要求中去还很反感。从机场出发,汽车沿着冷漠无情的高速公路前进;她不愿让自己想起母亲,更不用说想起"妈妈"了。你真的像你的婆婆所断言的那么贪婪吗?你是势利小人吗?

如果多萝茜·亨特这时能够找到手绢,那就少不了会大哭一场,可惜她开错了包。我自己就从来没有成功逃脱过势利小人这种角色啊。

她对着司机的脖子说起话来。"喂——"她因失礼而咳嗽了一声,"我改变主意了,送我去莫里顿大道行吗?"随即又奇怪地画蛇添足地补充一句,"到我母亲家去。"

司机似乎不以为怪。"离开很久了吗?"

"啊,多年了——多年了!"她听出自己的声音有些浑浊,便又咳嗽起来。

她感到满足了:宛如穿上棉布衣裙,舔着冰激凌,听着谈论天气、羊毛剪和来往亲友的嗡嗡声。

"亲爱的,亲爱的! 难道我们就这么不幸吗? 这些可怕的灾难啊!"巴杰莉护士急忙赶到床边,把病人从过于冲动的拥抱中解脱出来;由于一心注意自己的职责,她根本没顾上什么公爵夫人。

亨特太太活像胎儿似的侧身蜷曲着,咧着嘴对女儿嘻嘻发笑。"别担心,多萝茜,事情并不像你想象的那么糟糕。有防水布呢。"小便在床上流开,她脸上漾出宽慰的神色:这时她不必搜索枯肠,无话找话地来应付这位陌生人了;她宁可因为身体,而不能由于大脑而蒙羞。

她叹了口气,说:"你得进幼儿园,凯蒂,去和洋娃娃做游戏——不过我的洋娃娃比不上你的。"这时,她狡黠地倾听着凯蒂的靴子嗒嗒嗒地走过舞台的声音。

凯蒂·纽特利太幼稚了,贝蒂·索尔克尔德从来不喜欢她这位朋友,也不喜欢她那双亮光光的有纽扣的靴子;纽特利家比索尔克尔德家富裕。

由于护士过快地掀开被单,多萝茜·亨特顿时身心分离,眼前浮现出她的幼年时期。她年幼时令人讨厌的法兰绒尿布的臭气以及皮疹的刺痛无情地侵袭着她,简直更甚于她对成年后的痛苦经历的记忆:在吕内加德一连串从冰冷的沙龙到密室的旅行;那扇起初打不开,而后又关不上的门频传着小便声;外婆呼噜呼噜地打鼾,而阿梅代叔叔用剪刀划破黑夜和报纸,剪下可以理解为阴谋事件的报道。

顺从的幼年与还是个腼腆的学生姑娘就结婚时她所采取的一些最使人痛苦的做法产生了矛盾冲突,这使她困惑。因此,听到一个男人的声音,她便感到如释重负。"我们不如让他们来收拾。很可能,一切就绪以后,他们会来找你的。"她把律师给忘了。

阿诺德·威勃德领着她走出房间,沿走廊向楼梯口走去。他是一个值得信任的人:一个循规蹈矩、枯燥乏味的男人;有理智,又很诚实,毫无提防的必要。她很懊悔竟然忘了给这么一位多年来一直管理他们事务的人寄上一张贺年片。他似乎冷漠得不指望受到委托人感情上的惠顾;或者,她希望如此。

另一方面,他却知道她的另一个自我:多萝茜·亨特。

他很慈祥,也许已使她渐渐从某种疾病中恢复了过来。"我想你希望在屋子里走走——悄悄地——独自一人。"

拉萨贝娜夫人恢复健康了,但这时恢复健康的应该是多萝茜·亨特。

"是的,"她回答,对他的好意报以莞尔一笑,"真好笑——我很想看看我以前住过的房间!"她用手熟练地理好珍珠。"我以为,对我来说,房间的意义比人更大。"这话并非完全真实,她希望律师这样的好人听了不会感到惊诧。

他凝视着她,觉得她与其母亲的相同之处超过人们的看法:完全是伊丽莎白·亨特马面型脸的翻版。

"他们把房间给你准备好了,你不妨改变一下主意。"

"唔,不,"她高声说,"我不能那么打扰——管家,况且,俱乐部已经给安排了房间。他们让我在逗留期间当名誉会员,够客气了吧?"

他们对视着。也许他并不认为她是来做客的,并且看到她被粘在乡思的网上,将被迫目睹她母亲即将插手的高超的魔术。一阵重新袭来的恐惧使多萝茜决心集中心思去想她在巴黎的不甚满意的生活:家具简单的公寓、在漏气的煤气炉上自炊的简单饭菜、她那使昂贵的衣物继续显得值钱的技艺,以及那些讲究实际的朋友们有限的同情(她曾愚蠢地珍惜那些只尊重年金的人们的友谊)。当然,这一切都会变化,但会变化得多快呢?飞到母亲病床旁边的旅行可以作出这个决定。她从来不是一个富有经验的乞丐,也许仅仅在晚年才有乞讨的必要;另一种解决办法是她不应当考虑的,尽管她经常思索着其令人恐怖的细节。

拉萨贝娜夫人鼓了很大劲,但仍不免相当冷淡地问:"亲爱的威勃德太太好吗?"立刻,她希望自己的微笑能配合这个牵强附会的形容词,使律师觉得这并非言不由衷,而认为她真心实意地爱他的妻子。其实,她在孩提时代是爱拉尔的。

"谢谢你,她很好,我们希望你能去看望她。"

"那好极了——好极了。"竟蠢而又蠢,一至于斯:她一半时间说的话不但言不由衷,而且是陈词滥调,滑得像油,"看看孩子们——还有小孙子们。"

律师大受鼓舞,开始讲起威勃德的家史,但见她兴味索然便停住了。

不过,她倒是感兴趣的,是感兴趣的:她想起自己曾把头挨在威勃德太太长满雀斑的脖子上,嗅着一股愉快的犹如被践踏的青草似的香气,想起自己也许像喜爱母亲似的喜爱过她;后来巴兹尔像夺走所有的人一样,偷偷地夺走了这位律师的妻子。我在读《温德米尔夫人的扇子》,可别告诉我母亲啊,威勃德太太。巴兹尔总是那么逗人,说起谎来似乎瞒得过任何人。是吗?巴兹尔?有哪一个特别的角色你想扮演吗?威勃德太太信以为真,热心地问;她自己当时是否也在扯谎呢?唔,不想演。《温德米尔夫人的扇子》之类的剧本不太有趣,我只想扮演大角色,尤其想演李尔王这样的大角色。威勃德太太认真地说:那可得过很长时间才行,但我相信,你只要下定决心,就一定能扮演李尔王。她几乎如讨厌自己的胞弟一样讨厌起威勃德太太了。她弟弟从不朝她的方向看一眼,除非朝她做鬼脸,或者要她承认她是个傻瓜。

"我们有许多事情需要讨论,当然不是在开始这几天。"律师提醒说,"你既然来了,就不必匆匆忙忙的了。"

他凭什么这么肯定?她疑惑地望着对方。

"你弟弟耽搁了——你知道吗?在曼谷。根据他的电报,今天晚上才到。"

"真奇怪!"她以社交场合用的语调说,"曼谷!我换飞机的地方,可没碰上他。"她又补了一句。但发现这些话毫无意义,就咯咯地傻笑起来。

她很高兴律师的年岁高得足可成为父亲,也同样高兴他不像母亲那样衰老。她希望自己对父亲了解得多些;也许母亲过去不允许她这样做:母亲是他们之间的传声筒(甚至巴兹尔也有所觉察)。这么一筹莫展,我倘若不来,你可怎么办啊?

多萝茜·亨特双腿修长,腼腆怕羞,肩膀与律师一般高。她突然使他大吃一惊地说:"我想什么时候跟你谈谈我的父亲。"

他也同样突然地表示:艾尔弗雷德·亨特是一位很好的男子汉;接着就宣布他必须回办公室去看有什么事要办。

很难分清他们两人是谁先想分手的,但这时拉萨贝娜夫人却可以自由自在地把自己关在多萝茜·亨特的房间里了。

乍看起来,房间里陈设依旧,似乎没有什么变化:一间朴素的闺房,洁白的基调,相当狭窄。里面有她过去为了美化脸形按摩面部时用的镜子;有打开后空空如也、溢出一股樟脑气的衣柜。排在书架上的是她所记得的书,其中至少有一部分没有忘却:如《林中情侣》《萨郎波》《有产者》《小熊维尼》以及《一个英国瘾君子的自白》(一本淡而无味的书,她原指望它富有刺激性的)等等。

床上铺着一条厚毯子,在她记忆的王国中,却怎么也想不起来。它可能是某种土产皮毛制品,虽然高低不平,外观粗陋,却质地柔软,不但贴在脸上很舒服,就是张开四肢和衣而卧也意外地令人极其惬意。她在毛毯上面翻滚着,几乎不顾这样摊开四肢躺着成何体统,虽然一般说来,她并非一个沉湎于享乐的女人。

即使在早年,当人们还公认她婚姻美满时,若非出于一种少有的性交高潮在她身上产生的感激之情,她也许会拒绝性爱。所以,她爱上一个年纪足以当她父亲的丈夫,既爱慕他,又害怕这位来之不易的人儿身上那种玩世不恭的花花公子气质。有时,她暗自承认,她发现他的身体很有性的魅力,他的身体、肌肤,以及从她在萨尔克给他买的绣着拼合文字图案的衬衫中隐隐显出的蔷薇苞似的乳头。可是她十分惧怕他的许多回答,惧怕他明显地一条眉毛挑得很高,一条眉毛放得很低地从嘴角上发出的双关话。不,我不是嘲笑,亲爱的,仅仅对发现澳大利亚人的行为也与任何人一样乖戾而感兴趣。她苦苦地沉思着。指责和非难使她眯起眼睛:当她拖着沉重的脚步沿太妃街在尘土飞扬的树下慢慢走回家时,太阳似乎也在攻击她;她的肌肤皓如霜雪,乌黑的秀发梳妆入时,还佩戴着订婚时老公爵夫人不得不对这位澳大利亚的小美人儿有所表示而被迫馈赠的蓝宝石胸针。

天晓得,她从来就不是他们的人。她根本不是澳大利亚的小美人儿,除了在吕内加德的凄风苦雨之夜和孑然一身于巴黎公寓中黯然神伤之刻,也许甚至连澳大利亚人也算不上。有时,多萝茜·亨特竟怀疑自己简直是生活在巴尔扎克、司汤达和福楼拜的小说以及拉辛的戏剧中的人物。

当然啰,法国文学是笔十分可观的文化遗产。[①] 她真希望遇见什么不是克忠尽责地尊重书籍而是对书籍深爱着的人物。难道她的法国"家庭"、她的"丈夫",从她在他们的书橱里的搜寻中发现了

---

① 原文为法语。

某种不朽的东西吗?他们知道,大书橱就在那里,但宁肯让它们关着,至少不对外国人开放。

所以,无论在她与休伯特度过一段比较亲密生活的巴黎公寓中,还是在他们参加拉萨贝娜家仪式的吕内加德厢房里,她都把自己关起来。(参加拉萨贝娜家的仪式,乃是从理论上说的;其实他们两人谁都不曾参加,不过规避的方式各有不同。)

我儿子很喜欢打猎①,她婆婆曾挑逗她媳妇对此产生误解。

在吕内加德,几乎所有的黄昏都是在雾霭中降临的。不论什么地方,一生火就冒烟。老公爵夫人患支气管炎,呼呼地直喘气,表现得很有耐性,而你则在等待着游猎的人们回来:首先,甬道上传来男人们毫不足奇的谈话声,继而他们的靴子击打着石砌的走廊。你该跑出去迎接吗?耐心的婆婆连头也不抬,只管冷眼旁观,等待着看你做错事,而你摸着满身的鸡皮疙瘩。当他走到跟前,一边亲吻你伸出的手,一边眨着眼睛,希望逗引你犯下什么亵渎神灵的弥天大罪。当然,这些大罪,在他母亲的沙龙里,在油漆好的家具、褪色的绣帷中,他是不太可能参与的。沙龙里弥漫着霉气;与之相反,休伯特身上散发出百里香的芬芳、木柴燃烧的烟味、使人健康的运动的气息,也许还有你能想象出来的血腥气。不管怎样,那一串串血淋淋的飞禽和晃晃荡荡的野兽确实是被搬到客厅中挑选的,然后有的送到圆顶厨房,肉质低劣的则进了穷人的小屋。

有一次,多萝茜·拉萨贝娜在黑暗中的鹅卵石上(她过后发觉是踩在一摊血上)滑了一跤,擦破了膝盖。她包扎好伤口,不吭一声——即使由此而引起血液中毒、死于非命也绝口不提。

她隐忍不言的事情很多,而她的沉默寡言又往往被误解为世

---

① 原文为法语。

故。这小东西挺惹人喜欢的,你说呢——你的妻子①。她那些冷漠而自负的姑呀姨呀、姻兄姻妹以及几个朋友在吕内加德不期而遇时都这样说。但她很快就看清自己到底在多大程度上受到了喜欢:除非个人富足有余,人们才可能不计较财产的多少;这些如簧巧舌无非是暂时制造一下轻松的气氛罢了。他们之中虽然也有人试着说说英语,但大多数人喜欢她结结巴巴地讲法语,她的法语和外来词"多——萝——蒂"一样,糟糕得又好笑,又古怪,甚至相当别致。同时,她还有使老年男子高兴的才能,这一点绝大多数年轻姑娘却不具备;而姿容姣好、较为自信的女人又不屑为之。她主要靠倾听他们谈话和涂抹一层看不见的油膏使他们恢复青春的幻觉。他们赞赏他们所见的亲切体贴。其实,她并不亲切体贴,或者说不很亲切体贴。在美满婚姻这副甲胄的保护下,她满可以冷落他们。当休伯特离开之后,她便一反常态,粗鲁地把四五个这种蠢如野猪以及患关节炎的乌龟般的老头拒之门外,只要愿意,她本可以从中选个情人的。

她所获得的称号成了她的补偿,也成了她并不满意的婚姻的连续反应。最最凄凉的要数婆婆给他们设计的夜晚:当多——萝——蒂和休伯特希望单独相守的时候②。当他们一齐逃出一家人用来休息怡暇的乱糟糟的小沙龙时,她心里紧张极了,而他则眼光熠熠发亮,射出讥讽的火焰。这时,婆婆在继续施展她的耐性,阿梅代叔叔仍在剪报自娱,厄拉莉姨妈(亲爱的,他在更年期时把我抛弃了)专心致志于研究天文,而苔茜·德普格姨妈却潜心于她那使其受尽折磨,但又为之生存的瘘管。沙龙中,每一只眼睛都在懒洋洋的眼皮底下注视他们;毫无疑问,门关上后,这伙人又会转而通过镶板,倾

---

①② 原文为法语。

听他们穿过回音激荡的走廊的声音,当然,在镶板里滴滴答答作响的不光是几只甲虫。

在他们的卧室中,一只碗柜曾被塞得活像个厨房。这类家具,据老公爵夫人解释,又经济又实惠。渴望取得成功的意愿使新娘变成了差强人意的厨师。虽然在那些可怕的焦急的期待之夜,她把鸡蛋炒得黏糊糊的,调味汁里又没放荠粉,而碗柜的气味更是令人掩鼻,然而这一切休伯特似乎毫不介意:你真好,我亲爱的孩子,我那个小家伙给你带来了那么多麻烦①。他从不把她本来足可以证明是严肃认真的行为当成一回事,而只是通过油嘴滑舌,通过抚摸,通过各种卑劣的手段,降低到床笫之上了。他强烈的欲望比无视她的意图更令人难以忍受。你那没有炒熟的鸡蛋引起了我的联想②——这一次,多萝茜,我们要干得更加兴致勃勃些。这时,除非在半倦怠半惊奇中十分感激地提起往事,她的百依百顺乃是一种刑罚。至于"兴致勃勃",她实在无能为力:休伯特,我不愿意干③。

有时,他在入睡时放屁,仿佛不胜嫌恶。

或许她从来都没有爱过他。这就是解释一切的原因:她当初仅仅陶醉于他的头衔、肤色、傲慢的自信、法国人的气质,以及与仍然乌黑油亮的头发相接的苍苍鬓毛。葡萄牙香水浸透了他的头发,闪闪发光、整整齐齐,与其说是梳整齐的,倒不如说是甩整齐的。

我儿子喜欢打猎④。如果说老公爵夫人曾挑逗媳妇产生误解,那么玛丽·安吉表妹则把帮助休伯特的第二个妻子了解情况当作自己的责任。在她以前,休伯特有过妻子(这事谁都没瞒她,根本谈不上),可怜的玛德莱娜,这个姑娘多么温顺啊,她在分娩时去世了,

---

①②③④　原文为法语。

连孩子也没有保住。①（一位碰巧成了你丈夫的男人生活中的绝妙的插曲。）但是，他被抛弃了。（有何不可？有何不可啊？）玛丽·安吉的牙齿，黄而不白，脆而易碎，至今犹在咀嚼着表兄的悲痛：这个休伯特，更叫人同情的是，他天生就是那么一个色迷，性格倒并不古怪！②对于表妹认为不那么体面的小过失，表兄总是付诸一笑。可你理解我，多——萝——蒂，我不过坦率和——友好地奉告你罢了。一个女人，如果理解丈夫的生活方式和习惯，就会更好地控制他。

玛丽·安吉自己没有结婚。那天，她给这个澳大利亚人带来关于这个美国人的消息时，期望的心情使终年常戴的帽子上的鹭毛颤抖不停。这个出生在辛辛那提的女人很平常，并不出众，她父亲做冰激凌买卖发了财。表妹嘴唇熠熠发亮，吃的不是人造奶油，而是从最好的诺尔曼奶油中提炼出来的高级乳脂。我十分同情我那可怜的朋友的遭遇。③那戴着黑手套的滚烫的手摸着你冰凉的皮肤。但这种情况不会持续很久，你很清楚，他是个吃喝玩乐惯了的人，有人甚至说他搞过同性恋。④表妹这时不禁唾沫四溅。去年他似乎还与一个划船的小伙子有过暧昧关系……⑤

多萝茜·亨特在柔软的叫不出名来的毛皮（得记住问问母亲）中转动着面颊，她想祈祷猎神。他也许能够——虽然为时太晚——教导她如何把握猥亵的丈夫的兴趣。

这时，有人开始敲打她的思绪："夫人？夫——人？"一定是那个汹汹嚷嚷的护士。

"嗯？"她的声音使自己感到沮丧，只发出一个音节。

"亨特太太——夫人——准备在她房间里见你。"护士在外边对关上的房门说出如此措辞精确的话时，一定是满脸笑意。

---

①②③④⑤　原文为法语。

"我就去,谢谢你,我就去,谢谢你了,护士。"该称"护士小姐"吗?

卧室窗外,又发现了自己尚未婚嫁时的景色:在天边的修道院和南洋杉前,展现出一幅记忆中不曾见过的混凝土和砖瓦建筑的几何体。她站立了一会儿,不知这景色是否又是一个不快的原因。

多萝茜·亨特随手带上隐蔽所的房门,顺着那条走熟了的路,沿着楼梯走下过道来到母亲卧室。她庆幸自己有着拉萨贝娜家的珍珠做伴。至于要说几句理智的话,那她就只得寄希望于灵感了,而灵感又几乎与她无缘。在春风得意的时代,她是不必装模作样的:非讲不可的话会油然涌上心头。但现在,当跨进母亲的房间时,一个通过长期而费力的演习才学会的角色抓住了她,她机械地背诵:"我必须赞扬你,亲爱的!她不是很了不起吗,护士?"倘若用法语说,这似乎更具说服力。

无论是妈妈搁在枕上的头颅,还是盖在被单下的骨架,都说明人类的奇迹不会发生在她身上。拉萨贝娜夫人不安地察觉,她妈妈的精神却还在准备挣扎。

"了不起什么?"

"你女儿——多萝茜夫人——意思是:我们都发现你是位了不起的老太太。"

"了不起的老太太——哼!"亨特太太狠狠地磨着牙床,"了不起的风笛!"

"你说什么,亲爱的?"多萝茜颤抖地摸到那件东西:母亲的手腕。

当亨特太太被牵向——是的,完全是被牵向一个她未能预见的方向时,她还没决定如何回答她可怜的女儿多萝茜的问话。

"那天，我和你父亲一道去看休利特——休利特太太，她住在威尔伯福斯吧？对，那里有条河，经常泛滥，但休利特家的地势很高。你父亲正在喝他的鸡尾酒，这时一只鸟突然飞来停在他的肩上。那是一只——一只什么鸟啊，多萝茜？"

"一只金丝鸟吗？"公爵夫人已坐在护士拿给她的一张脚有点不平的椅子上。

"不知道，我该记住的，现在却记不起来了。我几乎想起来了。我们昨天吃卷心菜，脏死了：她把什么东西混进去了——煤——煤灰是吗？"

"我不知道，妈妈。不过给我说那只鸟吧。是只会唱歌的吗？"女儿身体前倾，脖子焦急地伸得长长的，宛如一只企望中的天鹅：她企望这次会面取得成功。

"唔——你知道——当然——是只相思鸟！"

拉萨贝娜夫人露出牙齿，哧哧地笑了，又变成了那个从来不曾长期地离开过她的女学生。

护士低声建议："我让您喝一点这个好吗？"说着从玻璃壶中倒出一种混浊的液体。"很清凉的，您母亲最喜欢喝了：大麦汤。"

"谢谢你，护士。"

"你知道我并不喜欢，是你强迫我喝的。"病人争辩说。

"谢谢你，护士，喝杯大麦汤，好极了。妈妈，谈休利特那只相思鸟吧。"

"我正要往下讲呢。它落在艾尔弗雷德的肩上——跳下他的手臂——又跳到空着的一只手指上——接着又跳上手臂。我看得清清楚楚。"亨特太太实际上在全神贯注地瞪着前方，目光射进并且穿过一面朦朦胧胧的镜子。"休利特太太真够为她的鸟提心吊胆的，竟叫一个花匠拿着枪守在窗外。"

"真的？那可是为什么啊？"

"你别急嘛。她怕鸟儿飞出窗子，飞到果园中去——怕有猫躲在深深的草丛中——等着扑上去。"

"可谁想得到啊——一个拿枪的花匠等着猫儿去扑那只鸟，那就干不了多少活了，是吗，多萝茜小姐——夫人？"

多萝茜呷了一口大麦汤，没有人真的要她回答自己的看法，就像人们对小孩子，虽然会问一声，但并不期待他们的意见。可是这句问话，以及啜饮着的清凉洁净的大麦汤，不但不使她感到厌烦，反而感到满足。

"无论如何，这真是件怪事。"巴杰莉护士承认。

可是亨特太太这时也许已魂游体外，坐在另一架飞机里，飞翔在果园的草坪上，那儿的一切都清晰可辨。

"休利特太太心爱她的相思鸟，所以操那么多心。我看还有点妒忌——那鸟如此恣意地向艾尔弗雷德卖弄风情。"

"后来怎么了，母亲？那鸟飞出窗子了吗？"

"没有。"母亲瞪着眼，思想更深地扎进往昔，"那次没有。据说有一次——嗯，后来有一天飞出去了。"

"那休利特太太一定急坏了。他们设法抓住了吗，亨特太太？还是叫猫逮住了？"

"不，我想大概被花匠一枪打死了。"

"啊啊！"

"啊，夫人！您看——杯子给我吧，大麦汤溅出来了。"

"我无法——我决不相信，母亲，您真的相信？"

"他们在河岸上见到它的尸体——颈毛上的血迹还没干呢。"

虽然多萝茜显然信以为真，但亨特太太却觉得自己不再相信了：她以为休利特太太要是亲自加以防范，那相思鸟是可以幸免于死的。一切生动的神话都是这样诞生的。

多萝茜又向前俯下身子。"那花匠——发疯了吗?"

"谁知道呢?那位俄国情人在满洲里——或者在别的什么地方——杀死莉莲·纽特利的时候,难道也疯了吗?"

多萝茜见巴杰莉护士不断地翘起嘴唇,直到那张平坦的、苍白的脸上只有那么一个微微发红的凸块;同时头巾有意地闪了一下,仿佛在试图打信号。"吉德利医生在特殊情况下会来——只是一个预防措施。"她终于小声说出了这话。

听她说话的人突然感到非常沮丧——既不是拉萨贝娜夫人,也不是多萝茜·亨特,而仅仅是坐在椅子上的一位来客。如果她终究从一群门客中回忆起吉德利医生,他也许会给她一种亲密的感觉;可是她想不起来了。

母亲没有听到护士的话,或者故意装作没有听到。"给我说点什么吧,多萝茜——不过要说重要的。大家都飞来飞去的,我想听点新闻。"

多萝茜想说点什么,但怎么也想不出。

"你那个婆婆——还在世吗?"

"不在了,她——死了。我写信告诉过您。"

"我想她大概死了。"

"她得了支气管炎。"

"她没有活下去的意志。"

"并不是大家都有这种意志,要不,人就太多了。"

"还有一位女人——患甲状腺肿大的——尤拉莉亚呢?"

"也死了,我也告诉过您。"拉萨贝娜夫人窘迫地转身对母亲的护士说,"她是我丈夫的英国姑妈,至少是个法国人,但嫁给一位英国人。他后来到蔚蓝海岸去了。"

巴杰莉护士高兴极了。"我丈夫也是英国人——锡兰的茶园主。我们到英国去度蜜月时路过巴黎,只路过一次。戈登上过公立学校,萨塞克斯的布赖顿学院。您知道布赖顿学院吗?"

公爵夫人不知道。巴杰莉护士简直不相信:那么有名的学校啊!

"巴杰莉护士,李普曼太太该给你们用茶点了吧——或者喝点什么——马德拉白葡萄酒,餐具架上有很好的马德拉白葡萄酒,艾尔弗雷德很喜欢喝这种酒。"

"您知道烈酒我是不沾唇的。"

"我想与我女儿谈谈——单独谈。"亨特太太说。

她从那裙边像刀锋似的裙子发出的响声中听出自己把护士激怒了。这就使她要送两件礼物给人了:威勃德太太和巴杰莉太太。

当护士带上房门时,公爵夫人觉得自己被囚禁了,不但禁锢在房间中,而且禁锢在自己的躯体里。她在不祥的预感中伸手去拿巴杰莉护士移开的那杯大麦汤,希望从呷饮乏味的大麦汤中寻求慰藉。双目失明的母亲仍然让镜子团团包围着,公爵夫人在其中的一面中瞥见了自己,倘若不被紧接着将要发生的事情吓得张皇失措,那她很可能会发现自己的眼睛深邃而明亮:其实还是够美丽的;此时此地,她的心却只能在对各种后果的想象之中剧跳、飘忽。

亨特太太实际上此刻正享受着与她所爱的人儿单独地、静悄悄地相处的快乐。(他们确乎相爱情深吧?对于别人的心思,你是不可能有什么把握的。有时,你会发现他们恨了你一辈子。)这种深沉的恬静,与她同德桑蒂护士相处中所享受到的虽然不无相似之处,却有其本质上的殊异。与夜班护士相处时,她经常处在对什么东西的崇拜之中。这种东西如此庞大无私,无论你的心力具备什么素质都无法加以描述。而另一种深沉的恬静,即她希望在同多萝茜的相处中开始享受到的恬静,则是她回到"库杰里"照料艾尔弗雷德的不治之症时体验过的。有时,他们心心相印,既无固执任性的阴影,也无占有欲的踪迹。在陶然之中,一切触感上的欣慰是同时存在的。至少,你是这样感觉,这样认为的,或者希望别人也获得同样的感受。

亨特太太谨慎地咳嗽几声,向她默无声息的女儿的方向伸出触角。

多萝茜嗫嚅了一阵,说:"我想,亲爱的,他们应该给你换条地毯了。这地毯有的地方都磨光了,尤其是门口那地方。"

亨特太太喘息着皱起眉头。"我可没注意到。"随即恢复了平静。"他们没有告诉我。"她慢慢地转动一两只戴在手指上的戒指。"我看他们以为我快要死了——不值得一换。"

多萝茜掂量着母亲痛苦的声音。

"可我偏不死——无论如何,不到我想死的时候我就不死。我相信不想死的人就不会死——除非雷轰。"

"没有人说你要死啊,母亲。"

"那为什么大家都从天涯海角飞来了呢?"

"因为你病了嘛。你不是病了吗?"多萝茜踢着一只床腿,一个很不雅观而又毫无必要的动作,要不然,她那只脚倒能算是十全十美的。她从来不曾换下典雅的派尼特牌鞋。只有恶棍才认为她无权嘲弄时髦风尚,也只有恶棍才会在一个傻大姐似的女学生身上看见派尼特鞋和经过伪装的香奈尔短衣裙。"你不能说你没生过病吧。"她继续踢着床腿,由于愠怒而变得迟钝的嘴唇又补了一句。

母亲说:"别踢了,多萝茜,求求你,我不希望我的家具被糟蹋。你得学会克制自己的感情。"

拉萨贝娜夫人知道自己差点落下眼泪:因为巨大的无休无止的

憎恶在反抗过分抑制的感情；当他们最后摊牌时，他不是竟指责她"冷漠无情"吗？

"我只能——哎，把你飞来这件事解释为缺乏克制自己感情的能力。"母亲还在训她，"大概他们告诉你我得了中风。如果是这样，那他们就传错了，我不过稍微有一点——简直一点也扯不到中风上去。"

多萝茜·亨特尽量把双手插进那张积满灰尘、坐起来很不舒服的旧椅子里面去，仿佛要把它戳穿似的。

"无论怎么说，你飞来——是为了看着我死——或者，如果我死不了，就向我要钱。巴兹尔也一样。"

"天哪，母亲，您就一点也不考虑考虑人情吗？"怒发冲冠的女儿蓦地从椅子深处抽出双手：她母亲的话由于部分属实，所以更显得残酷无情。"我不能替巴兹尔负责，我根本没有见到他。巴兹尔是什么事情都做得出来的。"这话毫无疑问是真的，它将她的一阵羞愧淹没在一阵憎恶的浪涛中。

不，这话淹没不了她的羞愧；她痛恨谎言：那些半真半假的谎言，其中大多数她往往是被迫说的。

"您太不公正了！"啜泣声从低吟渐渐升至号啕。

仅仅在这个时刻亨特太太才感到他们可以互相结合了。同时，这种她所能挑起的感情的爆发既折磨着她，又使她深受感动。

亨特太太没有必要劝诱多萝茜恢复平静：她们的冲动是彼此相通的。面前的多萝茜仍然是那个瘦小的、永远备受折磨的小姑娘——双手紧紧地抓住被单，与你枕着同一个枕头。不久，你就同她一起哭泣了，虽然声音很低，但很畅快。

"无论如何，这对你有好处。"当她们不再有理由继续放纵自己的感情时，亨特太太说。

"对我有什么益处?"多萝茜把俯身半倚在床上的坐姿换成比较自然、比较舒适的姿势;同时,拉萨贝娜夫人开始对着一面远一些的镜子细心地轻轻拍平自己的头发:她既没有从自己的形象中,也没有从母亲关于获益于"有好处的哭泣"的含义中得到安慰。

"嗯,我是指——悉尼的空气。"亨特太太挑选了空气,"这不就是我们过去到这儿来的原因吗?你患着支气管炎,在酷暑之后来逃避戈岗的严冬。"

多萝茜心里明白这是她过去来这儿的正式原因,回答说:"真的,我不大记得支气管炎了,大概那时年纪太小。"

"巴兹尔会记得的。"亨特太太说。这句话听起来一定颇为洋洋得意,连她自己也发现了。"巴兹尔连最细小的事情都不会忘记。"

"巴兹尔有天分。"多萝茜不再反感了;在被迫承认的情况下,她仅仅消极地鄙视巴兹尔。

"我记得,你在悉尼的温和的空气中,很快就恢复了健康,以后你就不再患支气管炎了。"其实,正是她自己宛如一朵异花怒放在同一枝干上,当黏糊糊的夏日将尽,南风吹来,在衣服下抚摸她的身体时,她觉得那么奇妙,仿佛自己赤身裸体似的。

"悉尼的天气总是靠不住的:变化无常、不可捉摸。"公爵夫人激动地说,"这就是悉尼人之所以为悉尼人的原因。"

"哎,可他们和善、好客——无拘无束。"亨特太太仿佛在朗读一本介绍民俗的小册子。

由于谁胜谁负尚未定局,母亲问:"冬天——在巴黎——你穿羊毛衫吗,多萝茜?"

"不,"公爵夫人回答,"因为室内有——壁炉①,而外出时,我穿

---

① 原文为法语。

毛皮外衣。还穿毛皮靴。"她又补充了一句。这样的回答可以使任何通情达理的法国女人感到满意。

"可最好的还是羊毛制品,还有牛排。我劝一切独身女人到外面吃饭时要点牛排——被男人邀请的时候。"

"烤嫩牛肉!"多萝茜·拉萨贝娜纵声大笑,"母亲,不过我已不再有人,有男人,请了。或者说不经常有。"

亨特太太似乎不相信她的话,无论如何,她决不相信自己是那样。她蓦地闭上嘴巴,然后又开口说:"有这么一个男人——叫什么名字来着?阿索尔什么的,我不喜欢他,我们在那次宴会上碰见的。叫阿索尔·施里夫吧?是我们搬进这幢屋子后。我肯定不喜欢他。他是个商人,或者是搞什么可怕的——搞政治的。"

多萝茜怀疑自己是否有听完的耐性。

"你还没有告诉我你这次飞来的情况呢。他们让你吃得不错吧,亲爱的?"亨特太太在拉客套时忽闪着眼皮。

拉萨贝娜夫人喜出望外地接过这一话题。"不错,我吃得很不错:搭了法国航空公司的班机。食物精致极了,根本不像你们的澳洲航空的袋装食品。"

"咳,可亲爱的——澳洲航空——世界上首屈一指的啊!"

母亲听见女儿哼了一声,以为那是法国式的嗤鼻:法国人自视甚高,而多萝茜却因为那个暴发户似的公爵,竭力效尤,经常憋着鼻息,差点闷死。

亨特太太见过那个公爵:餐馆的粉红色灯下,只见一张豁嘴上,下嘴唇凹缺洞然。她要了份酱汁嫩牛排。一阵相互憎嫌之后,她觉得自己和休伯特彼此之间渐渐产生了好感。当时,艾尔弗雷德说:"我们乡下的食物比较清淡素雅,我们认为没有必要用许多佐料和酱油之类的来装点食物和刺激味觉器官。"倘不是她在桌子底下拼命踢他,恐怕他还会把情况搞得更糟。

由于老公爵夫人坚持去不了一个既陌生又遥远的国度①,他们便去那地方参加女儿的婚礼。那是伊丽莎白第一次俯就别人:这对她说来简直难以相信;同时又不愿忽略她的小多萝茜被接纳进罗马天主教堂的事实。可是,你毕竟忽视了:你那姿色平庸的小女儿站在参加婚礼的人群中,虽然身穿在里昂精心定制的手工礼服,但无论多么优雅,点缀了多少饰物,都丝毫不能掩盖你把小女儿出卖给公爵的真情。瞬时,在赞美诗和芳香之中,伊丽莎白·亨特精神上起了一身鸡皮疙瘩。(荒唐!你转而想起自己,除了少女时代,在晴朗的早晨沿河边散步时的个别场合外,从来不具有宗教感情。不,后来还有一些别的更加隐秘的场合。)尔后,她在女儿头颅四周此起彼伏的说话声的海洋中颠簸摇荡,随波沉浮。她的女儿!几个年长的法国男人的目光,透过显贵的威仪和樟脑丸的气味投向新娘的母亲。还有那位站立在神坛台阶上的神父。她从来不曾碰到神父的目光,更不必说感觉到它的锐利了;冷峻的目光能够烧灼到内心的最深处。这时,她为艾尔弗雷德的肩膀而感到庆幸:她的靠山,即使不常常是,至少在需要时用得着。

"照说,艾尔弗雷德的头脑并不复杂,他对任何事情的发生都处之泰然,可真令人吃惊。"亨特太太说,"布利文特,多萝茜——你要去看望布利文特一家吗?"

"为什么要去呢?"

"切丽可是你的好朋友啊。当——当——你爸爸决定送你去巴黎时,还是布利文特夫妇陪同的呢。你爸爸很相信查尔斯和维奥莱特,认为他们是你在国外时可靠的保护人。"

---

① 原文为法语。

"您在责怪布利文特?"

"我谁也不责怪。"

"那我就放心了。该责怪的只有我自己。"

亨特太太以为听出了一种受虐狂的腔调,但不知是否能够加以利用。

"嗯,我以为你要去看看切丽,她嫁了个好丈夫。据说——我没见过他,是证券经纪人什么的。他们住在北岸。只能住在那儿。切丽很幸福。"

一辆救护车刺耳地驶过安泽克广场。也许是消防车吧?拉萨贝娜夫人还没学会区分悉尼市中各种各样的紧急情况。

"多萝茜,亲爱的,我真猜不透你为什么不住这幢房子。互相安慰嘛。还有高明的厨师。当然,我得手把手地教她——那位李普曼太太——你见到我的管家了吗?"多萝茜心跳得厉害。

"你的老房间,与你离开时几乎一模一样。纵使别人企图毁灭他们自己,一个人还得——从实质上——尊重他们。我给你房间,给你门锁钥匙,给你经济上的保证,但愿你体会到那个冷冰冰的巴黎公寓有——多么——凄凉。"

多萝茜·拉萨贝娜原打算飞到母亲病床边来宣布一项最后通牒,如果必要,一个残酷无情的最后通牒;现在她来了,但头却沉甸甸的,不得不用双手撑着。"我不知道,妈妈!"她在手腕后面喃喃地说。

"考虑一下吧,亲爱的。为那个原因什么也决定不了——你知道我决不会让你缺什么。"

沉默了,两人都沉默了。公爵夫人犹如沉入了水银湖底,而亨特太太则仿佛是生于水银,长于水银之中的。

"告诉我,多萝茜——你还没说起过呢。从巴黎飞来的情况,天气怎样?"

在拉萨贝娜夫人以前的交往中,大多数老人都念念不忘天气。这种萦念,表面上是抱怨风湿病痛、伤风感冒,但骨子里,尽管掩藏在理智的讪笑或厚厚的脸皮之下,却包含着对那些敌视他们的自然力的极端恐惧。

所以,毫不奇怪:亨特太太几乎是惶惶然地问道:"天气很坏吗?"

"不,就是说,除了飞过孟加拉湾那一小带地方时以外,一路上天气都很好。对了,那时天气很坏。"

拉萨贝娜夫人又一次发觉自己一只手按着珍珠,另一只手护着头巾。当然,她并不感到羞惭,因为母亲看不见。现在,这个老东西,与其说惶恐不安,倒不如说沉浸在兴奋之中,在期待女儿的故事。

"飞机颠簸震荡,剧烈晃动,我怕得要命。这场风暴简直叫我不敢想象什么时候才能到达悉尼,甚至连葬身海底的景象也油然涌上心头。幸好坐在我旁边的一位男人使我鼓起了一点勇气。"

"怎样使你鼓起一点勇气的呢?"亨特太太重新闭上眼睛,话一问完就响起那种清醒的鼾声,接着一直张着嘴巴,仿佛想要吸几口赖以存活的空气。

"就凭他对我说的话啊。"公爵夫人回答,她脸上绽开的窃笑使她眉舒目展,颇谈得上有几分姿色。

"什么?"亨特太太狠狠地问,同时依旧打着呼噜。

拉萨贝娜夫人暗暗庆幸,周围那些操各种语言的旅客,谁都不想作点自我介绍。发动机发出的吃力的轰鸣声,恰好掩盖了她那些一直萦绕于脑际的念头。一般说来,她喜欢同素昧平生的伴侣旅行,可是眼下他们遇到的风暴使她的神经紧张到极点。

在此之前,她曾经对邻座的一位年岁较长的男人很有礼貌地、几乎不感什么兴趣地瞟了几眼,猜想他既不是法国人,也不是英国人。也许是白俄吧?他的侧影并不十分奇特,也没有什么不可捉摸的地方;只是太矜持了,大概是个只顾实利的人。这时,为了消磨时间,她的邻座开始一页页地翻弄护照。她又瞟了一眼——并非完全出于好奇,也许同样是为了消磨时间。她从护照上看见他是荷兰人。

这个发现,在一定程度上,至少对于她那深受高尚纯洁的社会风气熏陶的澳大利亚心灵来说,乃是一个安慰;但她的法国自我却因此感到憎厌,对他不屑一顾。直到那场风暴真正地攫住他们,她那迥然不同的两部分心理才由于恐惧而合二为一。这时候,她真心诚意地感谢这位荷兰人的存在。

她撞到他的肩上,发觉他熊腰虎背,体格颇为健壮。他的双手粗大厚实,很能干活,虽然已属苍老,却显得灵活有力。同时,她觉察到一种非同一般的精神,一种仿佛要超越常人的肉体界限的精神。他有一种严峻的、清心寡欲的神态,根本不像她婆婆那样矫揉造作、墨守教规。而且在这个荷兰人身上,你可以看到一个激荡的灵魂,一个思想解放的牧师。

她认为他的高龄允许她自由地发挥各种想象,而正在想入非非之时,蓦地,所有的乘客都被抛到安全带所限制的最高点。

"咳,真把我吓了一下!"拉萨贝娜夫人用法语轻叫了一声,又微微一笑。这一笑,多半还是冲着自己的。

"你没有受惊吧?"荷兰人操着纯正的英语问道。

"唔,不怎么样——稍微有一点儿。"多萝茜·拉萨贝娜勇敢地回答。在基本上恢复了盎格鲁-撒克逊腔调后又说:"我只担心我们要迟到了。"她咳嗽起来,因为她的眼眶已经湿润了。

"大概遇到台风了。"荷兰人对他的新交说。

"肯定不是!"她尽量镇定地回答,"台风不可能在这样的高度袭击我们——是吗?我对台风的习性一窍不通。"

"我只有海上的经验。"

她不知道自己为什么一听到这句话就会那么高兴,她深深地吸了口气,以新的兴趣打量着他的大手。

开始,在找到能听清互相说话的合适角度和距离之前,他曾把脑袋凑近她的肩膀,但没有一次,甚至在关系热乎起来以后,他掉头看过她。他们的关系那么不一般,同时是那么拘谨,多萝茜不禁回想起忏悔——学会忏悔是她与休伯特·拉萨贝娜结婚而获得的比较实际的好处之一。一时间她很想向这位近在身旁的"牧师"倾诉她说不出叫什么的——不,一切。最后,从他的神态,她猜度他对这种令人欣慰的方式一无所知。

然而,她并没有完全猜错。

"数年前我在海上——在一艘货船上当船长。"荷兰人以平淡而尽量清晰的声音说,"遇上了台风,几乎送命。一连好几个小时,我们被抛来抛去,乱碰乱撞——后来突然平静了——成了我曾经经历过的海上最大的平静。上帝让我们进入风暴眼了——你知道风暴眼吗,风暴中平静的中心——我们躺在风暴眼中休息——周围有好几百只海鸟,也都栖息在水面上。"

相形之下,令飞机颠簸不停的阵阵风暴变得那么微不足道了,拉萨贝娜夫人不禁为之惭愧;同时,虽然她对收拢翅膀、漂浮在身边的海鸟的景象并不生疏,但一想到自己很可能终身没机会进入这位荷兰船长所描述的风暴眼,却不免为之沮丧。

"当然,我们还得被撞一次——风暴眼转移了,另一垛风墙又席卷而来,不过不那么凶猛了,可以说是强弩之末,风暴的威力已经减弱了。"

他随即闭上眼睛。她可以询问的东西很多;也许,当他睁开眼睛时,不妨贸然一试。她坐在座位上,似梦非梦地遐想着,双眼紧盯在他手背上一条粗大突出、无声无息的静脉上。

其实,他瞌睡一醒就从座位上挣起身子上厕所了。尽管微不足道的风暴似乎已经过去,他们仍被告知系好安全带,并准备在曼谷着陆。

所以她就没有再跟那位荷兰人谈话了,只低低地嘟哝了几声。他们在机场上拖着懒洋洋的脚步走下飞机,彼此哼了哼,点点头,莞尔一笑,仿佛因为分享了某个秘密而觉得很有趣似的。

在曼谷,她搭上了去澳大利亚的班机,于是就失去了那位荷兰旅伴,也许永远失去了。

"说完了?"亨特太太睁开眼睛。

"是的,说完了。我知道没有什么奇特的地方。没有亲耳听到这位既很平常又有些不平常的人的谈话,谁也不会留下什么印象,但他给我的印象是,"她挣扎着,费力地穿过那该死的语言障碍,"他就是镇静和智慧的化身。"

这时,母亲几乎消失的凝视中闪出昔日的蓝宝石的光芒,吓得多萝茜·亨特几乎失去记忆。

"多萝茜,我难道没有对你讲起过我在一次旋风中的经历?"

母亲料你不知道。她站在楼梯顶上,伸出一只手臂在指指点点,穿着极其合体而耀眼的白色衣裙:清凉爽快,非常典雅,多萝茜虽然经过婚姻的考验,驱除了许多疑惑,也许还获得了一些成熟的结论,但现在还毕竟是女儿,这个人间威严的象征,无论以什么形式的内幕来威胁她,都会把她吓到疯狂的边缘。

"没有,"她分辩说,"您没说过——但我好像记得听到过——对,一场风暴。"

她必须得到宽宥。母亲必须宽宥她这一次。

"当时如果我没有写信告诉你,那一定是对你的行为太气恼了——那么怒气冲冲地飞了。"亨特太太似乎说得非常理智、平静、公允,"那时沃明夫妇邀我们到他们岛上去小住几天。他们不得不匆忙地离岛,他们的一个孩子病了。接着你也突然走了。你错过了许多令人兴奋的事情——真是傻瓜。"

亨特太太轻轻地笑了起来。听那笑声,仿佛还保持着那两排小巧玲珑的牙齿。"那位教授叫什么名字?"

多萝茜·亨特痴痴地答不上话。其实大可不必,那已经是十五年前的事了。

"总之,旋风袭来时,我在那个岛上。咳,我以后讲给你听——当我有气力的时候。我能够想象你那个俄国旅伴所说的海鸟。"

如果她精力不济了,那么残忍的本能却不会使她失望:竟然把爱德华·皮尔拖了进来。对于心爱的人儿,母亲都忍不住要给予残酷的刺戳。在她姿容艳丽的韶华岁月,爱她,一如许多人那样,就像爱慕,或者更确切地说,"赞美"一柄藏着利剑的珠光宝气的华丽剑鞘:在某种疯狂的怪癖驱使下,这柄利剑会锵然而出,砍掉你的耳朵,砍掉你的手指,砍掉你的舌头,甚至刺穿那些崇拜者的心脏。然而,我们虽然于心不愿,却继续主动任其劈砍。今天,人们所崇尚的似乎也还是那柄剑鞘:由于年代久远,上面的珠宝已经松散失落,珠宝失落处的凹窝泛出铜绿,它本身就是充满仇恨的普通宝石;但那柄利剑,尽管历经岁月流逝和长期使用,却青锋犹存。

她必须设法表明她对母亲的爱,这是她一直没有弄清的问题。

还有那场旋风:为什么要使伊丽莎白·亨特经历这次风暴眼

呢？真是！悔过自新的心理,是不是使那些耄耋之年的人们能比较容易地改变世俗、荒淫的本性,而达到最后的宁静、宽恕的境界呢？无疑,在那些风暴眼中栖息的海鸟中间,母亲满可以想象到上帝对她的恩宠,犹如想象从休利特太太家逃出的相思鸟以及那位疯疯癫癫或者神经错乱的花匠一样。不过,多萝茜·拉萨贝娜想起公爵强加给她的,比肉体折磨更痛苦、更可怕的精神折磨,倒觉得相思鸟的惨死并非虚构。

这时,门被敲了几下,传进巴杰莉护士的声音:"亨特太太,亲爱的,告诉你一个没料到的好消息,吉德利大夫来看我们了。"

不知出于勇敢还是出于愚蠢,护士不等里面答应就破门而入了,而这一次她却似乎猜对了。

她的病人犹如刚背熟一篇课文——尽管是一篇很不重要的课文——的小姑娘似的放大喉咙。"那真是太感谢他了。"亨特太太说。

"我们实在不能不进来看看——当我们路过的时候,是吗?"大夫是位身材魁梧的年轻人,笑起来满脸横肉。

"是不能不进来啊——你电话上答应过德桑蒂护士的嘛。"

大夫不加理会;但值班护士却噘起嘴巴,鼓起腮帮,为病人迫不及待地抢白大夫而愤愤不平。

接着她想起了什么,心里一亮。"这位是——亨特太太的女儿,吉德利大夫。"声音虽然有点尖刻,但金边眼镜后面的双眸却放射出了柔和的光彩。

"唏!"大夫倒退一步,伸出手来,发出叹息般的嘘声。

公爵夫人仿佛觉得自己患了一种医生从来不曾见过的罕见病,因此害得他想偷偷地去查书似的。她避开他的手回答:"你好,吉德利大夫。"吉德利大夫虽然最近已经长大成人了,但至少在她眼里,或者至少在现在这个时刻,他还仍然是个相貌平常、脸上留着两片时髦的胡子的大孩子。

他似乎没有注意到自己受到的冷遇,只顾走到床前,把医疗箱(比他自己更加寒酸)放在脚边。"怎么样,亨特太太?好日子啊,不会太累吧?"他不等回答,就抓起了病人的手腕;那手腕服服帖帖地伸给他,真令人惊讶。

(说真的,那么粗大的手指,恐怕只能切诊雷鸣一般的脉搏吧?)

"她好极了——真的好极了。"护士有点多余地转过脸对亨特太太的女儿——公爵夫人唠叨。

大夫皱了皱眉头,于是护士回过脸去履行自己的职责,笔直地站着,活像一个怯懦的士兵。

"很正常。"吉德利大夫最后大声嚷道。

亨特太太也大声嚷道:"我一点也不正常——我希望,你现在早该弄清楚了——大夫——吉德利先生!"她的嘴角极力想做出已经半忘了表达恶意的样子。"不然,我花钱干什么?难道说是要一个身体正常的诊——诊断吗?"

吉德利大夫猛地坐在最近的椅子上,合在一起的手指在两条叉得很开的大腿间荡来荡去。"行,行!口授你的诊断吧,亨特太太,我能学会。"两捆香蕉般的手指乐得乱拍臃肿的大腿。巴杰莉护士压抑住心头的高兴,鼻子里哧哧发笑。

两位侍者的力量建立在自己做的都对而别人想的全错的信念上。这使多萝茜十分同情她的母亲:母亲,即使在她最专横傲慢、最滔滔雄辩的时候,也可以从她的态度中看出,一当她意志力薄弱,就可能与某个静止的物体发生碰撞,或受到迎面冲来的物体的打击。母亲和女儿,她们都是梦游者,但从房间相对的两头出发,会合时往往不可避免地要发生碰撞、冲击。

现在,对方身上仍然映射出他们使命的光芒——防止一个人体的死亡,即使它濒临死亡的边缘——面对着这种实实在在的乐观力量,他们脸上都挂起了会心的微笑。

就在这样的情况下,亨特太太悄声细气地说:"我和我女儿打心眼里相互了解。"

如果确实如此,那也应该心照不宣。因而,多萝茜嘟哝了一声,在椅子上扭着身子,差点伸出手来阻止母亲,生怕她说出不三不四的话来。

亨特太太则执意要暗示一下他们之间的亲切。"你们进来之前,我们谈得正高兴呢。她告诉我乘船来的情况。"

"乘飞机,母亲。"多萝茜纠正说,马上脸红了起来,"这次旅行没有什么不平常的事情。"她的口气,倒像是拿旅途的平安无事来吓唬巴杰莉护士和吉德利大夫。

这话本该使他们得到安慰了,但年轻的大个子医生仍然显得局促不安:按理说,他至少得问问天气之类的话,只是亨特太太女儿的头衔这个问题却使他不好开口。

于是,他嘟哝了两声。

亨特太太在枕头上微微摇晃着脑袋,好像要演唱一首即兴歌曲似的,然而等到开口时,那嗓音又细又尖,绵绵缕缕,犹如孤零零一把小提琴的细弦上拉出来的袅袅之音。"她告诉我碰到一位可爱的荷兰人——以及库拉索岛附近遇上飓风——很神秘的际遇哩。"

医生和护士都哈哈大笑,借以表示自己的兴趣或掩饰自己的怀疑。显然,除了亨特太太,大家都感到很不自在。

巴杰莉护士试图提醒病人别忘了自己的身体状况。"你的枕头疙疙瘩瘩的,亨特太太,我把它们抖抖松吧。"

在护士抖枕头时,亨特太太也同样被自己的思绪摇撼着。"是的，我回忆起那些海鸟了——波浪像一座座小金字塔——黑天鹅在浪谷中栖息。"

吉德利大夫抓住天鹅作为告辞的借口："如果没有什么事情，那我们就不妨碍您和您女儿的团聚了。"

"喔，有事情！有啊！我想请你配点让我睡觉的药，随便什么都行。"

医生和护士面面相觑。巴杰莉护士说："可你是能睡的啊，亲爱的，你知道你睡得——可香哩。"声音亲切得过于做作，简直令人骨酥肉麻。

"我躺在床上——翻来覆去睡不着，几年前，有一次什么人给我开了点药片，一吃下去效果可好呢，就像顺着光滑的漏斗往下滑，一直穿过漏斗口，落进黑暗中去了。"

她聚精会神地听着别人的反应。

"我就需要黑暗，"她坚持说，"那些在灰蒙蒙的亮光中晃来晃去的人影真扰得我受不了。"

她一定听到医疗箱打开挂钩的声音了，因为她开始显得平静些了。医生在拍纸簿上画了几笔，撕下一张递给巴杰莉护士。

"您这样大年纪，没有理由不让您得到能使您高兴的东西。"吉德利大夫的腔调，使人觉得仿佛这个道义上的，加上药物上的药方都是他的首创似的。

看来亨特太太似乎觉得是这样：她脸上泛起少女似的感激的表情，仰望着医生微笑。要是以前，大概至少还会被亲吻一下；而现在却不得不满足于被人笨拙地在手上拍摸几下啰。

当母女俩单独相处时，拉萨贝娜夫人不满地说："不料你竟请了吉德利这样的医生，我还以为是年纪较大、经验较多的呢——依我看，总得像威勃德那种人才行啊。"

亨特太太笑了笑："我知道吉德利治不了什么毛病,不过从他的抚摸中我可以感觉到,他是我可以当作情人的那种男子。"说着微微扭动一下身子。"我叫你吃惊吧,亲爱的多萝茜?"

多萝茜表示并不吃惊,她甚至很高兴她们之间隔着一层迷雾,以便更仔细地观察她的母亲。

"别以为我一贯淫乱。唔,有一两次我是不忠实——可仅仅是一种试验——事实证明这种试验并不值得。我想,对于大多数女人,性欲的乐趣在很大程度上是一种想象。在听任丈夫的摆布时她们想象着情人;在情人的怀中又惋惜记忆中丈夫的无聊乏味的德行。"

公爵夫人和悦地劝诫说："您大概累了,母亲,尽说些想出来的胡话。"无论如何,她确实累了。

亨特太太本希望看到的多萝茜不是那么朦朦胧胧的一团,而是比较清晰的形象,以判断她是否有过情人。也许,多萝茜的麻烦在于,休伯特这个人,情夫的成分太多了,以至于他的妻子无法体验到他是个丈夫。

"现在,我要离开你到俱乐部去了。"拉萨贝娜夫人宣布。

"可我们还以为你在这儿用午餐呢。"亨特太太刚才的智慧都萎缩成一小块破皮了。"我的管家——李普曼太太——将让你吃一顿精美的午餐——独自在餐厅里吃——或者在这儿,跟我一起在托盘上吃点点心。"接着,她似乎发急了,又说："你没见过她吧?嗯,我是指在社交的场合。她有时为我跳舞。一个会跳舞的厨师,多萝茜,你感到惊奇吗?"

"现在,母亲,我已经不惊奇了。"

亨特太太听到女儿戴上手套。唉,事到如今,被钢线死死地束缚在床,你只能相信过去了。

当她们亲吻,多萝茜·拉萨贝娜确信自己一定能够逃脱时,她决定要问一问那条毛毯。"我老房间中的那条毛毯——那么柔软——是什么皮啊?"

"鸭嘴兽。"

"可鸭嘴兽是受保护的啊!"

"是的,它们受保护。那些鸭嘴兽是亨特老爹杀的,艾尔弗雷德很慈悲。"(她至少终于认识到它是别人的一种美德了。)"艾尔弗雷德把那条毛毯作为结婚礼物送给我。因为是难得的珍品,他想铺在我们床上,但我要他让我收藏起来。我倒不是喜欢它的毛皮,我并不稀罕它。艾尔弗雷德生病的时候——临死的时候——他记起鸭嘴兽毛毯,要我取出来。那最后一个严冬——在"库杰里"——我们把他扶上椅子之后,我常把它盖在他的膝盖上。我相信,那时我们都不再去想那些被虐杀的可怜的小动物了,即使想到,它们也变成了自愿献身的动物。"

她记得那么确切,只有话音消失后的沉默可以与之相比。

"多萝茜?"亨特太太探问了一声,以肯定女儿确实已经离开了。

多萝茜·拉萨贝娜跟跟跄跄地走下楼梯:恍惚若梦;梦中,她依稀记得自己在践踏刚出壳的雏鸟,在游向甘愿被捕猎的鸭嘴兽生活的水域。她一路践踏着,蹒跚而行。在客厅中,她觉得自己推了什么一把。推了什么?妨碍她的只有空虚——还有罪孽、柔情、欲望、失去的机缘。她绝对不能忘却母亲是个邪恶的、不长心肝的老太婆。但即使你忘了,巴兹尔也会记住的。(他是唯一能和母亲匹敌的心狠手辣的人。)呸,呸,你这个可怜虫!即使过去确实有人对你表示过爱情,你现在也不相信了,会吗?

一想起她还得去对付她的弟弟,她就朝客厅大门奔去。

第二章

公爵夫人向外奔逃时,只听见大门外的锁咔嚓一声,一位年轻女子正想跨进客厅。两人都打了个趔趄,弄不清到底谁有权先通过大门。当然,拉萨贝娜夫人知道自己的权利是无可非议的,而一想到竟会有人对此提出异议,怒容就爬上了她瘦长的面孔。接着,愤慨和礼教观念一齐都烟消云散了:那姑娘太年轻,太容光焕发了,公爵夫人感到不能剥夺她的权利,何况她温柔的嘴唇还洋溢着微笑。她唇若夭桃,鲜明悦目,好像涂的不是口红而是油膏;她的塑料玻璃耳环呈漩涡形,精巧可爱;那身衣裙上,巨大的太阳图案红紫争艳,令人目眩,尤以双乳中间部分为甚。一瞬间,青春的光辉射得这位年岁较长的女人眼花缭乱,顾不上道歉。她受到感染,露出一丝笑容,也使她想起刚才忘了重新化妆一下嘴唇:刚才绞尽脑汁、耗尽心血,竟没有心思再涂些红红的唇膏。

于是两人微笑着,嗫嚅着,擦身而过。她们都在猜测对方的身份,又都不想加以证实。公爵夫人双脚留神,移步走下大理石台阶,小心翼翼地绕过小路的急弯。小路最后通向大门和那辆她没有预定的出租汽车:能逃出屋子就谢天谢地了。此间,舒了口气的护士始终驻足门口注视着,快活地领略公爵夫人离去的最后情景。拉萨贝娜夫人没有回眸观望：那样有失端庄，她想起忘了的行李（阿诺德·威勃德带去了吗），但还是没有停步。她一边一步步留神地保护脚下那双典雅的皮鞋，一边仰起法兰西鼻孔，嗅了嗅澳大利亚桉叶的浓郁的香气，喟然叹息了一声。其间，护士叉开双腿站立着，炫目的超短裙下，两条大腿散发出晶莹的光辉和青春的活力。若非训练有素，善于在病人面前克制自己的憎恶感，她难保不砰的一声使劲地关上大门。

曼胡德护士甩着橘黄色的塑料提包，穿过客厅，走进李普曼太太正在准备中饭的厨房。虽然白纸黑字写明巴杰莉护士吃过中午饭之后下班，但曼胡德护士应按时赶来用膳却是大家默认的。这正如弗洛拉·曼胡德的看法，纯属理所当然。

"哎哟！我们还以为你要迟到了呢，弗洛拉朵拉！"管家讲话时的文理不通，与她那一本正经的猴子脸很不相称。这常遭到杰西·巴杰莉的嘲笑——对一切外国人的嘲笑。但弗洛拉·曼胡德却至少有些时候有点无政府主义。

现在，她凑近管家那什么都听得进的耳朵悄悄说："我终于见到她了——所有俄罗斯人的母亲玛莉·安托万内特，拉萨贝娜公爵夫人。"

管家尖叫一声，愈加使劲地刮起锅子。她猛地背过身去，如同被一条从黑暗中飞射出来、掠夺空荡荡的地板的长长的闪光羽毛撩拨了一下。

"假如母亲骑马去。"[1]李普曼太太唱道，用铁匙打着节拍。

"你们在高兴些什么啊？"巴杰莉护士在早餐室里唤道。那是李普曼太太让护士们用餐的地方，她已经在那里坐下了。

---

[1] 原文为德语。

当食物被送进嘴唇时,巴杰莉护士的叉子都包含着轻蔑的态度,她偶尔还摇晃一下戴得端端正正的头巾,以强调她的不满。可是使人惊奇的是,她的食欲竟然十分旺盛。可她无法掩盖的是那件僵硬的制服下面小西瓜般的肚子和她对她同事的看法。后者穿着出门穿的衣服,坐在桌旁,正在狼吞虎咽地吃着滑溜溜的、奶油太多的熏火腿炒蛋。

此外,还有酸奶油浸黄瓜,上面漂亮地撒有几丝莳萝;迈森出的瓷盆中有一块巧克力蛋糕①,衬纸已被油浸透。"啊,好极了,好极了!"弗洛拉·曼胡德两眼盯住蛋糕,扬声尖叫,"你今天不抽烟了,洛蒂!"

"不抽烟,"李普曼太太从可以塞一支雪茄的地方嘟嘟哝哝地发出声音,"只有情绪最消沉的时候才抽。我今天情绪蛮好,不知道为什么,并不感到消沉。"如果这时在抽雪茄,那她鼻孔中一定会冒出两股可怕的浓烟。

曼胡德护士瞧了瞧大拇指,见沾着一滴酸奶油,便慢慢地把它舐掉了。"真想不通你为什么老待在这儿,给我们和楼上的那位搅酒棒老太婆烧饭。"

"可怜的亨特太太!乱起什么名字呀!"巴杰莉护士抗议道,"天晓得,为什么叫'搅酒棒'?"

"因为她相信现在还有一个忠心不渝的男子,在什么地方用鞋子喝香槟酒,为她的健康干杯。"

洛蒂·李普曼咯咯大笑。"那就是我待在这儿给搅酒棒老太太烧饭的原因啊!我懂得爱情是什么玩意儿!"

"可你的事业,洛蒂——你怎么能够满足于当一个厨师呢?"曼

---

① 原文为德语。

胡德护士尽量说得严肃而有礼貌,可惜嘴巴正含着一叉子蛋糕,破坏了她的努力。

李普曼太太嘶声嚷着,回答说:"个人事业!① 我的艺术微不足道,是个嘲讽——对事物真谛的一切探索都是可笑的——只要仔细观察一下,你就会发现一切事物都荒诞不经。"她干涩地大笑起来。你可以看见她那宽大发紫的舌头;看见洛蒂·李普曼在拉礼帽的帽檐,把手杖塞进腋窝。"我的艺术是招灾惹祸的——很快就完蛋了——戳刺!完蛋!与所有被刺的事物同归于尽——这一切是多么荒唐奇怪!②你们懂吗,女士们?"厨师在自我剖白的重负下摇摇晃晃,站立不稳。

巴杰莉护士根本不喜欢管家这么激动而愚蠢地喋喋不休;而另一方面,曼胡德护士却双肘撑在桌上,两手捧着面孔,以为自己在体验生活。

"不,情况当然并不完全如此。"李普曼太太似乎想起了什么,"我的事业断送在煤气炉上,断送在焚化犹太人的浓烟中。"她那烟熏火燎的脸上和皱纹中仿佛填满了死人的骨灰。

"啊,别说了,洛蒂!"弗洛拉·曼胡德差点哭了。她也许为了一切哭,但主要是哭自己。

这时,巴杰莉护士正在考虑如何溜出去剔出卡在假牙下的黄瓜籽。

"所以我现在当厨师了。这也是一门艺术——我自认为是一门创造性的艺术——不过,我应该在某一群犹太人中从事这门艺术,一起忍受痛苦,一起追忆德国焚尸炉中的浓烟。"

李普曼太太轻轻地笑了;曼胡德护士却突然呜呜咽咽地啜泣

---

① ② 原文为德语。

起来。

"你太疲劳了,护士。我看得出。"巴杰莉护士说,"你没有睡足。"

"不是那个原因。"曼胡德护士抹了一把眼泪斑斑的面颊。"不过也是,我想——当你被什么人缠住——不知道自己陷得多深时……"

巴杰莉护士同情地,或者不以为然地吸着牙齿,终于吸出了几粒尖尖的黄瓜籽。在获得了这项成功和用完了美味的午餐之后,她劝解说:"我们都各有各的烦恼。"然后吞下吸出的黄瓜籽。

李普曼太太建议说:"我给你煮一杯特别浓的咖啡吧,弗洛拉朵拉。"

正在这时,她们听到上空传来丁零丁零的响声。她们坐着侧耳细听了一会儿,可能还会继续坐着再听一听:那么微弱的小手铃的丁零声,既像悲鸣哀求又像是强迫命令。三个人无不感到惭愧。

曼胡德护士仔细看了看表,说:"我得去看看那位老女孩,我肯定她一定尿床了,也许还要糟糕。"

巴杰莉护士皱皱眉头,向后畏缩着,一把拉下披在她脱落殆尽的灰发上的头巾。

"我们可怜的小宝贝啊!"李普曼太太叹了口气,用手抹掉桌子上的面包屑。

"如果没有什么急事,亲爱的,请稍等一会儿。"曼胡德向着亨特太太的房门里面喊道;这训练有素的护士的声音,除了极其多疑的人,谁都会信服的。

亨特太太以为现在是她最可怜的时刻之一,十分温顺地接受了这项协议。

"没有急事。"她打着颤音回答,"只是他们把我抛下好几个小时了,我觉得应该得到一点常人的照顾了。"

到底有谁在多大程度上相信那些自我怜悯和老年高龄所产生的虚幻想象,对此,病人和护士,双方都不愿劳神费事地推究。然而,在另一些场合,两分钟竟然超过了浑浑噩噩的千百万年,这也是确乎存在的事实:这种事件,对于那些以钟表计算时间的人们,你就无法解释清楚了。

事实上,曼胡德护士更换护士服的速度很快,因为杰西会因为她换衣服拖延时间,不得不去赶汽车而大为光火。巴杰莉坚持更衣的绝对私密:甚至戴着胸罩也不能让人瞥见,这也不足为奇。于是弗洛拉·曼胡德只得按捺住欣赏自己身体的诱惑,整了整头巾后,把双唇涂成较深的桃红色——无论给谁看,反正肯定不是贝蒂·亨特——然后吸着腮帮,勉强打扮了一下面部。

"行了,我们做伴了!您上午很兴奋吧,亨特太太?"曼胡德护士以自己不熟悉的轻快的声调询问。

"我女儿不是一个令人兴奋的孩子。"

"不过一定很愉快,对吗?阔别这么多年了嘛。"

护士该整理床铺了:这是她的职责;她动起手来。

"大概很愉快。"当亨特太太被左右移动时,她说,"可你永远闹不清别人——别人喜欢什么。我的两个孩子——他们小的时候——我知道他们明明喜欢这个,可他们总是坚持说喜欢那个。"

"是吗?"

弗洛拉·曼胡德毫不介意,她自己喜欢什么有时也不甚了解:精美的食物?睡觉和化妆品?调情做爱,抑或是不调情做爱?

她想起什么,问道:"给您擦擦背好吗?或者,您不愿让我打扰?"

"不，请擦一擦。"亨特太太欣然回答。

只要是小曼胡德，那无论捶打触摸，轻的重的，甚至大发脾气，亨特太太都乐于接受：身体愈是萎缩进皱皮枯骨，心灵就愈渴望充沛的活力。

曼胡德护士倒希望病人拒绝擦背，亨特太太曾经赐过她这样的幸运，但这次却落空了。

有一次，在曼胡德护士擦背时，亨特太太举起手碰到后者的脖子。她决心要摸一摸。好长一会儿，她双手箍住这个长着健康的皮肤和结实的肌肉的脖子，在这脖子里似乎整个生命都在剧跳。曼胡德护士假装困窘，可是瞒骗不了她。

现在，护士拿来酒精瓶，使老太婆侧身躺着，像把半开的小刀或被风吹倒的折叠躺椅似的。这时，她也想起了那次亨特太太抱住她脖子时的情景：竟然屈服于这样一个孱弱的躯壳。但它也受制于她。她心里暗自好笑；现在，谁占上风该是毫无异议的。

我多么无能为力啊，亨特太太想道，嘴里的唾液开始发苦，但她还是认识到：当我的心力足以和他们一群人相比的时候——在我的心力比较充沛的日子，我并不是完全无能为力的。

这个想法像曼胡德护士令人舒畅的手一样使她得到同样的安慰。

护士一面擦一面喃喃低语："李普曼太太为您的午餐准备了好吃的呢，亨特太太。您会喜欢得发疯的，真是好吃极了。"

"别说，不然就不出奇了。"接着，她闭上眼睛问道，"什么颜色的？"

"不告诉您。"曼胡德护士呵呵地笑。她根本不知道洛蒂为这老太婆准备了什么。这是她们常玩的把戏之一。

她擦着擦着，心里突然一阵痉挛，富有青春活力的金色的手臂几乎麻痹了。啊,上帝,我的生命在流失!酒精的气味熏进她的鼻孔,扩散到她的肌体,激起她的思潮。这气味令她作呕,虽然可憎程度比不上那病态的褐黄色条纹纵横其间的背脊,那脆弱的振动着的肋骨以及那漏斗似的流向肛门的深褐色的沟罅。

我活着为了什么?护士紧蹙前额。背后狠狠一击就可以结束这家伙的老命。然后她将逃走,再也不看这幢房屋一眼,再也不见科尔,不见斯诺,不见任何人,径直逃到一片长长的空旷的海滩上,再一直跑下去,直到神奇般地一丝不挂,扑进浪花飞溅的浅滩,让泡沫嘶嘶地灌进一切入口,镇定一切肉体和精神的伤痛。

然而,她纵然逃奔,他(或者别人)也会穷追不舍,挥舞大棒把她打倒,使她生儿育女,永受家庭的奴役。所以进退维谷,无处逃遁:一面是流涕的鼻子、尿布和迫使你的身体更加疲惫地承受男子的体重;另一面是擦背(把你的手指关节上的皮肤出乎意料地磨得像棉纸一般薄),揩病人或者老人的屁股。她真希望自己是一株没有灵性的草木。

亨特太太以满不在乎的腔调说:"我经常在想,为什么照看老人的人不多谋杀些老人。许多老人被谋杀了,但通常下手的都是他们的亲属——那叫'仁慈杀人'。"

"看您想些什么啊!"曼胡德护士简直要咬下自己的舌头;但泄露她秘密的却是她的思想。

"我想尽量客观一点。"这可是亨特太太的难处。

对于曼胡德来说,她不懂"客观"是什么意思:科尔曾经使用过这个词语。

"要是客观一点,那就应该使您精神起来。"她说着把睡衣拉到亨特太太萎缩的臀部。

弗洛拉·曼胡德感到震惊:这个老妖婆竟如此洞悉她的思想;

同时也为科尔所称的"你的智力缺陷"而垂头丧气。她从来不奢望,也从来不需要聪明颖悟,她仅仅要生活,要满足——如果能够发现什么是满足的话。

当护士把酒精瓶放在梳妆台上时——你可以听到这只瓶子在推搡着你的所有珍贵的东西——亨特太太说:"我想你又跟那位年轻人在一起了。"

"年轻人,哪个年轻人?"

亨特太太可以从重浊的声音中听出护士的嘴唇一定肿胀着。"那个——金斯福特药房的药剂师——我们打电话要药时都亲自送来的那个。"

曼胡德护士十分恼火,拒不回答。她翻转亨特太太的身体,让它碰撞被单上的枕头。开始医务训练时,她时时提醒自己,病人仍然是人。(可是"人"却变得叫你伤心,更有甚者,竟存心对你报复。)

亨特太太说:"我记得听到过一种说法:女人和男人待在一起之后,就像母鹿和公鹿交配过一样,你就能从她身上嗅出来。"

曼胡德护士愈加怒不可遏。"我看那完全是个下流的说法。"她把花边被单盖在亨特太太的下巴下,但从来都不盖紧:你学到的一切知识到时候总是不能运用。

那老太婆哈哈大笑。"很有道理——而且很自然,我从来不跟色鬼来往,但也见识过几个,知道我们能够互相理解。"

曼胡德护士将一把梳子碰在酒精瓶上,手很重,以致梳子脱手落地。"我对男人不感兴趣。"她说,"至少对科尔·帕多没有兴趣。任何人——无论科尔还是别的什么人——都不能对我发号施令。我已经看清楚了。说真的,我表姐斯诺·滕克斯已邀我与她同住——"

"斯诺·滕克斯?"

"对,我唯一活着的亲戚。那么多人就剩我们两个还活着,当然使人感到亲切了。"

"斯诺是干——干什么的?"

"公共汽车售票员。"

亨特太太难以置信地翕动着嘴唇,犹如嘴里原来一块美味的蛋白糖霜却变成一个发霉的面包。在这种情况下,她最后只能答应一声"嗯"。

曼胡德护士的话已经说得够多了,她所致力培养的冷静越来越不敷使用。

幸而这时管家托着盘子推门进来。"好味道唷!"李普曼太太喊道。

一个难听而可笑的词语,但亨特太太喜欢听;她喜欢吃的。她如果记得曾经吃过些什么,那么躺着等候时就会花更多的时间去加以琢磨。

"你让我吃什么啊?"她一边问,一边用鼻子嗅,想抢在管家告诉她之前知道。

"鲜美的清蒸鳕鱼——还有调味汁,咳,多馋人的调味汁!"

"但愿不是从瓶子里倒出来的吧。"

"咳,亨特太太,您对我说些什么啊!可真的,我们总得说点笑话。"

"什么颜色的?"亨特太太低声问道。她一生中最最记挂的也许就是颜色。

"滋味鲜美——颜色嘛,"李普曼太太歪着脑袋,搜索着各种可能的名称,过了一会儿才说,"肉色的——我想。"

"肉色太多了。"亨特太太发出一声叹息。

不知怎的,曼胡德护士今天下午听着这一套觉得十分恶心。她俯身拾起梳子,然后一把抓住酒精瓶。不错,肉色大有差异:从她自己的平滑光洁的金黄色到芸芸众生的奴役者和被奴役者怒气冲冲的红色,你总不能说它们属于同一颜色吧。

"曼胡德护士。"护士正要溜走时,亨特太太叫道。一定有什么要事,因为这老太婆居然放着"午宴"没有先品尝一口。"我想让你为我做件事——过一会儿——我午休后坐在椅子上时,"亨特太太顿了顿,换上另一种声调,温柔亲切得足以使一切了解她的人都充满恐惧,"有件事只有你能做,护士,为了我的儿子的到来,我想请你给我化一下妆。"

曼胡德护士虽没有拒绝,但是,她离开房间时发出的一切声音都蕴含着故意装出来的笨拙和别扭。

亨特太太没有受骗:她知道如何奉承小曼胡德。可忠心耿耿的李普曼则不免稍有不快,因为她的杀手锏被人偷了,不能一条条地夸耀自己的烹调艺术了。

现在,她只淡淡地说:"还有萨赫蛋糕①呢。"亨特太太猜想她的嘴唇一定绷得紧紧的。

这又给你一个先出牌的机会。"我对布丁从来不感什么兴趣。"从第一天起,李普曼就表明自己最大的期望就是永远去体验最大的伤心。

其实,亨特太太不喜欢布丁是真话:艾尔弗雷德不喜欢布丁。总的说来男人都不喜欢。一餐中最大的享受往往是在最后,那是当你瞧着男人们叉着薄饼,骑在马上或者别的什么上面,心满意足地咂着油腻腻的嘴唇,滔滔不绝地诉说他们的业绩和抱负的时候。这时,从镜子中可以看出,你双肩雪白,胸口在一瞥之中神秘莫测:只有在这时,你才极大地感觉到了自己的魅力。

---

① 原文为德语。

"就这么回事！"

管家帮助亨特太太把一叉鳕鱼——管它肉色不肉色——蘸上调味汁，送到它该去的地方。她的这种作用于别人的力量，譬如影响伍尔夫的爱情或感染观众的力量，与她自己受人约束的力量相比，始终是第二位的；而现在，她所有的偶像，或者差不多所有的偶像，都变得极其残忍了，都化为乌有了，还有什么地方她可以让人羁绊自己的手脚呢？

于是李普曼太太嘀嘀咕咕地说："当心！当心，亨特太太！我看见一根大鱼刺，我刚才没注意，滑进您嘴巴了。要很小心地咀嚼，请用舌头把鱼刺舐出来，让我接住。"

亨特太太醒着，打着鼾声。虽然她不愿向管家承认，但她的午餐——不管是什么，是童子鸡？却惊人地鲜美清淡，她甚至能再吃上一份。还有调味汁：她记得那个。李普曼太太还提到肉色的。扯到人的身上去了，太妙了。它吃起来有一股橘子香味。

亨特太太肚子里咕噜噜地响了一阵，打了个饱嗝，可是并没因此发现刚才享受的究竟是什么东西。

她很贪吃，历来如此，不过年纪较轻时她十分注意体态，因而没有引起人们猜疑。相反，他们指责她吃人。噢，既然别人实际上把头伸进了你的嘴巴，你当然忍不住啰！其实对于人肉，她并没有嗜好，或者，没有持久的胃口，可是对那些关系过分亲密的人，却有另一种吞咽的欲望。

管家的故事说些什么？与一个雅利安情人的风流韵事。她被抓住时他们不是计划私奔——到英国去？那小伙子的家庭答应把她安全地送抵瑞士——单独一人——李普曼太太为情人着想，接受了他们的建议。

又一个理想主义者,但抱着现实的态度。而你呢,你的理想主义在宴会、珠宝和情人的遮掩之下,太抽象、太虚妄。那些情人,有的属实,更多的却往往不过是猜测而已;不然,就是有那么一些人,敏感得可以,总是猜测着自己的某种神秘的——不是虔诚的和明智的——精神上的抱负,对于这些,倘若你不能从物质上——不是精神上——来对待他们,那他们就给你贴上"欺诈"的标签。

为了让李普曼太太高兴,你总算咽了一口蛋糕,可惜没有达到目的:吃了一口更加糟糕。但这正合李普曼太太的心意。你倘若身心健康,精力旺盛,可以为晚会订购一个巨大的炸弹冰激凌,并在将要上桌时抽刀切开,那李普曼太太可真要跌落到她那地狱般的天国深渊中去了。

再也见不到炸弹冰激凌了。再也见不到往日雷德福家冗长的宴会了。在那些宴会上,总有点什么在火上烤着,八音盒在里面放着音乐,而且总有一位格拉迪斯心目中的重要客人。贝蒂——这可是个突然袭击——明天晚上——我要邀请阿索尔·施里夫——我需要一个女人——我的意思是一个不寻常的女人——西德尼暗示说施里夫先生会在今后两届选举中当选总理——所以,你知道,亲爱的,你们的会见将具有历史意义呢。格拉迪斯也许是对所有其他人都试了之后才打电话给你的。你认为我参加你们的晚会合适吗,亲爱的?你知道我对政治毫无兴趣——我差不多已经答应普里切特他们了——今天下午偏头痛又犯了——我觉得吃不消呢——而且阿索尔·施里夫不是——现在大家不大喜欢用这个词了——他不是很"平常"吗?格拉迪斯铃铛似的笑声。她是那种又短又粗、厚木板似的女人,她们以造作的尖细的嗓音,以漂亮的足踝和善于跳舞的双脚见长。他有一种粗野的魅力啊,贝蒂。你根本不喜欢格拉迪斯,但这些年来你们一直都是朋友,女人们的优越性之一乃是:你们恰恰可以这么相处。有时，一次冲突之后，男人就彼此不开口了，可真正的女人却能忍耐彼此的邪恶歹毒。究其原因，那一定是因为女人被摒除在一切真诚的友谊以及共济会之外的缘故。

照片上的阿索尔·施里夫头发粗直，皮肤粗糙，孩提时大概得过痤疮。你不能屈尊服从——不立即——雷德福夫妇的临时邀请；很显然，你这是权宜之计。

西德尼·雷德福继承了煤矿产权之后，威风凛凛地坐在办公室中，业务由别人经管。格拉迪斯自己有钱，是从——从饼干中得来的？还是从那些一罐罐净是焙焦的果子和沙粒的糕点和布丁中得来的？无论如何，以这两笔进账，再加上经营意大利雕塑和镶嵌工艺品啦，法国挂毯啦——据说是巴黎高布林厂商的产品——以及法国的奥比松地毯等的收入，雷德福夫妇自然大可炫耀一番。他们的晚会都是宴会，有的有音乐。西德尼·雷德福拉小提琴很有名气，但一下就声名狼藉了。他们雇请了莫伊斯考斯基，要那个俄国钢琴家与西德尼一起演奏奏鸣曲，可莫伊森斯坦站起来就走。钢琴家不肯退回支票，西德尼和格拉迪斯也不好意思要回。

这个阿索尔·施里夫。格拉迪斯最后仍歇斯底里地继续缠住你。

你也许是个势利小人；也许是由于出身贫寒，或由于父亲的教育和自杀造成的。父亲很脆弱。到头来亲爱的高尚的艾尔弗雷德也同样脆弱。你发现这个相同的气质时已经为时过晚，只能笨拙地试图加以矫正。

格拉迪斯·雷德福是个坐不住的人；这样一个精力充沛的——一个依靠自己获得成功的人物……阿索尔·施里夫当过报童而终于获得名誉地位，而报童发迹纯属老生常谈。这样的人不是太多了吗？电话听不清，格拉迪斯不明白，不断地敲击听筒。太多什么？

格拉迪斯的火气上升了;这听起来真有趣。

施里夫这个工会主义者背弃了工人运动,成了民族主义者的赞助人。他参加雷德福宴会的资格已经具备了。

格拉迪斯——我不是什么热情的可人儿。这时电话中只有几声噼啦声。嗯,如果不是……格拉迪斯的铃铛声变成重浊的钟声。除非是假期——那不是你所喜欢的——多萝茜到布利文特家去了——巴兹尔到"库杰里"他爸爸那里去了,我待在这儿,每隔一天晚上听一群爱尔兰姑娘争论她们不同的宗教信仰。所以,我要来,亲爱的——除非……

格拉迪斯觉得好极了,为了达到目的,她差点把喉咙都说哑了。她不等你改变主意就搁了电话。

亨特太太接连解释性地干咳了一阵。她希望自己不会,或者在贵宾巴兹尔爵士到达之前不会发生任何意外,不会发烧。当这一切都结束时,当黑夜和玛丽·德桑蒂占领这幢房屋时,她将会感到高兴。当然,巴兹尔不会比多萝茜停留更久。在那些仍然能够进行他们认为是积极行为的不断运动——其实只是一种虚幻的美事——来逃避过去的人看来,老人算不上人。诚然,你如果不能动弹,那当然只是物体而不是人:你把自己的生命和别人的生命,尤其与你孩子的生命放在一起,描绘了一帧图案,在其中你只是无足轻重的一部分;现在,人们,尤其是你的孩子,着手考虑如何改进这帧图案了,结果就想抹去多余的细枝末节。你过去亲眼目睹过这种例子,在多萝茜和巴兹尔的书信中也曾谈到过,最近的来信说得极其清楚:决定前来商谈怎样使你能生活得最好。这里的"你"可以解释为"我们"。

是的,这两位客人走了就好了,你就可以细听楼下房间中暝色四合的声音,李普曼太太撞在家具上和叹息犹太人的声音,还有外面公园中飞禽和水鸟的啼鸣。只有你自己和德桑蒂是真实的有形存在,只有德桑蒂才知道思想的碎片组成完整的思想。有时在夜晚,你的真知灼见闪闪发光,连德桑蒂也看不到,只有你自己;不是看见,而是感觉到自己是一次较大的思想分裂中的裂片。

这两位客人走了——在雷德福家,客人们在刚到时或即将离开时几乎总站在宽阔的紫红楼梯上。格拉迪斯和西德尼花了那么多的钱从葡萄牙进口大理石,不可能,更不愿意不叫人们稍作停留;而且格拉迪斯喜欢显示她的双脚和足踝:据说这就是她一定要在楼上设一个客厅的原因,因为客人们在注意到她的厚木板似的身体和又圆又粗的脖子之前,一到楼梯口就能首先看到她的双脚。

宴请阿索尔·施里夫的那天晚上,大家都一如往常地站在楼梯上。当有人在客厅外的楼梯平台上向你介绍施里夫时,你既没有注视他,也没有瞥他一眼。毫无疑问,他从来不曾见过楼上的客厅:这不是有点奇怪吗?她决定给人一个漫不经心的印象。有何不可呢?她诘问道,从报纸上看来,你自己不是也不平常吗?施里夫这时仿佛一分为二:作为一个依靠选民支持的、信奉民主的澳大利亚人,他对此不以为然,可又因为被抹上她所暗示的不拘礼节的色彩,而欣欣然地受宠若惊。当旁人将她挤撞到一盆千日莲上时,她朝镜子望了一眼,看见自己的嘴唇完全画坏了,上面的弧形根本不对称。她向来一丝不苟,这次她的手一定失慎了。也许,这倒可以给人以她所希望的漫不经心的感觉。

她一身素净,这似乎使他感到有些愧怍。他开始对她说,我小时候……后来在餐桌上又说,我小时候……格拉迪斯让他们比肩而坐,所以她无论怎样也逃不脱阿索尔·施里夫的"小时候"和那副最后使她恣意贪恋的相貌。上第二道菜前,任何人,无论是他或者是她自己,都无法引起她对那副尊容的兴趣。

即使在第二道菜上桌时,她也仅仅是匆匆地瞟了几眼他那坑坑洼洼的皮肤,粗大的双手,专注的眼睛以及浓密坚硬、不用触摸也明白手感如何的头发。

他谈他对法律的研究(不胜冗长),很少涉及政治;如果说他对格拉迪斯·雷德福对他的预言有信心的话,那么谈话中却丝毫不曾显露出要表现这种信心的迹象。总的说来,他使她厌倦,大概反之亦然,尽管一般说来,只要女人摆出一副认真听的样子,真正的男子汉是不会感到厌倦的。

所以,当一道道菜肴,一盘盘盛在金制器皿中的食物上桌时,她觉得有理由不理睬他的轶事趣闻而考虑自己的事。她不明白为什么自己居然同意与阿索尔·施里夫挤在一起。到现在为止,她认为他身上不但没有值得赞赏的素质,竟连讨人喜欢的因素也没有。

……千万不要聘用和信任不具备一双工人的手的人。

他的讥诮惹起了她的讥诮。她嘿嘿一笑,却见他露出诧异的神色,他大概连自己话中的讽刺意味都未意识到。他继续执拗地切割一条煮得太老的鸡腿。她注意到,他背叛了自己所属的那方,但这并没有改变他自己的一双工人手。

他会怎样看待艾尔弗雷德呢?艾尔弗雷德那双十分敏感的手,由于奉行自己的原则而参加体力劳动,布满了疤痕。

她高兴地想道:我的丈夫——这个单调的词语并不包含什么神秘的权利,却是一种尊重和柔情的表示。艾尔弗雷德是否尊重她,那不得而知,但他爱她。

你有家室吗,施里夫先生?问话在极大的决心和咳嗽声中说完。她呷了一口酒,遮掩自己湿润的眼眶。

事实并非完全如她所希望的:阿索尔·施里夫也是一个尽责善感、溺爱病妻的丈夫。

与此同时,她发觉他的大腿移到她的旁边,岂止移到了旁边:贴着她了。他自己是否有所觉察,他并没有表示,只继续谈他在伦敦攻读经济学的女儿(名叫多丽丝)。一谈起教育,他特别严肃认真、一本正经,因而又造成了一种嘲讽的气氛。只有那双手才是真诚的;抛开他政治上变节的历史,它们起码在形状和肌理上是真诚的。

那么,她自己对艾尔弗雷德的不忠又该如何解释呢?可她并没有背叛他,或者只有一次,那不过是一个下午的失检,绝无永久的意义。没有破坏他们在她对艾尔弗雷德的尊重和情愫以及艾尔弗雷德对她的一片(蒙受屈辱的)忠诚的基础上建立理想关系的可能性。但愿她能在某种程度上设想和理解这种大概超乎常人的关系。但她做不到。

无论如何,这与阿索尔·施里夫这个变节政客和驯良的社交公牛不可相提并论。他醉了,所以他那粗壮的大腿的热度一直烧进她那清凉的、没有反应的大腿。她自己差点醉了。格拉迪斯和西德尼为了表明自己有钱请客,酒款待得太多了。

她坐在桌旁,身子前倾,俯在甜食上,叉着双手托住前额,希望借以止住头痛。这自然不行。杯子中、头脑里,酒沫继续在翻腾着、涌动着、戳刺着她。她睁开眼睛,对面有个容貌平常的女人在向你微笑。一个向你介绍过的女人,当你能够完全把握自己的时候,她并不值得注意。你最逗人时,经常有些容貌平常的女人满心感激地向你微笑;但那可能仅仅因为你服饰优雅,或者有某种——某种灵气。灵气是臆想出来的——并不真实。

所以你对那女人的亲切关心,不能或者只能勉强地报以微笑,以示感谢。

阿索尔·施里夫是真实的。这个粗鄙的男人。冒牌的家伙:真正的东西往往是冒牌货。你一直没有认清自己的色欲究竟有多么厉害,因为你没有经常受它的侵扰,然而它是存在的——同时还存在着其他无法满足的欲望。

唉,结了婚的男人!

阿索尔·施里夫说:奇怪的是他们过去竟从没见过。你很想回答,毫不奇怪。只是你的回答不再可能切中问题的要害。

雷德福家的德露卡桃子里有一只蛀虫。

伊丽莎白·亨特最恐怖的噩梦全都发生在中午。她磨着牙齿,捏紧戴满宝石戒指的手指,竭力抗拒着,不肯越来越深地被吸进午睡的混沌中去:那法兰绒的隧道把她吓坏了。她最后被一个人拖了出来。那个人是花钱雇来拖她的:这就是为什么护士们,尤其是小曼胡德始终那么镇静的原因。

那个男人,那个政客。她的嘴唇翕动着,但不能从心上撕下他的名字。

宴会后接踵而至的是闲谈和装模作样的音乐:两个高个子年轻人弹着钢琴伴奏;雇用他们是当时的时兴。你想溜走,但身不由己,甚至又接受了一杯序拉索酒。格拉迪斯那么殷勤好客,还有西德尼,他想请你欣赏一些他买来的日本印花布;他总是要买点什么。

不知阿索尔·施里夫到哪里去了?现在,她感到不能离开他;正是因为他,她才告诉伦农晚会后不必驱车回来接。他是可怕的、真实的,可她不由得决定冒险一试;她纵然错误地估计了自己色欲的爆炸性的力量,但那天傍晚用唇膏涂坏嘴唇时却也感觉到它的第一阵骚动。晚会上,她有一会儿还跑到衣帽间去为艾尔弗雷德啜泣。你的另一点可怕之处是,你竟能够诚挚地爱恋自己所背叛的人儿。她又把原先涂得漫不经心的嘴唇重重涂了一次。

后来，大家都走了。一对与她住在同一个方向的夫妇有点蹊跷：碰巧就是那个餐桌对面的容貌平常、举止娴静的女人，以及她的丈夫——她的男性复制品。阿索尔·施里夫知道你希望他邀请你搭车，可你既希望又不希望。身上的皮衣使你发抖：今天晚上它们太不中用了。

车子一路颠簸，最后才勉强停下，坐在后座上的那对夫妇千恩万谢地下了车。他们站在家门口的人行道上屈身道别。那男的系着饰边领带，上面绣着花押字母，女的扁平的胸前紧紧地抱着一只窄小的手提包。他们在微笑着，天晓得笑些什么。当然不是笑你。他们很厚道，不会笑你。

阿索尔·施里夫继续驾车。对于他这样一个投机钻营的家伙，这不过是一辆普普通通的轿车；不过，也许普通更能掩饰凶残。或者也许是出于不谙世故的疏忽，抑或是出于方便。总之，他们在车中颠来撞去，你磕我碰。路上的一个深坑直把他们抛到空中，使她的头撞到车顶。

"好像我在玩命似的！"（你一切最险恶的噩梦中，都好像有真的人在说话，不过很像传声筒。）"送伊丽莎白·亨特回家，闹哄哄的晚会之后，两人都醉醺醺的，"他那重浊的传声筒说，"不太雅观吧，啊？"

话音中有一股乐呵呵的味道，你不禁怀疑男人之所以会陷于欺诈，不是因为他们潜在的邪恶本性，而在于他们多虑的大脑。女人的自知之明使她意识到自己的罪愆。

车子在莫里顿大道戛然停住。"到了，是吗？"

口中虽然这么说，但丝毫没有调头离开的意思。他在挤出车门。车小门窄，他的个子太大了。

一盏灯火发出强烈的光亮，照着你坚固而诡黠的房子。

"在这级台阶——小路从这里转弯:曾经有两个人在这里摔断了腿。"她内心烈焰腾腾,声音却显得很冷漠。

她没有听他说笑,只在提包中摸索一只金丝网袋。这是艾尔弗雷德母亲赠送的结婚礼物,里面放着她现在住的这幢房子的钥匙。

亨特太太双腿痉挛,连声哼哼。倘若在夜里,她会让德桑蒂给她一片吉德利配给她的药片,但中饭后不是服安眠药的时候。睁开眼睛吧,却又睁不开。在她眼睑的黑银幕上,电影在继续放映。

"蒙你一番盛情,送我回家,我想该请你喝一杯才是。"晚会后一个傻乎乎的漂亮的贱女人。

他看出了这一点。"我认为我们已经够互相了解了。"

他们猛地碰在一起,发出两块坚硬的骨头或橡胶相碰的撞击声,可谁都不因此感到惊奇,仿佛以前就这么碰撞过似的。

"别往那边走,女仆都睡了,你不当心会把她们惊醒的。"她又明白地警告说,"她们可能以为有人破门而入,要伤害和谋杀我,因而打电话报警。"她相信,任何不了解她的人都以为她纯洁无瑕;任何人,甚至阿索尔·施里夫都不了解她;只有她自己才了解自己。

"报警——你可以对警察否认女仆的话,对吗?"

她笑而不答,因为不到非回答不可的时候她是不知如何回答的。

怀疑其中有诈的戒心似乎驱使他决心吞噬奸诈的根源:她的脖子和乳房。

"如果你不当心——我的衣服,那可是无可抵赖的证据。"

他注视着她做准备。他们互相注视着。在他弯腰松带,接着拉下裤子时,他前额上的一条青筋胀鼓鼓地勃然隆起。

　　她讨厌他的身体,他那到处乱摸的双手以及锉刀似的头发,可这些并未减少她的肉欲。暴烈的欲望在焦急地等待着:因为在婚姻生活的死水之中、在奸情淫心的火山口上、在最后对自己的野心的厌恶之下,存在着她知道自己一直企望达到的境地。

　　他的声音雷鸣般地灌进她的耳鼓,"老天,贝蒂,我们一起睡觉,真够快活的,是吗?"然后,心情骤变,彼此嫌憎,便倏地分开了。

　　你不但希望离开情夫,而且希望离开自己的躯体。

　　衣服穿了一半时他开始咕咕哝哝,最后大声地耳语说:"怎么了?没哪儿不舒服,是吗?"

　　哪儿都不舒服,可怎么说呢?

　　她未尝不肯永远那么躺着休息,什么都不去考虑,但终于强打精神。"你妻子关心政治吗?"这个问题加快了他扣扣子的速度。

　　"不大关心。现在不关心了。身体太差,引不起兴趣。你问这干什么?"

　　不仅男人,就是男人的妻子也开始搅扰她了:一个神情紧张、面色苍白的更年期女性,姿容平平。

　　他重新全身披挂之后,又走过来坐在床沿上,仿佛又想回头拨弄拨弄自以为已经用过的晚餐。

　　他伸出手时,她提醒说:"我丈夫可能从戈岗不期而至。"

　　阿索尔·施里夫这个身材高大的政客竟会惊慌失措起来。"我还以为戈岗来的火车要早晨才到悉尼哩。"

　　"是的。可还有一班白天的慢车,有时艾尔弗雷德搭这列车来,因为他喜欢欣赏农村风光。"

　　有那么几秒钟,她沉溺在盼死的心愿中。

"最好送我出去,行吗?这样比较像社交访问——如果什么人——女仆……"在这最后的要求下,她穿上原来的衣裙,甚至还涂了涂嘴唇,但眼睛却没什么可化妆的。

在大门口,他狂热地摸弄着、亲吻着她的敏感部位。"再见,再见,亲爱的人儿,真太谢谢今天的晚会了,下一次我们就能更好地彼此了解了。"

她终于把他的声音关出门外了,这倒不是说门锁的声音使人相信了这一点。

第二天早晨(仿佛就在今天),诺拉向她报告,那副神气完全是诺拉这部原作的完整无缺的复印本。"亨特先生来了,夫人。他希望你不要惊慌——巴兹尔少爷从树上掉下来,摔断了手臂。"

"天啊,什么时候到的?"

"刚到。坐夜车来的。"

艾尔弗雷德痛苦的面孔。巴兹尔系着一条吊腕带,与其说是疼痛,不如说是阴郁。

"啊,亲爱的!"她悲痛得欲哭无泪。如果她一声号啕,艾尔弗雷德就会眼泪涟涟。

巴兹尔则只为父母感到羞愧。"手臂没断,是扭伤或者骨裂。"

艾尔弗雷德心乱如麻,急于追踪寻找莫伊斯大夫,约他会诊,以证实巴兹尔的手臂在当地的治疗是否适当。此前,艾尔弗雷德把其他一切事情都置于脑后。

他后来想起了贝蒂。"可怜的贝蒂,这对你也许是个晴天霹雳。"

她只能注视丈夫:敏感的鬓角、和蔼的嘴巴,以及那远比她温和的眼睛。

疑神疑鬼的是巴兹尔,但不可能起什么特别的疑心,只是一般地抽象地猜疑母亲罢了。

她常说:"你为什么那么多秘密,亲爱的?我们有什么要互相瞒骗啊?你对别人——对威勃德太太——都那么亲切。"

他还记得这些话吗?他有惊人的记忆力,孩提时代就能整幕整幕地背诵莎士比亚。有时她担任女角,两人一起诵读。

现在,他们在楼梯上表演下面一幕戏剧。

"无论如何,系一根吊腕带对你很合适——使你英姿焕发:有如从战场上凯旋的英雄。"

"我都发臭了!摔伤后都没脱过衣服,臭得像一堆死烂的蚂蚁。"他鼻孔中厌恶地喷了一声,那厌恶同时也是针对她的。

"没关系。等医生来了,我们问问怎么让你洗一洗。"

她看得出来,他连这个主意都准备拒绝,更不必说接受她的帮助。

第二天,多萝茜从布利文特家回来了。如果说巴兹尔有所猜疑,那么多萝茜不露表情的小脸蛋,则是专门设计出来收藏指责和非难的。如果她让它们发泄出来,她的感情就会淹没言辞,不过有时她也把它们积蓄起来,用在更适当的场合。现在,她正裁决一件她不可能猜测到的事情——除非她目光更加尖利,沉默更加凛然。

她在床头桌下发现了线索。"这是什么?"

"哎呀,什么啊?袖扣!"

"谁的?"

"是我——我父亲——你索尔克尔德外公的。"

多萝茜现出极其嫌恶的表情,但没有要求看看和它配对的另一只袖扣。"真难看!"

你不能否认这一点。她把纽扣递给你,而你则必须先想个地方收藏一下,然后才能扔到什么地方——公园的草丛中去。只要多萝茜不再发现它,你就可以把整个事情一股脑儿地抛到九霄云外了。

只有艾尔弗雷德信而不疑:他那态度,仿佛受伤的不是巴兹尔,而是你似的。"我想待几天,伊丽莎白——陪陪你——帮助你恢复精神。"

第二天,他提议一起到公园散步。他的手臂贴着她的手臂,她的手握住他的手,他们以显然为夫妻特有的姿态在平整的草地上徜徉。他饱经风霜的面孔和灰色的眼睛在鼓励她从一种忧伤的无以名状的疾病中恢复健康。其实,当巴兹尔"摔断"手臂时,他的表情暗暗表明,这种疾病正是他们所共有的。在她乳白色的宽边太阳帽下,他们夫妻情长,伉俪意浓。

"你喜欢吃点什么特别的东西吗?"因为他已经劝她和他一起恢复健康,她叹了口气,问道。

他紧握一下她无力的手。"随便什么简单的,大家喜欢就行啦。"

她应该抛弃这里的一切,卖掉房子,把孩子送进寄宿学校,与艾尔弗雷德相偕回"库杰里"吗?

不。她不能永远戴上艾尔弗雷德希望罩在她头上的温情脉脉的面纱,除了那一次不可避免的事件,她也不是一只阿索尔·施里夫曾经与之交配的发淫的母猪。她愿意不惜一切代价地打开包藏着全部期望的箱子,但由于开箱无计(除了在一次美梦中,她看见一小块无色水晶无遮无盖,莫名其妙地躺在一只精雕细镂的小箱衬里上),她只得在箱子外面,在那等待她的凄凄冷冷的偶然机会中寻求答案。

这时,艾尔弗雷德凝视着她,脸上的表情与坐在雷德福餐桌对面的那位容貌平常的女人极相类似:想象你是某种了不起的人物而感恩戴德。

但愿你能够直言剖白：我既不是贤惠的妻子，也不是母猪，也不是水晶，在我最后定型——或者更可能的是，最后粉身碎骨——之前，还必须经过许多变化。然而，你无法剖白。他们不肯把你看作死不回头的野心勃勃的女人；孤独和绝望与他们心目中的漂亮的脸蛋及荣华富贵的生活乃是水火不容的。

多年来的一些书信：最亲爱的伊丽莎白，我认识到我们在婚姻上的尝试并没有使我们趋向成功。从你上次来"库杰里"和我上次到莫里顿大道的经验中，我觉得我们扮演的角色乃是过于沉重的负担，并觉得应该主动提出让你离婚。在婚姻方面，我不复存有任何奢望；而你虽然不愿承认，但在还来得及建立一个更加令人满意的关系时，也许愿意环顾四周而加以物色。这个建议，如果我过去没有提出，那是由于孩子的缘故。现在，他们开始独立思考了，可能不会生气，甚至原谅双亲的怪诞行为……啊　苦啊　你自己无能　那被一心向善的人们视作自私的无能　以某种标准来衡量　你是自私的　但你没有以工巧的心计或甘心受虐的行为蒙骗你的天良　当然　与艾尔弗雷德罕见的无私相比　确实自私无疑　圣徒们总是在看来比较容易的时候猎取赞美　多萝茜所需要的正是一位圣徒　但如果不能如愿　那只能怪自己　根本不该指责圣人　你母亲　以及任何容貌美丽坚强有力的人　要获得羡慕赞赏和崇拜都是比较容易的　也就为这些　你贪婪地企求越来越多的崇拜者　这不是真实　不是　你比你的孩子更了解自己的缺点　不错　你求的是赞赏　但那是对某种你无法达到的内在美德的赞赏　亲爱的艾尔弗雷德，亲爱的，你使我感到多么内疚啊，如果要谈什么"自由"，那么诚惶诚恐地提出建议的应该是我。作出决定的应是你，我将接受你的任何选择。就个人而言，我不相信还有什么比我们现在所知道、所"享有"的具有更大的自由——至少在生活中并不存在……可是,你多么向往那种更大的自由啊!

一团比朦胧的梦幻明亮的银辉在房间中飘忽;下午的轻风爽快地抚弄着你热气腾腾的头发,但你热血沸腾的皮肤却感到寒冷和惊恐。这是房屋凉爽的一面:西头的房间一定被笼罩在斜阳的烤晒之下。没有什么值得大惊小怪的:你至少不会死去,过去的岁月业已证明了这一点。巴兹尔大概要傍晚才到(在人造光下,你可能显出较好的气色),来惟妙惟肖地表演一幕。当然,一定是一幕滑稽戏,但你在谴责其中的虚伪奸巧时,又不得不肯定其表演艺术。

在黏糊糊的黄昏中,一缕莫名其妙的蒸气向左上方冉冉升腾,使你咳嗽起来。也许是你,而不是艾尔弗雷德,只有你一个人应该对多萝茜的支气管炎和巴兹尔的极端自私——巴兹尔把这装得像是他的伟大之处——负责。当个放牛娃或者银行出纳员都比当演员好。是的,你曾经这样说过:当了演员,于那些想爱自己的人有什么益处呢?我们绝不是人们想象的那一种人;我们不是单一性格的人,而是具有多重性格的人。父亲期待女儿照常给他朗诵布朗宁的诗章,而女儿却在小时候沉没过洋娃娃的河边闲荡,编着草叶,听着小桥上有没有牲口的蹄声。晚上,父亲用枪口对准嘴巴自杀了。李普曼太太把他的死法称作"放血法"。然而,当天的情景,甚至到现在还留下一点小小的喜悦。

一个声音从那缕莫名其妙的蒸气中间道:"亨特太太,休息得好吗?现在要用海绵擦身吗?"说话的是曼胡德护士,端着一只干下脚活用的细瓷盆。

"我做了些很可怕的梦。"

"我还以为您没有睡着呢。"

"唔,你会做梦,会吗?——没睡着的时候?"

"不知道。"护士开始执行一项受雇从事的任务;即便谈不上小心谨慎,至少也算内行地用海绵擦洗一位老年病人。

亨特太太笑了。她愿意等待着。她知道她可以在弗洛拉·曼胡德意识不到自己已经就范的情况下戏弄她;同时,海绵的擦洗使你感觉舒服多了。

护士简直是在削一只水果:那么超然,看起来那么有力,而发挥力量的则是软绵绵、暖洋洋的海绵。它缓缓地擦过身上的罅隙,舒展思想上的皱纹。物体,包括人的器官,往往比人们力量更大。

"不管怎样,"曼胡德护士说,"今天的黄昏真美,亨特太太。"

"是吗?"

你不但可以听到,而且可以感觉到悉尼的生活在你周围奔腾而过,从工厂里、从办公室中倾泻出来。此刻,阿索尔·施里夫之类的男人一定在酒吧间里借着酒兴,更加自命不凡;救护车正在向灾难,向一堆堆五颜六色、乱七八糟的钢铁和玻璃疾驰而去;在那些遮掩不严的房子里,母亲揣着空空如也的钱包,开始擦洗婴儿,而大姑娘则在镜中拍打着脸上的雀斑,在用乳脂洁润皮肤,梦想着紫念已久但未必真有其人的小伙子。

孩子们:谢天谢地,他们不知道自己是全能的——但那个愚蠢的公爵夫人是个例外,那个著名的破产的演员,从他的书信来看也是例外。但多萝茜和巴兹尔的沉默,比伊丽莎白和艾尔弗雷德·亨特具有更大的破坏力,尽管后者有钱有势,有生活经验,有可行的但最后却一无成效的劝告。父母是孩子身边的一缕轻烟,而孩子也会被冗繁的生活耗尽心血。当父母的抑或会恢复坦诚的性格和洞察力,但几乎为时太晚,已经变成会思想的物体了。

要不是艾尔弗雷德去世太早,情况也许会有所不同:你们会学着用一种仿佛天启的语言交谈,从中发现意想不到的含义。

"我把您擦痛了吗?"曼胡德护士问。

"我梦见的是艾尔弗雷德。你知道我丈夫死于癌症吗?"

"啊,真可怕!"这话不能使人相信:不应当过于突然地要一个正在履行自己职责的护士突然变成一个常人。

"是我看护他的,你不知道吧?"亨特太太说着笑了。

"不知道。"同时也不相信:难怪你未说先笑了。

"如果他长期卧病,你又没有护理经验,怎么行呢?"

"唔,是长期的——不过没有几年,甚至还没有几个月。我行,靠意志。这你大概不会相信,护士。我想,同时也靠本能。人们为什么会写诗——或者做爱?这一点你总该知道——至少有所了解。"

曼胡德护士完成了擦洗工作。这样一件把你逼得走投无路的事情:有时你从同情变为喜欢,或者更进一步,几乎在你们两人和一块海绵之间产生爱情,这个老妖婆却开始结结巴巴地大放厥词,使你又想起自己其实是憎恨她的。

"曼胡德护士,你让睡衣扎得我全身不舒服。"

让它扎吧。"大概睡衣的质量差。"

"你没生我的气吧?"

……

"护士?"

……

"我说什么叫你生气了呢?归根到底——爱难道不是我们的本能——是愿望?当然,这个你不会不懂吧?是本能!"

"我不知道。"你真正懂得的事情根本没有,所以他们——科尔·帕多和该死的老浑蛋贝蒂·亨特——就定期告诉你。你不是任人凌辱的肉体,也不是供伐木男工(或者女工)砍伐的树木。

"你到哪儿去,曼胡德护士?"

"去倒脏水。"你巴不得能把那老婴儿也一起倒掉。

"你不会忘记答应过的事情,不会吧?"

……

"护士?"

……

"你答应的事情啊!"

见鬼,你才不会呢,一分钟也忘不了,人家绝对不允许你忘掉你到这儿来是干什么的。

曼胡德护士把水泼进浴盆;她有时往便盆中泼,但今天傍晚需要一个较大的地方,所以就轮到浴盆了。这个宽敞的、铺着地毯的鬼浴室,有别人的整套公寓那么大。里面有张光滑的红木椅,伊丽莎白·亨特该死的肥肉屁股,天晓得什么时候起就没有坐过了;这里有许多瓶密封的浴盐、一盆褐黄色的积满灰尘的熏香,这一切都是伊丽莎白久未使用这间浴室的最好证明。有一天,弗洛拉·曼胡德乖戾地决定要脱掉衣服,使用一下这该死的浴盆,在光滑的红木架上不慌不忙地坐上一会儿,然后滑下洁白的、倾斜的盆壁,浸进平静的水中。

今天傍晚,房子西头窗外夕阳似火:这浴室成了弗洛拉·曼胡德的熔炉。她心跳气喘,跟跟跄跄地从浴室跑进一间比较清凉、被杰西·巴杰莉称为"护士隐退室"的屋子。(我问你:你能让近在咫尺的亨特太太一起隐退吗?)她在那里擦了点金缕梅香水。

这是科尔最喜欢的香水:说是不浓不淡,讨人喜欢的自然的芬芳,正是我希望从你身上得到的啊,弗洛。嗯,是吗?我也许还算举止自然,但没有人会说我讨人喜欢。对于别人,你难辨其真伪,当然不会表现得讨人喜欢;别人是决不会直言相告的,那么只能怪你自己愚蠢了。你的烦恼,弗洛,在于你在这种事情上对自己缺乏正确的认识。谁也弄不清他自己究竟是怎么一个人。不对,亨特太太认为:只有自己才知道自己实际上是怎样的人,护士。所以事情往往如此:你受到两头夹攻。

公园边缘的松树阴影渐渐变浓。银辉中,草色泛白,湖水素装,但倘若走近去看却是一片污泥的颜色,散发出污泥、看不见的死鱼和丑陋的长脚水鸟的粪便的秽气。科尔说那种鸟叫大鹮鸟。

总是科尔!要不就是贝蒂·亨特太太!如果你说想要辞职而那老太婆不放你走呢?伊·亨特可比你记得的任何男人都有力量,连斯诺也望尘莫及。亨特太太一定是在长期的生活中获得了束缚别人的绳索。她从一切被自己杀死的人——如那位丈夫——身上吮吸生活的阳光,或者从半死的人们身上吮吸:你一眼就看出,公爵夫人多萝茜差点被囫囵吞下。可真正的证据却是她今晚要来的儿子,不知他是否比他母亲活得长而终于成了非凡的演员呢,还是将开始扮演她驯服的还魂尸①的角色。

不过,弗洛拉,得公平一点:这老太婆不是常常唠叨吗?这小伙子,护士,你跟他往来的。我能从你的触摸中感到,从他送——其实没有必要,他们不是有骑自行车送药的伙计吗——送我们打电话要的药来时的说话声中听出,他正是你所中意的小伙子。听听,就好像是她的事情似的。嗬,是吗,亨特太太?(老大不敬,嘲讽的暗笑)真叫你觉得自己是个傻瓜。然而,问题在于,她并不因为自己的私欲而死死缠你,因而你并没有指责她的真正的理由——除了那妖婆

---

① 还魂尸,据说是西印度群岛上的一种死而复苏的人,他们没有意志,不会说话,动作机械。

式的旁敲侧击,可她年纪老了,啊,上帝,沉疴缠身,心力交瘁啊。

所以就没有人保护你,把你从科尔·帕多手上救出来了。

除非斯诺。

公园周围,衰草渐稀。那位演员到达时,天肯定要黑了。斯诺患着白化病,却声称自己的肤色是天然的灰黄。后来,特别是在灼热的公共汽车上工作和在太阳下坐在车站的长凳上,一边等候交班一边同男工友抽烟时,她患上了皮肤癌。斯诺身上发出一股白种女人的气味:更像男人;还有收进找出的硬币味、汗淋淋的皮夹子味以及许多香烟的气味。但你们都是科夫港人:我的表姐——我唯一活在世上的亲戚。

亨特太太继续唠叨着,那个小伙子,护士,你上个休息日和他一块——到诺默拉什么地方去呢——告诉我这件事——我是说告诉我他的情况!好像你知道该从何说起。你身上是什么化妆品的香气啊?嘿!(鼻子一吸)是金缕梅,我经常在猜呢。猜她洒了金缕梅香水后会发出什么气味:大概是那些与她交往的色鬼的臊气吧。

不错,那天他们是到诺默拉去了。

"为什么去诺默拉啊,科尔?荒凉透顶的地方!"

"荒凉才去呢,叫恶棍嗅也嗅不到,至少一时找不到地方,我今天正需要这样。"

科尔驾驶一辆梅赛德斯SSK(鬼知道是什么意思)旧车。他把那辆勇士卖了,重新装修了这辆旧轿车。只要肯专心,他干什么都很聪明,可是他说他希望心境宁静,好像你——你们大家都不希望心境宁静似的。可什么叫心境宁静,又怎么能心境宁静啊?

"诺默拉!谁肯住在那个地方,置身在那些荒芜果园中?"

"至少,在橘子落地的噗噗声中,你可以自由自在。"

"不大开化吧,我赞成开化。"

"你可以当市长候选人了,弗洛。"

要是在别的场合,她就可能要生气了,但暖洋洋的天气、公路上的喧闹声以及路旁整整齐齐的灌木丛使她陶醉。她微微一笑,整个人靠在座位的靠背上,科尔抽着铝柄烟斗,烟锅底的烟叶发出吱吱的声音。沙石岗上,阳光明亮耀眼;透过敞开的车窗,热风一个劲地吹进来,像砂纸一样擦着皮肤。

郊外的景象仍然在向后流去,她有心想尝尝乘坐梅赛德斯兜风的滋味,但你根本尝不到:这辆式样古老的车子——要是夹在亮锃锃的新型轿车中间,谁也不会羡慕。幸好现在车子不多,只有一两辆出故障的装运水果或蔬菜的卡车,偶或还有一辆家庭旅行车,所以你们的外表如何并没有什么关系。

这样算幸福吗?她想,如果是,那么任何人,科尔,甚至莫里顿大道的老妖婆都不能从她嘴唇里逼出一句承认的话来,她用舌尖舔舔没涂唇膏的嘴唇,发现它们开启着,像是白痴的嘴唇。

"这个亨特太太,因为年纪大了,尽说些荒唐透顶的胡言乱语,还以为没有关系。"

"举个例子说说?"

"唔,我不能对你说。"

"不能说又为什么要说呢?"

"我想找话说。"

"这不是找话说,是找不痛快。"

"那,好吧。"

她闭上了嘴巴。有时她喜欢和科尔相处,现在就是"有时"中的一次。她既想看他一眼,又怕暴露自己,这一点你是了解得最清楚的;但对于讨厌的亨特太太来说,你这样做就不行了,她发明了关于气味的理论,对嗓音也像精灵一样灵敏。这老家伙,无论清楚不清楚,多少还能记得双目失明前看见过的东西吗?譬如说男人的手、男人坚硬的喉结:男人是靠喉结蠕动向你表示思想的,至少科尔是如此。她得看上那么一眼。

"你在看什么?"

"还以为看到一根路标呢,原来不是。上帝,这种灌木一旦开始就没有尽头。"

也许要到诺默拉才有尽头。

他们终于平稳地驶进另一种苍翠的绿荫,驶进小丘,突兀的围场和枝叶纷乱缠结、树干疤痕累累的果园。他们驶过一个布满浮垢、绿得发黑的死水坑。这里房屋疏朗,都装着褪了色的或者未经油漆的檐板,十分破旧,只有加油站和广告牌是新的。居民们似乎都很苍老,风吹日晒,皮肤粗厚,结婚戒指深深地嵌进厚皮里。一条几乎被女贞树遮封的走廊上,一对老年夫妇正坐着用白杯子饮茶,同时咀嚼着什么,大概是烤饼。一个小字辈的女人身穿棉布长上衣,痴痴地坐着,直愣愣地瞪着公路,旁边是她的呆头呆脑的兄弟。当然,他们比那对长辈年轻,但也显得老态龙钟的。

围绕着大多数小屋的女贞树渐渐压迫着你,使你喘不过气来。调头他顾吧,目力所及,湿漉漉的暑气蒸腾激荡:总是死气沉沉的绿色,千篇一律,偶尔有几块橘树的污斑和苍白的幽花。

科尔想散散步,于是他们踏上了一条僻静的小路。路旁,一个孩子——一个小姑娘蹲在果园边,不断地拨弄着一只玻璃罐中的什么东西。

"什么啊?"她俯身询问小女孩。后者开始不肯回答,只顾埋着脸,脸红得像一个发紫的杏子那么逗人。

"你在玩什么啊?"你又问,固执地不肯罢休。

"蜥蜴。"

是一条蜥蜴,已经没有尾巴了。

"你不会残忍地对待它,对吗?"对小孩子说这样的话,真傻。"如果是我,我就放它走。"

女孩圆睁着双眼,嘴唇发亮,狠狠地看了蜥蜴一眼。"他是我的小宝贝。"她说。

"那也一样,要是我就放了它。"

你会吗?假使换了你穿着沾满污泥的上衣和破烂的短裤蹲在路旁,会不会放恐怕难说。

当他们信步向前走时,科尔说:"我们一转弯,她就一定会扯下它的头。想不到吧,换上你也会,弗洛。"

"你怎么知道。"她觉得怒气一直涌上脖子。

"我不知道,"他说,"但能猜到。"

空气令人昏昏欲睡,无法进行长时间的思考。

"将来我的孩子不会,"她说,"我一定不让他们这样做。不论我怎么样,我一定要让他们受到更好的教育。"

他摇摇她的手,哈哈大笑。

"为什么不能?"她气愤得连话也说不清楚,"我要尽力使他们超过我。"

他们穿过一个绿草如茵、布满海绵状小丘的围场,这围场仿佛覆盖着一条宽大的棉被,脚一踩上去就往下陷。

"如果我脾气不好,"她说,"那请原谅。我知道自己嘴硬,要争吵的东西实在太多了。"

"倒是娶个坏脾气的姑娘好。如果你要选个性情温柔的,而结果她很暴躁,那就大失所望了。"

"我一点也不温柔,而且根本不想结婚,我是说,你如果非得克服重重障碍才能出来游玩一天,那太可怜了。"

他们吃力地走在柔软的围场上,在也许休耕了多年,也许休耕了整整一世的土地上吃力地走着。

"如果我会操持家务,大概会切上几块三明治带来。"

"我不抱幻想,弗洛。"他顺着她的手臂做出咬啮的样子,仿佛那是一根玉米棒。

"别这样!"这样真傻。

可是,也许并不傻。他们停下来面对面地站着,严严实实地包裹在沉寂之中。一群小虫在一束阳光中飞舞。一面是弯弯扭扭、歪歪斜斜的橡树,另一面是朦朦胧胧的橘树;积满污垢的丫杈和蒙着树脂的枝条,挣扎着想从七缠八卷的树丛中脱出身来。如果她确实曾经挣脱过,那么从周围的寂静中,她认识到自己又被捉住了。科尔开始站得较远,这时渐渐向她逼近,活像一个梦游人本能地返回早些时候在梦中离开的房间。那些疲惫而热心的树丛在帮助他。

她却不在梦中。"你以为我是什么人?"她非常清楚自己是什么人,而且已经在对方的怀抱中。"科尔?"如果她的声音有些尖厉,那是因为她的嘴唇在压迫之下。

他没有回答,继续以嘴唇猛冲猛撞她迁就的唇沟:这无法阻挡的,归属于他的地方。

她成了他一手巧妙制定的计划的一部分,而后,这个计划成了他们共同的。他仅仅扯落他短裤的一个纽扣。

在海滩上,他们从来不为赤身露体感到不安,因为那是习以为常的事。但这里,在茂盛的青草之上,赤裸的肌肤却白得耀眼,她浑身裸露,开始时还感到羞耻,但后来就管不得许多了。

她随口咕哝了一句:"有人来怎么办?"

"嗯?"

"那个玩蜥蜴的女孩子——我们会害她一辈子的。"

小女孩无关他们的计划,很快就被抛开了。

"管她呢——一个残忍的孩子。"弗洛拉一边想,一边喘息。

当她被深深地压进刺人的青草时,她就开始咕哝别的了。

他高高地坐在她身上。她贪爱他那胸脯分开的样子,直到目光向下集中在另一个地方。若非必须面对伊丽莎白·亨特的龇牙咧嘴和那双洞悉一切的瞎眼,她真要一口吞下这暴君般高踞在上的情人。

他一许可,她就让自己柔软的身体从半知半觉的酥麻和肉欲中解脱出来;倘若愿意,她原本可以继续沉湎其中的。

"你屁股上,弗洛拉,印满了十字——一些枝条弄的,还沾了些草绿色。"

"你对我做了些什么呀?"她咕哝说,一边调头看自己的花屁股。

"难道不应该?"他反问,"这不就是我们来这里的目的?"科尔对她咧嘴笑笑。

"会让人看见的。"她又提起这个。

才穿好一半衣服,他们又抱成一团了。这时,他好像是他们生的孩子。她的大孩子在撞击着她的乳房,她无论怎样爱他也不满足。

"我不知道我们之间发生了什么。"他们穿着整齐后,她说。

"这是我们都知道得很清楚的,只是你不肯承认。"他平静地回答。

在停车处附近的公路旁,他们见到一间房屋上面挂着"按顾客要求供应鸡鸭快餐和茶水"的招牌。屋中一位穿着四季常宜的长棉布上衣的女人说,只要他们喜欢,可以给他们煎几只鸡蛋。她给他们端来一盆整个的卵形小马铃薯,又用一只棕褐色的搪瓷壶为他们倒茶,茶杯是白色的,很厚。

他们吃饭时,这位身材颀长的女人一直在他们身边走动。她也许想聊天。寒暄了几句以后,她扯起最近发生的一桩谋杀案。但你的嘴塞得满满的,顾不上应酬。

"唉,亲爱的,"女人叹息一声,"你们趁着年轻,自己开着车子到处遛遛,够快活的。"她说。

空空的盘子上只剩下一点点凝结着油的蛋屑。

"还没孩子吧?"

科尔差点囫囵吞下最后一个卵形马铃薯。

因为他嘴巴不空,而且,不管怎样,这总是个女人常问的问题,所以你只得尽量心平气和地回答:"还没有成家,只是一次朋友间的出游。"

女人自知失言,立刻开始在他们的手上寻找结婚戒指。她的细长脖子和厚皮下巴一下子羞红了。"我常想,"她说,"有的时候,并不是每个人都知道自己的心思的。"她已经由于自己的错误而垂头弯腰地走开了,在胶底布鞋声中,传来她的喃喃自语:"有了孩子就一切不同了。"

他们坐进车子时,科尔极其兴高采烈。"快乐的一天,诺默拉之游!你知道意味着什么吗?"

她当然不知道。

他注视着她。"丈夫和妻子。"

"我不相信你的话。"

其实,她相信,科尔无所不知;而自己则是从北海岸香蕉园出来的无知姑娘,以当护士为手段,想勾引一个丈夫,可到手后又不肯要了。

他们开动车子。有一阵,他把一只手搁在她的大腿之间,好像表示她是他的。如果她没有把它抛开,那是由于她又被乘车旅行搞得昏昏沉沉了。

"星期四有音乐会。"他提醒说。

她转过头,对着窗外的灌木和岩石说话。"你为什么要把我扯进音乐会?"

"因为喜欢让你和我在一起啊。"

"可我不懂得怎样欣赏音乐。尽是那个马勒的曲子!放音乐时我只能想点别的。"

他似乎以为不妨如此。"那很好,那就继续去想点别的吧,弗洛,总有些曲子会抹掉你心上的想法的。"

他使她感到空虚:那些平装书、那些唱片,以及他对诺默拉之行意义的领悟。除了自己的身体和未诞生的孩子,她能向科尔提供什么呢?上帝啊,若不理智一点,一个个孩子就会像豌豆似的从体内噼噼啪啪地爆出来。

她心里充满着阳光,充满着煎鸡蛋,充满着科尔,该感到心满意足了。倘不是感到有孩子在她大腿上爬着 乳房上抓着 用睫毛搔着她的脖子使她绽开满脸微笑 她真要蒙眬入睡了 她多么想用牙齿咬住孩子们金色的面颊 以表示自己的挚爱啊 但她竭力克制着 不露声色。

"睡了个好觉?"他问。

"你认为我睡着啦?我没睡。"她回答说,俨然是亨特太太的口吻。

"一直到霍恩斯比,你大部分时间都像一只没装满的麻袋似的倒来晃去。"说着,他捏了一把她的膝盖,惹得她生气了。

弗洛拉·曼胡德将手肘抵在窗台上,双手托住面颊,本可以这样度过整个黄昏。在这空荡溟蒙的公园和过往车辆的喧闹之上，面对地平线上修道院的清晰轮廓，她本可以从祈祷的样子转入梦境而不知不觉地度过这段时间。她无论如何没有当修女的意念。最好什么也不是，仅仅是缥缥缈缈，或者是一场梦。在梦中让头发披散在黄昏的怀抱里，就像科尔对她说过的那个歌剧一般，让情人把自己的秀发拴在树上，从而被他引诱上钩。可是，哪个情人呢？一个陌生人在淡淡的暮色中走出公园，最后变得几乎不复存在。她不会被诱惑上钩吗？不，相反，太经常了！

那老家伙床边的手铃丁零丁零地响着，此刻，护士正因为自己的思想被引进这么一个不可逃避的陷阱而满心懊恼，因此，她巴不得去和病人干点儿什么。她像当年护士长所希望的那样一丝不苟地正了正头巾，顺着走廊朝仍然讨厌地鸣响着的召唤铃声走去。

曼胡德护士几乎是旋转着脚跟走进房间的。"我们把您忘了，是吗？亨特太太？现在我们弥补一下吧。"

那么兴高采烈：你连门把手在什么地方都闹不清了。亨特太太却没料到她这样愉快，弄不清她这一百八十度的大转弯。"我想我不能要你永远守着，但我们花了钱，不是让你把我们丢下不管的——护士。"

曼胡德护士不理会这一点小小的刺激。"我听你吩咐，亨特太太，你吩咐什么都行。"她舔舔刚涂上的唇膏，知道虽然这老家伙视而无睹，但她一定显得很漂亮。

"我要你把我扶到椅子上。"

"你觉得今天能行吗？"

"不行也得行，我必须坐在椅子上——等——等他。"

护士把轮椅——一台铬钢和皮革制成的实用而灵巧的机械——推过那一大堆奢华的红木家具和银质器皿。

"先穿礼服。"亨特太太提醒说。只有她能够精确无误地记住全部程序。

护士取来那件绣着玫瑰花的锦缎礼服。它满是褶皱,已经失去了鲜艳的色泽,袖子的镶边——弗洛拉·曼胡德断定是真正的貂皮——一定在什么时候受到过蛀虫的光顾。但是,它今天破旧的模样并不影响曼胡德对其当年光彩的尊重。

"请当心我的手臂。"亨特太太警告说,"受过训练的护士并不一定了解人体组织是怎么活动的。"

礼服穿好了,轮椅推到床边,护士把这捆嘎嘎作响的骨骼和怒气冲冲的肌肉收拾起来,弄成坐姿。

"多么健康,"亨特太太吸了一口护士动来动去时掀起的风,一口青春的芬芳的暖流,喃喃地说,"多么强壮。"

"哎,亲爱的,您舒服吗?"弗洛拉·曼胡德突然满怀同情;这虽然不是专门为亨特太太产生的,但总得落实到某个人的身上,何况她还看见了那睡衣下面,那一朵朵玫瑰花锦缎和虫蛀过的真貂皮之间,伸着两条灰色的细通心面一般粗细的瘦腿。

护士跪着把拖鞋套在病人冰冷透明的脚上。

亨特太太听起来几乎哭了。"你的手真叫人感到亲切,护士。希望你别忘了给我化妆的诺言。"

曼胡德护士不胜惭愧:她愿意以任何代价换取天性的温柔、恬静和慈爱。这种天性不是唾手可得的,也许一辈子也学不会。

"没有,没有忘记。"她一边克制脆弱的感情,防止它的进一步发展,一边立起身来。

"我希望不会使你厌烦。"

"不会的,不会使我厌烦的。"其实,给亨特太太梳妆打扮才是她真正喜欢的工作;这她们两人都明白。

亨特太太"嗯"了一声，她终于高兴了。

曼胡德护士端出亨特太太的化妆盒，一个与亨特太太不属一个时代的产物，光滑的蓝色皮面上配着银饰，这和亨特太太花梨木床架上一个歌女躺在闪闪发光的巨大的银太阳下一样，显得很不协调。

亨特太太很高兴，深深地吸着化妆盒打开时散发出来的脂粉香气。

曼胡德护士开始给她梳妆，那副崇敬的样子叫你简直不敢说是妖娆；而她的化妆对象则自豪地凑上自己的面颊。当曼胡德护士把粉底润进亨特太太干枯的皱纹时，就是德桑蒂护士也会不由得敬重起这种明显专门为迎客而进行的精心化妆。当然不是敬重化妆技术：有的地方做得确实过于妖娆。

在化妆的第一个阶段，伊丽莎白·亨特变成一个荧荧发光的幽灵。她觉得自己的面颊丰满了，觉得穿上过去常穿的洁白衣裙了；她一走下楼梯，人们就会立即鸦雀无声。

"把灯打开，护士。"

"现在天还亮得很呢，亨特太太。真的，我能看得很清楚。"

"打开——请把灯打开。我喜欢感到周围亮堂堂的，这样暖和得多。"

曼胡德护士把不悦化成一声轻叹，开关也粘上了粉底。"我刚才是考虑节省——这么早就开电灯。"这想法至少不错。

"我一向奢侈。"亨特太太说时莞尔一笑。

我肯定你是这样的——但那是关系到你自己的时候。曼胡德护士没说出自己的思想。

这时，似乎什么事情使亨特太太感到不快。"艾尔弗雷德——我的丈夫，认为任何人都是要到不得不付钱时才学会关电灯和水龙头的。在大多数情况下,这话不错。但从来没有谁想到艾尔弗雷德。"

曼胡德护士在梳妆箱内的瓶子和管子中翻寻着。她嘴里哼着什么,这时,几乎已经唱开了,意思是:"我也许能跳个通宵。"

"我丈夫在哪里?"亨特太太问道,脸上的焦虑之情使这位侍者的辛劳大部分付诸东流。

护士大吃一惊,不知道该怎么应付,半天才说:"我想他有事耽搁了,不过一定会来的。"

"是的,会来的。"

弗洛拉·曼胡德用手背擦掉那块男人该长胡子的地方的汗珠,"今天晚上你喜欢什么色彩?"她以最愉快、最文雅的声音问。

"面颊上'深玫瑰色',嘴唇上'深肉红色'。"亨特太太自信地回答。

"唔?我想嘴唇上还是紫红色的吧。当然要你喜欢才行。"

"'深肉红色'。"

亨特太太的面色顿时阴沉了。她闭上眼睛,梳妆箱光滑的蓝皮面上发出的芳香,大概使她厌恶。

曼胡德护士心里很不舒服地草草擦完亨特太太的双颊。她是在珍惜自己化妆嘴唇的技艺,或者说化妆嘴唇的才能的较为精巧的部分。

她自己的双唇在祈祷着"深红色",但只吁了一口气,没有出声。

"你忘了牙齿了,护士,牙齿!不装上牙齿就无法化妆我的嘴唇,懂吗?"

曼胡德护士听从指教,取来一副昂贵的、天然黄的假牙。再次看到它,都不免一阵战栗。举起假牙的固然是亨特太太,但你得把它推进去,一直闹到两人都卷进一场像是半自杀半谋杀的漩涡中去。

那老家伙吸吸假牙,咂了一声之后就精疲力竭了。她往后一仰,说:"牙齿,讨厌的牙齿!"

然而,忠心耿耿的年轻女人并不介意。这一系列仪式的对象也仅仅只是一时有些沮丧。她屏息闭目,把注意力分散到必要的程度。

曼胡德护士,这位穿着白衣裙的虔诚修女,从镀金管套中射出唇膏,习惯而神秘地在空中挥了两下,开始把深肉红色抹上赤裸皱缩的嘴唇,把自己掌握的全部艺术技巧,学到的全部风骚妖娆都化在那两片属于别人的嘴唇上。如果说她过去没有达到过无私的境界,那么,现在她成功了,通过臆想,自己进入了一个华丽的天地。

可是,这也不能说是完全的无私,她的行为成了一种热望。那沉思的鼓鼓的嘴唇简直要呼号呐喊。大概只有现在,她才会谦卑地接受他可能施加于她的任何甜蜜的侮辱。

"咴咴!"亨特太太出其不意地突然用力拉扁双唇,几乎毁坏了曼胡德护士的艺术品,从而也遏止了后者向心醉神迷的境界发展。"我不是一件物品,对不对?"或者,你即使是物品,也不愿别人用行为来加以证明。

"啊,您就会——您已经——很漂亮了!"曼胡德的声音那么粗重,一定是发自内心的。

"是吗?"亨特太太低声细气地问。

"'我能一直跳个通宵'。"曼胡德护士清楚地唱了一句,接着小声问道,"我们画眼皮吧?"

亨特太太精神一振。"稍微画一下。"她满脸得意,宛如一个为自己的大胆而感到兴奋的小姑娘。

"蓝色?"

"蓝色。"她表示同意。"不!"幸好想起来,"翠雀银。"

弗洛拉·曼胡德知道该怎么办：她往伊丽莎白·亨特的眼皮描上很淡很淡的，似月光下蜗牛爬过的痕迹的颜色。伊丽莎白·亨特的面容差不多一点没变，可她却暖洋洋地沉浸在翠雀银的幸福之中。

后来她想起另一件事。"艾尔弗雷德一点都不赞同化妆，你知道吗？"

"是吗？"

"连大家都习以为常了，他还是不赞成。"

共同的弱点使护士和病人互相亲近了。有时她们痛苦相通，有时则是欢乐与共。

曼胡德护士撩开一根落在刚刚化妆好的嘴唇上的头发，后退了一步。"你在考虑假发吗，亲爱的？"

"紫丁香色的假发。"亨特太太说得很肯定。

"怎么戴法？"

"披散。"

"重大节日那样？"修女一直准备在节日时奉献全部才艺。

"对，散开。我一定要显得十分自然。"

"我不是劝你放弃自己的意见，但我考虑是否略微束一束。"

与曼胡德地位相当的其他人，如德桑蒂护士和巴杰莉护士，以及凡俗姐妹李普曼太太和库什太太都知道，是曼胡德护士恢复了涂脂抹粉的全套仪式。但他们并不知道，亨特太太曾付钱让弗洛拉学习保存假发的课程。这是她们俩之间的秘密，不过曼胡德护士喜欢把这秘传密授的知识藏匿在假痴假呆的外壳之中，喜欢弯起手指扭着屁股去充当假发的卫士。

她捧来淡紫色假发，毕恭毕敬地罩在那尚有几绺烦躁不安、很不自然的真发的柔顺的头皮上。这个淡紫色的顶峰引起一种宗教感觉，这种感觉弗洛拉·曼胡德认为她早就抛弃在故乡香蕉园那条路下面的那座装着护墙板的教堂外了。她曾盼望着奇迹,但奇迹始终没有出现;也许,那会在帮助伊丽莎白·亨特复活的时候出现。

现在,她用脚跟探索着在家具丛中后退,伸直的双手在激情和空气的压力下颤抖着,一直退到最适合审视的距离,而审视的对象,从一定意义上说,仅仅是一个野蛮的偶像,那头上的假发丝呈紫色、红色、淡紫色、银白色,光怪陆离;身上是一件旧而不破、绣着金线玫瑰花的长袍,鸟爪般的手指套在珠宝中,搁在肚脐上,显然在等待着进一步的移动,以便最终停息到那裹着锦缎的膝盖上面。

如果这淡银色的眼皮张开时,露出的不是伊丽莎白·亨特那更为混浊和没有表情的蓝眼睛的凝视,那么无论这位年轻女人崇拜的欲望有多强,也一定会吓得毛骨悚然的。刹那间,一道稀有的闪光,掩埋在眼白之下的昔日的蓝宝石光彩,诱使你抛弃了自己的怨恨、惰性、冷漠、愤懑,忘记了一位老太婆的残忍、贪婪和自私。至少在这一瞬间,这个可怕的偶像幻化成一个隐匿在其中的女神,生活的女神,你渴望而又不敢拥抱的生活女神;美丽的女神,你向往而尚未夺得的美丽女神(你痛苦地想:科尔此刻也该正在那没完没了的激动人心的音乐深处和某个美丽女神搅在一起)。最后,死亡的女神,它一直与你无关,除非是作为某种必须收拾掉的东西出现。至今为止,你还只看到死神的幻象。

死亡的幽灵使他们两人都心神骤变。亨特太太突然浑身一抽,打了个冷战,曼胡德护士起了一身鸡皮疙瘩。

"我气色——正吗?"紫色的嘴唇颤动着,急需肯定的答案。

纵使护士能够找到满意的回答,她也魂不守舍,顾不上说了。因为这时客厅中响起了洛蒂·李普曼极为兴奋的说话声,这绝非一般的应酬;还有男人的谈话声,上楼的脚步声;接着又是男人的谈话声,沿着楼梯拾级而上,越来越响。

伊丽莎白·亨特的手指落到膝上,继而升到当年乳峰隆起的部位,随即一双手垂落了下来。"他来了,是吗?他来了!"

曼胡德护士答不出话来。她们各人都受到迫在眉睫的灾难的威胁。不过伊丽莎白·亨特更为害怕:搽好粉底的面孔都惊恐得要裂开了。

"你看他会记得我吗?"

你无法安慰这位可怜的老娃娃,根本不知道该怎么安慰,不知道怎样才能做到比你安慰自己更好些。

这时,门开了:进来的是威勃德先生,身着律师服,脸上一本正经,经过这多事的一天的折腾,衣服已经皱巴巴的了,脸上显得精疲力竭。为了摆出适当的样子和表情,找到比平常更煞费苦心的精确的言辞,律师的手指哆嗦得几乎要一齐脱臼,而他的模样,完全像是被炙烤过的。

他嘟嘟哝哝地走过那位不再需要的护士,提高了嗓门——虽然本该知道这样要引起委托人的不快(我耳朵一点不聋,阿诺德!还有什么)——好不容易说出:"亨特太太——他来了!巴兹尔爵士——哈哈!"

这笑声真可怕:那么尖厉刺耳,虽然不是他有意的。紧张——岂止紧张——恐慌,使律师变老了,这点护士看得出来。他几乎支持不住了。当他站着旋动蓝宝石印章戒指时,你觉得他差点连尿也撒在肥大的裤筒里了。

对于一切人来说都是不可避免的事情终于发生了,巴兹尔·亨特爵士跨进了房间。

他母亲的极度痛苦看得出来。他呢?除了杂志上刊登的有关他的生平故事的图片外,护士对他素昧平生,所以无从猜测。现在面对真人,这位大演员迷人的风采和他的衣着更使她眼花缭乱。

当巴兹尔爵士瞥见轮椅上的人时,迟疑了那么一秒钟,犹如发现那本该是女主角站的地方站着一个替角,随即(要紧的是演出,剧终幕落后再去咒骂这种安排)继续以他特有的姿势跛着走过地毯。他这种走路姿势,也许患轻微风湿症以前就养成了,但这丝毫没有削弱他的进攻能力。他一只肩膀比另一只前倾一点,所以,实际上是侧身向着这两位观众的,尽管这并不令人不快。他一只手伸在定制的袖口外面,那袖口在务求臻善臻美的衣袖末端,足有两英寸长。

他说话了,护士被他浑厚圆润的嗓音深深打动:"亲爱的——回家一趟真不容易!"

而这位先前的女神,这回却变成了哆哆嗦嗦的凡女了。这时她也恢复了自己的技艺,伸出戴戒指的手去抓她的亲人,要是够得到,一俟他走到身边就要抓住他的肩膀。"我盼得好苦啊,最亲爱的!我相信你比我更急。"

巴兹尔爵士又迟疑了一下,但仍驱使自己接近替角。

伊丽莎白·亨特提起精神。"啊——巴兹尔?巴兹尔?在曼谷到底出了什么事?"

巴兹尔爵士从胸袋中掏出一块绣着巨大的花押字母、非常华丽的大手帕,抹掉他不曾考虑到的东西:不是从替角身上来的。

"叫人扯住了,母亲。后来碰到一点——也不完全是什么变化——不过需要休息几个小时。就是这个原因,亲爱的。"

她注视着他。"你一向不会——我不该说骗人,巴兹尔——可你经常叫人失望。"

他自有搪塞她的高论。"当我们把嘴巴凑到母亲你的奶头上时,感到的难道不是失望吗?"

接着他们扭成一团;戏在演着,花梨木床架不断地弹回他们"亲爱的""亲爱的"的叫声。

"我不是,"伊丽莎白·亨特在亲吻中气喘喘地说,"不是你心目中的理所当然的母亲。正如我一定对你说过的——好像说过——我尽管吃了许多没烤熟的牛排——但偏偏没奶喂你。可是,你看——亲爱的——那并没有使你营养不良啊。"

他在她身旁双膝跪下,仍然露出相当一部分侧影;她把一行行戒指插进他的头发,企图重新缝合已经破裂的母子关系。这时,也许他们都仅仅在形式上注意到他们的观众:当舞台上的所有演员在两旁脚灯的映照中配合默契、浑然一体时,往往会出现这种情况。

第三章

　　他本应记得自己右膝的风湿痛正在发作。为了表演母子团聚，为了掩饰由于发现这位紫丁香女神充当女主角，演着母亲的角色时的惊愕，他猛然跪倒在她的脚下，一下子表演得过于猛烈了，现在不得不受到惩罚。但是，这是他不得不为她——为他们付出的代价。

　　"母亲，"他说，"上帝保佑您。"他吻了吻母亲那只终于从他头发中抽出的鸟爪，清楚地感觉到一股同情的暖流正在向他涌来，感觉到他与全体观众正在建立起的融洽关系。（他看出，仅仅从眼角中就看出，那位护士完全是个美人儿。）

　　他站起来，由于上了年纪，由于患着风湿痛（不是风湿痛药作用不大，而是把它遗忘在伊顿帕拉斯浴室的柜子里了），满面苦相。但观众没有注意到，至少那位护士没注意到：他太像初次上台的狂喜的年轻人了。他不大相信威勃德老头会袒护自己。

　　他向舞台中间偏左的地方移动时，母亲问："你怎么啦，巴兹尔？为什么跛足？身体好吗？你总不写信给我——除非没钱花了——所以我什么都不知道。"

　　台词中没有这番话，他想耸耸肩膀，不加理睬。"唔——没什么——有点酸麻。"着迷的护士信以为真，但律师却是那些即使在你最成功的夜场表演中,也始终保持缄默的观众之一。

至于母亲,她说:"我看一切痴病都会遗传——就如人格上的瑕疵。我也患风湿痛,巴兹尔。我有一位叔祖父后来双目失明了,我也双目失明了——无论如何在肉体上是失明了。"

这一次可不止耸耸肩膀了。他抬起了左肩。他不能再正视她了:满嘴唇油腻的红色,干枯的玉米棒上冒出来的淡紫色的乱丝。他觉得应该责怪自己:父母亲都极为爱好生活,他们不可能对自己负责,更不用说对子女负责了。

"我的孙女好吗?"

"我很少见到伊莫金,她偶尔跑来要给我做点什么。做好事是她的老话。"

至少没有提起妻子、情妇以及其他精神上的敲诈勒索者。他意识到谈话的节奏渐渐放慢了。为了完成一项他认定有所裨益的使命,花了那么多钱,千里迢迢,远道而来,决不能叫自己垂头丧气;他一定要不虚此行。

"可怜的老多萝茜好吗?"他使嗓音显得热情、愉快、多情,俨如真的开始想念一位阔别多年的姐姐了。

"多萝茜仍然是可怜的多萝茜。"母亲语调沉重地回答,"满怀委屈。她不高兴几年前我在一个海岛上的经历。我想她会来吃晚饭的。"

律师不得不告诉他们,公爵夫人打电话到他办公室,说她头痛。他对他们说他对此感到惊奇。他近乎荒唐的忠心耿耿,或者说长年累月地沉浸其中的这种忠心并没有使他幸免于卷进这股逆流。

"得了!我早就知道了!"老太太大动肝火,"你呢,巴兹尔?"

"我在翁斯洛旅馆定了个房间,不想——"

"——不想麻烦别人。我的厨师将大失所望,她当过演员,你知道——在柏林——和其他地方。"

不是女演员！不是女儿！不是妻子！也不是母亲！他已经到了失去表演欲的田地,对任何演员来说,这都是十分危险的。突然,他想一屁股坐下,让那带子拴上头颈,柔软洁白的围涎布塞到下巴底下,然后一只没有感情的手缓慢而坚决地一匙匙喂他甜面包和牛奶。这样就不会犯下现在的错误,或者可以避免。

可是现在他只能回答:"那好,母亲,我留下吃晚饭,其实我很高兴见见你的厨师——当然,还有能和你多待一会。"这也是"演戏",不过,乃是小角色的不同表演。

"赶快,曼胡德护士——告诉李普曼太太,巴兹尔爵士在这里用晚餐。她必须——竭——竭尽全力。"亨特太太唯恐他变卦,心中焦急,加上挖空心思地搜寻极其正式的辞令拼凑自己的命令,以致命令发布后,舌头还继续留在嘴巴外边。

巴兹尔爵士如果不那么疲倦,威勃德信中所说的"轻微中风"一定会使他大吃一惊。你接信后的第一个反应难道不是希望第二次中风吗？一次中风能解决多少难题,避免多少不快啊。

当护士奉命匆匆忙忙地离开时,他已觉得没什么危险了。他心安理得地欣赏裙子飘然而去的轻快摆动。如果说护士的微笑是某种习惯的话,那可是一种可爱的习惯,而且,他还自以为可以觉察到她那光润的大腿像剪刀一样相互交叉的轻微摩擦。

他兴高采烈地对母亲赞叹:"好一个漂亮的护士！"

"哼,护士！真叫人受不了,是我在服侍她们。阿诺德,带他到各处看看。衣帽间的厕所马桶,你要用时就是冲不出水。"

"冲得出水了,亨特太太,请放心。我们修好了。"

"几年前不出水的。"

巴兹尔・亨特爵士强迫自己在母亲淡紫色的假发与前额衔接

意识到,这里面也有他的一份功劳。哎唷,他懂得太多了嘛! 他烦闷地站在一旁观看。舞台的弧形天幕上,一条青白色的彩条扭曲了一阵,他等待着舞台侧面从锌板上发生的隆隆雷鸣。

雷声没有打在点子上。护士告别了他们,爬上一排排房屋,向尿盆和体温表走去。

"这些护士以及其他的人一定吞吃了一笔财产。"巴兹尔爵士说得好像很实际;其实他知道,自己是最不实际的。

"我看,你母亲就是活上一百岁也不必愁这笔费用。"

"咿!"

"而且,她上了这般年纪——也应该让她——喜欢什么就挑选什么。"

"可她喜欢吗?我看她满腹牢骚。"

"那是她的一部分乐趣。"

"我们总得商谈一下吧,亲爱的威勃德,我有个计划,一个切实可行的计划。"

律师掏出轿车钥匙,俨然要以此保护自己,免受任何可能在夜间发生的阴谋的伤害;他丁零丁零地摇着一串钥匙退却时,只答应说:"的确,为了你姐姐和我们自己,是有许多问题需要讨论。"

律师驱车而去。巴兹尔爵士飞离伦敦机场时怀有的狂热计划,这时恐怕已化作一身冷汗,排出体外了。正当他自以为就要以无情的利刃刺穿问题的要害时,他担心自己挥舞着的可能只是演戏用的假武器,便败下阵来。许多情况都将取决于多萝茜:她在以往的错误中得到教益和锻炼了吗?多数人不是这样:一连串的失败不是驱使他们内向了,就是导致他们怜悯别人;不论哪种情况都有碍他们狼狈为奸。

他沿着弯弯曲曲、绵延向上的小径,朝房屋走去,不知不觉地从故土的灌木上狠狠地扯下一条条长叶，深深地吸着它们的清香：为了恢复自己的倔强脾气和铁石心肠？他同时下意识地猛摇猛打悬挂在头顶上的巨大的圆锥形花轴，活像一个绝望地发泄心头怨恨的顽童。

在今晚的不幸之前，曾经发生过另一个不幸，使他现在满心抑郁，挫伤了实行计划的锐气。倘若不犯下那一个大错，那一个被妒忌你的人——如妻子，某些演员和居心叵测的朋友——抓住大做文章的大错，那么以他的年纪和风度而言，他足可以使眼前的小事化为微不足道的细枝末节。

是的，那是在曼谷的事：隆隆声震耳欲聋；不合身的衣服内黏滋滋的；彬彬有礼的泰国机场官员，风度优雅却无能得叫人不知如何是好；那位同样令人无可奈何的英国空中小姐高高地抬起下巴像是要提高自己被遏制的工作效率。闹闹哄哄中，她宣布飞机由于需要修理而推迟四小时起飞；至于修理的性质，则如宗教般玄奥神秘，俗人岂敢要求再作解释。

至少，他不要求解释，虽然早有定论，说亨特在追根究底上无与伦比。可是现在，他关心的是如何在这茫茫的四小时中找到伴侣；同行旅客中没有一张面孔可以与之共处十分钟。那苏格兰人已经看过医生了，他坐在凳子上，斜对着酒吧，并非完全没察觉到自己在桃红色镜子中映出的窘态：一个有待于充实的肉体。他一直都很空虚而且一直不曾有所察觉吗？天知道，演员也会空虚！但你不会，因为你有剪报、爵位，你能回忆起这样的时刻：台词和感情在你体内发酵，泛着泡沫，疯狂地穿过咽喉往上冲，若不是善于通过黑暗把它们掷向那多头怪兽，你一定会神经错乱。有时几乎听不到喝彩；有时你听到较粗鲁的评论，但大多数在路上，有几次你在伦敦西区，听到别人抨击剧本的拙劣和配角的平庸（礼貌也同样能令人生畏）。

谁都有过失败：约翰、伊迪丝以及可怜的老唐纳德。（如果让自己想起这些人,唐纳德总要在记忆中占比别人大得多的比重。也许他习惯这样了,不管怎样,他现在去世了,你一定不能叫死者不得安宁,尤其是死去的演员。竟没人认为这是件怪事,因为这是化妆室中的迷信。)

　　你总不能阻止镜子愚弄那些空虚而又支离破碎的面孔吧。至少在粉碎以前,这些镜子都会蒙着一层锈斑;而空虚,只要适应某种目的,就不是空虚。许多伟人都曾是空虚的。不然,如果都是一群充满了理论和"情趣"的知识分子,如何容得下那些必不可少的灵感的闪光,以及滔滔不绝的言语和汹涌澎湃的感情?又如西拉(不是希·拉)·斯特奇斯,一个聪明得足以压倒竞争对手的女演员。你为什么苦恼啊,西拉?那双灼热的、几乎像甲状腺亢进的病人一样突出的眼睛。我和自己别扭得厉害,巴兹尔。总是作茧自缚,越缠越紧。有位评论家作了一个大挚,对西拉说她是"梅吉·阿尔巴内西第二"。与梅吉不同,她还活着,不过就精神而言,由于每天都在那里竭力试图解决自己的难题和设法诱劝脑海中一个从未见过甚至无从想象却一味朝思暮想的死女人,她已经死了。看在上帝的分上,你成为已故的西拉吧。你今天上午是怎么啦?我们要排练半小时呢!那是在你们已经分手,起码在伊莫金出世、你们在肉体上分开之后的事——很长一段时期西拉仍然希望能得到职业上的特权。我是已故的巴兹尔,因为我刚才不得不跳下公共汽车,两手抹上泥巴,我觉得这样能够帮助我认识这位女人——剧中这位农妇。她多么执迷地调戏那些比较贞洁的词语啊!可怜的西拉:你从伊莫金礼节性的探望中获悉,直到今天,只要不酩酊大醉,她还继续冥思苦想。

　　这是伊莫金(踌躇片刻),我的女儿。在医院做社工之类的工作,除此以外,你还能对其他演员说些什么呢?他们会哈哈大笑。啊,是吗？多新鲜，亲爱的，我是说——那么热情——帮助别人。他们那批人，像一伙上了年纪的检察官，肯定会把你的话补充到他们的故事中去：西拉和巴兹尔·亨特——他在得到爵位前和她离婚了，她根本不在乎贵妇人的身份，只在乎酒和 L. C. 博顿利——嘻嘻！

L. C. 博顿利，一个可靠的扮演怪人的演员和惹人厌烦的男子汉（喜欢打板球），随时准备为你搬运行李到车站或者你的住处，跑出去给你买份晚报或者偶尔替你付一两次账单并且不要你还。瘦小的博顿利，个头大大，足踝粗壮，胸挺得天晓得有多高的伊莫金。爸爸，亲爱的，我想让你知道，无论如何——虽然我与母亲一起住——你无论有什么困难，都可以相信我。她一定从博顿利的祖宗那里继承了这种品格。下面是几行令人哀伤的戏剧脚本，你硬着头皮读一读吧。

众演员　伊莫金——多么可爱的名字！
西拉（一如往常，极其严肃）　我希望这个名字能帮助她长大时坚定顽强。
巴兹尔·亨特找到自己的九号化妆台，坚定地给脸部化妆。

天地间有天生的演员：无论用多少凡士林也无法完全抹掉脸上的化妆；博顿利一家人都是这样的演员。他们本不该去当什么职员、店员和小学校长。自成体系的亨特一家亦是如此。亨特的气质大多得自贝蒂·索尔克尔德，一个伫立在河湾的柳树后窥探谁在噼噼地走过小桥的天真姑娘；得自伊丽莎白·亨特，一个款款下楼的贵妇。母亲总是站在楼梯上，脸上荡漾着微笑，这种微笑迷惑了那些无知的男人和感恩戴德的老处女，却很少能迷惑已婚妇女、仆人和孩子。（她的衣服一日多换，似乎没完没了，而她最喜欢的还是白色的服装。)无疑,这就是他的——天赋的来源。言过其实的话让别人说吧。他身上几乎毫无艾尔弗雷德的影子。老天,他常常把爸爸抛到九霄云外,一抛就是好几年,尔后又感到懊悔;可有什么值得记忆的呢?那些使他在很有限的范围内出了名的公羊吧。人们在戈岗的主要大街上给"库杰里"的艾尔弗雷德(比尔)·亨特"竖"了纪念像。车辆行人从这位微不足道的小人物永远站立的地方分叉向前。他站在那里,穿着皱巴巴的铜裤子,扣得好好的背心罩在滚圆的胸背上,出人意料地矮小和善。镇议会曾邀请政治家阿索尔·施里夫为艾尔弗雷德·亨特的铸像揭幕。母亲没有到场,但寄来一张灰色的地方报纸的剪报。

有一段时期,你往家里寄自己的剪报,以证明他们一直不愿相信的荣耀:"巴兹尔·亨特,一个值得一看的年轻演员,把吉尔登斯吞演活了。"(在有人发现你演的吉尔登斯吞之前,你一直都为没能演罗森格兰兹而伤心。)"巴兹尔·亨特扮演的奥兰多令人惊叹地表现了男性的痴情,足以使那些亚登姑娘们神魂颠倒。这些亚登姑娘远不及西拉·斯特奇斯扮演的罗莎琳来得伶俐乖巧。"

(根据那位年迈的女王霍奇斯基的说法,可怜的西拉在扮演那个女扮男装的小伙子时,演得实在太糟糕了:她稀里糊涂,竟把莎士比亚笔下的小伙子演成了一个姑娘①。)

后来你就不寄剪报,不必再证明自己是名演员了,相反,最后得证明自己可以不演戏了。

他环顾了一圈差不多空空荡荡的酒吧。月光掠过酒吧大门,扫过躺靠在塑料椅中的旅客,椅子底下,是一片铬黄的水泥地面。如

---

① 莎剧《皆大欢喜》中,罗莎琳女扮男装,改名盖尼米德,去亚登森林寻访父亲,邂逅了只谋一面的痴情人奥兰多,让他向自己——牧羊人盖尼米德-罗莎琳谈情说爱,倾诉衷肠。

果光线强一点,那些冷漠的灵魂中有人能认出他不但是人,而且是演员吗?不大可能。他们中间谁听说过巴兹尔·亨特爵士呢?除非他们自己就是演员,终生的演员。

这就是巴兹尔所待的地方。他在酒吧的镜子和门外的景象之间的座位上扭来扭去,想看看那边可能是什么,结果把镀铬塑料凳都弄翻了,险些一屁股摔在地上。他看见的是戏子。他们拉着化妆箱、旅行袋、洋娃娃、纸伞、燕尾服、长围巾,和他们自己各色各样的性情,有一两个人还把几年前勇敢地从自己的剧院仓库偷来带到伦敦西区莽丛中去的油光铮亮的定音鼓保养得好好的。

为了免于在这间酒吧倒下,这个失群的演员迫不及待地要去和那些演员认同。他一蹿而出,胶底麂皮鞋震得瓷砖地面砰砰作响。他的一条裤管耷拉在小腿肚上,外衣下露出一大截衬衫袖口;领带尖端飞起来,打中了他的眼珠。

他向他们冲去,口中念念有词;终于如释重负,朝他们一阵狂喊。"马奇!哎呀呀,有这等事吗?达德利?老天有眼——那可不是巴布斯吗!"他吻过姑娘后又热烈地拥抱亲爱的老达德利·霍华德,一个极其平庸的演员和敦厚的家伙。

"亲爱的,真叫人难——以——相——信啊!"马奇·帕克里奇是所有定音鼓手中最聪明机灵的。"而又在曼——谷!"

"在这儿,而不是在淑女贵妇面前!"巴布斯·雷恩鲍出身音乐之家,即使到了皇家莎士比亚剧院也不会忘记自己的身世。这就是他们签约雇她的原因所在。

他注意到后面还有一大串全身戏装、薄施油彩的孩子,有的面熟,个别的还能叫出名字,连忙低下头去。"嘿,杏麦-哈米什!"貌似和蔼亲切,其实在年轻人面前还有些不好意思,但决不能让他们看出破绽。对于这位著名的见多识广的演员和爵士,他们有的露出恍惚迷离的崇拜神情,有的则虽然勉强站住,却手按剑柄,俨然仍然骑在马上,自以为这个老家伙不堪一击。算他们倒霉,碰上了这一个老东西。

他想起他们是从日本回来的。可为什么到曼谷来呢?

马奇作了解释:"英国的一个什么委员会为了答谢一个芭蕾舞团或什么的,把我们召来了。"他们有几个人哼哼唧唧地说。

"只停留演出两夜。"

"如果高兴,再去看看神奇的庙宇殿堂。"

"然后去德里。"

"你呢,巴兹?"问话的是巴布斯,她演的《护士和情人奎克丽》很特别。"你把你这个单干剧团拉到哪里去啦?"

"澳大利亚。"他做了个鬼脸,这是他们——虽然不是全部——所期望的。

"我真想去澳大利亚呢。你一定是如饥似渴地赶去演戏啰。"她自己才饿得发慌哩:一匹穿超短裙的雌马,至少大腿有那么粗壮;一张随感情波动说变就变的面孔。

"不是演戏。"巴兹尔·亨特知道,自己快要失去观众了,有的观众已经厌倦了。"是送终。我的老母亲。"他摇着头,使声音轻松一点、愉快一点,以便那些与此无关的人们比较容易接受。

"我们都去喝杯酒吧,巴兹尔老兄。"达德利似乎找到了唯一可以摆脱困境——且不说绝境的办法。

马奇唾沫飞溅,嘶嘶有声。"可怜的宝贝,那叫你多么败兴啊!非得喝点酒才行哩。"虽然她是忠心耿耿、总的说来相当可靠的演员,但现在的表演却相当拙劣,她也知道这一点。然而离开了舞台,你怎样才能叫人相信死亡呢?

突然,他失望了。他没有从他这些援军那里得到自己所希望的实在的东西。时间几乎无限制地延长着,就如刚才在桃红色的酒吧中与矮小的泰国服务员和阵阵冷风做伴一样。岂止失望:简直是恐怖至极。

"好,喝酒。他们在修理那鬼机器的时候,我为什么不与你们一块去喝酒呢?我可以在旅馆里与他们联系啊。"

然而,在目前的情况下,也许在任何情况下,他们有什么可说的啊!他们和他休戚相关,这本身就是鼓励:"专家"之于"平民百姓"嘛。有的很早以前就闯进了你的生活,现在可能已经忘却你们曾经同床共枕了。(如马奇·帕克里奇,在曼彻斯特,听了烂婊子阿伦克尔·哈利特臭不可闻的谈话之后。那是在马奇与达德利似乎天长地久的婚姻之前,西拉带上孩子离开之后。西拉简直要为她的离去作一次巡回演说,可作风却不太光明磊落。)

他们一齐拥上公共汽车。"我们住在米勒马旅馆——我们一部分人,"达德利说,"其他人乘另一架班机,迟一步到。"

灯在旋转:巴兹尔爵士刚才倒下肚去的酒发作了。

巴布斯·雷恩鲍提高嗓音说:"记得菲尔·斯平克吗?"

"她怎么啦?"

"死了。他们发现她浸在浴盆里,身边漂着一个杜松子酒酒瓶。"巴布斯肯定把一大笔钱花在抽香烟上了:她肺部的哮喘声比这辆汽车引吭高唱的赞歌还响。"多快活的死法!"

"我可不会这么死,我决——不!"马奇反对说,"我是地地道道的信仰基督教的科学家,只不过没有这么一张标签而已。"

有些默不作声的孩子并不怎么感受到公共汽车的折腾:那些身体柔软的男孩仍然仗剑跨马,但似乎也被自己的表演热情耗尽了精力,大概只有在与他们年龄不相上下的女孩子眼中,才有一点中看之处。

又一阵焦急不安的波涛向他袭来：与那些孩子必然无话可谈，如果不能继续与马奇·帕克里奇、达德利·霍华德以及巴布斯·雷恩鲍几位谈些什么，那么，他到底该持什么态度呢？

"你很爱她吗？"他听出说话的是穿超短裙的雌马，街灯正在她那双贴近他的腿上闪烁。

"爱谁？"

"你母亲啊。"

"啊。天啊——我不知道！我大半辈子没见过她的面了。"

她没料到一位老人和爵士的关系竟是这般的奇怪。也许是由于惊诧，她那紧挨着他的腿突然增加了压力。

下车后，他们填写登记表，领取钥匙和信件，找房间，互相串门。他对这些毫无兴趣：别人的住宿安排具有难以置信的重大意义；而他们，从自己的角度出发，暂时地把他抛在一边了。

他端详着镜子，竭力想记起母亲的模样，但记不清楚：他自己的影像妨碍了他。可笑的是他竟记不起自己是否尝到过当父亲的滋味。其实，细想起来也不足为奇。

当酒和饮料、冰块等送进马奇和达德利的房间后，情况好些了，巴布斯回房来脱掉胸衣。房中还有一些年轻人，大多只是些"师事长辈"的后生。

那匹雌马名叫珍妮·卡森，她宣布将把自己免税带来的一瓶美酒奉献给诸位，"为我幸遇巴兹尔·亨特爵士而干杯"。（珍妮可能使她一些同时代人感到尴尬了，因为她可能更加详细地自我介绍：得了，我们都知道，要有手段。如果珍妮不自己照顾自己，那谁会照顾她呢？往上爬的路子还是没有变，只是手段变了。）

热带地区的二等旅馆中，空调机不稳地工作着：等不到半夜，你就将看到每个人的思想了。

两三张新的面孔出现在门口。第二批人马一路颠簸,从东京赶到了。他们见有一位仅仅在报刊上读到和赞扬声中听到的人在场,就退了出去。

其中一个人高声嚷道:"黛安娜现在相信自己一定是怀孕了。她觉得自己错把晕船药片当成那个药吃了。"

一个男人纵声大笑。

老鸨母巴布斯·雷恩鲍满嘴酒气,龇着牙笑了:"黛安娜得把这件事交给巴布斯阿姨。"就你记忆所及,马奇和达德利一直没有孩子,却也装出觉得有趣的样子,十分勉强地笑了。

就在这时,珍妮晃晃悠悠地走过来,在他袜子的织绣部分抚摸着。"你可能不知道,我和伊莫金——你的女儿——是同学呢。"

他把一大杯酒灌下去一半。

"我和伊莫金是莫逆之交。"她又说。

并非不可能:两个骨骼粗大的女孩子,年纪相仿;只是伊莫金没有珍妮那张多变的面孔:她传道士般的热情使她做不到这点。

"有时伊莫金邀请我到她家去做客,西拉可真叫人讨厌,但伊莫金总是极其温柔地对待她。"

他喝干杯中的威士忌。"她不是我的女儿。我是说,不是亲生的。"为什么要告诉这个摆动秀发、半个身子露在外面的女人呢?诚实?抑或是受虐狂?

"这我可不知道。"某个谨慎精明的前辈迫使她垂下目光,而近处一位有影响的人物却迫使她呷了一口酒。

"哼,不是我的女儿——绝对不是!"他强调,"西拉自己承认的——出于歹毒的恶意。她起用了莱恩·博顿利这个全行业中最邪恶、最乏味的角色——奴仆、朋友、谄媚者,无所不是——因为她妒忌我——她用莱恩借种,伊莫金——'我的女儿'——就是他们配种的结果。"

珍妮·卡森好像没想到会听到这番剖白:坦白隐私,如果不是为了闲谈取乐,那就可能叫人不知所措。

一个名叫加思的青年怒气填膺,以一种轻蔑的神情愤愤地看着巴兹尔。

珍妮说:"你一定很痛苦,巴兹尔,那样的煎熬,现在你的母亲……"除了猝然攫住了他的教名,这几句台词念得语调平板,恹恹乏力。

然而,他对一切反应,对珍妮·卡森的心神恍惚和任何在座者的任何表情,统统不感兴趣。过去的不快,或者说一帆风顺的事业中某些角落的不快,虽然有时会在心中翻腾激荡,但现在却令人提不起兴趣。现在,盘踞他整个心灵的乃是前途和前途的凶兆。

他又与那位姑娘谈开了,这倒不是因为她对他表示了超过象征意义的同情,而是因为她那点兴趣可能有助于澄清他的比较朦胧的思想。"我说给我母亲'送终',那说得过分了。我相信,不到她想死的时候她是不会死的。对于那些意志坚强的老人,究竟是什么造成了他们的死念,我一直百思莫解。"他环顾周围的面孔,竟然没有一张——也许珍妮的属于例外——在期待他的下文。"我没有多少关于老太婆老头子的经验,说实在话,我总是远远地避开那些人。"

忠厚的一本正经的老达德利尽责地、主动地、睡意蒙眬地又给你斟了一杯酒。重新让嘴巴凑上酒杯当然是一种慰藉,而且谁都没有指责你怀有卑鄙的意图。

"我承认,一旦我捞到扮演一个角色的机会,就巴不得演这个角色的明星演员突然死掉。"珍妮摇摆着秀发,对着酒杯咯咯傻笑。

"别再谈死了!"叫喊者一直冲到房间另一头的马奇面前;她高高地抬着下巴,想把脖子上的条条皱纹拉平。

加思,一只黑瘦的雏鹰,正昂着钩喙,目光灼灼,死死盯住巴兹尔·亨特爵士——一个赫赫有名的演技夸张的角色。"你有没有听说过——爵士,"由于一个不愿使用的称呼,他咳嗽了几声,也许无论什么话语,除非作为台词塞进口中,都使他感到过笨嘴拙舌;接着,他想起怎样使要说的话热情些了,"我想我曾经读到过这么一句话:对异性的恐惧会加剧对死亡的萦念。你听说过吗?"这话说得那么严肃认真,话音沉甸甸地落在房间的各个角落。

"没有,没听说过。"巴兹尔爵士莞尔一笑,他曾以这种微笑击败过许多对手。

黑雏鹰加思倏地变得更加乌黑了,但并没有被震慑住。他收起发达肌肉包裹着的骨骼,愤然坐下,怒目而视。

巴布斯·雷恩鲍老练地咂了一下嘴巴。"谈谈别的,给我们说说你生活得怎么样吧。演了什么好戏,巴兹? 没有一出传统的、精彩的好戏吗?"

"戏倒是有一出。"

这倒是大家比较关心的事情,甚至其中最阴郁的几个也不例外。

"说说吧!"

"说说这出戏!"

"不是传统的,但如果有什么好戏①,那就是我演的。"他弯腰弓背,嘲弄地道歉说,"我不是演员吗?"

加思垂下睫毛,嘴唇翘得老高。

巴兹尔爵士吸吸鼻子。"一只酸李子,酸得嘴巴发麻。"你感觉

---

① 好戏,原文 plum 在这里指最好的东西,下文的"李子"也是同一个词,此处作者用双关语。

到他们的想象力受到感染。

珍妮·卡森翻身俯卧,两手托腮趴在那里。"谁写了这么一出可怕的戏?"

"还没有写呢——至少还没有写完。更重要的部分还有待于即兴发挥。"提到他的大胆作为真使他陶醉。

"亲爱的,"马奇·帕克里奇警告说,"你最终会搞得赤条条一丝不挂地在观众面前现丑。"

"水深水浅,我们总得往下跳吧。"

达德利、马奇、巴布斯,他们都一把年纪了;而你,一位准备从高处往下跳的人恐怕比他们还要年迈;而从你爬上的高台朝下看,就连那些全身甲胄的年轻人也会露出毫无把握的神色。

"这仅仅是个设想——到目前为止。"也许还来得及抛掉这个鬼点子。

"可它是谁写的呢?谁?这个剧本——或者说设想。"珍妮摇晃着膀子,一定要对方回答。

"米蒂·杰克。"

"从来没听说过。"

若非众人尚未听到的下文极其重要,那么他们的无知可真要让他泄气了。

马奇终于回忆起一鳞半爪来了。"那个住在城外什么地方——比尤拉山的女人?"

"是住在那儿。"

"唔,她上了年纪了!她比我们还大。"马奇不可能把这件事放在眼里。"常写点诗歌什么的。"

"米蒂不老!她不会老。"他相信这一点,同时也害怕这一点。

"她抓住你了,巴兹?"

"他跟一位老奶奶混上了。"

"死神的安排,岂止于此啊。"

"可你总得给我们说说,"珍妮·卡森又摇晃着膀子坚持着,"这个写了一半的不像戏的东西背后有什么设想?"

"多多少少是我的生活。同一群演员一起,根据我们——演员和观众——的爱好去演,它可以这样发展,也可以那样发展,正如生活一样——而且确实如此。"

咳!他冒汗了,他的杯子空了,这一次达德利却没再来斟酒。

巴布斯的脸在扭曲,扭得嘴巴都不见了,灼灼的目光和下巴上的凹陷成了最为突出的面部特征。她说:"巴兹尔,你要编演什么的话,可别把我编进去,别让我在观众席上颠着奶子跑龙套,在过道上放响屁。可别把我扯进去!这儿那儿点缀一下固然没什么坏处,但到了我这般年纪,总喜欢有几句台词可以依赖依赖。"

其他人的脸上也出现了种种样子:达德利·霍华德不再那么可靠;马奇·帕克里奇抛弃了借以掩饰她浅薄的亲切热情;珍妮和加思仿佛在洪峰浪尖上,晃晃悠悠地滑行,不过那是他们自己灵感的洪峰浪尖。于是,他又成了孤家寡人。

从人们颧骨和微启的嘴唇间的阴影中,而不是从他们的微笑中,巴兹尔看出,大家都预见到他将以失败而告终,因为他们已经看到了这位赤身露体的爵士的隐私:那低垂无力的睾丸。

马奇首先恢复常态。"这可能是一个绝妙的设想。我奇怪的只是那个——米蒂·杰克。"

三杯酒下肚后变得认真起来的达德利把你拉到一个角落,要你提防那可能导致职业自杀的毒药。

巴布斯和马奇并不完全是争吵。加思斜过身子,开始倾盆大雨般地将珍妮的面颊沉浸在亲吻之中,悄悄地在她耳边说些什么。他嘴唇肥大,但不再蕴含敌意;而她披散在面颊两边的头发也许像在水中浸过似的。

突然,你记起来了。"那架该死的飞机!"

达德利拿起电话,因为这是他的房间,是他当主人的责任。在一阵拨号、彬彬有礼的询问、接线和解释的声音之后,他打了个嗝,报告说:"他们又推迟了三小时。"

现在,这个消息不会叫你吃惊了;什么事不可能发生呢?

大家都在打哈欠,咕哝,咀嚼空杯子中的冰块。

你说打扰了,如果有公共休息室还是到那里去,可以少打扰一点。

他们都没说再见,这说明你们还是需要见面的;不过扬长而去也无不可。

一张张熟悉的面孔,或者要求原谅过去的失礼,或者恳请在飘摇不定的将来给予惠顾。

他见珍妮·卡森打算去拿什么,一定是那瓶免税酒,他看得见她的面孔恍若一位老太婆:婴儿的保证人——谁的?谁的?

握住的手分散了;湿软的亲吻。

长长的浅灰色的过道中,空调器上方发出一股酱油的气味。珍妮和加思一起消失在一扇门背后。

他继续穿过一条条阴凉但霉臭味很大的走廊,寻找着电梯间。一阵风向他扑来,他找到了。

哦,是珍妮,摇晃着的酒瓶,好闹事的双腿,水淋淋的头发。她抓住他的手,这似乎很自然:他们已不再考虑年龄的差别了。

"……为什么要到休息室去坐在椅子上把脖子搞僵呢?"她打开365房间。

"超级的款待。"他愚蠢而疲惫地说,但她丝毫没觉察出话中缺乏激情。

穿过房间中的陈设（淡红色的二十世纪二十年代现代派的式样）时，她已开始脱下身上的一丁点衣服。她抖抖衬衣，叠起来，接着躺在床上，起了一身鸡皮疙瘩。

其间，空调一直在不停地嗡嗡作响。

"床铺很窄，不过可以将就一下。"

他被一语提醒，开始脱自己的衣服，但与空调器不合节拍。

"你现在都在演些什么角色？"他从衬衫里面问。

"唉，"她叹了口气，"希罗——蒙太古夫人——格温多林。格温多林很有趣。"

"嗬，简直可以列一大串！"他猛然一扭，脱下令人难受的衬衫，夸张而愚蠢地说。

紧邦邦的时髦裤子更加作难。摔倒了怎么办？

"你知道我为什么路过这里吗？为那个鬼戏筹钱。她就是不死也少不了要给几千的。"

"我很想演你那个戏。"

"剧本我们还要修——改！"说着剥下最后一条裤管。

有何不可呢？非凡的米蒂·杰克一定已经设计出几个偶然相逢的贪婪女子猛烈进攻赤身裸体的他的场面。

珍妮·卡森几乎望未望他一眼，接着很快关上电灯。她很会体贴人，在黑暗中，他紧张的双腿可以少抖几下，松皮皱肉以及悬垂的睾丸也不会乱荡秋千。

他挨近她，趴在她身上，至少让她感受到了他的体重，同时把嘴唇紧贴在她的嘴巴上。若是不动，她可真会把他一口吞掉。

她真的咽了一口。"我真正喜欢的，特别喜欢的——"她把他吐了出来，"哪一天能让我演你的考狄利娅吗？"

"嗯?"

"我一直不太明白考狄利娅到底追求什么,这就是她使人兴奋激动之处。"

"那我一定让你做考狄利娅——如果你——当我们双方都准备好的时候。"从现在到备受尊崇之前,他必须考虑做点什么事情——做点交易。

"这样可就使现在的一切都成了疯狂的乱伦了,对吗?"在他下面扭动的身体和咯咯地傻笑不仅没有将他的无精打采化为热情,反而使他愈加觉得惭愧。

"今晚毫无办法了。"他谢罪说,然后离开她,去到右边的黑暗中做他多年没有做过的事情。

"邋遢的老畜生!差点吐我一身——满地毯都是。"

"谁让你惹老头子,活该。"

"你不懂,加思。我要体验一切。"

"那现在你总体验到一点了吧。"

在男人的体毛和白衬裤旁,珍妮像一团亮晶晶的蚕丝:你在挺尸装死以前,看到的是这么一帧快照。

"这老畜生看来像是烂醉如泥了。"

"把我们的行李搬走吧。这样这个房间就更像他的——还有他的呕吐物。"

只要你能睡着 这个房间确实就是你的了 一间黑洞洞的宽敞的卧室 赤裸的演员在这儿演出一场从生到灭的戏剧 这是你们戏剧中唯一的一场 因而米蒂的解释十分灵活 有人拉了一下你受惊的阴茎 要你注意那些演员们已经用堆积在一起的身体组成了一只子宫了 你要从它燕窝状的表皮下爬过 从那匹母马的

胯下爬出 你不知道米蒂是否赞成她对原始胎儿的这种解释 也不能指望母亲赞成

当他在狭窄的床上僵硬地醒来时,空调器排出的微风已经不再吹拂他了,他竭力寻思着什么。

班机!

"764次班机起飞一个小时了。"电话中甜润的、睡意浓重的声音报告说。

"那我就必须在另一架班机上——你听清了吗?找一个座位。越早越好。"

得从房间中逃走,从巴兹尔爵士的呕吐物中逃走。谢天谢地,你的衣服还在:没有什么比衣服更能保障你的安全。

他登上最高的一排房子,母亲的房屋就耸立在眼前,黑魆魆的,在绿光闪动的天空映衬之下,几乎与童年时见到的房屋同样宏伟:胡椒瓶似的角楼,天窗,天空以及格子细巧的天棚和阳台,在黑暗中给人以一种美的享受。这同一幢房屋,他在黄昏时踏进家门,觉得不过是在开玩笑,现在却不能等闲视之了。

他郑重地在半掩着的门外的蹭鞋垫上擦干净双脚。屋内,刀叉和玻璃器皿的碰击声使他的希望变成信心。他突然记起:还得去应付另一个女演员。他蹑手蹑脚地穿过客厅,在电灯投下光圈的地方,步子慢得就像脚被什么粘住了似的。墙上的照片在审视他,他自己孩提时拍的照片尤其冷酷无情。

曾被正式称为"书房"的房间中,细颈瓶和酒杯已摆上精雕细镂的桌子了。他很高兴在与管家一起登场之前能以毒攻毒,借几杯新酒以解宿醉。一想到要与一位不知底细的、由于愚蠢甚至恶意的考虑而选中的女人同台演出,他一如往常,淡淡的兴奋中不免掺和着几分疑惧。

管家立在门口。"如果愿意并且觉得现在用餐不太早的话,爵士,那您的晚餐已经准备好了。"冗物充斥的奢华住宅十倍地突出了这具石雕像的严峻。

"没有什么能够比用餐更使我高兴的了。"他风度优雅地走上去。他精神最佳时,优雅的风度可以不招自来。他满面笑容,头上的光亮反射到一块挂在壁炉上方的镜子上。"巴兹尔·亨特。"他多此一举地补充,亲切地希望消除她的紧张。

她一定过于眼花缭乱了,她的嘴唇,她的下巴哆哆嗦嗦,费力地回答:"洛蒂·李普曼。"

然后她转身开始领他进屋,严肃的样子就像她身上穿着的黑衣裙、脖子上围着的白色针织领和精心梳理过的头发。她已学会控制自己了,但巴兹尔注意到,她那牛一般肥大的屁股不由自主地扭来扭去。

到达餐厅时,她慢慢地做了一个很有礼貌的手势,指出他的椅子。她的眼睛富有潜在的表现力,不过暂时还被自我嘲弄遮盖着。

他们必须克服这一点,于是他说:"我母亲说过你是演员。"

他坐下时,她在后面推着椅子。"唉!不过是在舞厅!舞厅啊!巴兹尔爵士。"她转身离开餐厅,发出一声叹息,仿佛和着低级舞厅中破旧钢琴发出的哀怨声。

所以,他遭到了她的,或者更确切地说,遭到了他们共同忧伤的袭击:因为那些黯淡阴沉的戏院或俱乐部而产生的忧伤;一俟天明,这些戏院或俱乐部里沾污的台布就要收卷起来。对此,莫里顿大道中产阶级的浮华并没有提供任何保护。

等她端着翠绿小甘蓝盖顶的大盖碗回来,他已大批量地制造了整整一武器库恰如其分的呈铅灰色的面包弹丸,以备在他们两人无疑都经历过的时刻重现时借以保护自己。

"我只有在舞厅表演的本事。"洛蒂·李普曼从大肚子盖碗中放出蒸气。

他觉察出她把长篇大论留作预备部队,但既不愿阻止,也不愿催促她投入这力量。

那德国汤上漂浮着形状精美的马铃薯粉丸子,稍有霉菌或马勃菌的浊气;她给他舀了一勺。"呐——你喜欢喝吗?"她那黑洞洞的伤疤一般的嘴巴说,希望受到赞许。

变成了英国人的他说道:"嗯——好极了——很喜欢。"

他们都诡黠地一起哈哈大笑,虽然她笑时很谨慎地垂下眼睑,而且很快就离开了。

外面响起了雷声。他听到树枝在鞭打着微风;本以为是雨声,却只不过是挨在一起的树叶在风中摇曳发出的响声。

他回到了一个地处异邦的家。然而,在一次婚姻赋予他们享有的日常争吵之后,伊尼德说,当我们产生误解时,巴兹尔,我必须牢记你是外国人;我们可以使用同一种语言,但彼此的含义却千差万别,迥然相异。他的第二个妻子,伊尼德·索布里奇,乃是伯林厄姆伯爵聪颖的女儿,除了一本关于阿弗拉·贝恩的专论外,还写过五本诗集,三本小说以及小亚细亚、外蒙古和密克罗尼西亚等地的游记。既然如此见多识广、学识渊博,对生活现象的了解当然非同寻常。

除非为了进一步领受她仿佛可以无穷无尽地提供的恭维奉承,除非为了她打开的可以满足他私欲的社交大门,他实在想不出与她结合的其他原因。她是位好争吵的妻子。共享了第一个星期心心相印的狂喜之后,他们终于发现,除了少数共同点之外,彼此都比对方更深刻地认识到两人的不同之处。争吵中,伊尼德总是笑嘻嘻的：像一只龇牙咧嘴要咬人的俄罗斯猎狼犬。他们的婚姻，最亲切温柔的表现莫过于双方的离异。他们一致同意暂时不离婚，而这个"暂时"又变成了永久，因为他们似乎找不到合适的安排。伊尼德·亨特夫人仍然住在伦敦附近；偶尔在他的化妆室中露面，两人脸对脸地互相亲亲热热，也许还共进晚餐，哈哈大笑，拿别人开心，这就剔除了他们相互了解中的芒刺。伊尼德可能认为他们偶尔的会见是对文明生活的贡献，而对他来说，它们则是致命的懦弱，则是自己无力断然拒绝的结果。

诚然，他曾经多次拒绝西拉，不过那是在舞台上。他不能容忍一个拙劣的，甚至比拙劣更糟糕的演员，一个聪明的女演员，捧着肚子以激起她头脑所"理解"的感情。然而当初她却充满灵感；也许，那是简陋的宿舍和英格兰中部地区污秽的剧院中的青春之光吧？他曾经爱恋过她——或者在夜晚互相诉说谈情说爱的台词。至少两个人向伦敦西区发起进攻总比一个人容易；无论他们怀着什么理想，攻克西区毕竟是共同的雄心壮志。

莫里顿大道的舍宇之外，风暴的影响有所减弱了。偶尔闪动着蓝绿色的闪电，狂风一定已经消歇。他已忘却了雨点竟然也会重重地坠落。

他原本很愿意继续倾听淅沥的雨声，既不追溯往事，也不思虑孤军奋战的将来，只一心一意地沉浸在现在之中。可是，管家端着一只银盘进来了。从她匆忙的举动、奶油发出的嘶声和用来抓住盘边的一大块硬邦邦的白布估计，那盘子一定很烫。

"天啊！"①盘子砰的一声碰在菜橱上。里面盛着一对色正香浓、配料精美的小牛肉块②。柠檬片薄得透明，鳗鱼片卷得可爱。

---

①② 原文为德语。

"你不感到枯燥乏味吗?"他问,借以掩盖心中升起的贪婪之情。

"我喜欢侍候别人用膳。"她急急忙忙地从烤焦的餐巾上缩回的双手不停地发抖。

"不,我是说当演员。"

"唔,巴兹尔·亨特爵士,我不过是一个不点不燃的爆竹,天天晚上不断地放,嘶——嘣——一声冲天,最后我嘶也不嘶了,我这个爆竹受潮了。"

脆黄的粉皮下,小牛肉鲜嫩多汁。与其撺掇管家重建他将予以同情的生活,他宁可孤独地奉陪自己的思想。他自己犹且不胜消沉,岂能承受别人的郁闷!

从一只眼角中,他瞥见她站在菜橱旁边。她的白袖口紧紧地扣着,构成一个指向地面的箭号,双手露在袖口外面。她在站岗这个事实使他意识到自己颊骨的运动和打破沉寂的咀嚼吞咽的声音。他意识到自己耸起一只肩膀,仿佛要把她挡在他们之间隔着的距离之外。她令他回想起一些女演员,她们的表演艺术不很稳定,却渴望获得那些她们认为尚未皈依自己的观众。

他半转过脸,称赞说:"无论如何,你毕竟是第一流的厨师。"

"啊,是吗?"她笑了。"这也很重要啊——对吗?"

菜橱周围的气氛很冷淡。他不明白自己是否惹她生气了。

"厨师!演员谁都没什么了不起——除非非凡的艺术家:莫扎特、歌德、伯恩哈特——巴兹尔·亨特爵士!"她这种类似犹太式的恭维使他不由得一阵畏缩。她想从侧面奋力攻击吗?"我如果能够选择——如果能够重新做人——我希望创造一个完整的人。"

"真的吗?"他问,虽然明知自己不无同感。

"是的,"她说,"或者两个完人,一个我自己的,另一个——是我生的。"

他已经吃完了,只剩下柠檬皮和细小的牛肉软骨,但她仍然不想动手收拾他的餐具和扫荡一空的盘子。

"喏。唉!"她对菜橱拘谨地叹了一声。"我们——你和我,巴兹尔·亨特爵士——都需要舞台生活,一种如醉如迷的痴心!这就是为什么——我在家破人亡——失去了爱情①和骨肉②之后——仍然指望在舞厅表演的原因。所以,我从使人汗流浃背的灯光下逃出来时,能够忍耐最恶毒的嘲笑,熏人的酒气以及接踵而至的亲吻、赞扬、许诺和男男女女淫秽的姿态。即使围在餐桌周围的只是一堆骷髅、一批假胸和男性的虚荣,我也不得不炫耀自己的歌曲,以及他们所希望的无聊的舞蹈——《一二三》。"她围着亨特家(装有四块活板的)红木桌子表演了几步。"我没有歌喉,唱起来却如醉如痴。而这正是他们所企望的。这是他们的需要——同时也是我的需要。他们哈哈大笑,想摸我的帽子、我的手杖、我嫩绿色的天鹅绒上衣后摆。他们渴求——渴求什么?自身能得到改造?抑或是自我毁灭?当然啰,巴兹尔·亨特爵士,这一切您不会没有亲身经历。"

他羞得不知如何回答。

"不用说,程度不同。"她的笑声使她的话显得更加厚颜无耻,然而他希望这是无意的。"他们说您演过哈姆莱特、李尔:所有了不起的德国人的角色。"管家端着空盘子走出时毫无顾忌地哈哈大笑。"所以,您一定完全明白,巴兹尔爵士!"

他抱着头,瞪着原来放盘子的地方。用自身的肉体去创造另一个人。但他失败了。虽然"女儿"伊莫金表示愿意参加一出戏,没等设计表演动作,就以西拉的出面而结束了。在这出戏中他不是创造了某个角色,而是一个完人。当所有的角色都还悬在天空、不曾露

---

①② 原文为德语。

面时，这个完人使他想到：自己不是个纯粹的演员，和西拉一样，自己也是个完整的人。

另一方面，也确实是"如醉如痴"，这疯狂的犹太女人说的一点不错。证明她完全正确的将是第二个角色，是终于要做出的攀登李尔王这座冷酷无情的，也许是不可逾越的高峰的尝试。他像担忧米蒂·杰克的非戏剧一样地担忧它的前途。他最害怕的是把自己破锣般的嗓音投向只有一半听众的剧场。最后一次巡回演出中，在格拉斯哥，有人向他扔过香蕉皮。

管家又端来一只水晶玻璃杯，带进一股桃子和香槟酒的芳香，还有一股令人作呕的杏仁味。无论如何，不大合适。

她把酒杯放在他面前。她太兴奋了。激动会破坏仆人对客人的尊重。

他不喜欢甜食，却开始搅拌杯子，拨弄一片片在杯子中沉浮的桃瓤。"你这一手引诱艺术从什么地方学来的？"他用属于另一种场面的声调问。

"不是从老母亲那儿来的！"她悲惨地笑道，"是从一位情人那里学到的——不，我们要称他为'保护人'，苏黎世的一位厨师。柏林——苏黎世——海法——悉尼：这些都是我和情人幽会的地方。"

往事的回忆使她一时间兴奋如狂。现在的李普曼太太抛弃了一切消极被动的伪装。她真不该双脚跳起《一二三》舞曲，惹得绿色的天鹅绒上衣后摆不住地飞舞。由于处在阴影中，由于心情激动，她的双手竟显得年轻了。

"我不怨天尤人！"她语气坚决地声明，"不怪那位总是满身厨房味的瑞士胖子，也不怪任何别的人。不怪我唯一的爱人和可怜的被焚化的父母。"

她拖过一张椅子，在笨重的红木桌对面砰地坐下。"我的父母，您知道,是思想解放、崇尚科学的犹太人。您不妨认为医学就是他们的宗教,不妨认为他们的牧师就是医生,但不是精神病医生。所以,我,作为他们的女儿,必须是一位饮食专家。我必须研究伯切尔·本纳等等,对吗?但我无法不如醉如痴——从另一角度看,这也是我的犹太性格。我逃进了舞厅——但仍然如醉如迷!"她的头向后仰去,最后只看见一段脖子,同时爆发出一阵极其猛烈的狂笑。

"至于爱情!"她的面孔又出现了,"我爱这个德国人——一个异教徒。这不是亵渎神灵。你或许会像我父母一样,认为这无疑是亵渎神灵。其实,爱情决不会亵渎神灵的。"桌子对面,管家的面容显得老而可怕。

"你那个德国人后来怎样了?"他几乎不敢发问。

"我离开了他。"

"可有的人是双双离开的啊。"

"我们和有的人不同。我离开他,是因为我爱他。"她立起身子,一下解不开她那患关节炎的双手。"或者因为——照您母亲的看法——我是天生的受虐狂。"

"在把食盐搓进别人的伤口这方面,谁也比不上母亲内行。"

"可我爱她!"管家气喘吁吁地嚷道。

"你怎么能爱邪恶、残忍和破坏性的东西呢?"只要一息尚存,他就必须迫使自己继续相信其中的一部分真实。

"不错,她就是那种人,"母亲的管家表示同意,"但她比绝大多数人都更了解实情。"她的手从桌子上落下时,她又说:"如果我不能崇拜,那我总得爱某人。"

然后,她拿走盛甜品的酒杯。他们都感到,这完全是多此一举。

她把咖啡送进他的书房。她又像作为女仆所应该的那样恭顺了:低眉垂手,态度谦而不卑。她离开后,他开始喝烫舌头的咖啡。

咖啡的苦味很浓,那强大的威力简直足以炸毁保险箱,更不必说人的头颅了。但他强迫自己喝了第二杯,因为他在离开这幢房子——他必须记住,只是法律上属于她的——之前必须去见母亲。

他发觉风暴已经过去了,而在柔软的楼梯上发出雷鸣般巨响的乃是自己的脚步。万籁俱寂,连外面车辆的喧嚣也不来亵渎这绝对的恬静。

在侍者们围绕他们明显地信仰的偶像建立起来的圣殿中,德桑蒂护士握着一支老式的钢笔在坐着写字。那是一支镶着金环的当初一定很漂亮的自来水笔。她膝盖上放着一份文件——无疑是既秘密而又重要的。这文件用一只普通的弹性很强的夹子夹在一块木板上。她似乎理所当然地认为他这位入侵者与她抱着相同的信念,所以他一进门她就笑容可掬地抬头望了一眼,然后又埋头忙她的了。与刚才在花园中一样,她那闪亮的眼睛和丰满的乳房令他惊诧。他不能完全照她承认他的方式承认对方。当然,她的方式是根本不能接受的。一幢住宅变成一座庙宇,甚至还浮动着一缕供神的暗香——大概风暴从花园卷进来时袭击了柏树,刮进了柏树的香气。他一反自己睿智的判断力,把一切企求、渴望都扼杀在厌恶之中。

这时,床上的偶像已经脱下外衣,摘掉珠宝,除去脸上的节日油彩。倘若没有一缕飘忽的气息在振动着寿衣,那么剩下的就无异于一具死尸。两片眼睑,静止时有如被风暴冲上海滩的斑斑驳驳的海贝,这时却在不停地颤抖,而灯光则在死灰色的头发上编织出一轮灵光。她的整个形象不是一个女人,更不是他自己的母亲:这具圣骨的保护者可能希望他相信这一点。遮掩住的灯光、风暴吹进来的柏树香以及一起一伏地做着催眠运动的被单和颤抖的眼睑,一切的一切,都在邀请他与偶像的选民们共享圣殿的神话;可是,他所以到这儿来却是为着他自己不同的目的:他的继续生存依赖于一位老不死的讲究物质享受的老太婆的死亡。

那位侍奉修女没有指望他参加任何仪式,他对此感到宽慰;这时她正在与那支老式自来水笔纠缠不休。她仅仅在他打算离开的时候问道:"您不跟您的老母亲道个晚安吗?"声音毫无个性,几乎无从识别,但基本上是女人的。(也许,良心是个女人吧?)

这时,夜班护士抬起头来,而他则逃出房外。他从房间里许多镜子中的一面瞥见自己一丝憔悴的微笑;而她领受这些微笑的神情,他很可能误认为是怜悯甚至是无私的挚爱的表露。

他奔下楼梯,在口袋里找自己也记不清的什么东西,打电话叫了辆出租汽车,记起自己的外衣、从机场带来的行李和为他留有房间的那间旅馆的名字。管家没有重新露面,他巴不得她回避自己。没有管家在场,他可以用书房中那一满盒香烟来填满自己的烟盒,这香烟是他在晚饭前发现的。

接着,外面响起出租汽车的喇叭声。

德桑蒂护士对自己在做的工作很不满意。她立起身来,撩开窗帘以便看着巴兹尔爵士离去。月亮紧跟着暴风雨又出来了,但挂在空中摇摇摆摆;窗下,从房屋开始,花园中一片朦胧,草木荫翳,蹊径蜿蜒;一个男人的身影歪斜地映在地上。他一手提着衣箱,一手拎着旅行袋和小提包,步履迟疑,沿小径蹒跚而去,巴兹尔爵士显得比她在花园门口第一次遇见时苍老。劳累疲惫很可能使他身体萎缩、形容枯槁,当然,那无损于他的声望。是的,她没有因此而减损对这位兄长和大演员的尊崇。事实上,他反而从她的同情中得到益处:他使她有点想起自己的父亲。即使在父亲做错事的时候,她对他的尊敬也超过其他任何男人。

下面街上,亮着车灯的出租汽车在等候乘客;车灯在柔和的月色下显得十分刺目。巴兹尔爵士走近这辆汽车射出的光柱,也许被刺得眼花缭乱了。小路的转弯处,一段陡峭的石阶打断了它的蜿蜒绵亘;他一脚踏进一个黑魆魆的水坑,踉跄了几步,手上的行李更使他完全失去平衡。他一个跟头栽到一尊手指残缺的笑嘻嘻的雕像脚下,四周是向阳花和百里香的花畦。

德桑蒂护士尽量开大窗子。她探出窗外——要干什么?她一时也不清楚,但在想象中,她已经俯在巴兹尔爵士的身体上检查他是否受伤了。这难道不是她的一部分工作吗?可是,花园中的芳香可能影响了她的工作效率。凝滞的空气使她喘着粗气,正当她探出窗子,俯在那张记忆犹新、被她摈除了一切迷幻和放荡迹象的面孔上时,她感受到窗台边缘越来越深地割进自己的身体。

车门在出租汽车司机喉音浓重的下流玩笑声中弹开了。"不用留神啦,伙计。这简直是我见过的最漂亮的跟头。"

司机和巴兹尔爵士一起,费劲地收拾起巴兹尔爵士和他的行李。

"当你知道自己要倒下时,不妨就势躺倒。不会伤筋骨的。不过凭我的经验,我觉得这种最漂亮的跟头是你自己设计的,是吗?"

巴兹尔爵士报之以一阵包裹着愠怒的大笑,德桑蒂护士无从知道他的回答是什么。

司机提着行李出了大门,他的乘客一瘸一拐地跟在后面。

"什么事啊,护士?"

"唔,我把您吵醒了吧?房间里太闷了——我开窗换点新鲜空气。"

透过窗口,你可以听到出租汽车沿着寂静的公园渐渐远去。

"这么说来,巴兹尔走了,我知道他会走的。"

"他见您睡着了。"

"他不想向我告别,我们两人谁也不想告别。"

"他不想打扰您。"德蒂桑护士但愿确实如此;她喜欢把别人往最好处想,而夜班则允许她这样做:入睡的面孔使罪恶化成了无辜。

"你知道我向来睡不着。"亨特太太坚持说,"曼胡德在哪儿?"

"同往常一样,我到后一会儿她就走了。"

黄昏时她们在更衣室中打过照面。曼胡德护士穿着衬裙,在常用的无色化妆品下显得很兴奋。

"你遇见他了吗?"她问换班护士。

"我进园门时威勃德先生给我们做了介绍。"

曼胡德护士扭动着腰肢,这样更突出了她赤裸的身段。"我觉得他漂亮极了。年纪较大的男人常常相应地变得更加——超群出众。"

"我还没遇见所有年纪大的人,所以现在评论这一位还为时过早。"德桑蒂明知自己言不由衷,但弗洛拉·曼胡德逼她摆出一副极有原则的样子。

"唉,你也太呆板了,护士!这样乏味。"曼胡德小心谨慎地补充,因为这个字眼是从科林·帕多口中学来的。

换上外出穿的衣服时,她打定主意想刺激一下呆板的老玛丽。"我倒不反对与巴兹尔·亨特睡觉。"

德蒂桑护士知道自己的脸在渐渐变红,但竭力很冷淡地笑笑。"我看他有很多人可以挑选。"说着摘下那顶弗洛拉·曼胡德看不起的便帽。

"啊呀,你是很容易被选中的啊。你有没有跟——你有没有想过男人?"

"可真是,那关我的事吗?"要不是她在梳妆台前坐下,抖开新头巾时手被别针扎了一下，这话听起来本来更像随口说的。

幸好还有自制力，她记起了另一件事情。"李普曼太太说你的那位朋友——那位药剂师——打电话来留了个口信。他等着你去他家。还有羊肉等着你去烤呢。"

"我去烤羊肉，见他的鬼！不管婚礼前婚礼后，我谁的老婆都不是。"弗洛拉·曼胡德挺起胸脯，脖子胀得老粗，本想耍脾气；但转念作罢了。

她用金黄色的塑料包轻轻触了一下德桑蒂护士的背脊。"对不起，亲爱的，请原谅我粗鲁无礼的好奇心，我这就让你享受给亨特老奶奶值夜班的极乐。"

德蒂桑护士并没有因为遭人轻薄而沮丧。对她来说值夜班与其说是为了寻求快乐，不如说是为了体现虔诚。以她的婆心热肠，她随时准备原谅弗洛拉·曼胡德的轻薄尖刻。在这以前，她常听到这位同事诋毁攻击亨特太太，她都将这解释为是年轻人对这位至神至圣者的恐惧。她自己也经常担心遭到亨特太太的各种思想的突然砍杀和讨厌干涉。不过，今天夜里，这位老太太的武器似乎却已经在抵挡白昼入侵者的战斗中挫钝了。

玛丽·德桑蒂目送巴兹尔爵士离开之后，感到荒唐的言论和异端邪说与静夜的幽香以及病房的药味掺和混杂在一起。她不得不想些无关紧要的事情做做，借以证明自己并没有叛离那由于贫困和出身而造成的唯一的信仰。

"玛——罗！"她母亲失望的芦笛般的声音；"玛——丽——亚？"父亲的男低音；直叫到父母双亲都一致认为她只能成为澳大利亚的"玛丽"。

作为小女孩本人，她也许有过片刻的犹豫，但烦恼却是根本无缘的。他们经常一齐聚在位于市郊的房子中间,又是亲吻又是欢笑,有时是父母两人,但更多的时候是三人一起欢闹。她从小就知道父母彼此很恩爱;当他们三人都分而处之后,同样如此。

她并不是出生在那幢红褐色的马里克维里住宅中,不过也说不定;过去的任何事情几乎都使她不感兴趣,甚至当父母谈及时,看照片或者失声痛哭的时候也一样。不过过去生活的沉舟残骸,偶尔会在她扫兴、半睡以及患病时从记忆深处冒出。当她感到悲伤时,她把这沉舟残骸视为人生重要的部分,而不是实实在在、无忧无虑、令人幸福的澳大利亚礼物。倘若不采取充分利用荒唐的态度,那么,即使对于自己,她也许仍将是一个不可接受的陌生人。

首先想到的,肯定是她的父母:妈妈,在任何背景下都是那么纤细的一条黑线,双肩瘦削,两只手除了给圣像掸灰尘外,其他什么体力活都干不了。而在这尊圣像面前(母亲的残年才开出"真实"的花朵),爸爸对宗教极其怀疑,在他眼里,神圣不可侵犯的罗马教堂不过是座巨大的众手推搡的象房。后来随着身体的萎缩和幻想的消退,他性情渐渐乖戾起来。别责怪我,玛丽,我就是这么想的。麻醉剂就是我的信仰和合乎逻辑的唯一归宿。

他们在一只硬纸板盒里保存了一些七扭八皱、斑斑点点的生活记录。恩里科·德桑蒂大夫,32岁,意大利公民——阿纳斯塔西娅·玛丽亚·梅夫罗马蒂,24岁,希腊——均出生在希腊士麦拿……1923年4月26日在士麦拿结婚。(从不称这地方的现名伊兹密尔。)在所有的快照和照相馆照的相片上,尽管印相纸已经发黄,题词和幽默的说明已经由黄转绿,恩里科仍然风度翩翩。可是阿纳斯塔西娅·玛丽亚却与大多数希腊人一样,生来就预见到一切将要发生的事情:脸上带着那种对古老发黑圣像的虔诚,或者说,那种听天由命的神情。

妈妈经常系上被番茄汁污染的围裙,脸上挂着打翻食油后的苦笑,去做她谨慎地称为"想象出的希腊菜",因为她只学会念诗、接待客人和在濒临海湾的大理石阳台上拉拉家常。阿纳斯塔西娅·德桑蒂做的希腊菜可是最可口的——爸爸假装狼吞虎咽,以强调它的"可口",虽然与波洛尼亚、都灵以及小小的帕尔马等道地的珍馐相比,希腊的食品简直无异于牛马的草料。这是妈妈允许的笑话之一,因为他们彼此相爱,甚至在马里克维里也依然如此。

玛丽·德桑蒂决定当护士以后,有一次曾邀请一同见习的艾琳·杜利和维莉·朗布尔两位吃饭。开始她举止十分自然,可当她看到朋友们下了电车,向沃诺克街和卡思卡特街的交叉口走去时,却不由得不安起来。因为在这全郊区最赭红、最炎热的拐弯角上,有一家"混合店铺"(恩里科·德桑蒂开的),店铺的楼上和后院就是他们的住家。

妈妈的殉教精神出了名后,似乎更加不顾一切了。在这两位酷暑之时来访的客人眼中,那一身黑袍简直如同丧服。她系着刚被污染的围裙,为客人端上"想象出的希腊菜"。

"这些,我相信,也叫作'士麦拿香肠'。"她向笑呵呵的艾琳和维莉解释。

"不管叫什么,看起来挺可口的。"艾琳鼓励妈妈说。

那天天气很热。她们坐在葡萄架下。由于潮湿,结葡萄的希望被霉掉了。爸爸从店铺中取来一瓶带柳条筐的酒。艾琳和维莉几乎不喝酒,嘴一碰到酒就咯咯地笑。

艾琳用叉子拨掉盆中的食物。"噫,别有风味,对吗?"她的意思是:"从没见过。"

姑娘们开始用异样的表情打量她们的朋友玛丽·德桑蒂。她变得鲁莽起来:举起酒杯一饮而尽,憋得脸色发紫。她觉得灌下去的酒又回到脸上,觉得近乎傲慢的神态取代了自己平素的温顺性情。

"这是吃的,我们当然要吃。"她盯着艾琳和维莉:一个是矮脚的、长着雀斑的红头发姑娘,另一个姑娘很普通、很白皙。她听到自己的话竟像是拙劣的翻译,不由得感到奇怪。不过这与她的来自异邦的特异性倒是一致的。

当妈妈搬出那些照片时,玛丽·德桑蒂已经恢复了温顺的性情,同时悲痛也发展到了极点。妈妈坐着,握着照片,她的手就像那些被炉烟熏烤过的纸扇。这些照片唤起那么多的痛苦,你常常诧异,她为什么非拿出来不可。尤其是今天,在姑娘们张嘴瞠视的目光下,更令人痛苦不堪。

"这些都在士麦拿。"妈妈指出相片中的自己后解释说。

"真有趣!"艾琳说,"这样的房子!人们就住在这样的房子里吗?"

"不,它们已经不存在了,都被土耳其人捣毁了。这一幢是教堂,就是土耳其人把大主教钉死的地方——钉在他自己教堂的门上。后来,他们还挖了他的眼睛。"

两位姑娘被她们被迫感受的这一可怕事件吓得透不过气来,直冒冷汗。

"这些却是比较愉快的照片。"妈妈指点说,但她的叹息却叫你不能相信她的话。"都在雅典。那场灾难之后,我们逃到希腊,当了几年难民。玛罗就出生在那里。看到玛罗了吗?还是个小娃娃。"

她们简直不敢相信!玛丽·德桑蒂:这样一个小不点儿,黑不溜秋的。

玛丽·德桑蒂感到自己的特异性已经达到了顶点,并且认为它是直到后来才理解的希腊灾难的一部分。在刚才相继发生的一系列事件中,酒使她以鲁莽取代温顺,而现在,她陶醉于自豪之中,反倒变得温顺了。

"这些是什么啊,德桑蒂太太?"两位姑娘的目光从房屋转移到街道,受不了另一个危险根源。

"这些是圣像,基督教——希腊正教的圣像。"

姑娘们吸了口气,喃喃地说她们是天主教徒。

"我丈夫信奉过天主教——后来才不信了。"妈妈温和地笑了笑。

姑娘们露出痛苦的神色,其中一个问道:"那他现在信什么呢?"

"什么教都不信。"阿纳斯塔西娅不胜凄然地承认,"真的,我丈夫是个勇敢的汉子。"

勇敢?刚愎?自我毁灭?很难断定。是不是三者兼而有之:恩里科·德桑蒂,当年时髦的妇科医生,现在成了难民和小店主。"哼,那又有什么用!他们借考试之名把我咀嚼过了,认为我嚼不碎,不适应他们的消化系统,我还能怎么样呢?我要买下这铺子,过个像样的生活。你我两个人——这就是资本,对吗?而且,开商店对我们的孩子也大有好处:因为有那么多可爱的五香熏腿和煮熟的熏香肠。多好啊,她能从罐头的标签上熟悉地理!还能学点语言!"爸爸竭尽嘲讽之能事,而妈妈却在祈求她的圣灵和圣徒。

回顾之下,玛丽·德桑蒂意识到,父母之间的恩爱就是他们的信仰。她从小到大都被排除在这种信仰之外,所以在他们的不知不觉之中,她半信半疑地痛苦地发展了自己的信仰。

从表面上看,她的信仰就是护士的职业。当恩里科·德桑蒂大夫遭受最严重的精神折磨时,他常常要求看看她的护士证书,似乎能在女儿继承父业中得到慰藉。弥留之际,他向女儿乞求麻醉药,说她具有慈善的天性。为了服从父亲的意愿,女儿甚至违背了自己神圣的誓言,而母亲则只会一味地向圣灵祈祷,什么阿纳斯塔西娅圣徒啦,巴巴拉圣徒啦,科斯马斯圣徒啦,达米恩圣徒啦,等等,等等。妈妈祈祷得连额角的青筋都胀了,嘴唇都磨薄了,可爸爸的身体还是越来越表现出被遗弃的迹象。

经过几年的考验和修炼,三个人都坠入了玄奥的神秘之中。只有玛丽·德桑蒂一人幸存了下来,成了皈依生命的信徒:还有许多别的人们需要她去拯救生命,需要她去减轻他们的痛苦,正如减轻作为凡夫俗子的爸爸和作为圣徒的妈妈的痛苦一样。

尽管具有护士证书和三十三年的护理经验,德桑蒂护士仍然认为自己是刚入门的新教徒:无论在医治肉体或医治灵魂的教阶中,谦卑不允许她计较自己的地位。

可是,有时她却被人牵着手告诉她自己在教阶中的地位。

她也享受过风俗的生活。十五年前初次谒见亨特太太时,就听这位将来的雇主开门见山地道明了自己的地位。"虽然你是我的护士,德桑蒂小姐,可我不希望你强调这个事实。天晓得我这点——不舒服——我那些混账朋友喜欢称为'衰弱'——为什么竟需要一名护士!你别穿讨厌的制服。我喜欢朋友们把你看作是我的朋友。我将把你当作朋友看待。"这时,你第一次感受到亨特太太的微笑:一张撒向天真无知或猝不及防的人的金丝罗网;在那些彼此相处的日子里,你被她捕获了。

在与这位异教徒病人相处的最初的几个礼拜里,你走过整齐匀称的地毯和暗红色的澳大利亚加利木地板的步履,几乎是茫无意识的;周围的寂静简直使那奇异的、断断续续的、既是命令又是邀请的声音恍然若梦。

亨特太太坚决地说:"我希望你把这儿当作自己的家,晚上如果饿了,就到厨房去看看,找点什么吃的。如果我让你厌烦了,你只管去睡;我知道我自己有时会唠唠叨叨——因为太孤独了。"

伊丽莎白·亨特说得那么诚挚,除了极其邪恶或者麻木不仁的人以外,没有人会不相信。玛丽·德桑蒂既非邪恶之人,也非麻木之辈。她需要一种信心,也许这位年迈而花容犹在的女人恰恰可以给她这种信心:第二手的经验毕竟要比绝无缘分的东西更具有启迪作用。亨特太太是由许多她所享有的亲戚关系组成的。人们传说她很孤独,可事实上她有许多还在交往的朋友。

诚然,她丈夫去世,子女远离——最近,女儿在短暂的访问后刚刚才神秘地弃她而去——可是女仆总是跑去开门,让进客人,收下花束,再不然,就像是鱼子酱、香水之类的美食或奢侈品,有时候包得好好的。送的人似乎确是竭尽心力考虑周全。

有一次,亨特太太谈起:"如果人们能以感激的心情领受自己所不需要的东西,那该多好啊!那些可怜人啊,他们哪儿送得起这些东西。"

在她发现自己百无聊赖、极端孤独时,寂静会变成一种沉闷的拨弦声。她的护士伴侣到来不久——就有过一次。有一天,亨特太太说:"我想给你看一件东西,护士——我叫你玛丽吧,我年纪大,可以随便一点——这只小巧玲珑的八音盒原是摄政王的,送这玩意给我的朋友大概是这样说的。"伊丽莎白·亨特打开那只漂亮的烫金天鹅绒玩具的盖子,寂静的客厅中立刻回荡起欢快的乐曲。

两人站立着,扶住她们中间的八音盒。

"你什么时候想听就尽管听吧。"亨特太太邀请说,"这对消除烦恼大有好处——即使是稍有不快也行。"她目光炯炯地盯住她的伴侣,想看出对方如何理解她的建议。

一天下午,德桑蒂护士独自坐在休息室里,由于失去了不许穿的制服的保护,感到局促不安,真的打开了那八音盒。眼前浮现出母亲那中看不中用的双手上的污垢,浮现出父亲枯槁的手臂,这手臂在他生命的最后几天中曾抖抖颤颤地向她乞求她不忍拒绝的麻醉药。音乐一个音符接一个音符地蹒跚而过,最后终于停止了。这时,她才舒了口气。

在这幢回音激荡的住宅中,她几乎不再是陌生人了。她发现自己急急忙忙地奔过柔软的地毯、打蜡的红柳桉树木地板去取她们遗忘的东西——一只热水瓶或者一块手帕;而亨特太太则在轿车中等着。她雇有一名司机,却喜欢自己驾车沿海岸或到乡村去兜风。这位护士认为,这样的出游只会使驱车人厌倦。

只有在晚上,伊丽莎白其人才被认识。她躺在十九世纪法国款式的躺椅上,尽管正式说来她仍是个病人,但她希望她的伴侣能候在身边,倒不是想同她聊天,而是希望后者聆听她不得不倾诉出来的思想。

"我小时候,玛丽,住在一间破农舍里,穿着补补衲衲的衣服——是个愚笨而虚荣心极强的小女孩。"亨特太太抚弄着围巾的饰边,眼睛忽闪忽闪地炯炯发亮。"我总是渴望得到财产:在当时,主要是想要洋娃娃;后来是那些我当时还没有见到过的珠宝——不过是富裕一点的邻居妇女身上的蹩脚货;再后来就是渴望得到人,服从我的人——当然,还得爱我。这一切你能理解吗?"

护士迟疑不决。"我想我有点理解——有点。可是,你知道,我从来没有占有欲。我想象不出自己有了财产后会怎么做——不会勾引人,更谈不上要他们服从了。我们一家人很亲密,出来后,我一心只想着为别人服务——通过我的职业——这就是我所懂的一切。唔,当然,还有爱情,"她勉强地笑了一声,"可它那么渺渺茫茫,简直无从想象怎样——怎样才能得到。"

亨特太太顿时露出愠怒和猜疑的神色。"对于爱情,你是怎么理解的?"

"嗯,也许——有时我以为是这样的:爱情是一种超自然的状态,是一种必须把整个身心,尤其是自己的缺陷都投进去、完全融化的超自然状态。"

亨特太太似乎很激动:她站起来,拖着长长的羊毛围巾。"不管别人对你说些什么,我爱我的丈夫。我的孩子不让我爱他们。"她的围巾远远地拖在身后,最后落到了地上:它一定钩在一枚无形的刺上了。

"唉,我知道自己不够无私!"她转过身来,心中燃烧起阴郁的怒火。但她迅速将这股怒火扑灭了,拖过一张凳子坐在姑娘脚边。"我知道还有这种不同的爱情。我不是见到过这种爱情的吗?可我无法获得它。不过我一定要得到它!一定要得到它啊!"她把头埋在护士手中。

玛丽·德桑蒂呆若木鸡。当别人的泪水一涌而出,淌在她的手中时,她成了一只高贵的木鸡。

第二天早晨,亨特太太说:"我想送你一件东西,玛丽。"随即取出一枚刻着一只凤凰的玛瑙印章。"你可以戴在手镯上。"她大概没有考虑到她的护士是否有只手镯。

玛丽·德桑蒂感动得很难为情。"我不能要,"她说,"或者,我可以借几天。"她说得笨嘴拙舌的,叫人听了一定很不愉快。

但亨特太太只是笑笑。"那好吧。"

这位病人,从被认为"半疾"起就经常设便宴招待故知旧交。她的护士注意到,他们并不特别引起女主人的兴趣:他们像缠进树木的铁丝似的侵蚀进她的生活,但同时又是她布施仁慈所必不可少的对象。

在一次便宴上，亨特太太把威勃德夫妇介绍给了护士。这位律师受委托人之命聘请她那天，德桑蒂护士就已经因业务关系同他打过照面了。在社交场合上，他总是这副模样，只是到了晚上，就耷拉着眼皮，大概是白天在办公室里忙碌了一天，精疲力竭的缘故。他的妻子，一个细瘦平庸、鼻如鹰钩的女人，长着暗红色头发和雀斑，颇有点叫人感到滑稽可笑。粗糙的皮肤和满脸的皱纹使她显得比较苍老。无疑，她比当律师的丈夫年轻，但女主人却让她显得老态龙钟，不修边幅。从女主人微露讥诮的面容看来，这倒不是故意的。

第二对夫妇，大概是社会地位比较低的朋友，显得过于殷勤，仿佛借了别人的钱或者能给一位富有而美貌的女人做点什么意外的事而感激不已似的。如果亨特太太确实给她的伴侣介绍过这对夫妇，那么德桑蒂护士可是没有听清他们的姓氏（第二个其貌不扬的妻子）。

在这种简单的，也许纯属义务性的场合，女主人的衣着十分朴素，纵然如此，她的风韵也压过了那些打扮得花团锦簇的人。她偶然想到一件事："可怜的多萝茜结婚时，他们实际上是邀请过我们的——尽管只是随便提了句，谢天谢地！——邀请我们去吕内加德赴家宴。精美的家具被虫蛀过，高白林挂毡大块大块的。不过，用水太不方便！他们那家人是用花露水擦身的；多萝茜告诉我，如果谁要用水洗个澡，那就得由消防队到村子里去运。"大伙儿听得那么入迷，几乎会相信任何她料他们不敢相信的夸张之辞。"还有糟糕的——更糟糕的！"亨特太太按捺不住自己的激动心情。"你不会相信的，康斯坦斯，"虽然这位感激涕零的客人显然准备相信，"那厕所，谁要去都用不着别人指路：那么触目——亲爱的，门是向外开的，你如果不想别人闯进来，就得在把手上拴一根绳子，人坐在便桶上牵住。"

瘦个子夫妇对此极其欣赏,威勃德夫妇次之。玛丽·德桑蒂则希望亨特太太没说这个粗鄙的笑话;她的雇主简直像是下决心要破坏某人对她自己的良好印象。

亨特太太转向威勃德太太。"我大概叫你厌烦了,拉尔。你一定听过上百遍了。"说着把手搭在这位朋友的背上。由于缺少男宾,律师的妻子就坐在她的旁边。

威勃德太太既不否定也不肯定:她留着一头滑稽可笑的头发。"拉尔"的名字仍然在桌子上飘浮着。亨特太太的声音太响了,仿佛她从来没有什么机会叫喊似的。

在休息室里,女主人喝着咖啡,又过于放肆地说:"你忘掉做东道主的义务了,阿诺德,你就不请我们喝点酒吗?"

他应声照办,那一本正经的态度仅仅因为刚才的疏忽而稍带紧张。

拉尔说她已喝了一杯绿酒了。"人们不是把它叫作'右舷灯'的吗?我可听说它是娼妓的酒浆。"如同其他容貌一般、衣着破旧的女人一样,她试图语出惊人。

"你要些什么,亨特太太?"威勃德先生问。

"谢谢,阿诺德,我还受着医生的摆布哩。"她望着护士,仿佛要求对方的证实,或者,根本就无所谓证实不证实。

后来,当聚会的人们快要离去时,她话锋一转,锐利地指向那对平庸的夫妇。"你们不会没有读到阿索尔·施里夫即将刑满的消息吧?"

那对夫妇显出狼狈不堪的窘态,活像觉得自己有什么牵连。那男的暗中嘀咕:阿索尔·施里夫是澳大利亚政治生活中最最令人失望的人物。

"我毫不惊奇。"亨特太太对惊奇的人们不胜鄙视。"我一开始就怀疑他。你们记得那次我们在雷德福家相遇,他请我们搭了一程吗?嘿,我也不能说我不感到好奇啊。他身上有某种粗鲁而真实的东西,那就是他的真谛——盗贼的真谛。"她嘿嘿几声干笑,由于某种缘故,更增添了那两位看她表演的朋友的苦恼。

不久,这些人真的散了,那对夫妇又满脸堆笑,衷心感谢这位富有而显要的女人的款待。德桑蒂护士看出,他们谈不上什么朋友,仅仅是很一般的熟人。说不定威勃德夫妇比较习惯亨特太太的这种友谊,他们也许为这对夫妇感到可怜,或者有些看不起他们。

当只剩下护士和病人清静地啜饮清凉解渴的冷饮时,伊丽莎白·亨特说:"这一对史蒂文森——我常常奇怪为什么不把他们抛掉,可惜某些事情——过去的事情——是不能不永远地加以正视的。我看这就是不抛弃史蒂文森夫妇的原因:他们让人经常想起禁欲主义。而且,这对可怜虫也确实喜欢一餐美味。"

这两个女人走过客厅。伊丽莎白·亨特挽着另一个,靠在她的身上。现在,后者完全是她的护士了。

"啊,"德桑蒂护士提醒说,"你还没看信呢。"一封早晨寄到的信,现在仍然原封不动地躺在托盘上。"这邮票真特别,是挪威的吗?"她像是在鼓励一位眼看就要垂头丧气的病人。

"是的,是一个挪威人寄来的。"亨特太太承认,"最近他到澳大利亚来过——一个生态学家——据说很聪明——其实很鲁莽、迟钝,有点土头土脑的。"她把没有拆开的信撕得粉碎。

"怎么连看都不看啊?"德桑蒂护士问,她自己难得收到信。

亨特太太回答说"不,不看",便把纸片塞给护士。

"什么时候,玛丽,我要告诉你这件事情。几位朋友邀请我和多萝茜到他们海岛上做客,那位挪威的皮尔教授也在那儿。这件事,今晚太累了,以后再说。"一时间,亨特太太变得面目衰老,容颜憔悴，玛丽·德桑蒂不由得决定永远不要听这个挪威人的故事。她自己意志薄弱，贪慕姿色，常常渴望能在肉体上得到美的享受和舒畅。

根据伊丽莎白·亨特自己的说法，她一定有七十左右了。这位古稀老人，在通常情况下，显得惊人地年轻美丽。她的面容，在厌烦和愠怒的影响下，当然也会皱缩，不过你会觉得，它仅仅形成了一幅以经验为主，以感情为辅的地图；她的身体并不受这些影响，几乎依旧十全十美：修长、美丽，洁白得犹如晚香玉花的白色，同时也掺有晚香玉衰败时呈现的那种粉红色。当护士把这位"病"中的人扶出浴盆、裹上毛巾时，如果没有职业上的超然态度，只怕难免会不知不觉地陶醉于那表里透彻的美感之中。这时，护士会把全副身心都放在祭典仪式上，而忘掉疲乏；而眼前的优美形体则成了她心目中的抽象物体。对于任何一位除了母亲遗下的黑乎乎的圣像以外没见过任何艺术品或精神结晶的渴慕者来说，这可是再适合不过的偶像了。

伊丽莎白·亨特甚至能对自己激发出来的抽象赞赏作出反应，这点在梳妆台前最明显：她双目尽量睁大，头发极其轻柔地飘荡着，面颊的轮廓也恢复了青春的活力。特别是在要举行宴会的晚上，她喜欢让护士给她递这递那。因为，既然差不多已经"痊愈"了，她就该安排许多更正式的宴会。"让人们知道，我既没有被关进疯人院，也没有跟跟跄跄闯下斜坡，跌进永不熄灭的篝火。对此，无论是仇敌还是朋友，都是不会真正相信的，除非你经常让他们看见。"

一次，在准备这种宴会时，她湛蓝的目光突然伸展开，在镜子中看见自己背后的影像。"我必须借件衣服给你，玛丽。"

即使不能从镜中看到，护士也会感觉到自己脸红了。她的晚礼服邋遢不堪，虽然最近才烫过，却已经起皱了；而这位年迈者却光彩夺目：她的形体，似乎无论包裹在什么衣服里都那么完美无瑕。

亨特太太突然爆发了灵感。她冲到一只抽屉前,一把拉开,搜寻了一会儿,掏出一条很宽的天蓝色丝带——或腰带,绕在护士裁剪失当的棉布裙腰部,激动而准确地在背后扎了个蝴蝶结。

玛丽·德桑蒂羞愧得发呆,一句话也说不出来,也不敢向镜子中看一眼自己。

"等等。"亨特太太命令。

她把珍珠手镯套在一只被动的、毫无抗拒的手腕上,接着为了把自己的创造活动推向高峰,她双手发抖,先在护士肩上试试,然后选择把一枚珍珠绿松石星饰别在她棉布裙的前胸上。

"不如戴在那里——中间。"她退了两步,审视自己的杰作。"这样比较自然。你太纯朴了,赶不上时髦。"

玛丽·德桑蒂实在太不自然了:她一直都不敢看自己一眼。

最后,她终于看了。

"看出来了吗?我没有使你变样。"亨特太太笑道,"我只不过强化了原来就存在的一种神秘感,它太宝贵了,不能不重视啊。"

这位年轻女人浑身哆嗦。她曾经偶尔意识到这个神秘的自我,却从来没有料想竟会被人发现。

当他们听到门铃时,亨特太太突然吐露说:"我多么希望你是我的女儿啊,或者是我的妹妹。对,还是妹妹更好。这样,我们就可以互相倾诉自己的秘密了——你就能多帮助我了。"她甚至把面颊往护士脸上贴了一会儿;后者觉得对方的珠宝在冰冻着她的皮肤,在她的衣裙上沙沙抖动。

玛丽·德桑蒂从来没有如此猛烈地感觉到崇拜的欲望。

那天晚上,她一定像一条神秘模糊的影子,或者,充其量只是时髦宴会上的一种莫名其妙的存在。女宾们认为她的奇异装束无疑是贝蒂·亨特玩的又一把戏,就如后者的"疾病"无异是一种反映乖戾性格的幻想一样。她们固然觉得有趣,但对这两件事都不重视。男宾们却感到有些困惑不解:他们之中,有的狡黠如猫,有的逢迎似狗。这位伴侣,或者称作别的什么,虽然能愉快而准确地回答他们的问题,却不准他们挨近。这使他们的男性皮肤和男性虚荣心大为窘困,因此怀疑她是否隐藏着某种无法辨识的邪恶用心。

那天晚上,亨特太太心境阴郁:对女仆的吆喝声越来越粗声粗气,烦躁的情绪进而波及宾客。她大概过分劳累,或者喝得太多了。总之,宴尽人散时,你如释重负。也许,事情并不那么简单。

她在向你走来,目光可怕:先射到一点上,继而猛烈炸开。"你跟我同样清楚,玛丽,我已经痊愈了,如果继续留你,那就是任性了。所以,当你找到合适的病人时,我要请你离开。"

"啊——是吗?亨特太太。"回答介于同意和疑问之间:你也疲倦极了,或者酒后头晕,或者成了个系着蓝腰带的蠢女孩。

这可以理解为漠然受命的回答大概更叫亨特太太怒火中烧:她扭曲着嘴巴,借以表示她的讥讽态度。"我不希望任何像你这样忠诚可敬的人——没完没了地——受到像我这样的不良性格的影响。"当时,大概是由于某种说不清楚的原因,护士得出结论:爱,无论是爱别人还是被别人爱,都比轻蔑要来得危险。

上楼时,她的肩胛骨和一颗宝石扣使她显得更加孤单,但这似乎是她经过精心选择的意图。

德桑蒂护士独自站在楼下,解开亨特太太给她系上的天蓝色丝带。然而她无法摈弃的,却是她在她们准备赴宴时所领受的那份心意,那份既富有人情味而又比这更高的心意。甚至相信不可知论的父亲也不能使她怀疑亨特太太的好心。

曼胡德护士正在一个劲地大声与同事谈话。她猜测说:"总有一天——不会太久了——我们中有人走进房间,会发现那个老东西躺在床上死了。可就不知道那是谁。我敢说一定是我倒霉!"

这并不是德桑蒂护士考虑的问题。如果弗洛拉·曼胡德坚持这种可能性,那倒不是因为害怕感情上受到死亡的影响,弗洛拉的感情专注在弗洛拉自己身上,她只是不希望碰到给医生打电话和收拾尸体的麻烦罢了。事到如今,德桑蒂护士也不会在感情上受到亨特太太去世的影响:她更关心的是她夜间所伺候的灵魂。尽管它虚假地摇曳闪烁,却很可能已与死亡达成协议。当然,德桑蒂护士不会与任何人讨论这件事情,甚至对李普曼太太也讳莫如深。这位管家,纵使对生命抱着达观的态度并且见过不少死人,可还是极其害怕这样的结局:她只能看到一抔骨灰。

儿女们回家后的次日清晨,亨特太太说:"现在我的身体给我一定的自由了,我可以更多地到处漫游——不是我的思想到处漫游,我知道自己的思想乱七八糟,一片废墟;你尽可以向我指出,护士——可我应该向自己指出———切我曾经想到的、看到的但未必经常做到的事情。我可以随心所欲地飞快地沿着那条河的堤岸奔跑,要跑多远就跑多远——没有人叫我回去吃饭、洗澡——或者从我手上夺下砍刀,他们以为砍刀危险,却不知道我要用它开路,冲破最后一重包围,或者砍开一阵阵比河水还要混浊污黑的风。还有头发。你不知道我有一顶假发是黑色的吧——玛丽?莉莲也不知道。她只知道被谋杀的滋味——因为那正是她所相信的——她的结局是死在她俄国情人的手里,可怜的莉莲——我的另一个纽特利!她不知道爱情并不等于情人——即使是最不藏杀机的情人。所以她就在劫难逃了。"

在白天,在她花梨木大床的床头闪闪发光而现在被遮掩住了的银色阳光下,老太太的声音显得那么遥远,夜班护士于是按起病人的脉来。德桑蒂护士不相信会发现病人的脉搏已经减弱；不过，人家是教她这样做的。

"你懂吗？"亨特太太微笑着，或者是尽量闭紧嘴唇表示一种亲切的讥笑。

"睡吧。"护士劝道。

"我会睡的——只要上帝保佑。"护士拿来安眠药片。"不！不要！我不要，我还有事情要做。"发黏的舌头在上腭上弹出响声。"如果你要结束自己，那安眠药倒是最好不过的。可是我认为我不属于我自己——不能随心所欲地处置自己。"

护士倒了一杯水，凑到病人嘴边。

亨特太太满腹狐疑。"你不会毒死我吧？要死要活得由我自己决定——不能由巴兹尔——多萝茜——拉尔·威勃德——不能由你们中的任何人决定。不，甚至也由不得我。"

护士说："我以为你渴了，想给你倒杯水喝。"

"那我就冒险喝啦。我是对自己的良心感到不安：天平的秤盘也许容不下它。"喝过水后，她似乎放心了。"你今夜好吗，护士？"

"很好，谢谢你。一个小时之前，我到厨房去煎了几根香肠吃。"

亨特太太只嗤笑了几声，好像要分享一桩有趣的秘密。"护士们总是在凌晨的时候吃香肠。"她变严肃了。"不过很对，提提精神嘛。而且，深夜的厨房是很逗人的：充满了你白天没注意到的东西。有时是一张你多年没见的椅子，有时是一盆皮上长毛的肥肉。我相信你对这种事情很感兴趣，护士——因为你是信教的。"

无论信教不信教（这件事，甚至面对入睡了的亨特太太，她也绝口不提），德桑蒂护士对普通物品都恪守着一个信条：如果你在某种程度上依靠某件物品，那你就应该学会尊重它；所以她从来不踢家具，不乱扔器皿。

时钟开始敲点了,钟声回荡在屋子深处。在市郊另一头,声声钟鸣,依稀缥缈。但它与时间没有多大关系。

"你不想休息一会儿吗?"护士问。

"如果没听到门铃,我早就能休息了。"

"那是好几个小时以前的事了,现在该不妨碍你了。"

"是谁啊?"

"曼胡德护士的朋友——药剂师。他想知道她在哪儿,可我帮不上忙。"

"去问那个汽车售票员吧!"

"我没想到要问她。不过,他一定知道她的表姐在哪儿吧?"

亨特太太已经飘得很远,不再理会别人了;至少护士是这样感觉的。

德桑蒂护士取出带来缝补的裙子。她那双未加修饰的双手缝缀着拆开的裙边时,她在心里思忖着,为什么自己的双腿,即使穿着她与一两个熟悉的护士进城或喝下午茶时才穿的漂亮肉色长袜,也从未引起别人多大注意。年轻时,她常常寻思,如果有个色鬼像小说中读到的那样在电影院抚摸它们,那她将该如何对付。但这种事始终没有发生,部分原因也许是她对电影失去了兴趣。无论如何,挨到下班时毕竟太疲劳。只有在公共汽车上,偶尔才有一位老人,不断用贪婪的目光打量她的足踝,然后望到上面的部位,但升得不高,因为她的裙子向来都不是最短的。另一位老人,就是那位给她留下一笔年金的病人艾斯丘上校,有时会捏住她的膝盖,而她也懒得去移开他那冰凉、发青的鸟爪。艾斯丘上校经常不是忘掉把食物送到嘴边,就是想不起上厕所干什么。

德桑蒂护士舒适地做着针线活。这对她很有好处,使她觉得自己有了保护。其实并非如此:在她貌似平静的外表下,纷乱的思绪在不断地骚动。她尽量详细地回忆那次为艾斯丘上校的健康而做的航行——她平平淡淡的生活中的一个比较愉快的插曲：在他们搭乘的客轮的餐厅中，他们怎样穿着"便服"（艾斯丘上校的笑话）在双人桌上用餐，吃沾有木屑的鱼和灰白色的烤牛肉片；中餐和晚餐前，上校都要喝杯医生规定的一种苏格兰威士忌酒（他指派了一个白人小姐当自己的护士，"因为"，他记得，"女人喜欢吃甜食"）。在吸烟室的桌旁，精明的眼睛诊断出他患有老年痴呆症（"你没看见那老头子把她当面团揉呢；那又硬又窄的舱位一定成了块绝妙的揉面板了"）。

最后，她的回忆与针线活一样，都丧失了保护作用。她思索着"沾沾自喜"的含义，思索着它表达的确切含义：她心中看见的是油腻腻的牛排布丁，那颜色就像是不擦粉的鼻子。艾斯丘上校爱吃牛排布丁，但那时候已受到不能吃盐的警告，所以总是担心别人放盐。他在最后一次预料中的血栓症发作时死在布朗旅馆。回国前，她在萨福克作了短暂的休假：到处是霜冻的道路，道路两旁的灌木树篱中，深红色的泻根属植物犹如挂在干瘪的脐带上，她感到非常孤独（这孤独又何时离开过她呢？不过只是没有这般冷酷罢了）；这一切将她所有的那点沾沾自喜统统赶出了体外。她的脚步声咚咚咚地跟随着她。过去，她安然躲藏在教科书一般呆板乏味的训练背后，始终可以不去估计磅礴耸峙的死亡，正如学习解剖学可以使人摆脱因肉体的消亡而产生的忧愁一样。

德桑蒂护士扔下补好的裙子，朝病人望了望，并没看见她，然后动身下楼。她穿过油毡盖顶的楼梯间。一路上，浆洗得很硬的护士制服始终在提醒她注意自己可能肩负着的使命。她没有充分的理由再为自己炸一盆香肠。一如亨特太太的判断，她对物品的兴趣是确实存在的。她在一只冷藏柜中发现了一点亨特太太早已知道的肥肉:肉皮上长着绿毛。厨房的桌子上有一个节瘤,她夜间坐在桌旁吃香肠和残剩的马铃薯时,她的手把这节瘤摩擦得精光发亮了。

那头发剪得很短的后脑勺上的发旋又出现在她眼前。"她跟往常一样下班了。很抱歉,我不知道她在什么地方。"出于对那个站在门口的年轻人的同情,她又说了一遍。帕多先生(德桑蒂护士学会了只有在对方同意和一定的礼节之后才用别人的教名)如同另一个木头东西,他猛地转身就走,发烫的唾液散发出一股尼古丁的气味。

"如果她不在自己房间,那我就无法告诉你上哪儿去找了。"她可以在明亮的门廊上一夜守到天亮,向这个木节瘤般的年轻人提供并非建议的建议;如果你摸摸那个发旋,它会有什么感觉呢?

正在朝外走的帕多先生突然转过身来,牙齿闪着凶光。"那个演戏的回来了吗?"他漫无目标地笑了笑。

"是说巴兹尔·亨特爵士? 是啊,今天黄昏到的。他母亲很高兴,我们也都一样。"她不知不觉地说,"他晚饭是在这儿吃的,后来去旅馆了。"

"我相信弗洛拉见了这位大演员一定激动得很。"

"嘿,她几乎没与他打过照面呢。"为了安慰这只节瘤,她又说,"我说啊,从根本上说,演员也跟别人一样啊。"

"不错,是一样的。"他同意;不知他有没有因此得到安慰,反正他终于决定走了。

她望着他走下昏暗的小径,朝他背后喊道:"走到底下时别忘了那三级台阶,漆黑的,很危险哩。"尽管她对他抱有同情,尽管她相信普通的事物都是诚实的,但她心里清楚,她其实是在帮助自己。她像一个偏僻乡村的女人,正试图拉住一个离开后就会使她孤独无伴的陌生人。她终于变成孑然一人。他让她孤零零地扯着门廊旁迷迷香丛的细叶。迷迭香的香气令她倍感寂寞。

一种愤懑的感觉开始在她周围浮动。他离开几小时了,这种感觉还不时地涌上心来。她企图把它归咎于曼胡德护士,因为倘若弗洛拉不避开这年轻人期望的约会,他就万万不会找上门来,成为亨特太太家大理石台阶上的难题。德桑蒂护士跨进大门,然而砰地关上的大门更突出了屋子里的寂静。她几乎从来不曾使劲关门;使劲关门是弗洛拉的作风。

现在,药剂师已经离开好几小时了。她站在书房中,与曼胡德一样缺乏信仰。这幢房屋比以往任何时候都更像一座圣庙,而她也从来没有如现在这样像个守护人。她毫无顾忌地到处游荡,有一两次撞在椅子上,被皮扶手轻轻地推了回来。她愈发变得恼怒不堪,部分原因是因为受不了她很少进来的这间屋子里的木器和装饰品恶狠狠的瞪视;部分原因在于她不得不承认,自己其实并没有理由责怪弗洛拉·曼胡德和她的那只木节瘤——啊,对了,她那绝对忠实的药剂师。

屋子里到处是镜子。其中的一面,亨特太太昨天早晨种下的"巨大的洁白的百合"①摆动起来准备让人采摘了。当他极其温柔、极其老练地把她朝后弯倒时,她的心在搜寻着,她的嘴贪婪地吸吮着,每一步骤:透过汗毛微竖的皮肤上的毛孔吸吮,扯拉着他紧身衣上的折缝,呼吸着美发油和难闻的烟草气味。她的手指插进灰中带黑的(不像父亲的)头发,披露出一块秃顶。她记不起曾经看过它,但现在既然发现了,那就一定是原来就有的。

玛丽·德桑蒂猛然退到一张宽大的皮椅上。椅子叹息了一声,吸了一口气,然后沉静下来。不知是不是她的想象,仍然留着余温

---

① 巨大的洁白的百合,喻亨特太太告诉她巴兹尔回家的事。

和气味,不准动这株罗勒草①,玛罗,这是爸爸种的。可是她动了,把它压在双手中间,罗勒草的香气沁入她的身体,最后从她的身体中散发出来。她被自己的罗勒香气麻醉了。

玛丽·德桑蒂没有被完全麻醉,她睁开眼睛。两株彼此独立的植物,它们突然长出的晶莹的枝叶和相似的种子尖端正在亲切地互相摩擦着,而她这执拗而孤独的自我则陷在哈哈镜中的皮椅子里。甚至亨特太太"巨大的百合"也无能为力。她周围的怒气消散了。她开始解开制服的纽扣、扯开贴身的内衣,露出她最最光润细腻的献礼。它们虽然一压一笑魇,白得像白星海芋,而且高高隆起,足以讥讽产仔的母猪,但他,或者其他什么人,却可能会拒绝接受,而且是完全合情合理地拒绝。

多余的罗勒种子散落在她周围的地毯上。如果妈妈打算责备她,那爸爸是一定不会的。亨特太太也不会。失望之中,巴兹尔在演戏的同时,作了表白。

这时的圣玛丽·德桑蒂是令人失望的。当她从那间用来自我发泄、充满恶狠狠目光的书房中逃出来时,她听到自己的鞋子踏得地板扑通扑通直响。她登上楼梯。一路上,那道为了防止人们一脚踏空摔下客厅而装的铁栏杆上的铁刺,不断地钩扯着她的裙子。衣服尽管已经扣上了,她到达圣殿时却仍然可能浑身赤裸。然而,不论处在什么状态之中,她毕竟冲了进去。她这样做,如果不是为了恢复曾经被视为神圣的感情,那一定是为了跪倒在"至神至圣"的亨特太太的床头。她不知不觉地双手合一,构成箭头的形状,恳求(她没有学会祈祷)宽宥。

---

① 罗勒草和巴兹尔两词在英语中同音同形。

第四章

　　黑暗中,她那式样迷人的衣裙、漩涡形的耳环和金黄色的提包都没有多大价值。天还没有真正地黑下来,夜还处在深褐色的阶段;脚步声还没有与匆忙奔走的身体分家;你还能认出轿车的牌子。不过,再过一刻钟,一切牌号都将消失在橡皮般可紧可松的来往车辆的巨大洪流之中了。如果说房屋明亮的窗户表示人类永恒的信念,那么波塔尼路上炼油厂露出的熊熊火光,则反映了不同的世界,反映了更加疯狂的价值观念。

　　弗洛拉·曼胡德被她结实的双腿和过于肥胖的女性躯体固定在世俗的地面上。今天晚上,她很想破坏点什么。她深深地呼吸着受化学污染的空气,希望自己能患上肺癌。如果拣起一块石头,砸破那保护一家人坐着吃千篇一律的饭的玻璃,那会怎么样呢?挨一顿臭骂,坐一程颠簸的警车;然后科尔把你保释出来,向你解释说只有他,而不是别人才有保释你的权利。科尔是毋庸置疑的"正确"的:别人,包括许多妇女,必然把这种行为理解为"忠诚"。

　　弗洛拉·曼胡德真的俯下身子,但不是去拣一块石头,而是拣起一只在脚踝周围打转的空瓶。她随手向一扇窗户抛去,但没有击到,只啪一声落在夹竹桃树丛中。她怨恨自己在关键时刻的软弱无力,咕咕哝哝地继续往前走。尽管她掌有亨特太太家的大门钥匙,受过护士训练,也看不起那些自以为可以占她便宜的人,但有时也不免暗自嘀咕:自己到底对自己有多少控制能力?

也许,除了亨特太太,她认识的所有人都在她的鄙视之列:她还不能断定为什么不鄙视那个叫她恨得要死的老家伙亨特太太。大概是羡慕那她自己不能企及的尊贵地位吧。弗洛拉·曼胡德想起自己和科尔曾经看过一部相当沉闷的纪录片,说的是一次怎么也不能完全登上顶峰的登山探险。影片最后的镜头在你早就不听的解说词伴随下,出现了半遮掩的顶峰。开始是晦暗的远景,瞬间,在太阳的照射下,云破雾散,白光熠熠,令人目眩。

当然,纵使亨特太太有时确实冲破老年的云雾,闪现出某种迥异平时的形象,但将这位半死不活、困于病榻而依旧心肠歹毒的老太婆与巍巍大山相比,实在不伦不类。你只希望她不会有朝一日露出你所担心的峥嵘,吓破你的胆。

走到岔道口时,夜幕不顾闹市的喧嚣、繁忙的交通和煌煌的灯火,终于可怕地降临了。这里地势低下,炼油厂倒是看不见了,但它们排出的烟雾却更加浓重。肺癌是可怕的。她开始轻轻地呼吸,实际上想完全停止呼吸,以免吸进这些浓烟毒雾。人行道上,街灯之间的阴影处,一个男人企图与她搭讪,她不知道,也不想知道他是什么人。她匆匆走着时,那人在比较昏暗的一侧跟着,咕哝着半懂不懂的话语,可能是外国人,这更糟糕:外国人比较神秘,通常也比较精明。同一个毛茸茸的外国人睡觉。(是的,我干过,科尔,我清醒地知道我是我自己的主人。难道我不知道其中的危险——花柳病?实际上我已感染了性病——医生诊断是梅毒。)

到第二个岔道口时,虽然浑身大汗,可毕竟把那男人甩掉了。她沿着这条熟悉的、没完没了的道路,向左转,再向右转,就会到

"家"了：维德勒家的后房以及大家合用的厨房和盥洗室。给自己煎两只鸡蛋——女人可真幸运：需要时可以靠鸡蛋、乳酪和巧克力过日子。如果身子仍然没劲，可以久久地洗个热水澡。她贪睡，总是睡不足；同时喜欢做梦，有时想选择着做梦。她希望梦见巴兹尔·亨特爵士。

在格拉迪斯街26号内，一切都井井有条：绿色的水泥围栏中，灌木低矮，修剪成各种式样的；从园门一直到大门台阶，维德勒太太把甬道洗刷得干干净净；信箱被平平稳稳地安置在一条绷得紧紧的铁链上（维德勒先生似乎总是那么灵巧，还富有艺术性）。曼胡德护士开始在提包中搜寻钥匙。如果丢了怎么办？那也没多大关系：维德勒先生会让她进屋，进入她那气闷而清洁的房间，登上那改作床铺的长沙发的。维德勒先生会说，没关系，弗洛——就当你是我们的女儿。他们夫妇之间，维德勒先生叫"维德"，维德勒太太叫"维迪"：真是亲亲热热的一对。

因为和蔼亲切可以使人窒息，所以，曼胡德护士返身沿着甬道，经过装在拉得紧紧的铁链上的信箱走了。她不想去找科尔，而想上别处去鬼混一阵子，别让科尔的羊肉和油腻沾得你满指缝都是。如果烤架一凉就洗，弗洛，那就容易了——不像脂肪凝固后这么困难。唔，是吗？可她总是抓不住这个关键时刻：于是只得双臂一直浸到手肘，在灰蒙蒙的水中洗刷科尔油腻的烤架；这时，科尔不是在给她演奏马勒的乐曲，就是在给她朗读杂志上与他观点相同的睿智的评论。然后，当你晾开又湿又臭的毛巾，进入他所说的被音乐"感染"的状态时，他就与她做爱。那是他的要求，虽然也是你的要求，这点你认识到，但不能坦白地加以承认。她不论怎么去"爱"都激不起爱的幻想，它不可能这么唾手可得，这么廉价，或者不可能不带着羊油和汗液的气味。

有一次,科尔看出了她的思想,说,如果我叫你怀孩子了呢？弗洛,这将给我们一点实实在在的东西哩。她吓坏了,竭力回忆自己服用药丸的频繁程度,可是记不起来。

今天晚上,她紧张的不是怀孕,而是急于要赶到这条街的尽头。这些讨厌的玩具般的房屋,一座比一座粉刷得漂亮。在它们外表的后面,不是令人窒息的和蔼亲切,就是各不相同的种种混乱。她双脚噼噼啪啪地拍打着人行道,拼命跑到了帕拉德大街。那儿下去两三个街区,大红的"药房"字样历历在目。由于只顾读那个叫什么名字——乌诺莫诺,或者其他同样拗口的名字——的人的文章,他现在一定把羊肉烤焦了。她很希望闻到羊肉烤焦的气味。

弗洛拉·曼胡德穿过帕拉德大街。她想到斯诺家去;真怪,过去竟没想到。她有一切理由做出这个决定：我的表姐亨特太太 我唯一在世的亲戚邀请我与她合住一套公寓 我只要拿定主意就行了 斯诺·滕克斯是公共汽车售票员。斯诺可以使你解决问题,就像一个毫无缺陷的男人一样,可以使你摆脱目前的困境。

弗洛拉·曼胡德穿过夜色,急急忙忙地向斯诺表姐居住的迈阿密公寓奔去。除了离汽车站近、买熟菜方便和可以逃避那位药剂师之外,迈阿密公寓没有别的可取之处。麦芽糖一般黏糊糊的圆柱已经剥落,有一条还裂开了;不知什么东西,大概是一辆亡命之徒驾驶的卡车,轰塌了房子的一角,弄得满地泥灰。入口处,一盏日光灯在灯柱顶端放射出光芒,使"迈阿密"空中花园的盆栽植物令人恶心地闪烁不定。

可是,弗洛拉·曼胡德却几乎宽慰地吐出了心中的郁闷：她仿佛像当年一样,沿着香蕉园之间的大路,迈步在大太阳下。那时,斯诺,一位年纪较长的少女,告诉她说,肯·马修斯要求经常同我约会,可是,弗洛拉,我将永远爱你。这叫弗洛拉高兴极了;并不是因为斯诺过去不爱她，而是因为她有点怀着盲目的渴望。作为表姐妹，彼此亲亲热热的，乃是一种快慰。可是，真有趣，肯·马修斯不免有点愚蠢，竟然要求斯诺经常与他约会，甚至跑到科夫港去给她买了一只长方形的宝石戒指。其他小伙子都在笑她：她不在长乳房，而在长肌肉。早在你能记忆的时候她就有白头发。当然，她很强壮，是舅舅家里最好的帮手。舅舅说在她身上下本钱，任何男子都不会后悔的。她还帮助奥尔舅妈放羊；周末舞会上的小伙子说能闻到斯诺身上的公羊膻气。(亨特太太将会作何感想呢？)后来，斯诺决定离开了。尽管得了个长方形的戒指，她说肯·马修斯不近人情。她打算进城找工作，于是便当了公共汽车售票员。

你虽然打算当护士，借以提高自己在生活中的地位，或许还能找一位当医生的或者从事其他专门职业的丈夫，但几年内还未能如愿。斯诺比你大得多，所以先走一步。她离家前的那天晚上，你们抽抽泣泣地抱作一团，从来没有那么亲密过。她很紧张，让她结实的身子夹在你的两条大腿之间，把扁平的乳房压在你刚开始发育的柔软的乳房上。一行行香蕉树间，月光在疾速地颤动，大老鼠不断发出"吱吱"的声音。你哭了一场，因为前途茫茫，难以预料；在斯诺，甚至于你离开很久以后，袋鼠还会在科夫港一带的乡村中发出放屁般的声音。

迈阿密公寓中没有电梯，那几段楼梯被烟熏得黑乎乎的。其中一个楼台煤气味更浓，加重了弗洛拉·曼胡德的不祥预感：虽然她不喜欢做嘴对嘴的人工呼吸，但表姐妹之间的抢救，且不说英勇高尚，起码能感人至深。

斯诺的公寓很小，你一按铃，她就挤开皱巴巴的窗帘，在毛玻璃后露出面孔朝外探看了。

"好家伙！我还以为你一定死了呢，弗洛拉。"斯诺扶着打开的油松木板门扉站着。

弗洛拉·曼胡德感到不快。"要是死了,你早就接到通知了,我不是说你是我的至亲吗?"

斯诺大笑,嘴中喷出星沫——杜松子酒的泡沫。"对,对。呃,亲爱的,见到你真高兴,亲爱的。"

斯诺·滕克斯一直眯着眼睛冲弗洛拉·曼胡德表妹痴痴地微笑;曼胡德此刻希望得到的是热情的接待,斯诺这种态度更使她感到恼火。面前是浓烈的酒气、斯诺的白睫毛及她那从车站下班后就拉开裤链以便放风透气的鼓鼓凸凸的肚皮。

然而,你不得不走上去解释。"我知道,斯诺,好久没见面了。那个病人——那个厉害的老太婆把我累死了,可我经常想念你呢。"毕竟,这个谎话是少不了的。

粉红色的玻璃灯罩上,沾满了一点点同样颜色的苍蝇屎。他们从灯罩下面走过,沿着狭窄的熏黑的油松木板走廊走着。

"呃,亲爱的,"斯诺说,"我看我们得把所有的老家伙都送去火葬场。他们拖着有什么好处?这一点你我都无法解释,弗洛拉——我们的老人都去世了。"

弗洛拉·曼胡德不是为死的问题而来的。她决定直截了当地提出自己的问题。"我想问问你的打算——你提出的——斯诺——让我搬来与你合住一套公寓的建议,不知现在是否还算数?"

斯诺好像打了个嗝。

弗洛拉·曼胡德说:"任何事情,不考虑考虑是下不了决心的。"

他们走进后面的厨房,这里一半是餐室,凳子罩着印花布套子,没有沾上油腻时大概要鲜艳得多。

"你根本没告诉我你还有什么要考虑考虑的,"斯诺说,"现在我朋友阿利克斯住进来了。她一听说就赞成。她马上就要回来了。"

斯诺看了看手腕。"她是位售货员。"斯诺又看看手腕,表带两侧的皮肤上尽是斑点。

她给表妹倒了一杯酒。表妹不大喜欢喝杜松子酒,翘起粉红的嘴唇,沾了沾泛着绿光的这种酒。

现在,弗洛拉终于知道自己无法忍受表姐白睫毛的眼睑、鼓凸的肚皮和拉开拉链的裤子。斯诺嘴皮上叼着香烟,像男人一样叉开双膝坐着。她真是太不检点了;你记得她在家乡的时候,甚至更迟一点,在找到公共交通公司的工作以后,还没有这些粗野的举动。尤其严重的是,你觉得她可能心怀妒忌,不是像男人那样妒忌——那已经够坏的了——而是以一出娘胎便是女人的那种心理去妒忌。

她们仍然坐在布面凳子上。弗洛拉说:"我不愿干预别人的事情。"说着,嘴唇沾了沾杜松子酒。

"嗯。我知道。"斯诺说,上下打量着你的手腕、手臂、大腿,看得你往下拉了拉裙子——也许想起了往日,在香蕉树丛之中,在白花花的回家路上。

"这位阿利克斯,"弗洛拉问,"是你亲密的——老朋友吗?"

"唔,很亲密,可说不上老。"

"我是说是不是认识很久了。"

"两个星期。"

"那谈不上老朋友。"弗洛拉决心不显露懊恼的神色。

斯诺喃喃地说:"老朋友不也得从新朋友做起吗"

她们听着冰箱发出的嗡嗡声,斯诺等候迟回的阿利克斯,大概等得恼火了,她说通常总是阿利克斯先回家煮茶的:她们已习惯这样了。

弗洛拉·曼胡德心里疑惑:倘若阿利克斯两星期后不再住下去,自己会接受斯诺的建议吗?至少,你下班太迟,不能指望回来煮茶。

恰好在这时,她们听到钥匙塞进门锁的声音。

斯诺笑了,兴奋得皮肤上现出一块块草莓似的红斑。

阿利克斯肤色淡黄,有如凝结的乳酪,戴着维纳斯项链,黑头发梳得高高的,显得比实际的身量高些。

"阿利克斯回来晚了,假男人,"她毫无必要地解释,"不过,我知道你一定会原谅的,对吗?亲爱的?"

阿利克斯对于获得斯诺的原谅并不感兴趣,倒是对眼前这位没被引见的陌生人有些兴趣。她那双在阴影或者酒精的重压之下的眼皮,由于面前的陌生人而耷拉得特别低沉。

斯诺决定拿出男子的气概来。"我们不能一夜到天亮地嚼舌头,听你叨念你为什么迟回以及壶子里为什么空空的没有茶水什么的,因为我表妹弗洛拉·曼胡德突然来看望我了。"

"啊,真的?你可没说过有表妹啊。说过吗,假男人?"阿利克斯露出她自己以为是微笑的微笑,跨着碎步接近杜松子酒。"她有工作吗?"她问。一边眯着眼睛,斜睨着酒瓶。

"弗洛拉是训练有素的护士。"

"真的?也许,她会免费为我们提供一点保健忠告。"

她喝醉了,但仍然嗜酒如命。她喘过气来,望着自己的前胸,问道:"在哪个医院,曼胡德护士?"

弗洛拉解释自己目前在当私人护士,她觉得自己太清醒、太冷静了。

"这倒更合我的脾胃——弗洛拉;假男人,你说呢?当然,我只指在富人家里当护士。我相信,你只要知道怎样挑选病人,一定能捞到许多钱。"

阿利克斯全神贯注地瞪视着,不是瞪视着当私人护士赚大钱的可能性,而是瞪视着她心目中认定的灵魂深处的弗洛拉·曼胡德。这个弗洛拉·曼胡德期待斯诺来应付阿利克斯。可是,她表姐,却走到厨房的一头,在那里准备水壶和羊肉——是的,羊肉。

在不包括冰箱和其他厨房杂音在内的沉默中,阿利克斯突然冲斯诺说:"她很漂亮,斯诺,你这位小表妹,啊?亲爱的。"

斯诺不是没有听到就是不愿意听;阿利克斯踮起脚接近酒瓶,然后抚摸起她的朋友来。

"你不会因为我回来晚了,假男人,就生我的气吧?亲爱的?"

阿利克斯像锉子锉干酪似的上上下下地磨着斯诺的背部,但斯诺把一只马铃薯伸得远远的,继续削她的马铃薯。

她最后问道:"我倒想听听,是谁拖住了你?"

"不是你所想象的人。"阿利克斯对着酒杯叹了口气,"是一位先生。"

"那些讨厌的怪物———一只眼睛能长出两个眼珠的家伙!"

"一位顾客。"阿利克斯拉平裹着那相当丰满的臀部的黑棉缎裤子,小声地说,"总得伺候顾客啊。"

"什么?"斯诺从嘴角发出粗浊的声音。

阿利克斯说了句"你怎么能这样问",斯诺立即放下远距离作业的马铃薯,转身搓揉起阿利克斯,使阿利克斯屈服于她的挤压冲撞。

忽然,斯诺想起来了。"哟,我们把客人给忘了。"她叫道。

她给表妹倒了口酒,弗洛拉一饮而尽。

"她很漂亮——你的表妹。"阿利克斯又说,接着叹了口气,"很迷人。"她含糊地咕哝了几声,"我看她可能很敏感。"

弗洛拉喝酒是因为她除了探究自己的思想外,没有别的事情可做;她的思想几乎完全被科尔·帕多盘踞着:她看见他正在从烟斗锅里叩出唾液,看见他阴毛上方的那颗特殊的黑痣。这时,她可以闻到斯诺必定已经扔到烤架上的羊肉的香味了,她把科尔召遣到这满厨房的醉女人中来。她知道科尔最厌恶什么,便在斯诺和阿利克斯之间扭进扭出地跳起舞来。两个醉女人喜欢极了,高兴得尖声大叫,学着电视上看来的老影片中的伦巴舞,大扭屁股。她们一边奔跳着,扭着屁股,一边向弗洛拉·曼胡德献媚。这时,科尔的幻象、她那意志薄弱时自以为"倔强"的嘴巴,由于不得不见到这种下流的动作而痛苦地扭曲着。

她应该开导开导科尔。

阿利克斯以为抓住了别人的乳房,却只抓住一把空气,差点栽了个跟头。

"唉,真的!"弗洛拉·曼胡德大叫,"该吃羊肉了——我最喜欢烤得嘶嘶发响的羊肉。"她走到桌旁坐下,另外两个女人酩酊大醉,跌跌撞撞,咯咯傻笑,胡闹得太荒唐了。

直到羊肉开始烤焦,斯诺闻到焦味才把羊肉端进餐室。她似乎忘掉马铃薯了,刚才削过的那只已经在下水道旁边的污水中染得黑乎乎的了。

斯诺说:"我总以为,羊肉用手指抓着吃会更有滋味——就像野餐似的。"

阿利克斯张着满口羊肉的嘴表示同意。她在羊肉面前可算不上是优雅的淑女。她那售货员的棉缎服装上滴满了羊油。蓝眼皮像衰弱的鹦鹉似的沉甸甸地耷拉着,明显地刻着一道道皱纹。

三个人大嚼大咽着羊肉,对于斯诺和阿利克斯来说,这是喝了杜松子酒后的必不可少的一项仪式;而对于弗洛拉,则是由于年轻和饥饿的原因。

她舔舔手指;布丁大概是不会有的了,便问道:"把餐具洗了吧?"似乎她最理所当然的责任就是要求洗手:与你相处的人们总叫你违背惯例。"

阿利克斯藏在正在啃着的骨头后面暗笑；斯诺开口说道："能拖到明天的事情决不要今天去做。这是香蕉园中的话。弗洛拉，你难道忘了？"边说边喷出一些嚼碎的羊肉。

阿利克斯帮腔说："脂肪是凝固后容易洗。"

弗洛拉鼻子里哼了一声。她虽然最后对这两个女人竟然比科尔更有见识而感到不快，但当时听到这么说却很高兴。她看到斯诺的指甲剪到露着指甲肉，而阿利克斯的却长而突出，像珍珠贝的贝壳；科尔的指甲是与又圆又粗的指尖相齐的啊。（尽管弗洛拉·曼胡德不愿承认，但看着科尔用粗大的手指干着意想不到的事情时，确实着迷。）

斯诺开始打呵欠了，她打哈欠时像只钱箱；阿利克斯则喜欢把自己的哈欠藏在扭曲的微笑中。无疑，由于斯诺的杜松子酒和随之而来的热腾腾的晚餐，弗洛拉自己也突然觉得昏沉沉起来。因为维德勒家那可以当床的长沙发和科尔那充满占有欲的单人床都在不可骤得之列，所以，无家可归之感重新向她袭来。她仿佛看见了殡仪人员光临过的亨特太太的大床，看见了阳光穿过窗帘，洛蒂·李普曼端着早餐托盘站着，而自己则在这张宽阔的大床上悠然醒来。她几乎在臆想这些的同时排遣了这一幻觉，因为它不能给她带来温暖感。

这时，耳旁响起斯诺·滕克斯的声音，"干活的姑娘应该早上床"。

老练的阿利克斯扮着鬼脸问："你表妹在我们这里过夜吗？"

因为你已经拒绝长住的建议，也许斯诺没想到你会在此过夜。她猛地一摇，打了个饱嗝。"谁都不知道弗洛拉的意图。"

弗洛拉十分谨慎。"如果方便，"她拍拍油腻的印花棉布凳面说，"我可以睡在这里。"

两位朋友彼此看看。"这我们可没料到!"斯诺露出责备的表情。

接着两人拥抱着第三者,磕磕碰碰地落进一个漆黑的深渊。电灯突然亮了,深渊竟是寝室。

斯诺一边抖松枕头,拉平床单,一边说:"早上起来时,你总是连整理床铺的时间也没有。"

阿利克斯咯咯傻笑。"大多数护士见了乱糟糟的床铺都忍不住要整理的。"她反刍了胃中涌上的羊肉,然后滚上指定给她的那张床。

弗洛拉咕哝说她总是忍得住的。

三个人都在脱衣服:斯诺成了个白妖怪;阿利克斯好不容易才拉下黑色的棉缎衣裙;弗洛拉鉴于她见到的情况,留下乳罩和短裤没脱。斯诺大概一辈子都没有照过镜子,阿利克斯可能希望留着一丁点儿布块,可是防卫无术,手不从心。她们把你拉倒,像夹三明治中的火腿片似的紧紧夹住。她们两人,一白一黑,浑身扑打扭动着,使弗洛拉不禁联想起被虱子咬得半死的母鸡。

当斯诺猛地拉下开关拉线,黑幕向她们降临下来之后,两个女人更加发疯了。要不是杜松子酒帮了弗洛拉·曼胡德的忙,她们几乎为了同一个目的组成了联合阵线:令人昏昏欲睡的黑暗使两位朋友的欲望减弱了,同时也影响了她们的方向观念。

弗洛拉被磨着、擦着、打着、拍着,几乎被压得喘不过气来。终于她恢复了足够的理智,认识到自己不属于这一堆骚动的皮肉。她设法逃下床来,借着街上不断放射出光芒的荧光灯,摸索到了窗下一张记得像是扶手椅似的东西前面。她扑通一声躺下。可是,在终于安安稳稳地躺在一堆不知是谁的外衣上,享受自己的独立之前,她不得不抛掉一只埋在衣服中的漂亮鞋子。比较起来,这里可是既舒适又自由。

床上传来斯诺沉闷而用力的喃喃声。"谁啊！当心点。弗洛拉？阿利克斯！你的鬼指甲！小心点嘛,把我当作——大块肉啦？"

"你老是引诱我啊,亲爱的,我可是卡肉的行家。"

"卡拉什么？"

弗洛拉·曼胡德的眼睑里,闪烁不定的荧光在映着另一幕电影。

"嗯？卡拉怎么啦？这么说来不是什么讨厌的顾客啰。是卡拉·亚伯拉罕啊,阿利克斯？对吗？"

大概得是位从事专门职业的男子　外科医生是比较反复无常的　你如果要抛开这间私室中的哄闹　拂掉自己的理想　回到艾尔弗雷德王子医院去　那最好去找外科医生　当外科护士不过数数药签　受点惊吓而已　有时由于数药签　你不能全神贯注地注意外科医生　爵士　阿奇博尔德·汉弗莱爵士　不　不是瓦伦丁

除了科尔送的情人节卡片之外　从不知道什么瓦伦丁　黑色捷豹戴姆勒对瓦伦丁夫人来说太俗了　帕尔·帕巴里的地位岂能同日而语　瓦伦丁夫人经常驱车去总督府　经常乘飞机去吉隆坡德里　旧金山参加学术讨论会　与会的都是科班出身的名人　医学界的活动家　菲利普王子不论他黑黝黝的皮肤表面搽上一层什么　总拿眼睛盯着瓦伦丁夫人　对　那香水叫"秘香与君同"我丈夫很喜欢这种香水　是的我们累坏了　又是讨论会　又是数药签　又要注意措辞　又要注意风度　还有法国人的考古学　除了在隔音的戴姆勒中谈点私事　就一点没空　瓦伦丁爵士很少很少有机会坐下来闲谈几句。

弗洛拉·曼胡德把发麻的双臂交换了一下位置。她感到口很干。从"迈阿密公寓",你可以看见沿波塔尼路延伸的火光熊熊的炼炉。床上的两个女人一定在似睡非睡中互相妥协了,她们不断叹息着坠入梦乡。弗洛拉也一样。

弗洛拉？是的 巴兹尔爵士 不是阿奇博尔德·汉弗莱·瓦伦丁爵士 无论如何 一定是你所盼望的巴兹尔·亨特爵士 你怎么能忘掉呢 快把详细情况回忆出来 当时你来不及考虑见他时该把淡淡的眉毛描成什么颜色 他的手表很大 鳄鱼皮表带 梳着贴头皮的头发 穿条子外衣 你看得很清楚 由于乘坐飞机 衣服的背部有些皱褶 领带是冬季用的 从飞机上下来的人衣着都不对路 你难道记不清台词了吗 弗洛拉 不论台词还是别的什么重要的东西 你都忘掉了 只记得一些无关紧要的鸡毛蒜皮 我的见识很浅薄 数药签无论如何没有巴兹尔·亨特的眼睛那么令人心寒 你认为我能学会自己的角色吗 巴兹尔 这么一位拙劣的戴乳罩 穿短裤的女演员 亨特老太太如果不是一位高贵的夫人 一定会把你嘘下台去 至于她的儿子巴兹尔爵士 他说 我教你演技 其他素质你都具备了 他比广告牌上的画像还大 说着向你走来 弯下腰想把你分开 想在你体内寻找什么 不 不行 不能让他看 你体内有不少孩子 可没有一个是他的 他一定认为你不是演员 认为你是按照那些数不清的说不上是谁的孩子的意见在行事 无论你找出多么热情 多么具有说服力的理由都无济于事。

弗洛拉·曼胡德醒来时，天已经蒙蒙亮了，街上充满了乒乒乓乓的牛奶瓶的碰撞声。她做了一夜的梦，虽然憎恶的心情使她怀疑那些梦都是科尔·帕多引起的，但那些梦境却是她不愿意回顾的。

是科尔也好，不是科尔也好，无论如何，这种与斯诺和阿利克斯在一起的荒唐事情却是非结束不可的：那是最愚蠢的疯狂。斯诺仰面躺着，妖怪似的嘴巴在拼死喘息着，带着旧伤疤的胸部一起一伏，缓慢而微弱；阿利克斯露出凝乳般的脖子，肌肤光润晶莹，也许可以定为下次情杀案件中最合适的对象。

弗洛拉·曼胡德在乳罩和短裤上套上外衣，轻而易举地从房间中溜了出来。虽然提包中带着梳子，她却连头发也顾不上梳了。"迈阿密公寓"外，街道显得特别苍白：人们还没有关掉日光灯以容纳熹微的晨光。她轻快而又疑惧地走着，好像怕踩着什么摔跤：一只空奶瓶在薄薄的沙土上滚动。穿过帕拉德大街时，她目不右视，因为那里悬着一块"药房"的招牌。她很快就到了格拉迪斯街26号。维德勒太太正在刷洗台阶。

弗洛拉抬起头来，见一位皮肤黝黑的大个子女人沾了半手臂肥皂泡沫。"要是维德和我以为你昨天晚上会出什么事的话，亲爱的，那我们可要担心死了。"

"不瞒你说，我可能会去克罗斯跟美国大兵睡觉。"弗洛拉·曼胡德说得那么气愤，甚至又加了一句，"跟黑人睡。"

维迪听了她的笑话哈哈大笑。"帕多先生来过了，留了个条。"

"什么条？"她火冒三丈。

"维德把它放在你房间里了。"

弗洛拉走进房间，一个信封放在维德勒两口子整理得纤尘不染的桌子正中。

她不想马上拆信，但还是违心地拆了。拖延有什么用呢？

亲爱的弗洛拉：

　　你可能会误解我。但我真心爱你。

　　　　　　　　　　　　　　　　　　　　科尔

弗洛拉·曼胡德在当床的长沙发上坐了一会儿，用颤抖的手指捂住双眼，挡住那支永远指着她的、无法逃避的枪。

第五章

亨特太太又一次从被翻滚、被碾轧的睡谷底冲上柔软的、比较平静的浪峰时,觉得床脚那头发生了什么——某种变化。遮住的灯光和一面镜子使她视力模糊,只看见一条缩小的人影。

"德桑蒂护士——"她意识到了,"出了什么事了?你没跪在地上吧?"

护士吃了一惊;你见她披着纱巾的头晃来晃去,像一朵白色的大——不是百合花——吊钟花。"我掉了枚别针,我在找。"

"小心点。我记得有个小女孩——一定是纽特利家的孩子——她跪在一枚针上,针扎进了她的膝盖,在皮肉中埋了好几个星期。有一天,他们发现她膝盖上有一个黑点,才用磁铁吸了出来。"

护士说:"我失落的是安全别针,亨特太太。"随即站立起来。

你不会相信什么安全别针的遁词。她当真不在为你祈祷?为你的那个灵魂,为你舒舒服服地死去而祈祷?真奇怪,竟有那么多人认为死亡是轻轻松松的、毫无痛楚的。其实,死当是最高而又最难攀登的绝顶:这一点至关重要。

"您既然醒了,就让我给您擦擦背脊吧。"护士把话题岔开。

"别去想一些不必要的事情。"

由于被当场揭穿,护士的回答有些局促:"我是为您的舒适着想。"

"那倒可以给我脱下假牙,我忘了脱了。说真的,来了那么多客人——说不定随时都会用到的。再说,我也不想在睡觉时弄丢了。"

护士取走假牙后回头整理床铺。这求生筏似的床铺,似乎并不值得整理;但你看出她很喜欢做这件事情。德桑蒂护士刚才跪在床脚下,一定不是在为你,而是在为她自己祈祷。

那修女的头巾来回摆动。它那么锋利,几乎要割破你的皮肤,同时使你想起一种花卉。"植物学上叫'风铃草'。"

"什么东西?"

"当然是'吊钟花'啰。"

"唔,是吗?这花很美吧?"

"对我毫无吸引力,我喜欢更富贵艳丽的。"她笑了,"我的仇敌——还有一些朋友——曾说我孤芳自赏、自高自大,别的朋友和仇敌也这么说。"

护士想说几句亲切而真实的话安慰亨特太太,其实大可不必。

"拉尔·威勃德挺喜欢叫植物的学名,好像可以因此捞到她所希望的高人一等的感觉似的。你难道不喜欢红升麻属植物吗?那么轻盈——娇柔——而又可笑。它的俗名一定叫'山羊胡子'。"亨特太太笑得闭不拢嘴,那模样愈形邪恶。"'我一生中最大的悲剧是没有在双湾把沟酸浆属植物种活',可怜而幸运的拉尔根本没有悲剧的遭遇。"

"你说得太多,会睡不着的。"

"别担心,叫我睡不着的是睡觉。"

护士在调整灯罩,仿佛担心电灯太亮了,然后踮起足尖退出房去。傻丫头:凡踮足尖的人都缺乏平衡感。

你很高兴脱掉假牙　你在下沉　在被水淹没　倘若让沙子嵌进假牙床可就讨厌死了　讨厌的假牙啊　这种脱掉假牙的舒适感叫人疲乏　叫人昏昏欲睡　沿着海底　一路上真正的牙床在吮吸着　吞咽着　谁也不需要任何东西　爱情　金钱　光明　都不需要　告诉我这意味着什么　所有的人都傻乎乎地在周围踮起足尖对我说你们爱我　你在等待回答　发自内心的晶莹透明的回答而不是那些会导致噩梦　令人心灰意冷的回答　火　你不能把火移到我脚下吗　贝蒂　你不能再搬一捆干柴进来吗　把我的信件箱子拿来　我们一起把情书烧掉　它们涉及私事太多了　你说是吗　好　阿尔弗雷德如果你希望的话　把所有的信都烧掉吧　我不反对　满海底尽是没有烧掉的湿漉漉的旧信　你总是把所有的信件都保存起来的　特里威克大夫根本就不喜欢阿尔弗雷德　也不喜欢你　这是残忍的　不忠实的　可你不能只期望得到基督教徒的爱啊　他们的毁谤乃是一种自我虐待的锻炼　没有人称我自我虐待狂　没有　在这一点上你是正确的　倘若你不知道怎样利用亨特·比尔先生的忠诚　他就不会与你结婚了。

啊　梦　布满海底的乱梦　它们并不总是像旧信那样湿漉漉的　它们高高耸立　像圆顶和拱门下的珊瑚圆柱　像广阔的雕塑的远景　展现在你的面前　吸引你进去　在那里　白昼的光辉没有阴影　艾尔弗雷德的眼神也许第一次启迪你　让你瞥见他的出类拔萃。

她站在莫里顿大道客厅尽头的弓形窗下,站在使一切都恍恍惚惚、似梦境而不似现实的光辉中;不过她是清醒的。她站在转动书架旁,望着窗外的公园,在拆一封来信。(索莫伯小姐在修剪指甲时对你的双手赞不绝口。叫一个修指甲的女人到家里来,这不是奢侈,而是慈悲:索莫伯小姐,一个陷于绝望之中的修指甲女工,总得给她一点帮助——她深谙奉承谄媚之道,从这一点上说倒是一种享受。)

伊丽莎白·亨特拆开那封未必不令人厌烦的书信，随便地抽出信笺，开始浏览起来。

亲爱的亨特太太，
　　我违背一位当事人的意愿写这封信，因为我不得不说，尽管，我知道这也许会给另一位带去无可原谅的烦恼……

她猝然翻转信笺，看到这封信来自戈岗的特里威克大夫，一位衣领上皮屑满满、不顾场合随便放屁的其貌不扬的老人。特里威克大夫要说的肯定不会有什么意思，至少，她得小心为是。

　　——简言之，我不得不告诉您，比尔患了肝癌，只怕来日不长了。这是最近到悉尼请一位专家确诊的；您对此事一无所知，因为您丈夫一生中最大的关注就是不让别人痛苦。我曾极力劝告他，让我安排他在悉尼某家医院住院治疗，然而，他现在的想法就是，在"库杰里"就医。目前，他甚至拒绝聘请护士，正如您可能想象到的，这就难上加难了。管家很紧张，不但不会负责照料一位患不治之症的病人，反而可能会收拾行装，逃之夭夭。
　　这就是您面临的现状。不知您能否考虑他的无私，而原谅他的固执。不过，您是他的妻子，应该做出一些重要的决定。(我向您扔了这么一颗意外的炸弹，如果不能得到您的宽宥，则不胜抱歉之至！)
您忠实的
罗伯特·特里威克

炸弹在身边爆炸了,眼前的公园黯然失色,四肢如针砭钻刺,刚刚修剪过的双手抓着恼人的信笺(竟敢在"妻子"下加上着重号),激怒得直打战。她不能轻易地,也许永远不能宽宥罗伯特·特里威克。在第一阵汹涌澎湃的愤怒和恐怖的波涛中,她几乎认为,他应该对艾尔弗雷德的状况负责。让一个乡村医生摆布!他一定会说病人轻看了自己的病情(由于无私,由于不愿招人痛苦的愿望等等),借以掩饰自己的无知和失职。

开始时,她气得哭不出声来,因为她生活的锦绣毫无征兆地就被炸成一团丑恶的乱丝。

她终于开始哭时,她记不起艾尔弗雷德脸上有过欢乐的表情,只记得他脸上的痛苦;记不起他们之间的爱情,只记得自己乖戾地拒绝他的爱抚。她躺在自己一人独占的床上,躺在她经常自以为享有的自由上,企图恢复平时遇事果断的能力。由于没法平静下来,她庆幸特里威克的形象激发了她的愤怒,从而抵挡住了他的炸弹的爆发。

随着黄昏渐近,她完全以倾泻的方式驱除了悲痛,这个不能理解自己温和的丈夫的女人,似乎完全空虚了。

老人 他们衰弱的灵魂 而不是他们的身体 在团团旋转偶尔挤出向上突出的肛门(人们决不会忘记 灵魂是有肛门的)像鲨鱼卵一样轻 一样丑 也可能像鲨鱼产卵一样痛苦 这肛门连续不断地匆匆地射出 褐色的 偶或杂色的卵子 干瘪的脐带仍然挂在卵子企望成为的东西上 是的 倘若是在往昔 倘若梦中的生活允许 它是最终可以成为那个东西的。

亨特太太突然准备去"库杰里",开始自己动手捆扎鳄鱼皮衣箱

（在搭扣上刮破一只指甲）和一个大一些的袋子。到底为什么去，她没考虑，只感到非去不可。她也不能向女仆们说明要离家多久；如果她一直不回来，她会让威勃德先生按周给她们付工资的。因为时间不早，她没有惊动伦农，径自打电话叫了一辆出租汽车直奔车站。

一路上，她始终蜷缩在空荡荡的车厢的角落里，虽然感到很冷，却无力关起半开的车窗。车厢内的东西散发出深夜的气息。她发觉自己忘了戴手套，索莫伯小姐上午赞扬备至的双手上闪着许多多余的戒指。

第二天一大早，她在万籁俱寂中抵达戈岗的皇家旅馆。叫门时，她愈加感到自己的多余。另一方面，旅馆老板哈格蒂开始很恼火，但一清醒过来则对亨特太太的来到深受感动，主动提出立即驱车送她去"库杰里"。可她说希望先在旅馆中租一个房间，等上午再雇辆车去；她不想让丈夫的管家穿着睡衣下楼开门。

余下的不能成眠的时间犹如细沙，在眼皮下涓涓流过。她躺在粗糙的被窝中，尽量接受自己在生活中扮演的小角色。当时的主角似乎是一只公鸡、一条狗和天上的月亮。后来，还有一只显然未被关上的大鹦鹉，也让自己的尖叫声汇入鸡啼狗吠的大合唱。一个男人的咒骂先使大鹦鹉的尖叫压低了点，继而归于沉默。拖鞋啪啪地走过院子；有人对着石头哗哗地小便。

她可能闭过一会儿眼睛，直到出租汽车驶过"库杰里"时，才完全清醒过来。"库杰里"是她丈夫的产业，从不是她的。虽然有好几年她曾经不自觉地管理过其中的家务，发出过抚养他的孩子们的指令。如果说她多少属于这个地方的话，那是由于她曾在索尔克尔德家的破屋中度过了孩提时代。所以说，她确实属于这个地方。就像那条棕褐色的河在柳荫下淌过，以及自己的血液在血管中流动一样理所当然。因此，她终究不能漠视藏匿在群山众峰中的物华天宝。

同一个太阳,在露珠和山岩上再现出它的光辉,刺得冷漠的眼睛眼花缭乱、直淌眼泪。

不多一会儿,汽车就擦着月桂树的枝叶,转过屋前椭圆形的玫瑰花坛,驶上门口的车道。仿佛有约在先,艾尔弗雷德已经走出大门,立在走廊的台阶下,脸上丝毫没有惊诧的神色,仅仅比记忆中的他消瘦得多,矮小得多。她发现自己居然得俯下身去拥抱丈夫,这时的拥抱以及出租汽车的仓促离去,赋予他们的关系以某种特殊意义。看上去,他们一定像一对恋人按传统的方式之一抱在一起。而其实,她从自己的冷漠和虚弱的"恋人"的反应中知道,他们双方都希望安慰对方的灵魂。而是否能够获得这样做的许可和时间,犹待日后分晓。

艾尔弗雷德说:"在'库杰里'现在是一年中最好的月份。"仿佛她是首次来访似的。

"唔,如果你允许我待在这里,所有的月份都是最好的。"

作为男人,他想帮着提两只旅行袋中较大的那只,但发现自己已经力不从心。他们没有按惯例把行李留给仆人而自己进屋,却上气不接下气地争夺起那只大旅行袋的提手,使一件小事变成了一个大难题;他们需要这样。她抢到大袋子时,他们各自都有保留:艾尔弗雷德无疑认为提较小的旅行袋也无损于自己的美德;而她即使撑破肚皮,也非得把较大的旅行袋拉上台阶不可。

德桑蒂护士仍然可以在特殊的节期朝拜 甚至最不信神的非修女弗洛拉护士也将心甘情愿地把自己供献给圣骸 不过那不是我的骸骨 而是艾尔弗雷德的 他的肝脏是最堪崇拜的 记住任何恶臭 每次充满便盆的臭气都是神圣的 如果幸运 我又躺在我亲爱的主的怀抱中了 他身体虚弱了 力气却增大了 我

有罪的我　无法销蚀　无法涤罪　因为罪恶不会像粪一样排到便盆里　我最喜欢克里内克斯护士　她手脚轻巧多了　而有些修女却是粗手粗脚的　去把圣玛丽·克里内克斯请来　真可笑　清白无辜的人们竟能那么宽恕别人品格上的瑕疵　那么谅解无法忍受却又不可避免的罪恶　也许谁都不是清白无辜的　否则　夜班护士的一个个夜班　怎么熬得过去呢。

尽管肤色枯槁、面容骤变——竟变得较为清癯起来，但在最初几天里，他像在康复，而不像在患病。也许，这不过是她的一厢情愿。艾尔弗雷德决不在她面前谈及自己的身体状况。

医生一周两次从戈岗来访。他每次都带着一脸失眠的倦容，而且经常眼神呆滞，那过度劳累的样子使她怀疑他是否有助手帮忙。

有一次，他在餐具室中消毒注射器。她走近时听到有人谈话。仆人埃尔德雷德一定先在里面，正放肆地冷冷地对他说："如果你不怪我直言，大夫，你的脸色像没有掩埋的死鬼。"

亨特太太走到门口时，特里威克大夫正拿着注射器朝天花板喷水。"没有掩埋，但也差不多了。"他承认说，"我觉得整天云里雾里的，埃尔德雷德。"

仆人看见了女主人，吃了一惊，悄悄溜走了。

她无法在医生面前掩饰自己心中那种交集着不悦、忧惧和急躁的感情："那么，越来越痛了？"

"是的。"他锯断一支注射器的瓶颈。"我教你怎么打针。现在他可能要打得更多了。如果他的情况真的不好，你可以给我打电话，我马上就来。可我实在快要跑断腿了。"他显然很藐视她。

"你如果教我，"她尽量冷冷地回答，"我相信我自己能行。"下垂的眼睑中闪出不屑一顾的目光。但特里威克大夫已经背过身子去了,白费了她的表情。

等他注满注射器后,她随他进卧室,艾尔弗雷德躺在床上等着。艾尔弗雷德迫不及待的表情简直令人不可思议,把她摒除在特里威克即将举行的仪式外;但即使如此,她还是决定帮帮忙:她拉下他消瘦的屁股上的睡裤。她仅仅在瞥见他小得可怜的睾丸和已经萎缩的阴茎的发青龟头时才哆嗦了一下。

"打吧。"特里威克大夫说。

"怎么——不现在打?"他把注射器塞给她。其实她并不想在非常不确实的时间动手。

医生在讲解注射方法。她抓着那要她刺进丈夫肌肉的邪恶武器,心里极其厌恶干这件事。

"打啊!"医生命令说,"你不会诓骗自己吧,我想你一定做过更加狠心的事情。"他的笑声是从浓痰之间挤出来的。

由于说中了真情,她并不感到难受,便猛戳了一针。

医生说:"你一定会很熟练的,亨特太太。"

在她用一块脱脂棉花压着拔出针尖以前,艾尔弗雷德躺在那里,闭着眼,伸着脖子,嘴张得老大,仿佛感受了一种极度的兴奋。

医生俯下身子,抚摸着病人被汗水沁湿的衣肩,改变了战术和语气,"你就会好受点了,老伙伴。"声音好像是通过麦克风传出来的。

亨特太太又被摒除在特里威克的仪式之外了。最后,艾尔弗雷德以一种陌生的嗓音喘着气说:"谢谢你——伊丽莎白。"

她问医生:"吃点东西再走好吗?"

他接受了邀请。她亲自端上一盘五香牛肉沙拉,然后让他自己吃。隔开几个房间,她还听到他打嗝的声音。后来在送他走时她发现医生在竭力压制那些匆忙吞下的腌洋葱发出的浓烈臭气。

"尽管打电话给我好了,不必顾虑,"他边上车边提醒说,"我愿为老比尔尽一切努力。"

正如医生所预言的,她针打得很熟练了。但这一切都是以后,都是艾尔弗雷德·亨特绝症的"恢复期"之后的事。

开始,他们以乐观的精神享受着枯萎凋零的蜜月,相互之间充满了体贴和关怀,贪婪地讨论日常琐事的每一细节。

"今天上午把斯坦兰斯请来,贝蒂,我要问问他是否认为可以用基尔加伦种羊配种。我知道它还未成熟,但看来大有希望。我想见到它的后代——如果可能的话。"在这第一次暗示他可能不久于人世时,他的头颈开始在渐渐变得太大的领口中蠕动,同时,一边的嘴角也抽搐起来。

她从布袋里取出一只特地为他挑选的梨子,谦恭地用双手捧着这只熟透的金黄色的大水果。"你想吃吗?至少,让我把皮削掉,你闻闻它的香气。"

他同意了。因为爱她,所以让她一片片地喂食。他一边让梨汁流满下巴上的短髭,一边竭力吞咽。

她哄劝埃尔德雷德给病人刮脸,艾尔弗雷德很喜欢他,说曾在遗嘱中提到他的一家。这位身强力壮的仆人,尽管身上有时带着马厩的气味及其所饲养的奶牛的乳臭,但只要他在场,亨特太太也会振作起精神来。

你喜欢——?这是她与艾尔弗雷德常玩的游戏之一。他们之间,竟然如此缺乏了解,至少,对彼此承认的幼稚的爱好竟然如此陌生,真太不应该了。如果他们的诚实还没有受到更深的伤害,那是因为刀子不可能延长他们的相互关系。在残剩的时日里,最好还是珍惜肤浅的表白吧。

深秋到了,深秋的黄昏是他们天天盼望的。"请埃尔德雷德回小屋前再搬一捆木柴进来。"仆人生好炉子,告辞而去后,他们就一起看书。

"你真是个可笑的老头子!这些年来收集了这么一大堆书,却一声都不吭哩!"

"你对书可是从来都不感兴趣的啊。"

确实如此。她相信,读书只是间接地生活。这个观点符合她的生活目的。

现在,她只得喃喃地说:"我夜夜都读书到睡着。我该说歌德是我有效的安眠药。"在编造谎话解释的同时,她做了个鬼脸;她不会承认更多的了,同时他的厚道也不会逼迫她承认自己有轻佻的嗜好。

其实,他根本就不想提出批评;从他立即变换姿势的不安态度看来,似乎还怕她产生误解。"你有自己的生活。乡下的生活不同——特别是只身一人之时。"这是他的最苛刻的责备了。她在顷刻之间感受到了许多寒冷寂寞的漫漫长夜的痛苦。

她在浏览一本法国版画和石版画册。艾尔弗雷德说的话,又加上画家强调死亡主题的画面:沼泽中的野花、失神瞪视的迷茫眼珠,使她感到肉体的自我显得更加微不足道,须臾短暂。她飞快地翻转书页。匆匆扫完画册,借以摆脱自己对画册产生的不自觉的迷恋。她被画家所谓影像画的形象搞得意乱心迷:无形的镜子中,有时竟飘逸出她自己精神的——并非肉体的——面貌。与书中的其他妖怪不同,这半鱼半人的女妖既不与死神结盟,也不受死神威胁:她在深水中悠游,那么飘飘忽忽,几乎消除了神秘的表情,或者,那是诡诈和狡猾的感情吗?

"你在看什么?"艾尔弗雷德问。

"奥迪隆·雷东的病态心理。"她啪地合上画册,尽量满意地回答。

他很喜爱她念书给他听。他们读了半部《巴马修道院》,对这部小说推崇备至,以为"几乎比任何书都更胜一筹"。而她对这部小说的兴趣有时则消失在它的冗长之中。可是,她通过谛听自己的嗓音提高了冗长章节的韵味:她入神时可以念得娓娓动听。

这天晚上,艾尔弗雷德开始以前所未有的、似乎突然发狂的赞赏的眼光瞪住她。"她真了不起!"他打断她说,"这个桑斯维利娜①,真是个了不起的女人!"

"有时不免太娘娘气。"如果她的声音有点枯燥,那归咎于长时间的高声朗读。

"我看,太娘娘气的女人彼此之间总是不大顺眼的。"

诚然,她从来都不过高地估计自己的女友。"可是有一种感情——一种同病相怜的感情把她们拴在一起,她们认为自己必须服从某些规则。"

他笑了:一时间他们俩那么心心相印,她跑过去跪在他的椅子旁边,狂热地亲吻起他的双手。最后那几个星期,他们的关系亲密到双方都有了性的要求。但是,他的双手仍然那么冰凉、枯黄。

紧接着,他说:"如果可以,贝蒂——今晚你得给我打一针。"

当他体热消退时,埃尔德雷德总是把她抱到楼下图书室的椅子上。后来,他更衰弱了,连上下床都靠着亨特太太叫仆人来抱。直到有一天,她发现自己也能对付这皱缩的肉包袱了。

他们的关系立即发生了变化。她原来爱恋的,现在却成了怜悯的对象。那不是一般意义上的怜悯,而是与这个可能当初就是从她体内分离出去的孩子融合一体的要求。她要为他做所有比较卑贱的脏活来实现这一要求:轻轻地给他擦粪便,或者吃下去后大部分呕吐出来的流质食物。有时,在这种新的关系的影响下,她想起自

---

① 桑斯维利娜,《巴马修道院》女主角。

己真正的孩子：她从不怜悯他们。他们深沟高垒于自我之中,以强大的精神武器,抵御一切紧急事变。然而。也许她错了：他们可能需要她的怜悯；她也许能够赢得他们的眷爱。

一天,冷雨潇潇,她不得不提起艾尔弗雷德坚决规避的话题。"毫无疑问,现在你总该让我写信告诉孩子了吧？"

"我不想扰乱他们的生活。"

"如果你去了,而他们事先不知道,他们会怨恨不尽的。"当然,尽管心中悔恨翻腾,她不可能真正对孩子负责,她只对自己负责。

无论艾尔弗雷德的意愿如何,她径自决定写信。

处在婚姻不幸的苦恼之中的多萝茜,回了一封信,信是从法语翻译过来的：

最亲爱的父亲：

获悉这个令人震惊的消息,你想象得出我的感情。我为不能仆效绵薄以减轻你的痛苦深感悲伤。我人在天涯,虽然生活得既无意义又不欢乐,却对那些因为婚姻而成为我的亲属的人们负有一定的义务。我很少见到休伯特,我们各自轮流待在吕内加德和帕西两地。然而,即使我们的婚姻失败了,我也决不允许自己仇恨丈夫,决不允许任何人找到指责我不勉力争取的借口。那位可怕的老夫人——我的婆婆无时不在伺机向我扑来,但我决不做她爪下的老鼠。

所以,你一定理解,亲爱的父亲,我不可能遂心如愿地承欢膝下。生活就是这样安排的,无论你的生活多么残酷,而我的生活又多么愚蠢,除了祈祷上帝拯救我们脱离苦海之外,我们实在无能为力。

我将永远怀念你，永远为你祈祷，永远与日俱增地赞美你、敬爱你。

多萝茜

而现在的巴兹尔却比以往的巴兹尔更来得坦率：

亲爱的老爸爸：

我想不到你竟是如此可怕的天意不公的牺牲品：在我的记忆中，你是最仁厚、最慷慨的人。更痛心的是，我现在不能把全部注意力集中在你的身上：我们正在紧张的彩排之中（一星期后上演新剧《麦克白》）。自收到母亲的信以来，现在确实是第一次有机会对付自己的感情，写封回信。就是这点时间，也是在空荡荡的剧场中争分夺秒挤出来的。剧团的演员还在舞台上拼命排演，我脸未刮、澡未洗地坐在这儿，因为过于匆促地吞下一块该死的油腻腻的三明治，胃中沉甸甸的；然而，尽管词不达意，我要向你表示最最深切的同情。

过去，我们之间甚至不大讲话，不是吗？不过，回首往事，我意识到我们之间存在着某种神交。啊，如果我们能够再生，该有多好！我相信，我一定愿意重新生活！生活，千万不要因为它呈现出污秽的面貌而厌弃它。

我多愿意再坐一会儿，爸爸，尽量在这不幸的时刻分担你的悲哀。可是他们在叫我了，所以，无可奈何，只得极其遗憾地离开你了。

祝好
巴兹尔

又及：没有人能理解一位扮演麦克白的演员所经受的折磨。

艾尔弗雷德很高兴能收到这么两封儿女的来信。"他们说得很清楚,对吗?"他那悠悠如丝的声音并不要求她肯定自己的想法:两位聪明的儿女就是最终的报答。

给丈夫读完信后,妻子满心困惑,不知自己该如何理解这两封书信。如果冷静一点,也许会讽刺几句他们蓄意的虚伪;但在当时的情况下,她宁愿把他们的冷漠,或者虚情假意看作是长期睽别远离所造成的。至于她的孩子,她仍记得他们还在子宫时的感觉;接着是舒适柔软,几乎是鲜嫩可口的肉团;而后变成长腿的、恶意的、简直不具人性的生物,已经准备远走高飞了。

她对艾尔弗雷德说:"我很高兴我们告诉他们了,我们做得对。"她以拉萨贝娜公爵夫人可能感觉得到的优雅结束了这个话题。

而后,她开始明白,她能够以彼此相通的语言同丈夫交谈的短暂而微妙的阶段实际上已经过去了。从此之后,他们必须通过皮肤和眼睛交谈。这是信赖的顶峰;当然,他们并不会因此而失去什么。

特里威克大夫几乎天天从戈岗驾车来。表面上她很感激他,内心却无法完全压抑自己对他粗鄙习性的厌恶之心,也无法掩饰因为粉碎他的怀疑而产生的惬意和满足。有一次,她好不容易才忍住没介绍他一种清除头垢的方法。

"现在,那种事情随时都可能发生。"他说。

她太精疲力竭了,这句话几乎没使她领会到医生指的是死亡,更没有想到会是丈夫的死亡。

"如果需要,你就打电话给我。"特里威克大夫一脸的倦容和——现在她完全明白了——药物的刺激作用。

她字斟句酌地回答:"你不能指望我自愿分担丈夫的死亡。不管你们的友谊多么牢固,我以为我应该得到优先的考虑。"

她瞥了一眼那沾满头屑的背影,内心悲痛欲绝。"别以为我没有——衷心地——感激你,大夫。"她不得不补充一句。

他耸耸肩膀钻进沾满泥浆的轿车。"随便吧,有些人很怕死。"

她不怕,无论在期待必然之事还是必然之事发生的时候,她都没有惧怕。人们指责她冷漠无情,其实并非如此。毫不夸张地说,此刻她沉浸在广阔无垠、几乎未曾经受过的死神的神秘气氛之中,心中充满了崇敬,尤其充满了对这——某种意义上来说是她的先导——微微颤动的灵魂的崇敬。

那天夜里,她从半睡中惊醒:不是被隔壁的死亡的声音,而是被自己参与一种奇异变化的本能所惊醒。她一把抓起外衣,急急忙忙地套在身上。

她的丈夫,她的亲骨肉躺在面前,他似乎仍然在等待着她来到自己的床前。只有在这时,他那黯然失神的眼睛才表明:从现在起该由她做先导了。她把手轻轻地贴在他凹陷的、枯黄的面颊上。

顿时,艾尔弗雷德·亨特的嘴巴和布满盐霜的嘴唇向前突出,在僵死之前,吐出了最后一声"啊?"

那一夜直到天明,她大部分时间都在迷宫似的房间里穿行。她步履蹒跚、拖曳着慌慌忙忙裹上的长袍,长短不齐的衣袖使她显得失去平衡。走动挽救了她。过去,她常常臆想自己当寡妇后怎样立身处世,并且想象自己享有舒适而受人尊敬的地位。而眼下,她既不是寡妇,也不是有夫之妇,甚至连女人都不是,可是,她想起"艾尔弗雷德"就痛苦难堪。有一两次,她滑到了罪恶的边缘,竟想起那些被自己拉上床与之肉搏的男人的身体:"情夫"的身体。

天将亮时,她在镜子中瞥见一条身影;她面对着自己的鬼魂:形容衰老,衣着不整,精神颓丧,双眼亢奋,瞪视着一个尚待揭晓的世界。

"天啊,我的模样可真吓人啊!"她大声地说。

有人——是护士?——握住她的手腕:她们总是不停地给你诊脉,或者——

"怎么啦,亨特太太?你做梦了?"

这时,你通过皮肤上的指尖而不是通过声音,发觉竟是玛丽·德桑蒂,发觉她不是在履行护士职责,而企图为某事而忏悔。

"不是做梦——是生活。"亨特太太气喘吁吁地说,"艾尔弗雷德刚刚去世,我得给特里威克大夫打电话。我不愿做这种事情,自己知道是一回事,告诉别人又是另一回事。"

"只要静静地躺着,一切噩梦就都会消失的。"德桑蒂护士劝道。

在一定程度上,她的劝告是切实的。身边棕榈树叶在以飓风般的速度乱摇狂舞;但那些乌合之众,包括圣玛丽·德桑蒂在内,都不会明白这仅仅是风暴的物质外表:独有你才由于那次访问沃明夫妇的海岛而领略到了超越物质的胜境。还有多萝茜的那位荷兰人,那荷兰人可能见到过风暴眼中的神圣和安谧;但是,对于从布龙比岛和想象出来的风暴中逃走的多萝茜来说,荷兰人所描述的景象一定犹如倒看望远镜时所见到的缩小了的妙景。多萝茜使她那位荷兰人白费了口舌。

"你以为我们给医生打电话是浪费时间吗?他绝不会原谅我们的,特里威克大夫害怕软弱。"

"我根本不认识什么特里威克大夫,"护士回答,"如果要给谁打电话的话,也该打给吉德利大夫。"

"吉德利?"

"不是你喜爱的大夫吗?你选择的医生啊。"

"胖乎乎、娘娘腔的吉德利!"亨特太太咧嘴笑道,"你注意一下,还能看见他耳朵中黄色的耳屎哩。特里威克是条汉子:可恶、丑陋、龌龊——满身菜汤油渍——还有头垢。但很痛苦,我想他很痛苦,那就是他能明白事理的原因。他不明白的是他怎么竟然是男人中的男人。也就因为他是这样的人,他不肯原谅我作为一个女人所具有的弱点。"

"别太兴奋了,亨特太太。现在是凌晨了。"

"我知道是凌晨了。我不在计算黑夜的时间吗?"

"我去给你把玫瑰花拿来。天一亮,我就下去采了。开得真旺盛。"

"啊——玫瑰——好的。"

……

德桑蒂护士撇下入睡的病人,强迫自己又一次下楼进入黑暗的底层;夜间早些时候,她曾在这里背离了自己的信仰。她走过书房:电灯仍然亮着,房间中充满了炫目的唤醒记忆的光线。她走去关电灯,却中途改变主意,拿了一块抹布去擦管家收拾酒瓶酒杯时遗漏的一摊酒渍。擦去这些酒渍,德桑蒂护士心想。即使不能扫除羞耻,也总能驱除心中的色欲。也许,那件事是不容许她忘掉的;如果亨特太太以其极端的狡诈,追逼她一时惊慌而在床前下跪的理由,那她就必定忘不掉了。现在德桑蒂护士小心翼翼地警惕着香烟、威士忌和皮革的气味等等的陷阱,毫不动心地穿行于它们的周围和中间。

她回到厨房。今天是库什太太来打扫卫生的日子,有时夜班护士先替她开个头。清洁工库什太太饱受静脉曲张、抽烟过度引起的咳嗽、心脏杂音以及患癫痫病的丈夫和多言癖的折磨。(你是真正的伙伴 玛丽护士 我们没有你不知该如何 亨特太太 洛蒂 你相信吗 护士 星期二晚上 老头子又昏倒了 摔在炉子上 叫唐纳德 梅维斯我们三人忙了一夜才把他救回来 护士 这样强壮的汉子 终于垮了 你相信吗 他含着软木塞 还咬了唐纳德的手指呢 我服了镇静药 可怜的老头子淤血青一块紫一块的 咳 护士 看都不忍看啊 为了给我消愁 梅维斯带我去看电影 护士 不是风景秀丽音乐优美的片子 是说一群水手被困在潜水艇中 看完电影 梅维斯给我买了一瓶白兰地 在兰开斯特旅馆的女子休息室里一饮而尽 然后我们就回了 护士 因为该煮茶了啊。)

即使德桑蒂护士确实希望补偿这位清洁工所遭受的部分不公,她也并非不知道,自己的慈善行为同时又是试图偷偷地通过服苦役来减轻罪过的努力。这天凌晨,她脱掉护士服,趴在地上,开始刷洗厨房。开始,她大片大片地擦洗,把在她面前翻滚的肥皂水刮进水桶。电灯竭尽奉承献媚之能事:她在哪里跪下,哪里的油毡地毯就闪闪发光。她的臂膀显得强健有力、皓如霜雪;如果乳罩被撕破了(无论由于什么事故),那只能使丰满的乳房少受束缚。她不断地刷洗着,虽然搅乱了静夜的安谧,却不危及彼此间的融洽。她是夜的产物,能够流水般地流进流出神秘的自我。她的行为纵使不无自恋和肉欲的成分,但她绝不至于重蹈意志消沉的父亲的覆辙,也决不至于被维系自己与为之献身的人体的丝缕所绊倒。

玛丽·德桑蒂匍匐着退进洗涤和贮藏碗碟的小室时,已肩疼膝麻,苦行赎罪的荣耀化为乌有。她觉得自己永远是一个见习修女,在这间斗室内团团打转,稍一偏差就会被墙壁猛烈地折撞回来。然而,她这忏悔的努力,犹如其他任何笨拙的不顾一切的冲动一样,在天真无知者的眼中，往往被视为老练，只有亨特太太不受迷惑。爸爸也许心照不宣：那白如象牙的皮肤反映了他的许多失败和纵容态度。妈妈当然笃信圣徒，不能发现挚爱者的罪愆。

忏悔者一头撞在一只碗橱的支柱上，沉甸甸的乳房猛然一震，然后又定了下来。灰黑的污水——现在不再泛着肥皂泡沫了——透过长筒袜渗进膝盖。她费劲地立起身子，由于改变姿势而跟跄了几步。她觉得眼花缭乱，发现自己盯着一碗闪光的食油。油面上的光彩浮动摇曳，却并非出于电灯的惠顾：穿过窗栅，她看到天已亮了。

夜班护士穿上护士服，戴上头巾，基本恢复了职业的整洁之后，又上楼去照看病人了。微风轻轻地吹动晨光熹微中的窗帘，老太太躺在一阵比较宁静的睡眠中，呼吸着，嗫嚅着。突然，话语摆脱羁绊，挤出牙床：“仍然是满枝棘刺和紧闭的花蕾，漫长的严寒啊。”她猛一挥手，骨骼咯咯作响，甩开一绺凌乱的头发。"在恬静中亲切交谈。"声音仍然包裹在盘旋上升的长叹之中。"我亲爱的恬静啊。"一声发自珍藏的内心奥秘的感喟。

护士谙知这种恬静，它是黑夜将尽时降临的恬静，晨光几乎还没有挣脱从公园那边飘浮而来的混沌夜雾。在这幢房子耸立的小丘脚下，玫瑰如云，轻盈摇曳。那里没有伊丽莎白·亨特梦中被严寒紧锁的花蕾，只有大丛大丛的真花在互相争妍。

玛丽·德桑蒂从餐具室洗涤槽下面搜寻出大剪刀和一只松松垮垮的篮子，走进花园。一滴露珠滴下来，落在她的皮肤上；垂直的叶片上流动着微小的水滴；昨晚开放的喇叭花卷得像皱缩的阴茎一样。芳草长得很茂盛，但一变成草坪就会完了。她被引诱投入这个无邪的满足感官欲望的天地，在它的恣惠下扯下一片叶子，放在嘴中吮吸着，直到吮吸出其中苦涩的浆液。当她羞愧而又兴奋地擦过粗糙的树皮和一柄柄滴着水珠的棕榈叶时，甚至连猫也不会来争夺这片精神领地的独占权。假如她的良知要约束她的话,那也在向伊丽莎白·亨特奉献玫瑰花的幻象的安抚下被迫平静了。

她一到玫瑰花丛就像饿虎扑食般地动手采剪。露珠在她的周围纷纷洒落;棘刺如针似锥;她的双足不是踏在落叶和湿泥之上,就是歪斜地在空中摇晃。对于那些狂热的遍体粉红的蠕虫,简直毫无办法;她过于沉溺在酷爱玫瑰的恶癖中了。躬身采剪花茎时,不但花香,而且尖尖的蓓蕾也可能不断地刺进她贪婪的鼻孔。一枝枝棕色的枝芽撞上她的腰窝,被压断了。蓓蕾,娇弱的鸡心形的玫瑰蓓蕾,一团团,一块块地散落在无动于衷的地上。

她挽着沉甸甸的盛满战利品的篮子,喘着粗气,一面机械地一阵一阵地剪着空气,又来到草地边。一束束晨晖穿过周围的树木照射进来,不断增强,把一丛丛默默的玫瑰花的肌肤重新变成朝露、光华和纯洁的容颜。若不是小径上的脚步声打断了她对玫瑰花的想入非非,她可能会因此而伤感地联想起自己,想起自己困于世俗的肉体和超脱凡尘的精神之间,居然无法获得合理的统一。

一个脸色黝黑、布满皱纹、双眼满是询问的男人,正在问她去恩赖特街该怎么走。他目不转睛地盯住她,但似乎并不强求她答复。她知道恩赖特街,便告诉了他。清晨这个时候,路又不好找,因此讲得很详细。那人专心地听着,目光一半集中在她的指点上,一半茫然地瞪她那沾满玫瑰花瓣的身子。

她说完后,他微笑着表示感谢。他们俩都笑了,为了不同和相同的原因。从他粗鄙的吱吱发响的靴子和仍然表示歉意的目光判断,她猜想他不但对那条街,而且对这个国家都很陌生。这使她想起自己在外国出生和度过的童年。眼前这位男人不管有否猜到了这一层,竟叫人觉得好像他找到了一个同伴似的。

他对她的护士帽子点点头,突然问道:"有人病了?"

"说不上病了。有位太太住在这儿,她需要照顾。"

"多大岁数了?"

"不大清楚。我看,人到了一定的年纪,确切岁数就无关紧要了。那时你就不再完全是一个人了,倒像是一只忽明忽暗的灯泡,要是碰上运气,也许能照亮一件你或者别人过去都没有注意的东西。无论如何,反正我是这么看的。"其实她从来不曾有过这样的观点,只是花园的早晨和这位朴实的外国人诱她这样说的。

陌生人似乎在认真地设想她所描绘的形象。接着,他笑吟吟地注视着她,而她垂下目光以掩饰心头的喜悦,却发现自己洁白的鞋子上沾着许多泥土。

护士突然记起自己的职责。"我该走了,"她笨拙地,几乎是粗鲁地说,"病人可能需要我了。"

男人那凹凸不平的靴子也吱吱地动起来了。"好,我也要走了。"他的眼神说明他已经离开她了。突然,他转过身来,仿佛在最后一刻必须强迫她承认什么。"多美啊,我们的晨曦!"

他的话在她的血管中振动、回响。如果说他的话此刻对她不具语意,那一定会在她的脑海中变成母亲的回音。沿着蹊径,沿着楼梯,忧郁的嘟嘟哝哝一路不绝:她不再有能力区别究竟什么是话声什么是铃声,抑或什么是女人的欢乐或者悲伤的絮语。

由于病人可能濒临险境而产生的忧虑掺杂进了仅仅部分地与往昔结合的愉快和迷惘之中,德桑蒂护士不顾棘刺,急急忙忙,一把把抓起玫瑰,塞进红木浴室盥洗台上的一只老花瓶,然后立即奔过亨特太太的卧室。这时,她守护的圣骸正从地狱的深渊中翻滚而上,搁浅在知觉的沙滩上。

摸着相当正常的脉搏,这位护士却莫名其妙地、外行般地害怕起来。"怎么啦,亨特太太?你做梦了?"又是老调重弹。

"不是做梦——是生活。艾尔弗雷德，"亨特太太喘着粗气，"死了。"

德桑蒂护士虽然满怀同情，却只能寻思着她的晨曦，回味刚才那位陌生人的话语。

"给特里威克大夫打电话——"亨特太太气咻咻地说。

"——也该打给吉德利——"德桑蒂护士听到自己的声音在颤抖，接着无可奈何地说，"我去给你把玫瑰花拿来。天一亮，我就下去采了。开得真旺盛。"

"啊——玫瑰花——好的。"

护士奔去拿来那只盥洗台上的缺口花瓶。鲜艳夺目的玫瑰花把露珠、光华和芬芳散发到被单上，又通过被单，反射进兴奋的鼻孔，和那双透过纸面具瞪视着的白眼珠里。

"你看！"玛丽·德桑蒂忘掉亨特太太双目失明了。

伊丽莎白·亨特回答："是的，我能看见，玛丽——我们的玫瑰。"

蓦地，"多美啊，我们的晨曦！"她听到母亲在感叹。刚才那位外国移民说这话时却令她颇为费解。

"我们的玫瑰。"它的意思就是：玫瑰花闪烁、昏睡、沉思、跳跃；显耀着其困于尘世的肌体，在表达生活真谛的尝试中体面地失败了。

"是的——我们的玫瑰。"伊丽莎白·亨特重复道。而玛丽·德桑蒂的理解却是：我们，骄傲的至善主义者，或者假圣徒，得从自己的过失中解脱出来，以迎接更多的考验。

第六章

欢迎拉萨贝娜公爵夫人时,俱乐部主任说给她安排了一个舒适的房间。她觉得他言之不谬,但房间的印花棉布(绿色和米色的)和那幅风格泼辣的桉树风景画复制品却增加了她的陌生感。还有一架白色电话机也叫她提心吊胆,倘若在她准备好应付之前响起来,那该怎么办呢?当她的行李从莫里顿大道送到楼下时,她心里才觉得好受些。这些东西是拖了好久之后才由好心的阿诺德·威勃德先生收拾好送来的。仅仅打开一管牙膏,就使她的神经镇定下来;与此同时,一个女仆又送来了一包头痛粉。是的,她觉得舒畅些了。

一想起她从那想去又怕去的地方逃出来的情景,她又不舒服了:管家身上有一种未开化的德国人的味道,而圣嘉勒·休伯特的僵化脑袋则固执地要她去看看,无论如何,她仍然具有特殊的影响①;而嫉妒成癖的方济各会士却反驳说,你以为随便哪个都会从影响中得到好处吗?②多萝茜·拉萨贝娜在独自下楼去吃晚饭时,在电梯中想起了可怜的妈妈,不禁唏嘘了几声。

餐厅中静悄悄的。六七位涂脂抹粉的贵妇人正低眉垂眼,坐在

---

①② 原文为法语。

烤鸡和煨苹果前,装出不在咀嚼的样子。一位上了年纪、身穿笔挺制服的女侍把这位俱乐部荣誉会员领到自己的餐桌前,希望她从那里开始参加俱乐部的活动。多萝茜·亨特一个人面对餐具,挤在摆得满满的名叫"伊丽莎白女王"的玫瑰花中。她双手按定刀叉,两眼紧瞪空中,仿佛准备弹奏一首乐曲。

"可怜的马奇,她太累了。"气氛恢复后,一位女士说。

"是啊,太累了。"她的同伴附和说,"都是气候潮湿的缘故,马奇又太不爱惜自己的精力和时间。"大概为了压制类似马奇的冲动,第二位女士给自己叉子上的鸡胸脯肉又加了一丁点稍稍蘸过一下面包酱汁的填料。

这也许又引起第三位,一位毫不相干的女士的失态。她在吞咽苹果时咳嗽了起来,并且一直大咳不止。多萝茜·亨特决心不理睬她的不适,但看见那位女士的两个鼻孔中突然各冒出一个可能是糖浆的气泡,却吓了一跳。一瞬间,那两只气泡又吸了回去。

天哪,要是妈妈在这里"参加俱乐部的活动",替你点菜,那该多好啊!倘使你自己喷了两只糖浆气泡,或者把一勺面包酱汁落在女侍洁白的袖口上,那该如何是好?

或者,倘若你失声大叫呢?

女侍送上菜单时,多萝茜对那张她可能看不清的纸片几乎没瞥一眼;她记起把眼镜丢在房间里了。"你知道我最想吃什么吗——我是说,如果方便——如果你们有——我要一块鲜美的、厚厚的烤羊肉,不要烤得太老了。"

"唔,好,夫人——当然——一定照办。"女侍显得有些惊慌,尽管她一定在什么地方听说过屈膝礼,此时却只有弯一弯膝盖的勇气了。

在场的俱乐部会员一个个地抬起头,活像一群受惊的母牛。

拉萨贝娜公爵夫人无法证实自己的想法：在点菜前的灵机一动和点菜之间，或者更早一点，在曼谷换飞机的时候，她以为烤羊肉已经摆脱异国情调了。多萝茜待在那儿用心记着刚才那些使她出丑的含糊不清的音节。她在记忆中看见自己拿着削尖的棍子在炭火上烤羊肉，听见一个更含糊的，但自然纯真的小女孩的声音：爸爸，没有烤煳，刚刚有点焦皮，这样味道最鲜了。但这也没用。

餐厅中大部分会员都离开了，只有一对夫妇故意拖拖拉拉，想见识女招待怎样伺候某某公爵夫人（如果你高兴的话，可称她为戈岗来的一个亨特家的）吃烤羊肉。

现在，公爵夫人连佯装的胃口都完全消失了。羊肉上桌了，但毕竟太红、太肥：澳大利亚的羊排确实太油腻了①。去世的婆婆如果知道这件事情，一定会乐得心花怒放。

多萝茜吃了一口半冷不热的水芹菜，喝了一杯冷水，就推开割得支离破碎的羊肉。"谢谢，别的不要了。"她对女侍微微一笑，同时以目光恳求对方不要张扬这件事情。

在客厅里喝咖啡比在餐厅中吃晚饭更令人不堪。坐哪里就是一个难题：既不能离得太远以致失礼，也不能待在能听见那些有人居住的岛屿的呼声之外。最后，她只得越过两层楼梯径自上床。一上床，浑身的疲惫就因夜晚的来临而完全消失了。她在浏览滚瓜烂熟的《巴马修道院》和回忆这次回娘家的目的之间度过了这个晚上。在她的心目中，任何比较熟悉的形象都是一种安慰：例如她的法国唇膏（啊哟，那快要用完了）、牙膏，以及相当令人厌烦的家庭律师等等。她一个接一个地把一切自认为无害的东西罗列出来，却又不得不反反复复地审判自己。

---

① 原文为法语。

让我们面对现实吧：我回来的目的，是从一个老太婆手上诱骗一笔数目可观的金钱，而这老太婆又碰巧是我的母亲。有时，我固然真诚地爱她，但同时又恨她（天哪，确实如此！），所以，一旦诱骗不成，勒索就比较情有可原了；又因为她自己就是一个最大的恶棍，那就更难怪我了；还有，可恶　回想起来就觉得可恶　那次访问海岛　绿色的海　倘若不是母亲首先意识到　那暗绿色确实比蓝色美妙　你难道不认为　教授　这些太平洋中的岛屿上　有些东西既平常又有趣吗　我是说　这大海正如广告上宣传的一样翠绿　天阴的时候　更加美妙　更加出人意料的绿　真令人陶醉　母亲点蜡烛照明　与非常合她心意的那位教授交谈和倾诉衷情　那教授的名字是拼写里有个 V 的爱德华①　与母亲不同　你只有在举行圣礼时才当面叫他的名字　他那太阳晒脱的皮肤白花花的一片片往下掉。

半失眠的公爵夫人在床上双腿向着身子缩得紧紧的，缩得只见大腿和屁股，像一个肉疙瘩，或者像一堆骨头。

有个 V 的爱德华在谈论森林；究竟是布龙比岛的雨林还是挪威的云杉林，落叶松林还是花楸林，都无关紧要；桦树林也一样。黄昏时驰过海滩的野马扬起沙粒，甩动鬃毛，抽打着你的面颊。我不怕，教授，只是在这手儿相携、身儿相贴的触电般的时刻，我的肋骨也许会折断，刺进你的体内。

让母亲去煮鱼　教授抓住鱼放在碟子里　底下铺了一层茴香　碟子四周野花环绕　风雅别致　那触电般的时刻已摇荡着鬃毛飞驰进黑暗之中　但母亲烧的鱼味同沙粒。

公爵夫人辗转反侧，不停地磨着牙齿。如果诱骗和勒索俱告失

---

① 教授的名字爱德华的拼写为"EDVARD"。

败，将一个老太婆或者母亲置于死地又算得了什么呢？金钱对于上了年纪的人们，除了使人想起不再令人向往也不可能再实现的成功外，还有什么意义呢？不过你不会杀死她的。只会吓唬她一下；你不会杀人，绝对不会。你尽管一肚子怨气，但却连一只蟑螂也不忍踩死。

巴兹尔却大有可能：那位天才的兄弟和著名的演员　威勃德先生没有说明他的来意　但我明白　巴兹尔+多萝茜=一对姐弟=藏匿在空气闷浊的伊丽莎白·索尔克尔德巢穴深处的猎手　你大可以永远蜷曲身体　藏在妈妈体内　可是她却把你毫无戒备地扔出来　巴兹尔不是毫无戒备的　一个演员的天赋不是自制力　而是打人的棍棒　你的自制力只能从艾尔弗雷德身上继承　戈岗那边岔道口上有他变形失真的铜像　不过他的碑铭毕竟歌颂了他　还有那背心和裤子上一圈圈的皱褶　可怜的比尔·亨特爸爸。

你自己也是一位父亲　威勃德先生　请谈谈我的父亲　谈谈这张你好心好意寄给我留念的剪报吧。

夫人身子动了一下。她很遗憾　自己有那么多的问题要问　律师却那么令人讨厌　据说做父亲的都很仁慈　尤其是这一位　他同你一般高　一样肥瘦　一样爱挑剔　他在解开捆扎你品性和行为的粉红色的丝带　阿诺德·W① 办事与有个V的爱德华一样不慌不忙　有条有理　不经周密思考决不唐突开口　但后来当他们一丝不挂的时候　律师却打算承认　只有好男子才配与艾尔弗雷德的妻子结婚。

啊父亲　父亲　她想为他所受的痛苦哭泣　摸着乳白色的律师服才使她得到安慰　律师长长的　衰老透明的睾丸在她大腿上晃荡。

---

① 威勃德的英文缩写为"W"。

拉萨贝娜夫人看见威勃德先生,看见他那映刻在黑暗上的小腿、青筋,以及全身各个部位,大吃一惊,蓦地从床上坐起,拧开电灯:见到的不是梦中的律师,而是自己在镜子中的映象。在镜子中,她的双乳比她平时愿意承认的更加瘦长,斜挂在睡衣之内;薄薄的没涂唇膏的嘴唇开启着,现实并不比悄然潜入的梦境令人欢悦。

多萝茜在这舒适的卧室中度过了极其可怕的一夜,吞了一颗阿司匹林,辗转寻思是否应该忏悔。可是,在悉尼,向谁忏悔呢?某个不知名的爱尔兰农民不可能理解她的精神创伤,甚至还可能因为她那受过教育的声音而鄙视她。她认为,让不知名的陌生人听取忏悔,仅仅是在特殊的场合寻求抽象慰藉的方式,效果如何,实难预料。现在不是特殊的场合吗?是特殊的场合,然而,就她个人而言,她喜欢由一只熟悉的手来抚慰自己的灵魂。她含着泪花,躺在床上惋惜她敬爱的帕思博斯克神父,而后又忧虑重重地想起母亲。妈妈可能会以某种方式狡猾地探出这个可耻的噩梦的。多萝茜猛地裹上被单。绝对不能!宁可生疮流脓。

她按铃叫来一杯咖啡,呷了一口浓郁的真正咖啡,昨天一直担心的事开始发生了:那架白色的电话突然发作起来。

"早上好,夫人。我不知道你的生活习惯,如果打扰了你,那务必请你原谅。"

夫人听出律师一本正经的措辞,心慌意乱,真正地被打扰了;她避开自己在对面镜子中的映象。该怎么回答呢?他们的身体已经比言语更富有表达力地接触过了。

"——我想安排一次会见——你和你兄弟之间的会见——讨论亨特太太的情况。你有什么打算,夫人?"

打算?自从离开了母亲去欧洲以来,她一直希望有什么人,什么男人,站出来替她谋划。如果一位年长的——且不说慈父般的——律师尚且不行,那谁行呢?

为了掩饰自己的愚蠢,她愉快地高声提议:"我真希望你叫我'多萝茜'——好吗?威勃德先生?"听那声音简直像英国女王。

他似乎心领神会,满心喜悦,但没有回赠什么,因为他毕竟年长得多——谢天谢地。他说:"谢谢你,多萝茜,我很高兴这么叫你。其实,我总是——就是说,我妻子和我在提起你的时候,因为是老朋友,所以都习惯叫你的教名。"

这番话丝毫也不能说明他不期望听听她的计划了;他在等待中陷入缄默。

"嗯,"她绝望地开始道,"我想最好尽早地去探望一下母亲,时间不长——在她觉得疲倦之前。"这么一次短时间的访问可以使你不首先提出自己真实的、凶恶的计划。"从现在起,整个上午我都可以随时听候你的吩咐——在这儿我没有认识的人,也没有别的事情可做。"

对于她所供认的事实,律师谨慎地没有作出任何诉诸感情的反应,但她对自己无足轻重的地位却不胜凄楚。

威勃德先生提议,如果巴兹尔同意,十一点半在他办公室见面。

"好,好,如果巴兹尔同意——自然可以。"多萝茜真心实意地赞成。

可是,随时与兄弟商议母亲的事情,也是"自然"的吗?以巴兹尔的性格,他必然毫不犹豫地接受她计划中一切最残酷无情的细则。也许律师已经嗅出了她的秘密意图了吧?简直糟透了;倘若他有什么颇具说服力的、合法的解决办法,准备交给委托人长期备受折磨的儿女讨论,那就更糟。威勃德说不定是个真正诡诈多谋的人。

拉萨贝娜夫人放下电话,感到孤寂悲凉,主要倒不是因为这位仁慈的律师最终可能又是一个伪君子,而主要是因为,倘使要沦为某种不公的牺牲品,与其做一个浑身甲胄、鳞片熠熠的十字军士兵,倒不如充当一个献祭的羔羊。甲胄的光华,说得好听些不过是掠夺来的宝石的色泽,说得难听些,则是桩脆弱的、最终自取灭亡的阴谋诡计。她抛开律师,在可鄙的灯光下审视自己。

她刚把事情抛到脑后,白色的电话很快又响了。"是夫人——拉萨贝娜夫人吗?"征兆不坏。

"是的,我就是。"除非当面撒谎,否则避不开别人的电话。一个人待在这间印花棉布寝具的卧室中,甚至无法逃避自己。

"我是切丽——切丽·奇斯曼——当年的布利文特。"

"啊啊——切丽!"在你一连串的假热情中间是一段充满咻咻的喘气声的莫名其妙的停顿;切丽·布利文特·奇斯曼好像患了支气管哮喘,要不就是被紧身褡箍得太紧,或者,是因为过于匆忙地做了一个冒险的决定。

公爵夫人塞进一句适当的客套话:"你真机灵,居然被你抓住了。"

"嗬,大家都知道了——多萝茜,报纸上登着呢。"

多萝茜·拉萨贝娜皱皱眉头。"我没看报——自从在巴黎扔下《世界报》后还没看过报呢。"

现在弥补这令人尴尬的冷场的是切丽。"你可以去买一张嘛,多萝茜——反正我认为可以——所有外国报纸——都可以从邮政总局外的报亭里买到。你记得那个邮政总局吗,亲爱的?"

乐于助人的切丽一定想不到自己竟是个不受欢迎的人。幽灵决不会那么不可捉摸,招惹是非,也不会引起一连串奇特而可怕的事件,令人心寒。那么多的"第一"中都有切丽·布利文特的份:克里伦旅馆休息室中的第一次会见（纯属偶然）；订立不可能的婚约后第一个见到订婚戒指；若不是布利文特太太慑于卫理公会教徒的疑惧，还将成为第一个女傧相。切丽，一位温柔可爱的姑娘，犹如樱桃似的深红晶莹，同时也讲究现实：你不想有个最后的解决吗？她问多萝茜。多萝茜·亨特相貌平庸，生性羞怯，却也很现实，而且可能更加清醒。你难道不明白，切丽？该做出最后决定的是我。她与切丽·布利文特一样富有肉感，但如果不是那么有钱，那么，即使在当时，她也会怀疑她能不能钓到这个如意郎君。没有，她生来就不对生活，不对别人抱任何幻想，她生来就有坚强的决心。这种决心，仇敌以为固执，休伯特没能看出是爱情，正如他不理解她的难以取悦一样。而破坏他们的婚姻基础的，与其说是他的邪恶，则不如说是她在房事上的挑剔。唉，切丽，你为什么要打这个电话啊？多萝茜·亨特还在当新娘时，就在吕内加德渐渐丧失了自信。这时，她瞟了一眼俱乐部的地毯，仿佛想找到最后一笔赌金似的。

"我想问你的是，"奇斯曼太太气咻咻的声音从话筒的洞穴穿出，语气强调地说，"我们什么时候能够见到你，亲爱的多萝茜？道格拉斯听说过你，很想见见你，我想也许可以设个小宴——就在沃洛韦。"

听口气奇斯曼太太是个生活满足的中年妇女，多萝茜·拉萨贝娜则依旧是地地道道的神经质女孩，她不禁满心感激。"好极了，切丽——就我们几个人——这样我们可以聊聊。"她最不喜欢讲话，除非面前有一大堆听众。

"哦，一定搞个小型的！"切丽·奇斯曼低声答应，"星期四怎么样？"

那天早晨，在去母亲家的路上，多萝茜·拉萨贝娜一直隐隐约约地感到不适。其实并没有什么疾病：昨天的雾气消散了，留下一个光辉的早晨;出租汽车向前疾驶,弧形转弯处也不减速,那胆量之大可以使她毫不费力地夸口自己获得了精深的生活知识;回到了能用直觉感知的祖国,同时又不必再对它尽义务,多萝茜总应该感受到她在地球上所能得到的最大自由了吧。是啊,她是极其自由的,只是一直不舒服而已。大概确实病了。她曾打算做一次健康检查,或许该请教一下母亲那群护士中的某位——当然得装出并非求医的样子,否则,如果不是身体上的疾病——很可能不是——那就未免太愚蠢了。

于是,她向广告上一位绷紧皱皮、龇牙咧嘴、竭力模仿年轻人的电视明星看齐,耸耸双肩,试图摆脱身体上的疾病。但那肩膀刚一耸起就立即跌落了。

"你是怎么啦?你疯啦?"出租汽车上的乘客尖声大叫,因为她被猛撞到车篷上。

不知谁疯了:司机还是横穿马路的老人?老人步履蹒跚,却从容得有些异常。他的脸色太苍白了,松垂的眼泡皮蓝得厉害。

"他病了吗?说不定是喝醉了哩!"夫人叫道。那一撞(撞破脑壳可如何是好啊!)加上这一惊使她感到特别道德高尚。

"一个该死的戏子!"司机也吃了一惊,因为乘客直朝他的脖子尖叫:该死的歇斯底里的外国女人。

他们三人中,唯独那位喝醉的、生病的或者仅仅只是衰老的行人继续从容地、不停地、无动于衷地只顾慢慢走路。

"这批人怎么搞的?"那么多的老人,都那么龌里龌龊、浑身臭气,叫人吃惊:拉萨贝娜夫人感到从未有过的清高。

司机一个人煞有道理地愤愤不平:"市政府扫除了街上的垃圾,却又落下了一半!不是吗?"

多萝茜·亨特的身体不适——不是病痛,只是不适——又回来了：自己是一个潜在的凶手。

莫里顿大道，宁静伴随着金色的阳光，从对面公园倾泻出来。母亲的花园中有不少鸟儿。有人已在一只挂在树枝上的陶瓷小盆中放上鸟食。麻雀和莺鸟在鼓翅飞翔。一阵谷雨从摇摇晃晃的盆子中落下，惊起树下草坪上一群蓝色的鸽子，噼噼啪啪地振翅而飞。

啊，我必须永远记住这儿的阳光，这儿的鸟儿。公爵夫人爬上小径，知道这不过是给自己提一条不可能实现的劝告：就如你不可能达到至善至美的境地，就如生和死不可能同时发生一样。

听到铃声出来开门的不是管家，而是那个汹汹嚷嚷的护士。"真是个千金难买的早晨，夫人。千金难买啊！"她说了一遍，显然为自己这个形容词感到骄傲。"但愿潮湿的天气能从此结束，这样您的母亲就会好受得多。天气一潮湿，老人的背脊就很不好受。"

巴杰莉护士不但对自己的病人，也对面前的来客流露出职业性的怜悯。她隐隐约约地感到，这位客人，在其优雅的声音和无用的饰物背后，说不定是个神经过敏、不谙世故的女孩子。

多萝茜干咳几声，不屑向这个护士询问特定年纪的妇人患癌症的症状和部位。"我看见你在喂鸟。"一句勉强的搭讪。而巴杰莉护士蠢得如此显眼更叫人火上添油。

"那是德桑蒂护士，她总是先喂鸟后下班，一件习惯了的小事。德桑蒂护士的心肠很好。"巴杰莉护士的金边眼镜上虽然闪着赞许的目光，但是，你却不禁觉得，她对同事的任何钦佩，都是空洞而抽象的，正如"心肠很好"只是一种希望你为之动情的揣测一样。

巴杰莉护士面带笑容，闪到一边，让病人的女儿进屋。

"我母亲好吗？"多萝茜神经紧张，过分地强调了"好"字；她觉得是个凶兆。

"比任何时候都好，亨特太太的精力总是消耗不尽。"巴杰莉护士走上楼梯,在前面引路;她的小腿肚尽管绷得很紧,但步子却富有弹性。

这一切无不增加了公爵夫人的阴郁心情。"一个卧床不起的老太太,住在这样一幢大得荒唐的屋子里!"她叹息说,"我的经验告诉我,这太荒唐了,给大家惹了那么多麻烦。"

"如果诚心诚意的,那就算不了什么麻烦。"巴杰莉护士有点气喘地回过头来提醒她说,"我看,可以完全有把握地说,对亨特太太,我们大家都是一片忠心。"

"问题不在这儿。我看管家就非跑断双腿不可。"

"李普曼太太只知道感激——她到底熬过来了——她从来不吝惜自己的气力。不吝惜,她从来也不。"巴杰莉护士虽然永远都是那么一副快要断气的样子,却一直没有断气。"再说,还有库什太太帮忙——她是打扫清洁的女士——每周来两个上午。不过她有时不来。今天——如果来的话——该是库什太太打扫清洁的日子,不过今天李普曼太太去看牙齿了。"

少对付一个,多萝茜·亨特安心多了;除此之外,她鄙视管家的犹太出身,本能地讨厌这个德国佬。

"可怜的库什太太!她丈夫患癫痫病呢。"

也许,尽管必须小心谨慎,你毕竟可以问问巴杰莉护士关于癌症的症状和体检的情况。

可是,这癫痫症!

巴杰莉护士说:"我看库什太太今天很可能不来了——她现在还没到,而且是派出租汽车去接的。"

"是什么?出租汽车?"

"对,出租汽车。库什太太患静脉曲张病,还有个患癫痫病的丈夫——亨特太太出于慈悲心肠——认为她起码可以给可怜的库什太太派辆车子。"

我母亲发疯了吗？拉萨贝娜夫人幸而克制住了自己，没有极其反感地大声惊叫出来：在母亲卧室的门前！相反，她声音微弱地说："癫痫症一定很吓人——很吓人。"随即摸了摸自己的珠饰。

巴杰莉护士推开房门，现在，拉萨贝娜夫人可以进入圣堂了。那颗萎缩、瘦削的脑袋，仍然与她和休伯特在阿西西见到时一样搁在枕头上。（那天夜里，休伯特显得格外热乎，把你搂在怀中抚摸着，毫无肉欲，而是不久前你们在神殿中共有的崇敬。）

亨特太太睁开眼睛。"你走开，巴杰莉，可以吗？"她吩咐说，"我想——单独——和女儿，拉——萨——贝——娜夫人谈谈。"

护士露出痛苦的神情，但还是照吩咐离开了。

多萝茜觉得双膝发软。一时间她担心自己会颓然倒下，但终于跟跟跄跄地走到床边的椅子旁边。

"妈妈！"她大声叫道，真想表示出爱的深情。"我应该给你带件礼物来才是。"

"什么？"

"礼物。"

"别傻气了！为时太晚了，我太老了。不过，这并不是说我快死了。"

"您晚上睡得好吗？"

"呃——尽做梦。"

"梦些什么？"

"我丈夫。"

"他不也是我的父亲吗？"

亨特太太不理睬她。

"我希望您的梦至少是愉快的。"女儿又说。

"是,也不是。"亨特太太开始拉风箱似的喘息。"啊,艾尔弗雷德——他那张脸啊!他的牙齿——或者喉咙——突然扑通一声,他就那么死了。"

沸腾的热泪从多萝茜·拉萨贝娜脸上那干涸的深谷中滂沱而降。

"我告诉你一件事情。"亨特太太的语气告诫听者别以为她要做什么抽象空洞的忏悔。"有好多年,我只是敬重他,但无法爱他。后来,我——嗯,我从未很爱他。在我们共同生活的整个过程中,我没有摸过他的阴茎。摸过就说明很爱了,对吗?"她双手在被单上移动着,好像要采摘一朵奇葩;嘴唇向后翻转,露出光秃秃的牙床。"或者,似乎未免——淫秽?"

拉萨贝娜夫人惊骇得答不上话:她的最良好的意愿一步步地被击得粉碎。

她到底只是一个疯疯癫癫的老太婆,但拉萨贝娜夫人又一次试图与她谈话。"说真的,昨天晚上我也睡得不好。"

"我知道你睡不好。"

"怎么知道的?"

"你一直都那么容易烦恼,又睡在俱乐部的床上。那些餐厅中的女人一定把你吓坏了吧?"多萝茜正要分辩,母亲问道,"你睡不着,晚上怎么过的?"

"嗯,我看看书——想点什么。"

"想点什么呢?"

"我不知道。实在的事情吧,熟悉的人吧。"多萝茜步步留神。

"金钱和情夫。"亨特太太睡意尚在地纠正她的话,接着哈哈大笑。"或者,情场上的失意者。"

公爵夫人身上的珍珠竟都一齐变成弹子:互相撞击,声声轰鸣,震耳欲聋。

"你说,昨天晚上看了什么书?"母亲是不甘寂寞的。

"《修道院》。"多萝茜简略地回答。

"这本书你父亲最喜欢了——《巴马修道院》。"

"是吗?可他不怎么读书啊。您是怎么知道的?"

"当我终于了解他的时候,我发现了许多事情。他一直都在读书的。这一本他最喜欢:书页中有面包屑和咖啡渍。他承认自己喜欢它,他临死前几个星期中,我们一起读它。他很喜欢那个女人。"

"谁——克蕾莉亚①?"她期待地问道。

"不,是另外一位——那位公爵夫人。他称赞她优雅。"

"我发现她有些方面未免虚伪。"

多萝茜开始寻找母亲疲倦的迹象,可是今天上午,她那干枯的脑袋仿佛是钢铁造的轮子。

"每个人都多少有些虚伪。他可以不是凶手,不伪造支票——但对自己并不诚实。这位——桑斯维利娜与其他姿容艳丽的女人,或者——或者珠宝,一样诚实。一块宝石,总不会因为其中的瑕疵而黯然失色吧?"

精疲力竭的竟是多萝茜。她嗫嚅着说:"我不能想象。"其实,她的想法,她的灵感,即她的虚伪,正如响葫芦中自由的葫芦籽似的在脑子中哗哗乱响。

无论如何,此时此情,使她有机会更有理由憎恨她的母亲。

"你发现阿诺德怎么样?觉得他越来越堕落了吗?"

为什么提起阿诺德?是的,多萝茜憎恨她的母亲。

"一点也不堕落。"公爵夫人一本正经地回答,"我敢说,威勃德先

---

① 克蕾莉亚,《巴马修道院》中的一个女性角色。

生是个完全诚实的人。"

亨特太太大笑。"正人君子。"

多萝茜恼恨母亲使她想起昨夜半醒半梦中她所经受的那种乳白色的爱。

幸而巴杰莉护士端着托盘进来,解救了她。

"迟一点总比完全忘掉好!鸡蛋送来了,亨特太太——鲜美的蒸鸡蛋——上面一层奶油和香料——全是我煮的,因为可怜的李普曼太太假牙的齿桥断了,不得不赶去看医生。"巴杰莉护士瞥了公爵夫人那么一眼,不禁使公爵夫人暗中考虑,这位讨厌的护士是否仅仅是她偶然的盟友。

亨特太太说:"你知道我多么讨厌鸡蛋。"她咬紧牙关,表示不想吃。

"您喜欢白兰地,对吗?亲爱的?谁吃过对自己有益的鸡蛋,就让谁喝加白兰地的咖啡。"

老娃娃的牙关渐渐松弛了,双唇显出无可奈何的样子,上面打着水泡。"我需要白兰地。"

"你需要营养丰富的鸡蛋。"巴杰莉护士给她围上围兜。

"我需要火——火快熄了。"

"这可是为什么啊?现在是夏天啊,亲爱的。"

"来鼓舞自己。"

"把鸡蛋吃掉,那就会获得鼓舞的力量了。里面有磷质哩。"

"天下护士一个样。"一匙鸡蛋塞进嘴巴,哽住她的喉咙,"要是凯蒂·纽特利不把鱼头吃干净,她家的人就不让她吃焦糖蛋奶冻上的太妃糖。"

"又是磷质!"巴杰莉护士精明能干,总能抓住时机,又塞进一匙。"这位凯蒂·纽特利后来怎么样了,您从来没有告诉我啊。"

亨特太太舌头上滚着蛋糊，飞沫喷溅地说："我——不——知道。呃，当然，我当然知道。他们一定把她逼——疯了。"不管怎样，护士及其所照料的病人一齐咯咯地笑了。

拉萨贝娜夫人此时厌恶得站了起来。松紧带深深地扣进她的身子；在另一习性的影响下，她很不雅观地几下把它扯了下来。

"咖啡，夫人，我再去拿一杯好吗？"忙得团团转的护士转过头问道。

"谢谢，不必了——护士。"

"多萝茜要上厕所哩。"亨特太太低声说道，眼睛望着厕所的方向。

这可是个不招自来、妙不可言的太平门，可以说：正中下怀。公爵夫人甚至考虑在适当的时候拉一下厕所的冲水拉绳，但转念一想，因为不能指望护士总在那儿喂鸡蛋，便决定不在具体细节上浪费时间。她飞奔下楼，去办她的大事。她一边跑，一边扶着烫手的栏杆保持平稳，她心目中仿佛听到身后空杯空碗，或者亨特太太拒绝动用的瓷器，在托盘上磕磕碰碰，叮当作响，穷追不舍。虽然调查了解对她很重要，察言观色对巴杰莉护士来说也同等重要。

就这样，奔进客厅时，拉萨贝娜夫人身上的珠饰狂蹦乱跳，多萝茜·亨特的两眼忧虑焦急。无疑，在一幢主人是你，而非德国犹太管家，亦非汹汹嚷嚷的护士，甚至也非衰老的母亲的房子里，这的确荒唐可笑。而且，现在你听到的，实际上是楼上卧室中什么东西突然破裂的声音，那声音继而转低，变成一阵阵瓷器碎片的叮玲声，最后震动耳膜的不是申斥，而是连成一片的咯咯傻笑的涟漪。几乎可以肯定，巴杰莉护士绝不会是你的盟友。

由于整幢房子都在反对她，都不顾她在其中度过童年而拥有的权利，多萝茜·拉萨贝娜比刚才更加小心地蹑手蹑脚地走着。在不知什么地方,她碰到了一件破破烂烂的雨衣上。走过时带落下来的一把阳伞掉在她的两腿之间,差点把她绊倒。但她既保全了自己的皮肉,又让阳伞避免了厄运。她捡起阳伞把它当拐杖使用。

厨房、餐具室以及厨房其他房间,至少还称得上纤尘不染:对那德国人尽可放心。那一个个食品橱,即使老太婆自己也不曾这么仔细地检查过。在洗涤和贮藏餐具的小室中,发现一只长满青绿色茸毛的盘子之前,一切的确是无懈可击的。公爵夫人离开那只可恶的盘子,砰地带上洗涤室的房门,她突然想到大概人人都难免有那么一盘茸毛。

这时,多萝茜·亨特一边漫无目的地在油光发亮的油毡地毯上打转,一边竭力劝告自己:记住那穿过枝叶的阳光,记住那飞翔的鸟儿,记住在木麻树下汗流浃背地奔跑回家的诚实的马驹,记住那激光束般透视一切的司汤达。与此同时,她耳边仍响着一只空葫芦的哗哗声。

"噢,我的上帝,天啊!"①然而,你已失去一切积极的症候和自己比较良好的意愿,被引向垃圾箱,用母亲那破阳伞掀开垃圾箱的盖子。

接着,拉萨贝娜夫人以家犬惯有的那种老练和不悦的神态,开始在箱子中翻寻,搅起了一股必不可少的恶臭:咖啡渣、白菜柄、一大堆灰色的马铃薯皮,以及一团用完成了其任务的报纸包着的、潮湿腐烂的东西,等等。公爵夫人不得不暗自承认,搜寻,就是下楼进厨房的真实原因;搅得臭气熏天,就是她现在要干的勾当。她挑出那团报纸中的东西,歪斜地挂在象牙伞的花边箍上:一块刚刚开始腐烂的上等牛肉,足足两公斤重。

---

① 原文为法语。

"下流胚！这些仆人越来越不老实了！"①多萝茜·拉萨贝娜证实了自己的看法，激动得几乎喘不过气来。这些揭示出母亲破落家境入不敷出的可恶原因。如果母亲没有把毕生精力都花在苛待毫无自卫能力的人们——包括你自己——上，那么，当你发现她那些寄生虫——那艺术家出身的管家、被娇宠纵容的清洁工、轻浮和过于放荡的护士——在母亲的不知不觉中吸干了她的血液时，你此时体会的则可能是另一种恐怖了。而现在，公爵夫人在垃圾箱前站了一会儿，一边握紧伞柄，在沉思中扭动手腕，让那块缠绕在伞头上的牛肉——安装在花边箍上的无声警报器——无力地旋转着，一边细细品尝其中的嘲弄和愤懑。这嘲弄和愤懑，同时也是她的胜利。

如果她最终让牛肉落进了箱子，那完全是因为它奇臭难挡，还因为，只要你认真地思考一下，就会知道最该责备的还是那位律师，虽然不能指望一个男人，无论多么谨慎和忠心的男人，看清那么一大群自私自利、居心不良、阴险狡猾的女人的面目。啊，不，不该指责他，你必须宽恕可怜的阿诺德·威勃德；你知道他是那么可爱的人儿，且不说是你心灵的慰藉。

公爵夫人果断地在箱边上刮下那块腐肉，当的一声盖上盖子，也许声音太大，多萝茜还担心巴杰莉护士会以为有人闯进屋来了，而她还要执行她计划中更加大胆的一步呢。

她蹒蹒跚跚，依旧太大声、太笨拙地走出厨房，踏上称为"仆役的楼梯"——一个也许与雇用专职仆人的奢侈做法一同被摒弃了的名称。刷洗过的光秃秃的楼梯板踩上去可怕地吱吱发响；那令人恐惧的木片灰浆抹面的隧道中，空气浑浊不堪。现在，她懊悔自己的愚蠢了，可是，既然开了头，那就得干到底。

---

① 原文为法语。

她走到楼梯平台,走到那条通向那些获释囚犯住的牢房的通道。她推开一扇扇房门,里面一定多年不住人了,只有铁丝架、松木箱和死飞蛾。最后,在一间像是某个比较重要、负点责任的囚犯居住的最好的一间牢房中,她发现了生命的迹象,因为管家的幽灵还在其中徘徊,扑面粉(可想而知的便宜货)的香气仍弥漫在空气中。此外,还看见一些东西,例如一只磨损的黄猪鬃毛刷、一幅装在相框里的照片。照片上一对背向空荡荡的音乐台的青年男女互相搂抱着,前面是一片白浪滔滔的大海。

有一会儿,拉萨贝娜夫人疑心自己做了什么不体面的事。在梳妆台上的镜子中,她表情凄楚——继而更甚了:看来就像一匹受鞭打的喘着粗气的母马,鼻孔皱蹙、青筋裸露、大汗淋漓。而后,往昔的记忆原谅了她:她对女仆的卧室,对她们神秘的特性总是很有兴趣,她们谈论爱情的吸引力总是特别强烈。多萝茜曾经让自己的一绺刘海垂悬在诺拉的生日纪念册上,荣幸地在上面签过名。

现在只有撞开摇摇晃晃的衣橱的时间了。衣橱里的绸帽和燕尾礼服上斑斑点点,尽是霉菌、油彩——啊呀,什么都有。一个角落中靠着一根马六甲拐杖的仿制品:那刻着凹痕的涂锡捏手。

除了想进一步搜求管家的劣迹外,多萝茜·亨特忘掉了自己为什么进来了。她砰的一声关上橱门,接着又带上房门(她希望),便撒腿奔跑。整条走廊都摇摇晃晃地发出吱吱嘎嘎的响声,直到她跑进地毯的世界,直到她的鞋子庄重地悄悄地滑向母亲的房门。刚才无法无天猛然爆发的疯狂感情,在缄默、奢华和多余的旧家具中平静了:如果时间合适而天气不好,纯洁无瑕的意愿总是遭到歪曲。多萝茜·拉萨贝娜从在管家房间时的感情错乱中摆脱出来后,觉得比较透彻地理解了自己的使命。

可恶的护士匆匆下楼(你听到瓷器碎片在托盘上滑动,叮当有声),想来窥探你在干什么,这愈发增强了你的正义感。那架即使在最坦然的时刻也令人十分不放心的电话开始响了,丁丁零零地响了。

楼下,巴杰莉护士放下托盘,拿起听筒。"谁？……唔,是的！对,对对……是吗？啊,她一定……对……我一定告诉……对……"

疯了！那楼梯平台上的身影扑向电话分机,拎起了那只像是白蝴蝶的胶木听筒,蝴蝶鼓翅飞扑的声音灌进她的耳朵:蝴蝶不止一只,而是两只,仿佛在调情做爱。

"我知道她会失望的,可是她已经学会了对付失望:她有坚强的性格。当然,其他人也会感到沮丧的,譬如我,我就很想认识你啊。我承认什么人我都渴望认识——不过有的人是我尤其渴望的——不说你也完全知道——知道还有谁怀着同样的感情——"

于是,白蝴蝶扇动双翅,显然格外柔弱敏感。她的蝶身扭曲、蠕动时,雄蝴蝶在她周围徘徊。他色泽较深（铜色到红色）,黑色翅脉,触角乌黑而粗壮。

"因为我自己也极失望——这就不用再说了——这次约见是公事极其重要,所以只要推迟原定今天上午的探望。请你告诉她,说她是位可爱的老母亲,说我爱她,好吗？至于你怎么说嘛——当然,我很高兴——很高兴知道有人能在相识之前施惠于一个陌生人——可谁也不会被鼓励冲昏头脑,只会变得更好。"

多萝茜仿佛看见一只花领结的蝴蝶喉结一动一动地以坚信不疑的男子气概扇动翅膀,弯腰鞠躬。

至于白蝴蝶,如果他不细心的话,她那娇弱的双翅可能会继续在狂喜中粘在一起。"啊　啊　巴兹尔爵士　我答应你　是的　完全答应　巴兹尔爵士……"

"我想给她送点礼物,到时候也想给你们护士送点什么,可是什么好呢？袜子？香水？巧克力？现在我既然来了,既然已经重新建立了某种关系,而且正在建立新的关系,我们就必须利用一切机会讨论一下……"

"啊啊,巴兹尔爵士……"白蝴蝶的触须翘起,在弯来曲去。

"……些微之物,聊表我对你们照顾我母亲的感激之心……"

雪白的翅膀（颤抖了几下）,比较透明的尖端绿莹莹的。"有一件事情我想求你,巴兹尔爵士——一个私人的请求……"

"什么请求？"雄蝶大概已经调戏够了。

"……一位少女——我说不清她有多么崇拜你——我们都在报纸杂志上读到过你,都很崇拜——我想求你亲笔签名。要是她知道……那非要我的命不可。"

雄蝴蝶报答了她的情意,尽管仅仅振动一两下翅膀而已。"……如果你把纪念册送来,我一定很高兴在上面签名。"

"啊,按理说,得到签名就该心满意足了——但为了叫她喜出望外,大吃一惊——求你在纪念册上,巴兹尔爵士——多写几个字。"

"那我回来时就送张照片给她。你朋友叫什么名字？"

白蝴蝶一定昏过去了。然后,虽然变得虚弱一点,但毕竟从他们的冥冥之界中苏醒了。"那少女的名字叫露琳。"

"露……"在那看不见的早餐和听得出的咀嚼、啜饮声中,雄蝶郑重地重复说,表示虽然没有把名字记进日记本,他正铭记在心上。"这事要办得周到些,那姑娘姓什么？"

雌蝶在求爱之心的猛烈迫击下,精疲力竭,几乎跌倒,但欢欣鼓舞的翅膀使她重新站了起来。

"露琳·斯金纳。"仅仅能够勉强地发出颤抖的声音。

"'露琳·斯金纳',好极了！"

多萝茜·亨特心中嘀咕,认为她弟弟不但虚伪,而且枯燥乏味。

白蝴蝶或许还要继续扑腾很长时间,但雄蝶却准备让铜色的身体献上最后一阵殷勤,然后脱身而去。

"我一定记住——护士……。"

"巴杰莉。"

"……我一定记住照片,一定记住我们愉快的谈话。"

"……呃,巴兹尔爵士……"

"……已经是老朋友了……"

拉萨贝娜夫人暗自庆幸,她的婚姻无论多么不如意,总算嫁到盎格鲁-撒克逊人的国度之外去了。

"现在,我得到律师仁兄的事务所去干那件苦差事了。去跟一位半辈子没有见到的姐姐碰头,大概不会有什么赏心乐事的。"

"可怜的多萝茜!"

"她身体好吗?"

"她没有说有什么不好。"

"我很奇怪她竟没有把身体不好加进她的清单。不过这可怜的女孩受过亏待——不是说她没有得到她想要的东西。"

"巴杰利先生过去常说,美满的婚姻像加勒①的飞雪一样难得。"巴杰利先生的遗孀暗示,如果巴兹尔爵士允许,她可以讲讲自己的经历。

"……不过,一个人如果不那么尖刻没趣,就不会遭受那么多不公正的待遇。"

公爵夫人被深深刺伤,她脸拉得长长的,两眼吓人地瞪得鼓鼓的,愤愤然地离开;那身上的珠饰活蹦乱跳,好像在抽搐。她也许心里像火烧似的难受。但愿如此! 没趣不如淫荡,叫人讨厌不如溢然

---

① 加勒,斯里兰卡一地名,地处热带。

长逝。

推开母亲的房门时,她一头撞在门上。亨特太太的脑袋从枕头上倏地惊起,一具尸体奇迹般地从早晨的绵绵无期的浅睡中复苏了。

"怎么回事!啊——唔,多萝茜!我还以为看见一尊向我走来的雕像呢——从植物园中走出来的雕像。那儿是值得一看的,叫阿诺德领你去。你要去看看阿诺德吗,亲爱的?"

"那是已经约好的。"

女儿在床边坐下。亨特太太大概仍然怀疑她是一尊雕像:几乎失明的双眼,睥睨着一个不是石膏就是大理石雕塑的精怪。

"你会友好地对待他的,是吗,亲爱的?"

"没有不友好的理由。"拉萨贝娜夫人说,好像生活在一个没有蝴蝶的世界中。

"阿诺德很善良——蒙着眼罩,可很善良。他可能只有一次扯开过眼罩,我相信,他一生都在竭力忘却那回事。"

多萝茜觉得"善良"这个词很不舒服地停留在母亲的两片嘴唇上,但她还是俯身去亲吻它们。这位专横而疲惫的老太婆立即叫她着了魔,先是诱骗她,挑激起她反抗权势的勇气,然后又拒绝她。

"巴兹尔——他来了吗? 如果看见了,就告诉他,我不指望他来看望我。我不指望从任何人那里得到任何东西——除非从我自己这里——有一个人,多萝茜,他比别人更使人失望。"

无论通过语言还是通过手指,她们谁都不敢问:那个人是谁。

巴兹尔爵士抹掉面包屑。他吃了三个新月形面包(样子还挺像),喝了两杯咖啡(好得出人意料,一定是瑞士货),接了一个电话,又打出一个,两者都以其不同的方式有所收获。即使不在工作,他也喜欢想象自己在积极地生活。然而,终究无法排遣自鄙的疑团,虽然相貌仍然不失堂堂,身材仍然堪称魁梧,脾胃也得到了满足,而且还有一种尽心尽责的心理:同意当天上午与尊敬的威勃德见面,向年迈的母亲表示慰问,答应送照片给护士,如果不是她本人要就给她的门徒。(照片他多半会忘掉,但答应一下可以让护士高兴。这种微小的表示,往往使许诺者也感到极为高兴。)甚至连会见一个几乎陌生的姐姐,也并不完全是一桩苦差事:战胜她的嫌恶必将使他的胜利更添一层意义。

　　在这样的情况下,他应该感到比较轻松愉快了。无奈,天气的变化实在过于突然。旅馆的房间中到处可见胡桃木的花饰面板、耀眼的印花棉布。地板上铺着玫瑰图案的羊毛地毯,地毯上趴着一床昨夜被他蹬踢下地的巨大而滑溜溜的普鲁士蓝鸭绒被。所有这些,纵然舒适,却让人透不过气来。最恼人的要算那台空调机,虽然设想得简单实用,默默地待着则已,一开动便吱吱嘎嘎、吱吱嘎嘎地喧嚣不停。

　　他被迫走到花园。这里,几丛灌木,缺水少肥;一只供小鸟戏水的石膏盆粉刷成砖砌的样子,看上去却像一块生牛肉垒的,根本不能提供他所寻求的精神刺激。同时,距离也不能减轻空调机喧嚣的声音。更糟糕的是,这咯咯咯的声音叫人联想起曼谷的那台空调机。天啊,他的头脑里,他的嘴巴中,仍然尽是曼谷的污物秽气!在机械的威胁和对人的记忆的背景下,又加入了犹太管家刺人的嘲讽:那主要是她自己的、同时也是对任何别人的失败的赞歌,"他们说您演过哈姆莱特、李尔:所有了不起的德国人的角色,所以您一定完全明白,巴兹尔爵士!"楼座上发出一阵哄笑声。

　　他抬起目光。一个长得挺丰满的女侍和一个永远无所事事的男侍正在阳台上闲谈,目光透过铸铁栏杆望着他。咳,虽然现在没有做好准备,满脸短髭,穿着旅行中压皱的晨衣,但毕竟不能妄称自己的职业不允许别人观看。不过,他的脑袋和他的肩膀还是颇值一看的。女仆和男仆纵声大笑起来,但这次他并没有做出什么逗人发笑的表演。

他离开可能会卷入那些令人痛恨的场合的地方,退缩进虽然可恶但相形之下比较仁慈的房间。他忘不了那些场合:那次在格拉斯哥,挨了一顿灰溜溜、黏糊糊的香蕉皮,观众哄笑得那么厉害,以致其中的正派人出声提醒大家保持安静,以致使你强迫自己回到自己扮演的角色中去。都四十岁了,还演理查二世,实在是危险的尝试。可是,能证明演员的价值的,不正是危险吗?而且,早期评论(他仍然保存着)的诱惑强烈地不可抗拒。如果他们不尊重爵位,还有评论在呢——巴不得能够拿给那些杂种瞧瞧:在所有的比较年轻的演员之中,巴兹尔·亨特……那些评论,尽管破旧褪色,但一拿出来,必将叫所有徒有其表的女侍和游手好闲的男仆默然无声,不敢哄笑。

巴兹尔·亨特爵士一向觉得刮脸后心情会好一些,不至于那么烦恼,那么大脾气,那么恶狠狠的。这时,他开始往脸上擦肥皂。(巴兹尔老伙计,当你看见人们在远处哄笑时,必须记住:他们是在表演一幕你不出场的戏剧。)

白色的肥皂泡沫如同化妆品一样,似乎常常——即使仅仅是暂时地——保护他不受往昔和将来的侵扰。然而今天早晨,随着为剃刀开路的手指映入眼帘的这些边缘闪着红光的泡泡,却破坏了一个日渐衰老、惨遭失败的笨蛋的权威和重整旗鼓的机会。至少得再做一次扮演李尔王的尝试。在一次倒霉的连续演出中,他设想过扮演一切角色,唯独不想演自己担任的角色:你如果年轻一点,个子小一点,稍稍伶俐一点,相当地无私一点,你可以演弄臣;如果,年轻一点,加之敏捷一点,在演员阶层中地位低一点,也可以扮演埃德伽①——一个有人认为令人生厌的角色。单纯而颇为愚昧的葛罗斯特②总能得到同情。那麻木空虚的眼窝,对任何演员都是一种惠赠。而李尔王,另一个疯子,或者崩毁的人格,却须争取同情。这种同情不是眼泪汪汪的,而要能在悲剧的高峰上生存,因为它比一般的同情更为纯洁,所以也就更难唤起。也许,只有那些心灵纯洁的人才能获得。这就是为什么几乎所有的李尔王扮演者无不失败的原因——当然并不是绝对的:亨特扮演的李尔王感情丰富、千锤百炼、无懈可击……摆出这些评论,让所有见识肤浅的疑惑者、缺乏"纯洁心灵"(这岂不是一柄双刃剑吗?)者见识见识,提醒他们注意,这"无懈可击的"巨大成功,不但为某些评论家和抱合作态度的戏迷所亲眼目睹,而且为他们所亲身体验。

尽管歪着嘴角,心里不是滋味,巴兹尔爵士却在镜子中刮了一半的面孔上发现了兴高采烈的理由:成堆的肥皂泡比白雪更衬得他皮肤红润,面色如朝霞一般绚丽。于是他笑了,但笑声又因为一件他不愿意承认的事而突然止住了:在品性上,他相距李尔王及其任何侍从——"仁义之师"中的成员——之远,只有那个恶性不改的杂种才能比拟。这倘若无人知晓,却瞒不过上帝和你自己。除了爱德蒙③,谁会一经指导之神的暗示,就飞到悉尼和妈妈的床边?你这个真正的、纯粹的杂种:真是,一只耳朵的耳垂上挨了一刀。这个糟糕透顶的地方,往往流血不止;盛怒于是变成了苦恼和沮丧。除非使用止血剂,而止血剂却很可能与什么不顶事的风湿痛药片一起弄丢了。

---

①② 埃德伽、葛罗斯特均为莎剧《李尔王》中的人物。
③ 爱德蒙,《李尔王》中的卑鄙之徒。

巴兹尔爵士可怜地流着血,在菱形的药片、杰明街买的手帕,以及朋友们(新近结交的)强迫他带着旅行的昂贵无用的皮制品和银制品中,气鼓鼓地寻找无影无踪的止血剂,把旅行袋翻得更加乱七八糟;而在皱成一团的信笺、未答复的书信和一本小书中的搜寻,更是越来越叫人绝望。

这本肮脏的平装剧本,是从机场的一个书摊上仓促买来的,他希望用熟悉的东西保护自己:其实是一本《李尔王》。在与李尔的交往中,虽然辛酸备尝,它却是抵挡米蒂·杰克的最后一封信的盾牌。这封信还没有答复,为了抵抗的原因,甚至还没有看过。

两样东西都在:一边是又一次折上书角的、污损的、铅笔涂抹过的《李尔王》;另一边是米蒂·杰克的最近指示,那修道院中学成的字体优美得吓人,在它的面前,他愤怒地畏缩着。他以为自己并不害怕这封信,如果它离开他的信箱的话,他只会感到恼火。

她的信可能会是情书,可是不然。他们的关系绝无一丝爱情可言:在他,无非是想借对危险的恐惧驱除对一潭死水的恐惧;至于对方如何,他则还无从断定。

他无意拆开杰克的书信,因为他发觉和阿诺德的约会要迟到了——是的,是对那老浑蛋直呼其名的时候了。信没拆开,就好像它没被忘记而塞在旅行袋里揉了好几天似的。

要不是照了一下镜子,巴兹尔可能还想继续辱骂他的指导之神。他见流血开始凝结了,挂在左耳垂上,闪闪发亮,犹如一颗红宝石。这个相当令人愉快的想象分了他的心,他不知不觉地从信封中抽出信笺。假羊皮纸的信笺,虽然经受了旅行的磨难,但基本上依旧挺括括的没有变形。若不是已经在探其所以了,说不定他还会决定继续拖着,迟迟不读她的信。

……年纪较轻的人们往往上老年人的当,受老年人的骗:或因为迟钝,其实这并不一定妨碍他们的锐利目光;或因为某种可悲的性格,年轻人往往夸大这种性格,因为他们发现这样有好处;或因为对老年人的一般同情。较之于年轻人,老年人只要仍足够理智,通常都比年轻人坚韧、工于心计。如果不是潜藏着钢铁般坚强的性格,他们怎么能够活得那么长久?

……尤其注意一下那些圣人:他们使用的策略往往极其巧妙地富有弹性。我认为,年老的圣人之所以成为圣人,乃是由于欲望的减退,而非由于天赋灵性的成熟,而且欲望的减退,并不意味着不能认识自己被迫放弃的凡人俗世……

……亲爱的伙计,你不知道,我的心将随你飞行。我理所当然地认为,你此行功在必成,然后凯旋而返,在我们的事业上通力合作;我们的合作,必将对戏剧艺术做出新的贡献……

胡说,彻头彻尾的胡说!他仍然哆嗦着,把信笺塞进信封。作为一个小傻瓜,他偷偷地涉猎了一个神秘的领域;作为一个老傻瓜,控制原以为无法控制的事件的可能性经常使他夜不能寐。她的一位更加不恭的朋友称她为"比尤拉山的妖婆"。他是在一个雨夜,在一辆公共汽车空荡荡的上层车厢中遇见杰克的:对他说来也许是一种补偿。他愚蠢地卷进了一出可恶的现代剧,扮演一个小角色(他们说他不懂——见他们的鬼——他懂得很,只不屑抖它的丑罢了)。

这位公共汽车上的女人一身黑衣:透明的防水斗篷下,套着一件高领长袖羊毛紧身衫;一块彩色围巾从头顶系到颔下,如果在一个稍有姿容的女人头上,那倒会颇觉炫目的。她每根头发,你看得见的,都被雨水淋湿了。那长长的、羊皮纸色的面靥和薄薄的、没涂唇膏的嘴唇经雨一淋很有精神,最后说出的话好像还回响在唇边。

空公共汽车摇来晃去、喘着大气、压低速度行驶着。那女人身子斜倚在座位上,颀长的双腿和尖尖的鞋子从座位上斜伸出去,仿佛疲倦得要从汽车的颠簸上汲取有限的享受。她面朝正前方,半垂而发亮的眼睑和富有生气的嘴巴表示你们似乎可以谈得拢。不过这得由你去加以证实。

她双手搁在膝前,拇指上戴着一只戒指,他发现它与他几年前送给母亲的那只恰是一对。虽然送戒指给母亲给他带来了物质上的利益,但与戒指分离却经常使他懊悔不已。至于眼前的这位女人,她觉察出了他对她戒指的兴趣,而且能看出这是一个关键性的时刻。

"是埃塞俄比亚的?"他指着金戒指上的东正教十字架说,"我见过另外一只,记得与这只一模一样。"

"不知道,我没问过,"她顿了顿,"有人不欣赏自己的东西,我是从他们那里取来的。这是我一生偷人家的唯一的东西——不算那些探出篱笆的花枝。"公共汽车把她摇回到沉默和似笑非笑的状态,不过她似乎理所当然地认为,他们的谈话不会就此告终。

他一定着迷了,同时不免感到困惑不解。座位对面的女人,不但不老,反而显得年轻,绝非他开始时猜疑的是娼妓。也许,她并不那么希望把陌生人拉入自己依旧柔软的怀抱,倒更愿意让他进入自己的思想。

过了一会儿,她说:"如果可以选择,我倒愿意在夜间过完全清醒的生活。喏,我想可以选择,我差不多就是这样选择的啊。"她向他转过脸来:"你不觉得夜间更加头脑敏捷吗? 当然,你一定——巴兹尔・亨特爵士!"

对他说来,被人认出是常事,不足以使他感到局促不安。然而现在灰色的目光宛如冷飕飕的灯,盯着他身上难以察觉的瑕疵。"那与演出有很大关系。"他喃喃地说,一边盯着自己的双手,盯着一把儿时禁止玩弄的小刀留下的伤疤。那时他一定才七岁左右,在——在"库杰里"。

"白昼也好,夜间也好,是与演出有很大关系的。"她表示同意。"有时我夜间一坐就是几个小时——一筹莫展。"她同情地对他苦笑一下,"我在这儿换车。"

他离目的地还很远,却也起身跟她下车了。他们两人似乎都不觉得奇怪,至少她没有表现出吃惊的样子。有的女人却不管他明星不明星,往往希望摆脱他。究其原因,乃是因为他们的邂逅中没有性欲的成分。然而,当她领着他在前面走的时候,他却感到自己被迷住了。其迷恋程度较之两位正式妻子,西拉·斯特奇斯和伊尼德,都有过之而无不及。

她那颀长的双腿踏上湿漉漉的人行道,他站在她身边。他们一直到跨上第二辆公共汽车才继续谈话。

重新坐定后,她对他说:"我住的那幢房子——继承来的——太大,太难照管了。"

她终于发出邀请了吗?

好像不是。"可是,我不能不住那幢房子,我不埋怨别的,只埋怨住在那里的人晚上不让我完完全全地过我的生活。"

"你家里人很多?"

"不是一般意义的家:是各式各样的老人,大多是妇女,东一个西一个的,散布伦敦全城,家里也有,都是老不死的——畜生。"

他心想他不会去调查那些畜生的情况,除非为了自己业已接受的英国习俗,以及为了雕刻,他并不关心这些畜生。

相反,他以听来似乎应受谴责的激情向她发动进攻。"说到家属,我可是没有——名义上有一个,一个可怜的失败的演员,我负担她的生活——另一个则不必付钱——也不必为心智健全、献身事业的女儿付钱。我没有家属,我逃离家庭、逃离祖国,出来当演员。"

她等待他说完。

"现在我要做的都做到了。"他谦虚地强调说,心里也这样想。

她不表示异议。"你受到了女王的封爵。"她提醒说,恰如其分地郑重其辞。

可是,他希望回忆的不是自己的成就,而是自己的童年。在童年时代,麦克白、哈姆莱特、李尔王以及其他比较苍白的幽灵,一个个从难得干涸的溪涧中,从棕色的游移不定的水池里,从受暴风摧残的凄凉的树冠上跳跃而去。无奈公共汽车里不是理想的召唤幽灵的地方,不然,他那著名的嗓音必将发出使他畏缩的声音。

"我不常上剧院,"她说,"但看过几场你的演出。我记得你演的李尔王——眼下的这个戏我也看过。"

他被吸引住了。"你认为这个戏不像他们所说的那么坏吗?"

"不,不坏——确切地说,尽管不够成熟,却很中看。"

他发觉自己暗暗地趾高气扬起来;也许,虚荣心乃是给他以最大的感官快乐的源泉。

"不过,如果你敢于献出自己,那就会更好。"

"你说的'献出'是什么意思?"他听得出自己声调中的怒气。他又瞥了她一眼,不知这老太婆是不是在把话题渐渐引到一张具体的没有整理的床上。

"不是指肉体。"她简直是一本正经地说出了"肉体"这个词,"我不怀疑你已经献出了肉体,一夜又一夜地献给你所扮演的角色,献给你提到的妻子——可能还有情妇(我不看报,不了解你的私生活)。我也不是指艺术创作,因为那不是整齐划一的体力劳动,无法衡量;也不是指通常所谓的'精神'。我们在摆脱幻觉前的'精神'。也许,我该说你没有从'本质上'献出自己。"

他皮肤湿冷,思想麻木。她不准备把他引向沾满咖啡渍迹的凌乱的床铺和皱皮枯肉,难道准备把他引向更为可怕的景象?那些他童年时代见过的灰色的屏风或者背景幕那一面的情景;当时他仿佛游离体外,站在自己和空虚之间。在类似现在这种变幻莫测、难以把握的时刻,当时的背景往往历历在目。所以他操起怀疑主义的武器,以抵抗她可能说出的别的任何话语。

"我不肯多上剧院,"她接着说,"因为看见一群顽固不化的人在这分崩离析的世界上拖着沉重的身体使我感到困倦和愤懑。既然我们聚集成团的生活方式已不如过去那么紧密了,不那么可以控制了,变得较为随和了,那么,除非我们也随和些顺着潮流,不然怎能通过'从本质上'献出——或者失去——自我来表现它,或者成为它的一部分呢?"

胡说!他按住性子不回答她的问题。自从学会了生活的艺术,即表演艺术之后,我就掌握了自己的生命了。我的天赋,即我的自我,除开老和死,否则任何评论家、老妖婆或者香蕉皮都无损我一根毫毛。不过,她的话刺激了他,引诱他与黑暗和雨水一齐流动,而且,只要她乐于指点,他还会流到黑暗和雨水之外。

然而公共汽车猛地一跳,停了下来。"我该下车了。"她说,一下显得更年轻和意外地羞涩。"我叫米蒂·杰克。"那敢情是羞涩的原因。

她站起来,提起旁边座位上的网袋,里面塞满了七凹八凸的一包包东西。他又尾随而下。在夜间乘车的某个时候他们已达成了默契。

雨已经停了,确切地说,他只感到偶尔飘过一阵湿气。它掠过他的面孔,有如植物的触须,有如人的头发。他们沿着闪着亮光的人行道往上爬。虽然每当街灯照亮米蒂·杰克的身姿时,她都显得愈发年轻,但陡峭的上坡路却使她吁吁喘气;由于追逐一件不可思议的怪事,他的呼吸也很急促。

"我的屋子要给我丢丑了,"她说,不过你知道她只不过在说客套话,"别人都认为我的屋子很脏。"

"别人?我还以为你离开那些'东一个西一个'的家属,独自隐居呢。"

"啊,不是的。他们成群结队,一拥而入。整个白天都是这样,所以我喜欢夜晚,经过挑选的人才能晚上进来。"

她没有直接表明他在入选之列。但他的虚荣心却在他们见面之后第二次刺激了他。他轻轻地撞上她的身体,其中不无失去平衡的原因,但也不免有点故意。她似乎没有觉察,只是那只盛得满满的网袋重重地打了他一下,大概算是觉察了。

不久,他们来到一扇开在石墙上的圆门前,墙脚边一只猫开始以为有危险而弓着背,继而变成一道 S 形的蓝光。

猫的呜呜声、轻风中水珠从摇曳的树枝上滴下的响声,使他的嗓音在周围的黑暗中听起来非常鲁莽和不合时宜。"它叫什么名字?"他抚摸着空气,而不是猫的毛。

"嗬,我不知道——猫呗!开始时是叫什么来着的,可我现在忘了。我们总在一起,所以名字就大可不必了,对吗?"

自从在公共汽车上认出他后,她一直都没叫过他的名字;他相信,他也决不会冒昧地叫她的名字的。

周围的一切都是湿漉漉的扎人的树枝,一片片、一条条月色朦胧的常青藤。他瞥见一段鳞状的树干上长着蕈菌。他不得不时时低头，以免被枝条击中面孔，但毕竟难以完全幸免；她长得很高，但在这里就开始表现出他们的差异了：她在黑暗中领路，游转自如，而他却始终是碰来撞去的外来人。

她把钥匙插进门锁，一阵喧闹声从屋里扑面而来：厮打声、喷鼻声、短促的狺狺声，汇成一片。而后，在灯光下，一对哈巴狗在他们中间窜来钻去，一会儿头贴地面，面孔抵住陌生人的足踝，一会儿为它们重新见到的东西而尖声吠叫。

米蒂·杰克不是那种容易冲动的爱狗之徒，她让忠诚的激流环绕自己旋转：她的哈巴狗欣喜若狂。鉴于那只叫"猫"的猫儿的经验，巴兹尔按捺下心头询问狗名的冲动，让自己渐渐地适应这股激流，如果不是适应显然发自哈巴狗的那种橡皮热水瓶和花生似的气味。

她去招呼她的猫呀狗呀的时候，他捧着她端来的一杯东西坐着。杯里的东西甜丝丝的，难以下咽，最后竟有些居心叵测了。四周，似黑檀木而又不可能是的镶板上，深红的厚绒布壁毯气氛沉闷。那尊在象牙阳伞下握着弧形伞柄的小雕像，底座无论如何总应该是黑檀木的吧。他不知不觉地对手中甜丝丝的烈酒笑起来；远处，米蒂·杰克的声音像在履行仪式似的向她的猫、狗叫着"亲爱的"。

他看见她把一张名片大小的纸片扔进房间边上暗处一只双耳壶中，于是意识到她又回来了。

"那是什么啊？"腹中的饮料使他觉得，他的问题自然而不悖理。

"喏——一点可能用得上的感想。"听出她很不乐意，甚至有点乖戾。

她说完就走了，身后跟着一群急不可待的侍从。他依然独自坐着。也许，她留下的生猪肝的气味阻碍他去查考她的"感想"。他等待着：等待着什么呢？作为一个相当重要的演员，他的前途似乎不复与此息息相关了。

她转身回来,不是来坐——她的举止表示她也许永远不会坐下,无论如何,在夜间绝对不会——重新斟满他的酒杯,虽然他原先打定主意不再多饮了。她在房间中走来走去,点燃的香烟拖着缕缕轻烟;当她停下凝视、重新放置似乎首次见到的物件时,手上的香烟画出了更加精美、复杂的图案。她抽得那么狠劲,他简直不是被杯中之物醉倒,而是被她的一团团烟雾熏倒的。

她说了几句之后,他决定再冒一次惹她不快的风险。"我想你经常写作。"措辞谨慎的话语,犹如一粒粒石子从他口中喷射而出。

她更猛地抽了一口。"我苦心琢磨。"吐出的烟似乎特别浓重。"虽然经常写得不如意,但有时也还像个样子——或者说我自己还能看出个样子来。是的,我写诗。"她补充了一句,算是合乎世俗的说法,"我一生都在拼凑不知你会怎么叫的东西——诗作——如果我能将其提纯精炼,它将传递必须表达的一切——也许,我最终将发现,所要表达的一切都没有自动地融进我开始时写下的词句。"

房间充满她喷出的浓烟,在它的包围之中,他说起:"我小时候——忘了几岁了,可是很小——生了一场病——不,一定是摔断了手臂:我还记得吊臂带,还记得由于手臂吊在多时不洗的身上,周身黏糊糊地躺在床上。夜晚,他们让我上床睡觉——尽量使我舒服。父亲点燃一盏灯,那是在我更小的时候爷爷留下来的。床头角落上一道屏风——大概为了挡风。一到半夜,这块东西就让我害怕。那一跤——那摔断的手臂——一定使我有些神志不清了。夜明灯在闪烁跳跃,我老是翻身去看——吊着的手臂使我很疼——那屏风。浅灰色的,或者叫不出什么颜色的屏风,上面印着一条条光秃秃的树枝。也许那是灯光映出来的。夜越来越深,我越来越怕,只想看看屏风后面,又担心可能发现的景象,我出了一身冷汗,最后大概睡着了。"

杯中的烈酒,或者这姓杰克的女人斟的不知何物的液体,使他摸不清自己究竟是在讲话还是在做梦。她走上前,坐在他旁边的长沙发上,身边是一群昏昏欲睡的哈巴狗。她一边抚摸着一只哈巴狗裸露的、起伏的乳头,一边微笑着注视着他。

"这道屏风,它不断地突然出现,那么有形有色,那么真实——犹如我自己的童年一样。"他为自己的发现局促地笑了笑。"我以它为中心写了几篇演讲稿,并经常背诵其中一些惊扰我的章节。它总是替我挡风。"他咻咻而笑,呷了一口引他供出秘密的饮料。"那道屏风——当你在乡下发霉的舞台上——觉得快要失足的时候,它就会跳出来——一块蒙在吱吱嘎嘎、摇摇晃晃的框子上的丝绸。你不再想看它的背后了;你只觉得,如果它给吹倒,那你就完蛋了。"

他的嘴唇几乎麻痹了,他看不清她的面容,只见一脸隐藏在水中的微笑。此后对她说了些什么,他也说不清了,因为他裹上洁白的床单迷迷糊糊睡着了。床单上泛着楼梯口透进来的亮光。她摸过他的前额吗?

凌晨,他想小便,蹒跚地穿过浓烟和绒布的帐幔,又撞上一张堆满杂物的矮桌,最后才到达花园。这里,寒冷和雨点振作起他的精神。他小便时,那芬芳,还有冷气,使他满心喜悦。夜间开的花发出的香馨透过潮湿的腐臭,沁人心脾。最后,腐臭还是占了上风。

回到屋里,他抬头望见米蒂·杰克在楼上的一间房间中,端坐在一盏没有灯罩的灯下,像是在"苦心琢磨",更像是"陷入沉思":她纹丝不动,在明亮的灯光下,表情凄绝。

他悄悄地钻进自己睡觉的黑暗中时,头脑十分清醒,突然想起要去查勘一下那只她扔纸片的双耳壶。他开亮电灯,把手伸进壶中,掠过满壶同样的纸片,寻找大概是最新的那张:上面有生猪肝渍迹,还有一两个血指印。

今天早晨,他疑惑地,且不说讥诮地,展读那张叠起的纸片:

……演员往往无视最适合于自己的角色——他的自身。李尔王,一个无法演好的老角色,较之不曾演过的,毕竟比较保险,我……

字迹渐渐模糊起来,他的呼吸也渐渐急促起来。他只考虑到要钻研角色,没有考虑到要阅读什么(他很少阅读),所以没有戴眼镜。他只得伸长手臂,把纸片推到最远限度,对着那些由认真而不合时尚的手写的娟秀字迹盯了一会儿,知道最好作罢。视力衰退的情况真是叫人气短:每当他在经受了强烈的刺激、阅读辱骂人的来信、观看怀恨挟嫌的年轻人的自私演出,还有,特别是酒后,都会出现这种情况。昨天晚上杰克曾经用酒药他,也就难怪他现在只看清了信的一半内容。他高兴地重新折好肮脏的纸片,扔回双耳壶。纸片到了那里就不会使他想起物质的腐烂。

然后,他又在那张很不舒适的失去弹性的沙发上坐了下来。他想蜷缩成一个舒适的形状,却未能如愿。他觉得自己很像一只虾,缩得太紧了。当睡眠涓涓渗回,在他周围汇成浅滩时,他摇手踢脚,简直比活灵活现的描写还要活灵活现。

女主人在最没意思的时刻给他端来了一杯咖啡。她拉开窗帘,阴沉的晨光给他们的重聚蒙上了一抹宿命的色彩。即使这样,米蒂·杰克,因为白天取代了她所选择的黑夜,浑身鸡皮疙瘩,哆嗦不止,仍希望能漂浮在它的表面。

她过于性急地说:"哎哟——你一定很不舒适!这沙发害苦你了。它是我姑婆的遗物。"

她站在那里抚摩自己消瘦、衰老的手臂;他坐着喃喃低语,从沙发称赞到咖啡。那只杯子,一度款式典雅的珍品,杯口有一个拇指般大小的褐色的缺口。

"我们将保持联系,"她不安地望着窗外雨雾迷蒙的花园,预言说,"因为我知道,我们要合写一个剧本。"

他的命运在她的掌握之中:她可以在他演戏的舞台上攻击他;而他却既不知道她的电话号码,也不知道她的地址——他也不需要知道。

"搞戏剧很花钱。"他一边回答说,一边朝她微笑,但她不予理会。

"钱总可以从什么地方筹措到的。你那个有钱的、瘫痪的老母亲怎么样了?"

昨夜对她说了些什么啊?他没意识到自己曾经提到过伊丽莎白·亨特。

"她手很紧。"他盯着自己白皙的手指关节咕哝说,"噢,她也是够慷慨的。我得承认,她不时地给一小笔。"

"亲自去一趟会有所不同吗?"

"不值得。许多人就等待你离开西区①,他们想取而代之。"

"有钱还是值得的。金钱就是力量,对吗?"

"可钱是她的啊!"好像他也信以为真似的。

"是她的,只要她活着就是她的。"

"难道美女的生活不就是艺术品吗?她们无愧于接受男人偿付的金钱。伊丽莎白·亨特是个非凡——绝色的美人。"这一次他真诚地相信自己的见识:他就是这团光华的产物。

"她中风了。"米蒂·杰克的声音极其冷酷,"她不会死吗?"

---

① 西区,伦敦商业娱乐中心。

他不仅憎恶这个声音,也开始憎恶起自己。"绝对不会!一百年也不会,什么也不会叫伊丽莎白·亨特萌动死念。"

他必须站起身来,他必须走了,不然就会死于慢性中毒。他觉得,仿佛连最后一点生肌活肉都从思想纷乱的头颅上脱落了。

若非那只蓝猫先占一步,米蒂·杰克可能还会继续劝诱他一阵。它抖着尾巴尖,大摇大摆地从花园中进来,叼着一只身体扭曲的小鸟:从耷拉的脑袋、下垂的眼皮、沾了一圈血迹的光润的羽毛判断,那是画眉的尸体。蓝猫伸直身体,呜呜地厉叫几声,对可能的干涉提出警告,然后溜进沙发底下。

女主人龇牙咧嘴。"嚙——!"她发出一声呼号,不知是悲鸣还是惊喜自己的论点得到承认。"无可否认,有的人应该为别人的生存而牺牲,"她坚持说,"难道这不是理所当然的吗?"

猫在沙发底下发出尖厉刺耳的呜呜声,清楚地表明了谁应该生存;而它的女主人现在却还只是怀揣杀机而已。

既然现在有了脱身的理由,演员便坚定地、演戏一般地走向女主人,抓住她的双手。"谢谢,"他说,"谢谢你的款待——我们共同的思想——以及这幢值得纪念的房屋。"他以告别的口吻说:"我将永远铭记不忘。"

她那冰凉、毫无反应的双手似乎在微微颤抖。后来他才发现,颤抖的是他自己的较温暖和丰腴的手。

"下次,"当他们经过一个个房间,向大门走去时,她说,"我将告诉你这个戏我是怎样设想的。"他们的肩膀暗暗地互相撞了一下。他剪裁得体的演员袖子撞在她褴褛的、瑟瑟作响的黑绸晨衣上,那上面的渍迹成了它的部分装饰。

米蒂·杰克显然还在继续往下说:"一个人的生活道路可能有好多条,但他只能选择其中一条。如果能够解脱自己,他就没有理由不条条路都走走——至少全部表演出来。这就是我希望于你的：这种夜间的解放而不是充当铸铁般的角色，把自己从一种预先规定的姿态拖进另一种规定的姿态。"

现在，他已经拖着他那身铁铸的经过证实的自我走到大门口了。透过枝叶，他可以望见石墙上的大门。可是，到那儿还有很长一段距离。

他十分机警地回话说："那在很大程度上得取决于还有谁愿意效劳，别忘了剧院。那是以后的事，在我们以什么伤天害理的办法搞到钱以后的事！"

"在这一点上，几乎一切都将仰仗于你。你不是名演员吗，巴兹尔·亨特爵士？"

这一次，他尽量不让自己的虚荣心被丝毫触动。"我这个人不止一次上当吃亏过，所以总希望处事谨慎一点。"尽管精于此道，他却看不出对方对他这点虚假的谦卑产生了什么样的反应。

"如果是个生死攸关的问题，难道你不能选择生吗？"

这时，他大概宁死也不愿意给米蒂·杰克演第二场戏了。所以他不理睬她的问题。

接着，在沿小径往外走时，他想起必须遵守的习俗，于是回头漫不经心地推了推——没有举起——汉堡帽。她站在台阶上，像一尊双臂裹住身上黑衣的古代雕像，面色苍白，除掉一丝或许是不安的阴影外，漠无表情。

"别忘了给那老太婆写信——你的母亲。"她很世故地在后面喊道，"你要是知道有多少人在盼望被邀请参加演出，你一定会感到吃惊的。这个剧本能够激发他们的生活幻想。"

大门叮叮当当地响了几下，随即咔嚓一声。谢天谢地，他总算解脱了！

沉重的脚步声一路伴他下山。电视天线和湿淋淋的石板瓦之上洒满晨光的天空,使他恢复了对将来的信心。如果真要飞回家做个短暂的访问,那也该出于他自己的——并非出于什么人指点——选择,其目的也绝非不顾一位老太太的死活去威吓她交出财产,而是通过一束束喷射而出的阳光、一股股灼人的热浪、一阵阵风吹树摇的林涛,重新焕发自己的精神。不过这淤泥,尽管路面经过铺筑,脚上穿着鞋子,他却几乎感觉到在不断地从他那双脚展开的趾间冒出来。

受这些真实感受的振作,那夜间的遭遇,无论发生在什么地方,都很容易地被当作幻觉而驱得烟消云散。当然,那女人并没设法与他联系。一两个星期过去了,他开始感到惊奇;有一两次还发现自己在恼怒米蒂·杰克的怠慢。

不久,预报张贴出来了。虽然飞短流长,谣言纷纭,可是剧院经理部(第二流的新班子)倒还未曾暗示这个倒霉的戏可能要草草收场。为了支持一位从泥水匠一跃而成为主角的年轻人乔迪,他又坚持了几个星期。

喏,现在的事情就是这样。他对布告栏中的布告啐了一口。

"我们完了。"他对佩吉·迪格说。她身穿无袖罩衫,挺着胸正急匆匆地经过走廊。

"是的,你才知道吗?真宽心!我该去演哑剧啦。"

他继续瞪着眼睛,与其说在看布告栏中的布告,倒不如说在盯着崭新的图钉,盯着那个公共汽车上的女人的幻影。

最后第四场演出那晚,为了润润喉咙,他给自己斟了一小杯酒。在特尔裴克剧院,他化妆室的墙壁被漆成绿色,下面是棕色的护墙板;两种颜色上都有气泡。他又给自己斟了一杯:第一杯酒调得马马虎虎,而且很淡。

可是,整个晚上他的嗓门都很嘶哑。他的表演——苍天有眼,实在卖力极了——怎么也不能把观众拖出萎靡不振的状态。只有第二幕不然。当泥水匠乔迪裸出上半身时，一个姑娘尖叫了一声，几乎震坍剧院上空的黑暗。这时，观众（多数为赠票入场者）才笑了起来。

演出后的卸妆，与演出前的化妆一样，通常都能提高他的情绪，但现在，他却对卸妆油的气味，对那条可恶的旧毛巾，恶心得直打哆嗦。当然，他不会成为职业的打哆嗦者——也不会成为帕金森患者吧？

他渴望有人进来。他倾听着是否有礼服窸窣的声音；他本可以将就与第二任前妻伊尼德伯爵小姐过下去的；甚至一件可贵的破雨衣也不会不受欢迎。然而，谁也不肯露面；由于没有来客，他又自斟自酌了一杯。沃克递过他的汉堡帽。

他走出化妆室。在绿棕两色的走廊上，佩吉·迪格重重而熟练地吻了他一下。"答应我，一定到格拉斯哥来看哑剧。你将发现，我是首屈一指的丹迪尼。"

外面，灯光下白茫茫一片细雨，寒意料峭。他本可以在市中心发霉的小餐馆的角落里吃点夜宵，可没胃口；独自一人上大饭店摆阔也没什么意思。他可以按动无论多少家的门铃，那些官运亨通的政客或者名商巨贾，一定会嚷嚷着拖他进去，舀出鹅肝酱，把他灌醉，可是他想不出有谁能够满足他的饥饿——什么饥饿？也许是对于事物的本质和永久性的渴求。友谊，在他看来，越来越像一出别出心裁的闹剧，情节过于复杂，人物过于纷纭，动作过于疯狂。尽管如此，演出照常进行，而且总能演到终了。（婚姻，虽然是另一种戏剧，同样毫无二致。）

想到这，巴兹尔爵士觉得右脚有些潮湿，一走到一根无人的灯柱下他立即检查鞋底，发现需要修理了。行啊，简单得很：他并没有触礁,不过暂时失业而已。他有经验,有爵位,有演技,有嗓子,而且,业已证明,有女人们喜爱他。

那个米蒂·杰克——住在戈尔登山的?比尤拉山的!她现在怎么啦?

他搭上去比尤拉山的公共汽车,寻找一个使人烦恼的人的踪迹:在公共汽车上层的座位上;在燧石点点、显然很为狗喜爱的门柱旁;接着又沿着滑溜溜、爬满蜗牛的小径,直到他几乎又在晚上同一时刻站在米蒂·杰克家的台阶上。

"我来,"他说,"是想听听你谈及的那个戏,记得吗?"大概因为他站在台阶下面,他仿佛在哀求。

两条哈巴狗在他足踝边猖猖吠叫,而她的足踝周围,则是一弯闪闪发亮的皮毛。

"好的,"她说,"我一直都在考虑呢。我很高兴你做出了决定。"

他发觉自己仰起假面具,龇牙咧嘴地望着她笑。在假面具的假肉中,牙齿七凹八凸、参差不齐:是第二个阴谋家,抑或是第一个自杀者?

总之,结果是,他来到了这别样的阳光下,懒洋洋地坐在奔腾跳跃的出租汽车里。阳光耀眼,沙砾砭人。尽管刚洗过澡,刚刮过脸,但仍然汗流浃背。他心情舒畅:他让老阿诺德·威勃德和该死的公爵夫人等了大约三刻钟。他毫不愧疚。正当他准备匆匆赴约的时候,偏偏《先驱报》和澳大利亚广播公司接连打来电话,那该不是他的过错吧?

他决定轻轻松松地欣赏一下飕飕飞过的城市景色。较之童年的回忆,它已经不可同日而语了:当年,皮特街上的居民人人相识,他们都在商场中会合。对于城市的改建,他尽管没有积极投身,尽管实际上予以反对，但却因为这个城市而体面大增。他必须与这座自负的都市分享自己失而复得的自尊。虽然为时稍晚，他向它的玻璃房屋和新野兽派风格的高楼大厦献上自己的挚爱。而这爱的核心是他年迈的母亲。他将忘掉自己对紫罗兰色假发和使人迷惑的微笑的恐惧。排除了这些，他就能够像热爱悉尼似的热爱母亲。（如果日后你不够冷酷无情，那就想一想这些可憎的东西吧。记住，为了会见那位声音甜润悦耳的美人，得把一套比较好的衣服送去熨烫熨烫。）

威勃德先生瞥了一眼时钟。不能信守时间乃是一桩惹他生气的罪恶，而生气，也许不像拒绝宽恕冒犯者那么可悲，但毕竟是一种邪恶放纵的感情。十一点钟的约会，亨特家的两个孩子居然双双爽约。一个人可能被什么事情耽搁，但不会两个都耽搁的啊，对吗？除非乘同一辆出租汽车，可他们没有那么亲密。作为一个经常按时到教堂做礼拜的教徒（为了给子女树立榜样，他长此以往，后来才发现成了一种习惯），律师倒希望想象出一面有形的旗帜，上面绣上宽厚待人的字样拉在他与钟之间，以免让特别自然的、苦涩的怒气，再一次从胃里涌上嘴来；或者，无论如何，必须把气恼和钟面隔开。他对这只时钟长期以来就有一种依恋的感情。

这是一只横放竖摆都能走动的旅行钟，是亨特太太在丈夫去世之后，作为纪念品和尊敬的表征送给他的。阿诺德·威勃德确切地记得当年它摆在"库杰里"图书室壁炉架上的位置。他的记忆并非始自第一次短促的访问。那次，他衣着悖时，带着莫里顿大道宅基地的契约登门造访，找他们签字。他的记忆始自以后的几次访问，那时，他已经证明自己得到了委托人的信赖，可以轻松愉快地领受他的款待了。他对亨特先生的敬爱与日俱增，直至（犹如解冻一般）

他也可以被包括在称呼对方"比尔"的圈子之内。

"库杰里"图书室中,旅行钟下,比尔·亨特和阿诺德·威勃德经常促膝而谈,彼此都不但敬畏天意,而且尊重时钟、望远镜、剃刀、气压表等实用的物品;他们往往以瞪视壁炉中的火焰为满足。阿诺德·威勃德不知道在参加比尔·亨特葬礼的人们中,有多少人注意到,并且有多少人至今还记得他当时痛哭的情况;他自己还不免感到有点羞愧。这件事他已淡忘多年了,直到今天早晨比尔的不肖儿女才又将它重新勾起。比尔爱他的儿女吗?你不相信他爱他们,随即又为自己竟然产生这样的想法而感到惭愧。

阿诺德·威勃德办公室的书架上,一帧嵌着照片的镜框与旅行钟比肩而立,照片上写着比尔字迹笨拙(叫律师联想起箭簇)的题词:阿诺德·威勃德惠存——比尔。这也是亨特太太在其丈夫去世前几年赠送的。她似乎希望暗示,赠送这帧落款的照片也是出于她自己小小的灵机一动(虽然妇人们通常都喜欢送点什么)。她随照片附上一张字迹熟悉而潦草得吓人(她开始时一定喜欢写得大大咧咧,后来不知不觉地习惯而成自然)的条子……我觉得这是一帧特别传神的照片,阿诺德,由于你比任何人都更加挚爱、更加尊重艾尔弗雷德,所以你必须第一个得到他的照片……照片上的题词虽非出自她的手笔,但不难想象她对丈夫的敦促作用。时至今日,只要想起附条上的措辞,你仍如芒刺在背。有时阿诺德·威勃德疑惑,亨特太太对"挚爱"究竟作何解释?自己到底对"挚爱"作何感想,也不甚了了:或许,出于个人的经验,该是多年体面的夫妻之恩爱,其间缀以光明正大的肌肤之亲和床笫之私。

律师咳了咳。这天上午,最难堪的是他忍不住怨恨亨特太太居然闯进他对比尔的怀念之中。

为了恢复心绪的宁静,他移动着办公桌上的一两件物品。当然，应该安下心来工作。他避开照片上亨特先生的眼睛，刚要再瞥一眼那令人冒火的旅行钟，海加思小姐端着淡色的、含奶的浓茶（她通常送得早些）和两片他很少沾唇的饼干走了进来。海加思小姐随即又离开了。

没有看钟的必要：他的心与它同步前进。肝火，他告诫自己，是不可理喻之辈才会动的，且往往导致诉讼。至于比较简单而往往在所难免的任性偏激的气恼，则有可能引起胃溃疡。他的身体，多亏良好的习惯、清淡的饮食以及精明的夫人，除了三十七岁时患过一场阑尾炎以外，这些年来一直非常健康。可是现在，似乎一切都在受到威胁。这威胁如果不是来自肝火或者气恼，那就是来自无可名状的不安。他已经熬过了极其心烦意乱的一夜，午餐时，拉尔和他又相互说了几句不冷不热的话（殊不似他们平素的为人）。

"可怜的多萝茜——我真盼望再见到她——看看一位相貌平庸的姑娘能否成为迷人的公爵夫人。"她说着哈哈大笑，她的牙齿显得——不，没有真正龇牙咧嘴。"我想她会变得妖艳迷人的，因为我在骨子里有点像势利小人。"坦率的供认和满嘴的果馅玉米饼使她圆圆地鼓起腮帮：这可是他信赖的拉尔啊。

"她昨天说很想来看你。"

"他们嘴上都是这么说的。"

"唔，多萝茜一定会来的——除非她和她母亲一个脾性。"

他们一齐笑得那么欢快，他不禁暮地大吃一惊，以为这是对亨特家的不忠不义。他猛戳自己盘子中的香肠。拉尔立即递过牛肉，因为牛肉不但经济实惠，而且不太油腻。但香肠皮已经刺破了，一股热油喷射到他的背心上，他用餐巾盖住油污，以免被她发现，否则她非忙碌一番才肯让他去办公室。然而，他更加不安地发现，这条餐巾偏偏又是亨特太太赠送的一套爱尔兰餐巾中的一条。那套质地优良的餐巾,殊非正式场合的馈赠,乃是复活节和圣诞节之间的发自内心的表示。(因为想出赠送餐巾的无疑是亨特太太,所以他的内心,几乎如同她当初说他"挚爱"比尔时一样负疚。)

这时,海加思小姐又进来了,她不是来取杯碟和两片没人吃的饼干,而是异常兴奋地(她是一位办事干练、感情冷漠的北贝克斯利姑娘)报告:"公爵夫人——多萝茜·亨特小姐——到了。"

拉萨贝娜夫人几乎同时推门而入。大概由于无以辩解的爽约,一种被律师视为放荡的俗韵代替了她昨天的谨慎和谦恭。她的态度,如果仍然未改尖酸刻薄,那么轻率则使其不那么厉害了。她没戴帽子,一边走一边脱手套,脸上带着笑,这笑容部分是从牙齿上发出的。尽管现在的贵妇淑女甚至一些年纪较大的都不戴帽子,但一位公爵夫人居然戴了手套而不戴帽子,未免叫律师大吃一惊。(他不知道,亨特太太如果能够起床,是否竟会帽子也不戴就闯进他的办公室,坐在皮椅上对他发号施令。)

"我不会太迟吧?我想是迟了点了。"拉萨贝娜夫人开口道,大声得足以引起外间办公室的注意。

律师想说"不",但当他毫无必要地重新摆好一张椅子的时候,这个词无声地停留在苍白的嘴唇上了。

多萝茜说:"至少我兄弟也迟了。"仿佛想让人在许多过失中特别注意这个过失。

她高兴极了:情况完全符合她事前的设想。

她还以为自己出征厨房和管家卧室的行动,虽然收获巨大,却必将使她陷入困境呢。

"我真高兴。"她的感叹未免过于女孩子气。

过了一会儿,当她想到律师可能会突然把她拖进正经事务以后,她恢复了谦恭的态度。她所以希望能比巴兹尔抢先一步到达,乃是为了与一位长者——不是律师,而是足以当自己父亲的长者——交谈。她原想问问自己几乎一无所知的父亲的情况,但从昨夜的梦中醒来之后,她在某个时刻改变了主意。

"你在俱乐部里住得舒适吧?"威勃德先生亲切地询问。

"床铺是舒适的,"她脸唰地一红,接着又说,"是的,很舒适——谢谢你。"

她认为不管怎样,可以从自己唯一的父亲谈起。"我相信,你与他是亲密无间的朋友,"她不知不觉地开始谈起;太激动了,但没有办法;对这种异乎寻常的冲动她只是感到高兴,"所以,你一定很了解他,威勃德先生——这是我们不能企及的。我兄弟无疑过于自私,太醉心于自己的雄心壮志了;而我,则过于羞怯——还有,是的,过于愚蠢。"如果在另一种场合,她将耻于承认自己的愚蠢,但现在是向一位睿智的、给人安慰的人儿披露自己,她希望他将认为那是一种美德。至于他是否作此感想,在发射出最后一颗必不可少的炮弹之前,她无暇顾及。"至于我的母亲,她不允许自己了解任何人,唯恐因此打断她自以为从不间断的胜利。母亲专门奴役别人,父亲则是其中最有价值的奴隶。她一定残酷地虐待过他。"多萝茜望着律师,恳求——不,今天上午不是恳求。今天上午,因为某种理由她是拉萨贝娜夫人,有足够的胆量命令这个男人充当她的助手。

可是,他处于受人信托的地位,不便与别人同谋。而且,即使不在受信托的地位,他也颇自以为,以自己的精明练达,他是决不屑于与人狼狈为奸的。于是,他舔舔嘴唇,回答说:"在与你父亲的谈话中,我记得他不曾提到过亨特太太,除非正式讨论法律事务,以及——喏,你知道的那种男人拿自己妻子开的玩笑。"

公爵夫人感到很困窘。"不知道,我一点不知道。"她不得不承认,接着脱口问道,"那这些年中,你们究竟都谈些什么呢?"

"唔,事务啊,我不是他的律师吗?"

这话使拉萨贝娜夫人勃然大怒。"亲朋好友之间,不能光谈事务!一定还有私人的话题。"

律师灵机一动,露出宽厚的笑容。"我们对时钟都很有兴趣。"只要是事实,那就不是遁词。"你看见壁炉架上的那只时钟了吗?那就是比尔的。他去世后,你母亲考虑得很周到,把它送给我了。那旁边是你父亲的照片。"

多萝茜一把抓住提包和手套,倏地跳起来。"啊,对!爸爸!"她并不是故意要做出这样的反应。

她并不想为自己已经去世的父亲大动感情,只是为他感到有些不平。眼睛周围那亲切的皱纹像这位律师一般温和,以及那过于敏感、不可能与公羊——或者伊丽莎白·亨特联系在一起的嘴巴。那新旧时代交替时式样奇异的衣服,传统的滑稽可笑的照相姿态,她一定全神贯注地盯了半晌。可是那题词,那生硬笨拙、与她心情最坏时写得一模一样的字体,足以使她更加悔恨这场遭遇。

她回过头来,说:"他应该得到人们的爱,但恐怕大家——我们大家——都没有那么爱他。"她表示自己爱得不够,同时也责备了律师。

他默不作声。

他们重新坐下时,她见他叉着的双手,搁在面前的办公桌上:它们看上去比她所希望的要苍老。他可能憎恨她,人们都憎恨她。

拉萨贝娜夫人打开提包,往里面看看,然后重新关上。

她抬起头,愉快而宽恕地微笑着。"告诉我——你过去有一个叫希瑟的小女孩吗?我好像记得她生过麻疹,或者出过水痘?"

海加思小姐走进来,一点不带北贝克斯利口音地小声报告:"巴兹尔·亨特爵士到了。"

多萝茜背对房门坐着。她的珍珠和发型能够帮助她忍受一位邪恶透顶的兄弟吗？首先，她感到自己无法忍受他的笑声：对于她来说，她记得，那是撞击思想深处的金属梭子般的嘎嘎声；对于别人——成人——来说，却是轻柔起伏的咯咯声，似乎带着无拘无束的稚气，清脆悦耳。

这时，钢筋水泥的小房间里一片沉寂，沉寂中，陈旧不堪的陈设，有的皮革下陷，有的纸板上翘，全都板起面孔，狼狈为奸，使气氛显得愈加险恶莫测。预谋的残酷打击一定在等待着她，她期望得到律师的保护；巴兹尔的恶意，是能够弹无虚发的啊。

阿诺德·威勃德站起来，他自己也是沉寂的一部分：嘴唇抽动着，悄然无声；在她看来眼睑可笑地频频闪动，现出青筋和奇怪的白色皱纹。沉寂仿佛使这位庄重的男人游离而去，放大开来；他不复是律师和假想的父亲，更不是那个在俱乐部卧室的梦中让皮肉和光滑的睾丸摩擦她大腿的神秘情人，而是个在音乐中断后还会继续表演哑剧动作的平庸演员。他隔着基米斯-威勃德律师事务所中颤动的沉寂，接受来人因为迟到而做的毫无诚意的道歉。他这时的表演，尤其难以令人信服。

威勃德先生的无能惊得她呆呆地发愣；而当一双看不见的手从背后亲热地一把按住她的肩膀，粗重有力地又扭又捏时，她简直是彻底僵硬了。接着，她右耳垂和珠饰之间被吻了一下。

与此同时，一串连续的、颤音不多的、放大了的耳语声反传回来为这一表演出力。"亲爱的——老——多——萝——茜！"巴兹尔呼出的气直冲她的脖子。她知道在这部存在缺陷的电影中，她面临的或许不是一个影星，而是两个影星的合作表演；她希望能像律师那样，仅仅在其中担任一个不显眼的角色，悄悄下场，避免因为天生拙劣的演技和自己这个角色的邪恶癖性而遭受指责。

可是,在基米斯-威勃德事务所黏滋滋的皮椅周围,他兄弟巴兹尔却轻松自如、惟妙惟肖地表演了一场姐弟重逢的情景。

当她面对他的时候,她终于解救了自己。"我们开始吧,你说呢?现在已经够晚了,说不定威勃德先生午餐时有约会呢。"

无疑,巴兹尔深感她的浅薄。他纵声大笑。那笑声既不是年轻时的金属梭子的嘎嘎声,也不是轻柔动听、令不知内情的成年人心醉神迷的咯咯声,而是一阵颤抖的琴声。她怀疑,那是特地为她设计的,不禁毛骨悚然。

"看在上帝的分上,多蒂——"至今没有人这么叫过她。"求你看我一两眼。"

太可怕了。在各自东西的这些年间,他的新闻照片她见到的为数不多,不是模模糊糊,就是歪歪扭扭,看上去像是好几个不同的人。到今天,她才看到了光辉的真相:她和休伯特首次在克里伦旅馆休息室中相会时,他也没有显出如此的荡魂动魄的魅力。

她的兄弟(他*曾经*是她的兄弟)说:"你变了好多,亲爱的!"他噘着嘴唇,那神气不是嘲讽,就是要与她分享一桩有趣的秘密。

她既无法捉摸他的态度,也无法理解他的话意,这倒也帮助她恢复了镇静。

恰恰在这个时候,威勃德先生内行而稳妥地似乎取得了自己的权力,宣布会议开始。"你们知道,这谈不上你们所称的正常程度:让你们母亲的律师和代理人详细地披露她的私人事务。可是,考虑到亨特太太的高龄和精神状况——并没有恶化到不打算亲自决定总的策略和许多个人琐事的地步——我愿意让你们,她的业已成人的儿女,"说到这里,他特别郑重其辞,"了解我所遵循的管理方针,从而让你们相信——我希望如此——你们的母亲信任我是不无道理的。"

对于律师的华丽辞藻,公爵夫人只有烦躁而已。她心里纳闷,为什么刚才需要他道义上的支持时,他却使她失望了。其实,她应该研究的倒是他为他们提供的使人厌烦的备忘录:一人一捆。巴兹尔前额上的皱纹表明他在集中注意力,他好几次脱口叫道:"不错,一点不错!"急促的叫声说明他实质上同意,而又不希望打断律师滔滔不绝的独白。

有一次,在急速地翻了一阵证明律师品行诚实的打印材料之后,烦躁几乎挤掉了他竭力装出来的审慎。"哎,我知道——都在这上面了!亲爱的威勃德,你干得非常好。"

律师并未因此而得意忘形。

多萝茜怀疑他的演说是不是事先背熟的。两个男人在处理枯燥的事务,她一直很厌倦。她一面继续摆出一副很认真听的样子,一面打开手提包,斜拿着小镜子:她很想弄明白巴兹尔在她身上发现了什么,使人摸不着头脑地说她变了。巴兹尔指的东西也许可以解释他对她表示出的从未有过的手足之情。她在镜中看见的与往常一样令人沮丧:总的说来,她还算中看,但仔细看来就不免令人失望——大概只有眼睛好看些。巴兹尔可能赞赏她的眼睛。这种可能性使得她的两只眼睛滴溜溜地转动起来。

她抬头看见他真的越过那些打印材料,目光穿过律师翻来覆去的行话术语,在注视着她。但不在注视她的眼睛,虽然她觉得,它们在最楚楚动人的时候会像鹿的眼睛那样明澈、温柔。他在注视她的心坎:在审察她的思想,他大概想弄清楚为什么他们俩愿意在这间办公室会面。他神情可怕,正像她愤懑、受挫和激奋时的表情一样,她知道她那时的表情是颇为吓人的。

他已深深地钻进了她的心坎,这时他突然对她眨眨眼睛,接着坦然一笑;她回笑了一下,或者说掀了掀嘴唇,表示认可某种协议。

巴兹尔·亨特鼻子哼了一声,但将后半声掩盖在他手帕之中了,就像他认出《雷雨惊马》似的。一匹漂亮的马:一匹里根①式的马。难道这就意味着他注定要扮演可憎可恶的高纳里尔②?(米蒂·杰克的幽灵和"未曾上演的自我"!)

幸亏他和多萝茜都明白他们到悉尼来的目的。既然这一点已经明确,他就可以放心一些了。他打了个哈欠。律师衰老的眼睛闪过一丝骄傲,洋洋洒洒的独白终于是戛然而止了。巴兹尔爵士不置可否地敬奉了一句"大概是的"。在随后的间歇中,他一直耷拉着脑袋;阳光照在他粗硬的头发一侧,闪闪发光。那些头发,除了梳子在太阳穴到后脑勺一线留下的梳痕外,随随便便地拢在一起。"谁也不能否认你保护了委托人的利益,并以令人叹赏的忠诚管理着她的财产。所以——我如果说直到现在,我们都难免在抽象地考虑问题——阿诺德——那绝不是责怪你的无可指摘的品行。"那车水马龙的街道上空的阳光照得他的笑脸闪闪发光。"为了对大家都公平合理,包括我——我们的母亲,"公爵夫人笨拙地把头微微一扭,表示欣赏巴兹尔的出言有礼,"我以为,我们应该从另一个角度考虑问题。"

律师垂下眼睑,大概为了保护眈眈虎视之下黏黏湿湿的眼睛。

"我们必须弄清楚的是,一个如我们母亲这样高龄的人,还能不能从她半死不活的生活中得到与为了维持这种生活而苦心经营的这台机器耗费的惊人代价相称的幸福和安慰。"

阿诺德提醒他说:"从昨天晚上我们关于这个问题的交谈,你知道我认为,即使现在,亨特太太生活得也很快乐。"

巴兹尔脸绷得紧紧的,眼睛鼻子几乎不见了。"无疑,如果她真的过得很好,那么少讲点排场,她仍然可以生活得很愉快,对吗?"他

---

① 里根,莎剧《李尔王》中的人物,李尔王的二女儿。
② 高纳里尔,李尔王另一女儿。

的脸舒展开来,目不转睛地先是盯着律师,然后姐姐,坦率得足以赢得一切——除非最不肯合作的听众。"一个老人,到了几乎发精神病的地步,她的需要一定非常简单:我想至多也不过一张舒适的床铺、一个亲切的仆役和一些奶油蛋糕什么的。"

"虽然亨特太太的神经有时有些错乱,但那似乎是在探求奥妙。"阿诺德·威勃德小心谨慎地说,"我觉得,她仍然是我所认识的城府最深的女人。"还有一点他不能供认:她仍然使他胆战心惊。

拉萨贝娜夫人动了动,咳了几声,仿佛为了试试与她的想法一起深埋心中的嗓子,怕刚开始时不好使唤。"依我看,"她说,发现嗓子还好使唤,"依我看你们都在兜圈子,避开问题的要害,耍嘴皮,尤其是你,巴兹尔。"她的指责冷峻得足以提醒弟弟,她虽然刚见到他时被他的外貌吸引了,下唇上的凹槽、粗硬的头发、容光焕发的面色,甚至一时间联想起那未被自己吞噬的丈夫,但是,无论如何也不打算神魂颠倒到不惜乱伦的地步。

巴兹尔显然毫不在意,哈哈大笑,玩弄着一支铅笔。"再教训教训吧,亲爱的。"他逗弄她说。

多萝茜不理睬他的挑逗。"我是说——我亲自做过实事求是的调查。例如,有一件事情,巴兹尔,你就不可能知道,不过我想威勃德先生一定知道。"她遗憾地望着昨夜梦中的情人。"母亲吩咐,按时派出租汽车到雷德芬去接那个清洁女工。有人会强词夺理,说这是一种怪念头,说上了年纪的人是应该允许有怪念头的,他们想证明自己仍然有自己的意志。可是,我发现了另一件事情,这件事情母亲不可能知道,如果她知道也肯定不能容许。"公爵夫人眯起眼睛,准备射击。"今天早上我到厨房去了……"

"你没去,多蒂!"巴兹尔哧哧地笑道。

她闭了一会儿眼睛,不看她兄弟。她知道,尽管作出一幅骗人的友好姿态,他的歹毒可憎却依然如故,毫无减损。"我走进厨房,在垃圾箱中发现了一块故意扔掉的牛肉,至少有两公斤,已经腐烂了。"

巴兹尔立即催促自己恢复他与法国姐姐之间的谅解。"这件事,除了管家,谁都不可能知道,我不知道究竟是谁,"他盯了律师一眼,然后移开目光,"雇了一个中欧餐馆中发疯的舞女,或者别的什么名堂,来当我母亲的厨师,简直荒唐透顶。"

"她爱亨特太太。"

"爱,她爱?她在厨房中似乎爱到垃圾箱里去了。"他说出这句话很得意。看得出多萝茜对此也很有感触。

"这是浪费。浪费的东西①,"后面加的几个字使她自以为发明了一个词似的,"从来就是缺德的,而在我们这样的时代,更是不可饶恕的!"话一出口,她立刻诧异自己究竟会饶恕哪一种罪恶:至少,你不能控制自己的梦幻吧。

巴兹尔打算继续向纵深发起攻击。"大家都知道,当护士的,除非当私人护士认为可以诈取有钱的病人,否则无论其专业技术多高,都是些以不干实事而臭名远扬的家伙。为私人干时,她们有些人才最为认真。你说说,亲爱的老威勃德,譬如,我们母亲那一大群在哪里用餐?"

"如果平常吃饭的时间她们在她家中,她们自然可以受用一餐。"他看出,多萝茜·亨特的眼睛仿佛仍然盯着那块扔掉的牛肉。"如果夜班护士在非开饭时间也吃,那一定是半夜里肚子饿了。"他在恳求两位起诉人的同情。

---

① 前文"浪费"的原文为 waste,多萝茜为了显示自己文雅,想换用另一个词,但却借用了表示"废物""被浪费的东西"的 wastage。

巴兹尔爵士点点头：那个戴怪帽子的女人。

"我不打算完全接受的是，"律师说，手指神经质地敲打着桌面，"曼胡德护士居然在巴杰莉下班前赶来与她一起用午餐。曼胡德为了方便自己做了这样的安排——从她的角度来说在经济上是最划算的——现在木已成舟，很难阻止了。"

"曼胡德就是那个长得很漂亮的吗？"

律师撇撇嘴巴，好像吃了一惊，点了点头。

拉萨贝娜夫人憎恨她的兄弟，甚至她的假情人，更不必说那个身体健康、身着花色俗气、式样土气的衬衫的护士了。昨天，那护士站在门口紧瞪着她走下小径。

"既然那姑娘无权享用午餐，你当权的，就应该向她指出。"公爵夫人直言不讳。

"她深得亨特太太的欢心。"律师辩解起来，接着又有点犹豫了。"她给你母亲化妆。"看得出他更加明显地犹豫起来。"听说曼胡德护士学过——假发保管，是亨特太太给付的学费。"

巴兹尔爵士两手在头顶拍了一巴掌。一直非常严肃的弦乐声中突然响起的打击乐器，使一起合奏的艺术家们无比惊异。"妈妈好样的！作为一个演员，我不能不尊崇她爱好舞台艺术的癖性，对吗？"回到阔别多年的故乡，发现一位涂脂抹粉的老太婆在扮演你真正的母亲，是一回事。然而现在，巴兹尔爵士已经厌倦了，他看见紫罗兰仙女欢乐地弹奏着爱神丘比特的弓，在法律书和铁制文件柜中间欢快地跳来跳去。"像曼胡德这样漂亮的姑娘，我也不反对她悄悄地把尿盆塞进我的下身。"律师碟子里还有两块饼干，他拿起一块毫不讲究地一口吞下肚去。

多萝茜大为反感，她松开咬紧的牙关嘟哝："还有那么多的事情需要决定，我看你还是克制着点吧。"

"嗨嗨,你说得对,亲爱的多萝茜。"巴兹尔伸手去拿第二块饼干。"不过我的理智中包含着一点轻浮。"他大声咀嚼着,煞有介事地吞下饼干;他好像一直想打嗝,但只是合紧双手。"现在我——准备——继续——讨论,当然,这是很重要的。"他望着多萝茜,希望得到她的赞许。她不便拒绝,只得对他笑了笑。

他为什么要卖傻丢丑,从中愚弄她呢?他似乎知道自己的粗陋不雅会叫别人难堪。她不能忍受一个上了年纪的傻瓜。

阿诺德·威勃德觉察出这一对非难他的姐弟,虽然手法不同,却用心无殊,因而深感痛心。否则,他就可能会很欣赏他们彼此之间的冲突。这时,他话题一转,说:"我认为我们必须牢牢记住,亨特太太需要在自己的屋子里,在自己喜欢的依附者中度过她的晚年。"

"在她过去熟悉的屋子里,阿诺德,但她现在看不见了,甚至连自己躺在里面的房间也看不见。"

"你说的依附者是什么意思,威勃德先生?难道我们的母亲对自己的子女没有义务?何况是长大成人的子女!"多萝茜·拉萨贝娜好不容易才说了出来。她笑了笑,却丝毫没有快意。

巴兹尔的下唇噘得像只圆球——像个肿瘤。她如果看他一眼,就会发现他在她的眼前突然变老了。但她不愿看他。

接着,她听见他的口气变轻松了,一字一顿。无疑,他想借此逼迫他们的对手,"我难以相信的是,在这个显然很发达的城市里,居然会没有养老院。当然,我不是指那种可怜的收容所——而是像我们母亲这样的妇女能够接受的、环境宜人、生活简朴的地方。"

"有个叫极乐村的,"威勃德先生承认,"许多男女住在里面,在比我们这儿更清爽的环境中相依为伴。但我看亨特太太是不会愿意去的。"他简单地补充了最后一句。

"当修女怎样?"拉萨贝娜夫人面带微笑,崇敬地回忆着说,"我见过几个不信上帝的老太太,在修道院中非常幸福地度过了晚年。"母亲根本不信教,不可能指望她会承认宗教给人们以慰藉。然而,如果她拒不承认一个只要求她表面上服从的组织的实际好处,那就太不知好歹了。

阿诺德·威勃德说:"我看,亨特太太死也不愿让别人决定她的生活方式。"

"用理智说服她并不算强迫。"巴兹尔爵士刚从五里雾中飞出,又一头栽进一开始就包围着他的放纵的气氛之中,因而显得睡意蒙眬:他一伸懒腰,一颗纽扣就从他衬衫上飞脱出来。不过姐姐和律师都佯装没有看见。

多萝茜·拉萨贝娜瞥见了他衬衫开口处的体毛和透明织物下弯弯的肋骨,不由得感到一阵憎恶,但同时在她心中也激起相同的烦恼。她好不情愿地被迫承认:令人憎恶的是我自己啊。

巴兹尔一面从桌边踢她,一面嚷道:"你,多萝茜——你应该去和母亲说说啊!"

"为什么要我去说?"她突然从深思中惊醒,发现自己在高声对嚷。

"因为你是女人,你不是女人吗?"

她委屈极了。"亏你说得出口!威勃德先生为什么——不该去?他是律师,是——母亲的——嗯,知心朋友。"她气喘吁吁地挣扎着说。

至于阿诺德·威勃德,他意识到自己已不再相信言语,不再相信他的生命价值所赖以维系的言语了:它们是藩篱,是烟幕,是刀剑和石头;它们可以变成熨帖人心的暖水袋。然而,如果你过去以为它们将帮助你打开真实的门,那么,你现在看见了,打开的不是一个明亮的房间,而是一个你没有勇气进入的漆黑的空间。

也许，只有在"库杰里"图书室的壁炉前，当亨特太太回卧房休息之后，在与比尔·亨特的一些谈话中，你才算最接近光明（你怀疑亨特太太对她丈夫与你共同持有的偏见感到厌倦）。尤其是比尔谈及年轻时在俾路支旅行，遇到一场地震的那天晚上。当时，你们一起经历了那场地震，周围的房屋在战栗、坍塌，浓烟不但从眼前的壁炉中，而且从瓦砾堆上升腾起来，横七竖八的乌黑的身体，有的无声息地躺着，有的在挣扎、呼号，有时，从地面的裂罅中伸出一只乞求怜悯的强壮手臂。比尔的"故事"讲完了，你们似乎还停留在凶吉未卜的危险之中，乌黑的手指似乎仍然从冒烟的裂罅中伸出来，搜寻着，抓着你的足踝。言语，正如比尔早就大彻大悟的一样，无非是在行动面前失败，正被上帝吞噬的人们头顶上可怜地飘浮的游丝。你们共同经历的灾难，甚至在你们回到"库杰里"图书室的皮椅上之后，还继续使你感到震惊，痴痴地坐在沉寂之中，同时，从某种意义上说，也使你经受了锻炼。

巴兹尔离开椅子，在办公室中一边迈着沉重的步子，一边说："好，我同意，多萝茜，该亲爱的威勃德去说服母亲。我们的建议尽管出于至诚，可阿诺德的诚实毕竟是事实证明的。她决不会怀疑他。"

阿诺德·威勃德暗暗祈求：愿房子顷刻倒坍，让我们三人都从集体毁灭中涤除罪愆。他巴不得发生一场比尔·亨特所描绘的地震，拯救他脱离与亨特姐弟狼狈为奸的耻辱。难道地层不愿吞没他吗？他的祈祷只持续了短短的瞬间，因为他势所必然地想起了拉尔、马乔里、希瑟、女婿（无论你爱不爱他们）和孙子孙女们；詹妮已经能和讨厌的年轻人一起蹦来蹦去了。

这时，巴兹尔抓住窗框，瞪视着下面的海湾，仿佛开始宣读一篇演讲稿："天啊，这些水泥玻璃建筑，什么时候轰然一声，把我们这批昆虫和其他昆虫一起碾得粉碎。其实,这还不算最可悲的。如果因为自己的颜色、花斑或者异常的习性被人选中,钉上大头针,那才是更可悲的啊!"

"啊,亲爱的——"多萝茜很惊奇自己的虚情假意听起来竟那么亲热,"这么美的早晨,为什么说得那么可怕呢?"她纵声大笑,两截露出来的手臂全是淡紫色的鸡皮疙瘩。

"你说得对。有如此灿烂的阳光,昆虫们何必惊慌?"但转身离开窗口时,他也许难以相信:他的大敌居然能够干扰他求生的本能。

律师记起一桩尚待完成的任务,于是便拉开办公室的抽屉。"亨特太太特别希望你们接受它们。"他走到他们面前,递给他们一人一只,信封上面写着各自的全名,连头衔也没漏。

亨特姐弟欣喜若狂地发现圣诞树依然存在。多萝茜一把抓过她那只信封,口中发出吃惊的嘶嘶声,但随即又恢复了她的"教养"。同时恢复的还有她那又细又长经过修剪的手指的有效功能。而另一方面,巴兹尔一把撕开一个难看的口子,差点把里面的东西撕烂。他们粗重的呼吸声使律师很不愉快地联想起一种永远不愿听到的声音:他自己在达到性高潮时发出的声音。

一张阿诺德·威勃德替伊丽莎白·亨特代签的支票,多萝茜真正地被它照耀得眼花缭乱了。"真慷慨,真慷慨!"她叨叨不休,仿佛慷慨是一种被遗忘了的美德似的。真的,她必须践行慷慨的美德:没有不践行的道理,除非光想不做就足以使她感到德行高尚。

"是的,一点不假,很慷慨。"巴兹尔对着支票喃喃地说,"要说这老太婆别的不好,倒总是挺慷慨的。"他声音嘶哑,大概希望借以表达最深沉的感情。"一个人的妻子如果有她一半慷慨,那该多好啊。"

"咳,母亲是有名的慷慨的化身嘛:她自私,但在钱财上,她的慷慨之处是说不清的。"

"该给她打个电话,给她送些鲜花,下午去看看她。"巴兹尔爵士一面试探嗓音有多沙哑,一面折起支票藏好。

拉萨贝娜夫人真想看看他那张支票的数额:并非因为自己有什么可以鸣冤叫屈的,而是出于好奇:巴兹尔是否因为是儿子而占便宜呢?

两张支票结束了一场看来要持续几周的争吵,律师顿释重负:亨特姐弟欢欣鼓舞地辞别而去。

他们穿过外间办公室时,公爵夫人走在前面,笑吟吟地经过海加思小姐、打字员、一个正往嘴里塞香肠面包的满脸雀斑的小伙子和一个刚从毛玻璃小室中出来的小伙计。那是一种笼统一般的微笑,不可能是针对某人的:她觉得太疲倦了。

巴兹尔·亨特爵士,这个杰出的演员跟在后面,一手抓着老威勃德上臂二头肌的部位。"……目前,伦敦西区有几件大事,其中有件特别令人兴奋,可我无法参加了。我究竟能在这儿待多长时间,取决于我们能多快解决要讨论的事情——以及我母亲的身体状况。我们不想让老太太精疲力竭吧,多萝茜?"

她觉得没有回答,也没有再开口的必要。电梯关上时,她扬起头,掀掀嘴唇,对考虑周到的律师发出无言的问候。他们有威勃德先生,她真是谢天谢地,衷心感激:他是多么必不可少啊。可是,奇怪,最最必不可少的人物竟又是那么容易置之脑后。

当他们单独在电梯中时,巴兹尔的舌头发出一种讨厌的声响,他伸直食指,猛戳了一下她的肋骨。"该我来慷慨一下了,上馆子吃饭好吗?我请你,多蒂。"

"谢谢,"她恢复了一本正经的表情,说,"我和美发师有约在先。"

"什么地方？"

他不可能对她理发感兴趣。

"嗯，某个地方：写在记事簿上。"她把手提包更紧地夹住。

他知道她在撒谎，但彼此都不在意。反正，社交礼节上的不诚实是无所谓的。

街上，今天人人容光焕发：悠然闪荡的小伙子穿着色彩欢快的浅色衣服，而那些口齿清晰的姑娘，衣裙小巧合身，辉映肌肤，鲜艳夺目。

"在对母亲的看法上，我们的观点一致，多萝茜，"他说，"知道这一点真叫人感到喜悦。"他们徘徊在人行道上时，他几乎一直在热情地凝视着她；当然，这仅仅是巴兹尔·亨特的一种表演，可是很奇怪，她发现自己为此感到很兴奋（你不得不承认，他的容貌，即使没有你丈夫休伯特·拉萨贝娜那么高贵，却不失演员的迷人魅力）。所以，当他抓住她时，当她不知不觉地投入巴兹尔·亨特的怀抱时，或者，当他亲吻她的嘴唇时，她就不太吃惊了：这简直是自发的委身入怀。

"希望我们能很快见面。"他说，她听出又是那种他最擅长的引人怀旧的喑哑嗓音；同时，他望着握在自己手中的双手——更可能是在望着她的戒指。不过，无论什么吸引了他的注意，他毕竟是第一次被她所吸引了。

拉萨贝娜夫人吃力地爬上一座不久以前在周围的田园风光中还很一般的小山。她觉得感情已经枯竭了。她走进植物园，坐在雕像和琴柱草中的一条长椅上，背后是一片金光点点、欣欣向荣的冬青树屏障。她交叉足踝，若不是有一对青年男女躺在冬青树屏障扇形壁凹的草地上，她原可以欣赏自己式样典雅的派尼特鞋的。那对年轻人的举动很不雅观，结果也影响了公爵夫人。他俩抱成一团躺在那儿的同时,她独自一人坐在长椅上,身子也扭来扭去。

太不堪入目了。

由于某种原因,她眼前浮现出那个护士曼胡德的身影。当假曼胡德及其情人在扇形壁凹中蠕动的时候,为了转移自己的注意力,她从提包中取出支票,重新仔细检查,再次验证它的数额。尽管如此,她仍然觉得从来不曾这么百无聊赖过。

她把身体转得更远一些,避开那对情人。她身体前倾,合起她那纤长的手指:有件事我必须弄清楚,它不是婚姻,不是地位,也不是在那个意义上的爱情。倘若能够问问母亲就好了,但母亲总是那么贪婪,那么淫荡,现在更是老得发昏。

她回头看看那对情人是否听到了她心中想的。他们没有。"嗨!"她情不自禁地长嘘一声。

拉萨贝娜夫人尖刃般的屁股在公园长椅上嘎吱嘎吱地擦来擦去,直到她肯定自己被一根木刺扎了屁股才停住。可是在这个陌生的城市,该请谁为她拔出屁股上的刺呢?

与姐姐分手后,巴兹尔爵士一边考虑搭船来舒适地消磨这天余下的时间,一边漫步向码头走去。他先买了一磅烧熟的对虾,然后决定不坐船了:在童年时代,港湾对岸简直就是世界的另一角,但今天,因为从天边回来,因为暖洋洋的天气,他感到满心喜悦。于是他返身攀登上那座小山,一只手不时地插进装虾的纸袋,贪婪地大吃大嚼。他既赫赫有名,同时又不为人知,完全可以在公共场所狼吞虎咽。即使这样,他路上碰见的许多人似乎都对他侧目而视。他们自己乡下的法律不允许他们在街道上滥饮滥食,而目前这个陌生人却把他们降低到他们也许一直所企望的水平上。他无视他们无言的指责,只顾继续往上爬山,剥虾,把它们塞进嘴巴,吐出虾壳碎屑。

有的碎屑落在透明的衬衫上,尤其落在他的肚子开始提供的架子上。他不时漫不经心地拂掉它们。

这天,巴兹尔·亨特爵士思想波动、摇摆不定,但这也是他总计划的组成部分。就在这天,他无意中从旁门踏进植物园,背靠浓密的冬青树,坐在雕像和琴柱草之间的长椅上。冬青树的另一边,拉萨贝娜夫人正在开始担忧她的肉中之刺。

巴兹尔爵士却无忧无虑,或者暂时无忧无虑。他不再属于这个城市了,他在观赏城市中植物的生长情况。他扯下领带,又往胃中塞了几只对虾。周围是肥沃的土壤、精心护理的草木、肥料的气味、悉尼温暖潮湿的空气,一切都在鼓励植物的生命,促进它们生枝长叶,仅仅从形体上向外扩展,然后衰败枯朽,用车子运走,又一铲铲地送回慷慨乐施的土地。他闭上眼睛,他喜欢这种哲理。棕榈树叶也在拍手叫好。

他可能迷糊了一会儿。

棕榈树在周围痛苦地扭动　吊死他的不是棕榈树掌状树叶而是赤裸的　瘦骨嶙峋的人手　他不是在旅游部广告宣传的明媚如画的风光里　而是在纯粹的极端痛苦中　因此　当他血管中风雷激荡的时候　任何演员都不能扮演他　那弄臣　作为良心的对照物　在闪烁着微弱的光芒　你的良心先你而死　你因而觉得无牵无挂　除了这种无牵无挂的状态　什么高视阔步神气活现的矜持　可憎的高纳里尔和多萝茜　那双泛白的眼睛　甚至被人误解的考狄利娅　全都无关紧要　在解开最后一颗纽扣之前　一切都无从解决　为什么母亲是最亲密的呢　在解开最后一颗纽扣时有多少亲密呢　米蒂·杰克可能会抢先一步　以其破坏性的能力一举割断他们的母子关系。

巴兹尔——亨特?清醒了,周围的琴柱草令他窒息。他(抑或梦中的"他")解开了那颗纽扣,这并不奇怪:它勒住他的脖子了。

他决定当天晚上不去探望他的老妈妈了。是的,他将写封非常迷人的感谢信,所有的护士——以及神经质的犹太管家——都会读它,并且做出各种各样的解释。他们将会念给伊丽莎白·亨特听;除非借助于闪电,否则她就只能视而不见。(她承认了一种失败了的骗术吗?)

巴兹尔·亨特坐在公园的长椅上,弯下腰去,企图了解草叶的奥妙。在他的聪明颖悟退缩到诡计骗术和虚伪的生活背后之前,有一段时间,他确实能够看透事物的本质。

第七章

海加思小姐说:"管家已经两个星期没来领工资了。"

护士们都遵照亨特太太原先的嘱咐,每周按时来领工资,接待她们的都是海加思小姐。威勃德先生也许不愿承认,由于违心地成了亨特姐弟"计划"的帮凶,他一直在避免与莫里顿大道的接触。他想,巴兹尔和多萝茜在他办公室中会面之后访问过他们的母亲,那一定没有提起过有关她未来的打算。他想,如果提了,他们一定会骄傲地告诉他的。他感到宽慰的是,他们并没有因为他不肯充当他们的密使而指责他。

他对秘书说:"我得去一趟,是的,我看必须去一趟。"他从海加思小姐手中接过两只准备交给李普曼太太的信封。

开门时,管家似乎与他一样惶恐。真的,威勃德因卷进了一桩罪恶,良心不安,所以一开口就直截了当地问:"你把这个忘了吧?"

"钱是放不坏的,威勃德先生。"她噘着下唇接过信封,"这几天我心里一直不好受。"她挂下嘴角,同往常一样,决心以最奇怪的表情使自己丑上加丑。

"有什么叫你心里不好受的啊?"

"唔,"她的目光显然想在他的右肩上寻找焦点,"衣帽间的厕所。它不——该说'漏水'吧?"

"该说'冲'。可我们把它修好了啊。就算坏了,你也只需给管子工打个电话,这几年都是他修的。他了解情况。"

律师向衣帽间走去,他一心想着反复无常的马桶,顿时轻松了许多。

"我给杰克逊先生打过电话,他来过了,现在马桶又流得很好了。"她穿着拖鞋,跟在律师后面;由于脚痛,亨特太太允许她穿拖鞋。"对,又流水了,威勃德先生。"

厕所里黑洞洞的,他不得不打开电灯,与管家一起检查便池。他拉了一下铁链,发现马桶冲洗得完全正常。他们像等待神谕似的继续恭候了一会儿。

"唔,杰克逊修得很好。你不用难过了吧。"他非常开心地大笑起来。但立即又感到笑得太愚蠢了。"你付他现钱还是叫他把账单送来?"他问。

"没账单,"李普曼太太垂下目光,盯着马桶中缓缓下降的水位。"杰克逊先生说,这么一点小事,他不能伸手要钱。他这个人很诚实。"她又说。

律师哑了一声:他们总不能老是围着便池伺候一个不再保护他们的神祇啊。

"威勃德先生——"李普曼太太也许要披露自己的真实心事了,"叫我心里不好受的不只是马桶。可怕的,可怕的是要把亨特太太送到养老院、修道院或者别的什么地方去的打算,但我知道的不太确切。"

"养老院?这无论如何也不是我的打算!"他说着逃进客厅。管家紧追不舍。

逃是逃不脱的,但他或许能够让她安静下来。"哪里来的谣言?"他面对着她问道。

"我不知道。我想巴杰莉夫人——还有库什太太——谈起过这件事。"

"该死的摇唇鼓舌——谁说的!对亨特太太本人说过没有?"

"我不太清楚,可是亨特太太有办法知道。"

"如果她没听说,我希望不要再乱传了。"律师曾经是正直的,这时,他以正直人的激烈态度在说话。

"是,威勃德先生。"李普曼太太一说完就走开了。

她走后,不太宁静的房子却来威胁他了。阳光渐渐从房间中退去,里面的家具已越积越多,堆在那儿睡大觉。没有校准的时钟不时地当当乱敲。比尔·亨特酷爱时钟,在妻子的莫里顿大道和自己的"库杰里"摆得到处都是。然而,那叮叮当当的钟声,对于阿诺德·威勃德来说,乃是最严厉的控诉:他部分地背叛了委托人的信赖。

他爬上楼梯,两只脚似乎一路发出不诚实的拍击声。胃中的不适使他的胃成为身上最受注意的部分。隔在他与下面客厅之间的图案复杂的栏杆擦破了他的膝盖,如果在平时,他一定会感到疼痛,可是现在却几乎毫无觉察。

走到楼梯口,他心想不知道将碰上哪个侍者:但愿是曼胡德而不是德桑蒂。当然,还有亨特太太,无论是醒是睡,她都是叫他的痛苦无法排遣的因素。

曼胡德护士走出那间她们称为"护士隐退室"的房间,她可能一直在等他。她已经换下制服,显得不那么可怕了:年轻女人穿的衣裙不能给她们提供多少遮掩,或者这是他此刻的看法。可是,曼胡德护士除了衣裙之外,还裹着一身咄咄逼人的神气:她叉开双腿,屹立不动,两条腿富有咄咄逼人的青春活力,颇有些虚张声势的样子,或者,像一幕哑剧中的男主角。他提醒自己,那不过是一个女扮男装的女子而已。

"晚上好,曼胡德护士!"他觉得自己强装高兴的声音听起来可怜巴巴的。

曼胡德护士清清嗓子:"……威勃德先生。"他就听到这么半句:她吞咽了问候的前面半句,更增添了空气中的不祥预兆。

他必须记住,这姑娘不但性情乖戾,而且现在显然正在气头上。"准备下班了吗?"他不能不继续强装高兴。

"如果德桑蒂护士记得她该马上接班的话。她答应今晚早点来的。"曼胡德护士瞥了瞥手腕。"因为我要做一件重要的事情。"

"病人好吗?"威勃德先生不得不问。

"不坏,"护士随口答道,"其实很好——总的说来很好。"

她盯住律师,含着一嘴骂人的话;或者,他相信,一嘴怒气。

"她现在睡了。"这姑娘在圈他上当吗?

"那我就不进去了。"

"进去,进去吧!她很喜欢您进去——常来常往,所以她说她永远不会睡着。亨特太太喜欢永远醒着——准备大吵大闹。"曼胡德护士粗鲁地哈哈大笑。

若非护士觉得需要再作弄他一会儿,他也许已硬着头皮进去了;他现在也发觉她在逗弄他。

"威勃德先生,"他刚从她面前走过就听见她问,"跟您说句话好吗?"

要拒绝是不可能的,而且,她已经拉着他走进身后的房间了。那是一个他一直不肯进去的地方,一间存放浓缩的往事的贮藏室:那排嵌入墙壁的衣橱中仍然挂着亨特太太的衣裙。(总有一天我要叫你大吃一惊,阿诺德,我要翻身下床,驱车出游,所以,如果不贮存几件可供挑选的衣服,叫我到时候穿什么呢?据说,现在几乎无论穿什么扔在一旁的衣服,都很时髦。)一只衣橱半开半掩,一缕淡淡的霉臭味,一半来自陈旧的衣物,一半来自麝香,从阴暗的柜子中冲他冒出来。痛苦中,他感到那些衣橱中的黑影,不像是一件件柔软空洞的衣裙,而是一个个"老老实实"的人体。

即使他想让自己的记忆在衣橱中的衣物间翻寻,他也不会这么轻率:曼胡德姑娘正阴郁地盯着他呢。

"我想问问明白,"她煞有介事地低声说,"李普曼太太是否让你得到一个错觉。许多外国人有时都很虚伪——尤其是犹太人。您别以为我和李普曼太太有什么过不去——她的心肠很好——但好心肠并不能保证她不会冤枉人。威勃德先生,我可没有扔什么东西进衣帽间的马桶。"

律师听到自己傻乎乎地大笑起来。"我担保李普曼太太根本没有提出这样的指责。"他甚至拍了拍姑娘的臂膀。

可是曼胡德护士仍然忧心忡忡。"我们既然谈开了,还有一个问题,我也得提出来。"

威勃德先生又变得很不高兴,出了一身汗。

她的眼睛变得迷茫、呆滞和湿润了。"就是工作问题,"她说,"我考虑过多时了,我想辞掉。"

一次次的延缓,真叫律师不堪忍受。"那你就没有考虑周到。"他急促不清地说,"我们没有你行吗,曼胡德护士?亨特太太不是最喜欢你吗?我知道她最喜欢你了,你不能叫她失望啊。"恳切的含意使场面变得学生气十足,很不合拍。不过若真那样,倒也好。

"事实上,"她又像笑又像哭似的说,"我不知道自己真正希望什么,我似乎不能控制自己。"

她想扯出她自己的另一个同样令人不愉快的问题吗?他不希望再有什么了。

"我觉得,像你这样的工作,应该给你一种安全感:优厚的工资、至少每天一餐丰盛的饭菜,"他没有加上你无权享用的定语,"以及病人的赞赏和喜爱。"

"当您想做出自己的决定时,威勃德先生,谁的赞赏和喜爱都起不了作用。"这时的曼胡德说话气鼓鼓的,使他联想起那在高高的支撑架上气鼓鼓的风向袋,所不同的是,这只风向袋里灌的是闹闹哄哄的声音,挂在他们对面的一个废弃的小机场上。"无论如何,当你们把亨特太太送到极乐村以后,我留在这儿对她又有什么用呢?"

律师退到走廊上。"还没有做出任何决定呢。就是说,我相信,没有人主张强迫亨特太太去做任何违反她自己意愿的事情。"绝望逼得他懵懵懂懂。"这又是李普曼太太的幻想吗?"他问道,觉得自己在疯狂地挣扎。

曼胡德护士通过肿胀的嘴唇和似乎闭塞的鼻孔说:"是德桑蒂护士告诉我的,所以我不能不相信。"随即有些惊慌失措。"我不想连累德桑蒂护士,您不会责怪她吧,威勃德先生?"

"谁也不会受'连累',不过我们不要——我们大家都不要丧失理智。"他怎么能够安慰别人呢?他自己用不着那些白蚁的蛀咬,就已经摇摇晃晃了。

有时,阿诺德·威勃德疑惑,他在家庭生活中被太多的女人所包围的状况,是否助长了自己身上的懦弱性格。当他从曼胡德护士手中逃脱时,一些他最不愿听到的声音在追赶着他:唏嘘声、叹息声、抽噎声、(女人的)擤鼻声。无论多么热爱和依赖他的那一大群女人,他都难免经常恼恨她们的愚昧无知;对于她们的懦弱,与其说鄙夷,不如说害怕;尤其是现在——让我们面对现实——当女人的懦弱几乎等于男人的奸诈的时刻。

他没有急急忙忙地沿走廊奔向亨特太太的卧室,因为在那里,他将突然遭到女人的顽强性格的审讯。也许,他害怕的正是这种审讯,而不是娇女弱妇那种使他沾沾自喜的盘问。

然而,当他悄悄推开房门时,那巨大的床铺、入睡幼儿的形体和她极端天真无邪的神色,却削减了那引起他心理恐惧的具体原因。她甚至算不上一个幼儿,呼吸或者梦幻轻轻地推着她,像在摇动一束破旧的灰色丝绸。随着呼吸,腮帮有节奏地一陷一鼓。一绺头发在频频起舞,但不像飞蛾那样狂飞乱扑。是的,这就是他最后见到她时那个模样。他本可以立即俯下身去,把这团柔软的东西压毁在两掌之间,或者一劳永逸地从此得救,或者被永远罚下地狱:但两种可能性都可望而不可即,这只柔弱的飞蛾有其刚强的性格,能够阻止自己的毁灭。

"阿诺德,"亨特太太说,"我一直在计——算,"叹息似的喘气在折磨着她,"你有多少礼拜把我忘掉了。"

"上礼拜就来过啊,亨特太太——最多上上个礼拜——大约十天前吧。"她那妄自尊大的小伙伴真的计算起来,"没有忘掉,对吗?"

"要是有事干那倒也不算什么,而要是谈恋爱就要等死人了,或者对于恩爱夫妻——那也一样难熬。"

他们两人都不希望继续谈论这个话题。

她张开眼睑,不停地眨着。"我想,我要见你,是给你看看我收到的巴兹尔——我们儿子——的来信。"

"他对你说了些什么?"律师暗想,当能够离开这幢屋子的时候,他一定会感到从未有过的高兴。(与拉尔一起享用简单的饭菜乃是一生中最大的快乐。那时,可以把自己的经历告诉她。)

"巴兹尔写信感谢我给他那张支票。"亨特太太说,"三个护士都看了——李普曼太太、库什太太也看了——都说写得很亲切。信当然是不错的。巴兹尔是名演员,知道怎么措辞才能——简练有力。

这套功夫他算是学到家了。"

眼睑不眨了;若非失明的双目和电灯的位置使她显得眼窝凹陷,她一定会直接凝视着她的客人的。

"我想请你念念。"严肃认真的口吻把请求变成了命令,而那相当病弱的声调所恳求的却是对她自己的同情而非对书信的赞赏。"看看你是否也认为这封信写得很亲切。"

"好的,如果你指给——告诉我,信在什么地方,亨特太太,我马上就念。"

"放在床头桌上,这样容易找。"她的手向床头桌的大概方向指了指,碰在他的手上。现在,它最充分地表现出生命的短暂。半透明的皮肤下,一根根瘦骨正在等待"烤肉架"的最后处理。

他毫不费力地展开信笺;它一定被读过许多次了。

"请大声点。"亨特太太嘱咐说。

"亲爱的母亲:

在威勃德先生办公室拆开信封之际,我首先感到了您的慈爱;您想出了这么一个出人意料的绝妙主意!不,毫不出人意料;您是慷慨的化身。而今,我富享您的馈赠而愧对您的关怀……"

亨特太太清清嗓子,大概还笑了一声,但律师得继续把信念完,所以不能确切地判断她到底笑了没有。

"我一定尽早地登门面谢,此前,我先敬致我的感激和爱戴之心。在您经受生命的磨难之时,但愿您能得到护士们周全的照顾。她们那种竭诚的献身精神、惊人的魅力以及高超的技术,正是我希望您能享受的。"

"你可念得不太好啊,阿诺德,"亨特太太批评说,"像老头子——抖抖颤颤、含含糊糊的。"

这封信的花言巧语暂时地宽了宽他的心,不然,他也许会反驳她的讥诮。然而,他确实感到老了。即使尽量想象那个致命的打击将如何落在她的头上,他也丝毫不能年轻一点。

于是,他言不由衷地说:"这信——真的,这信写得很好。"

"他们说很'亲切'。"亨特太太指正说,"我也觉得确实如此。"看那舌头和嘴唇的动作,似乎在品尝这封信的滋味。

"不管怎么说吧,我想他来看过你了,自从——可能不止一次吧?"律师冒昧地问道。

"没有,我也不指望他来。除了死亡,"亨特太太说,"我对什么都没有确实的指望。"

一句话触动了阿诺德·威勃德处于休克状态的敏感神经,挤走了他刚才确实感受到的、莫大的安慰。

在某个内心冲突的短暂间歇中,他竭力想安慰几句。"我记得他提起过,说不想让你被谈话缠得太疲劳了。"

这样看来,在莫里顿大道散布流言蜚语的一定是多萝茜;这个狡狡狠毒的女人,竟迫不及待地挥舞起大砍刀了。"嗯,公爵夫人——做女儿的总不会轻易地忘掉自己的义务的。我相信多萝茜一定来探望过你。"

"她来过——哼,来过多次呢。每次来我都在睡觉。"亨特太太的口气那么肯定,他只得放弃自己的猜测。

"我不知道自己是否感到遗憾,"他接着说,"多萝茜给我一个印象,就是只想谈钱,这很讨厌。如果你非想不可,那就想吧,但不要挂在嘴上,几乎所有的罪恶都比金钱来得有趣味些。"

此后,两人谈兴索然,倦于开口了。这时,律师如果没有夜班护士的解救,从而免于陷入更深的沉思,恐怕就难免要沦为焦虑的牺牲品了。德桑蒂护士活像一个精灵,他平时简直不把她当凡人看待。因为她散布起谣言来,所以今天晚上,他倒要再看看她有没有点女性味儿,但他发现对方一切都符合他那审慎、守旧的目光。

德桑蒂护士戴着头巾,对他点头致意之后,就一心忙着照顾病人安宁去了,无暇顾及什么客人了。"您今天过得愉快吗,亨特太太?"她抬起一只骨瘦如柴的手腕,问道。

"你真天真,玛丽!唔,是的——大概还愉快。"亨特太太被迫承认。"愉快也好,不愉快也好,人生到了我这个阶段,就没有什么愉快不愉快可言了。"她转向律师,问道,"我难道有什么理由不感到愉快吗,阿诺德?"

"我看没有——除非你自己以为有。"他希望自己招架住了她的攻击,因而不会再受到威胁了。"很抱歉,亨特太太,我得走了。"

亨特太太置若罔闻。

德桑蒂护士大概想为病人的失礼表示歉意,漂亮的嘴唇在朝他微笑。不过,由于电灯的位置,他看不出她的眼神。她可能同情他,然而他怀疑,即使自己有胆量要求她加以肯定,她也未必肯贸然答应,因为她与他一样,是极其小心谨慎的。

于是,他走下楼梯,穿过静悄悄的屋子。静寂中回荡着当当的钟声、隐隐约约的花言巧语和喧豗的弥天大谎,飘浮着令人气愤的、幽微难明的事实真相的蛛丝马迹。

他住的房屋(明智地借鉴于乔治时代的艺术,出于一位当时极负盛名而今已被人遗忘的建筑师之手),是抵抗中欧黄砖建筑的铁钳的最后阵地。他一跨进屋子,围着围裙的拉尔就马上穿过客厅向他迎来。"我烧了几条黑线鳕鱼,"她说,"还煮了两只荷包蛋。"

他们坐下享受简单的、容易消化的食物时,他发现生活一如自己所希望的那么恬静,不由得感到宽慰。生活毕竟有其不那么令人惴惴不安的一面:他们可以静静地、自由自在地要咀嚼几次就咀嚼几次,嘀嘀咕咕地叨念外孙的小恙,议论商品的价格。

他吃着瓶装梨子(拉尔主张恪守农家妇女的美德),想起说道:"今天晚上我去探望她了。"他不想在咀嚼上仿效格拉德斯通,尽量墨守自己的陈规,咀嚼十二至十五下。

"情况怎么样?"他专心致志地咀嚼,只隐约听到拉尔问他。

拉尔的面孔俯在粗糙然而有益健康的棕色梨子上。他想,朋友们一定认为他妻子相貌平庸,有时他也认为确实是不漂亮:像是某种性情恬静、毛色单调的飞禽。她那低沉而始终悦耳动听的鸣声,时而出人意料地夹进一两声讥嘲的音调。现在,他觉得拉尔容貌奇丑。那面颊上鼻子边的一点痘痕,在他们的共同生活中,尽管是天天看到的,现在却特别刺目。对此,他也觉得诧异。由于觉得对忠实的妻子不忠,他囫囵吞下一块梨。

拉尔提高声音,稍带责备地重复:"探望的情况怎样啊?"

突然,他身体往前一倾。"糟糕透顶!"他用力把话发射出来,嘴中的一些梨也随之喷到了红木桌上。有些梨汁大概一直喷到妻子裸露的手臂上,因为它如洒着强酸似的向后一缩,撞在腰上。

然而,他在莫里顿大道的发现非向拉尔倾诉不可。那些不倾诉就要撕心裂肺的东西,难道她不就是容纳它们的器皿吗?随着年龄的增大,半小时的互相忏悔实际上代替了他们的性生活。通常在这之后,他们才恬然入睡。

"除了亨特姐弟的恶毒用心,还发现一屋子护士都听到一些风声,在胡思乱想!管家也知道了,我看甚至连清洁女工都听说了。"如果他能忍耐到真相大白的时候,那他的声调大概就不至于如此令人反感。"究竟已传得多广,这我说不上来,但我怀疑已经传得很广了。"我有什么不应该高兴的理由呢,阿诺德?一个声音戳他一刀;在记忆中,这个声音听起来更加哀怨动人。"也不知道是怎么透露出去。"对于阿诺德·威勃德来说,这简直是痛疾的呼号。

拉尔吃完梨子,把勺子和餐叉搁在一处。因为他发那么大的火,她的动作更加小心了。

她凝视着他,说:"是我说出去的,阿诺德。"

"你!"这个一生都与之推心置腹的女人,到底是什么人?由于信任她,他竟成了可能比巴兹尔和多萝茜·亨特罪孽还深的罪人。

"你告诉我以后,我不能不告诉别人。我给德桑蒂护士打了电话。事情就是这样的,"拉尔说,"我心里很难过,"她更加困难地继续说,"我可以承认,但这并不是因为对亨特太太有什么很深的感情。她向来太自私,尽管拥有很多的财产——什么都有,但仍然贪得无厌,而且生性残忍。"她气喘吁吁地说,"可是,我同时也尊敬她,认为她是一个美丽的、有才能的女人——有时灵感焕发。"

他不禁暗暗钦佩妻子,她竟以自己的措辞表达了他的心情。但是他又想起她这不忠不义的行为,隐藏在平常的德行背后的奸诈品性,越来越增加她外貌的丑陋。

"我知道你敬重德桑蒂护士。"她继续说,差点没有晕倒,"她们竟会想到抛弃这位可怜的老人,我感到非常震惊,我也就没有静下来考虑一下你是悄悄告诉我这件事的。"

"没静下来想想?这么多年了——还没有——这点修养!"

她望着他,好像估计他会一把抓起餐巾,猛地扔向她的面孔。

过去,甚至当希瑟的早产婴儿夭折时,他都没见拉尔如此悲恸地哭泣过。她的痛苦倾泻而出。眼前的痛苦由于比婴儿夭折更加出乎意料，因而也就更加令人缺乏理智。这时，她显得格外丑陋，阿诺德·威勃德知道自己并不指望她有别的容颜。他也不想掩盖自己的几汪泪水：这样，拉尔和他就彼此彼此，各自都臻善臻美了。

一直到她忘了顾惜自己的餐巾，用它来擤鼻涕时，他才起身走开，以职业所要求的冷静上楼去打电话。其实，他并没有必要给两位傲慢的人物打电话。在翁斯洛旅馆，巴兹尔根本不来接电话，而拉萨贝娜夫人则离开俱乐部与朋友吃晚饭去了。他没有达到目的，或者说省却了一桩麻烦。

这天晚上，威勃德夫妇上床的时间比平常早，熄灯后也没有说几句知心话。相反，他们都发现对方身上存在着这样那样的缺陷，各自攫住这一事实不放，也许还把医治对方良心上的创伤当作自己的责任。

这是一个阿诺德·威勃德从来不曾经历过的时刻：当他接近性欲高潮时，他并不为自己粗重的呼吸声而感到恼火。

道格拉斯·奇斯曼夫妇宴请拉萨贝娜夫人的那天晚上，俱乐部的一位女侍在《电讯报》上读到了这则启事。随着黄昏的降临，多萝茜越来越悔恨，她不该那么草率地接受邀请。在社交上，她向来不顾受惩罚的危险，奉行拖延政策：由于"难以请到"，她终于渐渐地被人抛诸脑后。现在，她想，那人充其量不过是自己少女时代的泛泛之交，她说什么也巴不得被她忘掉。那次所以推荐切丽·布利文特当女傧相，就是因为没有人鼓励多萝茜·亨特去培养亲密的友情；她从来没有知心的朋友。无论如何，如果当初有人鼓励她寻找朋友，她总知道该怎么找的。所以，她不论拥有什么传奇性的经历和斗争武器，都极不愿意进入切丽的世界。

收到母亲的支票后,多萝茜曾经考虑过破费一点,买一件至关重要的衣服:一身甲胄,既可以恐吓任何可能遭遇的仇敌,也可以阻止更加讨厌的、缠扰不休的爱慕者。然而,当她几乎刚把钱存入银行又马上送上取款报告书时,她觉得不能说服自己打散这笔可爱的整数,觉得那件忠实的帕图式样的黑衣裙,只要缀上一两件珠宝,就能够将就对付过去了。她在俱乐部卧室允许的范围内走来走去,暂时产生了一种平安感。她认为,自己中意毕竟比别人中意更重要。她一面走动,一面两手抱肩,懒洋洋地微微摇晃,交叉的双臂紧紧地把银行存款支付报告书压在胸前。她从这份质地坚韧的单据的摩擦中获得了莫大的安慰。

所以,这天晚上,她穿的就是那件帕图式样的黑色衣裙。它质朴雅致,经常把那些惯于挑剔的人惊骇得不知所措,以至于不得不重新评估他们自己的鉴赏标准。还有钻石,无人不为之倾倒的钻石,它们的光芒那么真实,那么无与伦比,镶嵌宝石的框子沟通了晶族矿石与美学之间的通道。这些宝石只是这位过去深谙世故的姑娘聪明地从丈夫家中撬出的一部分。倘若在拉萨贝娜可以折换成现钞的财产中,这部分珠宝不过是微不足道的一星半点,倘若她不憎恶一切形式的谋财害命,那么,多萝茜·亨特就颇可以把自己看作女性中的内德·凯利了。

她站在梳妆台的镜子前揉了一会儿耳垂,然后戴上耳环。这副灰暗的嵌着拉萨贝娜家小钻石的耳环,戴上了总使人感到不舒服。不过这是自我证明游戏中的一环。她拉上长手套,发现细手臂的肘窝上、脖子根的凹陷中以及鬓角等处,都泛着淡淡的紫红颜色;她并非不喜欢自己瘦骨嶙峋的相貌——至少现在如此。

公爵夫人舔舔嘴唇,打电话给楼下要一辆小轿车,但转念想起自己账上那笔整数,便改变主意,要他们叫一辆出租汽车。

她乘着汽车在夜色中穿行。夜,好像弯弯的、被拉开的弓弦,而她则像一支弦上射出的飞箭,飞向北岸深处,飞向道格拉斯·奇斯曼夫妇——他们是什么人?——的住宅。记忆中,她从未越过这座桥,现在也巴不得不要通过。她想象自己靠在床上,面前一碟带壳的鸡蛋,以及只有修女才会切的薄薄的奶油面包。可是,她却让自己乘着汽车,因为事到如今,已经骑虎难下,不得不为了。(除非撒一个连馋嘴的修女也不肯宽恕的弥天大谎。)

高速公路在转弯,在炫耀宛如珠宝的灯火,经过一家不知名的俱乐部的窗户,飞越邪恶的人行道——歪歪斜斜的水手狂呼乱叫,污秽狼藉,使它们更形邪恶。出租汽车驶上另一条弯道、另一座大桥时,东北风穿过玻璃窗上的窄缝猛扑进来,危及她的发型。她第一个袭上心来的欲望就是关严车窗,挡住强盗般的狂风,这时,无能为力的最终感觉又油然而生,她又倚靠在出租汽车内,躲缩在巴黎服装和长长的围巾中(貂皮制品,所以并不比衣裙朴素),以及自己皱皮疙瘩的皮囊内,犹如火车站月台上暂时离开主人(无论是谁)的母狗,瑟缩发抖。

她仅仅模模糊糊而很突然地意识到汽车在飞快地转着弧形弯。一枚枚纷纷爆炸的灯光导弹已经缩小,汽车戛然停在一块平整的椭圆形沙砾地上:多萝茜·亨特巴不得继续蛰伏蜗居在车里了。

道格拉斯·奇斯曼夫妇住在一幢修缮完美、灯火通明的仍相当新的殖民地时代的大厦中,四周环绕的欧洲乔木和日本灌木,都处在一个仿佛必须努力加快速度,以期与主人同步发展的生长阶段。那照料得无微不至的花园,并没有什么因此而出现与众不同的地方,只是有几处灌木遭到了自然力的干涉,留着狂风骤雨的痕迹。随着季节的变迁,有的落叶乔木已经开始披上秋色,但有的树叶好像不是受到秋天的刺激,而是被过氧化物熏得萎靡不振。空气中有一种什么气味：血腥气，多萝茜仿佛记得这种叫法。

除了祈求她的拉萨贝娜自我外，来不及做别的了：一个男人挤过徘徊在一旁的白茫茫一片的仆役，正在打开车门。

"道格·奇斯曼——切丽的丈夫。"他准备好的任何开场白都被匆忙和酒精扼杀了。"我们正要为您担心呢。"

公爵夫人像抽剑似的豁出嗓子："我不至于迟到了吧！您夫人说八点三十，对吗？"

"大概是的。"奇斯曼先生笑了。他是一个相当强壮的男人，肤色红润，长着雀斑。

"八点三十，我肯定不错。"

"是的，是的，"他性情温和，喃喃地说，"切丽有时是会弄错的。"

公爵夫人胜利地解决了时间迟早的问题，眯起眼睛，露出牙齿对道格拉斯先生一笑，作为对他通情达理的报答。他有些迷惑不解，但很高兴。

多萝茜很惊奇，事情居然易如反掌。她经常感到奇怪，自己为什么在另一些时候会丧失这种技巧。只要永远保持她这种拉萨贝娜的高明手腕，那么，无论巴兹尔是演员还是骗子，她就都能从容对付。

"好漂亮啊——真漂亮！"主人领她穿过装饰着方格图案的门厅时，她边走边注意那些显然十分陈旧的器具。"我真要向您道贺呢。"她相当诚恳又有节制地表示赞赏，因为过于热烈地称赞这些丑恶的东西未免有失诚实，对吧？

奇斯曼先生的声音和目光又一次显示出高兴的迹象。"这是切丽的爱好之一，她学过家庭装饰。"他的眼睑比较苍白，在无边眼镜背后更显得缺少血色；颈背与其他年纪相仿、肤色无异的澳大利亚男人一样，布满了皱褶：像蜥蜴，不过是毫无自卫能力的蜥蜴。

多萝茜一看见道格拉斯·奇斯曼的头颈,就感到必须牢牢地把持住自己:她可能很容易大动感情,不是怜悯别人,而是怜悯自己。她必须凭借利剑般的嗓音。她想到只要眯起眼睛,面孔就能变成面甲。(为了防御现已去世的婆婆老埃蒂娜夫人,她曾面对镜子练习过。)

奇斯曼的沙龙——随便他们怎么叫——中,名士贵妇济济一堂,泛出一片素淡的微光,遭受挫折而重新振奋的期望正在慢慢沸腾。男人衣着不一,纷然杂陈,守旧的一身黑礼服,比较爱炫耀修饰的穿着缀有饰边和其他饰物的天鹅绒上装;而所有的女人,则一定全都倾尽了各自的珠宝箱,有一两个甚至满头珠宝,有如昔日的后冠。

拉萨贝娜夫人对大家眯起眼睛,从有些人的微笑中她能够看出,他们深为她的谦逊而赞许她,同时,怜悯她不佳的视力和宽恕她的迟到。多萝茜不得不暗暗承认自己确实来得太迟,因为有几位客人都已经摇摇晃晃,站不稳了,乔治杯①中的液面歪向腰部,泼溅出来,有一杯竟泼在一张白得发青的脸上。

这个面色白得发青、两颊红中带紫的女士,多萝茜·拉萨贝娜看出,就是女主人:曾经容貌俊俏、皮肤光润的切丽·布利文特现在胖得像一只肥大的火鸡。

奇斯曼太太刚刚开始紧张起来,就立即被吸回到白兰地的海洋中去了。客人们都已经轻而易举地沉没在这个海洋之中了。她冲上前去时,珠宝饰物和晚礼服的轻纱,在厚施香粉的脖子和肩膀的周围跳跃飞扬,犹如浪花飞沫。她高高地突出嘴唇,以表示她的热情。这股热情,不但传到她自己的手中,而且透过手套,深深地灌进昔日朋友那比较冷漠的手指,一位公爵夫人:奇斯曼太太简直不相

---

① 乔治杯,仿英王乔治一世到四世(1714—1830)时期式样的酒杯。

信自己的幸运。

"多萝茜。"她号叫一声,让大家都亲耳听到。

公爵夫人离她太近,不能不屈服。当切丽·布利文特·奇斯曼贴着昔日朋友的面颊,边喘息边抱怨岁月、生活和其他熨帖人心的委屈时,多萝茜·亨特·拉萨贝娜抚抱着对方,喁喁情长地回到少女时代,直至两人都又一次站在克里伦旅馆的休息室中受罚。当时,两个年轻姑娘迷上一位真正的公爵,其中有一个甚至大胆地想象自己已爱上他了。

严重的失礼,使多萝茜立即记起自己即将面临的不大严重的折磨,神经过敏地发出"嘿"的一声短促的干笑,挣脱被切丽紧紧胶住的搂抱。拉萨贝娜夫人困窘得满面羞红,不过,在场的一些年长的女士欣慰地发现,多萝茜·亨特并没有失去澳大利亚式的"热情"。公爵夫人觉察,如果要遭到什么伏击,那是在另一个角落:几个年轻美貌的姑娘,穿着衫裤套装,洋溢着青春活力,正在怀疑地微笑着,仿佛完全理解她的举动,或者,更危险的是,产生了误解。

为了让客人分享自己的幸福并向公爵夫人表示各自的敬意,奇斯曼太太带领众人,经过一条似乎摇晃不定的道路,向目标进发。他们有的跟跟跄跄,有的步履沉重,有的蹦蹦跳跳,有的摇摇摆摆,鱼贯从拉萨贝娜夫人面前通过:蓝的,粉红的,粉红的,蓝的;一对对骑士及其太太;扶轮社①的社员,他们紧紧握住你的手套,几乎要把你的手挤成齑粉。骗子掮客,他们不施油彩的面孔和美人鱼似的头发,把又爱又恨的矛盾心理乔扮成天真单纯。所有年纪较轻、行动敏捷的男人,他们大概一直想把你缀在他们的衣服饰边上。

"这是齐拉,是一位演员。"

---

① 扶轮社,富商和专门职业者的联谊组织。

"巴兹尔爵士好吗?"女演员以老练的嘴巴和演戏的腔调低声问。一只不长毛的袋鼠似的女人,从她印在天鹅绒衣衫上的罂粟花下发出颤抖的低音。

奇斯曼太太解释说,齐拉·普塔克擅长演严肃的戏剧,在悉尼北区演过契诃夫的全部主要角色。

女主人热衷于显示她与文艺界的联系。"布赖恩·利尔蒙思。"她喘息似的笑起来,"你要是不留神,布赖恩会写篇报道,要你上报的。"

公爵夫人知道,她已经被写进报道了。

奇斯曼太太的话锋突然转向更重要的问题。她旋过身体,活像一只头重脚轻的陀螺。"道格,有时间让她先喝一杯吗?或者,我们再等一会儿开宴,那该死的女人就会到了?"

她丈夫回答说:"不用麻烦了,宝贝。她要来就该到了,让人等候可不好受。"

人们劝公爵夫人喝了杯酒,他们原来并不打算请她喝,她自己也不想喝。不过直到现在,大概还没有什么东西沾过她的嘴唇。她偷偷地把酒杯塞到一张照片背后。那张写满题词的照片照的是一位穿紧身衫裤的名叫"博比"的什么人。

宴会上,她坐在主人和一位——她惊恐不安地发现——不曾听说过的澳大利亚作家之间。也许,正是由于渐渐察觉她并不知道自己,他才猛拉他的狄更斯式发型的双鬓,同时从对面的镜子中瞥视身边这个虽然知识难以置信的贫乏,但却依然活在世上的女人。

"你不读小说吗?"他不能再让她隐瞒真相了,问道。

"不是什么都看,"她承认说,"我正在读《巴马修道院》①,大概

---

① 此处"巴马修道院"原文为法语。——编者注

是第七遍了。"

"什么名字?"澳大利亚作家的声音极其讨厌。

"《巴马修道院》①。"她重说了一遍,感到喉咙发胀,仿佛在向某人供认一桩秘密的罗曼史,而只要让这个人知道了,那恋爱本身就是亵渎了爱情的纯洁。

"唔——司汤达!"他报以一个颇具文学家风度的微笑,扯扯狄更斯式发型的鬈发,转身向另一位邻座解释——又是对牛弹琴——他如何把哥特式小说②运用于本国的具体情况。

毕竟还有普塔克太太赏识这位澳大利亚作家。她从桌子对面俯过身来,告诉孤陋寡闻的公爵夫人,说自己如何如何从他的鼎鼎大名中获益匪浅。不过,当她继续一次又一次地扑过来时,几乎次次都在夸赞自己:拉里怎么称赞她的阿尔卡基娜,西比尔怎么褒誉她的郎涅夫斯卡雅等等。有一次,她用极其颤抖的低音说:"科拉尔想演柳鲍芙·安德烈耶夫娜,那是疯狂。她身材娇小,却什么契诃夫的女角色都喜欢,尤其是温柔的女性。"

在普塔克太太一次次俯身自诩和一道道菜肴上桌的过程中,多萝茜拨了拨自己盘中的食物,发现切丽恰恰挑选烤火鸡作为筵席的主菜,真是大煞风景。

奇斯曼先生觉察出她的憎厌,说:"太干了一点,是吗? 火鸡总是有点叫人失望。"他很想为他们的贵客做点什么,终于想出了一个主意,突然把想到的东西从自己盘子里拨到她的盘中。"吃块鸡屁股换换口味!"想不出更适当的话了,这个不好对付的公爵夫人,证券交易所的秘密消息说不定会惹她生气。

---

① 此处"巴马修道院"原文为英语。——编者注
② 哥特式小说,盛行于十八、十九世纪,以恐怖和凄凉为其特征的小说。

他显然做了自我牺牲,而且对此满心欢喜,所以她只得咬一口油腻的鸡屁股。可是,在她"感激"的微笑背后,却潜伏着因别人突如其来的小小的好意所引起的内疚感。

宴会之后,女士们在自来水龙头下漱口,重施脂粉,一边对共济会的伙伴交流各自的丈夫对自己做了些什么,或者没做什么之类的事情。这时,一位洗衣粉大王的满面皱纹的老太太离开她们,走到陌生人中间,重新提出关于好意的话题。

"我感到,今天晚上你来赏光,真是太好——太承蒙你的好意了。"她声音颤抖地说。

老太太显然是出于好心,并无恶意,但竟那么话不投机,使多萝茜失望得不知所措。"咳,可是我的心肠不好!"她发出一阵令人难堪的大笑,大声地脱口叫道。

老太太碰上这种莫名其妙的态度,只有颤颤抖抖地微笑着,更增添了一些皱纹,喃喃地说:"我知道,亲爱的,你很谦虚。大家都看出你心肠好。你母亲见了一定很高兴——想不到能见到你:这样一位温顺的女儿。"

切丽·奇斯曼无意中听到最后一句。"啊,对了,亲爱的,你母亲——她身体好吗?真糟糕,我都忘记问候了。"

这时,其他人也发觉有些蹊跷,都把脸转向公爵夫人,迫切地期待着她说出他们渴望知道的意外消息。

在这难堪的瞬间,你要不是沉浸在回忆之中,那一定会很不自在。孩提时代 你的罩衫湿了 黄昏时 叫一双热烘烘的手又拉又扯的真叫人讨厌 多萝茜 乖乖 你不换湿衣服 那就又要生病了 快把衣服换下 给你买烤鱼糕 你知道你多么喜欢吃烤鱼糕啊 还有蛋奶冻 烤鱼糕和蛋奶冻粘在喉咙中 就像出于好意的话语粘在耳朵中 真的 母亲兴致来的时候喜欢弹钢琴 她边

弹边说 说真的 多萝茜 你的脾气越学越拗了 琴声叮咚叮咚地响着。

在这痛苦的瞬间,多萝茜感到,那些夫人太太、那些衫裤套装、那些美人鱼掮客,所有聚集在奇斯曼理想家庭的卧房中注视她的人,可能都已经达成了一致的协议。

于是,拉萨贝娜夫人接过话锋。"很好,切丽,母亲身体很好——可是老了。任何老人都不可能什么都好。从一定意义上说,我看只要思想活跃就算身体健康了,而母亲的思想肯定很活跃,她对周围发生的事情特别关心。"

说到这里,切丽·奇斯曼突然打断你的话。"可真是啊,老人们只有思想活跃才能精神健旺,所以我才把妈妈送进极乐村啦。"

她那么注视着你,一定包含什么暗示,不,一定在分享一桩秘密。

"她喜欢吗?"多萝茜问。

"她一开始就极其喜欢:有年龄相仿的老人做伴,开展讨论——还有花园,真好极了! 有的花畦上种着散发出香味的鲜花,那是专门为视力衰退的老人挑选的。"切丽·布利文特别有用心地对朋友多萝茜·亨特望了一眼。

"我很高兴,切丽,为你母亲在极乐村生活得很愉快而高兴。"

那些与话题无关而只是代替别人听听的女士们,几乎都在肃立恭听。

"妈妈住进去后几个礼拜就去世了,但那里的女总管郑重地告诉我,说母亲很感激我和道格拉斯为她做的安排。"

多萝茜的心在胸口怦怦剧跳。

一阵惊恐的疾风吹过默不作声的女士们中间,只听见奇斯曼太太的声音建议说:"你们说该到楼下男人那里去了吗?"

于是，她们下到楼下。

楼下，男人们谈论着淫猥下流的故事和金钱，谈兴正浓。只有布赖恩·利尔蒙思和那位澳大利亚作家与众不同，他们凑在一个角落里，像一对臭味相投的讼棍在打官司时陈述理由，倾尽了各自积蓄起来的邪恶，现在已经互相厌烦了。当奇斯曼太太带领的一群女人进来时，他俩都垂着无精打采的眼睑，活像刚刚交换了各自的秘密，淘尽了内心的污秽似的。这时，那澳大利亚作家对他的朋友说："现在看我来个够味的。"

宴会后，大家虽然更加疲惫，但同时也更加熟悉。法国公爵夫人其实也不过是个澳大利亚人，对她的新奇已经消耗殆尽。有一会儿，洗涤剂大王忍不住放了一个臭屁。当不在场的熟人的教名，像又轻又空的乒乓球那样被抛来抛去时，大家就听多萝茜缩进她自己的思想，仿佛她真说的是外国话，人们都被微笑和竭力与她交往的努力累得精疲力竭似的。

只有洗衣粉大王的太太不肯让她安静，她走过来坐在新朋友的身边。"我想向你提个请求，"阿特金森老夫人恳求说，"如果哪一天你来看望我，亲爱的，我一定给你做几只南瓜饼。"

公爵夫人谢过好心的老太太，立即请利尔蒙思先生为她找一杯水来。

"不会不舒服吧？"阿特金森夫人关切地问道。

不会，多萝茜让老太太相信她不会不舒服，其实，她一直都在反复酝酿杀母的阴谋。自从拜访了曾经成功地实现了这一目的的这座房子的主人以后，她就确信自己也将这样干了。

宴会开始以来，切丽虽然不是有意回避她，但一直忙于斟咖啡和怂恿客人们醉上加醉。当奇斯曼太太十分笨拙地在贵客中间打转时，你间或瞥见一眼她那兴奋的眼睛，或者那香粉厚度不如当初的颈背。

忽然,她似乎迫不得已地走向拉萨贝娜夫人,俯下身来,清清楚楚地说了一句悄悄话。"把这杯酒喝掉,多萝茜,喝杯酒对你有好处。"她把斟了大半杯白兰地的大酒杯放在客人旁边的桌子上。

奇斯曼太太转身就走,所以拉萨贝娜夫人来不及推辞:即使喝下全世界的白兰地,她也不会醉。由于奇斯曼太太刚才的供认,她一直保持着清醒的头脑,而当她发现另一个人也具有与她旗鼓相当的奸诈能力后愈发不会稀里糊涂了。

阿特金森夫人犹自笑容可掬:因为那只大酒杯,因为那只慷慨的手给朋友斟了那么多白兰地,因为她荣幸地际遇和结识了公爵夫人这样的贵妇人。现在,老太太开始以金色的丝线为她与公爵夫人的友谊纺织保护层了。据她自述,她的婚姻、她与亲爱的孙儿的关系,就是以这种丝线编织的。阿特金森夫人迫切地渴望公爵夫人把她的孙儿想象得十全十美,所以,一直到她已经疾速地浓彩重色地描绘了几笔之后,多萝茜才突然想到自己必须逃出老太太色彩绚丽的世界。在那个世界中,她是一个格格不入的骗子。

开始,多萝茜尽量解释。"我一直没有好好照顾母亲,明天我要在她身边多待一会——待一整天。任何要讨论的事情,我们都不曾讨论好。"

阿特金森夫人大为高兴。"我相信,亲爱的,她一定喜欢极了,任何衰老孤独的人都很难消磨时间。"

终于,她的伪善促使公爵夫人去寻找奇斯曼太太,以便向她告辞。竟没有人阻拦她,也没有人主动帮助她:究竟是她的言行过于谨小慎微呢,还是她的容貌太不讨人欢喜?经过镜子时,她不禁对着镜子感到疑惑。诚然,由于全神考虑心事,她的薄嘴唇变得更薄,苍白而突出的颧骨变得更苍白、更突出。她舔舔嘴唇提醒自己,她朋友是出于对她的深情才安排了这次宴会的。她希望自己的眼睛，即她容貌中最宜人的部分，在表示应有的谢忱时不会使她失望。

她发现奇斯曼太太躺在浴室的瓷砖地上，头上沾着许多泥灰粉末。

"到底出了什么事啦？"她完全了解出了什么事，但这并没有阻止她更加绝望。

"没出什么事，我摔倒了。"对于一个刚刚摔倒的衣饰华丽的庞然大物，她的声音算不得过于哀怨。"我摔倒了，多萝茜，窗帘也跟我一起落了下来。"

当她朋友把她拖到床上时，她又气咻咻地说："谢谢你，亲爱的，你真是一个好——朋——朋友。"每一个词的声音都是从酒气中抖出来的。

多萝茜认为自己有资格感到道德高尚。"我去把你丈夫找来好吗？"

"咳，丈夫！丈夫没有用处——他们知道的事情太多。"切丽的脑袋在浅蓝色丝绸礼服的皱褶中左右转动。"你，多萝茜——我让埃塞尔·阿特金森惹你厌烦了——令人作……"余下的部分被她的咳嗽堵住了。

"可是阿特金森夫人讨人喜欢！她跟我谈了她的孙子。"

"该死的小畜生！上星期，他活活地拔了一窝小鸡的腿，还用枝条挑出它们的眼珠。但这些事情做奶奶的是看不见的。"

在极端憎恶的心情中，多萝茜执拗地想着母亲——可是伊丽莎白·亨特总是看得见的：她总是看见别人最坏的地方。

这时，切丽·奇斯曼睁开已经闭上的眼睛，瞪得滚圆，好像发现了什么似的紧紧盯着。

"你为什么恨你母亲，多萝茜？"

"你怎能这么无情,切丽?"

她幸亏没有遭到进一步的盘问:她朋友睡着了。

拉萨贝娜夫人仓皇逃走时,鼾声从浅蓝色的绸缎中飞出来,追赶着她。即使不能逃脱自我,她至少也必须逃出奇斯曼的屋子,逃出屋子中的纠缠和露骨的指责。然而,似乎还有更多的遭遇在等候她。

楼梯中间的凹室中,一张古旧的沙发上躺着那位澳大利亚作家,或者更确切地说,可能是被人抬上去的。与浴室地板上的切丽·奇斯曼相比,不但酩酊大醉的程度绝非不及,而且醉卧沙发的姿势更加奇特。他被搁在沙发上,仿佛专门为了刁难和侮辱公爵夫人似的。他的眼睛故意盯着她。当她悄悄地溜过无法逃避的凹室时,他掀动嘴唇,赶出里面塞满的话语。

"让我兴奋兴奋,公爵夫人,"她听到他说,"谁我都爱。"

她当然不理睬他,但见他从沙发上一跃而起,对准他估计是她膝盖的部位扑过来时,不由得惊慌失措,仿佛她是足球队员,正在带球过人,所以他想绊倒对方,拦截进攻。

看见这位澳大利亚作家在她后面不远的地方砰然撞上栏杆,公爵夫人几乎宽慰得惊叫起来。她继续夺路而逃。这时她带着的不是足球,而是尽快地摆脱奇斯曼夫妇及其客人的欲望。她的皮衣在飞舞,她长长的貂皮围巾拖在身后,在楼梯上一扫而过。

她奔出屋子,扑进黑夜,穿过更加惊人的、犹如急湍飞瀑般从周围树林中倾泻而出的黑暗,一直奔到郊区街道,才抱着太阳穴放慢脚步。头上,繁星满天,她大概很久——啊,自从离开"库杰里"之后——就没有注意过它们了。但愿能够掀开头顶的盖子,射出突然点燃的思想火箭及其浓烟毒雾,这样,她就可以看得清楚一点。然而,她猜想,清晰的视觉已经伴随着童年的流逝而一去不返了,除非死亡能够创造视力的奇迹。但对于这个奇迹,她是十分怀疑的。

她虽然慢慢地走着,思想却仍然奔腾不止。

曼胡德护士想起一直萦绕在脑际的一个想法。其实,这个主意她谈不上是通过推理想出来的。她可能根本没有学会像书中描写的人们,或者像著名的医生,或者像科尔·帕多一类比较普通的人们那样进行推理;她的主意,似乎一直静静地潜伏在体内的什么地方,一俟时机成熟便倏地跃进脑海。她相信,这就是人们所称的"灵感"。

这天,弗洛拉·曼胡德觉得,她所孕育的灵感即将脱胎而出,变成活生生的真实了。她醒得很早,但继续迷离恍惚了一会儿,以便享受自己的主意渐渐成熟的喜悦。她容光焕发,满心欢喜,躺在维德勒家那已经硬邦邦的坐卧两用沙发上。今天,它却是软绵绵的,对她的身体做出一切力所能及的,几乎是肉体的酬劳。她微笑着让一边面颊擦擦肩膀,舒适地懒洋洋地搔搔腰窝。头发和肌肤的香气那么美妙悦人,她异乎寻常地感受到了自己的魅力。然而,无论程度如何,她不是打算去冒险吗?这时,与她懒洋洋的、刺激肉欲的体香相反,一股鸡粪的臭气扑进敞开的窗户,但她只微微地皱了皱眉头。

一共只有四只鸡,而且还没有四只鸡那么多的粪便:维德太爱清洁了(维德和维迪的生活就是清洁),而且那么可敬,周围邻居中,做梦也没有人会想到要找卫生检查员告状:他们会从其他方面考虑他们患哮喘病的原因;或者,他们会考虑如何为观赏植物弄到一把粪肥。弗洛拉·曼胡德知道,如果说还有人抱怨的话,那只是她自己,在她比较热心护士工作的时候:你不是经常向别人标榜自己的身份吗?然而,对于可敬的维德和维迪,她却从来不曾有过任何怨言。相反,她喜欢他们,很可能还爱着他们,因为她依靠他们超过依靠任何人(她双亲亡故,斯诺·滕克斯闹同性恋,此外,谢谢,没有别的亲人了)。

弗洛拉·曼胡德睁开眼睛:她睁得那么突然,那么滚圆,竟发出一声清脆的摩擦声。她本可以像往常一样,在床上躺过大半个上午,可是今天,她的起床动作却比往常来得利索。在今天这样的日子里,她希望从从容容:先修修指甲,然后洗洗澡,在下午到莫里顿大道上班之前把自己打扮得格外漂亮。一条睡裤的裤管套在大腿上。她坐了一会儿,像某个特殊的、被选中扮演重要角色的人很可能做的那样抚摸着那条大腿。她的皮肤光润无毛,除了两只膝窝外都泛着日晒的颜色,下面是线条柔和的三角形。她曾经打算不穿睡衣睡裤睡觉(首先可以节省洗衣费用),但有一天早晨,当维迪一步跨进她的房间时,只不过见到了另一个女人的乳房,便惊得差点昏倒,所以,她就没有养成裸体睡觉的习惯。

姑娘相当匆促地站起来。是什么使人们长大后便受人尊敬呢?她一边洗掉眼中的睡意,一边寻思。或许是对什么都比较清心寡欲吧,像维德、维迪、威勃德先生、德桑蒂和洛蒂·李普曼,甚至包括巴杰莉——尽管她矫揉造作,自视清高。但从别人的谈话中听出来,拉萨贝娜夫人与他们不同;巴兹尔·亨特爵士也不在他们之列。

弗洛拉·曼胡德给腋窝擦上肥皂,洗过后取出淡雅的唇膏涂抹嘴唇:双唇平和、优雅、温柔。是的,你该把它们的温柔归功于淡雅的唇膏。

而亨特太太:老贝蒂身上没有一丝温柔;但也许可以被选入可敬之列。她会随心所欲地践踏你。即使在她最衰老、最可怜、最虚弱的时候也如此。因为,从照片和油画中可以看出,伊丽莎白·亨特当年是位姿容美丽、热情洋溢的女人,而美丽和热情加上金钱,那就是力量,对吗?有了力量就难免践踏别人,甚至当发青的齿龈在咕咕哝哝地祷告时也不例外。伊丽莎白·亨特喃喃不绝的是祷词呢,抑或是她梦见的当年的美貌——以及男人?所有这一切赋予她情不自禁地践踏别人的力量。难道上帝不践踏别人吗?所有的国家,所有的人们,包括像维德和维迪那么可敬的、善良无辜的人们在内,都像越南人一样丝毫不爽地让上帝的践踏压顶而来。

弗洛拉·曼胡德望着镜中的形象,想起了往事。过去她是爸爸妈妈的"弗洛",不久前她是宛若不在人世的斯诺·滕克斯的"弗洛莉"。往事的回忆,使她怀疑自己的想法是否太过分了。

她并不认为自己是不信教的。她从香蕉园中的日子一直想到梦寐以求的奇迹——那出现了吗?

从那时起,她不仅仅是崇拜,而且需要上帝。

于是,她一面祷告一面走进厨房,同时用赤裸的双足(以及足背)享受维迪家地毯的清洁和舒适。真的,她在拿起魔棒呼地点燃煤气炉前,还跺了一两次脚,以便把舒适的感觉跺进足掌。

不久,维迪做完清洁活,走进厨房:她日程表上的第一桩事情就是打扫甬道、台阶和保持客厅的窗明几净。"你今天起得很早啊。"

弗洛拉说:"今天是个很重要的日子哩。"

她坐在铮亮的胶合板桌子旁边,但只是让杯中冒出的热气暖着她的嘴唇。这回,她不想吃东西,虽然她本来想吃,又有海枣烧鸡蛋,维德的礼物,鸡蛋是他那四只母鸡下的。

"关于亨特太太的事吗?"维德勒太太问,"你告诉我的那件事情吗?这真是耻辱!"维迪一愤怒,嗓子中就冒出约克郡口音,而随着约克郡口音的泛滥,又混进一种仿佛肿大的扁桃腺没有切除似的声音。"她自己的亲骨肉啊!"她气喘喘地说。

"是的,"曼胡德护士说,呷了口变凉了一些的浓茶,"是耻辱。"

她一定希望感受得深切一点,她确实希望感受得深切一点:可是,每当你产生同情时,那帧摆在案头上的伊丽莎白·亨特的相片,她那绣金缀珠的衣袖,那冷峻的逼视目光或者照片上灿烂夺目、傲慢自负的花容月貌,都迫使你把注意力集中在一个嚅动着嘴巴的老骷髅上,于是,你又只能对一位老年病人恪守应尽之责了。

"我想把它辞掉。"她说。

"把什么辞掉啊,亲爱的?"

"护理亨特太太的工作。"

"可是,如果他们把她送进极乐村,你的工作不就结束——自动地结束了吗?"

"等不到他们讨论结束,她可能就先死了。他们会好好讨论的,巴兹尔爵士和公爵夫人都自以为很有教养。"她从鼻孔中发出几声冷笑,其实并不相信自己的看法。

维迪·维德勒也不相信。"我敢说一定是的。他们有的是时间和金钱,而且,巴兹尔爵士——他是个名演员,无论如何,还当上了爵士。"

"他风度翩翩,有些地方很逗人,但好色。我不想担保他有多少教养,但我看,并不是人人都比得上他的。"

维迪一边咂咂嘴,一边扯着扫帚柄上的并不存在的绒毛。"你这样想就对了,弗洛拉!你该成家了,亲爱的,结婚,生孩子。"维迪为自己没有孩子很伤心。

"我不养孩子也行,"弗洛拉接着坦率地说,"不过,我很喜爱小孩子。"她用力地喝了一口浓茶,结果被呛了一下,眼眶中闪出泪光。

约克郡口音又一次升上维迪的咽喉,又一次和由于扁桃腺肿大而发出的声音混在一起。"没有对象就不会有孩子——对吗,亲爱的?"她气喘喘地说。

弗洛拉冲洗过茶杯茶碟,一甩手把壶中的茶叶——意识到时已经来不及住手了——倒进收集鸡食的箱子,好在维迪并没有注意。

"今天晚上我可能回来得很迟。"曼胡德护士告诉房东。

"出去玩吗,亲爱的?"

"我要上街拉客。"

维迪听弗洛拉说出这么一句不伦不类的笑话,笑了,但笑得很勉强。"如果他来找你,或者打电话来问,我该怎么回答呢?"

"回答谁?"

"咳,帕多先生呀。"

"难道我是他的私人财产?"她勃然大怒。

"谁都不是谁的私人财产,亲爱的。"

"我不做他的私人财产。我坚决不做!"

"我刚才不过那么问问。"维迪抱怨道。

就这样 就像扯不出来的真正的绒毛 一大清早就沾在扫帚柄上一样 许多烦恼一大清早就开始包围过来 真正的永久的烦恼中心是什么啊 在坐卧两用的旧沙发上给你修剪指甲时 过于酷爱整洁和实在可敬得厉害的维德勒夫妇打翻了你的指甲油 老天 啊 上帝 这绿色的衬裙那么贴身 把你紧紧地箍住了 如果真的怀起孕来 真的挺着大肚子爬上公共汽车 叫别人瞪着 那可成了什么模样啊 现在只有贪婪的食欲 面前是洛蒂烧的午餐 今天 可怜的事情确实太多 这令人喜爱的蛋糕要是不烘焦那么一点点就好了 讨厌的巴杰莉弯着手指 我丈夫 还是那一套 英国萨塞克斯郡布莱顿公学的毕业生 怎么也听不惯澳大利亚人带着鼻音说话。

当两位护士吃完午餐——或者如巴杰莉格外装腔作势地照搬亨特老奶奶的说法,用完午宴——时,洛蒂说:"如果蛋糕焦得厉害,那请你们原谅。"

"唔唔,没关系。"曼胡德护士生怕漏掉一点蛋糕,使劲刮着盘子。

"味道很美。""美"这个词也许是巴杰莉护士发明的;她微微一笑,那微笑既表示答谢,同时也表示不会不知道蛋糕烘焦了。

"是烘焦了。"李普曼太太老实巴交地说,这种老实巴交的态度更加突出了她的悲伤。"好几天了,我一直想做这种蛋糕,可没想到今天上午要请管子工。"

"你请管子工了?"

"厕所的马桶堵塞了——什么人往洞口丢了不要的东西。"

巴杰莉护士垂下目光。李普曼太太面带忧郁的表情,也许只是偶然地,朝向曼胡德护士。

"别朝我看,洛蒂!不管怎么样,只要管子工把它疏通了就行了嘛。"

"唔,没关系,管子工已经把它疏通了。"这件事既不重要也重要。

巴杰莉护士希望结束这场事后争论,至少她自己要退出了。"在这个国家里护理了几个病人之后——他们都是著名的牧场主——我怎么也不敢把任何不相干的东西丢进马桶了,烂水箱教训了我。"巴杰莉护士把话说绝了,于是站了起来。

"不光是马桶,还有亨特太太呢。"管家今天满脸梦幻的神情。

"好像那老太太会知道似的,洛蒂,你不说她就不会知道,知道了她也不会在乎。"

"她会在乎他们怎样对待她的,"李普曼太太说,"她的孩子。"

"你认为她知道什么吗?"巴杰莉护士正取下头巾,折叠着;她头顶分缝附近的头发已变得稀稀疏疏的,呈灰黑或泥黑色。

"谁知道呢?"李普曼太太不得不自己忍下一切痛苦,或者说听起来是如此。

不管多么憎嫌男人,曼胡德护士终于认为,至少在今天下午,女人也一样讨厌。她的烦恼一定是命中注定的。她一上楼就发现那老太婆把大便拉在床上。(一定是巴杰莉交班之前拉的:难怪她吃午餐时那么沾沾自喜。)

还有洛蒂·李普曼,还有厕所。

当曼胡德护士去扔掉病人床上所有东西,凡是"不相干"(巴杰莉说得不错)的东西一股脑儿都包进一张脏得使人恼火的床单时,眼泪几乎夺眶而出,还出了一身大汗。护士休息室中很可能没有备用的除臭剂。

这时,贝蒂·亨特突然说:"我什么错也没有啊,护士——对吗?我刚才一定在做梦,梦见我的保姆对我很刻薄,她说我一定要吃冷羊肉,不然今天就得待在房间里不准出去。要不,那是凯蒂的保姆,我相信我们雇不起保姆。"

"也许,做错事的不是您。"当个老傻瓜真是何等的福分。

漫长的下午。曼胡德护士取来一本杂志,坐在亨特太太卧室窗前的安乐椅上,想浏览几页。病人似乎已经入睡,她总该感到轻松了吧。其实不然,杂志上尽是老太婆:她们在炫耀自己制作的愚蠢的玩具、钩针编织的床罩和茶壶的保暖罩。一张张面庞像一个个圆饼,身上也像包裹着巨大的、塞得鼓鼓的保暖罩。当她自己脸上的皱纹舒展时,她觉得如有芒刺,扎得皮肤生疼。有一次,她跑出去洒了点金缕梅香水。今天,黄昏不但没有带来爽意,反而加剧了粘在皮肤上的烧灼感。

接着,园门响处,威勃德先生爬上小径。他步履迟缓。又是一个老人:如果他的头脑仍然管用,那也为时不长了;在他选择词语的间歇中,你可以听到他的动脉正在硬化。运气不好,老威勃德偏偏在你要想提早下班的黄昏出现;而运气更坏的是,德桑蒂(圣徒中的圣徒!)竟然也叫你失望。

德桑蒂终于戴着那顶深蓝色的帽子进来了。"我看见威勃德先生的轿车停在门口了。"

弗洛拉·曼胡德反应神速,立即生气勃勃的。"在里面跟贝蒂在一起——轮到他值班了。"她咏咏笑道。

"我看,不得不把他们对她的打算告诉她的,到头来还是威勃德先生。"

"天啊——是这样!"弗洛拉·曼胡德感到气急,因为事实上她正面对着如何度过今夜的问题。"是的,他可能告诉她。我不懂,为什么我——为什么我们非担心不可——不是担心我们自己——而是担心病人生活中发生的事情——我是指与疾病无关的生活。"

德桑蒂护士说:"可是公爵夫人和巴兹尔爵士——我感到担心,因为比我想象的还要令人沮丧。"

"我一开始就不抱太多的幻想。"曼胡德护士说,口气很生硬。其实她未尝不知道自己经常抱有太多的幻想。

她坐在矮凳上,面对着自己在梳妆台镜子中的形象,发觉玛丽·德桑蒂从那顶可怕的深蓝色帽子下在盯着她。

弗洛拉竭力掩饰自己。"我对多萝茜公爵夫人一开始就没有好感——对巴兹尔·亨特爵士也一样。"

德桑蒂没有回答,可能还在瞪着眼睛。她要挑剔什么呢?

曼胡德护士转过身来,说:"你为什么不换顶帽子呢?现在时兴鲜艳的颜色。而且,我看深蓝色对你不合适,使你脸色发黑。"

德桑蒂护士摘下招人嫌恶的帽子。"我舍不得丢东西。"

"天啊,衣服可不能丢!衣服可不是永远不换的吧?不然,可就把女人们变成雕像啦,一种——穿衣服的雕像。"

德桑蒂被逗笑了;弗洛拉·曼胡德发现,她同事确实颇像一尊雕像:眼睛会转动的雕像。真滑稽,老德桑蒂竟会叫你自叹弗如而且又不以为意。

接着,她察觉出德桑蒂护士笑的不是她说的话,而是自己心中酝酿的念头。"我知道作为一个护士,这件事实在与我无关——能够站出来说几句话的是医生——但是,作为爱护亨特太太的老朋友,我觉得有资格找巴兹尔爵士谈谈。当然,不是在这乱哄哄的地方谈——这里干扰太多——我可以到他住的旅馆去,恳求他仔细想想可能给他母亲造成的不幸。"

弗洛拉·曼胡德惊奇地发现,玛丽·德桑蒂开始脸红了。她向来认为德桑蒂并不十分漂亮,可是现在,仅仅顷刻之间,由于某种震撼她整个脸部的原因,德桑蒂变得十分俏丽多姿。

"那你是浪费时间,"曼胡德护士咕哝着站起来,"或者说这就是我的看法。"她巴不得自己是在医院中交班,这样就可以取出图表,以有效的完全客观的冷静态度递过去,然后不再啰嗦半句,转身就走。

不过,尽管这里不是医院,她也一溜烟地跑了出来。

她连蹦带跳地跑着　可还是恨脚步太慢　她砰的带上大门不顾天黑路陡　一丛灌木打到她眼睛　可能是电线开关　不知有些人对树木怎么看待(科尔·帕多　可是酷爱树木　酷爱自然的自发的循环递进的自然)。

谁也不能说她拘束;正是由于无拘无束,才落得现在后悔莫及的困境。正是由于太不约束自己,有一段期间才相信自己需要科尔·帕多。除非我觉得你在我的心上,科尔,否则我就是不完整的,我们真的是一个人啊。真蠢,她甚至把这句话写了下来;说出了的话是过眼烟云,但写下的字,如果有人卑鄙地想借以证明什么,那就会永不消失。

经过威勃德的轿车后,她开始比较——比较谨慎了。这"谨慎"不是她的词语,而是听律师用过的:我看,曼胡德护士,让亨特太太开车子兜风是不谨慎的。她会什么都看不见,几乎肯定会过于疲劳,也许还会感冒。谨慎地生活,谨慎地恋爱。它意味着在谨慎上左顾右盼。结果一事无成。谨慎,如果最终并不可取,那今天也绝无益处。

她一边沿莫里顿大道往公共汽车站走,一边寻思:德桑蒂护士给人一个善于思考的印象,不知她将对巴兹尔爵士说些什么,做些什么,也不知他将怎么说,怎么做。但有一点是确定无疑的:她戴着那顶帽子,他就不会把她看在眼里。可是,在为巴兹尔母亲求情的重大时刻,圣玛丽说不定会买一顶崭新的、真正的漩涡帽的。

弗洛拉·曼胡德因自己提了帽子的问题,稍微有点后悔。不过,有帽子也罢,无帽子也罢,德桑蒂懂得如何对付男人吗?更不必提巴兹尔·亨特了。你只能想象她独自坐在房间里缝缝补补,如果是节假日,那就只会翻阅翻阅《国民地理》杂志。

在公共汽车上,她突然发现有几个男人在注意她。她调头不理那些肮脏的家伙。她设法换了一个舒适的姿势,想把裙子拉下一点,可是拉不下来,只能遮住衬裙。车子不那么拥挤,因为当时碰巧不是交通高峰期间(她能够思考这些实际的问题)。售票员很娇艳:绝非搞同性恋的女人(你宁愿自杀也不愿她是斯诺)。她以厌恶的目光看你。噢,你不能否定,那些下班后从酒店里出来的满嘴油腻的老人,那些下流的色鬼,正拿眼睛盯着你。是这样吧?

这辆非交通高峰之间的公共汽车辘辘而行。

无论结果如何,反正她已经计划定了:在他吃晚饭之前抓住他,也许是在他换上赴宴的甲胄,准备参加某个可能邀请来访的名演员的庆祝活动之前。她将通报自己的名字:弗洛拉·曼胡德。小姐?不,曼胡德护士,看在基督的分上,要给他个暗示。

她跳下原来的公共汽车,换了一路,到站后在灯火通明的大街上徘徊片刻,然后顺小山下坡,向他住的旅馆信步走去。要从容不迫。她从旅馆招待员的电话听筒中听到了他的声音,他要求他们像送托盘中的饭菜似的送"她"上楼。楼上,巴兹尔爵士会扑向"她"这个护士,这个漂亮的护士,这个他刚刚到悉尼的那天晚上就牵动他的目光的护士。倘若弗洛拉·曼胡德肯于坦白承认,那么,随着求见的时刻渐渐逼近,她简直吓得要屁滚尿流了。

所以她在大街上徘徊了片刻,观看橱窗中廉价的订婚戒指,及礼品商店中的蛋白石和袋鼠爪。(穿袋鼠毛制的上装——白色的——第一次会见新闻记者的时候——她的头发梳成矮矮的米娅·法罗式的发型。)

然而,她最不愿意的就是结婚。科尔虽然没有让她尝过当母亲的滋味,却已经在婚姻问题上给了她深刻的教训。当她转身离开那些令她作呕的商品时,她从玻璃板中发现,自己的裙子在旋动。今天晚上,无论走路时多么矜持,似乎都不能不旋。人行道上,男人们一路都在看她:从战场上下来度假的穿便衣的美国大兵,不带妻子甚至带着妻子的匈牙利犹太人,皮肤上斑斑点点、瞪着疑惑的眼睛的神经错乱者。一对色鬼嘻嘻嘻地傻笑着,好像觉察到了他们自己的行为不检点。她朝橱窗望了一眼,发现自己的衬裙也在摆动,她的身体仅仅被更深处的、更深绿色的树叶图案遮掩着。舒特提起过那些从战场上下来度假的美国大兵的眼睛,那些色鬼掀起鼻子,到处乱转,至少,匈牙利犹太人的目光是毫无表情的、一本正经的。一阵嘻嘻嘻的傻笑直向她的脖子边喷洒而来。

她转头望着橱窗里的东西。亨特太太关于找过公羊后的母羊会如何如何的高论,或许也适用于去找男人的女人:人们可以嗅出她的骚气。她伸伸脖子,屁股上的衬裙似乎贴紧了一些。现在,别以为她没有像人们所称的那样"贞洁"了一段时间,尽管这贞洁并不意味着没有心猿意马,或者没有希望某种甜蜜的美梦降临梦乡。这段时间,在维德勒夫妇纤尘不染的胶合板桌子上,她一直都在用纸笔对照日历计算着日子。

直到根据数据,你算出已经准备就绪了。

这就是那些男人注视她的原因,因为她准备就绪了,而且不加防范。她怀疑,不但科尔,而且所有男人都憎恨避孕药丸,认为那不近人情。很自然,男人们纵使并不自觉,也很想搞大女人的肚皮,然后就在一旁观看,越看越自以为了不起。

所以,当她折进一条比较昏暗的街道,准备前去谒见巴兹尔·亨特爵士时,一街的男人都在观望她。关于如何对待衰老的母亲的问题,如果能够悄悄地奉劝几句,那固然可以省却德桑蒂的麻烦,但与她的意图却毫无关系。她的意图开始伸手跺脚了:由于头脑中的想象,她即使没有发狂,也颇有点头晕目眩之感了。

招待员是个黑黝黝的姑娘,看样子好像根本不打理自己的腋窝。她爱理不理地说:"大概巴兹尔爵士在换衣服,准备参加宴会。"这正是弗洛拉·曼胡德所企望的。

招待员皱皱眉头,然后对送话器微微一笑。"有一位曼胡德护士求见,巴兹尔爵士。"受话器中传出一阵电话中通常都有的正常的啪啪嗒嗒的声音,接待员随即搁下听筒,不屑垂顾曼胡德护士一眼,屈尊纡贵地说:"从短楼梯上去,顺走廊向左转弯,五号房间。"她的声音与胶木电话机一样没有感情。如果有个稀客,如果巴兹尔·亨特爵士(澳大利亚广播公司称之为贵宾)在自己房间中收留妓女,那关谁的事呢?

没等曼胡德护士来得及从短楼梯上去,顺走廊向左转弯,那位黑黝黝的姑娘就已经把湿手帕按上患黏膜炎的鼻子了。

来客几乎没有给巴兹尔·亨特洗完淋浴的时间,但他还是出来了,穿着她认为"奢华"的睡衣,边走边用一块粗毛巾擦头发。"找我有什么事吗?"他的声音很自然,疲倦而不显苍老,至少还没有阿诺德·威勃德苍老。

他一定觉察到自己的样子了,因为他立即停止擦头发,嘴唇上和眼睛中都现出一副比较警觉的神情。

她感到一阵突然的惊恐,要不是玛丽·德桑蒂的教诲涌上了心头,那惊恐一定会更深地侵入她的肌体。"您母亲的事,"弗洛拉·曼胡德说,"我想找您谈谈您母亲的事——巴兹尔爵士。"

"哦,请进!"他笑道。她猜测他的犬牙可能成了套假牙的柱子。"我还以为你要对我进行社交访问呢。"

巴兹尔·亨特爵士叉开双腿,背过身子在梳妆台的镜子前往头发上抹油,给人一个印象,似乎穿着睡衣在旅馆的房间中接待姑娘这样的社交访问,乃是生活中最自然不过的事情。而她,尽管在王子医院里受过训练,有毕业证书,有漂亮入时的服装,有相当频繁的性生活(至少直至最近为止),有长期护理一位对一切问题都有许多乖戾的、经常很尖锐的看法的有钱的淫妇的经验,但却永远摆脱不了自己的出身。你的基本知识,仍然无异于科夫港一带乡村的香蕉叶丛中长大的那位姑娘。

因此,她含着她故意点燃的那支颤动不止的香烟,喃喃地说:"我护理亨特太太一年多了,您为什么不相信我会关心她的利益呢?"

他微微弯下腰,以便让镜子里的自己可以盯住身后的曼胡德护士。他瞥了她一眼,她怀疑那目光中饱含着——怜悯?她看出他知道自己是在装蒜,于是吸了一口那支微微颤动的、仅仅为了替自己壮壮胆的香烟。(无非得到了一层烟幕,你说不出抽烟有什么乐趣。)

发刷一遍遍地掠过卷曲的头发和头发上的油膏,巴兹尔爵士的头发越来越亮,他一边继续端详向后掠的发型,一边叹息。"是的——母亲——亲爱的可怜虫。"

说完,他放下发刷,他仿佛与客人解决了一件他们两人之间的事情:履行了对于伊丽莎白·亨特的义务。

巴兹尔爵士取出一瓶苏格兰威士忌酒。当他去房间取冰块时,她从舌尖上吐出一点点烟叶碎片。她并不当真相信舌尖上有烟叶碎片,但抽烟的人们经常有这样的动作。

(如何才能举起酒杯而不露马脚呢?她有当实习生时的经验,在与住院医生的最初约会中曾经运用自如:那些令人欲呕的皮肤白净的年轻医生,他们自己都紧张得很,无从觉察别人的哆嗦。可是,巴兹尔·哈姆莱特·亨特呢?)

"如果你不介意,我喜欢喝淡点的。"事实并不尽然,但差不多可以说,巴杰莉是在赤道上的黄昏时节勾搭上一位茶园主的。

他加了些苏打。她呷了一口,感到酒气上冒,有如刺砭,于是垂下目光。她把淡雅的唇膏融进酒杯,同时注意到了演员手指背上的汗毛。

"行吗?"

"谢谢。"

尽管她的一半自我断断续续地踢着另一半自我,要后者相信她的品行基本端正，相信她真正地关心亨特太太的幸福，然而那比较活跃的一半却以选择一张沙发而宣告了它的意图，正如他以故意坐在她身旁来宣告他的意图一样。沙发既不很大，也不很新，它的弹簧吱吱地提出抗议，但两位坐在上面的男女，却犹如从空漏斗的两边朝下滑，不可避免地越滑越挨紧了。更出乎意料的是气候的突变。由于刚洗过淋浴的身上透过睡衣喷射而出的热气，温带的气候一下变成热带的气候。有一会儿，她感到气喘喘的，呼吸都很困难。

巴兹尔爵士似乎没有觉察自己无意中造成的影响，他正专心致志地考虑他的表演手法，将这出戏演得像他的戏。

"谢谢你今天晚上来看我，"他说，明亮的眼睛盯住坐在身旁的主角，"你不知道，你把我从自我中解救出来了。"

"唔？"宛如一只无可奈何地陷入泥沼的母牛，只能从惊呆的状态中发出这么一声可怜的鸣叫。

"令人沮丧的一天。"

"我不想缠住您——要是，我的意思是，您有什么别的事要办。"粘在牙上的口香糖也没有她上下腭都在设法摆脱的这句话使她难受。"服务台的姑娘说你换衣服准备赴宴。"

"赴我自己的宴会——除非那服务台的姑娘比我知道得更清楚。"他一直在凝视，或者说在透视她；他的右手一直在抚摸着她脑后的沙发套子。

她必须努力克服沙哑的嗓音，它堵塞了她那单调枯燥的声音。"别以为我是想到这儿来吃晚饭。"这句话好像是从沙哑的喉咙中咳出来的。

他没有回答，却宽容地报以一笑，希望她永远摆脱羞怯的羁绊。

他显然在竭力让她轻松一点。现在，她几乎与巴兹尔爵士一起封闭在他的热气之中。她不必考虑下一步的行动，只要露出感激的表情就行了。

那么,是什么阻止她立即享受他的体贴照顾呢?即使找不出什么可信的理由,也不能马上把亨特太太扯进来。最好别把她扯进来。阻止她的不是亨特太太,不是那具大小便失禁的老死尸,虽然在神志不清的回溯孩提时代玩弄和虐待洋娃娃之后,她会突然恢复健全的神志,残忍地捉弄活人,以代替玩弄洋娃娃。你不应该盯住这个真实的女人,你应该盯住洛蒂·李普曼和德桑蒂信仰的那个圣徒的苍白的幽灵。

不过,弗洛拉·曼胡德看见的,不是圣徒的幽灵,而是巴兹尔·亨特爵士的膝盖——以及小腿——它们慢慢地从光滑的睡衣皱褶中露了出来。"我的意思是,我真的是来问你,当你们决定把你们母亲送进极乐村时,是否考虑到她的心情?"她似乎终于获得了一种低沉、柔和,也许甚至还有点悦耳的嗓音,一边说一边团团抚摸自己膝盖的上端。这个动作立即显得很蠢,因为它使她的下身露出更多,更不消说距离更近了。

双方的眼睛都注视着对方的膝盖,这时电话铃突然响了,既分散了他们的注意力,也分开了他们身体间的距离。

巴兹尔爵士自如地应付了这个场面。"我今天晚上不会客,我太疲倦了。"在撂下听筒之前,为了证明自己的话语,他闭上眼睛,颇不愉快地对总机笑笑。

他更为轻快地回到她身边。"什么也没有决定,那不过是一时的想法而已。如果每个为我母亲求情的人都像你这么漂亮,这么温厚善良,这事就很可能不会再提了。"他隔着长筒袜很亲热地捏了一把她的膝盖。

弗洛拉·曼胡德被一只著名的手捏了一把,一下子跳了起来。她激动起来了,并为此感到兴奋,况且,她没有完全喋喋不休地唠叨亲爱的亨特太太。现在,她放心大胆了,不是为了享受自己精心设计的场面,而是为了进一步获得自己的计划必然会产生的结果。

"如果只是一时的念头,"她喘着气说,"那我们至少算把这件事谈清楚了。但您的其他念头还会令人费解。"她以作为自卫武器的比较尖锐刺耳的声音说。

巴兹尔爵士本来也想学她的样,迅速地从声音美妙的沙发上跳起来,不料感到背上一阵剧痛。当终于站起来时,他那并不愉快的微笑变成了龇牙咧嘴。他只能向唯一的方向扑去:他也要实现他的计划。

他猛抓了一把。

大概由于背部的剧痛使他有点失去平衡,他在她臀部右上方抓住一把并不令她自豪的肌肉(多余的肌肉)。巴兹尔·亨特好像很恼火,他的本事居然叫他失望,居然叫一次优美准确的戳刺变成一个粗鄙笨拙的动作。

然而,纵使这样,他们仍然一齐扑到房间边上,又猛然被冰箱咚地弹开,差点掀翻安妮王朝式样①的胡桃木桌子以及上面的馅饼皮等等。

"我早就该想到,"巴兹尔爵士一边说一边亲吻着她的颈背,"我们互相了解,曼——克拉拉护士,对吗?"

"弗洛拉。"

"唔,是的——弗洛拉!太美了!鲜花!"

他们眼睛凝视着眼睛,取得了完全一致的意见:当好奇的欲望彻底地锻炼和考验他们的时候,他们了解了彼此的这种欲望。此外,自己对于这位年长的、仅仅是情欲冲动时才需要的男人到底了

---

① 安妮王朝式样,十八世纪初在英国兴起的建筑和家具式样。

解了多少,她却顾不上考虑。她百分之百地相信他根本不知道她的意图。在这一点上,她占了他的上风。

于是,她倒在他的怀中,毫不掩饰自己的极端兴奋。"嗬,你这不是太急了吗?"

她的话给他一个推卸责任的机会。"这不该怪我啊——对吗?弗洛拉?"

她踢掉鞋子,扁平的双脚走过地毯,然后脱下衣服、衬裙。

巴兹尔爵士说:"衣服既然非脱不可,那我们就不能不脱,对吧?"

"似乎越来越实际,越来越正经了。"她最后脱光了衣服。

"一个真正的波堤切利①笔下的美人!"他回头瞥了一眼,有点担心某个旁观者听到他的老套话。

"我的什么?"他脱下睡衣时,她咯咯笑道。

这个老头子——她的情人——的胸脯正无情地挤压在她的双乳上面。

"对不起,"她眯起眼睛,"我们一定要开着电灯吗——巴兹尔?"叫起这个神圣的名字似乎就更增添了一分肉感。

他一关掉电灯,她就看见一个令人目眩的幻象——那个双目失明的老太婆,他的母亲,亨特太太一定会嗅出这场把戏的,而更糟糕的是,她一定得力图保持自己的尊严。

你躺在床上,感觉到巴兹尔爵士的身子紧紧贴在你身上。他可能不是你所期望的那种艺术家。谁也不是你所期望的人。你读到过所有著名的艺术家都神经过敏。

"你要关掉电灯,"他很不愉快地说,"你不知道你剥夺了我的什

---

① 波堤切利(约 1445—1510),意大利画家。

么啊。"

她哼了一声。虽然巴兹尔爵士已经表明他喜欢自己的意图,但她却不大好对他说,她的意图在黑暗中能够取得较好的效果。

他又说了一些关于"波堤切利笔下的弗洛拉"。

关于这个波堤切利,她一定得问问科尔。她竟这么无知。

"怎么啦,亲爱的?痛了吗?不舒服吗?"他说,声音很温柔,足以使任何有福气的老头手里的姑娘高兴起来。

可是她并没为此高兴起来,相反,她忍住那开始时颇像呜咽的声音,或者说把它变成了一声叹息。

但这似乎使她的情人很满足。

他在她身上到处乱摸,在勘探。她觉得自己不再是一个女人,而是一条山脉。她看到自己在延伸,在五光十色的天空之下,在一张明信片的图画上:那图画叫《睡美人的问候》。

他似乎想啜饮她的眼睛,但没有成功,于是从她的身上爬下。他吻她的脚掌。脚掌上又酥又痒。

"怎么啦?你不喜欢?"他也笑了,不过听起来并不兴高采烈。

"你认为你能爱我吗,弗洛拉?"他的话又一次火辣辣地响彻她的耳中。

"我倒想知道我们在干什么。"

"嗯。"他没有上当,叹息似的回答。

因为她的声音可能未免乖戾,因为她应该报答他,所以她必须骗他:演员之企求于生活的,也许就是诓骗。

因而,她拥抱他;她必须想到他将给予她的孩子:这孩子将体现无私的爱情。"是的,"她喃喃地说,"我很爱你。我只要适应——那个想法就行。"她以全部躯体和力量紧紧地拥抱他,就像某个人曾经紧紧地拥抱她、粗手粗脚地抚摸她、占有她以致使她生气一样。

巴兹尔爵士似乎很喜欢她的拥抱。他变得年轻而激动了。为了那个即将植入体内的金色的婴儿，纵使他要切开她的身体，她也心甘情愿。

就这样他们正在进行一场淋漓尽致的表演。

开始时，他雄心勃勃，掌握着控制权，而现在则是她在左右一切。她要创造一个实实在在的东西，这就是她对自己的行为的唯一辩解：这一点她必须设法让人们理解。我不是，天啊，科尔啊，我不是你想象的那种淫荡的娼妇。她把这些无形的怨言吐进爱人的嘴巴。科尔？

"唔？"这个使她孕育孩子的人　这假想的丈夫把这个词吐回她的嘴巴　她曾想要　啊　科尔　科尔啊　她想要自己的骨肉　自己的孩子　啊啊啊

最后，巴兹尔爵士简直晕倒了，滑下她身体的左侧。他躺在她的身旁，竭力表示并没有精疲力竭。

"你得到，"他气喘吁吁地说，"一切你……所要的了吗，弗洛拉？"他的声音惴惴不安。

"是的。"

她感到不仅平静下来，而且完全平静下来了，更不用说满足了。除了确实已经受孕，她什么都不需要；即使只有一线受孕的希望，她也就觉得不虚此行了。她无法想象婴儿将是什么模样，只能想象远方闪现的一道金光。科尔会揍她一顿吗？她将不得不当面告诉他，因为她厌恶写信，而在电话前面又是个哑巴。

巴兹尔·亨特爵士鼾声不绝。她虽然以为自己不可能在一个陌生的、一丝不挂的男人身旁入睡，但一定蒙眬睡去了。她发觉自己在散步　她只可能与科尔·帕多在一起　在诺默拉的绿茵茵的山丘上散步啊　一块广告牌上印着一行大字　诺默拉欢迎丈夫和

妻子　科尔　如果这确实是科尔的手臂　那他倒似乎很高兴证实他已经知道的事情

巴兹尔醒了,周围的黑暗一定达到了无以复加的程度。他渴望喝杯矿泉水。这并非因为宿醉未消,而是因为这种饮料能使他在午夜时分得到安慰和恢复。他喜欢相信,只要喝口这种纯净的饮料,就可以睡得比较安稳。他摸索了一阵,找到手表,接着才记起自己的视力已看不出夜光表上的读数。他继续向前摸索,最后碰到一盏电灯,他想起不能开灯:还有那位姑娘,那位一起与他睡的护士。他听到她在身旁酣睡的呼吸声。

他比过去更加渴望亮光,他渴望看着那个惊人和出乎意料地给他那么大欢乐的肉体。他也许不够平静。护士可能会醒来,开始颐指气使,或者赏他一顿臭骂。

所以,他只得眨着眼睛躺在床上静思,在他所处的困境之中,没有别的选择。天啊,真想把她一脚踢出去,舒展舒展身体。他翻了个身,却发现自己与她靠得更近了,紧紧贴在她的肋骨上,几乎和她的心在一起跳动。他试图听见她被惊醒的征兆,但是毫无动静:相反,她拉着他更深地沉入梦乡　一个遥远的声音在他心中呼唤　巴兹尔　他的滑溜溜的名字　他什么人都不认识　甚至连呼唤者的性别也无法辨别　只觉得那唤声微弱但却清晰　萦绕不散　他强迫自己清醒过来　把唤声逐出心扉。

他的思绪犹如一匹匹赛马,开始越野比赛,一阵接一阵地发起冲击。他穿着毛皮饰边的黑袍时最显得威风凛凛:扮演奥尔弗罗的剧照,第三场中的镜头。谁也不能否认你的优雅风度(其实,丢香蕉皮的恶棍总是不乏其人的,让他们见鬼去吧)。一俟情况允许就马上飞回英国,重新上演《马拉特斯特》,或者《圣地亚哥的长老》。总的说来,他们喜欢你的奥尔弗罗:一个严峻的、具有破坏力,同时也在毁灭自己的灵魂——一位高尚的审判官。对,演《圣地亚哥的长老》,它角色少,难度不大。女主角不太重要,不至于妄自以为可以喧宾夺主,胡搅蛮缠。有些台词,还有你的嗓音,可以打动任何观众:上帝无所企望,无所追求。他的心永远恬静。只有在无所企望之中,你才能反映上帝的意志。

天啊,如果能够打开电灯,那该多好啊:他多想对着镜中的奥尔弗罗背诵那些已经记熟的台词;可是这个该死的姑娘,在这张狭窄的床上,他难以从她紧紧贴住的皮肤上撕开。他与她粘在一起了。

他又陷入自己的思想。他一直百思莫解的是:他不信上帝,只是企望能赢得一切,希冀有朝一日出人头地,那为什么会一连好几夜地在某几场戏中感动观众呢?每天夜晚,观众都表情激动;每天夜晚,黑暗的剧场中都升起观众的喘息声。只有那个剧作家无动于衷。一个性情乖戾、爱好争吵、抱敌对态度的法国人,他不声不响地来找你的岔子。评论家都直言不讳地抨击那个剧本陈腐不堪。诚然,有的台词毫无新意,一切都有赖于朗诵台词的嗓音;然而,那法国人无法宽恕其实是他自己写出的陈词滥调,企图把失败的原因归咎于你。

现在是护士在演戏了。她在剧烈地打滚,想摆脱梦境,背出她的台词。"别因为我没有叫你亲爱的就以为我不像过去那么爱你了。"哼,你早该料到她爱着别人,也许爱着一大群男人:这个波堤切利的美人,倒不像她的胡言乱语那么下贱。

他禁不住伸手抚摸她那睡梦的表面。她灼热的皮肤对他的手指有所反应,但没有惊醒。他感到有点负疚,因为他那么轻而易举地占有了她,因为她给了他那样的报答,使他又一次看到和听到自己穿上毛皮饰边的黑袍,一言一行都具有权威的力量。也许,这个奥尔弗罗出于淫欲,对玛丽安娜的爱慕有点超出剧本的要求。玛丽安娜不是一个容易扮演的角色，她也成了他的利剑的剑鞘了，尤其是在最后一段两人的对话中：

玛丽安娜：啊，金色的玫瑰！雄狮的面容！甜蜜的面容！
　　　　我拜倒在你的脚下！我的前额贴着爱人脚下的地面。
奥尔弗罗：啊，起来，快点起来！啜饮我，也让我啜饮你！
　　　　再挺起来些！
玛丽安娜：我在啜饮，也在被啜饮，我知道一切都那么
　　　　美妙。

可怜的护士——弗洛拉·曼胡德在扭动。他也在扭动。她无意识地使他充满喜悦，岂止喜悦，可怜的姑娘使他狂欢。无论会不会惊醒她，他都要把狂欢传递给她。她没有发出人们睡醒时常有的叹息，但这次，他们已经成了更加温柔、更加完全的情人了。

如果他真的爱上一位俏丽、壮健，但像她一样普通的姑娘，那会怎么样呢？她对他的爱情抵挡得住他那些淫邪的女朋友吗？她的嘀嘀咕咕会把他变成一根阴沉的木桩吗？真奇怪，"崇拜"他的居然从来都是些不漂亮的姑娘。她们一夜接一夜地来看戏，患萎黄病或者生痤疮的脸上泛着羞红，在舞台的门口徘徊；要不，就是某个年长的、往往很丑的女人，通常都没有什么财产，经常占据的前排座位就是她唯一的不知廉耻的奢侈品了，她坐在那儿用眼睛和裸露的假牙贪婪地瞪着你。有个叫埃斯米·吉尔克里斯特的女人（她自己签名时写作埃·吉尔克里斯特），邀请他到伊斯灵顿去喝茶，他应邀而往，因为他当年还是那么难以置信地天真无邪和——她一定估计到的——容易受惊。她穿着一件镶边的时新服装——当时妇女赴茶会穿的——接待他，竟企图用她的疝带刺激他。作为额外的补贴，

大便也拉到床单上了。他拔腿就跑,一口气奔到公共汽车站时,她家大门上的门环大概还没有停止摆动。

现在,他明白了,他一直盼望的就是获得一位如身旁这位弗洛拉——南丁格尔①一样平常而可爱、虽然感觉迟钝而对人深信不疑的健壮姑娘的爱情:他与她交媾了两次,觉得愈来愈年轻了。那么,为什么还要扮演奥尔弗罗呢?一方面,对于一位声音仪表两全齐美的年长——让我们说"成熟"吧——的演员来说,它确是值得一演的角色;而另一方面,那些禁欲主义的代言人,都在巍巍悲剧脚下的小丘上鼓吹肃杀的禁欲主义的福音。随着他登上空气稀荡的高峰,为了满足富有青春活力的双肺,他的呼吸越来越深。他忽然想起,只有老人——但不是富有青春活力的老人——才会盼望,才能忍受李尔王的衰变。他仿佛站在一块危岩上,迟疑了一下,更加紧紧地抱着身旁那个刚才还毫不推辞地和他再一次做爱的温暖的姑娘。

在那块狭窄的危岩上,他终于开始感到孤独,想唤醒他的伙伴:迟早总得唤醒她的,她可能在装睡。"亲爱的,"他先后对着她的耳朵、她的嘴巴和两个乳头说,他的手臂深深地扎进她的皮肉,像长期缠住树木的铁丝吃进树皮,"我觉得我们将开始一桩事业,一件对我们两人非常重要的事业。"如果他曾经拒绝写一部给自己上演的戏剧,那就是因为该戏剧可能有点像这桩事情。

"唔唔?"她睡得太熟了,但也许并没有熟到连始终存在的意志的撬棍都不能把她和情人撬开的程度。她转过身去,以令人不快的屁股向着他。她是堕落的女人?护士——一想到她们真叫人失望。而他还企图在这健康、纯洁和率真的圣坛前顶礼膜拜,还企图把头埋在那对同情他思想贫乏的乳房上呢。

---

① 南丁格尔(1820—1910),英国护士,近代护理制度的创始人。

愤怒,向他煞费苦心点燃起来的爱火上泼下一瓢冷水。对于这只可怜的母牛,他没有什么,或者只有较少的怨恨。她不过在伊丽莎白·亨特的驱使下奔跑了一个下午,因而倒下了,而后又挨了半夜的鞭打。不,他应该往更远的地方寻找责怪的对象,甚至比指望他为她给他设计的壮丽的自杀筹措一笔金钱的米蒂·杰克还要远,不,必须追根到底,弄清怨恨的根源。我不是通常的母亲——我不能喂奶,可是这——你知道,亲爱的——这并没有剥夺你的——营养。嘿,她不打自招。后来又布施了五千——美元,不是英镑。又是那么一星半点。

他拉上被单,紧压在脖子上;它像把锯子。然后他就一心一意地拥抱自己的愤恨。他忘却了爱情,他一定怀抱着愤恨,迷迷糊糊地睡着了。

感情 包裹在冷峻威严的镶边长袍中 只有在敏锐的瞥视中才表现出来 你瞥见那张老画皮通过每一个受惊的毛孔 通过紫色的爱神之弓发出最后的喘息 你不必动用袖中的匕首 语言只要锐利 就可以致人死亡 生命犹存时 金钱就是生命 否则你失去的就只是时间 既然失去的是时间那你就不如死去 她不能否认这个事实 只能机械地发出 号叫 不愿为另一个生命 譬如圣地亚哥长老的生命 如果奥尔弗罗的观点不足取的话 抛弃自己连半死不活都不如的生命 其实她抛弃自己 无异于一艘破船抛弃残骸和风暴 她抛弃自己仅仅是屈从于杰克设计的未曾表演的自我的自杀。

弗洛拉·曼胡德在床上缩成一团。窸窣作响的窗帘,已经透进闪烁不定的黄褐色的晨光。当她环顾四周的时候,晨光带进的凉意吹拂着她赤裸的皮肤,掀起一层层鸡皮疙瘩。

巴兹尔·亨特的睡相很吓人。他的面部一阵阵地抽搐；一道道皱纹,紧紧地纠结成一个个疙瘩。终于,她也感到害怕了。

她伸出一只手,然后俯下身去,说:"您一定在做噩梦吧。"

"是的,我梦见杀人,或者被杀,可我记不清了,记不起那人是谁。"

虽然声音中睡意很浓,但他目光灼灼地注视着她,想看她是否满意他的解释。可是,她对他的噩梦不感兴趣:好像她心中盘踞着什么不快,或者说盘踞着她自己的谋杀。这使她在相当平常的健康美之外,更增添了一番娇媚:天生丽质,十分妩媚,头发犹如黄褐色的晨光,只是脸上的表情却仍然冷淡而忧郁。

真的,弗洛拉·曼胡德确实痛苦不堪。面前这位陌生的、虽然不坏但令人厌倦的男人,不知道自己现在扮演的角色,也不知道不管他或孩子本人是否愿意,他可能已经使她怀上孩子。她自己可能也不希望来到人世。有时,她怀疑父母当初是否真的有意要生她,或者说并非存心,而只是由于离电影院太远,只得夜夜厮守在家而造成的产物。当然,如果你居然胆敢发问,他们必然矢口否认:他们是虔诚的信奉宗教的人。

可她并不诚实,是个骗子。她不能不看到她自己的孩子具有科尔·帕多的特征,将作为活生生的欺诈的证据而长大成人,而她将不得不把悔恨伪装成母爱。无论从哪个角度看,她都看不见自己的欺诈有终止之日:犹如一面面镜子辗转反射着镜中的景象。

无论如何,这位演员最终是要离开的,不需要了解这一切。而孩子的合法父亲则会继续住在这儿并知道事情的真相。当他们在街上行走,在公共汽车上面对面地坐下的时候,他会在那按理应该属于他的孩子身上寻找自己的特点。哦,她将把孩子带到另一个城市去,在那里,她可以无微不至地爱他,使他不至于怀疑她的欺骗行为,不至于最终怨恨她。

与此同时,巴兹尔·亨特越看沉浸在自己秘密算盘中的弗洛拉·曼胡德,越觉得应该为这一似乎很任性的诱奸行为赔罪。可是,他一直感到疲惫和沮丧,更不必说由于对那个又是自己的母亲的老婆子所抱有的不良意图而嫌恶自己了。其实,向弗洛拉·曼胡德赔罪的问题,应该是并不存在的。他现在相信——他还从来没有这样笃信过,那件事并不仅仅出于性欲:因为她的质朴美,他将会爱她;而她那尚未成熟的性格也会对他的爱做出感激和愉快的反应。

"怎么啦?"她并不真心希望回答,但出于礼貌,感到不得不问一声。

"我希望你吻吻我。"

他的要求那么简单,她不禁哈哈大笑,向他俯下身去。她岂止吻他:她用强壮的手臂抱起他的肩膀,两片嘴唇不断地猛撞他的前额、他的头发,仿佛在竭力要表达某种深埋在心中的纯真的爱。

于是,他从开始时仅仅是她的病人,变成了她的婴儿。这可能正中他的下怀。其实,他的确用鼻子轻轻地抚摩她的乳房,它们充满着爱情和"营养",完全不像那悭吝的、装模作样的、在他的恳求下畏缩的乳头。

当他吮吸着她的乳头,发出种种感激和满足的声音的时候,她感到自己是个双料的骗子,因为她正在诺默拉的绿色的雾霭中,在小丘包围下,躺在橘子树下,怀抱着过去的情人。而当雾霭消散时,怀中的情人却是个丑恶的替身。

然而,她没有流露出苦恼,更没有流露出厌恶,而是继续演完这场戏中的妻子和母亲的角色。

巴兹尔说:"你觉得这是真的吗,弗洛拉?"他真诚地希望这是真的。

她笑笑,开始穿上衣服。

"我们什么时候再见呢?"他问,"往那幢屋子里给你打电话,一定会闹得沸沸扬扬。你欣赏其中的讽刺意味吗?"

她找到昨天晚上踢掉的鞋子,扑过去一把抓住。

"等等,"他说,"我穿件衣服送你出门。"

"服务台上没有人吗?"

"现在只有一个男的,男人是不大会议论我的是非的。"

这时,她不明白自己究竟最鄙视哪个性别;无论男的还是女的,都不能平息她心中不断抬头的嫌恶心情。

所以,她宁愿正正式式地吻他一次,然后拔腿离开。她的肚子也饿慌了:能吃一大盘咸猪肉,外加两只周围一圈蛋白煎得发脆的维迪式荷包蛋。

送走弗洛拉·曼胡德后,巴兹尔想再躺一会儿。直到现在,他头脑中想的还大多是爱情,他甚至想要与她结婚,做她的丈夫。当婚姻意味着西拉酒醉后的詈骂,或者意味着伊尼德带刺的警句时,他不能接受它;但此后他成熟了,重又为这一特别难以担当的角色所诱惑。而最重要的是,有一个女人使床铺永远保持温暖的想法开始表现出对他的吸引力。一个护士:可以照顾你,必要时可以出去工作。不用出去工作,你有钱,你自己合法的钱。小弗洛拉必然会感激地答应的。

朦胧中,他试着把一个名字变换着说:曼胡德护士,亨特夫人,巴兹尔爵士夫人,都很响亮。这个完美的女人还将是他那出戏的演员中一位特别具有吸引力的新人。

他继续朦朦胧胧地微笑着,直到一根头发弯进他一只鼻孔,使他打了个喷嚏。

弗洛拉·曼胡德朝早餐室望了一眼，巴杰莉已经开始吃中饭了，洛蒂·李普曼在一旁侍候。

"你迟到了啊，亲爱的。"管家并无责怪的意思，"我们正担心呢。"声音里不无敬畏的因素，仿佛她相信的是神圣的青春和美神。她真巴不得能立即把食物塞进这尊年轻漂亮的圣像的嘴巴，因为这是她表示自己信仰的唯一方式。

"我不在这儿吃了，我不饿。"

"你没有生病吧？"巴杰莉含着一嘴鸡肝和米饭，大声地问。

"没有生病！"李普曼太太朝巴杰莉鄙夷地大声地说了一句德国话，说得好像在唱圣歌。

"请问，你这话翻译成普通人能懂的语言，是什么意思？"如果李普曼太太的外国语不能让她洋洋得意，巴杰莉护士就会露出愠怒的神色。她边说边把更多的调味汁舀到自己的食物上。（她从来也没搞懂人们怎么竟会"养成吃外国食品的习惯"，但仍然大吃大嚼。）

李普曼太太也降到巴杰莉护士的世俗水平上，阴郁地回答说："如果你想知道，我是说，弗洛拉朵拉的面色很好。"

"啊，天啊。"巴杰莉护士叹道。为了礼貌起见，她先慢吞吞地吃了两口，然后就狼吞虎咽起来。

曼胡德护士心里很不自在。她上楼接班时，就不清楚怀着什么样的心情。早晨回家后，她吃了四只维德勒的鸡蛋、四片咸肉。她睡得太久太熟，一纵身跳下床时，衣服也穿得太急。如果别人看她面色好，说得难听些，那是摩擦的结果：她经常注意到，要想容光焕发，莫过于一个人的皮肤与另一个人的皮肤相互摩擦了。

亨特太太反正看不见你的面色。可是，她会觉察什么，嗅出什么呢？在柔软、无情的楼梯上，曼胡德护士一想起关于公羊的谈话，就满心恐惧，浑身麻木。由于牵涉到她自己的儿子巴兹尔，亨特太太的嗅觉势必特别灵敏。

无论多么急于换好衣服,以免在护士室中遇到杰西·巴杰莉,曼胡德护士毕竟不愿匆匆赶去侍候病人,不愿将极其沉重的心情伪装成轻松愉快。于是,她逗留了一会儿,对着镜子朝自己努努嘴,接着又细细端详塞得满满的衣橱。她想起洛蒂很快就要送托盘上来,接着亨特太太就会一心一意地去做中饭吃什么的猜谜游戏,沉重的心情不禁轻松了一些。

"啊啊,请原谅我!"巴杰莉护士开口对她同事说话前先用一只手遮住嘴巴。无疑,在茶园中,在客轮上,她和巴杰莉先生一定都是这样说话的。这时,她对同事说:"不论她可能会告诉你什么,她过了一个真正愉快的早晨。脉搏正常,十点半通便,一切都是一位乐于减轻病人痛苦的护士所希冀的。唔,吉德利大夫来过了,大夫高兴极了。他很风趣,对吗?我认为大夫确实是个乐天派。"巴杰莉护士摇晃着颔下的垂肉,摇晃着宛若鸡冠的头发,抬起傲慢的鸟嘴似的嘴巴,仿佛突然记起,在这个圈栏中,她的地位高于面前这只漂亮而浮躁的小母鸡。"食欲健旺。"她眨巴着妒忌的眼睛,"李普曼太太说,亨特太太吃了一餐丰盛的午宴,而且还要再吃——再吃当然不给啰。"

"她吃过中饭了?"

"吃过了,因为你来迟了,我们总不能叫她等待吧?"巴杰莉护士要下班了,好不高兴。

曼胡德护士明白,既然如此,那么她与病人之间,就没有什么要做的了:整整一个下午,还有黄昏的一部分时间,她都将守着亨特太太。

她走进亨特太太的卧室。

这幢坐落在莫里顿大道的住宅,虽然经常有风吹来,但往往只是些撩动细纱窗帘的**丝丝轻风**。有时窗帘上肮脏的皱褶被惹烦了，会发出一阵阵剧烈的颤抖，或者气鼓鼓的，有如张满的大风帆。这种宜人的午后轻风，最终将在花梨木和桃花心木上蒙上一层水汽，使这些家具失去鲜明的色泽。那张远离病人，因而对她毫无作用的梳妆台上，摆着一瓶玫瑰，德桑蒂护士执意要把一瓶玫瑰放在病人床前，巴杰莉护士则非把它们移开不可。在这场玫瑰之战中，曼胡德护士老是拿不定主意站在哪边。从来没有人拿鲜花送她，因而她不明白干吗非要插鲜花不可。除非是塑料的：塑料花经久不败。这瓶玫瑰已经凋谢了，而枯萎的玫瑰，无论形状、气味，她都十分厌恶。得记住过些时候把它抛出去：留待漫长的下午去做吧。

　　亨特太太显得很安详。海洋上吹来的轻风已经在她前额蒙上一层水汽：光线射着的地方，皮肤闪闪发光。有几次，她噘出下唇，去吹一绺并不存在的头发。她真正存在的头发又稀又湿，黏黏糊糊地贴在面颊和枕头上。

　　或者由于病人的安详，或者由于自己的谨慎，护士悄悄走上去给病人诊脉：还有其他许多东西需要了解，但必须小心谨慎才是。

　　亨特太太说："蝴蝶——我记得过去常有那些红色的大蝴蝶——砖红色的——在马鞭草上交尾。我经常感到惊异，它们为什么要选择马鞭草那样讨厌的灌木。它气味很难闻。他很讨厌这种东西，老是叫他打喷嚏，所以，我就叫人把马鞭草拔掉了。"

　　在生活中，弗洛拉·曼胡德有许多时候不知如何回答，而现在正是这种时候。亨特太太的话开始时似乎冲你而来，接着却朝别的方向飞走了；但也可能仍然悬在空中，不过不让你看见，不让你理解，而让那些掌握自己和别人命运的人们看见和理解罢了。

　　于是，护士问道："您中饭吃过了吗，亲爱的？"洛蒂和巴杰莉从来不曾想到你会追究落实，像怀疑你往厕所的马桶中扔过什么这类事情一样要弄个一清二楚。

"吃过了,很好吃——如果我能记住吃什么的话。早餐更加好吃,鸡蛋葱豆烩饭,很久以前发生的事情我记得比较清楚。可惜我雇用的这个外国女人不常烧鸡蛋葱豆烩饭。他很善良——说话那么富有同情心,过去是我了解得不够。当然,早餐——他总是喜欢鸡蛋葱豆烩饭,喜欢很早就吃早饭。"

曼胡德护士疑惑地舔舔嘴唇上的一圈唇膏,说:"今天上午过得很好,对吗?你们都很高兴。"

这个皮松肉弛的男人 满胸汗毛伏在你上面吁吁喘气 然后赶来与母亲吃很早的早餐 你还以为演员会被表演爱情和晚饭搞得精疲力竭要赖到午后才起床呢。当然,巴兹尔没有吃晚饭,没有真的在演戏,不过,做那件事情却总是容易肚子饿的。也许是饥饿逼迫他一大清早出来吃早饭;也许是他想象中的对你的爱情,宛如飞去来器①,飞回时成了对母亲的体贴关怀。

无论他属于哪种情况,曼胡德护士都又一次感受到了自己的欺诈。

与此同时,亨特太太喜形于色:她开始燃烧,开始发光了,像她灵感来时那副模样;她的肩膀在不断抽动。"我想到一点东西——"她吐出一点唾沫,"护士,想送给你戴的。"

"需要的我都有了,亲爱的。"一戳即穿的谎话。你怎么也不能接受亨特太太的恩惠:一转眼工夫她就会旋紧恩惠的拇指夹的。

"你需要的东西!赞扬、爱情、美貌——没有它们人也照样能生活。"亨特太太鄙夷地嗤着鼻子。"它们不是必需品。你可以住在沼泽中,像爱尔兰农民那样,靠马铃薯和牛奶过日子!"

---

① 飞去来器,澳大利亚土著居民打猎时使用的一种弯曲的木棍,掷出后能飞回原地。

弗洛拉·曼胡德觉得,亨特太太不需要什么怂恿,现在就已经开始旋紧拇指夹了。

亨特太太舔舔嘴唇,命令说:"把箱子拿来,护士。"

曼胡德护士取出珠宝箱。那十只衰老斑驳的手指便敏捷地摸索起来,直到认为差不多已经摸清楚了为止。

"你看这些宝石。"亨特太太一边说一边让曼胡德护士欣赏,"艾尔弗雷德喜欢拿宝石送我:上一年送蓝的,下一年就送红的。他酷爱星形的,可我一点也不喜欢,"她说,"太像一块块硬糖了。但它们是超——常的硬糖,"她打了个嗝,箱中的珠宝不顾天鹅绒的衬填,撞撞碰碰,玎玲作响,"啊——不是吗?"

弗洛拉·曼胡德正在沉思,或者纳闷,因为她不知道"超常"是什么意思(记得科尔不曾用过这个词)。

看来亨特太太决心不顾护士的心情,继续把话说完。"你得帮助我,"她不得不承认说,"帮助我区分这些宝石。哪块是淡红的,护士?"

"为什么要找淡红的呢?"

"淡红是女性的颜色,对吗?"

"我不知道。"

"是的,我想是的。比起艳丽的淡红色来,"她又打了个嗝,"蓝的比较理智——比较脱俗。"

弗洛拉·曼胡德先为自己和病人,后来也难免为别人感到不快起来。"这块是淡红的。"她说,摸摸亨特太太手掌上的宝石。

"拿去吧。"

"如果我不需要呢?"

"你一定要拿去,你订婚时一定要戴的。"

"我还没订婚呢。"

"你将来会订婚的,不订婚的人几乎没有。"

"我可能当老姑娘呢。"曼胡德护士哈哈大笑。

亨特太太也哈哈地笑了。

笑完后,亨特太太调舌遣唇,说出一句吉卜赛式的预言。这句大多数女人耳熟的话语,会使这个傻乎乎的护士俯首帖耳,引起共鸣。"这是你的命运。他爱你呢。"亨特太太说。

弗洛拉·曼胡德不以为然,嗤之以鼻。"我不知道什么命运不命运。他们在利用您。我根本不可能与一个比我年龄大那么多的男人结婚。"

"小伙子。"

对于古董般的母亲来说,那他当然是小伙子。

然而,他是老了:他颤抖着屁股,犹犹豫豫地放了一个短促的屁,然后挨近你。她感觉到他那衰老的嘴唇轻轻地吻着你的眼睑,拱着你的乳房,而后,他饿着肚子奔到母亲这里。他们一边吃鸡蛋葱豆烩饭早餐,一边策划这桩亨特牌的阴谋。

"即使确实存在我要订婚的问题,难道不应由订婚的男人给我戒指吗?"她生怕落入许多圈套中的某个圈套,尽量粗野无礼地说。

"如果我把戒指给他,要他给你,他可能感到困窘。"亨特太太说,"如果由你来解释你为什么戴着这枚戒指,他将认为这是切合实际的安排。女人往往比较切实。有些男人知道这一点——虽然他们大多不愿加以承认。"

一让那个老太婆把那块淡红的硬糖放入你的手心,你就越来越贪婪地想要占有它了:从某个角度看来,这块被埋葬的星形宝石将重获新生。

"要我收下这枚戒指,那倒的确不错。"弗洛拉·曼胡德愈益粗野无礼,"如果——万一您突然去世,可没有什么证明我不是偷的。"

其实巴不得去死的是她自己：她羞愧难当，无地自容，但不得不说。"您说我们女人讲究实际，"她不假思索地脱口而出，"是这样说的吗？"

"完全说得对。你打个电话给——他叫什么名字——我的律师，请他来一趟，白纸黑字写清楚，这枚戒指已成了你的财产。"

简直可怕：在接受这枚戒指之前，她没有任何财产，而对于这枚戒指的权利，也仅仅存在于这老太太的心目之中。

她咕咕哝哝，不置可否地走出房间，但毕竟还是把戒指装进了衣袋。

下午，正如她所担心的那样，漫长而无聊。她挖空心思，设想一些毫无必要的琐事，或者一些可以加诸病人的戒律。

亨特太太两次想起来问道："你给阿诺德打电话，要他来为宝石立凭据了吗？"第一次问时，曼胡德护士避而不答：她正把病人扶上马桶；第二次问时，她打断她的话："我怀疑，威勃德先生的委托人，是否有一半知道他有多忙？"威勃德先生的忙与不忙，本来与她无关，不过，她从伊丽莎白·亨特身上挖了一块宝石，她担心，他会怎样看待她呢？现在她知道，她需要留下这枚戒指：因为它一直装在她的口袋中，平滑地摩擦着她的大腿，热辣辣地烧进她的皮肉。

德桑蒂终于就要来了。很快，你就可以躲进自己的房间，抚弄你的宝石了。这块宝石决不会完成它的使命：无论亨特太太怎样费尽心机，劝诱你把身子卖给她的儿子，你都不会接受巴兹尔·亨特的求婚，甚至也不会接受他的再次求欢。

这天黄昏，德桑蒂似乎揣着什么特别的心事。她戴着一顶（苍天有眼！）橘黄色的帽子。

"我决定听从你的劝告，"她解释说，"买顶色彩鲜艳的帽子，你喜欢这顶帽子吗？"

简直是糟得不能再糟了。玛丽·德桑蒂戴着这顶帽子,简直是亵渎神灵!无异于弯下身体,把裙子掀到背上,露出下面一丝不挂的光屁股。

"你不喜欢?"德桑蒂护士等待着回答。

"看惯了就会顺眼的,但它与你——不配,护士。"弗洛拉·曼胡德沁出汗珠,壮着胆子说。

她开始介绍病人下午的详细情况。"不管巴杰莉持什么意见,我以为亨特太太有点便秘。巴杰莉总是想当然的。也许,给老太太灌灌肠就行了。如果你愿意,护士,我可以留下来帮你。"

德桑蒂护士微微一笑,那么若有所思,心不在焉:还在考虑她那顶帽子吗?"她便秘吗?"她说,"我们会想办法的。我可以打电话给吉德利大夫,问问他的意见。但不管怎样,你不用留下。灌肠我能对付。可怜的老太太,只剩下一个空壳了。"或是因为自己的想法,或是因为橘黄色的帽子,德桑蒂护士脸上一直挂着微笑。

正当曼胡德护士不耐烦时,她同事突然开口说道:"我告诉你一桩秘密,亲爱的。"有史以来,德桑蒂护士都没有叫过你"亲爱的"啊。

曼胡德护士张口结舌,噤不能声。这句话,出自感情冷淡而受人敬重的德桑蒂之口,与其说使她感动,毋宁说使她惊诧。圣玛丽可是永远不该堕入尘世的啊。

"我下决心了,"德桑蒂护士说,脸上依然荡着微笑,但比先前严肃,"我决定明天到巴兹尔爵士的旅馆去问问,他们究竟打算怎样对待自己的母亲。"

你真想把德桑蒂护士一把推翻在地。"可你以为,你应该去吗?"她好不容易问道,"我是指——干涉别人的家庭事务。那关我们的事吗?"

德桑蒂护士说:"现在,我们不应充当人们所说的那种沉默的多数了。"她仿佛一直在背诵这句话,她说的时候至少摘下了那顶橘黄色的帽子。

曼胡德护士大为震惊。"可是你能做什么呢?像他那样的男人!一个人如果卑鄙得可以抛弃自己的母亲,那么在我们不了解的其他方面,也可能是很邪恶的。"

德桑蒂护士仅仅微微一笑,开始脱自己的衣服。她那过于丰满的胸部,证明了你向来存在却一直不肯承认的想法:她身材不够匀称。

失望在弗洛拉·曼胡德的胸中激荡。"我看你是发疯了!"她有过亲身体验,但她不希望得到巴兹尔·亨特爵士;纵使他母亲想凭借一枚星形宝石戒指来使他俩达成一项长期合同,她也没有欲望。

然而,玛丽·德桑蒂!

"如果换上我,护士,我将非常小心。"曼胡德护士劝告说。

"我一点也没有不小心的意思。"德桑蒂护士穿上制服,头巾还没有戴上:没有谁在戴头巾时有她那么严谨虔诚、一丝不苟。

弗洛拉·曼胡德烦恼不安,心乱如麻。如果你不能相信这具模样端庄的躯体,正如你不相信自己一样,那怎么办呢?如果圣玛丽背地里居然是个娼妓荡妇呢?谁都知道她带着那个上校搭船去海外的事,谁都知道上校死后留给她一笔年金。那上校可能不像她所说的那样衰老愚笨,而他的护士也可能更加诡谲灵巧。弗洛拉·曼胡德不愿去想这些事情,正如她不再需要巴兹尔一样——天啊,再也不要了。她现在惊恐不安的,乃是一位受人敬重的人物受到了失去尊严的威胁。

过了一会儿,曼胡德护士发现自己无事可做,既提不出什么劝告,也用不着帮助灌肠,便离开了。当她沿着陡峭蜿蜒的小径往下走时,她在一个地方滑了一跤,差点没有摔倒。现在没有人值得尊敬了,德桑蒂护士不值得,亨特太太不值得(可怜的洛蒂不能不尊敬她,因为洛蒂是被人遗弃的外国人),大演员巴兹尔·亨特爵士当然更不值得,所以,她只好把注意力集中在可能已经被植入体内的孩子身上,她将以全部母爱和精力去爱他。可是,她的孩子又将爱谁、尊敬谁呢?

她穿着廉价的鞋子,快步滑入溟漾的夜幕之中。

护士正扶你坐起来。

"你看这会发生吗,玛丽?"

"会发生什么呀,亨特太太?"

"唔——我一定得想起来。"这只旧便桶,不论是冥空里想起还是事实上坐着,刚坐下去时总觉得太凉了。

它的扶手很别致,像天鹅颈似的向下弯曲。羽毛很粗糙,但它们的头,甚至嘴巴却不粗糙;而真正的天鹅嘴像个疙瘩——脓疱。

"你看到这些木雕的天鹅头了吗,护士?它们是被巴兹尔的双手磨光的。他在'库杰里'生……生那场差点送命的大病时,使用的也是这只便桶。埃尔弗雷德经常扶他上去,有时——最后,我也扶他。"

"是吗?真有趣!"

她很快就会走开的,让你听天由命。她们都是这样的。是的,她们总是离开你。

"紧紧抓住扶手,亨特太太。您看您自己能行吗?"

"完全能行。这是件很可靠的家具。现在不是很管用吗?"

"是很管用,而且还很漂亮。手铃放在您的身边,需要我时可以摇铃。"

"好的。"

她走了。为什么不走呢?便秘就是赖在旁边不走的护士引起的,指手画脚,把你当作一捆脏衣服。

　　整个下午和晚上　你都希望迷迷糊糊地进入不允许你进入的难以应付的地方　一只护士的鞋跟发出犹如发脆的玫瑰花抖动似的声音践踏着你的脑袋(吓　不是思想　护士)后来在其他房间里两个人的声音在谈话　叫名字　或者合在一起　或者各自分开地捶打你　伊丽莎白　人们从来都是这么叫我的　没有简化的叫法

　　伊丽莎白　这是我的教名不是吗　此外父母亲　父母亲还给了什么呢　无论你喜不喜欢　就是这个名字　她的身体撞碎了另一个人的身体　他饮弹而死了　孩子是父母亲交给保姆养育的玩偶

　　我倚靠在冰凉的便桶上　护士　我可不是玩偶　无论多么昏昏欲睡　寒冷　都不能改变你的决心　你必须弄清行进的方向　那个海岛　那是一场风暴吗　当然是的　你希望得到那个男人　多萝茜逃之夭夭　还想从小镜子里见上一面　夜曲奏出了那最后一晚的情景　一无所有了　除了七歪八斜的树木　有的还重击过屋子　像人与人之间的关系似的搬走了　然后朝水边走去　天鹅伸长脖子在水中嬉戏　一会儿伸向水里　一会儿高高昂起　寻觅食物　风暴眼中你全身水渍　天鹅找到了食物就不再咝咝作响了　像孩子们一样　为什么要骂多萝茜他们一通　出于自傲　因为伊丽莎白·亨特自己就是天鹅　黑色的天鹅。

　　咦　别踢红木便桶　那只会踢伤脚跟。叫护士来?不。一只玩偶匣子①一旦失去弹簧,她们能有什么办法呢?不必叫了,只有把它扔掉。玩偶匣和海岛。我千万不要想到那个海岛上去。我不是圣人——所以——目前——我必须避免一切那样的想法。

　　爱情,比起对巨大而不可捉摸的云雾的崇拜来,毕竟更加亲切,

---

① 玩偶匣,一种一打开盖子,玩偶就会弹出来的玩具。

更加温暖。想想那个傻乎乎却富有人情味的曼胡德吧。婆娘气太重:对了,婆娘气太重。伊丽莎白·亨特从来就不那么婆婆妈妈,她的缺陷在虚饰的外表之下藏匿得太彻底了:巨大的、令人目瞪口呆的、有时甚至痛苦的缺陷。尽管如此,为了别的目的,你还是带着这些缺陷活了下来。那个傻乎乎的弗洛拉·曼胡德,你把淡红的宝石送给她,只能使她的药剂师更加爱她。但无论如何,你朦朦胧胧中思念着她,毕竟比较畅快。

经过那么多的失败——最惨的,啊,实在太惨的是,我亲爱的艾尔弗雷德生来就缺乏报仇雪耻的手段——之后,除了作为完全的施舍者,你不能希冀得到女人的满足了。

婴儿刚出生时像羊羔般匆匆落地,但进入冷漠而广阔的世界以后,却变得那么出乎意料地难以对付。

爱情,是我的艾尔弗雷德渴望的,是那个药剂师要求的,却又是我和这个护士不愿得到的。

也许,那块淡红的硬糖似的宝石,将无异于普通的铜便士。

"护士?你不把手铃给我,要我怎么摇啊?德桑蒂护士!肺也不是皮鞋制造的。天啊!我会死在这只该死的便桶上而没有人知道的。"

玛丽·德桑蒂有时也奇怪自己为什么会住在现在这个地方。不过,她总得有个地方住。她经常答应自己搬家,可是她的某些天性——被动的性格,或者女性的孤独——至今一直阻碍着她这样做。在这套地处方便之地的小公寓里,她只是白天待几个小时,而且大部分时间都是睡觉。何况租金又低,当然,考虑到暴露在对面深红色砖墙上的丑陋的管道,也许并不算十分低廉。不过,她可以在窗台上放置一盆花。如果炉子陈旧、有臭气,或她不想吃东西或不想自己煮的时候，奶油面包和浓茶倒有的是，偶尔还有香烟，这就是她的标准食谱。她睡的那张狭窄的长沙发上方，钉着妈妈的像。她发现几乎所有偶尔来访的客人，一见这像，无不眼生薄翳；而在她自己看来，妈妈的像则无非是窥探祖先的窗口。由于年深日久，积满尘垢，加之被矛盾的感情所阻塞，这些窗子已经无法开启了。无论如何，她决心不做崇拜往昔的信徒。虽然她把爸爸的毕业证书与自己的护士执照并排挂在那不用的三角形会客室的一面墙上，而且，在那个毕业时就很聪明地买下的活动书架上，至今还排列着爸爸的和她自己的医书。她很喜欢她的书，藏有一些名著，如乔治·艾略特、康拉德写的书，还有《修道院与家庭》《月亮宝石》等等。当心情沉重或者感到寂寞的时候，她还念几首诗。她能以恩里科的腔调，结结巴巴地朗读但丁的作品。另外，窗台上还摆着一盆格外美丽的、天鹅绒一般柔软的、深红色的樱草，已经精心栽培多年了：她喜欢感到自己生活的房间有点生气勃勃的东西；不过，这种闲情逸致，只是在不太重要的时刻才会萌生。因为她有工作。工作，就是她的生活，在工作中，她感到幸福。

无论怎么说吧，这反正是好心人塞给她的令人感到舒服的理论。她天生沉默，不爱争论，所以，她虽然意识到她的一切工作都无非是在布满路标、通向"幸福"的阴森森的迷宫中转移注意力的权宜之计，但仍然接受这种理论。

有理智的人会从护士的工作效率中获得慰藉：干净的便盆上盖着浆洗过的白布，衣服和体温图表安置得十分井然；或者，会在糖衣药丸和安瓿固有的神秘气氛中振作起精神来，尽管他们自以为很有头脑。为了安全起见，那些五彩缤纷的糖衣药丸和不太显眼、却更为可怕的安瓿，都锁在浴室门后的钢制药品架上。所有这些东西，每天夜晚出现在你这具宝贵的肉体前面，但与你有意义的生活却只有非直接的关系。世俗的姿色已经从你的肉体上消退,但肉体中的灵魂却将从床上升起,将站立在敞开的窗口上,簌簌地反射出光线,最后飞进突然出现的公园,飞到挂在南洋杉和橡树之间的白色织物中间。你的灵魂将双膝跪下,亲吻那缀满珍珠的织物边缘。织物沉甸甸的,沾满露水或者泪珠。

德桑蒂护士经常对自己萦绕不散的冥想感到羞愧,正如相对而坐的男人们盯着她的胸口,或者当曼胡德护士的不屑态度犹如卷尺般绕着她的胸围时,她不免为自己的胸部感到难堪一样。

今天早晨,下班回家后,玛丽·德桑蒂睡不安稳:她的思想和身体都不允许她休息。她像一块木板,在狭窄的硬邦邦的长沙发上翻来覆去;一块被不断悄悄潜入的思想咬得千疮百孔的木板。她每摇晃一下身体,乳房就剧烈地骚动起来,好像要摆脱羁绊,但同时却并没有脱离她。那顶显然为弗洛拉·曼胡德所鄙夷的橘黄色帽子,她一想起来就不寒而栗。她竭力闭紧眼睛,把它从心目中挤出去。有时,在白天,尤其在今天这个重要的早晨,她简直不敢相信亨特太太能够活到晚上,或者不敢相信自己还能领受黑暗赐予的宁静。

在那包裹她的小盒子几乎从金黄色的阳光、交通的喧嚣以及聚集在它里面的汽油味中飞离的当儿,她被迫起床了。不如起来洗洗袜子,然后把它们晾在无可凭眺的窗口的绳索上。她对着晨报坐了一会儿,一个字也读不进去。沐浴之前,她梳好头,上上下下、前后左右地把自己端详了一番,仪式之复杂,前所未有,大概是第一次。

打扮好之后,她毫不犹豫地戴上那顶平常戴的深蓝色帽子,穿上一件与帽子相配的、样式陈旧却相当中看的上衣(弗洛拉·曼胡德斥之为与帽子一样粗鄙不堪)。她虽然没有穿制服,看上去却像穿制服一样,德桑蒂护士以为,这没有什么不好:穿着非正式的制服,她心里比较踏实。

她考虑过,现在对演员来说既不会太早,对她来说也不会太迟,使她错过这么一个仪表堂堂、大名鼎鼎的人物。果然,接待员在电话中的字斟句酌的话语,满面堆下的迷人的微笑,以及那一个无疑专为最受宠爱的人儿保留的笑靥,立即表明巴兹尔爵士在自己房间里。

"他马上下来。"姑娘说,渐渐消失的微笑掠过最后一丝笑影。

护士感激不尽地接受了接待员的恩赐,在服务台对面坐下等待,像在客轮的甲板上或布朗旅馆的休息室中坐在艾斯丘上校身边一样叠起足踝。她突然想起妈妈曾经自称是拜占庭的三位皇帝的后裔,但这个念头转瞬即逝,而且使她很困窘。玛丽·德桑蒂避开自己的各种思想,整整深蓝色的王冠,咳嗽一声,清清喑哑的喉咙。如果嗓音喑哑,那就可能模糊她期望一定要说的言语的意义。

巴兹尔·亨特爵士奔下最后一段短楼梯,表现出一种大概出乎她意料的态度。这也许是因为他衣着随便,超出——哎呀,她没有试图预测什么啊。事实上,他确实不修边幅:系着佩兹利①图案的丝领带,领带的红色映照着本来就很红润的刮过脸的皮肤;鹿皮上衣的袖口翻在翠绿色衬衣的袖口上。然而,更令她惊讶的毕竟不是衣着如何,而是那上气不接下气的快活劲。演员的鞋底咯吱咯吱地踩过休息室的地毯,仿佛拙劣地模仿手脚灵活的小孩子的稚气。幸而他终于使你相信那是他的真实步态。

相形之下,德桑蒂护士显得过于做作,竟如一个现在有时叫作雕塑的硕大、笨拙的洋娃娃,穿着一件毛毡或者羊皮的衣服。似乎这还不够荒唐,她还听到自己在呵呵傻笑,活像某个实习护士在诉说自己如何与放荡的外科医生在夜总会中混了一个晚上。

---

① 佩兹利,苏格兰西南部的城市,所产纺织品印有弧形的抽象图案,精巧而绚丽。

这时,巴兹尔爵士捏了一把她的胳膊,下巴搁在佩兹利图案的领带上,两眼直逼她的面孔,想使她不觉得那么丢脸。他的眼睛与他母亲当年的眼睛一样,富有感人的超凡魅力。"这真是不胜惊喜之至。"他极其自信地说。

"啊,我并不希望打扰您!"德桑蒂护士低沉的女低音痛苦地讷讷地分辩说。"我来,"她慌慌张张、结结巴巴地继续说,"只想表明我多么——我们全都多么——感激亨特太太。"她嘶嘶地说,像一个笨拙得可怕的说客。

巴兹尔爵士领她走进花园的一处地方。透过法国梧桐的秋叶筛到他们脸上的黄色光线,花园渐渐展现在他们眼前。

"母亲——是的——母亲不是一个非凡的——美丽的——罕见的人吗?"他的稚气终于脱掉了,他开始像一个她所期望的严肃的男人,不过,还谈不上完全一本正经。"我很高兴你来看我,"他亲切地继续说,"尽管你搞得我有些措手不及。"他冲着她哈哈大笑,表示他的话并无指责的意思。"因为我一直想多见见——全心全意地照顾我母亲的人,以便——对你们有更深的了解。"

他最吞吞吐吐的时候,也就是最严肃认真的时候。这正是她所盼望的。现在,她已经发现这一点了,那就必须小心提防。他就是爸爸;爸爸,一位年长的、高尚的然而懦弱的男人,要求得到爱、理解以及他赖以生存的麻醉剂。玛丽·德桑蒂受到极大的震动,垂下目光。

巴兹尔爵士几乎立即赶来援救她。"不知道我该请你喝点什么?"

"啊,时间太早了吧?"她笑道,"我来这儿可不指望受到款待。"她又说,脸一下子变红了。

巴兹尔爵士在等她点酒,她越来越慌乱,竟然不能思想。过了一会儿,才记起艾斯丘上校曾点的一种午餐(这使她不好现在开口要)和晚餐前喝的叫白衣女郎的鸡尾酒;记起自己过去喜欢喝雪利甜酒。但上校去世很久以后,她又听说承认喜爱雪利甜酒不免有失体面,要不,她就会决定点这种酒的。

巴兹尔爵士渐渐不耐烦了,他甩甩袖口说:"我午餐喝的酒是干马丁尼①。"

"行啊,"她笑笑,脸又红了一阵,"干马丁尼,好极了。"

"要多干?"他挑起眉毛,歪着脑袋,仿佛表示他知道她是一个广闻博识的客人。

"唔,很干!"如果忠实于自己,她多少总会抵制他披在她肩上的这件不适合的老练的外衣。然而,她很喜欢披上它。

然后,他进去叫酒,她独自留在白色家具、石膏鹳鸟和模仿砖砌的饮鸟水盆中间。一种或许源自患黄疸病的光线,和那株移植国外的法国梧桐的斑斑驳驳的树叶和绒毛脱落的球果的凄怆之感开始渗入她的心中。她独自待在旅馆花园里,在一张工厂成批生产出的铁椅上坐下;镶铁箍的桌面上浮着一层煤灰。手提包夹在腋下等候主人时,她真想忘却到这里来的原因,穿过半腐烂的落叶散发出来的臭气,悄悄溜走,在扰乱人心的环境中挽救敏感的神经。可是为了亨特太太,她必须留下。

巴兹尔爵士非常坚决地回来了。他决定摆出一副固执的架势,扮演某个他并不喜欢的剧中晦暗的前准将。无可奈何:现在,没有别的角色可演。

"这个翁斯洛旅馆,"他抱怨说,"服务员没精打采,懒散得叫人

---

① 干马丁尼,一款杜松子酒与干味美思酒调制的鸡尾酒。越干,则杜松子酒比例越高,酒越烈。

吃惊。"

于是,这位德某某护士扬起叫人吃惊的双眉:粗大浓重、油光发亮,几乎像兽毛一样,使他想起飞蛾的绒毛;但记忆所及,他从未见到黑色的飞蛾。

"不过,现在不是到处都一样吗?"他一边闷闷不乐地继续说,一边听任椅子上突起的铸铁的虐待,它们已经咬进他的屁股了。"伦敦和巴黎也许还要糟糕。"他希望她加以肯定,但这是她所力不能及的。

他知道自己估计错了,可是她确实令人不胜厌倦:戴着那么一顶可怕的帽子,而且恰恰又在他非常希望小曼胡德又来与他过夜的时刻。这个要命的赫拉①,该不会以警告他离开为己任,或者更有甚者,挺身代替她所保护的仙女吧?

然而,对他见多识广的过甚其词(他得承认:相当娓娓动听)做出反应的,却是他母亲那护士的诚恳而单调的声音。"我记得我与艾斯丘上校到英国旅行的那年,可怜的上校总是对旅馆和餐馆抱怨不尽——而且经常不无道理。当时正是战争结束不久,大概一切都凋敝不堪了,人们当然都很沮丧。何况上校年老有病——一位心脏病患者。不过对我来说,能够到一个陌生的大都市去旅行,也就足够了。上校死后,我在英国乡村度过了一个短暂的休假,曾独自一人沿着那些潮湿狭窄的里弄小巷闲逛。那时,树木光秃秃的——一切都很冷峭肃杀——但不知为什么,却使人坚强。"

天啊!"麻醉"这个词也许更恰当。她想要领他进入一个灰暗天空笼罩下的孤境,而他则极不愿意。他尽力回忆自己到达某个陌生的大城市时的感触,可怎么也回忆不起来;或者虽然有所回忆,却

---

① 赫拉,希腊神话中司婚姻和生育的女神,是妇女的保护神,但嫉妒心特别强。

又希望拒绝那转瞬即逝的幻象：在一家空荡荡、阴沉沉、凄凄冷冷的剧院中，寻找某种相同的东西去代替他所失去的东西。

巴兹尔爵士坐在铁椅上，换了一个又一个姿势，但都同样不舒服。虽然不感兴趣，他也必须像演戏似的听这个女人。曾经有那么一个体魄极其雄健、说话娓娓动听但没完没了的埃塞琳·佩里。他曾在约克公爵家中被人们说服，与她同台演戏。那一定是在德桑蒂护士和她的上校到达伦敦的那年前后。（她没有提到上剧院看戏。）第二幕中有一场与埃塞琳坐在同一条长椅上的戏，那可真是：半个月的连续演出，每台戏都有足足十分钟让他专心致志地注视着埃塞琳，而她则哞哞地叫着她的独白（她嫁给了剧院经理）；他的兴趣那么强烈，可是当时他居然没有爆炸，没有把与剧情毫不相关的思想溅满她的脚下，真是咄咄怪事。

这个叫德桑蒂的女人，说话几乎与埃塞琳一样娓娓动听，体魄的雄健和语流的平稳简直毫无二致，现在，她正在逼迫他扮演当年同样的角色。"你在乡村中度过假期回到伦敦后干什么呢？"

她望了他一眼，露出惊讶的神色。"我就回到这儿来了。"她喉咙哽住了，似乎大吃了一惊，仿佛从来没有料到生活居然会给人以选择。

一位外衣肮脏不堪的侍者端着托盘，送上他们的两杯马丁尼酒，把他们救出困境。

"杜松子酒可以消毒，"巴兹尔爵士颇有几分严肃地告诉客人，"可以驱散夜间的思想。这就是为什么中饭前喝干马丁尼最好。"

她不知道该对他的话作何反应：她所承认的自我不可能与他抱有相同的信念。可是，她一跨进旅馆的花园，似乎就告别了她那真正的自我了。

因为酒斟得太满，她急忙在摇摇荡荡的无色的表面上喝了一口。"这酒太烈了吧?"

"应该很烈的,你点的嘛,干的。就我而论,我以为味美思酒只是喝杜松子酒的借口。"他对自己的聪明机智不无惊异。

她刚才只是稍微嫌怨了一句;她的酒太可口了:馥郁清凉;法国梧桐枯萎的叶子开始鼓掌;淡黄的和浅绿的光影更迭交替;一束猝发的耀目的强光仿佛表明,为了迎接美酒佳酿,头顶上的树木已经哗哗地打开了它们的百叶天窗。

"我想您的意见不错。"她低声说,难以置信的环境使她有理由认真地想一想。

在一幢宛如住宅的楼房上层,一个女人出现在一扇俯视旅馆花园的窗口。她的一切都极大地引起了巴兹尔爵士的关注:发白的头发上的塑料卷发器;淡红色绒线衣上方丰满的身子胸前露出的部分;手上的掸子似乎更像一个玩具,与她嵌满卷发器的似正常而非正常的头颅一样杂色斑驳。这胖女人手持掸子在窗旁停了下来。她忧郁而又别扭地哼了几句,还对花园中这位处在自己为自己准备的场面之中的男人眨了一两次眼睛,让他明白她愿意开开玩笑,越脏越好。

要不是巴兹尔·亨特一瞬间看出,那红衣女人认定他必定与她一样粗鄙不雅,那他就必然已偷偷地对她做出响应了。

然而,他毕竟在另一个被征服的女人面前做出了短暂反应,而这个女人则对自己头顶正在进行的这幕哑剧一无所知。恰好这时,她对他微微一笑,那么天真地充满感激和喜悦,使他急忙收藏起自己的卑劣行径。(无论如何,有些角色,有些重要的角色,既然要扮演,就不能希冀毫无卑劣之嫌。)

"我有一个主意,"他说,"我们再喝一杯,然后驱车去沃斯顿海湾。那里有个吃中饭的地方——虽然称不上风景绮丽却也颇可将就一下，而且天气也照顾我们。"

她说自己没有那个意思，说自己应该在上夜班前休息一下。她从来没有感到这么犹豫不决，这么软弱无力。

他去叫第二杯酒了，而她知道这正是自己真正需要的，她决不能忘记到这儿来是为亨特太太请愿的。她得快些提出才是，但不是他一回来就提，而应在他们离开花园前的适当间隙提出。眼前光景预示她将坐在海边吃东西——吃什么都无所谓：阳光，或者，如果有勇气，不时瞥视一张面孔。

她寻思，爸爸会怎样看待巴兹尔·亨特呢？除了那些与自己共事的男医生以及她为之鞠躬尽瘁的对象——病人，她几乎不认识别的人。从不认识哪个男人。只有在恩里科·德桑蒂被生活碾得粉碎，濒临死亡的最后几年里，已不再是他的女儿和护士的她，才在爱和痛苦交融的危险而高尚的气氛中，曾与他结合。

德桑蒂护士被自己的思想搅得心神不宁，认为还是不望刚刚叫酒回来的巴兹尔爵士为好。可是，她不知不觉地还是从帽檐下盯住他的足踝。这就更加糟糕。以前，她从来不曾注意过男人的足踝，或者仅仅是从骨骼和韧带的医学角度去考虑过。现在，仅仅因为另一个人的足踝，她竟然心旌摇荡，不能自持。这只足踝，除了你也许期望一位富有而又风趣的男人所具有的温柔优雅之外，还发出一种无情的威胁。

巴兹尔爵士坐在铁椅上，摇晃着足踝。他意识到自己造成的影响了吗？不可能，她认为这不可能。大概只有亨特太太才知道自己的行为对别人的影响；真是幸运，可也实在令人伤心。

"一个演员，在演戏的时候，能允许自己感情冲动、忘乎所以吗？"她似乎急中生智，问道。或者，那根本就不是什么急智。

问题至少出乎他的意料，把他从遥远的思想中拖了回来。"当然，他必须感知剧情，但不能沉溺其中，这就需要技艺来拯救他了——使他自由地倾诉,自由地呼吸,自由地传递感情。"他疑惑,究竟给这位护士传递了多少感情,她究竟领会了多少?

"护士也一样,也有一个卷得多深的问题。"她故意让自己的说话给人以实事求是的感觉,但立即又希望自己没有成功。

巴兹尔爵士城府很深。只见他心情抑郁,不为所动:一位自信的、英俊的男人。

此时此情,握着第二杯酒乃是一种慰藉。事实上,正是由于宽慰而使她显出了笨拙:那能用来熏蒸消毒的杜松子酒漫到杯沿上,为了掩饰自己的惶惑不安她喝得太猛了。

"关于戏剧,你有什么见地?"他似乎目不转睛地注视着她,直使她觉得根本就不在,或者一开始就没有注视过她。

"几乎一无所知。"她很想让对方高兴,但又不得不承认,"我的意思是说——我不常看戏。"她那确认属于自己的一半自我,在沉重的诚挚的掣肘下,行动笨拙;而另一半自我,则摸索着进入那种至今尚依稀犹记的得心应手的状态:与亨特太太开始相处的几个月的情况恢复了,经常举行宴会,她希望能够在这种得心应手的状态中,像宴会上的某些女人一样,轻松愉快,应付自如。"我酷爱戏剧,"她翕动嘴唇,不自觉地说,"但不能经常看戏,有时白天去看一场。我喜欢看轻松的,引我发笑的。世界上不幸的事情太多了。"她想起人们都说人生在世,殊多不幸。

他望着她背后什么地方。她想立即供认说:啊,不,这不是我的想法,我是听人说的。但因为你决不会这样承认,他也决不会相信你的辩解,所以你只得闭上双目,饮尽杯中苦味的余沥。当她把杯子放在粗糙的金属桌面上时,一种本可以表示的柔情蜜意,在一阵哆嗦中消失殆尽。

他也喝完了。她不敢咀嚼残留的杜松子酒中的柠檬皮,但巴兹尔·亨特爵士却不但敢于咀嚼,而且敢于把最后一点渣滓都吐在周围的碎石地面上。

他双目含泪,努力装出一副滑稽的面孔,以掩饰催人作呕的话语和心中翻滚上涌的感慨。"我很高兴你与戏剧没有缘分。演戏的人很少与外行谈论戏剧。很少谈论。"他补充说,语气中饱含着他那一时间以为被演技抛弃了的真诚。他声音颤抖,失去控制,但并无惋惜悔恨的意思。

他的自白使她感到更为沮丧,更不知所措,深为触动。但她企图表示同情的话在她听来仿佛是低沉的呻吟。

他不知道自己要说些什么,但又不得不说。"我一生一世都希望——都需要与戏剧结缘,甚至在我成为演员之前,当我还是个小孩子,在澳大利亚这边的时候,我就喜欢偶尔演演哑剧和歌舞喜剧。只有在第一次进入一个戏剧中的角色之后——虽然只有几句台词,你注意——我才开始呼吸,开始生活。剧院之外,总免不了有些流言蜚语,那些贱女人的勾当,以及海报——灯!在备受肉体的艰辛之后,你成了红得发紫的人物,名字被用灯光打出:一顶电的桂冠。额外的报偿——例如被授予爵位——远非令人满意,因为它在茹苦含辛、身心交瘁之后,居然来得那么容易:向名流显贵献媚,参加一两场义演,稍稍改变一下你的生活节奏和想法,于是就功成名就了!从此以后,你成了献媚的对象,一直到你达到——就叫作达到'可憎的年纪'吧,这时你感到你的新陈代谢发生了变化,人的脸上的表情也发生了变化,于是你就想放弃整个表演生涯:一切有关舞台的幻想和你自己的推断,更不用说谬误了。"

玛丽·德桑蒂很可能希望他说的不是真话,可是她看出他不是在说笑话。她不堪忍受目睹另一个人的死亡——她唯一爱过的人的死亡。这一次她不能注射麻醉剂了。她坐在那里,望着巴兹尔·

亨特爵士光滑的足踝。

"在被人抛弃之前,"他说,"你不妨先抛弃别人。"

他对自己冲口说出的话大为惊恐。虽然无论如何只有一个头脑迟钝的护士听见他的话语,他却觉得如在坐满职业演员的化妆室中讲话一样:嗅到化妆油彩的气味,感到确实向他冲来的强大的舞台迷信的浪潮。一时间,他惶惑不安,不知这位听到他谈话的女人那茫然若失,但可能天真无邪的眼睛是否值得怀疑。

"咳,"他以一种他希望被理解为充满生活乐趣而不是粗野的方式拍了拍她的膝盖说,"我不是该领你出去吃中饭吗?"

德桑蒂护士大吃一惊,挣扎着站起来,又跌坐在椅子上,连忙抓过深蓝色的手提包,以免麻烦他抢先送到她的手中。"啊,是的,那一定很有意思!"她和巴兹尔爵士在凋敝的法国梧桐下沙沙地走过粗糙的碎石地面,并且互相碰撞了一下,这时她回忆起亨特太太宴会上的女士。"那些石膏鸟可真丑陋极了!"她听到了自己在宴会上的嗓音,接着是一阵护士的傻笑:一个从肯普西或者库南布尔①下来的年轻姑娘的笑声。

"简直可恶!"巴兹尔·亨特将冷淡隐藏在发音之中。

他抬头扫了一眼,瞥见那个穿绒线衣的女人凭窗而立。阳光支离破碎地洒在她那色彩斑斓的帽子上。从她的神色看来,她仿佛证实了什么问题。

也许由于已经很不明智地暴露了各自的思想,玛丽·德桑蒂和巴兹尔·亨特在驾着租来的小汽车沿海滩奔驰时,大部分时间都默默不语。护士希望发生什么更加合理、更加惊人的事件,以便为明星演员的传奇续上新篇。接着她又本能地打消了这个狂妄的念头,

---

① 肯普西、库南布尔,澳大利亚地名。

转而谈论"好天气",面对着别人看来是难以描绘的美妙景色,她感到沮丧。在她眼中那无异于一张光亮的明信片。

一路上,一切美景都充满了砖墙反射的刺目的阳光,而到达目的地时,那些本来应该保持原始情趣的景物,那些本来应该只有岁月风雨才能侵袭剥蚀的树林外围,层层叠叠地覆盖着涂满油漆的标语和瘢痕斑驳的广告。幸亏大海未被殃及,然而,那只是一片茫茫,或者只是茫茫的海水可爱地拍打着发白的防波堤的木桩。沿着沙滩和渐渐让位于海滩的岩石碎屑,上一次潮水给它们镶上了一弯扇形的油污花边。

当巴兹尔·亨特到转弯角的小酒店去搞酒时,他要求客人先占下一张桌子。于是,她就在一家小餐馆前面摆在人行道上的一张桌子旁坐下等候。也许,风景中任何沉闷的或者令人失望的成分都应该归咎于我,她尽量这样说服自己。不习惯的饮料所产生的朦胧醉意,也许模糊了她的视野,但肯定模糊了她的思想。不过,海滩上的杂乱无章却与她毫不相干,她只应该对心坎中为亨特太太求情的朦胧意识负责。她抖抖精神。她当然要提出这件事情;只是良机未遇,吉辰未到。

巴兹尔提着一只绿色的酒瓶回来了。瓶子上裹着一团冷气,看来是一瓶很特别的酒,至少不同于记忆中的柳条筐里的细颈大坛。在马里克维里时,爸爸经常从一位同乡那里买那种酒,它常在棚架下的台布上留下紫色的污痕。

"既然我们一开始就喝不加糖的酒,我冒昧地又选了一种干的。"他不相信自己的声音能够掩盖侵蚀强颜欢笑的阴影:小酒店瓶酒部柜台上卖的瓶酒,也许会是猫尿。况且他的心中始终潜伏着一个不解之谜:为什么要邀请这位护士呢?

然而,德桑蒂护士却似乎觉得一切都那么称心如意。侍者打开瓶盖后,她把嘴唇凑到这可疑的酒上,望着他娴静地微微一笑。"很醇,是吗?"

光这句话他就招架不住了,更不知道该怎样抵御她的娴雅。

"你为什么不脱帽子呢?"他说,连自己也感到吃惊;但觉察到他不像提议而更像命令的语气中的粗鲁,他又想说得轻松些。"我们是在游人众多的野外,不必拘泥虚礼,不必太谨小慎微。"他的椅子吱吱地擦着水泥地面。"你脱掉帽子,我也可以看得清楚些,对吗?"

德桑蒂护士遭到突然袭击,迅速朝四周扫了一眼:在一张张露天小桌上用餐的人们确实都不戴帽子。可是,令她露出歉疚和困窘表情的原因却不仅是她的与众不同和他的冒失。也许,她是一个卑屈的女人,总是唯恐自己的感激之心表达得不够强烈。

不论出于什么原因,护士毕竟恢复了镇静,摘下了不合时宜的帽子。若不是她随之甩了一下脑袋,露出了脖子上的曲线,这动作本来会显得十分温顺:在他看来,这甩头露脖的姿势,就温顺而言,实在显得过于随便,过于傲气了。他们为什么会坐在这遍地垃圾的海滩边上?这个令人迷惑不解的动机,又一次困扰着他。

"不错,这样要舒畅些。"她说,轻轻地控制着自己的嗓音。"叫人感到自由自在。"她坦率地微微一笑。那坦率,简直要暴露他那但愿已经完全埋入心底的缺点。

玛丽·德桑蒂恢复了对于自己的意志的信念——不是由于这位有时叫人气馁但毕竟和蔼可亲的同伴,而是由于仍然展现在她面前的生活情趣。太阳攻击着遮蔽它的云层,汽船鸣着汽笛驶向防波堤,一艘船在沿着海岸行驶,满船的孩子在透明的微波碎浪中挥动他们的小手。这一切都似乎证明了生活情趣的存在。

与此同时,巴兹尔诧异地回想起几天以前那么容易得到满足的淫欲,回想起对他的春天的"爱",甚至回想起要与一位年轻健壮的护士结婚的奇怪念头。而对于她的这位同事,他的念头则殊不相同:这尊女神的塑像,他也许不敢触摸。

侍者送来了他们点的食物:给德桑蒂护士的是一堆很难看的扇贝,而给巴兹尔·亨特爵士的是一盘烤龙虾。

巴兹尔爵士叹了口气:"好像我是个馋鬼似的。"

但德桑蒂护士却似乎正中下怀。

两个女人坐在附近的一张桌旁,其中一个用胳膊轻轻推了推另外一个。

护士看看自己的面前:或许那女人推胳膊的原因是因为自己用的餐叉有些蹊跷。接着,她脸红了,因为想到自己是在和名演员一起用餐。

"您说,"她把声音提高到这种场合需要的响度,"您最喜欢什么角色,巴兹尔爵士?"

"天啊,我最喜欢的角色?"

她察觉自己竭力与巴兹尔·亨特攀谈时,把"角色"说成"教室"了。附近桌旁的那两个蓝发女士摸摸戒指,大笑起来。人人都在大笑。六七个商人从转弯口的小酒店出来,走向等候着他们的那张桌子。这些男人也在大笑。这些商人们个个皮肤冒汗,眼睛发光,龇牙咧嘴,在到处寻找刺激头脑和胃口的东西。

巴兹尔·亨特爵士咕咕哝哝地在与他的龙虾搏斗。对这女人说什么呢?虽然你今天可能不相信你演霍纳曾经很出色。

"回顾起来,您一定有什么角色——或者什么戏剧——叫您特别愉快的吧?"

让所有的护士都见鬼去吧!

护士不知道怎样才能引起这位病人的兴趣,迷茫中眼睛直盯着一个兴高采烈的商人的牙齿。那商人闭上嘴巴,好像吞下了一只臭牡蛎一般。

"大概是李尔吧。"巴兹尔爵士说,天晓得他为什么要说李尔,他演的李尔并不成功。

"啊,是的——李尔!"她说得亲切热情、活泼愉快:莫非李尔是她多年不见的、萦念于怀的表兄?"不过,我没看过那出戏。"对于女低音来说,这可是说得太响、太刺耳了;但她必须与笑声和所有的嘈杂声比个高低。

那些商人仍然站在他们预定的桌子四周,难以就座。他们似乎都喝醉了。

那两个蓝发女士在窃窃私语更年期的事。"真的,你忍着点,亲爱的,一两年就过去了。他会回心转意的,他可能也遇上同样的烦恼。男人就是这么个样子。"两位更年期妇人的目光,紧盯着她们自己的苦境。

"不过你一定读过,对吗?《李尔王》?"巴兹尔爵士大声问。

"读过,"她大声回答,随即改口说,"不,没读完,许多地方读不懂。"

可怜的女人,够诚实的;不诚实的是他。他是个极其浅薄的李尔。

随着一声短促的"嘎吱",紧接着呼的一声闷响,一个商人坐下时坐穿了摇摇晃晃的椅子。他那伙人哄笑起来。那个落难的家伙被弯弯曲曲的木椅骨架拥抱着,又好笑又好气,坐在水泥地上呼呼地喘气,活像一只跳动的紫色大皮囊。

德桑蒂护士也不禁哈哈大笑起来,同时瞟了一眼蓝发女士们,征求她们的赞许。但太迟了。她们不肯仿效她的先例:她们薄薄的嘴唇小心地贴着牙齿嚅动着,眼睛盯着庄严的海面,面前是狼吞虎咽后剩下的鱼骨头。其中一位在抚摸着一只珍珠耳环。

德桑蒂护士被自己的非常行为吓坏了,但继续笑个不止。这都是酒的缘故。根本没有那么可笑。不过还是可笑的。她茫然地不知道该不该同情那个面色紫红的男人,他那么扑扑乱爬,让水泥地面刮擦着可怜的身体。别人会扶他起来的。这样笑个不停,一直笑到嘴巴伸进酒杯,喝了一大口,连气都喘不过来为止。酒,虽然没有失去原有的清凉,但比刚才更加淡而无味。她犹自笑着,但现在已经没有什么可笑的了,只是在抽抽噎噎地平静下来。她精疲力竭了。

无意中,她被内心的活动摇撼了一下。"对不起,实在太滑稽了。"她歉疚地向主人解释。其实,可能根本就没有解释的必要。

"是的,我看是有点滑稽。"巴兹尔爵士回答。几滴烤龙虾的调味汁溅落在他的大腿上。

刚才的种种情况都使她很沮丧,所以,她喝干杯中剩下的酒。"给我说说,好吗?说说那个戏,"她叹了口气,"说说《李尔王》。"

他们那张单薄的小桌子,似乎可以让他们之中的哪个站上去:他的虾壳当当地擂打着盆子,而她吃剩的扇贝壳,则使他联想起一次最难受的横渡英吉利海峡的航行。

哎哟,巴兹尔爵士吃完虾子,啜干余沥(不幸的是他不会喝醉,至少今天不会。而这位护士,无论酩酊大醉还是头脑清醒,都可以因为天真无知而得到宽恕)。"李尔,"他牙齿上沾满龙虾肉的碎屑,"什么人演李尔都不会完全成功的,因为我认为,他不是演员所能扮演的——只有那些像树木一样饱经风霜的真正的人才能扮演。"他停下来看看是否说得太过分了,却只见到一双肥厚的扇贝似的眼泡皮。"所以,这个角色可能根本无法扮演。"巴兹尔爵士用餐叉敲打着虾壳。"布莱克,或者斯威夫特,也许能行。"但并不是说你不愿再做一次尝试。

他想弄清护士究竟听懂了多少,却见她俯在贝壳残骸上轻轻地摇晃着身子。

"我懂了。"她严肃而沙哑地说。

这时,她表现出空前的愚钝:一只天生的大扇贝。

他突然感到怒不可遏,不是因为这位硕大的女人,甚至也不是因为她的最恶劣的表现:临时装出的礼貌的声音,也不是那商人砰然落地时她的尖叫和傻笑。不,都不是!使他勃然大怒的乃是他自己的极端邪恶,或者被她看见的那部分邪恶。幸亏不是全部。她纵然不是完全的傻瓜,也一定极其天真,不至于怀疑他居然想干下如此周密策划的谋杀。

当她在对面继续沉思默想时,他越来越局促不安;她可能准备谴责他。

其实,德桑蒂护士是在谴责自己始于亨特太太儿子归来时的堕落。若不是发现自己衣服上的破处和皮肤上的抓痕,她简直不能相信自己竟会向色欲屈服。有时,虽然她对这位男人的一切欲望都已经销声匿迹,她的双乳仍会高高隆起,昂首翘立着。她原想以同情代替色欲,因为它表现了纯洁的爱情。但是,在巴兹尔和她的心目之间,不时出现她可怜的父亲的面孔。她曾经渴望以某种方式热爱父亲,但在他的有生之年,她始终没有认清这种方式。仅仅在最近,仅仅从巴兹尔·亨特下巴的轮廓、他鬓角的青筋和光滑的足踝中,她才恍然大悟。然而,如果向他表示这种基于对已经解体的色欲的同情,那必将危及她整个无私的天职。再说在这肮脏而冷漠的小餐馆中,尽管有一半座位空着,她也没有力量和机会来承受别人见证自己偏偏对伊丽莎白·亨特这个人讲真情信义,还为她求情。

巴兹尔爵士转过脸去,一半是为了避开护士的目光,一半也是为了用指甲剔去齿缝间的叫人难受的龙虾肉。周围的污秽不堪同样使他难以忍受:凌乱的桌子、揉皱的餐巾、沾着唇膏的杯子以及鱼骨、贝壳等等。只有那伙商人还在一边大吃大喝,一边静悄悄地考虑尚待处理的事务。巴兹尔的眼睛周围聚集着一颗颗巨大的汗珠,几乎要滴下来。如果真的滴下来,他担心德桑蒂护士将会看到它们的乱蹦乱跳。

所以他猛地转过身去,仍旧避开观众中沉默的那部分,开始高声朗诵起来:"咳,你可知道——这正是我们必须全神贯注的地方——所有这些赋予我们并令我们骄傲和向往的地方。"①与此同时,他那仿佛戴着珠宝手套的手指点着,继而,他一挥仿佛缀着毛皮饰边的宽大衣袖,搂抱起那为他的戴头巾的王后而幻想出来的天空和海洋、塔楼和宫殿。

然而,他不再具有这种施展法术的力量了(他知道自己此刻的表演深受身体疲乏、消化不良和神经紧张的影响;或者,如果是因为过于滋润了声带的话,那原因就十分简单了)。他说话的时候,发出很响的吮吸似的声音,尽管他希望这是背后的那位商人在吮吸虾钳。况且,这时太阳已经钻进一抹灰蒙蒙的云层之中,你的幻觉一旦消失,面前就只留下海湾轻拍的浅滩和垃圾遍地的沙滩。那些漫无目的地跳跃的废瓶塞、泡沫、浮渣、避孕套、烂水果、锈铁罐和排泄物等等,无一不在你追我赶地沦为污秽不堪的泥沼。人们应该意识到,自己的灵魂也不例外。

"是啊,这儿真美!"德桑蒂护士恍惚如梦,喃喃地说。

可是,她非常专心地望着不远处歪歪斜斜地漂浮着的一只细颈大瓶。看到瓶嘴边的紫色酒迹,她痛苦万状。

这时,巴兹尔·亨特爵士扯了扯台布,高声大叫:"那是什么?那个难看的东西——黑乎乎的!"一个男人这样,简直有些歇斯底里。

接着,她看见那东西了:一团泡涨的、污秽的黑东西,人体似的

---

① 莎剧《李尔王》中的台词。

轻轻摇晃着,颇像轮船穿过苏伊士运河时,艾丘斯上校指给她看的阿拉伯人驮着的皮水袋。

那东西被慢慢地冲过来,卷上沙滩,几乎就在他们座位的前面。一只死狗的尸体,一只拉布拉多犬。盐和水草的自然气味中,散发出阵阵恶臭。

巴兹尔爵士似乎很不高兴。"真是卑鄙之极!竟然如此残忍,还有什么事做不出来!"他尖声大叫,她觉得犹如一只衰老的鹦鹉,伸着僵直发蓝的舌头;像——啊,不,他的母亲,正要吐出最恶毒的辱骂或者诅咒时,却中风倒下。

与巴兹尔爵士不同,德桑蒂护士并没有一见死狗就立即大为冲动。诚然,她比较迟钝,比较木讷,但她个人一生中大部分时间都在——虽然是有目的地——与肉体的死亡打交道。直到现在,才有一种无可名状的悲痛从体内涔涔渗出,她把手帕敷在嘴上,希望止住悲痛的涓涓细流,但对于那股恶臭,却无计可施:它继续散发出来,说不定会经常在她的鼻孔中作祟,永远玷污她的衣服。而那被挖掉眼珠的黏糊糊的眼眶那么狠狠地瞪着她,竟使死狗的面孔现出一副栩栩如生的样子。

巴兹尔爵士站起来,仿佛要找侍者算账,但侍者已经托着盛账单的盘子迎面走来了。可巴兹尔爵士经过他的身旁,以梦游状态中的知觉径直向前走去,消失在餐馆的后面。

仅仅在这时,德桑蒂护士才发现狗的脖子上勒着一根铁丝。

侍者放下盘子,苦笑了一下,说:"天晓得还会发生什么!上个月他们捞起一具女尸,我一直在报纸上寻找这个案件,但至今仍无消息。如果谁与这类事情有关,那倒真有趣。"

德桑蒂护士呆呆地坐着,似乎已对那条被勒死的狗瞪了一辈子。这时一个穿着破烂运动衫、褐色的长裤卷到膝盖上的男人,抓住它的尾巴,沿着海滩把死狗拖走了。

"好样的,乔!"侍者叫道,"你拖去葬吗,啊?"他甩着油污的餐巾,在后面跟了一程。

这时,两个小男孩踏着沙子尖叫着奔过来,向尸体扔着石子。其中一个赶上去,用赤裸的脚趾踢了它一脚,但自己也跟着仰面摔倒在沙滩上。

虽然那些商人可能不知道怎么回事,却都在拍手叫好:他们吃得太饱了,脸上流着汗水和化掉的奶油。其中一位好像认为海边的空气使他的退役纪念章失去了光泽:他撩起一只衣袖凑到衣服扣眼,过分担心但又完全超然地拂拭着那铜扣子。

巴兹尔回来了,他经过一番梳洗,擦掉了面孔边上的污痕;头发铁灰,往两边分开,又那么整整齐齐、油光可鉴了;他的衣服也恢复了那种要人接见记者时特有的不修边幅的老练样子。

他合着双手,表情奇怪地凝视着她,也许有意表示他的坚决。"我们该走了!"他说,"啊,对了,账单,账单!"

他突然坐下(这餐馆中的椅子,似乎没有一张牢固的),从口袋中抽出钱包。她冷冷地瞥了一眼,看见是只漂亮的,刻着拼合文字的鳄鱼皮夹,钞票塞得鼓鼓的。

巴兹尔抽出几张钞票,咕咕哝哝、摸摸索索地迟疑着。

"怎么啦?"她倾过身子问道。

"小费,我算不出小费的百分比。"

"与艾斯丘上校一模一样,"她安慰说,"他也算不出来。"

巴兹尔掏出一把硬币,护士从容不迫地拣出需要的数。

"要是美元,那就方便得多了。"德桑蒂护士提醒说。

"是啊,谁都该承认,美元确实方便得多。"也许,他一直所需要的就是:让这样一个能干的、不动感情的女人来侍候他。

归途中,两人都恢复了镇静,或者似乎这样。

直到德桑蒂护士想起,看了看她那实用的男式手表,喃喃地说:"太迟了,至少对我来说是太迟了啊。"她扭动着身体,对于她这样相貌平庸的女人,那是很出乎意料的。"我本应该休息才对,我的病人。"

他感到她又在表演了,但很同情她。

他企图以他自己的生活经验安慰她。"唔,是的,我明白。我们都坚持自己的信条——开演前两小时到达,进入角色,让鼻孔中充满化妆油彩的气味。不过有时你可能会被什么好事耽搁。你在最后一分钟跑进化妆室,在脸上涂抹几笔,随即奔上舞台——可你却演得出神入化。"

他看不出她听懂了没有,她大概过于沉浸在自己的思想之中了。他驾驶着汽车,再也没有自然而然地说出什么下意识的话。

他们在圣莫尼卡和基韦斯特之间碰上交通阻塞,护士开始摇来晃去,打起呼噜来。他借停车的机会朝她看了一眼。

这一眼一定惊动了她。"我忍不住啦!"她突然说,"太好笑了,是不是?"

"什么?"那死狗的恶臭又冒出来了。他以为可能只有他才看见了那根勒进狗脖子的铁丝。

"那个坐坍椅子的男人!"她坐在停下的车子中,在他的身旁左右摇晃。"我看很好笑。"好笑、好笑一直回荡在她的记忆中:她曾寄过明信片给布朗旅馆的女侍莉莉·莱克,直到没有收到她的回音好几年后才停止。可以通信的人太少了。

交通开始恢复时,巴兹尔·亨特舒了口气:他不用再耐着性子望着德桑蒂的脸,听她的胡言乱语了。他是咎由自取:他一定让她喝得太醉了。

到达她住的那个街区时,她的脸已经恢复了特有的优雅表情,但嘴唇却仍然歪着,眼睑皱缩着:一路上,她的身体大概很不舒服。

"我真希望,千万不要——让您母亲失望。"她不得不勉强地说。

"怎么会呢?"

"呃,我不知道——因为迟到了。"她突然想出一个理由。

说着,她已经弓下腰,半个身子已钻出狭小的车子;他本想伸手去摸摸她,但生怕又惹起另一场灾难。

而德桑蒂护士加了把力挤出车门,在快要伸直她那通常很引人注目的身子时,跟跄了几步,跪倒在地上。她不停抽缩着的背向着他,跪在人行道上待了一会儿。

等他奔过来,几乎跑到她跟前时,她已站了起来。"不!"她气咻咻地说,"不用扶,没关系。"

她浑身哆嗦,一只膝盖暴露在长筒袜外面。她的惊恐不光是因为摔了一跤。他又一次被迫看出一切都该怪他。纵使他恢复理智以后,发现自己并非出于本意,而是出于邪恶的一时冲动,在某种荒谬的阴云下,污渎了这位面色苍白的修女时,也不可能像现在这样深感愧疚。

他恍恍惚惚,记不清他们到底是怎样分手的,只知道她步履蹒跚,只知道她跨进充满煤气和饭菜香的门廊,爬上狭窄的楼梯去冲洗她的脸,镇静自己的心神,也许还祈祷上帝宽宥她的异端之罪,然后按平常时间到达莫里顿大道,奉献自己的忠诚。涌上他特别白皙的皮肤的血液,在他心里留下了斑斑血污。

他那机械的自我坐在空空的汽车里,颠颠簸簸地离去。因为他坐车从未觉得舒服过,他知道只得挺直身体,缩紧肩膀。请您解开这个纽扣,谢谢您,阁下。这是怎么回事?仅仅在最后一次扮演李尔王时,他才意识到自己竟会如此智穷才尽,一无所恃。演技不能保护他。这最后的喘息,贫困到只有一颗非常好看的纽扣。你纵使不能在其他场合,也会在这种境况中表达出生活的真谛。

第八章

　　虽然他上床时感到自己害了一个无辜的人堕落,继而又责怪她参与了自己的阴谋,但一觉醒来,却一丝内疚都没有了。事实上,非但没有内疚,在睡梦的遮掩下,那水边——尽管当时已经枯竭了——的情景,更增强了他的信念,坚定了他的决心。

　　他想给人打个电话,听听自己的声音,试着说几句讥讽的话——差不多每一个处于他这种状况的人都会这样做的,可惜时间还太早。他转而向着第一线曙光,或只是越过这座屋顶和电视天线及光秃秃的梧桐树枝干见到的亮光,拉起百叶窗。作用在这些人造怪物上的时间和光线既使人心寒又使人兴奋。他记得这同他第一次去看望米蒂·杰克时一样。

　　他感到一阵沮丧,在一张假想的桌子前坐下,心不在焉地在旅馆的便笺上胡写乱画起来。看看那苍白的小爬虫如何在临时编排的戏中首次舒展开来:这点杰克也许不会反对。

　　　　场景:一间屋子。一张桌子,几把椅子,一只煤气炉。演员
　　的出场使其他家具显得大可不必。

演员的第一夫人：难道你看不出，亲爱的？她在捡杯子时表现的神情，正是她丈夫迫使她产生的那种丧魂落魄的谦卑。这同时又可能只是一种表演而已。到头来，她可能会把这忘得一干二净。我的意思是说，她的举动并不说明她已完全绝望了，因为还存在再生的可能性。

演员(解衣领扣子)：得啦，亲爱的，都已经两点钟啦。今晚睡不好觉，明天排演时我们就会像一对绵软无力的蚕。

第一夫人：我可要把这事搞清楚。总之，巴兹尔，总之，如果不是你而是别人想认真搞点突破，你总是毫不在意地泼冷水。

(她替自己倒了半杯威士忌。)

演员：西拉，你要是能意识到那不过是只纸圈圈，而不是什么石墙，就可以穿过啦。

(第一夫人嗤之以鼻，绷着脸，狠狠地喝了几口手中捧着的酒。)

第一夫人：我始终认为，倘若不经过一番奋斗，任何事物都是毫无价值的。

演员：真的，便秘在戏剧中无法表现出来，或许在伦敦的地下室里，面前有那么几个热心的捧场者还能有些效果，外出演出时是毫无益处的。

(第一夫人手持酒杯端坐在那儿，仿佛要从他的话中抽出什么第一原则似的。)

演员：难道你没想过，你是拿了只该死的茶杯在喝威士忌？一只茶杯！

第一夫人：不错,是一只茶杯,为什么不呢? 一只茶杯远比一只玻璃酒杯来得真实。

演员(抢过酒瓶)：照这么说,哪有酒瓶来得真实!

（他吞下一大口酒,打了一个嗝,最后发出一阵狂笑。）

第一夫人：真见鬼! 你会把孩子吵醒的。

演员：噢,对了,可怜的无辜人! 找一种真实的方法去对付她吧!

第一夫人(猛喝威士忌)：这个倒不需要你这么负责。她根本不是你的,不是吗?

演员：这你从来没有忘记提醒我。

（第一夫人拿过酒瓶,又为自己满满地倒了一杯。）

第一夫人(醉醺醺地把酒杯贴在脸上暖着杯子)：我要爱她! 我多么爱她啊!

演员：你这样能算是爱她吗? 世上哪有只用大脑爱的道理。

第一夫人(闷笑)：哼,住嘴! 我会爱我的孩子的——当我搞清楚你是怎么对待她的时候。这事不要谁——你,莱恩·博顿利——来教我。我要亲自把这事儿理出头绪来。

演员：西拉,我一直在想,莱恩哪点比我强? 他有的,我又有哪点没有!

第一夫人：他对我说,我这个人挺不错,他的"不错"的意思是说,当你误解我的时候,我是名"机灵"的演员。

演员：我所不能理解的,是你为什么不离开这个家,却跟莱恩过? 为什么不和他结婚? 我可以跟你离婚。

第一夫人：他也许是位可亲的普普通通的正派人,我必须说,我非常欣赏普普通通的事物。但是,我不能和一个蹩脚的演员一起过日子,更不要说和他结婚了。
　　(她拿着杯子飘飘然地走了出去。)
演员(摇晃着椅子):同酗酒相比,人生准则更能使她消沉。

场景渐渐隐去,半明半暗中,演员仍依稀可辨。渐渐地,又出现了一个女人的身影。她穿着一件绣着银色和猪肝红丝线的和服。

女人(走近,一只手抚摸着演员的头发):这仅仅是个开头。不过,你还只谈了其他人的真实情况。
演员:给我一次机会吧,好吗? 我才开了个头呢。
女人:你杀了人以后,说起来就该容易多了,应该是滔滔不绝的。
演员:我去把我的第二夫人找来。再没有比伊尼德更会陈述事实的了。伊尼德可以让萝卜冒出血来。
女人:要杀人的,是你!
演员:行行好! 就给傻瓜一次机会吧。我待会儿就给我姐姐打电话。对一位公爵夫人来说,现在早了些。
女人:你是主角。
演员:我想我是实在应付不了,米蒂。
女人:没什么大不了的。不会有血,或者说不会有人看见血的。只需说那么六七个字,说得温和些就行了。哎,干吧! 巴兹尔·亨特爵士。
演员:我总得先熟悉熟悉自己的台词,排练一下吧。

女人：伊尼德会和你一起排练的。

演员：对,伊尼德。(他接过一件富丽堂皇的长袍,穿在身上以作伪装。)正如你所说的,没什么大不了的,不过六七个字……(他的肺胀大了。)……我演讲了半辈子,甚至还和伊尼德夫人待过两周,还从未被人找出什么岔子。

场景：一间装饰着太多古玩,显得很不协调的闺房。一张书桌。第二夫人正坐在那里写着什么。她身穿一件华丽的长袍,头像一只吃得很好的俄国狼狗的脑袋。

第二夫人(没转过身来)：是巴兹尔吗？

演员：我真希望你没能认出我来。

第二夫人：是吗？(仍然不停地写着)有什么事,亲爱的？你总不会专程来打扰我吧？

演员：你在写些什么,伊尼德？

第二夫人：当然是我的回忆录啰。

演员：怎么还在写？

第二夫人(猛地转过身来)：永远要写！人生难道不就是一篇冗长而令人难以置信的回忆录吗？旅行啦,朋友啦——丈夫啦,统统一个样。

演员：我想请你先听听我这出戏的台词。戏中我要在自杀前谋杀一个人。

第二夫人(继续写着)：什么？你说什么？(气鼓鼓地画掉了一些字句)毫无疑问,你能胜任任何角色,就像你在其他场合一样。

演员：不一定吧，这角色我可是从来没演过。

第二夫人(略略看了看已经写好的东西，修改)：当我嫁给一个演员时，满以为这下子我可以每天晚上和一个不同的男人睡觉了。结果呢，我发现他老是扮演同一个角色——他自己(她抬起头来，龇牙咧嘴，露出母狗般的微笑)，而且是个相当令人发腻的角色。

演员：你就是这样当上主角的。(他的胆怯不安提醒了他)给他们太多的话——这正是我所建议的——他们就会把你扯得粉碎。因为他们要你干的不是这个。

第二夫人(打着哈欠)：我该出门旅行啦，巴兹尔。我打算坐飞机去撒哈拉，给我找个图阿雷格人。这种人不仅头戴面纱，而且不会唠叨。他们的自我本质上是肉体的。(她伸了伸懒腰，解开身穿的长袍，只剩下她那俄国狼狗似的长长的毛尾巴、干瘪的乳房和瘦瘦的大腿。)

场景隐没在昏暗中，一个穿黑绸和服的女人依稀可见。

女人(对演员说)：那更好，不过这回该你脱衣服了。(隐退)你杀了人以后，也许一切就会好办多了。

演员(机械地)：是的。

当巴兹尔在桌边胡写着这些时，晨光已毫不含糊地射进了旅馆的卧房。他知道，今天该是他们去莫里顿大道的日子了。带着为母亲的今后做出的安排去见她是符合他的利益，也是符合多萝茜的利益的。他感到由于做出了这个决定，他此刻的脸色一定显得年轻多了。他的指甲修得干干净净，指尖上的皮肤线条也分外清晰。

他刮完脸,喝了咖啡后,要立即给多萝茜打电话。倒不是说他对公爵夫人姐姐很尊敬,而是因为他觉得难以不遵循某些礼仪。如果说这里面还带有点感情色彩的话,那完全是因为他至少得在这天早晨强调一下她应该合作,不过不必勉强。

"谁?"不等对方告知,她就防备地提高声音问。

"巴兹尔,你的弟弟。"

"唉,"她叹了口气,清了清嗓子,很不熟练地做出一个习惯晚起而被早早惊醒的女人那副模样。"噢,是巴兹尔啊!"她又叹了口气,咳嗽起来,"当然,是你的声音,只是太突然了。我都还没定下神来呢。"

"……知道现在还早,多萝茜。不过,今天我想是日子啦,亲爱的。"

"什么日子?"一种怀疑的,如果不说是仇恨的口吻,使她的话音变得十分晦暗。

"告诉母亲我们做出的安排。"

"我们的决定?嗯,我知道我们说过那事,可并没有明确定下什么东西,不是吗?"

"有那么一点就绰绰有余了。在我看来,定不定反正一样。"

"你这样是会害死她的。"多萝茜以那样一种坚信的口吻说道,她可能想叫他负完全的责任。

"大多数老人都很倔强,"他听见自己心里在反复念叨一个教诲,"只怕她是个例外,因此我想让你和我一块儿去。作为女人,你一定知道如何使这一决定对她的打击稍稍减轻一些,哈,哈。"

多萝茜似乎想使巴兹尔记住她对他们面临的严重情况的看法。她又叹了一口气,甚至呻吟了那么一两声,其间喝着她的咖啡(巴兹尔发觉了她这一手)。

"味道怎么样?"他问道。

"你在问什么——味道怎么样?"

"咖啡呀。"

踌躇之中,她也许听见自己肚子咕咕作响。过了一会儿,她答道:"其实,这可以说是世界上最难喝的东西——不是说我原来就期望喝到什么好东西。"

两人颇有同感,一起哈哈大笑起来。

他说:"我知道你很敏感,亲爱的,哪怕是疏忽了一点无关紧要的事,你也感觉得出来。"

她此刻一定得意地在床上乱踢。"你是在捧我吧?"她问。

"当然,难道你没发现奉承拍马很有好处?"尽管很明显她是不知道这一点的:她不可能知道,至少在异性面前,如何阿谀奉承。

她避而不答他的问题。"你想我什么时候去?"她尽量使自己说得在这种场合似乎需要的那样冷静老练,装得那么像,巴兹尔听后都吃了一惊。

"嗯,今天早上,我看——既然我们都谈妥了。"如果这时她需要一个更精确的时间的话,他可说不上来。"我们要哄威勃德一起去做一下证人吗?"

"哼,一个使人讨厌的可恶的家伙。不要他去!没这个必要,去了反倒让人为难。什么时候去?"她催问道,显得有些烦躁了,仿佛他们各人都很守约似的。

"那么,"他犹豫了一下,"就在接近中午的时候吧。在莫里顿大道碰头。"

"那就十一点吧。"

"只要你到得了。"

"我将按时到。那时我们可以找到值上午班的护士。她是最蠢的一个,而且,我得说一句,她已经迷上你了,巴兹尔。"

"巴杰莉护士?"他轻蔑地问。

"管她叫什么名字,反正是只皮包骨头的母鸡。如果去的时候正好碰上那年轻护士,那就不明智了。出于等级关系,她瞧不起我们,同时却可能对妈妈抱有希望。而你巴兹尔,在这么漂亮,而且无疑是野心勃勃的人面前,一定会立即不知所措、当众出丑的。"

他说:"无论白天或晚上什么时候,事情远远没有你想象的那么复杂。这事交给我吧。"

多萝茜笑了:"我的意思就是这个。你也这样想的,是吗?"

他自己也说不上来。噢,不。他不是这样想的,他原想让多萝茜操这把屠刀。

拉萨贝娜夫人已经为这个好像很美好的日子穿戴齐整了。从俱乐部卧室紧闭着的窗子望去,港湾里海水在轻轻地荡漾;报纸在沟中飞扬和拍打着;新造的建筑物和码头上停泊的一艘航船上的油漆像制造商所宣传的那样光彩夺目。公爵夫人穿了一套四季皆宜的衣服,这种衣服棱角十分明显,是专为消除那些苛刻的人的非议而设计的。不过,在这公寓里,大胆仍然是一种合算的投资。今天早晨,公爵夫人那薄薄的双唇,看上去很得体,根本不必祈求眼睛来保护那张丑陋的、已为经历销蚀的脸,至少暂时是这样。不错,她对自己不会随波逐流而感到非常之高兴。正因为此,她没有佩戴任何珠宝,甚至连一块次等的宝石也没有。既然现实主义不仅是她进攻的武器,还是她防身的盾牌,她为什么要感到自己是赤身露体的呢?

当她沿着走廊走着时,听见自己身上什么地方骨头咔咔地响了一两声,这使她想起了她第一次骑马(不是骑那种长着圆桶般肚子的马)的那个清晨。那天,那马驮着她,在一阵长长的雷声中,发狂般地冲过河谷,最后,还是在一个陡峭的山坡上被她制服了,徒然哼哼着不平,却也无可奈何。在俱乐部的长廊上,多萝茜·亨特的呼吸急促起来,鼻孔都变薄了。她冲着一个女侍一笑,又简直像马一样对她嘶喊了几声,着实把那女侍吓了一跳。公爵夫人立即意识到自己愚蠢的失态,便缄默不语,头脑清醒起来了。乘上出租车后,她就端坐在那里,望着自己交叉架起的足踝,不那么喜形于色了。

到达莫里顿大道后,她心中涌上了那么一点小小的忧郁,尽管只是一刹那。在码头上风刮得很猛,一路上来也一样,可这儿,至多只有那么一点儿微风,或者说,循环流动着的沉闷空气,拂动着土生树木蓬乱的嫩枝,公爵夫人可说是不胜惊喜,几乎付给那司机二十个子儿的小费。可她没再干这样的蠢事,只给了十个子儿。

是否因为现在是早上,才使得这门上的铰链发出的响声听来这般刺耳,这般神秘而又有些动听?她记得,当她还是个孩子时,聆听着大门的响声,心中想道,是不是自己一直非常盼望的那个又美又善的人来了?要是她继续在伊丽莎白·亨特家里的话,她还仍然会听吗?

真不可思议!母亲竟然会想到在自己的花园里保留本地树,更不可思议的是竟还栽种了几棵。母亲本身是个舶来货,就连她的虚伪亦是如此。只有在尝遍了所有可以尝试的东西以后 我才会感到幸福 我并不想躲避令人不愉快的事——那无非是另一种经历罢了。从另一种传统引进的态度、观念和习俗的背后,一定还保留着一些澳大利亚的气味。可你又怎么能爱它们呢,母亲?简直不是树——清一色的丑陋的稻草人——在另一个半球有时仅仅想起它们就使你心碎。我讲不上这是什么原因 多萝茜也只是保证说那是一种真正的情感 你相信我也罢 不相信也罢 只是请你告诉我——如果你知道的话 为什么自信而又敏感的女人 会迷上

性情孤僻 形影相吊的男人 为什么温柔的女孩会看上毛烘烘的野兽 啊 母亲 难道我们必须把人格降得那么低？无论人格是高是低,伊丽莎白·亨特会使你感到,你已经继承了她一部分精神抱负,如果你诚实的话,还加了点你自己的自命不凡。

现在,公爵夫人正小心翼翼地沿着一条蜿蜒于横七竖八的林子之间的小路向上攀登。透进林子来的阳光也是谨小慎微的。在那高悬着的赤陶碟子周围——夜班护士已在碟子里装满了吃食,鸟儿扑扇着翅膀,簇拥在一块儿。在这儿,光线不像在别的地方那样直照直射,直散直碎,而是如同鸽子咕咕声一般闪耀跳动着。

她打开手提包,心不在焉地朝里面望去。她自己也意识到自己其实也不知想找什么。她又合上提包,用舌头舔了舔嘴唇。她必须忘记这里的阳光,这里的树。她按动门铃,只听见她的权威又响彻整栋房子。这房子之大和使用之不当,已使它成为一件多余的东西,如果不是说绝对不道德的话。(拉萨贝娜公爵夫人只是瞬间想到,换一种情况,自己也会被她所被采取的这种态度吓呆的。)

和上次一样,这回又是值班护士来开的门。

"啊,天哪!"巴杰莉护士猛地退了几步,"吓我一大跳。"她大声笑着说。

"哟,到底什么吓着你了?"公爵夫人听见一个平淡的声音问道。

"我刚才在等另外一个人,现在还要等。"巴杰莉护士傻乎乎地笑着,一点也不像茶叶种植园主的寡妇。

"你在等谁?"

"我也弄不清楚。"眼镜后面那个护士想装得神秘一些。"反正不是你,多萝茜——夫人。"她又格格笑了起来。"也许是上帝降临!"她尖声地说。

她们俩谁也不知道该把这当作玩笑呢还是当作启示。护士至少还能够转身引客人上楼。

多萝茜觉得还是不问母亲的身体为妙。她转而故意冷淡地问道:"管家也在这里断过一条齿桥?"

"噢,没有!"巴杰莉护士叽叽喳喳地讲道,摇了摇头巾。"她有点儿不舒服,就这么回事。她的脚——全身。"她一边侧身和多萝茜说话,一边侧身爬着阶梯。

"我们说句不好听的话,夫人,这些大陆来的犹太女人,许多都相当神经过敏。"当她侧回身去,全神贯注地攀登时,一边面颊抽搐了一下。她的动作不太像横行的蟹,倒有点像栖息着的白来克亨鸡。"对我来说,无论如何,听铃开门都不是桩难事。我这个人很喜欢有人来。"

"我听说这也是一些妇女想在火车站报亭工作的原因。"公爵夫人说,"不过,可以肯定地说,像你这种情况的人,在这偌大而无人居住的老屋子里,一定会感到寂寞吧?"

多萝茜望了望楼下那间她非常熟悉的深坑一般的大厅,自己都承认有点感到孤独了。

可巴杰莉护士却猛烈地摆动着头巾,表示不同意。"啊,不,不!亨特太太是一个如此快乐,如此富有创见的人!每天都使你用新的眼光来看待事物。我们都很敬重她——你的母亲。"

多萝茜更加不打算问及母亲的健康状况。"我一直在等我的弟弟。"她把这当作一种欢悦的警告。

"啊,巴兹尔爵士!"巴杰莉护士喘着气说,"这么说,你们俩都来了。"她毫无意义地补充说。接着又说了句更无意义的话:"我有三个兄弟。在任何一个兄弟身上我都可以找到精神的支柱。"

两个女人这时已走到楼台,高兴地站在那里喘口气。

"尽管你对开门很感兴趣,可我让你爬了这段吃力的楼梯,真是抱歉。"公爵夫人觉得应该道歉一下。

"啊,不。真的没什么。我这人喜欢运动。"巴杰莉护士坚持说。她一边喘气,一边微笑,其间仿佛还在用下嘴唇舔干假牙的扣,同时想出一连串的话来。"实际上,对有些人来说,这确实可以说是艰苦的攀登,可怜的李普曼太太那条腿就吃不消。实际上,李普曼太太最伤心的就是自己心有余而力不足,再也不能为亨特太太跳舞了。"

"你见过她跳舞吗?"公爵夫人很想证实一下自己模模糊糊听来的消息。

"只有亨特太太见过。"巴杰莉护士领头沿着走廊走着,脑袋低垂着,在肩膀上微微地晃动着,也许是想让公爵夫人更加扫兴。"李普曼太太年轻时,是个非常出色的艺术家。我们是听——听李普曼太太自己说的。"护士站在门口,一只手按在门把上,头倚靠在门的嵌板上。看来,若不是体力的消耗和伤神的急务已经把恶感从她身上漂洗干净了,护士最后也许还会说些存心报复的话。

多萝茜的脑海里还浮起了不少其他的问题,却没时间发问了。护士已打开了母亲的房门,而你只得走进去。更不吉利的是,巴杰莉护士仍然手抓着门把,站在那里,同时不住地眨着眼睛,苍白的脸上露出游移不定的笑容,仿佛在说,她本身并没有参与也许是其他人策划的阴谋活动。公爵夫人迟疑了一下,以便能有机会施行礼仪。可是护士并没有向亨特太太通报她的到来。护士关上了门,掩住了自己那无可指摘的身影,也淹没了为道歉而挤出来的最后一丝假笑。

"是你吗,多萝茜? 我看不见。"

"是我,母亲。"拉萨贝娜公爵夫人觉得脚上的尼龙袜成了莱尔线①织的。

---

① 莱尔线,一种光滑坚韧的棉线。

床上的那个女人——她的母亲——还在方才的梦幻中踏水,直到浮上水面,在一定程度上还沉浸在对自己早年风韵的遐想中。

独自一人时,多萝茜早就为自己多愁善感的弱点感到沮丧,这查查过往史就可以发现。上帝最后审判时,你也只得一个人出场,因为巴兹尔和其他的罪人都会设法晚到。你目前唯一的希望在于对最使人厌恶的东西的义愤:从粪臭、渗过痰液呼出的气,到小儿爽身粉的刺鼻的气息。只有如此这般地加强,方可应付别人的起诉,保护自己。

拉萨贝娜公爵夫人脱下手套,把手提包一丢。手提包从床边的桌子上滑了出去,掉在地上。她抓起那斑斑点点的爪子,问道:"她们来照顾您吗,亲爱的?"

"你这是指什么?"

"不时地给您揉揉背、翻翻身、改换改换躺着的姿势,让您舒畅些。"

"什么?我身上发臭啦?"

"当然没有!我只是一般问问。"

"她们花了不少时间帮我消磨时间,可那正是花钱雇她们的目的,不是吗?可怜的人!"

"我并不以为她们是'可怜的人',她们薪金很高,报酬高得实在荒唐。"

"关于报酬你知道些什么?"

"只是我发现的。"

公爵夫人竭力压抑住自己对老朽征候的厌恶心理,俯身吻了吻那张纸一般苍白的脸,思绪又被往事给牵走了。啊 妈妈 我们为什么不能住在一起?你能睡到我的床上来吗?睡得非常快乐安稳无事。就穿这样的衣服?明白些 多萝茜 你应该知道人家等妈妈吃晚饭。亨特的指尖粉红衣裳滑溜溜的一股臭味　白得就像——像什么呢？晚香玉　亲爱的　有人认为晚香玉在向我致意哩。

"谢天谢地,总算熬过来了。""只是我发现的。"拉萨贝娜公爵夫人又说了一遍。这儿的一切,对她来说,简直就像是腐烂的尸体一般。

熬虽则熬了过来,但一狠心,她感到体内有什么在蠕动,真切得不容忽视,仿佛良心变成了一个胎儿。不孕症曾经使她不能受孕。她的嘴唇离开母亲的面颊时,似乎变得肥厚了。她只得去站在开启着的窗前,朝下望去。

"巴兹尔就要来了。"她尽量用力扭过头来。

"我想他会比较清楚地了解事情的全过程的。"

"我怀疑。巴兹尔有天才。除此之外,我觉得他是个动摇不定、毫无用处的男人。"

"巴兹尔过去是个有情感的人。"

"他举止总是很轻浮。对男人来说,这倒十分有利,母亲。"多萝茜的笑那么干巴巴的,连自己也想起了一只蜥蜴,而且还可能是只致命的蜥蜴。她又产生了一种内疚感,这回不是因为眼前这老妇人,而是因为她看见楼下公园里闲逛的人们。那些人一点也不知道在树丛中,甚至在空旷的草地上潜伏着的厄运。

"那人叫什么来着,亲爱的?"

"哪个人,母亲?"听她的口气,仿佛她对危险的直觉未曾警告过她。

"你知道——那个挪威人——有人请我们上岛那次。"

多萝茜感到自己无法使自己把那人的名字从牙缝里挤出来。好在母亲在想起这事以后,对此又不那么感兴趣了。但愿她想起来了！亨特太太把你从晚香玉和情感的遐想中带了出来，却又为你召来了那块坚实的土地，或者说那惹人憎恨的海岛：蜇人的沙子、树木盘根错节的树根、龇着黄牙互相撕咬的野马，而当它们受惊而沿着来时走过的海滩奔去时，受伤的蹄子不住乱踢。

多萝茜·拉萨贝娜不必提醒自己就记得，在她们在布龙比岛短暂逗留时，她恨自己的母亲胜过恨世上所有其他人。应当记住，伊丽莎白·亨特当时的背信弃义使得现在她的儿女们用来对付她的兽性十足的计划似乎在道义上说来也站得住脚了。

杰克·沃明和海伦·沃明两人先上了岛，以赶在客人到达之前理出一间屋子，打捞点好鱼。亨特母女则要在晚些时候，从悉尼坐飞机到奥克逊博德，然后在那里换乘杰克为她们租来的直升机飞抵布龙比岛。从一开始，多萝茜就不明白她们为什么会被邀请。沃明夫妇只不过是无甚深交的熟人，住在另一个州。虽然多萝茜和海伦曾在同一所学校上过学，但多萝茜快毕业时，海伦才刚进校。那么，问题就在母亲那里了。母亲是个极其自相矛盾的人，要是她自己意识到这点的话，那她势必会坐立不安，开始重新安置别人的家具，安排别人的生活的。

"我知道你现在在想些什么。多萝茜，别担心，我会习惯的。那岛上除了几个林工以外，没什么人居住。沃明夫妇日子过得从不像猪那么窝囊，我听说是这样。不管怎么说，我可从来没想过要追求什么奢侈，我懂得怎样在原始的条件下尽力做好自己的事。"她说话时用的爱德华地区的俚语使人听来更觉讨厌。

想到沃明夫妇可能是想对她们施点恩惠，多萝茜越发有气了。杰克　她被法国人抛弃回到了贝蒂的身边　难道我们就不能为他们干点什么　那样的话　两周的假日就不至于毁了。这想法死死地缠住她,不住地搅动着,使得她的头阵阵生痛。难道你杰克就没想到 不幸的多萝茜也许已经绝经了 要她和这么一个年迈力衰却花容犹存的母亲在一起 那简直是要她的命了。多萝茜一直这么想着,直到开始寻找解脱的理由:倘若沃明夫妇只同情你,那他们就不会邀请母亲,不是吗?多萝茜心里明白,自己最大的一个毛病,就是爱揣度别人秘而不宣的动机,别人的善心往往引起她的怀疑。

如今,旅程行将结束(就她们来说实际上是到达)之际,一切都很正常,没什么可指责的。这时,多萝茜突然害怕起来——一定是坐直升机的缘故。她对这类高空旅行实在不那么在行。她们下面,海湾在阳光下闪着银光;前面,只觉得整个海岛在随着飞机的运动颤动着。她真希望此刻身后关上一道门,把她隐蔽起来,不仅避开素不相识的人,也避开好心的朋友。她真不该到这儿来!不错,是因为绝经了。这千真万确,如果海伦·沃明现在还没猜到,她会知道的——或者,很可能母亲已经告诉她了。

坐在母亲身旁,多萝茜·亨特(还是那个拉萨贝娜公爵夫人,这样也许便于记忆)双手按在自己的膝上。若双臂垂直,就会使人想起哥特人的祈祷姿势,若双手摊开放在膝上,又会过于明显地露出那张紧张得发白的脸。从建筑结构的什么法则看,双手撑在膝上有助于缩短双肩的距离。与她形成对照的是那位年轻的驾驶员。他显得十分轻松自如,只穿了衬衫短裤,裸露出棕色的皮肤。并不是说多萝茜对他有什么特别深的印象,她只是嫉妒他那副超然的神情。

这一切,母亲是理解不了的。她这当儿正瞪着两只似火炬般燃烧的眼睛,想要你一辈子记住她那副尊容。可你没有被蒙骗,也没有被她的假笑所迷惑。那微笑着的眼角布满了淡淡的、银白色的皱纹。

多萝茜移开她的视线。若不是她感到,在这突然变得灼热的空气中,她在想象中听见一种冷酷的淫笑,她本可以在那些皱纹中得到些快慰。她发觉,驾驶员此刻正驾机朝着一块灰色的沙地降落下去。究竟着陆后是否会轻松一些,还得拭目以待。

直升机着陆的一刹那,多萝茜和她的母亲同时低下了头。蓝绿相间的旋翼不停地旋转着,划破天空,使灿烂的阳光变得忽明忽暗,也吓得多萝茜的心因此又怦怦乱跳起来。在她的一侧,透过并不好看的红树林的缝隙,可以看见平静的、无精打采的海湾;另一侧,比桉树桩更远的地方,冒出一片黑乎乎的、愈发神秘莫测的热带雨林,使得大海似乎显得模糊不清。

爬出飞机以后,多萝茜感到自己的腿变得同母亲的一样,又细又长,一点劲也没有。

可亨特太太并不承认自己体力有任何衰退,少数人有水土不服这种情况。"你送我们来,使我们还和离开大陆时一样精神,太感谢你啦。"她走近驾驶员,在离他一定距离的地方站定,伸出一只戴着白手套的手。

那年轻人吃惊地意识到,这是要他接受这只爱清洁的手。"没什么。"他不是在说,而是在哼哼,那声音仿佛是被当胸打了一拳,而后歪着嘴冲她一笑。

多萝茜注意到,母亲那整条胳膊握手时经受住了驾驶员机械般的拧动,并没有退缩。她的两条腿,非但没有变得细长无力,反而站得更笔直。

多萝茜徒劳地寻找她估计一定会来接她们的汽车。

母亲看来是想充分利用一下这安排上的误差。"这岛上野生动物多吗?"她用一种咬字清楚、相当欢愉的口吻问那驾驶员。

"多极了。"

"那好,我想花些时间研究研究布龙比岛上的野生动物。"

也许驾驶员并没听出什么来,可多萝茜听了,不由为之一颤。母亲是个在十字路口等绿灯也会调情的人。

驾驶员想了一会儿,对她们,或者更确切地说,对伊丽莎白·亨特说:"我老婆喜欢看鸟。只要家里那些小家伙能让她有点空闲,她就出门去看鸟。"说完,又补了一句:"她有一本关于鸟的书。"

"母亲,您也带了这么一本书吗?"当着驾驶员的面,这话听来更觉刺耳。

"别傻了!我又不是准备搞什么科学研究,不过好玩罢了。"

你当然是傻的,且不说是令人讨厌的了。远在人造奶油体现其竞争魅力之前,休伯特不就曾以其独特而巧妙的方式,暗示过你这一点?

"我还没最后决定到底是不是对鸟感兴趣。"母亲念念不忘她的话题,虽然那驾驶员显然不想再提了。"你知道,多萝茜,我可以研究树——或者海生动物。"

多萝茜低下头,看见一只蟹痛苦地举着蟹钳,侧着身子在沙上爬行,自卫地不时挥舞着蟹钳。

正当多萝茜感到身上的酸痛慢慢地消失时,一辆旧式小车从乌桕和黄樟相间的林子里冲出,朝简易机场飞也似的驶来。每逢爬坡,便像猪刨地似的吼叫一阵,浑身战栗。正如海伦在信中答应的那样,杰克·沃明驾着车子穿过岛子来接她们了。杰克是个身材高大的人,性情开朗,但脸上却令人不可理解地带着一种已经消退的、神秘莫测的表情,俨然一位终身为着牛羊寻找远处闪烁的亮光的牛郎或羊倌。

对他的到来,亨特太太的反应热烈极了。"现在,我感到我们真正到了仙境啦!"她伸出面颊让杰克吻了吻,与此同时,勇敢地拍了拍那辆雪佛兰小车发烫的前罩,尔后,朝随父而来、穿着有钱人不要的破旧衣服的两个孩子迎了上去。

杰克用一种感激伊丽莎白·亨特的口吻大声说道:"我们一直在想,您是否意识到了即将遇到的情况。虽然海伦认为您吃得了苦,但我们在岛上的生活非常简朴。"

多萝茜怀疑这沃明夫妇也属于那些受母亲蒙骗的人。杰克这个人真是天真得很,甚至想把老多萝茜拉进他自己的娱乐圈里去:他好心而笨拙地扶住她的一条胳膊肘,用力捏了一下,但马上又放开了。此刻他脸上那种神秘的表情已经消失,只有那似笑非笑、露出牙齿的嘴唇上,仍系着一丝神秘的光泽。

伊丽莎白·亨特此时正忙于逗孩子。"都是青绿色的宝石。是条很老很老的项链了。它本是我母亲的,是她绝无仅有的几件好东西中的一件。你们知道,我们当时很穷。今天晚上,"她答应那小女孩说,"我让你戴戴这项链,萨拉。"孩子们被亨特这样出众的生人迷住了。后来他们望了望那位被称为公爵夫人的人,目光又移了开去。

对此,多萝茜倒不感到伤心。如果说,孩子们不喜欢,或者怕她,那完全是因为他们觉得她太了解他们的缘故。母亲之所以有本事,部分原因就在于她并不了解别人。

杰克又开始大声地说起那次"麦格雷戈夫妇的晚会"。很明显,那是母亲和沃明夫妇最后碰头的场面。

亨特太太停下逗弄孩子,合上眼皮,抬起下巴,朝众人淡淡一笑。"舞会闹哄哄的,是吗?"话声轻柔极了。

多萝茜很吃惊,甚至吓了一跳。她无法把那次麦格雷戈夫妇的舞会和她所了解的母亲所经历的其他事情等同起来。她想象看见伊丽莎白·亨特一副惊慌的样子:低戴着帽子,然后非常突然之间,透过一层水帘,或热带太阳的光帘,又看见母亲那赤裸着的白皙的身子。

亨特太太的眼睛睁得老大,用一种斟酌过的强调口吻说道:"多萝茜,说来你可能不会相信,我曾经早上三点钟就起床,为大约二十个人煮咸肉、煎鸡蛋。"

谢天谢地,总算坐进了汽车。多萝茜设法坐在司机旁边,以避开那两个讨厌的孩子。想到沃明另外还有五个孩子,她真害怕极了。幸亏"放假期间",他们的母亲在信中曾说过,"他们都去罗克汉普顿和摩纳罗一带包活干去了"。

雪佛兰车若无其事地颠沛着驶离机场,穿过一片稀稀拉拉的灌木林,开始攀登着穿过雨林。

同散布在昆士兰沿岸的其他岛屿相比,布龙比岛算是相当大了。很久以前,沃明家族的一位祖先占据了这个岛,从那以后,岛上的大多数土地被用来植树。如今,沃明家的全部财产就只是海边的那几公顷土地和一幢沃明买来为家人躲避内陆炎夏的房子。岛上除一队长期驻扎的林工和偶尔来往的沃明家的人以外,没有其他居民。

一进入雨林带,客人们便默不作声了。旅程中,不时看到稠密的树木、布满青苔和地衣的树干。蔓藤从树上悬挂下来,横七竖八地缠在一起,密得几乎透不过一丝光来。再往前去,林子变成水一般的暗绿,只是偶尔有一两处地方,黄樟树比较稀疏。有一个地方,一大段桉树枝断了下来,这些若不是仍然像青苔(不过是又干又碎,白而发黄的)一样在头上飞翔,这些闯入者也许还会以为是真的阳光哩。

小车绕过一片空地,那里驻着三四顶天然色的帐篷,还有一座尼森式小屋①。帐篷外站着两个光着脑袋的男人,在容易受伤的苍

---

① 尼森式小屋,由英国工程师尼森设计的瓦楞铁皮圆顶活动房屋。

白的前额下,是毫无表情的皮面罩。

杰克大声喊叫,孩子们挥手和呼喊。那两人也挥手致意。多萝茜眼角瞥见伊丽莎白挥动着她那条白皙的胳膊,正懒洋洋地朝两个林工打着招呼。

拉萨贝娜公爵夫人无法使自己如同棍棒一般僵硬的身子复苏过来。现在,她最担心的是她这一路颠沛爬坡过森林所经历的无人知晓的快乐,会从她的眼神里溢出来,把她的心境暴露无遗。于是她竭力抑制着这种感情,同时死死地压抑住那从心底涌上来的抽泣。十分钟后,车子开进一片开阔地带,沿着芳草萋萋的山坡朝下驶。要是她过去的祷告较为灵验的话,那她一定会祈祷这辆车子不停地朝下冲进广袤的光和水中,直到海水托不住他们的车轮为止。最好让绿色的玻璃弄瞎双眼,黑色的巨响震破耳膜,滔滔的海水灌进你窒息的喉管。就是这样也比在这东倒西歪的车里遭受歇斯底里的喜怒哀乐要来得强些!

然而,他们的车子在一幢无疑是沃明家的屋子旁停了下来。屋子结构松散,东倒西歪的,完全是昆士兰那种逍遥自在的风格。高矮不一的柱子上钉着隔板,风可以从中进出。这一切你不愿记起的破旧家当都可以藏在它们后面,孩子也可以躲在后面一道想出更多的坏点子来。这屋子位于树林和一片破碎的珊瑚之间的一座沙洲上,几经日晒雨淋,实际已到处是棕色的斑点,但整幢房子依旧安然屹立。这木屋竟然年复一年地经受了东方不知什么地方滚滚而来的大海的风暴的袭击、雷电的威胁,不能不说是个奇迹。

当客人从车上小心翼翼地下来时,从通往木屋子走廊的楼梯上走下来一个女人,震得楼梯不住地晃动。她赤着脚,咚咚地走下来,穿着一件廉价的,且已褪了色的棉布衣衫。尽管如此,也丝毫不减女主人的威风。多萝茜都有些认不出海伦·沃明了:她一定不注意保养,双手因干粗活而粗糙不堪,身子也因生育而变得滚圆。这时,这个万事如意的女人体内那个小女孩探视出来,在这位长者的虎视眈眈下,畏缩不敢向前,笑着。然后那女人恢复了自制,朝她的目标扑了过去。

"亲爱的亨特太太,您可真了不起,竟然敢来冒这个险。这儿只有原始的小棚子——这我已经事先告诉您了。"

海伦的话听来自然顺耳,毫无矫揉造作之感,这点就连多萝茜也不得不承认。海伦差点儿没把母亲给撞倒。接着,两个女人亲昵地拥抱在一起,那股亲热劲,受到了海伦丈夫和孩子的赞许。

女孩告诉母亲:"她戴的这条项链——上面有宝石——她说今晚可以让我戴。"

比起由于请来这么个活生生的崇拜对象和一个神秘的智慧源泉给这一家子带来的欣喜若狂,个人的名誉则无关紧要了。拉萨贝娜·多萝茜伤心地意识到,她本人之所以受邀来此,并非因为沃明夫妇好客,而是因为他们无限敬慕自己的母亲。

伤心的事还在后头呢!这些信徒们簇拥着他们的偶像走上那嘎吱作响的楼梯,将她安顿在特意为她准备的屋里。"你觉得舒适吗?亨特太太?百叶窗有些紧。瞧,这是您晚上万一饿了吃的饼干!噢,还有书。我们记得带火柴吗?哎,约翰,别碰饼干!我们这儿只有点老式的煤油灯。约翰,别动!我仍然认为,只有油灯才能发出真正柔和的光。擦这些油灯实在是够烦的,可一旦动手擦起来,你就会感到自己仿佛是在向主祷告。杰克,亲爱的,你干吗不把亨特太太的提包放在凳子上?萨拉,没有人想挨揍。啊,亲爱的,我可怜的亨特太太。"海伦又一次俯身拥抱了一下亨特太太。

板房里一晃一晃的灯光,给母亲的头发重新披上了一圈她年轻时一定也有的纯白金色的光环。她的眼睛,这当儿从未这么蓝,显现出一种心安理得地接受应有照应的神情。

这神情总算被她一番较为严肃的话给打破了。"要我在你们这里做半个月客,有些事我可受不了。干吗老是'亨特太太,亨特太太'的!我的名字叫'伊丽莎白',一字不能少。我讨厌名字只叫一半。"

沃明一家人程度不同地兴奋起来。

有人在一只瓷花瓶里插了一束花,并将它放在木橱上。这位名人坚持要知道是谁采的花束。

"是我。"萨拉说。

"是我们。"约翰纠正道。

"你们想得太周到了,知道没什么能比本地的花草更使我高兴了,真聪明!"

"这花草本来就插在这儿的。"约翰坦白地说。

伊丽莎白·亨特没有理会他。"无论在哪方面我们不能如愿,都不用犯愁,因为我们有土生土长的花儿:没有什么比花儿更精美、更崇高了。"她站起身,走上前去重新安插那挺立着的花束。

多萝茜再也忍不住了。她走出屋子,来到外面的走廊上。从她站着的地方极目四望,她感到自己仿佛站在一条永不起锚的大船上。炎日使海水脱去蓝色;远处的海岸线成了一种黛绿色;唯独南边有一块地方,突出了一座稀奇古怪的悬崖,一层红,一层黄,正恶狠狠地盯着她。

"怎么啦,多萝茜?不舒服吗?"

"不。没什么。噢,我头确实很痛。"她忽而转忧为笑,"我会吃点我带来的药。"

无疑,海伦一定准备慷慨地掏出她的同情来——这同情就好像她做生意的本钱。多萝茜可不敢贸然接受这份同情,她不敢在这烈日的烤晒下,在怪崖的虎视眈眈中接受这份好意。

她把自己关在狭小卧室的百叶窗后,药片开始发生效力后,她才多少舒服了些。她躺在那里胡思乱想,想到了那位有个喜欢看鸟的妻子的直升机驾驶员,想到了穿着牧羊人恶臭难闻的衣服迎接她们的海伦的丈夫;她也想到了那条注定差不多人人都会爱慕另外某个人的规律。她不可能爱上那个不善交际的瘦长的年轻飞行员。也许在这种事上,也不需要她所认识的或者想象出的任何男人,更不用说曾经是而在上帝眼里仍然是她的丈夫的休伯特·德·拉萨贝娜了。

可以听见母亲在远处什么地方和主人又说又笑,逗得主人都乐了,扮演着大家都认识的伊丽莎白·亨特这个角色,为了她现在的目的正处在一个模拟的戏剧场面之中。透过地板的缝隙传来孩子们的话音,叽叽喳喳的,像在搞什么鬼名堂。一切都像是有鬼。最诡秘的莫过于声波了。可你最终还得在声波中躺下进入梦乡。

一觉醒来,不但没恢复体力,反而更感绝望。孩子们在外面走廊上叽叽喳喳地闲扯着。屋里此时已完全暗下来了,又闷又热,一股发霉的被单味,其间可能还夹杂着一种可能是什么干瘪了的腐烂物的臭气。

她应该去和那些孩子见见面。

她使自己从床上跃起,走出屋子,朝孩子们笑了笑,说:"我想,你们一定有什么事要告诉我。"

孩子们脸上露出一副窘相,甚至有些害怕,于是她意识到自己这句话说糟了;如果孩子们肯承认,他们互相之间的了解的确不同于母亲同他们的关系。

她想改善一下自己的处境。"我刚才听见你们在屋子底下,在玩吗?"她望着他们,希望自己的目光恰如其分。

第一个答话的是那个男孩,脸朝着别的地方,说话中还在遐想他看见或梦见的情景。他说:"有个人在这里被谋杀了。他们是船只失事而来到岛上的。岛上的黑人杀了男的,留下女的做他们的奴隶。"

尽管天还没完全黑,可萨拉已经戴上了母亲答应让她戴的黄金绿宝石项链。"他们把那女人的衣服给剥了,"萨拉说,"剥到一丝不挂。"

"估计事情发生在下面那儿。"约翰叉开手臂,指了指那海峡边的悬崖;他的手一定是双重关节的。

萨拉说:"不过,我们认为是在这儿。"她用脚丫蹬了蹬走廊的地板。

"为什么?"多萝茜·亨特问,其实她并不想问个究竟,只是希望他们能允许她分享他们的秘密。

"因为,在这屋子底下,有死人的臭气,有那么一点儿。"约翰解释说。

萨拉又补充说:"还有黑人遗留下的牡蛎壳。"

孩子们咯咯地笑了起来,但不是因为杀人这事儿。多萝茜怀疑他们是在嘲笑那个叫公爵夫人的人,因此又不高兴起来。他们能把她当作自己人多好!

一切都捉摸不定,她沿着已经暗下来的海岸向外望去,看见一个男人走近来。显然,他已经将一只小船拖上岸来。除了一条褪了色的大红短裤外,什么也没穿。

"看见那人了吗?"她问孩子,"那是谁?"

"皮尔教授。"

"他和我们住在一起。"

"他是个——挪威人。"

"是他们请他来的,不过我看他们并不怎么喜欢他。"

"他们感到非请他不可。"

多萝茜朝那个不受欢迎的挪威人的方向望去。隔那么远,很难看出他究竟有多大年纪。不过,有一点还可以看出:他还不老。夕阳下,斑白的头发已被阳光晒得更淡,在海风和盐造成的混浊之中停止了生长。他的皮肤可能不习惯这儿的气候,看上去很不光洁,只是颜色还几乎像他那条褪色的短裤一样,使她想起了食品杂货店天花板下挂的鳕鱼干。

"他至少应该是个挺有趣的人,"她放大胆子问问题,"一个教授,又是一个挪威人。"她记不得自己是否碰到过挪威人。也许,作为一个法国女人,她对此很感自豪。

可孩子的话并不使人鼓舞。

"他这个人还可以。"

"他不爱说话,整天闷声不响。"

"他老在一本旧笔记本上写些什么。"

"他爱挖鼻子。"

"还爱放屁,就好像不知道屋里还有别人似的。"

孩子们一下吵开了,萨拉比约翰吵得更凶,告诉她他们对一个粗俗可笑的男人的看法。虽然他们很快又扯到别的事情上去了,可公爵夫人还在那里劝自己相信,她已经比那位教授更受孩子们的欢迎了。

母亲正在厨房里削土豆。在对自己有好感的陌生人面前表现自己,乃是伊丽莎白·亨特经常为之陶然自得的一大性格。此刻她正穿着围裙。厨房里一股杜松子酒的味道。

"你是说'皮尔'?"在厨房里也一直笑声不绝。

"不错。你不会认为我在说他的坏话吧,是吗?他这个人其实并不坏,只是过于严肃了些。其实我是很欣赏严肃的人的。"海伦意识到那个前休伯特·德·拉萨贝娜公爵夫人已经闯入她们默契的谈话中。"噢,多萝茜一定得喝点。"她这样尽了义务以后,自然而然地改换了话题。"我真希望,伊丽莎白,你不要坚持削土豆。我的手一半就是毁在土豆上的。"

"就是不削土豆,我的手也已经毁了。"

伊丽莎白和海伦同时又叹了口气。谈话中断了。

拉萨贝娜公爵夫人自顾自一个劲地喝汽水。她双手抱胸,像个瘦瘦的男人。

伊丽莎白一边一本正经地削土豆,一边认真地对海伦说:"斯堪的纳维亚人很爱干净。我实在受不了那些法国式的厕所——脚印!"海伦和伊丽莎白两人笑得前仰后合。"海伦,说来你也不会相信,我知道有一个女人把护照掉进那个坑——就在两个脚印之间。"两个朋友笑得大喊起来。"那是在蒙彼利埃。"伊丽莎白这番话引得海伦发出尖厉的叫声。

多萝茜本来决定暂时不恨母亲,可这会儿再也不能自禁了。

"皮尔教授研究什么?"公爵夫人冷冷地插进来问道。

出于自卫,海伦转眼就想起来了。"噢,是个海洋生态学家,多萝茜。"

"有意思。"伊丽莎白叹了口气。

接着房里只剩下削土豆的声音、海伦在炉子边拖坛子的声音、男人们的说话声及哗哗的流水声。

"噢,对了。我们这儿没有浴盆,淋浴也没有,因为我们用水全靠积聚雨水。身子脏了就用一个罐子打水冲。现在爱德华正在冲身子呢。"

母亲说:"我出来时就准备艰苦一下的,亲爱的。倒是多萝茜可能受不了。她吃住不方便的话就会发火,在法国也住过的嘛。"

"你真是,母亲!"

多萝茜没有机会进一步发作,杰克走了进来,穿着一件旧柞蚕丝衫,系一条大红的腰带,稍稍像样了点。

伊丽莎白又开口了:"我们就喜欢看见自己的男人色彩鲜艳。"她削土豆已经烦了。

杰克笑了。"那您应该去瞧瞧爱德华的背,那差不多和这腰带一般鲜红。"

"你是说爱德——华?"伊丽莎白问道。

"是啊。名字里带V这个字母。"

"得了,说说别的吧——有趣些的。"母亲抬起头,噘着嘴,像是在品尝那挪威人的名字的滋味。

这是她特有的一种姿态,也许想以此证实一下有关脖子和喉咙的传说。多萝茜为了不露出自己对母亲的轻蔑,拿起刀,开始削那三四只母亲剩下并且显然不会再削的土豆。

杰克压低嗓门:"管他带V不带V,反正他是个绝对令人厌烦的家伙。他是一个我们原以为是朋友的人塞给我们的。如果你不介意的话,伊丽莎白,你可以请他解释一下海底聚集物。"

"我可以避免谈论这类事,这点请放心。"母亲认认真真地保证说。她这个人只要一开口,肯定会惹得大家笑起来。

月亮正在升起,又圆又红,它是火红的夕阳留下的遗产。杰克·沃明气已消了,坐在桌子边上,一只胳膊搂着妻子的腰。也许并非全未意识到眼前的这一情景,伊丽莎白这朵仍难以觉察出枯萎的百合花,放出沁心的芳香。布龙比岛是一个和谐的世界,而多萝茜却曾被迫要与之冲突。现在,又似乎轮到那个爱德华·皮尔了,尽管她还不敢把他视为自己的盟友。在这种情况下,她为还能削土豆萌生了一种谦卑的感激之情。

海伦不知道她的孩子们上哪儿去了,开始慌乱起来,而伊丽莎白却说:"萨拉戴着我的项链挺可爱的,但愿她不会把项链给丢了。倒不是说项链很值钱,它之所以珍贵,就因为它实际上是我记忆中第一件值得记忆的东西。"

"丢项链?天哪,这怎么行?"说不定母亲是故意让海伦着急的。"我马上就去找他们。"

"让我去吧,沃明太太。"拉萨贝娜公爵夫人说。她已经削完了土豆,但不如她原来希望的那样仔细。现在她又一次陷入了绝望的境地。

"你不知道上哪儿去找。"

"不,我会到处找的。我会找到他们的。"

多萝茜不等答应便溜之大吉了。月光下,这屋子几乎使人觉得就在船上。她沿着甲板飞跑,但见那轮深红色的月亮下面,远处的景物在轻轻起伏荡漾。大船上静悄悄的,除了大海和陆地之间某处一只海鸥疾速飞翔的声音外,什么都听不见。

这时,一扇门开了,爱德华·皮尔迈到走廊上。他一只手拿了条毛巾,一只手拎了条洗澡时穿的短裤。夜幕也不能替他遮羞;如果有什么用的话,倒是荧光下他光着的身子更为显眼。她注意到了他那相当肥厚而又结实的胸脯。然后,已经礼貌地移开了的目光一瞬间又被牵了回来——不,更糟糕的是:她完全被迷住了。呵,天哪,乌贼!打结婚起,她还从没让自己注意过这些。

她之所以没和那块磐石般的肉撞个满怀,完全是因为教授的自制力。他稍稍转了个方向,并非出于对她头回见面时那种戏弄公牛似的冷漠态度的不满,继续沿着走廊或者说甲板,或者说板条钉成的可怕的房子,坚定地向前走去。虽然他屁股大得走路时险些扭起来,但看起来仍像大理石一般结实。她不由得盯着他的屁股。当他消失在她隔壁屋子里时,月光在一只光洁的圆盘里闪烁。

她住处下面的走廊在振动呻吟 要不是一上岛就没迷失方向 她也许已经不分东南西北地将板条撬得更开了 脚后跟现在踩在粗糙的毛垫或草垫上 陷在潮湿的沙土里。照理,一到水边,她本应该走上远处呈现出的平坦的大道,可她却转过身,走回或者说滚回来,被迎进那间因没有人住而给了她的房间。

这墙壁一定是毡子裱糊的:它们正对着她呼气。她闩上百叶片。可对门却一筹莫展:门锁没有配钥匙。

正因为如此,海伦才得以闯入,试图哄这心情不佳的"孩子"。"多萝茜,亲爱的,你不来吃晚饭吗?"

"不啦——谢谢——沃明太太。"她不想大吵大闹。

"我们,我不知道,该为你做些什么呢?"

这话惹得多萝茜放声大笑起来。"不需要什么,真的,亲爱的海伦。我求你了,①海伦。"尤其丢人的是,你是那个完人,而海伦是一个资历浅薄的女人。

"孩子们怎么样?都回来了吗?"想起了这事儿,多萝茜感到稍稍好受了些。

"回来啦。伊丽莎白的项链没有丢失。"

多萝茜闻之微微一颤,同时拉萨贝娜公爵夫人负疚地让海伦善意的胳膊抚慰着。

海伦建议多萝茜休息,便离去了。不是睡觉,而是痉挛。月光如水,愤愤地倾泻在她身上那银白色的、已开始泛红而又不甚鲜红的被单上,似乎要杀死——啊不要杀 休伯特 我已经快被折磨死

---

① 原文为法语。

了。爱德华可能知道海底最深处有聚集物。此刻,他也许正希望它们能浮上水面,活的也罢,死的也罢,以便能看清究竟属于哪一类,然后用网轻轻捞起。

多萝茜醒来时,感到仍没休息够,不过却出人意料地平静。某种打算——她说不上究竟是什么,绷紧了她的肌肉,而同时又隔绝了她的神经。她打开百叶窗,一道银白色的冷光射了进来。如此之冷,即使她这时想到即将到来的日焰,或者那在中午时分灼人的烈日,也不会感到害怕。为了珍惜她精心斟酌出的那点满足,她一穿好衣服,就踮着脚尖,沿走廊匆匆走去给自己煮点咖啡(也许是不干净的),或至少,来壶印度茶。

哎呀,厨房里已有个人,正在搬弄锅子呢!

"我想为自己煮点咖啡,"皮尔教授声音混浊,忧郁地解释说,"沃明家的人不喜欢喝咖啡。"

她发现他穿着衬衣短裤,已经动手煮了。

"我不喝咖啡就会茫然不知所措。"她听出这声音不像是自己的,倒像是准备对付男人的母亲。(噢,为什么不可以呢?反正又没有人偷听。)"我喜欢喝法国式的咖啡。"她接过壶,尖声刺耳地补充道。

"不要法国式的,"皮尔教授反对说,"法国咖啡太混浊,我喜欢美国式的——因为我在美国的圣地亚哥工作。"

"是吗,现在还在?"多萝茜暗中推算厨房到母亲卧室的距离,可怎么也算不出来,这使她心烦意乱起来。"圣地亚哥——有趣吗?"为了安全起见,她压低声音问道。

"有趣?不过好歹那是我目前的归宿。"他此刻掰下一块面包,放在嘴里咀嚼,话是从面包屑中说出来的。

"你所说的归宿是不是指订婚?"公爵夫人在和这个斯堪的纳维亚人说话时口齿十分清楚,但同时心中却朦朦胧胧地感到烦乱。

"我可绝对不是指'订婚'。我是说,因为目前我在圣地亚哥的加州大学进行研究工作。"

我多傻啊!① 咖啡渗滤壶发出吱吱的响声,她粗手粗脚地将它从炉子上拖开。

"我原先与在卑尔根的一位年轻女郎订了婚。有那么一段时期,我对结婚很感兴趣。可后来我断定结婚还为时过早:它会影响我的研究计划。"

"你的工作一定使人着魔。"在这特定的环境里,公爵夫人竟完全赞成说点假话,而这在别人身上她则说不定会谴责一番。

待咖啡煮好她准备倒入杯中时,她脑子突然转出一个灵感。"我知道该做些什么。我为你煎个蛋卷。"连休伯特也夸她做的煎蛋卷。(如果你算是法国人的话,亲爱的,那完全是因为你有煎蛋卷的本事。)② 不过,她做的蛋卷有时粘在一起。

"我早上只喝咖啡。"

"男人早上应该吃些耐饿的。"她听见自己说起话来就像一个澳大利亚乡下女人。

教授不再言语了:无论如何,母亲也许已经知道了。

多萝茜为重新发现自己业已生疏的手艺而得意非凡。那只卷得十分成功的蛋卷放在碟子里还颤抖着,当然远不及为情欲所征服时抖得厉害。

"味道如何?"她希望能从他那轻易不开启的嘴唇间得到她应得的赞许。不过,若是她蛋卷煎得很好,他肯定不会吃起来那副模样。

---

①② 原文为法语。

"不错。只是——就我的口味而言——太生了些。"

"又黏又嫩!① 我们就喜欢这么吃。"她语气加重了,"法国人发明了煎蛋卷。"是吗?她也有点吃不准。

"啊,法国人!"他笑着,用叉子又塞了一块黄澄澄的蛋进嘴。

他吞下蛋后,脸色好了些。她想起了自己相信没让人看出来的东西:对,没煎熟,我亲爱的可怜的澳大利亚胆小鬼。②不,是太生了。她怎么会堕落到与堕落的行为同流合污呢?她将其所有痕迹擦去,却无法摆脱心中的厌恶:它已溃烂并在她脸上留下了一个伤疤。仅仅某种反省眼光才看得见。

皮尔教授一边嘴里嚼得啧啧有声,一边忧郁地望着煎蛋人。

而她此刻则在思忖:他那双训练有素、善于观察海底生物的眼睛,是否已注意到了自己的皮肉在跳动?她看见自己的手像往常一样搁着,像条长着淡淡汗毛的、狭长而怠懒的白鱼,由于沾着盐水而又缺乏雨水冲洗,那密集的地方仍然黏黏糊糊的。她避而不去想前一天晚上看到过的磷光闪闪的阴毛,可那还是不时地在她眼前闪烁。

她走进自己的卧室,以使自己摆脱肉体的诱惑,免得内心又感到羞愧。不过,她明白自己是在倾听动静:表面上是母亲的。但母亲的"失眠"给她晚起的福气,因此,她不大可能谴责你追求一位教授。

他返回他的卧室,不过只待了短暂的一会儿。拉萨贝娜公爵夫人不再瞧梳妆台镜子里自己的形象——那只会使她丧失勇气。她听见一声像是最后离去的响声,便不顾一切地打开了自己屋里的那扇薄门,礼节也不顾了。

---

①② 原文为法语。

"你在这岛上也工作吗?"她抬高了的嗓门会影响母亲的睡眠吗?

"我是受邀来此度假的。不过,当然啰,你也可以说我在工作,我老是工作。"

他朝下走去,一块块木板被他压得弯曲不平。她尾随在后,也想下楼去。走到海边后,教授开始沿着海滩,一个人朝多萝茜前一个傍晚见到的那座怪崖走去。显然,这是他早就计划好的事情。

"我想跟你走一段,"她问,"不会打扰你吧?"

他喃喃地回答说没关系。"如果有必要的话,我会甩开你的。"

公爵夫人高兴地接受了他们达成的这项协议。一般情况下,她不戴帽子,但为了遮挡赤道灼人的阳光,她把一顶带来布龙比岛的大草帽戴在头上。她感到心情好了些——真的,体力也恢复了。只是她的鞋子很不实用,要很费力才能跟上身旁这位壮实自信的穿着生牛皮凉鞋用力踏着沙滩走着的大汉。即使这样,她仍设法做到没被落下。和他保持一定距离跟在后面是合乎道德和理智的,但在这种情况下,就是答应做这头——对了,粗鲁的公骡的驮马了。

她不顾其粗鲁,开口问道:"能告诉我什么是生态学吗?"

他先是吃了一惊,继而耸耸肩,说:"简单地说,就是研究自然的结构和作用的学说。"

"那么,在这浩瀚的、对我来说又是那么可怕的学科中,你特别感兴趣的部分是什么?"

皮尔教授仿佛要在他那烧得绯红的面颊里挤压出储存的力气来。"有人称我是海洋生态学家,那是因为我的工作是探查浅海地区的甲壳类动物。"

拉萨贝娜公爵夫人非常轻地叹了一声,或许是表示欣赏吧。

他们继续朝前走去,或者说,继续艰苦跋涉。教授那两道灰白的眉毛下,一双神色黯然的眼睛凝视着前方。

"既然你有兴趣,那我就谈谈。我过去曾经,现在还在调查海底聚积物。那就是,简单些说吧,就是研究那些处于不同地质区域而深度相似的平坦海底地层的类型及生长在这个深度的相应的无脊椎动物的分类。这些形成一条生态学上类似的聚集物链条,根据纬度和温度的不同互相替换。"

"我懂了。"多萝茜说。

教授回过头,用简直是灼热的目光注视着她,说:"等稍稍凉快些,我要详详细细地解释给你听。"

多萝茜同意晚上凉爽时听他讲解。与此同时,她为自己本能的虚伪吃惊不已。也许这并不能算是十分虚伪,因为,有事做毕竟比无所事事来得强些。另外,也许她能以某种方式款待——她不敢企望安抚,这个邂逅的自鸣得意、令人生厌的男人。

皮尔教授随身带了一叠塑料袋。他不时地蹲下身去仔细察看贝壳、水草以及各种叫不出名字的海上垃圾,有时朝塑料袋里丢进一块标本。有一回,他猛地扑上去,把一只发狂的螃蟹装进袋子。

正是这只螃蟹使多萝茜大叫起来:"我至少可以替你拿袋子吧?"

教授立即将塑料袋交了出来,说明没有什么比由衷的言语更能打动他的心了。

由于得到容许做出这一微小却是非常实在的贡献,感激之情使多萝茜唱出了一段危险的咏叹调:"有时候,我也感到自己必须学点什么具体的东西——我可不敢奢望科学方面的,但总觉得应该有什么可研究研究的东西。然而,现在我却无所事事。也许我还得告诉你,我的丈夫在和我过了几年不美满的夫妻生活后,弃我而去了。这就是我现在之所以在这里的原因。"她飞快地解释说:"这也就是我所以要来家里——也许我得说回来澳大利亚——看看母亲的原因所在。"

此刻教授正在戳着一只海胆：海胆发出腐烂的臭味，已经没有用了。"我看，如果我算一下的话，我被邀请帮过更多的人离婚而不是结婚。"

公爵夫人恢复了一本正经的常态。"对不起，如果我使你讨厌的话。不过，这事可谈不上离婚，因为我所在的那个教堂不承认我们已经离婚。尽管如此，还没有什么仪式可以改变这么一个事实：我丈夫正和一个不是他妻子的人住在一起，一个美国人。"她花费了好大的劲才把这透露出来。

"嘀，这么说，你是想谴责你丈夫啰？"

"我不想谴责，"说到这里她脸红了。"任何人。"

"我很高兴听你这么说。矛盾双方差不多都该受到指责。"纵然内心有些过于激动，仍然只让自己冷静、淡漠而又巧妙地卷入。

"啊，一点不错。"她叹息说，"我想你是对的。我们双方都得受到指责。"她苦笑了一下，其实并不完全相信自己刚才承认的事。

她又陷入了空虚之中。她怕肉体痛苦的折磨，尽管不很明显地伴随肉体痛苦而来的前途的毁灭、精神的崩溃会使她受到更痛苦的折磨。透过她迷糊不定的眼睛，她直勾勾地盯着远处迷雾中起伏不定的色彩斑斓的悬崖，一直望到这虚幻的悬崖变成她时常不得不相信的生活中唯一真实的东西，即过去，或者更确切地说，就是她并不怎么美好的童年。她正在观看诺拉卧室里的装饰：一只盛满一层层不同颜色沙子的玻璃圆柱，那是怀特岛带来的纪念品。在那岛上，这玩意的主人虽还只是个小小女孩，曾发誓要统治别人。多萝茜很喜欢女仆。她的确喜欢那里大多数的女仆，其原因就在于她们拥有神秘的小玩意儿，像刚才说的彩条圆柱啦，浸在茶里的钩针织的衣领啦、藏相片的小金属盒啦，以及一束束绿头发什么的。此刻，当她沿着海滩艰难地行走时，一股从开启的杉木衣橱里飘溢出的气息，一种她早已忘却了的纯净可信的气息萦绕在她身旁。

拉萨贝娜公爵夫人擦去了眼前一层汗帘，因为它使得本来已够伤心的悬崖变得越发东歪西斜。天越来越热，皮尔教授开始脱衬衣了。他脱时，她嗅到一种浅色皮肤男人身上的刺鼻的恶臭，又酸又甜，令人作呕。多萝茜告诫自己要竭力挺住。

教授对这强凑上来的女人不做丝毫的让步，还是不停地迈着大步走着。他那两条没长汗毛、看上去非常结实的小腿，也许是想把她远远地抛在后面。的确，他有时不得不蹲下身来，仔细查看某块可能的标本。这样，她便赶了上来，因而又被那刺鼻的臭气熏得差点晕过去。

在臭气的促动下，她喊道："呵，教授，瞧你的背，看模样不知有多疼！"几天来，日复一日地裸露在阳光之下，已使教授背上比较突出的地方的皮成了鳞片状的皮屑，好像咸鳕鱼的皮似的。

他挺直身子，说道："最糟糕的日子已经过去了。"一边用力把肩胛往里挤了挤。

"我想，等到发生严重的后果就太晚了。"她犹豫着说，"如果你愿意的话，今晚我可以替你涂点防晒剂。"她下意识地等候着听见母亲的评论。

"谢谢。"既没表示同意也没表示拒绝。

她非常恼怒：法国男人一定会让她知道自己成功和失败的程度，可眼前这位挪威人却让人心中无底。

当然，这对她来说无关紧要。为了表示这一点，她问道："你觉得那边的悬崖是海市蜃楼吗？"但是他要么是没听懂她的问话，要么就是认为她的问题过于怪诞。

一会儿,他们遇到一座树林,从一直沿着海滩生长的角豆树丛中穿出:高大的桉树,树皮正在脱落,而较为黝黑的樟树密集在一起,让人心绪缭乱的童年时代的彩崖变得模糊起来。她注意到了如苔藓一般嫩绿的青草,阴沉沉地泛着绿光,挤在一些本地柏树根旁。这些东西,乍看给予她快感,但最后却是恶狠狠的目光。

这个挪威人却想拣起她当初提出的话题。"那边这些悬崖是一艘船失事的地方。船上的水手和当官的都被杀了。"

是的,她说她知道这事儿。

"船长的妻子被这里的黑人掳来当奴隶?"他仿佛不是用眼睛,而更像是用牙齿在看她。

是的,这事儿她也知道。

她的心又一次开始悸动起来。不知为什么,她心中突然产生了一种莫名其妙的恐惧感。无论这些形状古怪的柏树根旁的苔藓多么迷人,她都不能受其诱惑,也不能为自己越来越冲动的脑袋所支配。

于是,她把自己从塑料袋中解脱出来。"到这我该离开你了。"她稍一松手,一只袋子就掉在他俩之间的沙子上。"我母亲会不知道我去哪儿了。我不能无限期地离开她——她年纪太大了。"她咻咻地笑着说。

教授更感兴趣的是把掉在地上的标本袋捡起来。但为了喘口气,他还是问道:"那么说,亨特太太有病啰?"

"那倒不是,只是年纪大了。"

多萝茜·拉萨贝娜和爱德华·皮尔各自站在望远镜的一端对望着。由于她这一端是倒的,她可以感到他正盯着她皮肤上的每一个毛孔,望穿它们,并窥见更深层的东西。

她转身走开后还回头望了一次,装作是想看看那令人迷惑不解的悬崖。在远景的衬托下,只见那挪威人难看的背部正奋力独自进行着生态学的跋涉。

拉萨贝娜公爵夫人对自己的鞋毕竟还是满意的:回去的路上,她发现到处都是牡蛎壳。

多萝茜早就发现厨房里有一架老掉牙的电话机,上了漆的电话匣子钉在墙上,话筒挂在匣子一边的一只钩子上。它这古色古香的样子表明,它提供的通讯联络可能比它那更坚实、看上去更有效的现代同伴更不保险。有人推测,电话只通林工的营地,而与外部世界联系的电话则要通过大陆上的奥林布达镇。

多萝茜回到屋子时,海伦·沃明正站在那部电话机旁。双肩舒适地裹在绷得紧紧的棉布连衣裙里,而母亲则坐在厨房桌子旁,感到自己的多余,礼貌地发出同情的声音。

海伦好像在与悉尼通话,谈的是她的大儿子。"噢,对了,我肯定……你已经尽心尽力了。我一点都不认识悉尼的医生,那就随你挑选吧……不。如果他能住院,那当然再好不过了……是的……非常担心……嗯,嗯,我们必须等待检查的结果……谢谢你了,杜格尔德,还有巴巴拉,真是太感谢你们了。"

海伦挂上电话,转过身来。只见她脸上红一块白一块,眼泪似断线珍珠直往下滚。说不定她并没有看见朋友们,本能迫使她说:"休病倒了,已送进医院。在检查结果出来前,他们无法诊断他到底患的是什么病。"她一边解释,一边走出厨房,"我得找到杰克。"

多萝茜和母亲都有点官能症,而这时,她的偏头痛又突然发作了。在这个意义上说,多萝茜开始很高兴母亲在身边。有那么一刻,说来惭愧,她差一点儿跪下去:她一定会将头伏在妈妈的膝上,将内心的痛苦发泄出来。

"啊,"她喊道,"我没什么可以帮忙的吗?"她想以此来表明——不单单是向海伦,而是向在场的所有人表明他们认为她不能给予的慈爱之心。

母亲答道:"没什么,多萝茜。没什么你好干的,亲爱的——除了设法控制你自己。"她开始专心致志地注视着自己很有光泽的手指甲。

"只要你不疼得难受就好了!像平时一样,那就对啦!不错,我在这儿是干不了什么。我本应当一直走到头——教授需要我和他一起去考察呢。"

"如果你让自己感情激动起来,只会把他的工作搞糟,亲爱的。我劝你去床上躺下。"

"我现在还不想。谁知道——说不定海伦会觉得需要我呢。"

要不是这时杰克正好进屋来了,多萝茜的怒火一定会冲上天花板。像海伦一样,杰克这时对客人也是视而不见了。他开始摇电话,笨拙地拿着话筒对大陆上说了些什么,做出安排。直升机答应来,两点钟到达布龙比岛简易机场。这样,杰克他们就能乘上下午从奥克逊博德起飞去南方的班机。

主人总算暂时松了口气,可以专心考虑客人们日后的生活了。"尽管我们不在,可这一点也不妨碍你们在这儿欢度剩下的假日。食品还够你们吃好几天,如果想再买些食品,可以请林工帮忙,他们会用船把东西从陆上运过来的。"他还告诉她们如何给两台麻烦的烧煤油的冰箱加油。"你们可以在冰箱里找到酒。喏,就在屋子后面。伊丽莎白,还有多萝茜,你们两个,无论你们自己对他有什么看法,我拜托你们好好照顾那位教授。"说到这里,杰克居然笑了起来。

在当时的情况下,这是个谁也不会反对的主意。直升机快要来的时候,皮尔教授考察回来了。他准备开车送沃明夫妇及他们两个缄默不语的孩子去机场。

伊丽莎白·亨特站在走廊上，挥动着头巾，朝杰克他们大声喊着，说他们完全可以信赖她——还有多萝茜。她的围巾像火烈鸟，似落日般火红。这使得她挥舞围巾的姿势更令人思乡怀旧，如果不是不祥之兆的话。

由于无事可做，下午炎热时公爵夫人一直在休息。走廊的另一头，伊丽莎白·亨特无疑也在自己的卧室养神。如果有人关心的话，爱德华·皮尔在干什么？

多萝茜辗转身子，半边面颊贴在相当粗糙的枕头上。磨得精光的枕面上有一股因海水漂洗而留下的盐腥味。这就是她错失良机之处。大多数不眠者可在安睡中冲刷掉岁月的潮汐在人们脸上留下的皱纹。这可能发生在一百个人身上，却唯独在多萝茜身上难以看出。

不过，一百次眨眼倒明显地适合多萝茜。别再眨啦，天哪，什么都可以，只是不要再眨眼。她一定睡着过，因为，她还记得的话，她做了个梦。太阳逐渐消失时，她起床了。麦壳枕头在她脸上留下了一条条印迹，看上去像块洗衣板。她从罐子里舀出温热的雨水，拿海绵沾着轻轻地润润脸，穿上先前谁也没见过的衣服，开始散步。这回，她朝北去，先是沿着海滩，然后穿过灌木丛，朝岛中央暗黑的热带雨林走去，一直到高大怪诞的树林开始使她害怕了才停下来。前面有光亮。她仿佛看见一个男人，可认不出他是谁。事实上，这完全是不可能的，尽管上面林工的帐篷里有不少男人。但多萝茜确信，在小树丛里，一定有男人身上的臭味。

她发现了这些以后，便爬下岛，又回到海滩，想回到屋里去。夕阳正在慢慢地沉下去：这青铜色的暴君，正盘旋在灰蓝色的树林上空,向火烈鸟的窝坠下去。绚烂的晚霞点燃了她心中期望的烈火,期望着他——爱德华——答应晚上做的讲解。与此同时,她咽下了一两口欲将奔喉而出的笑声。如果他的海底聚积物伴随她进入梦乡,那该如何是好呢?

茫茫暮霭中,她看见了一个并非虚幻的人,正低着头,嘎吱嘎吱地朝她走来。从来人厚厚的身板以及走路的那副认真劲儿可以看出,无疑是皮尔教授。

"哦,你在这儿!"语调很轻松,她感到是想表达欢愉的心情。"我是来接你回去的。"他一边说,一边停了下来。

"你太好了——太体贴人了。"她真的被这个,不管怎么说,还是和蔼可亲的挪威人感动了。

他走在她边上,继续解释说:"噢,是你母亲派我来的。她看见你沿着海滩散步,怕你走迷了路。"

"她根本不用操这份心!"公爵夫人说,"没有任何人的帮助,我照样活到了今天。做父母的尽管阅世很深,人也越活越精明,似乎很少几个能增长点理智。"

她戛然而止,仿佛发现自己对理智的贡献突然冻结了。好在教授没有觉察出她的自命不凡的迹象。

"我抓了几条鱼,"他高兴地主动说,"亨特太太要为我们烧鱼吃。"

(真不知母亲除了把鱼做成大稀泥以外,还能做成什么!)

他们快乐地继续往回走,穿过挪威树林,四周阒无一人。他对她讲解白桦和白杨。头顶上,花楸果成串成串地悬挂下来。山顶漏斗型冰川上吹下来一股冷风,多萝茜不由得抓紧了那只长长的混色斗篷的褶层。

当他们实际上走完了正在涉水而行的海滩时,背后传来了打雷般的隆隆声。接着,身边的沙子嘶嘶作响,像沙帐飞舞——最后,似乎传来了马的嘶鸣声。

"是野马!"教授用颤抖的声音高声叫道。"呵,布龙比野马!"多萝茜也喊了起来,声音是从一阵神经质的笑声中挤出来的。

那些野马跑到他们面前时,一下前腿挺直,停了下来;有几匹马后腿抬得老高;其余的掉头飞奔变成一团旋风般的影子。只听见阵阵马蹄敲击在兽皮、骨头和石头上的声音,点点火星和一道道牙齿的闪光划破沉沉暮霭。

爱德华·皮尔和多萝茜·拉萨贝娜互相偎依地站着。她感到他厚实的身子正贴在自己小小的乳房和跳动的肋骨上呼吸着。而在他们的肉体躯壳之外,两个人的脑海里翻卷着困窘和害怕。

然后,野马走了。它们乱糟糟地挤在一块儿,朝海滩奔去,后腿扬起灰尘,还听见有几匹马放屁的声音。

"怕吗?"他笑着颤抖地问道。

"不怕。"如果她还诚实的话,她一定会回答说:跟你在一起很高兴,即使你发抖我也挺喜欢。不过,跟另外一个人在一起,我也同样会高兴,只要这个人也是个男人。

他们继续上路。他此刻还抓着她的一只手,那是刚才患难时抓住的。待他发觉后,赶忙放开了。

他们走着。教授指着前面说:"瞧,你看,是个亮光。"声音听起来像是在激动地吐痰。这激动无疑是受到惊吓后的轻松带来的。"亨特太太已点上了灯。"

"很有可能,他们不用电,我感到惊奇。他们的钱多得像穷人的虱子。"恐慌后的轻松挖掘出了她年轻时说的俚语。"哎,你注意到没有,那些特别有钱的人对明显不能省的东西特别舍不得花钱?"

教授好像并不在听,或者说,并不在听她的。"她是位音乐家吗——亨特太太?"

"不是。"

"我发誓听见有人在弹沃明家的钢琴。"

"噢——对了——刚才我说她不是音乐家,但我想起她确实弹过钢琴——对了——那是我们小的时候。事实上,她弹得糟透了。"

"我肯定我听见钢琴声了。"

既然教授告诉和提醒了她,多萝茜也听见了。有人正在那里不慌不忙地"弹着钢琴"。琴声穿过夜空,悲哀、单调而又疯狂。是母亲在不停地撞击那与她同样年迈的梦幻曲。谁的作品?(我曾从汉兹小姐那儿学来的。每个星期四,他们开车送我去戈岗。我学钢琴,也学其他的乐器。)母亲还在那里弹着,琴声加剧了这热带夜晚的矛盾气氛。她这个人特别有韧性。不仅从她为人处世的成功,也许连她的只是在稍微改变的花颜美容中都可以从中得到解释。

伊丽莎白·亨特已打开了那在正式场合称之为起居室的屋子。海伦在的时候,他们差不多总是挤在那充满油味和友好气氛的厨房里。伊丽莎白的到来,使起居室发生了更微妙的变化。她先在那架小型立式钢琴上放了一对蜡烛,接着用一首曲子将它们哄醒了过来。调子的平凡加上一种虚假的甜蜜感部分地解释了它为什么被演奏者选为第一首曲子来把灰尘从这久被忽视的天才身上抹去。

要是这钢琴是一架竖立在整齐的地毯上的音乐会用的大钢琴,那对亨特太太来说是更为有利了。而现在,尽管她的头昂得很高,露出了优美的喉咙、百合花般的颈脖,但矮小的钢琴和那些受盐分侵蚀、相当翘曲的琴键一起,使她看上去更像是耸着双肩伏在簧风琴上似的。她的背在暗影中泛着白光,烛光照在她头发上,显然,她为这一场合穿了一条生丝袍子,拖得长长的,若不是有一条线织的腰带,真像是一泻千里的瀑布。衣料上淡淡的沟槽使她的苗条带上一种建筑风格。

多萝茜想不起自己在哪儿见过这长袍。她决意不再看它,也不再去听那弹得十分糟糕的梦幻曲。

她以最刺耳的声音说道:"要搞点喝的吗,教授?经过这么要命的折腾,我感到我们需要喝点够刺激的东西恢复恢复。"

"折腾?怎么回事?"伊丽莎白·亨特并没有转过身来,因为此刻她正吃力地弹奏梦幻曲的最高音部。

音乐似乎使教授激动起来了。"真是太妙了,亨特太太!想不到您竟有这样的天才来款待我们。"

她点了点头,然后才停了下来。"你们,"她转身面对着他们,"怎么会差点儿受折腾?"她那映着烛光的脸上现出一层朦朦胧胧的不安。

"噢,是一群野马从我们面前冲过、奔下海滩。"皮尔教授尽可能简洁地概括说,"不过,告诉我,亨特太太,您弹钢琴,是什么使您把时间浪费在菲尔德这样普普通通的作曲家身上呢?"他将自己的洞察力像投枪一样朝她掷去,而受掷者必定会高兴地承受。

"我所以要演奏他的曲子,是因为他的曲子很容易弹。"她发出微笑之前以极其严肃的口吻坦白说,"同时,又能毫不费劲地显示出一个人的手腕功夫。"

多萝茜出去取饮料。她回来时,母亲正在述说自己的才能是如何微不足道,而皮尔教授则显得很想谈论一下勃拉姆斯。

"至少,我们两个都喜欢音乐,"亨特太太说,"我不会闹笑话试图去对——科学感兴趣。"

教授笑得那么响亮,烛芯上的火苗也战栗了起来。

亨特太太谦恭地避而不谈自己的成功。"陪陪他,多萝茜。我去烧鱼。"走过这难对付的孩子身边时,她整理了一下衣服。"唉,野马！幸好我派你去找她，教授。"母亲的关心有几分诚意吗？"不知怎么的，我总觉得多萝茜要遇到危险。"

多萝茜一声不哼，伊丽莎白·亨特也默默无言地朝厨房走去。她赤着脚，这个她女儿也厌恶地注意到了。

造成拉萨贝娜公爵夫人冷漠的因素在皮尔教授身上则促成了烦躁。他一边在屋子里大声喊叫、喝酒（不少挪威人，她从书上得知，都是不可救药的酒鬼），一边擦着额上的汗水，问道："气温是否下降了？我觉得我听见起风了。"

"我可没发觉。"她没能使话说得足够冷漠。

教授声称要去穿件衣服。他回来时，穿了件亚麻布的外套，皱巴巴的，像是刚从手提箱，或更确切地说，从帆布背包里拖出来似的。可这衣服还是爱德华·皮尔对时髦服装的一大贡献呢。衣服是深蓝色的，加深了他眼珠里蓝色的部分，也衬出了白的部分。（多萝茜眼前仿佛出现了一个浑身披戴的人，正摇摇晃晃地走在峡湾的小道上。他背着帆布包——这不必说，穿着钉有平头钉的靴子，还有一只海泡石烟斗。）

"穿上好多了。"他把肩膀钻进那皱皱的外套，似乎想得到公爵夫人的夸奖，可惜并不能如愿。公爵夫人正因刚才自己新奇的遐想而深感羞愧呢。

这时，厨师从厨房里喊道："爱德——华在吗？我叫你爱德华，可以吗？这些棒透了的鱼还没刮鳞，我想——你不觉得吗？刮鱼鳞可是男人干的活。"

于是，拉萨贝娜公爵夫人发现自己单独留了下来，而原因就是自己没有穿戴打扮，对爱德华·皮尔捕来的鱼恭维几句。或者是因为这使他们三人聚集在海边这经不起风暴的屋子里的偶然相会呢？还是仅仅因为伊丽莎白·亨特那贪得无厌的美貌和虚荣心呢？

无论别的什么,母亲已经将"爱德——华的棒透了的捕获"变成了一种艺术品。她将鱼烤熟了,放在一层野茴香上,还在这条相当普通、被切成一片片的鱼四周,撒了些五颜六色的本地花的花瓣。

公爵夫人喝下第二杯威士忌后,突然心底涌上一种忧郁的欢乐。"你们知道不知道,每烤一条鱼,就有一个沉默的生命牺牲了?"接着又是一句与刚才的难以理解的幽默相矛盾的问话:"或者,是不是有人这么说过?"

爱德华和伊丽莎白都没有给予足够的重视表示赞同或表示反对。

母亲不过在把鱼叉来又叉去,仿佛是别人胃口的牺牲品。而爱德华则毫不客气,大口大口地朝嘴里填,然后用手指在嘴里挑鱼刺,油光光的嘴唇上泛着红光。

他大声说:"鱼头总是味道最好的。"边说边夹起那个最大的鱼头。

伊丽莎白·亨特低垂着眼睑,尽管如此,她好像准备接受任何能表现男人权利的举止。

如果说多萝茜也在那里慢慢地挑拣着吃,那完全是为了另一个原因:她想象自己能从牙齿中间品出泥沙味来。在本应是十全十美的里面挑出了这个毛病使她的气稍为平息,她脑海中又出现了另一个想法:这烧鱼的人也许并非为了艺术而在演练技艺,而是另有不可告人的目的。

为什么她不穿鞋?对海伦·沃明来说,脱鞋是因为习惯和居住在热带地区。而伊丽莎白·亨特这样做是为了给人看,如果不说是引诱的话。此刻,她正坐在桌子边,品着从箱里取出来的酒。那白绸裤下边,一双纤小的、奇迹般地尚未衰老的脚完全裸露在外,颜色美如晚香玉。

（干吗要把这些形容肉体的形容词加在别人头上呢？它们本该属于你真正的、看不见摸不着因此也就从未受人赏识的自我。）

她端着酒杯，杯里的酒反射出的光泽，从绿到黄，斑斑点点地映在她白皙的喉咙上。"这酒有点儿甜，不是吗？"她说，"不过，稍稍有点酒劲也是蛮有意思的。"

或许她做得过分了。她头向后一仰，长叹了一声，岂止只是叹息，简直是在呜咽了。"那可怜的孩子。"

"你说的是哪家的孩子，亨特太太？"教授正用大拇指从一只鱼头上挖出最后一块胶状碎肉来。

"噢，当然是沃明家的孩子啰！就是那个患了……天晓得是什么——小儿麻痹症吗？甚至可以说是白血病！"

"呵，别说啦！"多萝茜将两只胳膊肘伸到桌子上，哭了起来。她不仅仅是为沃明家无辜的孩子哭泣，也是为自己不肯妥协的性格，更是为了母亲可能具有的仁慈性格而哭泣。

皮尔教授则显得比她俩都要平静。"很不幸，这是事实。但现在医学技术上日日都有重大的突破。"他舔干净了餐刀上的汁，刀口对着盘子边上。

他知道还要上一道菠萝。亨特太太事先把菠萝肉挖出来，然后再放回壳内，放上别具一格的叶盖。现在当她揭开盖时，一股浓郁的诱人的甜香飘溢而来，与茴香怪味和焦鱼皮的油腥味混杂在一起。

不知为什么，亨特太太和她的女儿几乎碰都没碰这菠萝，只是看着教授津津有味地大吃大嚼这切得大小不一的菠萝肉。

公爵夫人注意到，今晚的月亮在黑黝黝的海面上闪着绿光。也许将和一个敏感的人注定要遭受的不公平一起留恋下去，郁闷地面对这个变幻莫测的形象而思虑。

多萝茜终于忍不住了。她以一种赎罪的心情跳将起来，硬是坚持说："干吗不让我去洗碗？"

对此，伊丽莎白·亨特恰到好处地哼了几声，将同意装成抗议。而那位在此地扮演重要角色的教授，酒足饭饱，当然也找不出什么反对的理由来。所以，当他用一只手礼貌地挡住，剔干净牙齿后，他点了点头，仿效亨特太太，也同意了，实际上回避了这位已在洗碗池干活的拉萨贝娜公爵夫人显而易见的情绪。

母亲的声音在走廊上飘荡，如同她送沃明夫妇赶去他们孩子的病床边时挥动的火烈鸟色头巾一样。"在这样的景色里，月亮总是乐于助人的。"

公爵夫人洗碗时（可惜洗碗没像她所希望的那样能发泄出心中的怒气），钢琴声又响了。这回，琴声中带着一种男性的权威，如果不说是男人的笨拙的话。多萝茜几乎不懂音乐，但还是能从那乱作一团的琴键声中猜测是勃拉姆斯的曲子和她认为是确实无疑的德国式轻佻而活泼的曲调。她一面听，一面把碟子扔在身旁，擦去沾在上唇上的讨厌的一小块去污剂。作为一个法国女人，她必定要谴责德国人，而作为澳大利亚人的女儿，她厌恶这样的母亲：她竟会在月光下躺在小椅子上，（除此之外，伊丽莎白·亨特会选择什么地方？）伴着自己尚能记得的那部分曲调，晃着自己的足踝，让那晚香玉的美色在她赤裸的双足上跳跃。

由于心中的痛苦重重，或者说堆积得溢了出来，多萝茜走出屋外。帘门与伊丽莎白·亨特存心要她产生的恼怒心情撞在一起，发出刺耳的声音。亨特太太的女儿紧抱着那些鱼鳞和一袋黏糊糊的菠萝汁：至少这些东西是真正的羞辱。她走到沃明家放酒的箱外一块高出的地方，坐了下来。

如果他不能根据你身上的鱼香味儿找到你的话，你则完全可以凭他身上那特有的臭味,以及他那探求无形的环境的迟钝的脚步声认出他来。我在这儿——爱德华——你的美人鱼。他会迟疑一下——这毫不足怪——甚至更深地卷进他的勃拉姆斯。你说我的是哪个?笑声——这是母亲出于礼貌发出的(此刻不能完全把她忽视了)。鱼的影子其实比它们给人的印象更真实——像你这样的行家,是不会不知道的。

他懂。她自己对肉体仅仅是隐约的暗示,在他的巨大重量下一定已被钉住,压得更平淡无味了。

拉萨贝娜公爵夫人非常惊骇,坐了起来,两手扶着肘拐。饥饿的野草不断报复地穿透她的衣服,扎着她的屁股。勃拉姆斯的曲子一定在现实中的某个时刻停顿了,代之而起的是厨房里说话的声音,与她疼得坐立不安的土丘只咫尺之遥。

要是换个场合,多萝茜觉得,她是不会允许自己偷听别人的谈话的。但现在,她太沮丧了,无法不听。更何况在支撑起那房子的木桩之间,她看见一只大桶。

多萝茜确实考虑过:假如我从桶上掉下来怎么办?假如脚被生锈的钉子划破怎么办?多可怕啊①——那至少要得破伤风的!然而偷听,还有最后抓住窗台平望进去,使她的手足变成了钢筋铁骨似的。

光着上身,爱德华·皮尔骑坐在一张厨房椅子上,双手交叉靠在椅背上,侧脸贴着前臂,闭着双眼,脸上一副极其幸福的神色。俯身站在他身旁的是伊丽莎白·亨特。她手拿着瓶子,正在给这个虽然炎症尚未消失但已脱皮的北欧海盗背上涂一种像是炉甘石的药水。多萝茜见状,差点痛苦地哭喊出来。

---

① 原文为法语。

"你是不是觉得舒服了些,爱德华?"

教授回答说:"是的。"或者可能根本就没说什么。多萝茜听见的只是"埃斯斯斯"的声音,有那么一会儿看得见教授那成人的红脸上露出小孩一样珍珠般洁白的齿端。

多萝茜气得发狂。当然,该责怪的应该是母亲。

伊丽莎白·亨特一定对自己的医术很有信心,瞧她脸上放射出超凡的光彩。"可怜的人儿!"她喃喃地说着,一边在那晒脱了皮、邋里邋遢的背上抚摸着。"还没有恶化以前早该有人照看你了。"

爱德华·皮尔没有回答,但看见他朝椅子上又凑了凑。

伊丽莎白又在自己手上倒了一些粉红色的药水,然后更加小心地擦在那疼痛的肩胛之间。"没有什么比炉甘石治疗晒伤更有效的了。"这回,是她闭上了眼睛,昂起头,希冀炎症早点退走。

拉萨贝娜公爵夫人愤恨已极,连脚底的大桶都晃荡起来,但她并不在意。

"要是我把你搞痛了,告诉我,行吗?"母亲要求道,但她的小宝宝只是叹了口气,脸上梦幻般的肉垫里挤出一丝微笑。

那以后,只听得见一手掌一手掌炉甘石药水擦在背上发出的啪啪声。

母亲轻柔地涂药时,她那白皙而优美的身段令人钦佩地冷静地,尽管不是那么令人信服地和她正在治疗的身子平行而立。从她脸上的神色看,她今晚想拼命干它一场。这天晚上,一方面有大海和月亮作背景,另一方面,有灌木丛在地上摇曳,鸟儿在天空飞舞,青蛙那湿皮喉咙发出呱呱呱刺耳的声音。(还有,哎呀,木桶晃动的吱吱声。)多萝茜看得出,母亲的幻灯即将换上另一张片子,因而颤悠悠地想看看下一张究竟会是怎么个样子。

咔嗒!瞧,当那张脸露出来时,说话的声音也提高了。腔调虽然还像先前那么天鹅绒般地柔软和诡秘,但评论的已不是单一的而是一连串的形象。

"你知道吗,爱德华?我做了那么一个梦,断断续续的,"她的手更加深地插入这再现的天鹅绒之中。"当然啰,细节是千变万化的,但梦中,我老是在海底走着。"

她戛然打住话头,等到她那位同睡的伙伴蠕动了一下才又接着说下去。

"我想,那些谨慎的聪明人也许会谴责我有许多淫秽的欲望。但是,我不能避而不说实话——而实话往往是很美的。"她的手还在坚持着。

在伊丽莎白·亨特看来,她是否使自己的病人睡得太死,因而白费心机对他描述她的梦境无关紧要,重要的是她自己再一次走在海底。

她变得那么容光焕发,使得站立在木桶上的多萝茜给危险地迷住了。

"我记得特别清楚的是,每次梦中,我都会在海底发现一片光亮——有时这些光在我身边流动——如海水一般,而有时候,则好像是我身上发出的:我在摇动一支光束,照射在我认为或许也有趣的物体上。"

皮尔教授眼皮也不抬,纹丝不动地用非常直接的语言说道:"许多深海动物都具有发光器官,你知道,这种器官能发出它们所需要的光。有些鱼用这种光来吸引它们要捕捉的食物。"他依然双目紧闭,由于话题严肃,眼角皱纹更深了。他问道:"你,在梦中,是一条鱼吗,亨特太太?"

母亲显得相当怡然自得,对此,多萝茜不会责怪她,但也决不会承认,她会和母亲一起取笑这个浮肿的男人,或者说比目鱼。(公爵夫人为自己这一比喻颇为得意。)

这时,伊丽莎白·亨特又开口了:"我怎么知道?做梦时,人总是变幻莫测的。如果说像个什么的话,我相信和美人鱼没什么区别。"

多萝茜愤恨得气都喘不过来了。有些事她自己也只是朦朦胧胧地记得,或者说当时也只是朦朦胧胧地发现,在塞纳河岸呢,还是在梦中?或者是最使她着迷的一部分——童年时代的事儿?可这么秘密的事伊丽莎白·亨特怎么会知道的?除非母亲有本事把等于精神的东西切开,然后指望其合法主人来共享。

皮尔教授似乎也感到惊奇,他猛地睁开眼。"你说一个什么,亨特太太?"

"噢,一种虚幻的鱼,长着一张女人脸的鱼。倒是实实在在的,至少某些部分非常清楚。许多年以前,我曾在画上见过这种鱼,那以后,它就一直跟随着我。你可不能说它的表情是欺诈的,而如果真是那样,你也应该原谅它,因为它是在寻求一种或许永远也得不到的东西。"

拉萨贝娜公爵夫人听见自己干涩的喘气声。各种各样可能的情况,像无数条微小而发光的电鱼,在她凹陷的头颅中箭一般地来回穿梭。她听见与自己肋骨紧挨着的这间东倒西歪的屋子同样脆弱的墙板跳动。教授这时又闭上了眼睛,因为亨特太太又把话题扯到了他不感兴趣的领域。

"当然,在梦中还有鱼——真正的鱼。我常处于它们的包围之中。庞然大物。事实上,所有我见到的鱼都比我大。本来是怪吓人的,但我觉得自己从来没害怕过。"

教授依然很平静,在他自己的领域里这是可以预料到的。"某些深海鱼类的特征,就是有一张大嘴,使它们可以吞下比它们自己大得多的食物。一种非常实际的安排：因为难得吃上一顿。"由于这完全是为了逗逗乐，他自己先笑了。

尽管多萝茜怀疑这条又闭起双眼的比目鱼究竟是否明白自己话中的含义，她还是感到高兴，她已恢复了平静。

母亲只是笑了笑，一只手非常缓慢地在她病人后腰来回抚摸三四次。要不是你已知道那背伤的厉害，她也许会没完没了地摸下去。

教授突然睁开双眼，表情是那么的专注，蓝眼珠中露出愤怒的光芒。"你在梦中到过的深海有什么有趣的无脊椎动物？"

"没有，肯定没有。我对无脊椎动物从来不感兴趣。"

一时间，教授脸上露出怀疑的神色。"它们是我一生中最感兴趣的。"他表白说。"真不可思议，"他补充说，"一个像你这样有才能的人竟然生来不喜欢科学。假如你能给我时间，我将乐意使你至少熟悉一下我的专业。只有这样，你才可能真正了解我。"

伊丽莎白·亨特也许一下被和爱德华·皮尔一起手拉手邀游在无脊椎动物之中吓慌了，因为她换了个话题。"可怜的多萝茜，"她出于好心突然说道，"她现在会在哪儿啊？那么好的一个人，我真希望她没有生气。你知道，她正处在艰难之中。"

"这我已看出来了。"

大家都知道，两人微微一笑。

从道义上来说，多萝茜对母亲的出卖感到厌恶，同时这个脱皮的挪威人引起的肉体上的不适也使她恶心。尽管教授这时已谨慎地扣上了衬衣的纽扣，但你仍无法相信，像他这样虽有"名气"，但实际上①非常愚蠢的男人，能不给伊丽莎白·亨特送上第二顿美味。

---

① 原文为法语。

如果说，他能坚持住不被炉甘石药水，以及灯光通明的海底旅行这类引诱所打动的话，那完全是因为她在把他贮存起来：使他一望见她那依然具有不可抗拒的肉感诱惑力的身子就什么也看不见了。

拉萨贝娜公爵夫人无法像蜘蛛那么迅速地爬下木桶，也顾不得有谁会听见木桶的吱吱嘎嘎声。她的脸早已变得十分凄惨。她怀疑，情欲和厌恶混成了一团，正在给她精神和肉体上造成强烈的痛苦。爱情：她必须学会爱。她撕下一些树叶子，贴在自己的前额上。要是她能够将自己的头颅包在树叶里，连同头脑中有关丈夫、"情人"、母亲、自我的一切记忆，扔到大海里去该有多好！

于是，她继续在黑夜中，在绝望中，高一脚、低一脚地走着，直到想起那些野马可能会沿着海滩冲来才停了下来。她觉得最好还是返回去：我可不愿让马撞着。

但说不定今晚野马已经跑过去了：她的脚又呆呆地站立在沙土上，两只保护自己的胳膊把胸脯抱得更紧了。

她没有从那实际上称不上睡觉的睡觉中醒来，有个人——母亲，是吗？是的，母亲暗中来查看了。

"是多萝茜吗？我一直在担心，你在这儿我很满意。"

"您很满意？"真是天大的笑话。

"为什么不呢？难道我不是你的母亲？"

多萝茜笑得更厉害了。

伊丽莎白·亨特的警告制止了她的笑声。"嘘！你会吵醒他的，难道你不知道他睡在隔壁？"

"知道，我知道，按理说，他是应该在隔壁，不是吗？"她不知道；她是在胡说一气。

"我可怜的女儿，我能帮助你该有多好！但愿你能相信我。"

是啊，那该有多好！可是，一个人如果对自己都没信心，又怎么能对别人抱有信心,尤其是对你的妈妈——母亲。

有一会儿,伊丽莎白·亨特仿佛要把她肉体的自我插入本该是信赖的空间,她开始抚摸、拥抱,而多萝茜则准备拒绝:在这件事上,她绝对不允许任何一个精于此道的人引诱自己——无论是谁。

"谢谢,母亲,我很好,只是累了点。谢谢,明天早晨见。"如果她可以撒谎,你当然也可以。

"至少你得让我,我希望,吻你晚安。"

你屈从了。她身上仍有一股炉甘石味。

母亲走后,拉萨贝娜公爵夫人躺在床上,在脑子里将只是零星出现在她脑海里的东西整理成一个计划。与此同时,透过板壁,传来一阵鼾声。挪威人的鼾声可以穿墙打洞。而她那位可敬可恨的休伯特,则从来也没有能把鼾声灌进她的脑袋里。

公爵夫人总算熬过了一个晚上。第二天一早,她在教授之前来到厨房。这不是一般的抢先,这点就连这个愚蠢的、以自我为中心的人必定也看得出来。不管怎样,他那副醉眼不停地盯着她,而他,一个斯堪的纳维亚人,一点儿都没醉。他之所以要这么看她,是因为,虽然没有人告诉她,但他已经注意到,她为了什么喜庆的事儿好好地打扮了一番。而除了离开这儿,还有更大的喜事吗?

"皮尔教授,"她开腔了,"我想求你一件事。"

一个如此明显、如此粗暴的请求,或许会使一个不怎么冷静的人吓一大跳。

"我和陆上联系过了,"她说,"直升机十点钟来接我。我想请你一喝完咖啡就送我去机场。"她为他倒好了咖啡,但今天没有煎蛋卷。

教授也许吃了一惊。"这么说,你要离开我们啦?"

她不答他的话,开始在洗涮槽里捡理东西,直到她那枯竭了的精确判断听出了鸟儿或是一只珍珠鸡的扑拍声,才善罢甘休。

教授喝完咖啡时被烫了一下。"如果按你所希望的,我们现在就出发,那我们差不多要在机场等三个多小时。"

"我可不想让你陪我等飞机,我们会互相怨恨的。"

他很不理解,又极想讨好她,结果又挨了一下烫。"我不明白我们有什么对不起你的地方。"咖啡在他困惑不解的鼻孔边沸腾。

"没什么。"她的双唇抿成两条细线。可惜,由于没有时间和没有涂唇膏,这模样无法充分表达她的情绪。

他们驱车驶过路旁摇晃的大树、静止不动的绳索和悬挂着的葛藤的时候,教授斗胆问道:"跟亨特太太说过了没有?"

"没有,我也要你别告诉她,教授。"

"可她是你的母亲呀。"他哼道。

"那又有什么?"接着她大声嚷道,"我可不是她的玩具娃娃,不是吗?难道说我是?"

他们驶过林工扎寨的那片空地。有几个林工在营地尼森式房屋外的一只大水槽里洗啤酒杯和盘子。透过他们脸上的皮面罩,他们的脸色比僵尸还难看。

他们是在等待向他们挥手吗?拉萨贝娜公爵夫人朝他们挥挥手,幅度很大,足以使这些下里巴人知道这是诚心诚意的。可那些人没有向她挥手。

那辆毫不激动的小车驶到机场后,公爵夫人站在她的皮箱旁,手里拿着那顶多余的草帽,她谢过教授后,又补充说:"我母亲不会使你失望的,她会使你过得很舒服,我相信。"

然后,拉萨贝娜公爵夫人就在机场边上的一块木头上坐了下来,开始消磨那好几个小时的时间。炎热已经开始穿透早晨的寂静,蚂蚁正在爬上她的袜子。她张开嘴,可越呼吸,喉咙口就越感到干燥、苦涩。这时,她仿佛又感到母亲在黑洞洞的屋里沙沙地走动着,奉献出人们称之为爱的海绵。她看见那些站在空地上的林工不知是在挥手,还是在观看。

谢天谢地,总算还有直升机,尽管那里面一定有驾驶员。祝福你,不知名的驾驶员!你将最终把她载在巨大的飞机里,迅速而小心地飞回欧洲。

"那人叫什么来着,亲爱的?"

"你是说谁,母亲?"

"你知道——就是那个挪威人——我们受邀访问一座岛时碰到的。"

站在莫里顿大道的母亲的枕头旁,拉萨贝娜公爵夫人等待着那已不可能如约而来的弟弟。今天早晨,她在梳妆台前想过她应该冷酷些,但现在她却吃不准自己是否已达到了应有的冷酷程度。诚然,从母亲房里的那些镜子里——这些都是爱虚荣时留下的东西,并看不出自己有任何动摇的迹象。(呵,其实你比镜子更了解你自己。母亲能懂得多少?这老东西无论想起布龙比岛上的什么事,都等于交给你一整套进攻的武器,你只要有勇气从中挑出最有力的就是了。)

"皮尔——名字叫爱德华·皮尔。"

亨特太太蹬了蹬身上的被单。"真奇怪,你还记得——这么多日子过去了。当然,你年轻,多萝茜——不管怎么说,比我年轻。也许你喜欢那位——生态学家?"

多萝茜强压怒火:别在巴兹尔到达之前发作。"我倒以为他是您所感兴趣的,母亲。"

"我有责任要替他干点事儿,尽管他这个人很蠢。"

多萝茜很想回敬她：一个七十岁的老媪是绝对不会仅仅因为男人蠢而将他拒之门外的。不过，虽然她心里还记得布龙比岛上的情景，但还不至于这么狠毒。母亲也一样，要不然，她完全可以这样反唇相讥：对一个相貌平平的女人来说，无论年纪多轻，男人的愚蠢只是微不足道的毛病而已，对一个年过四十——这是一个可怕的年纪——的女人来说更是如此。

得了，那都是过去的事。而今，你们两个谁也不会再受男人的引诱了。难道男人还会勾引伊丽莎白·亨特的母亲吗？

"我喜欢那个岛，多萝茜。你走后，我就意识到：自从我被抛弃——并被撕成碎片——以后我并不在乎，我准备听天由命了。结果，那些鸟儿却愿意吃我手上的食物。我们被包围时，并没有丝毫仇恨和害怕的迹象。我看见了一只小鸟被钉死在树上。它一定是被大风吹到了崩折的尖枝上的。就是这只可怜的小鸟救了我。它使我想到，有人是无法逃避灾难的，虽然想这样做是完全符合人性的。于是，我便躲了起来。同时，那死鸟也使我想到，风景也许还未过去。后来我发现——那男人告诉我——那是一只黑燕鸥。"

于是，事实真相开始从这衰老的大脑幻化出的岛上的情景中渗漏出来。"谁对您说的，母亲，您被抛弃了？"

"一定是那个驾驶卡车的说的。"

拉萨贝娜公爵夫人听了这骗人的遁词后，大动肝火。她知道，现在迫切需要从肉体上消灭眼前这个人。可直到现在，只要想到要温和地从这具风烛残年的躯体中，捕捉那糊里糊涂的灵魂，也足够引起一阵强烈的负疚。这时，有人从门的另一端走来。这声音来得真及时，真是天意！

而这位护士肯定打定主意不去管正在病人屋里躲着的公爵夫人。让最后一个，也是更受欢迎的客人走进病房后，她很聪明地关上了房门。看上去,巴兹尔·亨特似乎迫不及待地要甩掉讨厌的护士,上去和她姐姐握握手。这点,加上巴兹尔那有些犹豫的询问的神色和泪汪汪的双眼,先是使多萝茜有些吃惊,继而竟给迷住了。巴兹尔身上其他每一个部位都显示出男性的自制力:刚刮的面颊上放射出一股咄咄逼人、不那么令人舒服的刺鼻的药水味;头发漂亮地理得不长也不短;衣服洗烫得正合老于世故的人的要求。

从他们各自返回家后第一次会面之时起,多萝茜就一直因为发现巴兹尔使她想起休伯特而烦恼。而现在,她却根本没有这种感觉了。尽管那人强加在她身上的那种可怕的亲密犹在——多萝茜至今仍觉得在精神上两人是相连的,可她从来没有能够真正了解休伯特。每次会见都同第一次一样,那种希望得到对方爱抚的心理融化在她无限的崇拜之中。先是精神上疑虑不安,接着便在肉体上产生反感。好在这些在她同弟弟的关系中都不会体现。她可以毫不犹豫地利用他那自信的脸上两只泪汪汪的眼睛来窥视他的心灵。事实上,她早就窥视过了。她发现这就是她了解的巴兹尔,远比镜子里看到的要深刻得多。她知道自己了解他,就像了解自己真实的自我,与别人所见不同。她甚至发现,自己对母亲同情起来了,因为她生了他们这一对姐弟:一对互相欣赏的姐弟。

(呵,不,母亲理所当然是每时每刻都要加以抵制的。不能忘记那座岛,那炉甘石药水,还有那长一张足以吞下生态学家的巨嘴的美人鱼。)

巴兹尔没有向母亲打招呼,也许是因为自己来迟了,而且又是这么急匆匆的而内疚。但多萝茜则情愿把那当成他认真的表现。

直到他大声问道:"你开始谈了什么没有,多萝茜?"没有人确切知道伊丽莎白·亨特是否聋了。

"没。干吗要我讲呢?我不是在等你吗?"她满肚子的怨气差点儿又倒了出来,只是她感到一阵战栗从胞弟的良心那里传到了自己的良心上。

倒是母亲帮他们摆脱了绝境。"巴兹尔,我从来没有见过你演戏。当时我们有机会——在拉萨贝娜的婚礼以后——我们在伦敦住了几个星期,可我一直没机会上剧院。那时,你也正好在演什么戏。你很聪明,总是在扮演什么。只是我没有足够的勇气亲自弄清楚。"

"您唯一不够勇气的一次,我看。"巴兹尔·亨特又找到了他那把嵌满宝石的剑鞘,他衣袖上镶着皮毛。"我想,您那是忙的缘故,亲爱的母亲,忙着试帽子,在裁缝那里耐心地试完一件又一件衣服。"一个特别优美的动作,使他从舞台中央的左方跃到中央的床边。齿端闪烁着哈哈大笑。

看见他的齿尖,多萝茜再次证实了它们是不是假牙:那天在律师那里,在巴兹尔获得她的同情之前,她曾认为有几颗是假的。

伊丽莎白·亨特露出齿龈朝儿子的方向笑了笑:"不错,是帽子啦、衣服什么的!你是在嘲笑我。可是,难道我就没有自己心目中的艺术?当然啰,那不过是门小小的艺术。"她蠕动时,陈腐的香水味在房中弥漫,似乎发出轻微的瑟瑟声。她身上的光泽与目光相碰撞,磨碾得更加晴朗明亮。空气中混杂着酒味。"真正阻止我上剧院的,"她打了个喷嚏,仿佛记忆阻塞了她腐蚀了的鼻孔,"是我觉得自己可能无法在我的孩子们身上找到十全十美的东西——这是我所一直追求的——甚至不顾一切所寻找的。"

多萝茜再也忍受不了了,望也不想再望母亲一眼,不过,她看见巴兹尔已经被激怒了:这可是天大的好事。

这时,母亲打出了她下一张牌。"你们父亲去看过。"这张牌巴兹尔和多萝茜可没料到,母亲对一个他们拒绝相爱,似乎没有必要知道的人的爱加强了自己的力量。

巴兹尔陷入了那种受了伤又不知伤得多重的境地。"如果父亲看过我的演出,那他肯定向你详详细细地汇报了。奇怪的是,他在演出后连后台都没有来。他应该来的,除非他觉得一无是处。"除了说他失职以外,一个无知的评语也会触犯他做演员的虚荣心。

"他之所以没去后台,我想,是因为他害臊。不仅如此,他也没告诉我演出的情况。我曾追问过他,因为我很想知道。结果呢,他一个字也没说。你们知道,艾尔弗雷德是个极其敏感的人。"

巴兹尔舔掉嘴唇上的盐分,认为母亲的把戏只是即兴而作,并非深思熟虑的。

"我丈夫和我父亲一样,都是温和敏感的人,又都死于绝望。"伊丽莎白·亨特双目凝视,像两大盘冻奶。"你们以为我可以使他们不受苦吗?"

又是一张希冀同情的牌。如果多萝茜忘了刚才的教训,肯定又要让母亲占了上风。

"我怎么知道呢?我又不了解父亲,对外祖父更是只知道一个名字而已。或者,还有他们衰落和自杀的故事,噢,有一件东西——说来好笑,我竟记得它——就是他的袖扣。您还记得吗,母亲?那是我在你床下找到的。那东西挺难看,有一颗棕色的玛瑙,底子是金的。是这样的吗,母亲?"

多萝茜看着巴兹尔。尽管他不可能知道她这一发现,但作为她的同谋,他应当察觉出其重要性。她必须谨慎行事。呵,不行,像现在这样不够谨慎。

母亲的头倚靠在枕头上,坚持声明说:"不,我可记不得啦,亲爱的。我怎么还会记得呢?"

"您有您父亲的袖扣吗?也许在您首饰盒里吧?"

一只爪子,一只今天早上没套盔甲的爪子瞎摸着巴兹尔的手向他乞怜:巴兹尔是个易动感情的人。"不,我不知道,多萝茜,是否有袖扣。要记得的东西实在太多了。"巴兹尔握住了那爪子。"事实上,我似乎记得,我把那袖扣扔到——公园的草地上了。你知道,那东西有多难看。"

多萝茜的目光移开了,巴兹尔知道把尖刀插进心窝里去的将是他:伟大的演员——巴兹尔爵士。

巴兹尔坐在床边,那只老练的手仍然握着那爪子,还把它贴到自己的胸前(事实上,这让人难受极了。坐在这摇摇晃晃的椅子上,五脏六腑一个劲地朝胸前挤,下体护身夹得睾丸生痛)。他开始向这位老皇后讨好:"尽想那些乱七八糟的可怕事情,有什么意思!我可跟不上这样的怪想法。您是否感到——亲爱的母亲?一个人住在这人来人往的大屋子里,而且那些人又不是个个都令人快活——会使您生病的!"

伊丽莎白·亨特像在牙医那里看病的孩子,一下把嘴闭得紧紧的。

"我本该想到,您最缺少的是同辈人的陪伴。您可以做到这个的,在某个管理得很好的机构——或休养院,亲爱的,休养院——据我所知,悉尼近郊就有这样的地方。"

他看看他的姐姐。她看见淡蓝色的汗在更蓝的刚刮过的胡子茬上流淌。

所以,这也是她的责任。"是的,母亲。就像巴兹尔所说的那样。优美的环境和富有同情心的伴侣。我听说有那么一个地方,叫极乐村。有座专为视力不好的人建造的香气四溢的花园。据说是切丽·奇斯曼所建。您还记得布利文特一家吗,母亲?噢,她母亲……"拉萨贝娜公爵夫人反常地出起汗来。

"记得,多萝茜。我还记得维奥莱特·布利文特是死在极乐村的。"

"是很不幸,"多萝茜承认说,"不过,每个人都会死的。我们还是现实一些好。"

"亲爱的,"巴兹尔把那只斑斑点点的爪子挨近唇边,补充说,"您是不到时候不会死的。"

"不会的。"伊丽莎白开口表示同意。

对她的孩子来说,她成了一个放大了无数倍的脉冲,支配着他们身上那些比较小的、能听见的瓣膜的闭合与开启。

"在那岛上,"她喘着气说,"我发现——在你们统统逃掉以后——在我自己想死之前,什么都不能毁掉我。"

你要是能描述你所经历的风暴就好了,可惜你不能。你无论如何也无法用语言将风暴最猛烈时的经历表达出来。无论什么,只要给了你,你就能活下去,仅你一个人能活下去,再活下去,再活下去,直至咽气为止。

于是,她躺在那里,喘着粗气,好像潮水已差不多从被单的港湾里退了下去。她猜得出,巴兹尔和多萝茜正拿他们那怙恶不悛的眼睛、海鸥的眼睛注视着她。

那天早晨,她起得比往日要早:一定是光线的变化,格子窗缝里传来的鸟鸣,还有随之而出现的很长一段时间的羽翅扑哒声(莫非是汽车声)。在这岛上,她已开始喜欢尽量少穿衣服。尽管她住的地方离海滩不算近,可积在衣衫上的尘沙,还是使她在穿衣时感到一种干燥的摩擦感。在她决定丢弃那条火红色的头巾之前,她用它包着她那现在已乱蓬蓬的头发。那个刻板的挪威人,更糟的是多萝茜,他们会不会认为她所以要包头巾是别有企图呢?也许连你自己也会这么想,那么就更应该解开头巾结了。

她笑了,真是自欺欺人!

她孑然一身。就是这样一个人,也身心分家了。

可她从不自怜,或者说过于自怜。她走到阳台,抽泣了一下。她知晓自己这种美貌而无用的女人:她的丈夫对她过于钟情,花了很大的代价才把她弄到手。从她这副身躯,他得到了世俗观念要求的一群孩子。他后悔过这一婚姻——暗地里(他是个体面人呀),并且也许是为自己缺乏明智而悲恸而死的。她是那种怂恿情人纵欲的女人。事实上,正是由于她,才使得一切都变得不可避免。不过,对于那个挪威人,情况则不同了。(她只是部分地需要他,他背上正在脱皮。)关键的原因还在于,她是个被儿女抛弃了的母亲。

天哪!她张着嘴呆立在阳台上,太阳照在明镜般的太平洋上反射出耀眼的光芒。

她看到厨房里的咖啡渣时,正好皮尔教授驾车来到,在储藏室与屋子之间停住,跳下车来。

她完全不在对人亲切的状态,但她受的教养和那些咖啡渣使她下意识地问道:"是你啊,教授,我煮点咖啡给你喝好吗?"

教授规规矩矩地站在那部非常实惠的车子旁。"谢谢,我已经喝过了。"

在她看来,教授的神情严肃得怕人。于是,她咧了咧嘴,轻声说道:"多萝茜那傻丫头在哪儿呀?"

话一出口,她就后悔了:教授回敬她那一眼严肃得也许不仅将使她失去海底聚积物教授皮尔,可怜的已经绝经了的拉萨贝娜公爵夫人,艾尔弗雷德这个大好人,可爱的独生子巴兹尔、阿索尔·施里夫那个——呵!还有纯洁的阿诺德——还将失去所有的人。

纯粹出于礼节,皮尔教授才答道:"我没有得到许可,不能说出你女儿公爵夫人的去向。"

他说完便转身走了,而伊丽莎白·亨特低下了头。

她没有给自己煮咖啡喝而喝了口温水。手指触摸到的是那神出鬼没的女儿留下的讨厌的咖啡渣。

当然这不能全怪可怜的老多萝茜,一半该归咎于那个狡猾的法国人,一半该怨自己眼下的倒霉样。在这种情况下,她心怀怨恨,无论是想象出的或是有根据的,都是十分自然的,尤其自然的是怨恨一个放荡不羁的母亲,这种母亲,在刻板而敏感的人看来,由于过分热爱生活,往往忘记了谨慎行事。

(对自己)忏悔自己的过错,并在没有人坚持的情况下接受谴责,给予伊丽莎白·亨特一种难得的自由感。她信步走过储藏室和没人用的小车。走进灌木林时,她甚至承认:在某种程度上,自己是个伪君子。可这种自知之明还是无济于事的;要想真诚老实,表里一致,就得禀性天真纯洁才行,艾尔弗雷德具有这种天赋,而她却没有。

然而,正是艾尔弗雷德,而不是她自己,受了伤害,遭到蒙骗,经受折磨而最终毁了。而她却依然如故,追求并得到的比大多数女人敢想的还多。甚至她的花容月貌也才刚刚开始消失,年已七十而身段仍柔软如故。她生平第一次为自己力量的奥秘,为自己选择的生活而感到烦恼,不是为了那已逝去的生活中常令人怀疑的部分,而是为了展现在她眼前的前景,那一直伸展到大地的尽头,连她自己的影子都不存在的前景而苦恼。

她愈加谦恭地走着。生活曾授予她过分的权力和荣耀,可这权力和荣耀有多大,她承受的孤独与寂寞也就有多大。她让自己走到了凉爽的雨林深处。偶尔,有几束阳光穿过树枝透入林中,斑驳地照在她身上;林中藤蔓摩擦着她的皮肤,这些藤蔓幸存于缠绕弯扭之中,真成了抽象派的艺术品了。她想起了曾经读过老年妇女们为自我毁灭的冲动所诱惑而走入丛林，还读过一个被困在黑莓林中的老头儿，几天后成了疯子。显然，这些结局都不是为她留着的：她实在太理智了。于是她继续踽踽前行。

刚出来不大一会儿，她就松开了头发——它虽然通常受到管束，却是最不肯被驯服的部分。此时，头发在脸庞周围飘拂，有时几乎遮住了整张脸，有时又让它裸露出来，使得她能用脑子去发现、去判断前所未见的东西，或者，想象着把自己现在的姿态变成重新燃起别人情欲的动作。

在一块林中空地上，她看到了鲜花：满地是千姿百态的兰花，那镰刀般弯曲的花穗上，冒出了一簇簇纤巧细长的绿芽，片片蓝叶伸出舌头似的叶瓣，又复归于簇簇绿芽丛中。她为这一发现而欣喜若狂，情不自禁地跪了下去，恨不得也融进这奥秘中去。她要采撷，她要看个够，或者把鼻子伸进花丛中，或者带一捧回去，让花儿在梳妆台上慢慢凋谢，好发现占有欲在她身上已荡然无存了。

唉，这只不过是短暂的，只是对花而言。她蹲在地上，脸上一副冷漠的神情，心里明白自己还在为多萝茜的行为生气，并且还怨恨那个挪威人，不仅仅只为了他在这布龙比岛上的出现，还怨恨他这样的人居然还活在世上。她摘下一片灰白色的草叶吮吸着，心里在想，不知现在爱德华·皮尔会在干些什么。

她这么听任着自己那颗难以改变的轻浮，哎呀，而且已经是堕落的心沉溺在无休无止的寂静之中，这森林已开始使她感到了压抑：她终究无法相信什么恩赐了，只能够靠运气。

正在这时，她听到斧头的砍击声，还有十分微弱的说话声。她站起身来，不由感到一阵凶兆的痛楚。她渴望找个人，找个无名小卒说说话，哪怕是个头脑简单的人，甚至笨蛋也行。她需要弄明白自己是否还能适应别人的生活方式。

她很快就得到了证实的机会。她磕磕绊绊地穿过一片灌木丛,来到了被两个男人砍倒的一根黑色树桩跟前。刚才还是暴力充斥之所在,现在却阳光灿烂,一片静谧。其中一个人正在一根根地砍去大树顶部的小枝丫,另一个人在摆弄锯子,锉几下锯齿,又用颤抖的手指去试试锯刃,几乎是在抚拶锯刃。

伊丽莎白·亨特意识到,要他们完全相信自己是完全不可能的。手持斧头的那个人停了下来。他那长满腹毛的肚子一起一伏。要不是受眼眶的限制,他那双突凸的眼睛本来可以陷得更深些。他的那位同伴比他瘦长,腰上挂的那根链条,敲击着他手上的锯子,奏出轻微的乐曲。

"我听到大树倒地的声音,"她声明道,其实她并没听见,"我是来看看的,行吗?"

那胖子咕哝了几句,又去砍树枝了,这回,动作倒轻柔了。那瘦子先是放下了锯子,后来想想不好,又拿起了锯子。

与其说她开口说话了,不如说她在用鼻子吸气。"这气味多妙呀!"真的,沉闷的空气中弥漫着一股树汁流出的芳香。"何止是香味,简直是香水。"

那两个男人笑了,但只是轻轻地。她怀疑他们可能连看都没看一眼。

她在树干上坐下,刚好挨近他们给大树造成的致命之伤。"品尝一下吧!"她果真尝了一块树上砍下的木片,但一尝却急不可待地想扔掉这块变质的薄饼;可她还是忍住将它放下。木片滑下树干落到地上。

她又恢复了那副纤弱做作的神态,可那两个人似乎对这意想不到的事很是欣赏。

胖大个子踮着脚尖沿树桩劈砍枝丫。他的瘦子同伴则开始往锯子上抹油了。要不是她在场，这道工序他也许还会进行得更慢些。

毫无疑问，这两个男人谁也不会再看上她一眼了。也许，是因为她那披散的头发。要不就是她老了？或许以为她不过是个疯子？无论因为什么，他们都很庄重，恭敬得就像修道院里的修女。

"我想你们是住在那边林中营地的吧？"真是明知故问，可她希望这样会使他们感到随便些。

当然，他们是住在林中营地，是那家企业雇的。

"我是跟沃明夫妇住在一起的。"这本来就是明摆着的，可她还是说了，"他们不得已走了，因为他们有个孩子病了。"

那两人也许是知道这事的：电话线路在那些边远地区通常总是公用的，可那个肚子上长毛的人却喃喃道："说下去呀，呃？"全不顾习俗常规了。

他们还是不肯抬眼看她，那样做也许不太恭敬。

最后，她只得问道："如果我现在从那个方向往回走，会走到那房子附近什么地方吗？"

当然会的，他们用谦恭的手臂当路标解释起来，黑乎乎的脏手由于刚才的劳累还在发颤。

那腹上长毛的人的几滴汗珠从下巴滴落下来，掉在她一只手背上。他觉察到了，一脸窘态。

亨特太太走开时，他们笑了，可只是对着地面笑。

回去的路上很单调。她想把头发束起来，又苦于没有东西夹头发。刚才她把那些发夹全扔了。她继续往前走着。阳光照射在沙滩上，照射在洋面上，反射出耀眼的强光，热得她浑身无力，也许还流下了眼泪。在快要走进海滩侧面的角豆树丛时，她舔了舔自己的手背，吮去了自己手上的盐分和她认为是那砍树汉子的汗水。刚好,她离那幢狭长的房子不远了。她慢慢地走着,感到从未像这样无法解释她为何会具备这样的天赋。

屋里好像空无一人,虽然有人曾用过厨房,只可能是皮尔教授。盘子里留着一块银白色的切碎的牛油,油布上到处是面包屑,等待着哪个女人来拾掇。心中的怒气,不然就是那周期性的偏头痛,也许使多萝茜没有想到吃东西。

伊丽莎白·亨特扯下一片莴笋叶,又切下一块质量不太好的奶酪。她一边嚼着无辜的奶酪,一边则在嫉妒沃明夫妇那互相满足的生活,甚至还嫉妒他们孩子生病。与其说出于好奇,不如说出于油然而生的怜悯,她穿过走廊,向他们的卧室走去。他们刚刚离开这屋子,只是不得已才匆忙而痛苦地离去。窗帘是在最后一刻才拉拢的,窗帘后面一股隐逸的私生活气息:海伦的粉盒还在梳妆台上,杰克的衬衣团成圆球扔在黑暗的角落里。镜框里的照片上,孩子们一个个盯着她这位不速之客。她自己的孩子们,无论照片上还是真人,从未有哪个这么正眼望过她。

真是太刺激人了,甚至令人发疯。

"多萝茜在吗?"亨特太太走到门口,敲打着门把手,心里明白门一定是开着的。

此刻,她感到自己老了,看起来会憔悴不堪,形容枯槁:只有多萝茜一人才会看到。

为了快些进屋,她扑开门,实际上是蹒跚着走进这个耀眼的、狭小得像只盒子的房间。多萝茜的屋子空空荡荡,仿佛从没有人住过。

这会儿,伊丽莎白·亨特恨死了多萝茜。更可恨的还是那个爱德华·皮尔,他竟然在她女儿的背叛行为中插了一手。亨特庆幸自己没给皮尔洗那只傲慢无礼的盘子。

直到她突然面对自己的傲慢无礼和幼稚，她才回到厨房擦洗盘子。银白色的牛油、酷热中嘎嘎呻吟的铁皮屋顶使她想起了林中那两个人，想起了他们那副不三不四的文雅样儿和那副她不配享受的恭敬样子。

由于孑然一身，整个下午，她只好躺下打瞌睡，或者纯粹就是躺在床上。（他若是也在屋子那一头，是会有所动静的。）

似乎是手的抚弄，不，似乎是纤细的手指拨动瓦楞的声音惊醒了她。其实，不过是风在作怪罢了。

她起身，用一把水壶和一个脸盆，将就洗漱了一下。而后又在那恢复了活力的皮肤上扑上粉，抹上油。干吗不呢？她至今的生活就是一种仪式而已。她套上了前晚穿过的裙衫。裙子旧是旧了，但岁月的流逝还没有使它失去昔日的华丽，也没有磨平它的褶饰：像某些古典雕塑作品一样。她这条裙子，设计得不只是为了悦人眼目，也是为了引诱时间老人放宽其毫不留情的自然规律。这天晚上，她把头发编成辫子，在头上盘成或做成王冠的模样，然后低下头，轻轻将那条让小女孩戴过的绿宝石金项链绕在上面。

她试着朝镜子里飞快地瞟了一眼。

风已经销声匿迹了。日落后，天气闷得透不过气来。纤云零零碎碎地悬挂在白色的天空，就像她在另一个平面上，形单影只地游弋于走廊、卧室、厨房之间，想不出什么要做而竟然可笑地打扮起来了。对了，等教授来时，可以给他做点儿什么吃吃：那倒还算有点意义。她可以做些简便的东西，比如说，煎个蛋卷，虽然多萝茜从不喜欢她做的蛋卷。（你不打算像你的法国女儿一样执迷于太生的蛋卷）。

等候的时候，她坐下来弹钢琴，聆听着自己做作地弹奏昨晚弹过的那首菲尔德的梦幻曲（这是她唯一还记得的一支曲子）。那时，她盼望有个男人走近身旁,从她的弹奏中听出她对这首姑娘时期的老曲子,对音乐本身,对灿烂落日的束束余晖,概而言之,对生活经历的驾驭能力。而现在,当她敲击着高低不平的琴键,盐侵虫蚀的钢琴深处发出断断续续、不成乐章的片段时,她最多只能盼来一个只会推敲论据的令人乏味的挪威人。

她信手乱弹着。末了,猛击琴键,直到精疲力竭才戛然而止。

她步出屋外,只见飞奔的野马群正驰近下面的海滩,一匹匹鬃毛垂面,像是戴着面纱。蓝天下,羽毛般的纤云更加纤薄了。野马一字散开,在绵亘的地平线上映下黑黑的一溜鬃发。太阳悬在空中,苍白无力,仿佛也戴上了神奇的面纱。这些野马至少是跑在生活前头的强者。她满怀感激之情,准备目睹这些野马沿着海滩,向斑崖冲击的场面。可今晚,这群马却挺着前腿,突然停住,调头冲过树丛,横冲直撞,你踩我踏地向岛的深处奔去。

暗蓝的暮色一下就笼罩了大地,眼前的景色变得越来越少。她点起她那些光线微弱的灯。隔海望去,一道蓝色的闪电划破夜空,天空逐渐失去了它那纸一般的平展,变成了一座黑色的雷声隆隆的大理石圆顶。下面,夜幕开始哀号。风开始只是轻轻地吹拂着,接着便猛烈地拍打起大地来。她看见大树被风吹得弯腰曲背,好像一群双脚深埋在土里、正竭力使自己不被吹倒的人。

亨特冲出屋子,向海滩奔去,也许有一次跌倒了,但她此刻想得更多的,不是保存自己,而是找到和照料那位该死的伙伴。"爱德华!"她大声喊叫,接着便对着大风哀叫起来,"爱——德——华!"她担忧的是他那副蠢劲儿:他的那个科学不能使他免遭断臂折腿的下场。

这时,有样东西迎面飞来,好像是一块木板,飞快地擦过太阳穴。此刻,受点伤,比起让狂风怒吼着肆意灌进她的肺叶使它们鼓胀得像风向袋一般,并不可怕。这时,哪怕最强烈的闪电也不能使她畏缩不前。

她感到很冷,清醒了过来。她看见原先是一片平坦的汪洋大海正像一堵黑墙铺天盖地地席卷而来。大风吹得她倒退了几步,无疑,她的裙边在风中旋转,然后里朝外翻起来,套住了她的头,旋即又翻卷回去,她的乳房像被挤进了肋骨,什么东西给打烂了。鲜血从前额淌下,嘴里尝到了被咸雨冲淡了的血腥味。

雨中,她像一只死里求生的昆虫,一只蜘蛛,湿淋淋的。她蹒蹒跚跚地摸到了屋后他们存酒的那个储藏室。

门口的沙地上躺着一个破裂的赛璐珞娃娃,这是孩子的一件玩具。

她回头目睹着房子在呻吟声中崩溃成碎片,纸板燃起冲天大火,随即又被雨水扑灭了。隆隆的雷声恰似列车驶过这片废墟,越过储藏室的屋顶,呼啸着奔驶而去。

通风口里面倒还没有淋湿。她记得白天见过,墙壁是混凝土做的,埋入屋后隆起的沙丘。但她无法想象这墙壁是怎样抵御住上帝的力量的。她左右摸索,穿过蜘蛛网和各种杂物,摸到了存放酒瓶的柜子。她着手将架子最上层的酒瓶推倒,瓶子滚落在夯实的地面上的声音淹没在一片雷鸣、风吼、海啸及骤雨声中。最后她拼命用力一抹,将柜子全部清理干净:在这股倾覆的急流中升起了一连串的玻璃碎裂声。因为海水、汗水和年纪大而变得僵硬了的她爬上柜子,非常高兴地把自己藏在上面。

肉体弯曲得像把折刀倒也算不了什么,难以处置的倒是她的心,此时正在她受伤的脑袋的颅壁内隆隆地响个不停,要不就在阵阵闪电光中自由地飞驰而去。闪电不久就像她的思绪火箭般地冲向天空一样自由地射入屋来,因为储藏室那扇刚才还只是被流沙冲撞得半开的坚固的门已被狂风从生锈的铰链上吹脱:她听着门板翻着筋斗被吹走了。

她眼前不停地翻滚着许多火球,不是在空中,就是在她眼窝的深处:用力揉揉 凯特 盯着这些五颜六色的光点看对眼睛不利 可我并不在乎。整整一夜,仿佛有许多货车穿过戈岗,隆隆地驶入她宝贵的记忆之中。在那儿,艾尔弗雷德正用自己的身子护卫着她,设法不让她受到暴风雨的威胁,好像她是个弱女子似的。

要能看一眼那只鲨鱼皮的小旅行钟,一定大约三点了(那只钟是艾尔弗雷德送给她的几件礼物中的一件,当时巴兹尔刚出世。),她通常这时醒来,喝上一杯水,看上一章小说。伊丽莎白·亨特从架子上爬下来。她站在深及大腿的水里,大腿碰到几件硬邦邦的东西——瓶子啦,死鱼什么的。

原来的门现在成了个洞口。洞外仍是个飞沙走石的夜晚。她听得见海水的涨潮声,那是大海在控诉她。是啊,她愿接受指控:为那个执拗的拒绝进屋的男人的自杀而受到控告,或者,如果是因为你他才拒绝进屋的,那会不会等于谋杀呢?

引导着你返回架子的不是死鱼爱德华,而很可能是艾尔弗雷德,或是热心的阿诺德。阿诺德天生就有一种高度的责任感,虽然这天赋却没在不负责的情欲前不受引诱,至少在那次是这样。就这一点而言,你跟他毫无二致,说不定还更胜一筹呢。说不定,正是你应该对人世间的丑行劣迹负责。比如,可怜的巴兹尔小时候只能含她空瘪的乳房,吮吸不到奶水。某某医生给开的处方,是恶心的牛排和芹菜三明治,他说这两样东西能"出奶喂你的婴孩"。"我的婴孩"(一定是最凄惨的字眼了吧?)吸不着乳汁,准是吸了五花八门组成的脓液,就连这脓液都不愿在乳房里流淌,她能供给巴兹尔的真是少得近乎残忍了。

这天晚上(照那只鲨皮钟该是早晨),地球的疮口出脓了:事实上,我们全都会淹死在聚积在其中的脓液之中。

一股飓风几乎将伊丽莎白·亨特从架子上卷走,而后又猛地把她推回架子上。

她躺在那儿,屈从于一个从未见过的人。他整天在捣鼓什么。那是个线务员,在测定人的神经到底能忍受多么尖利的恐惧,而不是测定人会不会死。对于你来说,那是必死无疑的了。

她简直无法想象。她只相信亲眼目睹的事实,只相信自己;她是个实实在在的,却又那么变幻无常的人,一身集众人性格之大成,那些她所认识的,爱过的,乃至于时爱时恨的人身上有什么特点,她身上也就有什么特点。上帝保佑!有总比没有强,出生到世上总比在冥空中游逛要好得多!

她醒了,准是阒无声息之故。不,不能算醒:她一直处于迷迷糊糊、似睡非睡的状态之中,现在她是在寂静与光线中清醒了。

她蹚水穿过木棍、稻草、死鱼、塑料娃娃等的残骸,出了储藏室。四周是一片闪光的静谧。越过沙丘,穿过坍倒的屋子废墟,她更深地走进这片静谧的世界。不远处,潮湿的沙土里半埋着一架破碎的钢琴,音锤与音弦散落了一地。

她并没怎么想到自己遭受的损失,而是慢吞吞地走向曾是海滩的地方,小心地避开那些大风刮落的树枝和巨大的挂满水珠的琥珀草丛。到处都是被海水抛上岸来的死鱼,还有一个已不再是面包了的面包,像块变了质的、毛茸茸的泡沫橡皮,就像她的身躯已不能算是身躯,至少不能算女人的躯体了:有关她女性的神话已经被暴风雨砸碎了。现在她只是个生物,或者更像位于这块阳光宝石中的一点瑕疵:这块放射出耀眼光芒而同时又摇摆不定的宝石本身,及它上面的瑕疵什么的,之所以还存在,不过是上苍的恩赐罢了;此刻仍可听见暴风雨在远处飞旋翻滚,那圆柱形的乌云在空中旋转;堵堵雨墙从雾气腾腾的云台上倾注下来,在狂风中不住地改变着位置,变幻着形状。

她走在这片闪光的静谧中,却无法把这梦一般的景象与暴风雨联系在一起。波涛涌起,像座座大理石的金字塔,其间星罗棋布着成千上万只海鸟。这些海鸟或升腾,或俯冲,要不就悄悄掠过水面,寻觅食物,有些海鸟甚至贴着喧嚣的云墙在飞翔。在离海滩近些的地方,有几只黑天鹅——四只,五只,共有七只。

她跪在浅滩上,手捧着海水浸泡过的面包。这些天鹅游近时,便伸长了脖子,显得既不高傲也不害怕地从她手上叼走面包。它们认得她,也许通过她那尚存的躯体,特别是她那双明亮的眼睛,那被盐分僵化了的鼻孔,或是,因为她像个瘦削而刚强的精灵,在奋力抗争,对付那被海水泡得硬邦邦,在大风中哗哗作响的绸裙,也许,天鹅把这绸裙当作它们同类的羽翼了。

其余的一切全被融化在风暴眼可以见到的这一光彩夺目的时刻里了,如果让她选择,她倒宁愿永远就这样下去。她觉得自己再也经不住所谓大自然的考验了。更经不住昨夜想开小差时占据自己心灵的那种恶性膨胀的,如果不说是病态的良心的折磨了。她宁愿躺下来,听凭自己成为回头看见的那堆废墟的一部分:在她这一生中,她曾使多少人死于非命。倘若她这样死去,一点也不比那些人来得悲惨。说真的,伴着这些腐烂的生物、马鬃、成团的烂铁,还有轮子朝天的轿车破底盘,伴随着残缺不全的钢琴最后发出的回声,被埋入这片沙地,实在是她最合理的结局了。

按理说,结局理应这样。倘若不是某种力量,而是她恍惚的神志转动她已迟钝的脑袋,使其面对那件穿在那根断树枝上的东西,那么她的结局就只能是那样。那只燕鸥(这是对白色的食肉动物较为亲切的称呼)变成了一堆碎骨与乱毛,成了一堆腐肉。要不是她心灵的耳朵听到了胸脯被刺穿时发出的那声撕心裂肺的鸣叫,这只燕鸥的死也许将永远无人知晓。

至少,这只不起眼的黑燕鸥临死前那一声鸣叫,恢复了她的理性。她,一位年迈而愚蠢的老妇人,虽然年纪这么大,却没有足够的生活经历。她摇摇晃晃地站起身来,开始连跑带爬、气喘吁吁地上了海岸。

于是,她上了储藏室,重新在垃圾与蛛网丛中,在狭窄的架子上,安顿下来。纤弱的手臂护着脑壳,等待着暴风雨再来时将降临在她头上的磨难。

风暴眼已不在她所处的位置了,这她看得出来;它收回自己的注意力时,也带走了她那虚弱的大脑所产生的幻觉:黑色的天鹅在她手上觅食,海鸟栖息在深蓝色的金字塔丛中。

当暴风雨怒吼着回来,压向那间她蜷缩在里面的小屋时,咸水从那紧闭的眼眶中涌了出来。

那天早晨、白天和黄昏,寂静的薄缎带上有时给印上淡淡的,后来又比较清晰的声音。架子上那东西渐渐变成一个躯体,并开始试着活动痛楚的关节,以检查它们是否还能照常运转。

一个苍老的女人出现在洞口——这儿曾经是沙丘上那间储藏室的门,屋后曾是沃明一家的"夏宫",而今则成了一片废墟。

这妇人说:"是的,我活过来了——到底活过来了。"微风甚至吹动了她的头发,或吹动了比其他头发稍为干些的一绺湿发。

伊丽莎白·亨特对着还是那么忸怩的阳光,笑了。不,一定是黄昏了:光线正逐渐地暗下来。她高兴地看到自己又恢复了本来的女人气,还高兴地看到这是些真人。其中一个,她认得,是那个瘦瘦的第二个林工。当她闯进他们的伐木地时,他是那般羞怯,窘得只好往锯子上抹起油来。他现在的同伴不是那个肚子上长毛的人,她还从未见过。这个人看样子有些来头,不像个卖力气的人,这可以从他双手叉腰站立的姿势看出来。

这位权威人物双腿横跨在废墟上,向幸存者表示祝贺。"您死里逃生,真是万幸啊,亨特太太!我们是来接您回营地,上大陆去的。电话线断了,这您也料得到的,没法打电话要直升机了。不过,伙计们会驾船把您摆渡过去的。"

她微笑着,点了点头,没吭声。潮湿的头发像一根根绳子,重重地挂在脸颊旁。她意识到,一只乳房裸露在她破碎的衣衫外。她想不出什么办法将它遮挡起来而不引起别人注意。

他们一行艰难地穿过沙滩,走向停在高地上的一辆卡车。这时,她注意到,暴风雨已把好几棵树的皮刮得干干净净。那鸟儿还在,被一根断枝穿透,钉在树上。

那瘦子想为他们的会面说点什么,对她悄悄说:"这些树大多会死的。"他舔了舔嘴唇,手指着树上的死鸟,说:"看到那鸟了吗?那叫黑燕鸥。"她看到这位朋友牙都脱光了。

伊丽莎白·亨特一边听他说,一边却愈加注意起自己在沙滩上行走的姿态了。这两个男人把她裸露的胸脯看作一种正常现象。这种情况下,也只好这样了;这只有多萝茜才会谴责,她这个人谁都要谴责。

那位林工的工头,假设这是他的身份,告诉她,这次旋风如何横扫过向着大洋那边的半边海岛,到达营地前才转出海去。这次,大陆没有遭到袭击。

"哦,真的是一次旋风?"她一本正经地问。

她大可不必担忧了:风暴眼的滋味都尝过了,别的就更不在话下喽。

到了卡车跟前,他俩帮她爬进了车厢,让她坐在他们中间。瞧他们那举止,就好像在护送一件什么宝贝,一件风暴中发现的珍贵的稀世古玩。而她又是她自己了。

那工头驾着卡车左弯右拐地向前硬闯,有时翻越倒地的灌木新堆成的障碍物。这时,没牙齿的瘦子问她:"舒服吧,啊?"她听出话中有一种占有的欲望。无疑,这种欲望早在不知多少时候以前他们在雨林初次见面时就产生了。他对他的上司也是这个口气,后者现在仅仅是个卡车司机罢了。

她可不想让人占有,无论是谁。与那黑天鹅一样,她从来未让人占有过,除非为了生儿育女。

猛然间,她为自己这般自我放纵感到脸红,于是,她从她同伴之间挤出身来,向前一靠,要他们知道采取紧急行动的必要。"我忘了,有个人——沃明家的客人——皮尔教授,昨晚没有回来。他也许到离岸较远的地方躲起来了。他也许知道——他是位科学家——一场暴风正在孕育之中。我们得立刻去找他。噢,不!"现在是她在发号施令了。"还是先去营地。这样,我们可以先给你们那儿尽可能多的人简单讲讲情况,然后组织几支搜寻队。"想了想,她又补充说,"也许,他已经死了,不过,我们仍然得找到他。"

"什么——那个挪威佬?"工头毫无必要地大声嚷道,"他昨天黄昏风暴开始之前到了我们那儿。背着只,叫什么来着——帆布背包。当时正有些伙计要过奥克逊博德,他们就让他搭船走了。"

"哦?"

跳跃的卡车上,伊丽莎白·亨特被颠得头碰到车顶,她搓着手背上的鸡皮疙瘩。她才刚刚得救,可那个可恨的男人爱德华·皮尔却早已安然无恙了。此刻他会不会在大陆上,与他的同谋拉萨贝娜公爵夫人在一起呢?她只是模糊地猜想着这种可能性。刚得救时的极度兴奋,以及风暴眼里偶然发生的一切,使得她的身子十分虚弱。

那么多年了,她仿佛一直躺在那温暖潮湿的沙滩上,海鸥也一直没抛弃她。但她却从不那么相信他们:就连愚蠢的黑海燕,那些黑燕鸥,说不定也在伺机猛地伸出它们的尖嘴,啄空你的眼眶呢。

"母亲,您没睡着吧?"长期的陆地生活,或一直讲法语的缘故,使她的嗓音尖利了许多。"我们的建议如何,您可以先谈谈您的想法,我们可不想把您不喜欢的事强加给您,可总不能老是拖着,总该做个决定,我们打算在去欧洲以前把您安顿好。"

多萝茜担心自己说得还不够坚决:太含糊,太女人气了。完全肯定巴兹尔是这样认为的:他甩开了母亲的手,像是在摆脱什么。

"是啊,我跟多萝茜还要处理一些具体问题。这幢房子——先是这些家具。"身体的动作加强了他的语气:他的外套不停地旋动,惹得风将它吹得鼓鼓囊囊,每一旋都给他增添了一份自信。"我想,他们会同意让您搬几件您喜爱的东西的。我们将去和护士长谈谈。必要时,我们会提出要求,让您的房间里全摆上您自己的家具。我们得去那儿找找他们。哎,明天去不好吗,多萝茜?"他一直在地毯中间走着"8"字,这会儿抬眼望着姐姐,"去谈谈这件事。"

弟弟的声音太动听了,多萝茜不由得有些动情了。

"当然啰,"他不得不提醒她,"眼下他们也许没空。"他也动情了,由于串通一气给他们姐弟俩之间带来的热忱而动情了。

亨特太太讲:"他们要是没有空位,死个把人倒是挺方便的。他们那里什么时候都有人死。"

她的话使她的女儿感到震惊。"哦,亲爱的!瞧您又谈起可怕的事情来了。"

"我还以为大家都想现实些呢。"亨特太太说着,笑了。

与此同时,从一只斑驳的眼帘下,涌出了一种黏液,黏糊糊的——天啊!老眼里的废物。先是一滴,接着确确实实又是一小滴。不,是眼泪!多萝茜顿生厌恶之情,仿佛要压过自己的苦痛。人们应该记住,母亲这个人具有随意洒泪的本事。她就是用眼泪来平息了女仆们的反抗,致使她们如今还忍受着越来越悲惨的奴役生活。

母亲的软弱——如果是这样——在巴兹尔身上产生了较大的作用。但职业的本能促使他不得不提防自己,别太过感情用事。他还记得那次演出,死去了的考狄利娅(那位笨重的巴格奈尔少女)沉甸甸地压在他的双臂上。他抱着她,向观众走去,抽噎着,继而哭泣起来了。观众对此很喜欢,而他和其他演员(相信你的艺术同行吧)心里全都明白,他太动感情了,这种冲动破坏了整出戏的和谐气氛。

此刻,他的感情必须抵制住这狡猾的老东西——这老东西只是偶然成了他们的母亲,阻止她企图引起怜悯,从而使他们的计划淹没在伤感之中。"别忘了,"他说,"我们这么做最终还不都是为了您好,不都是为了您的幸福?"如果说,他的嗓音有些发颤,那是因为他突然想到,这个老婊子也许会一直活下去,看着他们姐弟俩化为尘土。

多萝茜劝说道:"母亲,别寻烦恼了。"害得可怜的巴兹尔动摇起来。不过这后半句话也没有说出来。

为一个弱男子撑腰,这可是多萝茜·拉萨贝娜从未听闻过的:一个外表比你强的人,要你去安抚他的颤抖,去品尝他的眼泪,这情景虽说有些骇人,却令人振奋。

与此同时,老母亲也在解释:"这与我的泪管有关——过度敏感,我想,是特里威克大夫吧,告诉我的。"她露出齿龈,发出收藏在后面黑洞里的一丝微笑。

巴兹尔已记不得那位大夫了:一个粗野的普通医生,常往返于戈岗和"库杰里"之间,肩上总是积满头屑,他那顶挂在客厅里的帽子散发出一股汗臭味。特里威克大夫那副模样病人见了保证不敢再生病。母亲一定很恨他。

"我可并不认为特里威克大夫会注意过度敏感症。"

"也许你是对的。那一定是吉德利说的。他喜欢别人说他心肠好,可能就是他说的。"

"特里威克大夫曾给我治过胳膊。一定已去世了,对吧?"

"谁死了——谁活着——我已不再知道了。"

那股汗臭味,以及家里场院中积满灰尘的木麻黄的臭味,澳大利亚本地以及"库杰里"的蜂蜡味,一直萦绕在巴兹尔的脑际。

"是其中一个大夫发现我得了枯草热。我的一个鼻孔老是发炎。你们知道吗?"一点不错,一个鼻孔里全是鼻涕:亨特太太想呼地把它吸回去。

"天哪,多恶心!①"由于没有护士在场,拉萨贝娜公爵夫人撕下一张舒洁手纸抹去这位老娃娃的鼻涕。她本可以不单单擦一下:她本可以捏碎一件她记得与布龙比岛一个年代的艺术品。然而,她紧捏她的鼻软骨,直至软骨发白才罢休。这样别人就不会因为自己伸出手指头而觉得自己尚有一息温柔之情。

"嗯……嗯……嗯!"亨特太太哼哼着。

"多萝茜,你疯了?瞧你,难道不知道把她弄痛了?"巴兹尔半心半意地提着抗议,此刻,他还沉溺在对"库杰里"的回忆之中:细棉

---

① 原文为法语。

布上的梨子,柞蚕丝遮篷下的玫瑰,还有戴着预防流感的大口罩的孩子们。在那里,诗歌并不遭人反对,不会像伊莎贝拉的李子和赛维利亚的命运一样,从一开始就被人肆意歪曲、贬谪,也不会像男人的第一次遗精那样,被看作是一种秘不可告的罪过。

多萝茜站在那儿,看着她的弟弟,弟弟尖刻的话语伤了她的心。他也许不愿让做姐姐的分担那些倒霉事儿,而她,却可能会为这些倒霉的事而哭泣。

但是,母亲又用起她的社交辞令来了。"我非常高兴你们两位的来访,来告诉我安顿我的计划。我非常欣赏你们的这番好意。"她咳嗽起来,身子卷着被单。"你们什么时候要我死,我就去死。"

两人站在大床上蜷缩成团的身躯两旁,谁都不敢抬头看看对方。

"我经历得够多了。对一个不那么贪心的人,就是去那布龙比岛一趟也可以满足了。我只是想知道你们将如何结束我这架机器的运转。"

巴兹尔低声问道:"明天怎么样,多萝茜?我有辆租来的小车。"

"明天?嗯……好……好吧……"拉萨贝娜夫人搜索枯肠,想寻个明天必须赴的约会,可就是找不出一个令人信服的理由来。

纱一样的被单网罩似的盖住伊丽莎白·亨特大部分身子,看上去仿佛浑身一丝不挂。她躺在那里,如此恬静,艾尔弗雷德在的话,也许会不住地抚摸她的乳房、她的肚脐、她拇指根部凸起的地方。突然,她身子弓曲起来,就好像她的孩子们在肚子里推推搡搡,踢踢撞撞,争先恐后地要第一个钻出她的子宫。

多萝茜不寒而栗了,而巴兹尔却又想入非非了。"'库杰里',母亲,现在谁住在那儿了?"

"别问我!"她呜咽着,"哦,我想,是个叫——叫麦克唐纳的,或是叫麦凯。阿诺德知道,去问他吧。一个姑娘嫁给了一个监工,她父亲就给他们买下了'库杰里'。那儿如今什么样儿,我连想都不愿去想它了。满墙涂得乱七八糟,光着半身的孩子坐在尿壶上。地毯磨光了,屋里弥漫着一股腌大蒜头的臭味。有些人所以这么热衷于这些臭大蒜,我想,就是因为他们想当苦行僧。过去,我总是拿这种腌大蒜给那种人吃。那回,我亲爱的爱德华生病,特里威克大夫来给他看病,我真想让这位大夫也尝尝这大蒜。"

"爱德华?"多萝茜又羞惭又怀疑,火冒三丈:这回,她那张丑得奇形怪状的脸从镜中盯着她,"可这个爱德华——我们知道得再清楚不过了——不就是和我们一起被困在布龙比岛上的那个挪威人?"她嘴巴僵直,无法细说下去。

"不错,"母亲答道,"正是你原来打算要爱的那位,只不过你当时太头脑发昏,而他也太自顾自了。"

"我爱上他?倒是你当着我的面那么干!就为这,我才来个眼不见为净;就为这,我才去乘直升机,才订了最早的飞机票,返回欧洲,以免精神失常。爱德华·皮尔,就是他!"你这老婊子要是死在我眼皮底下才好呢!①

亨特太太躺在床上,咧着嘴笑了笑。"回想起来,情欲总是难以理解的,而且是丑恶的。自己的情欲往往比别人的更丑。爱德华·皮尔在某些方面,我想,是有吸引力的。可就是太呆板,太胆小。那天下午,他也逃走了。我还当他准会赶上你呢——就是为这个,你才一直不愿提起他。"

"哦,妈妈!"多萝茜·拉萨贝娜打开了她的手提包:她若是知道什么东西可以助她一臂之力,那么,这包里也是找不着的;她合上

---

① 原文为法语。

提包,哭了。

巴兹尔也许没注意到:他一直半闭着两眼,鼻孔翕缩,那神情好像是在侦察门窗关闭的屋子里那股腌大蒜的臭味。"我要去问问那个老威勃德,弄明白他们都是些什么人,好跟他们去商量商量。趁我在这儿,我要去看看'库杰里'。"追根寻源,这么做也许还能把你从米蒂·杰克和这幕旨在害死人的戏剧中解脱出来。

然而,不容他忘却的是,无论今后的结局如何,实质上都离不开伊丽莎白·亨特。"与此同时,亲爱的母亲,我跟多萝茜还要调查一下极乐村的情况。"

他走出屋子时脸上挂着的微笑显得很不负责任,多萝茜认为笑得就像一个睡梦中或要出去进行一次迷人旅行的人。

"多萝茜,你还在我身边吗?"

你不可避免地成了母亲的孝顺女儿,等待着她发话让你离开。

"亲亲我,好吗?走之前?"这是伊丽莎白·亨特的美人鱼赖以吸取养料的机能之一,你让自己被她吸取。"晚上再来,你俩一起来。"她嘴往回一缩,以发出噗噗的声音。"我要去弄个大使来,或是外国教授什么的。好像人们都喜欢那种人。无论外国人讲话用词如何尽善尽美,人们总是想去弄懂,总能找点儿岔子出来。"

快离开这张嘴,甩掉它暗中的含义,离开这一丝危险的光亮,摆脱这种伊丽莎白·亨特心目中的爱。(母亲是否爱过?她总喜欢把自己献给别人去爱,但那是另一回事。)

拉萨贝娜公爵夫人走了:一个腿肚子绷得紧紧的,年纪也到了性情变幻不定的时候,小提包紧贴着肋骨,生怕丢失那些性命攸关的钥匙和文件。然而那些真正重要的东西,如控告信之类,装进牛皮小口袋,挂在胸口中间的那块圣地里,就更万无一失了。

她快步地沿着过道向楼梯口走去,打算越过那门廊望一眼自己做姑娘时受苦的房间。这时从护士的屋里传来一阵说话声,举目望去,只见巴兹尔·亨特正与一个健壮的漂亮护士在说着什么。这个艳俗的妓女已换下了那个茶园主的寡妇。难道这么晚了?为了不使自己空遭折磨,拉萨贝娜公爵夫人看了看表,这才确信情况基本良好,只是细节有些混乱,这些枝节顾自在横七竖八地抽芽拔枝。

"巴兹尔?"她边走边喊了一声,尖声尖气,装作无所谓的样子。"再不动身,我们要迟到了。"什么要迟到了,她根本就说不上来。她继续沿楼梯朝下走,一脸煞有介事的固执神情,想使除她以外的人感到信服。

如果说巴兹尔听到了他姐姐的警告,那么他是故意不搭腔。巴兹尔忍不住地向换了护士的房间窥探了一眼。他的运气不坏。可爱的曼胡德,穿着护士服,正在好像是一本练习簿的东西里查什么。显然,她是刚刚才急忙拿起这本本子的,连纸页都还未摊平。

巴兹尔爵士本想走到更衣室就随手关上门。到底是否关上了,他也不知道。无论如何,他这么做原是为了避免多萝茜的猎奇心。很快,他就把自己的姐姐忘到九霄云外去了。

衣柜门关着,屋里弥漫着一股金缕梅的香味。现在他总算在这屋里有一个立足之处了。可他太热切了,反倒变得手足无措。不过,毫无疑问,这位某某护士——他的春天,对他的暗示会有新反应的。

想不到,她却一个劲儿地把她那支圆珠笔的头扭紧又放松,扭紧又放松,好像全副身心都贯注于阅读笔记本上的什么。

现在的问题是,打断她的工作呢,还是继续傻愣着。"那天我们相会以后,我非常期盼你第二天晚上能再来。"他的嗓音不再是个成功的演员在扮演自己的拿手好戏:他发现自己的声音像个年老的业余演员似的颤个不停。

"啊?"虽然她总算放下架子抬起了头,头上还罩着那令人生畏的头巾。她的眼睛向他表明她最多只望着他一只耳朵的耳垂,而这样的恩惠他几乎从未享受过。"我不明白,为什么你竟会非常期盼我,"她终于开口了,"我们并没安排什么,是吧?"她打破沉默的同时,脸上的表情仍很难捉摸,似乎有点闷闷不乐,黑黑的眼睑半垂着。

"我没想过提出做笔交易,"也没想现在来窃笑,"只要双方都有感情,就不必提这个。"上帝啊!他可是一向不喜欢大白天表演的。

又是一声"啊?",不过这回曼胡德护士的厚嘴唇在灰色的唇膏下微微一笑,足以表示这个让步并不意味着什么。

接着,她摇了摇头巾,晃了晃包在裙子中紧致的腰窝。"我得去看病人了。"她一副爱管闲事的忙碌样子宣布说。

"不管怎么说,你知道我住在哪儿,"他点明了,"如果你愿意重温我个人感到十分愉快的事情的话。"为了不至于使这话听起来像是一顿便饭似的区区小事,他又加上了一句:"我甚至感到我们之间还有那么点互相体贴的味道。"废话!尽管这确是事实。

曼胡德护士对她在翁斯洛旅馆经历过的一切可能毫无反应。

受到这个一夜之交的风骚护士的愚弄后他走下楼去,在他一生中的这一关键时刻,他本该用全部的心思规劝母亲去死,以求得自己的生存。下楼时,他不时愤愤地用脚踢着那些防止他摔下去的安装在楼梯上的铸铁赫斯珀里得斯①和铁刺。到了楼梯脚下,他才记起他的姐姐兼同谋,这会儿也许脸上挂着狡猾或者报复的微笑正在等他。

不一会儿,他就发现自己冤枉了可怜的老多萝茜。她一定猜到了自己刚才想干什么,只不过凭着一个贞洁女人的理性,决定对自

---

① 赫斯珀里得斯,希腊神话中看守金苹果的三仙女。

己知道的事情睁一只眼,闭一只眼罢了。她已走到花园,让客厅的门半开着。此时她正站在阳光下等他,她那令人难以容忍的优雅和明亮的阳光及微微晃动的棕榈树很不协调。不过,这并不妨碍她对巴兹尔微微一笑。在这一笑中,她的所谓美德使得男人,尤其是和她有血肉之情的巴兹尔,丧失了美德。这一下,巴兹尔的男子气概又复活了。他抓住她的胳膊肘,用力挤了挤。

"你搭我的车回去,好吗?"为了显得温情脉脉,她的那张瘦脸转过去对着他,简直还想再吻他一下。

他们一直沿着小路走去,巴兹尔伸手抱着她的臂膀,几乎觉得与这位拉萨贝娜公爵夫人走在一起非常快活,尤其是她碰巧又是他的同盟。

"你觉得我们干得怎么样?"他询问道。

"母亲这个人很难捉摸。"她古怪地,然而又是毫无虚假地抽泣了一两声。她接着用最冷淡的语气说下去以前,试图把抽泣声变成哼哼声。"我总算信服了,那就是不该鼓励老人长寿。"

他俩想到一块儿去了,但这又使他再次感到孤独、寂寞:过去几年中他演不成功的李尔王;在米蒂·杰克的引导下跃入黑暗之中的前景。

这种孤独感缠绕着他,一直到另一个幻觉重返,方才得以摆脱。这幻觉是方才在母亲房里激烈讨论那讨厌的事务时,他为自己编织出来的。这幻觉遮盖了另一个幻觉,即自己充当木偶的幻觉,后者更为可怕,因为它和他个人有关。"刚才我说我极想重访'库杰里',我认为,多萝茜,你没把这当回事。"他必须努力使她和自己一样迷上这种想法。"若是安排得了,我极力主张去,不仅仅是去作为情感上的朝圣,更是作为——"

嘴里的假牙阻碍了他想要吐出来的那几个简单的词汇。"我是说,此去也许能让我接触一下现实的东西,这个我不再——每个人,是每个人吧?容易低估或者忘记的现实,而它,其实是艺术家,都不能忽视的。"他那条拙劣的舌头总算把这份愚蠢的供词挤出了牙缝。

他拉着姐姐在小路的拐角上停了下来,头上悬挂着一根低垂的古老的问荆。流泻的阳光透过棕榈叶子,映得多萝茜和巴兹尔的脸布满了花格子似的斑点。她会躲在心灵的帷幔后面嘲笑他吗?或者,像个对抽象派艺术毫无兴趣的女人,她早已不干这营生了?他说不清,虽然他很希望能弄清楚;正如在他们共同合谋的罪行中,少不了她一样,也许他的再生,也不可没有她。

"你怎么不赞成呢,多萝茜?"

他仿佛是在向一个犹疑不定的情人求爱。温和地却又是坚决地向她的想象——他只能把它看作是想象——提出自己的建议。同时,又在他俩紧握的手上加了把力。他们仍然伫立在问荆似遮非遮的阴影中,而他微微摇晃着她那只有些想缩回去的手。

起先,多萝茜雏鸟似的尖叫了几声。过后,她却为自己的叫声惊住了:这可不是她这种人的所为,而且他对这种尖叫声很不习惯,这种忸忸怩怩的尖叫,他很可能会感到十分古怪。

蓦然间,她习惯地摆了摆她刀一般瘦削的脸,使她显得稍稍恢复了本来的面目。"这该有多难受呀?"她退缩了。"我可受不了,巴兹尔——和别人共用一个浴室和别的一切——不行,我这个年纪。"自己说出自己的年龄,与别人暗示它相对,也是一种享受。

"过去你可从来没难受过。一点也不难受。"

"那是很早以前!"

想象中,浴缸边沾着陌生人的头发,乡下典型的冲不出水的马桶,早餐桌上的闲谈,残羹剩渣上的油污。最不可容忍的是那些乡间孩子,他们会把小手伸到你的梳妆台上来,乱抓乱抹,把扑粉倒得满台子都是,还在这些扑粉上留下横一道竖一道的天书。所有这一切,都令她作呕。这种心理一定是从母亲那继承来的。

"我们去那儿一趟,可以让那个老姑娘有时间来做出决定——同时也可以镇定一下想谋杀她的人的神经。"他说得很有劲头。

多萝茜大笑着,想使巴兹尔高兴,但笑得并不高兴,也不像个笑的样子。"要是她做出了相反的决定,我们该怎么办?"

"不会的。每个人的内心深处都有一种责任感,而老年人的责任感更强。我就是求助于这种责任感。"

"老年人的脑筋顽固无比,我跟你说。"

他并没往这方面想,这不合他的胃口。

"不管顽固不顽固,"她打算抚慰一番,"我们目前该考虑的是那个鬼村子近期是否有空位。"

在那个危险的转角上,他们跳下了三级台阶,仍然摇晃着双手。"上帝保佑,亲爱的!"在台阶的底部,他把她的手举到他的唇边,"我向你的法国亲戚致敬,他们把你培养得这么讲究实际。"

倘若说,她恨巴兹尔,那么就是此刻。不过他那温暖的手掌,以及嘴唇的暗示,止住了她发出怨恨的伤口:遐想中她疾步在前面走着,良心把她和这位她从不当同胞看待的兄弟拴在了一起,他们在那辆租来的汽车里上下颠簸,满是灰尘的路途竟使他们的身躯结合在一起 那并不灼人的日光照射在他们身上 使得两人心情振奋 容光焕发 在他们眼里 每一棵光秃秃裸露着枝干的树 都是下凡的神仙 就连他们屋前的澳大利亚本地树柳树以及椭圆形花坛里的玫瑰花也不例外 这些树和花都是他们家的图腾 这对不再互相敌视的姐弟 冲下走廊的台阶来迎接游客 最后 大家融为一体。

巴兹尔可能已觉察到了得意忘形的危险。"无论我们怎样安排

'库杰里'之行,明天我们碰到的,将是极乐村里的护士长、牧师,还有其他一些可怕的人。"

"还有住在那里的人!"当他们走近母亲花园的大门时,多萝茜令人不可理解地尖叫了一下。"我们一到那里,那些不安分守己的人就会仔细打量我们。那些除了吃喝就无事可做的老人,有一副寻微探幽的鼻子,像狗和毛孩子一样——这一点,我们必须记住。"那些人可能会探查出她那或多或少遮掩在自己清醒的大脑里的野心,而且她也别指望能躲在她兄弟后面。想到这里,她害怕起来。

第九章

"这是什么?"曼胡德护士出于职业的关系,对洛蒂的反常行为十分反感,但又不忍心斥责她。别的不说,光她穿着的那身衣服、脸上的恐慌相,就够你可怜的。

"亨特太太叫我去为她消遣消遣。"

"千万别中午去。最好晚饭时去,要不,就是在她睡着时去。"

"她今天不想吃东西,所以让我去为她跳舞。"

笑归笑,但曼胡德护士可失去了耐心:"亨特太太又不是神仙,样样都精通。"

管家脱下帽子,好像立正似的站着,把那只布满头屑的圆桶脑袋齐胸托在身体的右侧。她的头发梳得更马虎,原以为不会有人看见,头发高高盘起,塞在一顶款式古老的帽子下;一绺沾满污垢的头发直挺挺地粘在她那漂亮得出奇的小耳朵根上。

"做什么得由我决定。"护士说,仿佛真的相信自己从不会错似的。她朝楼梯下走去。

洛蒂·李普曼拖拖沓沓地跟在她后面。如果舞鞋没有使她走起路来像鸭子一样,年纪和关节炎却做到了。她心情不佳时,走起路来咚咚作响。今天下午,她那紧身短大衣上的蝴蝶结飘拂于喉咙与胸膛之间,和那汗涔涔、裸露在牡蛎色棉缎衣外的脖子比起来,委实太枯萎了些。

"请在起居室里等一下。"曼胡德护士命令道,尔后,又禁不住稍稍发了点慈悲。"我说,亲爱的,你可是自己要进去的。"她对自己的权威十分满足,一时间竟抑制不住由此而激发出来的笑欲,便听其自然了,她甚至飞快地拥抱了一下洛蒂,同时又装成好像是屈尊赐恩。

"挤死我啦!①"

"唔?"由于弄不清这刺耳的声音究竟是哀叹呢,或仅仅是打趣,弗洛拉·曼胡德仍然自顾自地笑着。

洛蒂·李普曼发出尖叫的那两片嘴唇翘得老高,差不多要触到鼻孔了,同时,一条深紫色的曲线沿着下巴的方向逐渐暗淡下去。嘴唇和面颊上还没有完全涨红之处,皮肤看上去比抹了香粉还要白:她很可能撒了点面粉。

护士哧哧地笑了好一阵,最后连自己也惊住了。

洛蒂·李普曼的目光似乎看穿了曼胡德内心的阴郁,使其不安地蠕动起来。这孩子——如果她真的已经怀上的话,本身已经是场灾难。倘若日后生他下来,又拿什么来弥补给他带来的不幸呢?

曼胡德以最严厉的口气对李普曼说道:"你只能怪自己,洛蒂,谁让你由她牵着鼻子走,愚弄你的。"

"她没有愚弄谁,我就是这么个人。"

"光看看这两只脚就够啦!你还怎么跳舞啊?"

洛蒂脚上浮肿的肌肉和扭曲的骨头,使本来很有弹性、很合脚的舞鞋变得满是褶皱,面目全非了。

---

① 原文为德语。

"不管怎么说,先坐下来。"曼胡德护士的口吻稍稍缓和了一些,"等我教训教训那头老母牛,叫她别再叫你去蹦蹦跳跳、吵吵嚷嚷。"

洛蒂·李普曼遵从了。她被迫坐在化妆桌旁的凳子上,独自一人等着,唯有镜子与她做伴。

护士走进病人的房间时,只听见床下传来一个人的声音:"……星期四爸爸不发病了　正好是日落时分　还有一弯新月　我忘了跟爸爸一起去　梅维斯和唐纳德骗人　他们伴装自己在楼上　因为唐纳德的手指被咬破了　不是软木塞子　手指后来发炎腐烂了　我告诉梅维斯该用力挤一下伤口　她就拿眼瞪我　她母亲和唐纳德的神气似乎是我而不是一个病人咬了他那流血的手指……"

要是亨特太太不是一直在兴奋地听着,她看起来一定会形同死尸。曼胡德护士先是一怔,继而意识到,这老东西是鬼魂附她身了。

"唉!"库什太太长叹一声,从床底下爬了出来,浑身上下都是汗水。她衣服没用黑线缝着的地方露出了淡灰色。她是个个头矮小、十分精明的女人。似乎个子较小的女人更甘心受贝蒂·亨特的奴役。

"哼,我不懂。"曼胡德护士这回是真的搞糊涂了。"要你上午来,库什太太,不是吗?谁让你下午来的?"

"她叫我留在这儿的。"

"我的孩子们早上不是在这儿吗?"

"没法干我的活——里面没完没了地谈着。"库什太太恶狠狠地瞪了曼胡德护士一眼,将露在外面的牙齿啜回原位。

"是我要她留下的,"亨特太太证实说,"让她给我说些什么,散散心。"

"我刚才说的就是这个。"库什太太冲着目中无人的护士皱了皱眉。

"我的厨子呢?"亨特太太问,"我正等着她给我跳舞呢。"

病人的怪念头,以及满足她这些怪念头的那些仆人,使曼胡德护士感到厌倦。不过,她还是竭力克制自己。"您午饭怎么啦,亨特太太?我知道您中午不肯吃东西。您还是设法吃一口的好,那样,大家都会高兴的。"

"嗯,我吃过了,难道不是吗?是的,我吃了!他们把饭一把一把地塞进我的喉咙。护士不在时就满屋子地追我。一旦你落入他们的手心,他们将对你报复,那些比你大的孩子最可恶了。当年,莉莲·纽特利要逃避的也正是这个。她飞快地跑啊跑,结果被谋杀在那些枯黄色的悬崖下——就在街的尽头。他们发现她的尸骨与牡蛎贝壳混杂在一起。他们是这么说的。我本人并不以为她是被害死的:是她的记忆害死了她。"

库什太太十分伤感,挥舞着手中的抹布,把梳妆台上的一只银盘扫下地去。银盘落地的铿锵声触动了曼胡德护士的神经,像是一阵大风吹进了金属珠串成的门帘。

"如果您是这么想的,"护士说,"那您最好还是午睡一下。"

"噢,我睡过了。我这辈子难道不是天天在睡觉?所以,我要库什太太讲些真实的事儿。"

"我也可以帮着讲一些。"主动提出帮忙不是曼胡德护士平素的为人。

"以后我会要你讲的,帕多太太,但不是现在。现在我要李普曼太太为我跳舞。"

于是,曼胡德护士便出去喊那位在起居室里准备登场的老丑角。

洛蒂·李普曼把鼻子凑近一只小橱。

"喂,你想干什么?乱翻别人的东西!"对曼胡德护士来说,这至少是一次恢复她已崩溃的自信心的机会。

洛蒂·李普曼说:"这衣服是她答应死后送给我的。只是,我看得出来,他们不会相信。那时,假如我来拿我的衣服,他们就会说我偷东西。"

"请人把她的话写在纸上,亲爱的。"曼胡德护士感到鼻子里一股苦涩味,"律师就是干这一行的,保证债务得到偿还,每个人在法律上说都清白无辜。"

"亨特太太可绝没欠谁的债。"李普曼太太站在那里,抚摸着那件衣服。这衣服的料子已不很坚牢了,隐隐约约地印着小圆圈。它色如月光,薄如轻纱,拿在手里,沙沙瑟瑟地响。拿这样的衣服送人,与其说是为了延长其使用寿命,倒不如说是为了替主人开脱穿破的罪责。

过去,弗洛拉·曼胡德心头曾隐约地闪过一种超脱感,尽管只有一刹那的工夫——在梦中,她被赶出了那间令人毛骨悚然的纸板房,来到一个凝固的白夜中,她自己的白色粒子立即奇迹般地忽然与之融为一体了。在梦中,她与科尔·帕多在一起,迎着音乐的激流遨游。音乐流中,时常出现一些难以接受的浪潮,差不多把她卷进了一个神秘的世界。在那儿,她懂得了爱,懂得了美,懂得了满足,也认识了死亡。如今,由于这疯疯癫癫的犹太女人,她又陷入了苦恼之中:被伊丽莎白·亨特衣橱里一件奇异的衬衣的微光弄得烦恼不堪。像每个真正的澳大利亚人一样,她仍然必须只相信看得见、摸得着的现实。可她这样做又有什么意义呢?她已经放弃了和帕多在一起的最实实在在的一切:那包裹着他跳动着的心的肋骨;她的腹股沟里,精液流了出来,她装出抹去的样子,却悄悄让它在她手指上风干。还有他俩的孩子:无论他们踢蹬得多凶,如何为生存而呼号,她一直留心不让他们长成应该长成的模样。

"别再揉弄这件发霉的旧衬衣了!"黏糊糊的手指使曼胡德护士感到疼痛不已。"我们最好还是进去,洛蒂,她在等你——跳舞。"

于是,她们走进亨特太太的房间。

"……我总是一个人暗中发誓,梅维斯不用发夹是断不能做到的。"库什太太正在用一块温布抹着,怎么也擦不去穿衣镜上的一块污点。

"李普曼太太来了,"曼胡德护士用她那最动听的嗓音报告说,"为你跳舞来了,亨特太太。"

"知道了。"伊丽莎白·亨特回答说,连眼皮都没抬一下。

洛蒂·李普曼戴上她那顶绒毛已掉光了的破帽子,从胳肢窝里伸出一根手杖,一晃一晃的,似乎在为自己招魂。那白垩似的脸朝着床上的人,或者更远,可能非常远的地方望着。为此,她最终将无法阻止任何可能发生的事情:或肉身归天,或手脚脱臼。仿佛听到有一根鞭子在舞得呼呼作响,她的四肢骤然抽动起来;脸笑得像裂开的漆皮,而更可怕的还是那咬紧的下巴,和耳朵方向什么地方的一两条深深的裂缝。她开始她的歌舞《一二三》时,又吸了一口聚光灯下满是灰尘的空气。那谁见了谁都会为之伤心的舞鞋在地毯上跳过来,跳过去,沙哑的歌声好像是从小舌后面远远的什么地方发出的。

伴着她那着了魔似的身子,歌声从那一两条裂缝和她嘴巴的紫红色的缝隙中流了出来,歌是用德文唱的:

> 每当妈妈骑着马儿去驯马场,
> 我的心儿就欢呼雀跃。
> 喔唷,喔唷,马蹄嘚嘚……

库什太太也应声附和:"喔唷!喔唷!"她以前一定跳过这种歌舞。

> 直到车棚挡住了我的视线,
> 我见到所有过道里的尘埃。
> 喔唷!喔唷!马蹄嘚嘚!
> 一首古老、单调的歌
>
> 没有什么得以区别,
> 这是心灵空虚的花花公子的世界。
> 还有豢养猴子的马戏团,
> 既有大小不一的狮子,
> 也有不露下身的女人;
> 还有具有哗众取宠手腕的高等学府,
> 究竟为了什么?是为了消磨时光!

可怜的洛蒂!曼胡德护士想起了护理室壁炉上那只奇异的钱盒。

洛蒂·李普曼一面竭力不使自己发出明显的沙哑声——这她一直没有成功,一面继续踮着脚尖,或跛着双腿,用手杖柄敲击本不存在的桌子,紧跟着那专制的弹丸之地。一会儿尖声嘶叫,一会儿噎住没声了,一会儿又忙着用手去抓一根沾在嘴唇上的头发。脸上则永远堆着笑。由于一个劲地喊着"嘎嘎"之声,她脖子上的肌肉绷得更紧了。

曼胡德护士至少还可以干干自己的工作,给病人量体温、测脉搏、抖松枕头等。可那个似乎已干完活了的清洁工,被这与其说是供人取乐,倒不如说是让人担惊受怕的哑剧弄得进退两难。当洛蒂·李普曼搂着库什太太的腰。把她拖进去哼哧哼哧地蹦着跳华尔兹时,库什太太不知如何是好。要不是她和李普曼太太撞了一下头而解除了她们的合作,库什太太一定已被吓得半死。

洛蒂·李普曼重新戴好帽子,又开始独舞起来。她还用德文唱道:

> 自我降生以来,每夜
> 我的灵魂失去光辉,
> 它并不诅咒,它只懂得
> 她的躯体太纤弱,
> 这是自然的规律。
> 在已枯萎的地方
> 又能长出了别的丁香花,
> 它们从不消失,
> 永远新生。

一直没有睁开眼睛的亨特太太,这时用舌头将嘴里的体温表顶了出来。"没必要了,护士。谢谢你。今天早上他们已把我的体温一劳永逸地赶跑了。"

话虽这么说,可从伊丽莎白的微笑以及眼神中,仍可以看出她正发着低烧。她躺在那儿,两眼直勾勾地盯着一个可能由洛蒂·李普曼的歌舞而激起的影像:那是她自己吗?灯光在顾长的大腿中射来射去,男人的眼睛无法离开腿上的袜子。当然,别理它,那不过是一种谁也骗不了的老办法罢了。

伊丽莎白·亨特的头打着与萨克斯管吹奏出的混浊的曲调和

定音鼓击出的轻快明亮的节奏不同的拍子：当你跳舞时，你装成自己并不几乎是裸体的，而是人们公认符合道德的样子。但人们认为不够味道。

"不够味。"伊丽莎白·亨特的头懒洋洋地靠在床上。"你身子的一部分从来没让人碰过。那是最关键的部位，即使艾尔弗雷德也没碰过。"她转身问护士，"这就是做修女的所知道的，对吗，护士？"

"我不可能知道。"曼胡德护士正忙于给体温表消毒。

"噢，对了，你是生孩子的人。德桑蒂护士会知道的。玛丽现在在哪儿？自从做姑娘时分手后我就一直没有见过她。"

"她昨晚上就在这儿，"曼胡德护士更正说，"今晚还会来的。"她这么说，是为了安慰她。

"噢，对了。"亨特太太接受了。

这样，她们都在跳舞：护士们排成一行　就是皮包骨头的巴杰莉也不例外　那土豆袋是米莉·库什　大家都从用三角背心的五颜六色的绸带系在脖子上的小托盘里　捡出一朵朵大红的玫瑰花蕾　朝自己的保护人扔去。

　　玫瑰花从不消失，
　　爱情又使她复苏……

歌手退到一边，显然是想要披露大伙儿所以要这么胡闹的原因。跳舞的队列时聚时散，她陈腐、喉音过重的话语吞吞吐吐的。队伍的尽头，站着伊丽莎白·亨特。

她胸前藏着许多玫瑰花（她的是白色的）。她犹豫了一阵，好让她的保护人能从迷乱中稍稍清醒一些，然后对准目标。幸亏她身材高大结实，扔得比其他人远。她撸下一大把白色的花瓣，如此慷慨，好像它们是用纸或是肉制成的。有时候,她的一只眼睛旁会粘上一些雄蕊或花梗,使她的手老要挥来舞去地去擦。她把花瓣统统扔在那些只会献殷勤的男人头上,扔在他们那些头发烫得漂漂亮亮、满脸嫉妒的妻子的脑门上,落在深蓝色的金字塔般的波涛中。暴风雨般的掌声中,那些被人群遮掩的包厢重又出现,可已变得歪斜不正、面目全非了。

"噢,对了。"她朝身边簇拥着的卫星笑了笑。"我只得学着重新进去,我会被人接受的。尽管他们嘴尖唇红、鼻孔朝天,但并不残忍。"

她一定知道,她想说服别人是徒劳的,甚至还可能被人认为是自负。不仅满腹狐疑的听众,她的艺术家同行们也会这样看的。因为她说话时眼睛瞪得那么大,连泛起乳光的白内障也暴露无遗,使这帮人吓了一跳。

她的即席表演触发了一系列的后果:一个声音冲天而起,令人难忍的尖叫声突然震荡着空气。亨特太太意识到,那是她管家的声音。

"我不能再继续下去了,我害怕,一直都很害怕。这可怕的臭气,我再也忍受不住啦。"①

亨特太太听见一种声音,像是绸帽子的纸板边,滚过地毯,突然被什么家具挡住了。她感到李普曼太太的棉手套抓住了她。呵,请别! 可颤悠悠的嘴唇已经紧紧地贴在她的手背上了。

"怜悯啊! 我多怕失去它! 请再逗留一会儿吧!"②

亨特太太感到一阵恶心,不然的话,就别说有多难堪了。她回答说:"我所碰到的正直的德国人,每每碰到什么危难,都喜欢引用

---

①② 原文为德语。

歌德的诗句——如果引用的不是原话,便是他们自己造出来的。我真无法理解这种寄托——除非关于伟人的这种极端讨厌的东西能使一个人变得更有人性。"

可惜,这席话并没有使李普曼太太放开被她弄得尽是口水的手。"我不是德国人,而是个来自汉堡和比萨拉比亚之间什么地方的黑犹太人——靠我生就不灭的造化,我躲过了毒气室——从那以后,正像你告诉我的,我成了一个幸运儿——也是到这时,我的造化就慢慢消失啦。"她又开始淌口水了,或者说,为了她自己绝望的目的,她此刻正不顾一切地想吞下这块在其他场合是不会被允许得到的圣骨。

库什太太悄悄地溜走了。其实,她自己也是个淌口水、磨牙齿、阴魂附体的行家。

起风了。亨特太太房里的薄纱窗帘被吹得翻上翻下,起伏不定。曼胡德护士刚才拉开它们,想驱散劳累的汗臭、湿透的化妆粉和发霉的衣服上的怪味,或许,还有在她短暂的护士生涯中所处理过的死尸发出的臭味。

弗洛拉·曼胡德一会儿跑去拉窗帘,一会儿又跑去把管家从她的病人身边拖开,忙得声音都有些颤抖了。"李普曼太太——请走开!要是你再不能控制自己,我可要不客气啦!"

"我又平静了,弗洛拉。"

她的确显得平静了,快得简直令人吃惊。她嘴唇向外翘起,那沟沟坎坎的面颊上,一双眼睛游离不定,方才的一阵折腾使它们变得更加灰暗了。

"我不明白我干吗要怕自己已经知道的事情。"她用外衣袖子擦了擦脸,然后毫无表情地望着袖口上留下的污迹。

护士陪管家沿着走廊走到那扇隔开用人住房与楼梯的门边。

"你不会丢下亨特太太没人照顾吧?"李普曼太太说,"她刚刚经受了这一切。"尽管她的生活完全取决于那老太太的情绪,可她毕竟太疲乏了,话中并没有多少关切的成分。

"她马上会睡着的。现在是她午休的时间,哪个打扰她午睡会被她恨死的。尤其今天,午睡也许能帮助她忘掉他们即将对她下的毒手。"曼胡德护士一边听自己唠叨,一边引这位朋友回房。事实说明,这位朋友简直比她自己更难捉摸。

她站在那扇粗呢门旁,希望管家能邀请她进入她睡的那个空荡而充满情感的房间。弗洛拉·曼胡德将很乐意让洛蒂把她塞在她那张狭窄的床上,然后给她量体温。她将紧闭双眼,静听判决:你的体温要比平常高几度。弗洛拉因为你指望自己成为这么一个人,想象自己和那个粗俗的老是放屁的著名演员睡觉并且怀孕了。而当你一觉醒来后发现,除了对自己以外,你对谁都概不负责,更不用说是一个风烛残年、行将寿终正寝的老朽了。

由于她不可能这么容易治愈,这种情况在曼胡德护士心里不断掀起阵阵波涛,如同她必须马上回去的那间屋里的窗帘一样翻腾着。直到前门的铃声响起,她脑海中任自翻卷着的薄纱才被撕得粉碎,飘飘洒洒,散落在那业已变成叮当作响的碎片堆的铁板上。

李普曼太太又变成了那只生铁铸成的奇形怪状的黑面木偶钱盒,钱盒表面的油漆已被顽童弄得残缺不全了。"这些杀人犯是不是准备动手了?"其实,可能发生的情况远非她所能应付。"弗洛拉,你替我去开一下门吧。你知道,我是完全控制不了自己啦。"铰链已不听使唤的粗呢门压下一声呜咽。

曼胡德一人留在楼梯平台上,仿佛觉得自己想象中的孩子已成了现实:他过早地在她肚里跳动了。她走下楼梯。科尔·帕多会带着那包药站在楼下大厅里。巴杰莉忘了提起那包药,而科尔自己却执意要带来。他一定会立即盯着那扇刚刚调整适合她子宫的小窗,使他更容易凭特征判断胎儿究竟是谁的。如果当时她能抢下吉德利大夫在慌乱中为病人开的那些致命的药(大夫一点也不知道,需要他帮助的正是这拉护士),弗洛拉·曼胡德觉得自己的羞耻和绝望一定会使自己毅然决然地撕开药瓶的包装纸,掏出里面的棉花塞子,然后将药吞下去。不仅如此,她还会不顾科尔那铁一般的手指,她记得修剪到指甲肉的指甲,不顾袖子卷得老高的男人的毒打,先咀嚼一下那苦涩的药丸。当然,那只是必要的一瞬间,因为她会感到毒液在她全身乱窜乱戳。啊,上帝!她只痉挛了一下,身子还没有冷,便扑倒在科尔·帕多脚边的花格地砖上了。

她绝望地猛拉开门,心中的痛苦沿着身体的一侧传了下去。她发现老威勃德不是站在门厅里,而是在门厅外的阳光下。他双手合掌,举在腮边,像在祈祷。

"怎么啦,威勃德先生?"她简直是在吼叫;其实他的神色只是稍有些奇怪。她感到宽心的是,眼前这个人并不是她想象中的人。不过,到底也是个男人。"出什么事了吗?"她笑了。笑声悬在空中,久久不散。这厚颜无耻的笑声,同她说话时的腔调毫无二致。

"没什么,"他回答说,把手从脸上移开,"我正在闻这儿呢。"

"噢……嗯?"她最后鼻子里发出咯咯的笑声。这笑声也许会从她的嘴里倒回去,就像她做姑娘时在科夫港的科恩咖啡馆吃的树莓醋一样,酸溜溜的。

"这是迷迭香,"威勃德先生解释说,"我妻子是这方面的行家。不管你让她看什么花,她都能一一辨认出来。我可比不上她——不过,见到迷迭香还是认识的。"

律师这时也笑了起来。他一笑起来便露出了一副蠢相:两排老朽的牙齿,即使是最干净的几颗也显得黏糊糊的,紫红色的齿龈裸露在外。

"说下去,是迷迭香吗?"尽管他并不真想让她看,她还是朝他打开的双手仔细望去。她望着那些衰老的手指和皱皮巴巴的手掌合成的篮子,里面盛着捏碎的银白色花穗,散发出家具油漆的气味。

"是迷迭香,当然是。我现在分得清了。这不是……不是一种令人思乡的香味吗?"访问毛利人村庄的一位女游客用一只皱牛皮纸袋带了些这种花出来。不过不是粉红色的丁香石竹,而是她说的石竹。(其实是酒黄色的。)花是用一条皱巴巴的棕色纸扎起来的。炎热的天气使它们散发出思乡的气息。

律师还在说:"你可以在鱼肚里填些迷迭香,然后缝上。"说罢,他们两人,他自己和这位曼胡德护士,一起咯咯地笑了起来,"我可从来没有试过。我和我妻子都喜欢清淡、干净的食物。"

虽然曼胡德护士可能认为说得有些好笑,但她这个人太容易与人合拍了。老这么咯咯地笑,也许最终是要患甲状腺肿大的。虽然这毫无医学根据,但痉挛的喉头不停地这样拉紧放松是完全可能引起的。

律师从他那顶阿库伯拉帽子的帽檐下看着她。在她看来,他这顶帽子也是该丢弃之物。

"你不想进去,威勃德先生?"她想起了该做的事情,开始怂恿他。

她哄他走过门口时,他转身问道:"亨特太太怎样?"仿佛他还可能看见她有什么不同于许久以来的那种状况。

"你知道他们今早来过这儿?"她压低嗓门,十二万分小心地拉开了门闩。

"不知道,护士。谁来过? 请你说得清楚些。"他想把这事搁起来。

"老太太的孩子。"

如果说,曼胡德没有将公爵夫人和巴兹尔爵士看作两个她已贴上标签的老恶人,那么,阿诺德·威勃德脑海中闪过的这两人的影子却带着他喜欢他们具有的特征:身上沾满青草,膝上结痂,仍不失为两个可能成为好人的形象。

由于眼前的护士也准备同其他人一样责骂他,律师恼怒了起来,喃喃道:"想来看看母亲不是很合情理的吗?"

"可以是,但不是——我们都心里有数。"曼胡德护士坚持说,他们相互陪伴着走向楼梯。

阿诺德·威勃德恼羞成怒,大声嚷嚷了起来:"我真不懂你的意思,我们谁也说不上多萝茜和巴兹尔的真正意图。而且不管怎样,他们还可能改变主意的。"

想到自己竟钻进了曼胡德护士的圈套,差不多等于不打自招了,想到自己竟当着她的面,对亨特家的人直呼其名,威勃德十分恼恨自己。一个不小心,脚尖在楼梯上绊了一下,险些儿跌倒,幸亏护士像照顾老迈病人似的伸手拉住了他。

"不要紧吧?"她用一种毫无必要的关心口吻问道。

"我今天下午来这儿,"他气喘吁吁地说,"只是因为巴杰莉护士为亨特太太想拟定的一个文件打电话给我。"

噢,那他一定知道事情的原委了!巴杰莉这个人从来就不晓得保密。还有什么能比亨特太太的子女来访更重要的呢?

"公爵夫人和巴兹尔爵士是什么时候来的?"他尽量压低声音询问道。

"我想不会太早。这种人是从不起早的。"

他的嗓门突然亮爽起来:"一点不错!巴杰莉护士给我打电话时,我刚到办公室。她一点也不知道两个小亨特计划来访。可以肯定,他们一定是一时兴起,想来就来了。"他希望自己已经向她讲清楚,威吓自己是毫无道理的。

事实上,她根本就没想威吓人。她此刻正忙着猜测那份所谓的"文件"究竟是什么货色。是份新写的遗嘱吗?也许。差不多可以肯定,那一定是份遗嘱。既然她自己会背着老太太和她儿子睡觉,并在他毫无知觉的情况下怀上他的孩子,那么巴杰莉和威勃德当然也有可能会想出办法,抢在小亨特们之前下手,向那老女人索取钱财。再说,这律师也可能会说假话。弗洛拉·曼胡德知道,自己只好骗人骗到底,一口咬定自己没有勾引过巴兹尔爵士,无论如何要顶到确保能产生积极的成果。

她和威勃德有点像一对通奸的情人,此后一直缄口不语,默默地走上楼梯——这不难理解。

到了亨特太太的门外,曼胡德护士轻声地说:"你对她要特别温和些,威勃德先生。她今天早上可是受罪不小。"从他的脸上很难一下子看出究竟是相信了呢,还是在怀疑这真心诚意的焦虑。

他们进屋时,只见里面到处都是飘拂的窗帘。律师一关上门,那薄纱便被吸了回去,接着又翻动了几下,终于颤颤悠悠地平静下来,好似一张透明的皮,紧紧地贴在枕头上的那张脸上。

护士忙跑上前去,把这个被她丢下无人照顾的病人从大网膜下解放出来。"好啦,亲爱的,不要紧啦,我们在这儿。"想到自己将来要单独一人接受上帝的审判,她越发忐忑不安起来。弗洛拉·曼胡德安慰了一下老婴儿。

亨特太太龇牙咧嘴地从薄纱下露出头来。"你们知道我不舒服。"她喘着粗气,"你们来了也不会使我好起来的。无济于事了。尽管谁也不能伤害我,但也没有谁能救护我。"

律师感到,自从上次见面以来,老太太的身子又萎缩了不少;但另一方面，她的精神却如巨浪似的在他们身边翻卷。

于是，他试图用一种快活的声音来为自己低落的精神打气。"我来了，亨特太太，你还记得我，是吗？我是阿诺德·威勃德，"接着，又压低声说，"是来讨论你所惦记的那份文件的。"

曼胡德护士开始把一些不太要紧的东西重新放好，以防老家伙摊牌。尽管他不可能这么做，而且这关系也不大。贝蒂·亨特说得对：她是不可能被伤害的，就像你不能轻而易举地杀害自己的婴儿一样，如果你已经怀孕的话，你可以打胎，但胎儿的灵魂将缠你一辈子。

"噢，对，"亨特太太小心地说道，"是你，"她说，"我让人去找你——因为——我得好好想一想。"

如果不是为了了解那神圣的"文件"的内容，曼胡德护士一定早溜出了房间，自由自在地去修她的指甲，研究星相，或者就端坐在那儿，稀里糊涂地度过午后这段单调无聊的时光。

"不会是关于这个税那个税吧？"亨特太太问道。

"你从来就不必操那份心，亨特太太。"

"总是有那么多的事情，"她说，"我真烦透了。这次也许是个人的私事吧。噢，对了，护士，把纸拿来，给阿诺德。找些正规的白纸来，阿诺德可是个最纯净、最有礼的人。"

可怜的老阿诺德，到这里来遭什么罪！曼胡德护士差点儿笑出声来。如果此刻律师的面部表情稍加怂恿，那她是必笑无疑的了。她看了他一眼，发现他根本就没理会自己。他的目光也不在贝蒂·亨特身上，他只是在想自己的心事。律师的脸变得绯红，唯独下巴骨那块地方显得很白皙。她觉得要是阿诺德·威勃德脱光衣服周身不会有什么毛。

当曼胡德护士带着便笺从护士房回来时，亨特太太正在让律师背诵条款:"……马乔里四个,希瑟三个。"

"真的还有别的吗?这些年来,谈的都是孩子。不过,孩子中有的肯定已经死了,对吗?"

"不错,有的死了,有的因小产而夭折了,他们不能算数,这我应该想到。"

曼胡德护士确信自己的判断是正确的。那份"文件"将是一份遗嘱,而阿诺德·威勃德将对它施加影响。

一时间,亨特太太的注意力被比生死更重大的事情吸引了过去:她的手指飞快地掠过护士取来的白便笺,她要实实在在地摸摸。

"这是什么?"她的手指差不多把白纸挖去一块。"不行,这不够格,护士,这只是普普通通的便笺,到楼下书房——艾尔弗雷德的写字台——桑德斯产的压花信笺。"

老势利鬼。

"我想正规些。"亨特太太坚持说。

当曼胡德护士带着一叠高级纸拖沓着走回来时,老贝蒂正在解释:"……人们都认为,假如不写下来,那就算是偷。"

亨特太太听觉好得很,说到这就不说了,而律师当然也是十二分的谨慎,万万不会表露出自己早已知道老太太所谈的。

弗洛拉·曼胡德真想大哭一场,不仅是因为自己被迫跑了那么多的冤枉路,也是因为明白——这两个残忍的家伙是在把她当仆人看待。

"我正在解释呢,"亨特太太重新接上这个话头,"说你要和一个你并不很欣赏的男人结婚了。"

"结婚?什么男人?我倒想知道!"曼胡德护士勃然大怒。

亨特太太发出一阵先前可能会被认为是笑声的声音:"开始吧,阿诺德。你给他带来笔了吗,护士?墨水呢?"

现在轮到律师高兴解释了：他有支派克金笔,是他同事在他七十寿辰时送的礼物。

"那家伙会是谁？那个我不想与之结婚的人是谁？"曼胡德护士这时已经怒气冲天了。

"写哇,阿诺德——用你那一手漂亮的字写呀,我希望你没把它丢掉——写上类似这样的话：'我特此声明,我将把我的粉红色宝石戒指送给弗洛里……'是弗洛里吧？'……曼胡德——祝贺她订婚之喜……'你是不是觉得'婚约'这个词听来不那么土气？她的——她的……？不过,那无关紧要。重要的是婚事,她与……"亨特太太开始咳嗽起来。于是护士赶紧给她送上一杯大麦茶,总算有事干了。

一阵咳嗽过后,弗洛拉·曼胡德宣布说："我可不想受人欺骗和什么男人结婚——不管他是什么大人物。不管怎么说,你并不知道其中的内幕。您疯啦,"她说,"竟想出这样的主意。我才不呢！戒指您就自己留着吧！"她明天就把戒指从维德勒家拿回来还给她,最好巴兹尔也能在场：她要让他们母子俩知道,一枚戒指对她是起不了什么作用的。

"可我们总得提及那个男人的名字,亨特太太。"律师停下笔来,那支别人送的钢笔上方是一副恰如其分的严肃样子。

"我怎么知道？"亨特太太抱怨道,"我可是再也想不起什么名字啦,但我喜欢他的声音。有一次,他带来了药方——药！"她笑了笑,把话中那津津乐道的滋味压了下去,"我喜欢抚摸他的皮肤。我不知道他们是如何把他带到我房间来的。也许是我让人叫他来的,我总喜欢有男人在身边。"

曼胡德护士猛地放下杯子,撞得水晶壶叮当作响。她飞快地退出屋子,速度之快,那两个冷酷的老东西甚至都没注意到。尽管你是这场赌博的起因,但这赌博的唯一目的就是为了给人带来灾难。

也罢,她可以带着她的孩子上别处去——到处流浪——或者去阿德莱德——把戒指从公共汽车窗户里扔出去,用自己那早已为之倾心的爱来扶养她可怜的私生子,但愿他最终不会因为她强加于他的不幸而用斧子劈了她。

亨特太太说:"那会使她平息下来的。把文件给我,阿诺德。"他照办了。她尽自己所能想起的在遗嘱上签了字。接着,律师不慌不忙地也签名作证。

"噢,"她说,"还有一件事。把首饰盒给我拿来。嗯,"她说,"在老地方——在那边那个什么上面。因为那是埃米莉送的礼物,我只好将就用着。"

首饰盒取来了。她打开锁,手指伸进珠宝堆去挑选。"噢,那个!太难看了!噢,这个……这是我……我一直想……送给拉尔·威勃德,"她立即镇定下来,"你妻子,阿诺德。"

她抽出那条嵌满绿宝石的项链。

"很简单,你也清楚。我们过去是穷庄稼人(我父亲就是因欠债而死的)。这项链本是我母亲的,风暴袭来时,我正好戴着它。否则,和其他所有东西一样,它早不知哪儿去了。"声音渐渐地陷入一种沉思之中,轻得律师都几乎听不见。幸好声音后来又突然提升起来,仿佛在和谁吵架,说明伊丽莎白·亨特又操起了她的攻城槌。"你认为拉尔会看上如此无足轻重的区区之物吗?一旦人们确信你是个坐在金银堆上的人,就一定会期望你拿出了不得的东西来,所以,她可能会因为——这毫无价值的——小小项链而伤心。谁也不会——故意地——去惹这些神经过敏的人发火。如果她不喜欢这项链,至少可以在家庭的喜庆场面上戴戴。"那张发出刺耳的声音的嘴闭了起来。

"不错,"他感到困乏了,"她会喜欢的。"他的眼皮这时成了全身最沉重的部分。

他一点也不懂得装腔作势:他不可能注意到,他们的女施主正显出一副屈尊的神情,等着接受他对她送给他妻子的礼品表示感激。所以他只是把项链放进了自己的口袋。

她身子往后一仰,双眼浮肿,一脸沉思,然后又想起了什么。"你拿了那张字据了吗?给那个护士的?"

"噢,我拿了,我拿了。"他胡扯道。

她躺在枕头上对着他笑,一只扁平的乳房挣扎着钻出了睡衣。当他把首饰盒放回原处时,他的困窘又添了一层惊恐。他蹒跚地走出房间。

"曼胡德护士在吗?"他敲着那隔在他们之间的门。

她过了好久才来开门,他已开始怀疑她是否不想来开门了。但她还是来开了,他告诉她说:"这是亨特太太的声明,这是你所需要的。"

他补上后一句,是为了让她也担负一些责任。

"我不要!我不想要她那该死的戒指!"

她接过那份声明。要是那老头——作为亨特太太的律师,他实在太年迈了些——一直陷在沉思之中就好了。那样的话,他也许会一直站在门口不进来的。

"威勃德先生,"她突然用一种既怨自己,又恨天下所有人的口吻愤愤地说,"你应该劝劝他们。你是律师,又是他们父亲的朋友。"

"一切得由亨特太太决定。"威勃德先生还抱着希望。

他走了。

面对着这午后余下的时刻,曼胡德护士忙于做一系列她精心想出的事情:她将关着的窗子打开,又将开着的窗子关上。她找来一把扫帚,清扫了库什太太顺手留下给护士打扫的那些壁架和角落。

接着,她又把本来已经十分整洁的地方又全部整理了一遍。干这些活时,亨特太太的正式声明就被置之度外了。她已暂时将那声明塞在梳妆台的针垫子下了。为什么呢?她自己也不清楚。她当时真恨不得撕了它。

她不知道病人呼唤的铃声到底是凶还是吉。

当她走进屋时,亨特太太哼哼哈哈地说:"我想上厕所,护士。"

"您肯定您的身子吃得消吗?亲爱的?是不是让我去拿个便盆来?"

"吃得消的。"亨特太太说。

尽管曼胡德护士平时最恨将这老木乃伊安放在那难看的便桶上,可今天,经过刚才那一番清扫和感情的激荡,她把它当作使你安慰的一种形式。那便桶上刻着球形和漩涡状的花纹,扶手柄的末端精心雕刻成天鹅头型。便桶本身,假如你情绪不错,应该说多少有种威严感。看见它,弗洛拉就会想起在学校念书时见过的历史课本上那幅皇帝宝座的相片。

在帮这位落难女王登上宝座时,这个侍女仍坚持了登基程序。"嗳,亲爱的,舒服吗?"

谁都应该清楚,这几年来,亨特太太没一天舒服过。因此,亨特太太闭口不答。她坐在那儿,活像个被迫上游艺场的人,在观看那自己吓自己的节目。她两只手紧紧地抓住便桶的扶手。这扶手光滑锃亮,倒不是库什太太用法兰绒布块擦的,而是那些被迫时常处于紧张状态的人的手给磨的。

一直在噼里啪啦地忙个不停的弗洛拉·曼胡德这时感到一阵难以名状的平静。"我做姑娘时,"她感觉到自己的双唇开启了,充满一种温暖和懒洋洋的快乐感觉,"似乎在厕所里度过了半辈子。其中有一半时间只是东张西望,或者做梦。再不,就是看妈妈从报纸上剪下来的一块块广告。我不懂——那些报纸不可能在那儿放了很久,但都已泛黄了。院子上边的土厕所外面总有鸟雀在周围锦葵之类的杂草中啄着什么。有时,它们会飞过来啄你的脚趾,如同它们以为你的脚指甲是白玉米粒。"以前,曼胡德护士从来没这么同亨特太太说过话:这使她有些陶醉了。"有些母鸡老爱晚上栖在便桶上。我始终分不清,究竟是母鸡身上有石灰味呢,还是石灰堆上有母鸡的烘臭。"

弗洛拉不说了。她感到不好意思。

亨特太太清了清喉咙,声音变得严肃起来。

"你在做什么梦——在——那间厕所里?"

"在想变成富人,我承认。离开单调乏味的农场,逃到城里去。呵,还有爱情!"她小心着不把它说成"结婚"。

亨特太太此刻正在考虑一个最重大的问题。"你爱我吗,护士?"

"这还用问!我当然爱您。我们所有的人都爱您。"这句话说得过于动听,说得过了头,太主观武断了,好在这还不至于使一位长者吃惊。

"如果你真像你所说的是爱我的话,那也许你肯为我做点儿事,"亨特太太坚持说着,"即使这可能会与你所谓较为正确的看法相抵触。"

曼胡德护士感到事情有些不妙。"我不懂你所说的'较为正确的看法'指的是什么。一切得看你让我干什么。"

这位老女人双目紧闭,那神情简直比赌博时还要紧张。"医生开给我的小胶囊——让我睡觉用的,你能不能留给我,护士?这样,要吃的时候,我不就可以自己拿了吗?"

曼胡德护士感觉浑身冒汗:上嘴唇一定像长了一把汗胡子。"不可能!"她大声说道,"怎么竟想这个!这不合医德。"她真的发抖了。

"爱是超越医德的,而你爱我。你说过。"

"那不公平,亨特太太。如果出了事,我怎么担当得起呢?"

"如果你爱我的话。"亨特太太的双眼依然闭得很紧。

曼胡德护士双手护着胸,不再是一名护士,而是一位捍卫自己的受到威胁的贞节的烈女。(对了,如果从技术上说没有什么贞节可言,而从医学道德上来说,并非就完全无可指责,依然有一种你喜欢坚持的理论。多多少少总是如此。)

亨特太太说:"我们不谈这个了。还有其他办法呢。"

"但这绝对不道德——想自己结束自己!"废话,废话;事情就是这样,说不定你也不得不这么做。"没那么简单,相信我吧。"仿佛人家都会相信似的。

"够简单了。如果我认为有必要的话,我会撤回我的遗嘱的。"

曼胡德护士怒气冲冲地说:"那也许是您的遗嘱无效之时,懂吗?"

两人陷入沉默之中。

弗洛拉在摸手帕;这老东西从来不会意识到自己伤害了别人。

过了一会儿,护士问道:"完了吗,亲爱的?"尽管别人在研究破除习俗仍然还需要遵循的礼仪。

"我完了没有?还没开始呢!"

弗洛拉记起从前妈妈时常嘘嘘地吹口哨,尽管那是为了另一个人。

接着,她听见砰、砰两声——也许是三声屎粒掉进便桶的声音,仿佛是一只便秘的,可事后又很乖巧的山羊在拉屎。

"我想我拉完了,护士。"

曼胡德护士替她擦好屁股,准备将这包袱似的亨特太太放回床上。她开口问道:"今晚您想让我把您打扮得漂漂亮亮,装上假发和其他装饰品吗?"

亨特太太笑了笑,回答说:"不。"她现在很舒服,伏在护士的胸前,享受着胸脯的一起一伏。"不啦,"她又说了一遍,声音也是一阵高一阵低的,"我想喝杯茶。你说,我的厨子管家为我准备好了鳀鱼三明治吗?要是做得太厚就不能叫鳀鱼三明治了。"

曼胡德脸上逐渐消失的笑容明显地说明她在叹息。"知道了。"她说。

她必须把那些她们早听过的老掉牙的唱片找出来,一遍又一遍地播放,消磨光阴,打发自己。不过,今晚有所不同,她会随着黑夜的降临而身轻意快的。

当最后时刻到来时,她揩去病人脸颊上的药膏粉末,开始盘算向德桑蒂汇报什么。弗洛拉·曼胡德心里很清楚,为了某种目的,她必须竭尽全力推迟她的同事的到来。

其实,想要拖延德桑蒂的到来就同想要阻挡黑夜的来临一样,是完全不可能的。轻手轻脚、一声不吭的德桑蒂已戴着深蓝色帽子站在更衣室里。她比平常更细心周到:恰好在你也许拿人没办法的时候来到。

德桑蒂说:"该你休息了,高兴吧,曼胡德护士。你看上去很沮丧,没出什么事吧?"她脱下深蓝色的帽子,举着帽子的手还在头顶上停留了一会儿,一副超然、洒脱的神气。"我的意思是,你个人没什么吧?"

曼胡德护士高声大笑起来。"没什么!一只熟鸡蛋和一顶帽子是不可能同时放妥帖的。"真见鬼!

德桑蒂护士正在用一枚帽针将她那相当蓬乱的黑头发向上夹,好让它风干。

"她一定感到很烦,不是吗?"她问道,"这么多事情一下子全发生了。"

那只奇特的旧帽针——以前你见得够多了,带一个玛瑙圆头;今天晚上,那中间的条纹显得格外洁白。

"很烦?"曼胡德护士并不想让别人知道这一点,更不用说去证实了。"自从上次以来,她便秘了——不管怎么说,有一点。德桑蒂护士,我已经把甘汞盛在盘子里了。今晚你可以拿它来增添光彩。"

德桑蒂在脱去外衣,那动作像是在剥一件黑袍。

这时,弗洛拉感到头痛了起来。"这一班不大好值,"她承认说,"我看,巴杰莉总是让上午最糟的事到下午才起作用的。"

德桑蒂已开始了她更复杂、更独特的脱袍步骤。今晚,她简直成了颗该死的洋葱。并非谁非得看她脱衣。如果他们可以自顾自离去,才没人看哩。

"他们给极乐村打了电话,"话音从衣袍里传来,闷声闷气的,"他们准备明天出发。"

"是吗?"

"是的,公爵夫人打的电话。"

她弯腰驼背从衣衫里脱出身来时,弗洛拉·曼胡德瞥了一眼圣玛丽胸前挂下的两团乳房。

"是公爵夫人打的电话,对吗?不是巴兹尔爵士打的?"

曼胡德护士明知故问。

德桑蒂证实,的确是拉萨贝娜公爵夫人而不是巴兹尔·亨特爵士打的电话。这可能给人以安慰,而另一方面则可能给人以失望,或凶或吉,机遇参半。

接着,曼胡德护士又转弯抹角地问:"你怎么知道他们打了电话,德桑蒂?"

"阿斯皮登护士长打电话给我,问艾尔弗雷德·亨特太太是怎么样的女人——是否能适应养老院的生活。护士长和我是同学。她是个好人,很讲求实际。"她们谈得那么坦率,对她们两人来说,也许都是一种安慰。

此刻,德桑蒂正在按正统的方式扎好她的头巾。"所以说,他们明天就要驱车出去——去会见护士长和撒克里先生——做出正式的决定。事情就是如此。"

这时,曼胡德松开了她一直捏着的那份文件的角。因为没有更适合的地方,她把它塞在针垫子下。"我该走了。"她说。

她走了,可一会儿又折了回来,是为了安全起见,来收藏起亨特太太的那份书面诺言的。

奇怪,像德桑蒂护士这样的老手居然也爱拖延时间以便晚些在病人房间露面。晚点,等到深更半夜,也许更容易将那个老妇人变成年纪的抽象概念,或变成一个为自己的存在而辩护的东西,也就更容易从自然或超自然的角度,把她视为一件圣物,一件自己佩服得五体投地的圣物。然而目前,作为孩子的母亲,亨特太太仍然是个活生生的人。这实在令人苦不堪言。玛丽·德桑蒂在这间狭小的、排满了壁橱,或者干脆说,突然变得透明的博物馆里转了一两次身,那里还秘密地堆藏着其他的圣物:一只柔软的足踝;一只被针扎得满是伤痕的萎缩的手臂;一只白皙的、染着血污的女人膝头,还有一只被勒死的狗尸。闪现在玛丽·德桑蒂眼中的所有这些景象,哪怕是最不讨厌的,此刻也成了最难以理解的可怕形象,死死地萦绕于她的脑际。对一个一边遐想巴兹尔爵士柔软的足踝,一边还会淫荡得发抖的不负责任的人来说,实在是没有什么优雅可言的。

真是万幸!她想起了甘汞,总算摆脱了一直缠绕于脑际的可怕形象。

当德桑蒂走近病榻时,那老妇人的呼吸变得越发复杂起来:起先,像是揉草纸的声音,继而是撕草纸的声音。大麦茶的水面在微微晃动。

德桑蒂在屋里走来走去。

"你在干吗,玛丽?"

"他们没把您的首饰盒关上。"

老妇人躺在那里,活动着她那把骨头,一副苦相。

"您过得开心吗?"德桑蒂问,"曼胡德护士帮你化妆了?"

"没有,我一直在分礼品。"

"但愿受礼者都喜欢。"玛丽·德桑蒂因自己的故作庄严而感到无聊,心情更加沉重了。她踮着脚尖在屋里踱来踱去,震得已经黑下来的房间都摇晃起来:伪君子的举止一定要比这巧妙得多。

亨特太太说:"我从来没有给你什么,或者说,从来没给你什么贵重的东西。据我看,你算得上是个完人,玛丽。"

护士嘴里咕哝了一下。

"你说什么?"

哦,上帝!"我说我什么也不需要。"

老妇人的心又游离开了。

护士拉过自己常坐的那把椅子。开头,她双手抱膝,身子前倾坐着,大口大口地喘气。后来,她从镜子中发现,自己扭着洁白的脖子,两片黑色的嘴唇极力想封住开在它们之间的那个孔洞。如果她失去自制力而吼叫起来,打破寂静,又如何是好呢?

于是,她向后仰去,等待病人拉出大便。她有自己的工作,那便是她的信仰。无论出现什么样的想法,在生命的长河中分散她的注意力、诱惑她的灵魂,甚至从精神上加强她的信念,她坚定不移的信仰始终是明白无误的,就好像便盆就是便盆一样,谁也不能毁掉她。

是的,她有她的信仰,有她的工作。她的工作就是她的信仰。

第十章

巴兹尔非常小心地开着车,四周尽是混凝土搅拌机、带拖挂的货车、装载得不平衡的菜车以及五颜六色的霍顿轿车。一出城,车道无限伸展,反复出没在高坡低地之间。沿途是一排排同样的红色别墅和同样千篇一律的一家家小商店。典卖旧车的人别出心裁地将车子排列在旌旗招展的车篷下,使行车更为艰难。不过公路上主要的颜色仍是酱灰色的。

巴兹尔直挺挺地坐着开车。姐弟俩还没有适应自己曾经想得到的这种情况。他们已成功地迫使阿诺德·威勃德违心地安排他们走访"库杰里"。

"他们不过是些普普通通、不声不响的人呀。"律师极力想打消他们的念头。

可这与多萝茜的是非观念相抵触。"我们又不是狂热的怪物,难道还怕我们去搅乱他们宁静的生活?再说,"她打起澳大利亚腔调问道,"'库杰里'不是我们的老家吗?"

事情就这么定了。鉴于母亲今后的安排业已料理停当,这样做无疑是一种消磨时间的办法。车继续向北行驶。多萝茜心满意足地将身子缩了起来。是学她弟弟的样子吗?巴兹尔这么别扭地挺着身子开车,准会撞到人行道上去的。通常,她喜欢由陌生人开车,认识的司机往往会使她紧张起来。当然,这并不包括那个她提到时仍称为丈夫的男人:只要休伯特开车,那即使正前方突然冒出一堵墙,她也无所谓。

现在,姐弟俩驾着车子,名义上有着明确的目的,实际上是在尘土飞扬、地图上命名为帕拉马塔的公路上回首往事。车两旁尽是些看热闹的人:一伙身强力壮的小伙子抬着一台干燥机,汗流浃背地走着;面色黝黑的妇女斜眼望着他们。这一对男女,装出一副正经的样子,开着这辆不太体面的轿车,东斜西弯地乱窜。至少从感情上说,周围的事物一切如故:高高的罂粟仍微微低垂着,像是在向那些把它们视为最可恶的东西的人致歉。

一个岔路口上,一辆货车为避免与一辆牛奶车相撞,车头急转时货物洒了一地:一袋袋面粉由于事先没缚牢或由于落地时的冲撞,洒落在灰蒙蒙的地上,一片狼藉。一个高个子的年轻警察正在详细地记录这场只是没流血的事故。

多萝茜在一旁笑开了。

"什么东西那么好笑?"身为司机的巴兹尔有点火了。

"没什么。"多萝茜应道,可还是止不住地笑,"实际上,我正想起那个女人——极乐村那个什么护士长——我们去那天见到的。"

"一个结结实实、令人尊敬的女人。"巴兹尔比多萝茜高明,没笑出声来,只是微微一笑。

"令人尊敬——对——我同意这样的说法!我太感激她了!"多萝茜忍了又忍,可还是笑个不止。她忽然看见前面路上洒着一层面粉,想象中她仿佛看见一双染白的鞋子被从脚踝上辗断下来,不由得倒抽了一口冷气。直到巴兹尔驶过那段路面,她才松了一口气。

巴兹尔也同样有点心神不安。"说正经的,多萝茜,阿斯皮登护士长热心关怀,堪称'热心'的化身。"多萝茜禁不住又咯咯一笑,"没有理由认为母亲在极乐村不会过得不开心。"

"她年轻时,是个聪明的女人,而实际上现在仍然是通情达理的。"

"可她最爱别人奉承她。"

"我们不都知道嘛!而她也有人捧她。母亲就是在自己的奴隶中制造他们刻意追求的恭维。"

巴兹尔开着车。工厂消失了,商店和住房也渐渐稀少,只有几处可怜巴巴的风景。他干咳了几声,想以此来消除心中的疑虑:树木似乎只有在灯光照射下才显得像是真的。到了"库杰里"后,他也许会重新发现真实的东西——如果他还有足够的精力来对付那么大一个舞台。

"我觉得我最怕的,"他的话颇有预见性,因为此刻路上出现了几处险要的弯道,"就是我们车子停下来时看到的那些沿平台坐着的人——护士长后来才出来哄他们。面对那样的观众,我才不表演呢。你就是把浑身解数使出来,他们也不会有半点反应。"

"他们都上了年纪啦,老年人往往反应迟钝。"

"弄得我像个十足的外行。"

"母亲会懂行的。"

"有那么一个老女人——戴一副象牙手镯,短发上扎一根粉红色的绸条,活像一个喜剧中的皇后。母亲会讨厌她的。她一定会把伊丽莎白·亨特的歌剧搞得一塌糊涂的。"

"母亲不会知道的。她太过沉湎于自己的过去了。除了那张床,别的什么都不复存在了。"

然而粗呢也许会遭腐蚀,一起遭到腐蚀的还有那叮当作响的象牙手镯、吱吱嘎嘎的患风湿的四肢、黏糊糊难以忘怀的手指,以及薄绸上的吻印,也都可能最终腐尽蚀绝的。

不管伊丽莎白·亨特发生什么事,她的孩子已决意要抗拒腐蚀。

巴兹尔说:"那张大床的确是个问题。但愿他们能设法将它放进屋里去。"

"肯定会的。"

"要是他们放不进去,她准饶不了他们。"

"那位护士长很有办法。"

"这我倒看不出来——除非用锯子。"一个令人发笑的场景;所以他笑了起来。

"不用这么粗鲁。"多萝茜提高了嗓门,嘶哑的声音愤愤不平地说道,不是在责备那个不识好歹的弟弟,只是在为自己辩护。"公正,"声音略微缓和了些,"总得有人先死去。没有空位子,护士长是这么说的。"

"是得有人先死去。"他附和道。

他边开车边说:"从今以后,阿诺德·威勃德会一辈子算计我们。"

"像老威勃德这种人,多年来为一家效劳、管理其家产,自以为非常廉洁正直,却忘了这样一个事实,即这个家庭的真正成员都是些具有七情六欲的活人。我看阿诺德只是我们自天而降来到他眼前时才领悟到这一点。他着实吃了一惊。"

多萝茜注视着弟弟,希望他能看出她的为人禀性。打他们驶出城郊后,她就觉得年轻多了。

不过巴兹尔全神贯注地开着车,无暇品评自己的乘客。多萝茜的矫揉造作使他很反感:每逢这时,他就知道她是在扮演一个生硬、贪婪、喧宾夺主的角色。他朝车上的反光镜扫了一眼,想证实自己的判断：无论是演员还是普通人，男人总比女人宽宏大量些。微风吹拂着他的头发，不过并没有明显损害他的形象（也许该给理查二世另一次尝试）。

山坳里，檐板或纤维板小镇的居民们都在忙着自己的事务。热情的店家毫无保留地将实用商品一一陈设在橱窗内。建造在边缘地带的永久性住房都已濒临倒塌：肥沃的腐土上长着纷杂的灌木，多少使其必然的崩溃有所减缓。到这儿来的人不免会心生疑窦。那些灌木丛，尽管主人当时栽种时不过是为了尽尽义务，倒也长得郁郁葱葱。这里那里，树干下能看见破旧的黑伞，单独或凑在一起。有时黑伞微微一动，然后慢慢地移动起来，慢慢地向着侧面。几把旧伞架正滚进石楠和杜鹃花丛之中，一部分铝骨架还撑着。铝骨架已变得很方便拆开，用作拐杖。

巴兹尔在一家商店前停下车。一道墙上涂着一块已褪了色的蓝色广告，推销某种违禁品。巴兹尔什么也没解释，就下车走了。多萝茜也没多问。她正在失魂落魄地寻找某个脸孔或物件来验证自己。当巴兹尔关上车门时，一个身穿紧身裤的男孩蹒跚而过，身后跟随着一只长腿的小花狗。多萝茜想对那男孩笑笑，但她的笑容一定显得苍老而茫然。不管怎么说，男孩对这两个陌生人根本不予理睬。巴兹尔走进店去，多萝茜独自一个人，胳膊上一阵阵地泛起鸡皮疙瘩。她周围是那么静，除了男孩离去时皮带抽打的声音以及一只山鸟在高空中振翅飞翔以外，一切都像凝固了似的。有什么东西在躲避她。她自我安慰说："到了'库杰里'，情况就会有所改变的。"

巴兹尔回来时拿着两块饼。脸上的表情像是一个双手按在童年象征上的人，显得有些心事重重。

"哦，巴兹尔——你不会吃这种东西吧！"她以大姐的口吻，柔声细气地说道。

"那吃什么?"阳光透过美国梧桐叶,照亮了他有些不好意思的话语。

他递给她一块。"哦,真是的!"她不得不接,同时那馅饼又油腻又烫手,她一时有些不知所措。

巴兹尔的嘴塞得满满的,她简直不可理解,他为什么竟会这么快地恢复了孩子气。一道乳白色的肉汁顺着他的面颊淌了下来,勾起了她对往事的回忆:那时,他还是个小伙子,一个火车上汗流浃背的旅行推销员。与现在相比,他身上只是少了件肮脏的风衣。

多萝茜叹了口气:"唉,真要命!"她咬了一口讨厌的油饼。

顿时,满嘴是热乎乎的马粪纸、面粉和猪油味。她本来看着这油饼就不顺眼,现在更是厌恶之极。她仿佛咬了一口自己的肉,恶心得直想吐。

"老天有眼,这饼味道还不错!"他说话时,饼屑一直溅到了汽车的挡风玻璃上。

"恶——心!"她赶紧吮吸了快要流下来的汁水。

她把头扭向一边,不想让巴兹尔看见自己的狼狈相。刚巧,那个男孩又折了回来,一脸傲气,昂首阔步,身后的小狗用链子拴着。他肯定看见了她刚才的样子,这倒无所谓。她感到泪水扑簌扑簌地落了下来,和嘴边的油腻混合一体。(她的信念不允许自己有自杀的念头,可每当她有负于过去,就不由自主会动起这个念头来。)

巴兹尔吞下最后一口饼,正在胸前口袋的丝绸上擦手。有一只山鸟比其他的都飞得低,迟迟不肯离去。与往常一样,答案似乎可以在这即将离开的乡村里找到;要是你们不是早就离开了的话就好了。

"承认吧,多蒂!你吃得挺香。"巴兹尔的声音既兴致勃勃,又武断专横。

多萝茜伸手在她向来整理得有条不紊的小包里乱掏,非常狡黠地说:"那该死的东西真烫,不过——总算也是食物。只有饥不择食的时候才有人会称道它。"

"我喜欢吃。"他早已打定主意,似乎只有事事与多萝茜作对,才会使他像个演员。

尽管开着车,他的两眼始终没有离开过她。那眼神在她看来充满怜悯之情。可她并不需要怜悯。

她摸到了她的镜子。脸上是看不出什么的,因为她为了崇尚自然,今天特意没有涂脂抹粉。尽管脸上干得难受,但她近来养成的愤世嫉俗的习性,使她能够忍受下来。她嘴角弯扭着。刺眼的强光使她振奋,却也使她脸上火辣辣地疼痛,只有那片沾满肉汁的嘴唇还相当油润。她伸手去擦那可怕的油腻:讨厌可恶的油饼。当她恢复了自我以后,她清了清嗓子,显得容光焕发,毫无紧张之感。她瞥了一眼巴兹尔,暗自琢磨:他到底在多大程度上能分清虚荣和勇气?

巴兹尔垂着眼帘,脸上挂着微笑。此时,他俩正沐浴在一片炽热的阳光之下。空旷的平原上到处是刺眼的阳光。他感到胃里很不舒服,又不敢打嗝,把气悄悄地压回胃去。不久,他不得不小便了。他停下车。拉尿。连多萝茜这只孤独的鸸鹋也临时跳进更深的丛林中去了。

待他们再次聚集在一起时,她问道:"你难道一点儿也不内疚,亲爱的?"她说话时,两眼望着并不存在的景色,嘴边挂着明朗的、漫不经心的笑。

"内疚?为什么?看在上帝的分上,告诉我!"但愿多萝茜该死的拉萨贝娜不是一只典型的耗子。

"还不是因为硬把我们两人塞到这个可怜的马克罗里家去呗。"

"难道他们会纠缠到一些他们不想介入的事情中去吗？"

巴兹尔和多萝茜·亨特又上了车。周围的灌木稀稀落落，路旁残留的蓝色金属物体渐渐消失在后头。在山岩之中，只有牡蛎在与炎热搏斗。

多萝茜非常客观地提出："不管他们是否喜欢我们去，我们还是赶快些，天黑才到就更不好办了。"

所有女人，甚至包括妻子在内，从根本上说都是大姐姐。他看见，并且听见，多萝茜当着她这个兄弟的面松开衣衫的松紧带。

"要是他们真的不希望我们去，"他又回到了原来的话题上，"他们会接见我们吗？"多萝茜刚才那番话确实使他很不安。

"威勃德先生曾提醒我们，说他们经济状况不佳。也许我们可以接济他们一下——我的意思是，付点房租。"

巴兹尔嘟囔了一声，继续开车。

就多萝茜来说，她已打定主意不想把母亲给的那张支票花去一大笔，虽然她已用这笔钱买了身上穿着的这件小礼服：黑人盼长寿。

"不过，这只是个假设。"她轻声补充道。

她将双肘搁在挡风玻璃旁。顿时，凉风习习，从短短的袖子灌入腋下，解除了她一身负担。巴兹尔肯定也闷得慌，他无可奈何地笑了笑，一条大腿换了个位子。

旅程漫长，这本来已经够受的了，可四周锣鼓喧闹，使人几乎失去了平衡。巴兹尔只得时时告诫自己：我是巴兹尔·亨特爵士——一个演员；而拉萨贝娜公爵夫人则一个劲地在手提包里寻找她永远也无法找到的东西。

也许最好还是别问他或者他们之中哪个对马克罗里一家会有什么印象。他也许什么也说不上来，但他确信，多萝茜是一无所知的，尽管一旦问起来，她假装知道。

方才,由于极度的精神欲望和肉体饥饿,他不顾一切地买了肉饼,并极不体面地一口气吞下;现在,他心中则萌动起一种更强烈的、莫名其妙的欲望,敦促他快点把小车驶过火辣辣的平原,驶进那座住着一个名副其实的家庭的神秘大院。他臆想着如何扑通一声滚上床,劈手将床单抓过来蒙头盖上,里面黑黢黢的,他极力将身子缩作一团,那姿势就像是记忆中的袋鼠,或是圆滚滚的豆子,或是浸在瓶里的胎儿。睡梦中,他会听见周围一阵阵叹息声,闷闷沉沉,像是有人在这间他早先逃遁的屋子里,用什么东西捂住嘴发出来的声音。

他们驶近戈岗时,看到霜冻将至的征候。商店的玻璃门窗都已插上了薄铜片。因为临近的寒冷而变得瘦骨嶙峋的狗,狂奔乱吠,打破了黄昏的寂静。其中一只小花母狗,脖子上套着个项圈,在这辆陌生的小轿车后紧追不舍,根本不顾被尘土吞没的危险。路旁围观者的脸异常晦暗不清,有些人还架着眼镜,更使人难以辨认。

"戈岗,嗯?"巴兹尔的声音又充满了活力。

"是的,一点没错。和别的小镇一样讨厌。"她知道并非如此,"我们穿过去。"

她侧过身子,斜倚在座位上,似乎这样更能得到她弟弟的保护,就算得不到保护,也可以摆脱她也许受不了的不快。

他们正驶近城郊车道分岔的地方,一条路径直向北,另一条较窄的沿山路通往"库杰里"。两条道路分岔处,有一片黑黢黢的针叶林,公园扩大后没被毁掉,其余的则因干旱和没人照料而死去。无论怎么说,这座花园至多只是一座青铜纪念碑的陪衬,无疑,这也是当初的意图。

巴兹尔从母亲几年前寄来的剪报中知道前面将出现什么,于是他放慢了车速。多萝茜是否知道,他从来没听说过,从她背对着那东西的模样看,也许她根本就不知道有这座艾尔弗雷德·亨特的纪念碑。巴兹尔自己则非得看一下不可。使你惊叹的是,这雕像竟是那么一个不协调的混合体,既包含了世俗的夸张,也体现了人们良好的意愿和成就。因为尽管他的头部、胸部和身体的姿势显得气度不凡,可铜马甲和短裤上的皱褶却大煞风景,硬把这英雄形象拖回了地面,使之沦为风俗。还有那只手似乎应该撑在竹编的临时餐桌上,而不是搁在一只美利奴公羊的角上。

要不是多萝茜的拳头开始雨点般地捶在他的大腿上,巴兹尔还会多停一会儿,嬉皮笑脸地乜眼朝父亲的"尊容"好好地看看。"走吧——快!我受不了啦!"

于是他加快速度朝前冲去,疾驶过一个水平交叉口,两人的脑袋都撞到了车顶上。

他不想再提起在他脑海中反复出现的那座雕像。而多萝茜却轻声说道:"他不像那样子。"

"你真的记得?"

"哦——记得——不——不太清楚。"

他重又陷入了困境。

为了使气氛活跃一些,他恶作剧地开玩笑说:"我想母亲并不一定想让人们把她编进那永生不死的一群中去。"

"永远躺在长沙发上。"多萝茜笑得很脆。

这以后,他们又一声不吭了。小车疾驶在靠近"库杰里"一边的山路上。暮色中,路旁的草场显得更为开阔;而另一方面,山岩和丛林在闯入者面前更深地将自己锁闭起来。小车呼啦啦地越过满是粗砾和积满泥浆的坑洼。坑洼干涸,浅得像一张无色的蜡纸,在那儿周而复始地履行其诺言:这中间所有的一切奥妙,出身高贵的陌生人是无法理解的。也许,小车最终会中途抛锚:它磕磕绊绊,不时地停下来,憋足气力再走。车的前方和下方漆黑一片。接着,前方出现了一簇灯光,那幢只有在你思绪的瞬间以及梦中才会记起的屋子,已经准确无误地出现了。起先,灯光在茂密的树丛间闪烁,随着车子的向前移动,变得凝固不动了。

多萝茜说:"我怕就怕——天黑后到达。"巴兹尔也一样,只是不作声罢了。

疑虑并没有使车子泄气:河湾处柳树渐渐稀少,再过去就是一大片经受了岁月的考验、动物的践踏和孩童的攀摘的葡萄牙月桂树。最后,车子开到一个椭圆形的玫瑰花坛边。

"我从来没有这么害怕过,"多萝茜冷得直打战,咯咯地笑道,"就是结婚那天晚上也没有这么害怕过。"

巴兹尔知道自己的嘴唇在微笑地颤抖着。平时,接电话或想打动他头一次见面的人时,他总是这副自信的笑容。

他们一跨出车门,屋里的人就走下台阶朝他们迎了上来。

多萝茜也不顾主人会不会吃惊,躲在后面,独自寻觅起什么东西——不管什么——玫瑰花,一朵玫瑰花!她高一脚、低一脚地沿着未经修整的花床边走着,路经一两个秋天的花蕾,芽头尖尖,冰凉而又结实,也许在绽开之前就会枯萎。她手腕划破了,可这根本不值得一提。

"走吧,多特!"巴兹尔大声招呼着他难以对付的姐姐。

接着,不知是谁的主意,这两个亨特家的孩子竟手挽手,和着冲他俩而来的音乐走着。乐声清晰得使人不舒服,但又不太合节拍。

"……你们得想办法适应一下。这与你们记忆中的已经不同了——是不,罗里?你说是这样吗?孩子们,别惹人讨厌……"

也许他们的记忆会逐渐使屋子充实起来。乍一看,屋里空荡荡的,什么也没有。马克罗里家的摆设谈不上舒适,更不用谈奢侈了。大厅里,巴兹尔爵士的脚被地毯上的一个破洞挂住了。在灰尘和腐蚀尚未降临之前,这一定是条质地不差的东方地毯。在没铺地毯的地方,响着的则是脚步在沙砾地上、过道上、楼梯上发出的摩擦声,有时甚至整幢屋子都是这种声音。

楼梯走到一半时,马克罗里夫人停了下来,气喘吁吁地说:"发现你们的屋里住着生人,一定很好笑。"

巴兹尔至少还能发出声音来:"很难说是我们的。我们离开时还很小。"

多萝茜自有上层人物的架势和遗产的雍容来防身。这差不多成了她一贯的行动准则。"我们被送回这儿来度过一部分假期,"她高声地说道,"几乎总是这样。送到父亲这儿来。"父亲这个使人畏惧的字眼比她在祈祷时提到更使她苦恼。

"哦,不错,是来度假!"巴兹尔脑海中一下子闪过自己的形象:笑剧中的孩儿王,手握一副网球拍。

他立即感到这句台词说得不合时宜。此刻他们需要的也许是富丽堂皇的演说,可他一路辛劳,疲惫不堪,哪还顾得上什么舞台效果。他面前一位观众背对着他,还有一位正呼哧呼哧地拖着行李跟在后面,情况很不妙。假如马克罗里夫人此时转过身来,他准会以他湿润的眼睛赢得她的青睐。可她并没有转过身来。

倒是他转过身去为他们所处的场景引出一些情节。"啊呀,干吗不让我自己提行李呢?"为了表示诚意,他还加上了一个漂亮的手势。可楼梯狭小,使他未能如意施展:他本应该在剧中夺过手提箱,可他的手不听使唤,从毛茸茸的胳膊上垂了下去。

马克罗里发出一声像迷路的牛的叫声,又继续往上走着。他妻子会回答他的。

她扭过头有些下意识地笑了笑。"罗里最能干力气活。"刚说完,又觉得话说得不妥,忙又转回身去背对着他们。不一会儿,将他们带到平台上。

马克罗里夫人——她在给威勃德的回信中称自己为"安妮"——是个年纪不大可也不小的女人。她散乱的头发过早得灰白了,或者是收拾屋子时蒙上的灰尘。要不是她已有了身孕,她的面颊也许不会显得那么憔悴,眼睛也不会陷得那么深,眼圈也不会那么青。她的声音天生清晰,若不是永远有那么一股惊恐的味道,本来应该是很有说服力的。安妮·马克罗里像是一个陷进自己一直提醒别人要防范的生活的社会福利工作者。

这一行人到达平台时,门道上出现了好几个这位社会福利工作者没有照管到的孩子。他们衣衫褴褛,有一两个还跟在这批闯入者后面爬上楼梯。这些孩子有几个长得又高又瘦,手腕细得皮包骨头,脖子窝深得特别显眼。但他们的母亲没有回头望见这些为好奇心和他们的衣边驱使得跌跌撞撞的小家伙。

安妮·马克罗里把亨特姐弟领入一间房子。最初,多萝茜几乎认不出来,可不久,她就不无厌恶地记起他们父母的卧室兼更衣室。

"希望你们在这儿住得舒服。"马克罗里夫人四下环顾,细细地打量了一下她自己住宅里的这间屋子,又摸了摸挂在特别宽大的亨特床头横木上的一条毛巾。

拉萨贝娜公爵夫人嘀咕了几句,满脸憋得通红。她本想给女主人解围,可又无能为力。

马克罗里将行李堆在客人下榻的这套房间里。(巴兹尔凄苦地想道:自己只能睡更衣室的那张简易床了。)

几个年纪较小的孩子几乎是形影不离地跟着他们的父亲。最小的孩子开始爬上他的一条大腿,可还没够抓住身子就被抛了下来。

罗里·马克罗里确实是个有力的人。坚硬的头发使他显得比憔悴和满身灰尘的妻子年轻多了。但他也许比她大。他举止粗犷，也许是故意的。衬衣一直敞开到肚脐眼，表露出他对名演员和公爵夫人的态度。他脸上永远堆着和善的微笑，给人印象很深，但并不给人以和蔼可亲之感。

多萝茜发现自己的思绪又回到了布龙比岛上：肯定是那汗味勾起了回忆。

"这儿歇夜行吗？"马克罗里的身子摆出一副漂亮的塑像姿势，满脸挑战的神情。

"为什么不……不……不呢？"巴兹尔爵士有些口吃。

拉萨贝娜公爵夫人冷冷地回敬了一句："你们已经够忙了，可我们又来给你们添麻烦，实在抱歉。"迷人的钟乳石在这洞穴般的屋子里流滴、闪光。

肌肉发达的马克罗里无法忍受这个场面。他摇摇晃晃地跨出房门，嘴边挂着毫无笑意的微笑，双手猛烈地拍打着那袒露的胸脯，仿佛那是只毛茸茸的吉他。

接下来说话的是安妮·马克罗里。为了讨好公爵夫人，她的声音都变了：但字字句句都咬得很清楚（尽管有时不知说什么）。"哦，亲爱的，"客人一下楼她便叫苦不迭，"我本想在餐厅里设一桌，可没来得及——唉，你们看——今晚事情这么多。"说着，她手里抓的一只用过的平底锅砰的一声掉到厨房地上。"最最要紧的是准时，不是吗？"她打开一扇炉门，里面飘出一股焦油味。"不应该是这个味，"她解释说，"不过羊肉烤焦些反倒比较容易消化。"话是实情，可总嫌说得不够带劲。几乎同时，堆在旁边的用过的盘子哗的一声滑进了水槽,旁边一个扎着花丝带的半大姑娘赶紧向母亲求援。

巴兹尔·亨特爵士赞成去厨房里用餐,这样既省事又省时间,还可以尽快地与周围的人混熟,而公爵夫人则因为注意到了残留在桌上的果酱,没有那么感兴趣。但想到也许在女主人处理焦羊肉时,自己可以擦一下油腻的桌布,心里才稍微高兴了些。不过孩子们会紧盯着,他们的目光使拉萨贝娜夫人害怕。

开饭之前,巴兹尔急忙溜到外面充满野兽的黑暗中去小便。他站在平台边上,成了阴谋的一部分:尿和白霜嘶嘶地混在一起。一只野兽吃惊地停下啃草的动作,但没见动静,又接着吃起来。

巴兹尔站着侧身细听,冻得瑟瑟发抖。做自然环境的奴仆只能得到一时半刻的快慰。他渴望能证实自身真正的价值,而不是想得到任何虚假的成就。也许这根本就不可能。黑暗会继续使住房周围的景色显出仁慈的冷漠,而他身后的屋子永远也不会向他倾诉它自己的秘密,因为他已经抛弃了生活,登上了舞台。

楼上,有个孩子哭了起来,接着是一个男人压低嗓门哄孩子的声音。尽管缺乏技巧,也许正是因为缺乏技巧,孩子马上就不哭了。巴兹尔没能亲眼目睹这个场面。

这以后他拔腿便走,回到了一个更为黑暗的情景之中。由于梦魇之故,他无法在此排演。他在黑暗中摸索着,毫不惊慌,可身体却遭了殃,磕磕碰碰的,冷不防是一个拐角,要不就是一条低低的楣梁。最后,终于看到了从房门底下透出的一丝亮光。他只好朝着这亮光走去。在慢慢地移步走下台阶时,他不慎把脚后跟擦伤了,一下子撞在石板上,腰上一阵发麻。他倒抽了一口冷气,两眼直冒金星。

巴兹尔爵士进门时,两条腿真的一拐一拐的了。这次可不是闹着玩的。他侧过身,抹了一下额上的皱纹,扬起下颌,等待着他不应受到的赏识。他又一次发现这儿不是他演戏的场所。

安妮·马克罗里不顾手里端着只滤锅,正在大发议论,锅里的白菜汤像一条条小溪流向她的裙子。多萝茜(一个蹩脚的演员)借了一条围裙,笨拙地站在餐桌旁。她把刀具抓起来又放下,放下后又抓起来,以表明她很会干活。站在水槽边的小孩正用手指在刮油腻的脸盆上的污垢。另一个年纪更小的孩子坐在地板上,正在扯掉一只玩具马的腿。

多萝茜·亨特突然意识到有人从门口不合时宜地走了进来。她冲着来人猛一皱眉,不是冲着什么名演员,而是冲着自己讨厌的弟弟。

安妮·马克罗里并不在乎,她端正滤锅,又继续说道:"那是我们养了第一个孩子以后的事了。直到那时,他们还不肯认罗里,这能怪他们吗?他只是牧场工人罢了。"

"我们听说是个工头。"多萝茜仍旧摆弄着刀具:虽然不会搞,但她会越摆越像样的。

"从没当过什么工头。"安妮坦率地说道。她这种性格一定是在生活的艰难中磨炼出来的。她边说边翻着她被菜汤浸湿了的裙子。"等他们决定承认这个生米已煮成熟饭的事实,他又使我怀上了第二胎。"

多萝茜扫了孩子们一眼。他们不懂,或对此已很了解。

巴兹尔咚的一声在桌旁坐了下来,静等这场他没有参与的戏开场。多萝茜似乎已慢慢和他们混熟了,真是怪事!她本来不具备这种能耐,简直无从解释。不过他可以继续等待。他避开刺眼的灯光,希望他那只瑞士表和图章戒指不至于显得太不协调,使他更加丢脸。

安妮·马克罗里还在滔滔不绝地讲着,声音又高又尖,像个大姑娘。"还是父亲做的好事,他为我们买下'库杰里'。"安妮和罗里是从"柯克卡尔蒂"搬来的;"柯克卡尔蒂"是她的神话,她的"库杰里"。"当然,我也很喜欢'库杰里',但这毕竟有所区别。我敢打赌,您肯定能明白。"

多萝茜随口应了一声。她发现了布丁匙子,它们成了比一切更重要的东西。"你们在这儿待的时间还不很长?"她一边说,一边用围裙擦着勺子。"你孩子不少,可他们看来都还很小。"

"我已在这儿遭了一辈子的罪。要是让你来抚养这些孩子,你就会相信我的话了。"

"我根本就不想在这儿做个孩子。"那个在洗刷油污的小女孩嚷了起来。

母亲喝住了她。"罗伯特今年十六岁,他是老大,现在不在身边。是啊,我们接管'库杰里'已经整整十五个年头啦。"

倒是多萝茜自己没在认真地计算时间。"从我父亲过世到你们来这儿之前——这些年都发生了些什么?"

"这你当然比我清楚!你母亲请人来管,对不?尽管她不太愿意上这儿来,可还是竭力把它管好。我看这纯粹是出于感情的缘故。难道你父亲不喜欢这地方吗?"

"我想他喜欢。"多萝茜一下子脸红了,"我不太清楚。我一个人住在欧洲,和家里没有联系。"她朝巴兹尔望去,指望他会知道或者与她一样也一无所知。

"哦,是啊——模模糊糊知道些。不错——我知道。"没有人在幕后给他提示。

其实,他只知道一件,那就是把羊肉端过来:食物能填补空白。但也许永远也不可能及时明白自己究竟是何时失策了。倘若他能背几句他曾扮演过的某个角色的台词,兴许会有点用,但他脑袋里空空如也。

这时,马克罗里提着小半瓶酒走了进来。这也于事无补。"喝一口,怎么样?"他似乎迟迟不愿称呼公爵夫人。

多萝茜骄傲地拒绝了。

马克罗里为亨特和自己倒上酒。"我妻子是个圣徒,滴酒不沾。"

"最伟大的圣人就是最大的酒鬼。"马克罗里夫人厉声反驳道,一边将滤锅里的白菜倒入一只棕色薄片做成的蒸锅里。

"这话怎么讲,安妮?"

她不搭理她丈夫,只是用一只大铁勺猛刮残留在锅里的大白菜——为了一点不浪费。

马克罗里不禁失声大笑起来。"我妻子受过教育,"他数落道。他已经半醉了,为了不让威士忌给客人糟蹋,他预先喝了。

"我受过教育,对吧?"一直在抠油污的小女孩问道,胖胖的脸上泛着油光。

她亲热地走到父亲身边。他温和地答道:"是那么回事,莫格。"说着,吻了吻她,又补充道:"一点不错。"

他不那么尴尬了,他妻子的脸色亦有所好转。"每到晚上,罗里总是累得筋疲力尽,"她解释说,"那活儿太累了。"她从身边经过时,用肩顶了一下她丈夫。

等孩子们都被叫来,并都坐好了,父亲开始动手分羊肉,母亲则依次分发外皮灰黑的土豆和灰白的卷心菜。

男主人满嘴羊肉,皱起斑驳的额头,抬起脸看着演员说:"烧得老了些,是吗?"巴不得演员会应声附和。

巴兹尔爵士笑道:"你得等我先嚼上一会儿再说。"

"真有味道,真好吃。"多萝茜尽管用词不当,可一心想说上两句好听的话。

"老实说,只能说是烧老了。"马克罗里说话时,眼睛始终盯着他妻子。他是故意想惹人生气,结果却反而气了自己。

"爸爸,这好吃。"一个男孩说,不懂怎么回事,但想帮他父亲的忙。

"你当然会觉得好吃喽。"做爸爸的叹了口气,他对孩子从来都是和颜悦色的。

几个孩子都在吃着油腻腻的羊肉,有的吃得津津有味,有的则很勉强。亨特姐弟用极其自然的温情相互看了一眼。

"你们谁还要吗?"安妮发问时神情激昂,咬字特别清楚,仿佛刚从"柯克卡尔蒂"那儿来。

这可谓是一场考验。几个孩子嚷着要添,两位客人满面笑容地谢绝了。

马克罗里又可以松口气了。

现在由安妮来切羊肉。"罗里,你呢?"

他翘起头,耷下眼皮,睫毛很厚,看上去像是被粘住似的,又像是镶了一圈边。他文绉绉地表示想再来一块。

安妮给他切了一块,又故意撞了他一下;放盘子时,她特别俯下身去伏在他肩上。马克罗里夫妇仍然喜欢通过触摸表达感情,而言语则是恶魔时时加在他们嘴上的可怕武器。

吃布丁时,一个孩子哼哼唧唧地说:"葡萄干布丁我吃腻了,妈妈!"

"快吃下去!我在'柯克卡尔蒂'做姑娘时,最喜爱吃葡萄干布丁。当然啰,这布丁是太淡了些,我不想充大师傅。但吃下去对身体总有好处。那时,我们在'柯克卡尔蒂'有一个专门的厨师。"

"'柯克卡尔蒂!''柯克卡尔蒂!'"丈夫低下了他的头,"一切都比这儿的淡,比这儿的甜——都比这儿上等。只有那些篱笆还是一样。一样的带刺铁丝网。"

安妮才不吃他这一套呢。"谁不多少有这样那样的缺点?"她看看多萝茜,又看看巴兹尔,他俩笑而不答,表示不发表意见。

罗里盯着自己的指关节,白白的,只有一节有疥癣,自言自语道:"什么'柯克卡尔蒂',我只知道那儿是我倒运的起点。"他用剩余的威士忌酒漱了漱口,径直走了。

他妻子喃喃道:"罗里太累了。"她神情沮丧,面容憔悴,这个社会福利工作者到底还是被劳累拖垮了。

拉萨贝娜公爵夫人提醒诸位该休息了:她的游魂也确实倦了。

"哦,我得带您去看看!"安妮又来精神了。"罗里打算将您父亲的书房改成你们的起居室。这样你们便可免受孩子们的干扰——可以在那儿考虑你们自己的事儿。"说着她已站起了身。"我相信这会儿他已生好火炉了。来,看看去。"

亨特姐弟小心地跟在她后面。显然,安妮想为她这不争气的丈夫挽回点面子。但她丈夫究竟准备了什么?或他认为你们到父亲的书房去的想法就已经够吓人的了?

巴兹尔难以回想起昔日父亲的书房究竟是个什么样子,只记得那是个令人难堪、不咬紧牙关待不下去的地方。像屋子的其他地方一样,书房里现在空空荡荡,仅有一张破裂的皮靠椅、一张白天休息用的床。这张床要不是罩着一张褪色的印度床单也许同样是破裂的。床单上有几处被太热的熨斗烫焦的痕迹。很少有人使用的书架上书倒是横七竖八的。

"难道你们连自己父亲的座椅都不认识啦?"安妮·马克罗里谅他们不会辜负她的一片好意。

"要是如你说的那样,我母亲那么感情用事,这张椅子怎么还在这里?"多萝茜的语气又重了起来。

"我想她不带走的原因是因为它太旧了。另外,她还送给我们好几样东西,我们非常高兴。"安妮想把床单叠得更讲究点。"书也没带走。可惜我们都不是读书人,没时间看。"

母亲竟把这些书扔了,多萝茜特别气愤:这些书除了很有文学价值外,还是最名副其实的个人财产。巴兹尔对此却毫不在乎:他拖了张椅子往火炉前凑了凑,只见炉中有两大块冒着烟的木头疙瘩。巴兹尔坐在那儿对着炉火微笑着。

猛然间,多萝茜一把抓住书架,喊道:"我敢说,这儿没有一本是我父亲的。"

安妮拿出了证据。"这本里有他的亲笔签名。"

"《巴马修道院》!"多萝茜转身对巴兹尔说,"这是他最心爱的书,他告诉我的。她竟然把他心爱的书扔了,也是我心爱的!同样也抛弃了我!"她双手搓着书。"谁也不能怪我们没良心。"

巴兹尔一点也不在乎。"我从来没读过这本书——什么《巴马修道院》不《巴马修道院》的。"他太懒了,什么书都念不了,除非是剧本,而且还得合他的胃口才行。

多萝茜完全沉浸在父亲这本书里了。她一会儿查看正文,一会儿又抖落一些面包屑,再不就用手指抹抹书上的一点茶迹(会不会是陈旧的血迹?)。安妮一定已经悄悄离去。多萝茜也一定在褪了色的布床罩上坐了下来。她肯定就是这样在起居室里似读非读、似思非思地坐着。

巴兹尔此时必定已进入模模糊糊的梦乡。他梦见自己老了,就像所有其他人会衰老一样。演员可是经不起衰老的。也许,要是他在这嘶嘶作响的炉边坐太久,那么,最不幸的事情似乎就会不可避免地发生,甚至还会变为可以接受的了:他的两个妻子;那个不是他孩子的孩子伊莫金；以谴责自己的母亲来延长被他和多萝茜视为是生活的企图。

他睁大眼睛，只见她双腿蜷在那张陈旧的白天休息的床上，指缝间夹着那本打开了的书，不是书，是件珍品。多萝茜两眼直勾勾地看着他，又不看着他。他想不出什么东西使他想起他们的母亲，也不愿意多想。

多萝茜仍然注视着他，说："那个小个子好人竭力要摆脱铜像的那个别扭姿势。这是她强加于他的，是母亲想出来的最奇特的鬼点子。喂，我们难道不是很有理由吗？"在这间曾经转让给他们的父亲旧时住过的屋子里，她目不转睛地看着自己的弟弟。

他真想重新闭上眼睛，可她是不会允许的，只得采取交际场合容许的回避办法，"别谈这个吧"。他深深地打了个哈欠，使劲地过了过瞌睡瘾。"我觉得，我们不光是为此而来的。"

"我倒想知道还有其他什么原因，除非想自寻烦恼。"她笑了，"应该承认，这是最底层了，亲爱的。"

"我们受够了就溜。"

"对，我们随时可以脱身。"坐在深深陷下去的皮椅子上，面对着做出牺牲的快乐，她不知道她是否有能力那样做。

楼上人声喧闹，不像是在谈话，而像是在辱骂。

"听他们的！"巴兹尔说。

"可怜的东西！"多萝茜冷冷地搭腔。

"我们也许该休息了，"巴兹尔说，"马克罗里夫妇似乎已经躺下了。"

一晚上疑神疑鬼，最后还做了几个不算太难受的梦，多萝茜第二天清晨醒来时，头脑却出乎意料地清醒。破晓之前，她醒过一次，有身陷囹圄之感。她起身开了灯。巴兹尔在隔壁屋里鼾声大作。他们外面万籁俱寂,静谧无声。她随便翻阅着《巴马修道院》,觉得自己也许会憎恨马克罗里,尽管这把年纪的她已不再与男人往来,但看见他身子就不舒服。她读着小说,可怎么也无法使自己的心思集中在这本她所熟悉的苍白的、幽灵般的小说上。并不是说它永远在她脑海中消失了:倘若能再读一遍原著,她就能有血有肉地记起来,她的虚荣心也就会由此而得到满足。

有时在夜间,拉萨贝娜夫人才允许自己显示出本来应该属于她的优雅。床罩下,她依然俏丽的双腿交叉在一起,这是伊丽莎白·亨特不自觉地留给她的遗产。她躺在那儿,思量着如何仅仅用眼睛就使别人,先从安妮起,也许还得搭上那么一两个孩子,听她的使唤。这以后,她的桑斯维利娜漫游进了更深的世界。其中有一个精灵似乎就近在咫尺,紧紧缠住她不放。这总不能说是通奸吧:安妮·马克罗里本人已经证实这是父母亲的床。终身被禁锢在这座古堡 碰巧也是身躯中的爱 是最圣洁最高尚的 微妙无比 就连司汤达也无法察觉 除非法布齐里奥①从他的铜像中挣脱出来 那铜像的膝关节上有那么一块难看的疤啊 巴兹尔 巴斯 巴尔 巴泽尔 唯有你才理解我。②

多萝茜·桑斯维利娜醒了。天还没亮,巴兹尔仍在隔壁屋里打着鼾。莫非她曾在梦中喊叫过?她曾在书中读到,女人在极度兴奋时会尖声高叫。一想到巴兹尔还没醒,她松了口气。她怎么也无法向她弟弟解释这种无从捉摸的快慰,也无法向出现在脑海中的其他人解释清楚:已经成为雕像的父亲;那个外衣一直敞到肚脐眼的讨

---

① 法布里齐奥,《巴马修道院》男主角。
② 原文为法语。

厌的男人；对马克罗里夫人更是说不清；最说不清的还是这张床的主人，爱报复的伊丽莎白·亨特。

就这样多萝茜睡得很不安稳。

她起床动作太快：听人说，上了年纪的人醒来马上起床很危险。她本想早早起身，把马克罗里家乱糟糟的厨房整理一番。现在相反，她待在这朦胧的晨光里，在零零落落的几件家具中磕磕碰碰，听着自己焦急的喘息声。

当她跨进厨房时，她发现安妮已在厨房了。炉中火苗呼呼往上蹿，水槽旁的一叠脏盘子旁又添了些东西。因此她无法充分发挥一下她的特长。电炉上放着一只黑瓦罐，沸腾的粥从里面溢了出来。尽管屋子生着火炉，这个时候还是很冷。透过纱门缝，安妮正将碎骨头扔给院子里的一群狗。

安妮以她最冷若冰霜的"柯克卡尔蒂"口吻说道："我希望您昨晚睡了个好觉。但愿我和罗里没有打搅您。其实我们并没有吵嘴，只是在商量要不要赶几只老母羊到集市去卖。我兄弟们都说罗里不会做生意，连我父亲也这么认为。"正说着，安妮一下去掉了她话音中那种神秘的田园味，很激动地说："回去吧！您来这儿干什么？"

"想来洗洗这些锅和碟子。"

"千万别这样！那我们可担当不起啊——公爵夫人。"

"真的，只要我喝了咖啡——我可以舒舒服服地站在水槽边上洗的。不然，你让我怎么消磨时间呢？"

"哦，亲爱的，这哪是您干的活！"这位被弄得头昏脑涨的社会福利工作者悲叹道，"再说我们也没有咖啡。"

"茶也可以，我非常喜欢茶。"

拉萨贝娜公爵夫人认真地洗起盘子来了。她常常惊奇地发现自己有一种奇特的整治事务的本领，即使再杂乱，也一样能对付。

换一个处境,说不定她会成为一名忠实而累不垮的女用人①。奇怪的是,这充满谦卑的竟是她的法国自我,而她的澳大利亚自我则渴望能在少数人的极乐世界里争得一席之地。

"她是来住在我们这儿的吗?"莫格问道,她就是头天晚上刮脸盆上的油污的那个胖姑娘。

母亲心烦意乱,懒得答话。她在每个来吃早餐的孩子面前放上一碟焦煳煳的粥。给这位任性的公爵夫人,她也悄悄地在杂乱的木槽边放了一杯茶。

茶又苦又浓,拉萨贝娜公爵夫人打了个寒噤,就像她自己十足的勤劳和透过院门向她阵阵袭来的霜冷寒气使她发抖一样。

"巴兹尔爵士怎么样了?"马克罗里夫人想起来问道,但却因此变得更心烦意乱了。

"不清楚。你知道,我对我弟弟简直是一点也不了解。"确实,拉萨贝娜夫人与手中洗刷的那只盘子的内侧更为亲近。

这在可怜的马克罗里夫人看来简直是大逆不道。"我们本是亲热的一家。"她叹了口气,走到门帘边,将手伸进油腻腻的袖筒里去取暖,但又不太自在地折了回来。"罗里为小牛犊扒青饲料去了,过会儿就来。到时候我们看他怎样招待巴兹尔爵士吧。"

拉萨贝娜公爵夫人对着刚刚洗完的平底锅锅盖,眯起眼睛,噘了噘嘴。她抓着那个锅盖,活像是握着块盾牌,挡在她和非常讨厌的马克罗里之间,甚至她与巴兹尔之间。休伯特也许已不在人世了,父亲也早已作古。法布里齐奥这个人物,她每次读到他时都会产生一种新的印象,使人最难捉摸,因为睡醒时,天气的影响相当大。

前一夜的梦在她身上切开了大口子,使她感到了从未有过的

---

① 原文为法语。

痛苦。

巴兹尔爵士醒来时，霜已融化。反射在光秃秃的墙壁上的晨曦使人想起光溜溜、青黄色的苹果。在他到来之前，这屋子一定是那个孩子住的：屋角里还有一辆玩具车。一入夜，巴兹尔就听凭担架床的摆布，他已无力再挑剔了。一觉醒来，他仍然觉得疲惫不堪、周身僵硬，仿佛在梦中经历了一段远比他们在白天到达"库杰里"还要长的旅程。他继续弓着身子，以他最喜爱的姿势睡着：像是一只酣睡的袋鼠，又像是一颗萌发的豆子，或者像罐里装的胎儿。要是没人会责备他，他也许会一直这么懒懒地躺着。可这屋里的女人个个利嘴尖舌。要是那个该死的马克罗里来骂他的话，那他一定会和他干一场。现在他躺在床上，一切都无关紧要了。

事实上谁也没来打搅他。他起床后匆匆忙忙地用冷水修了修面，寻思着在"库杰里"该从那些不太相称的衣服中挑选哪件穿。他的大脑开始在周围探查起来，尽管马克罗里夫妇已经使屋里的东西减少了许多。本来，东西的多寡应该无关紧要，但事实上却事关重大。他对着松木镜框的镜子轻轻拍了拍脸，自我感觉不错。接着匆匆将薄绸领带系在脖子上，心想多萝茜不知会怎样穿戴？

他走下楼梯，吃惊地发现她已经在厨房里了，那模样远比他想象的要轻松自如。她正在整理碗柜里的物品，似乎她已经成了这座屋子的主人。

由于她已抢在他的前头，巴兹尔有些严厉地问道："马克罗里夫妇呢？"

"她刚给孩子们上课去了。他去附近什么地方了，去干他自己的活了。不过他一会儿就回来招待你呢。"

直到这时她才正眼看了他一下。他趁机做了个鬼脸。

他很坦然，但马上发现中了圈套而不安起来：多萝茜到底是站在谁一边?她将头发高高束在一块罗马头巾里,仿佛她又成了个姑娘。雨后的下午打扮一新,头巾使面容更引人注目。生平第一次,他注意到她的胳臂竟是那么坚韧有力。还有她那双手,蓄着长长的指甲,除非无聊,她一般是什么事都不干的,可现在无疑已经染上了一层房间的灰尘和厨房的油垢。不,他吃不准多萝茜究竟是否向着他,可他需要她站在他这边。

"你早餐想吃些什么?"她问。

"随便,有什么就吃什么。"

"男人都吃烤排骨。"多萝茜一本正经地提醒他。

她从装有纱窗的橱里端出了一碟干肉片,随手捡起一片。谢天谢地,他到底明白了她这样做并不是为了引他发笑。"罗里一人几乎承担了外面所有的活。"多萝茜告诉他,把手上的肉片又丢回盘子里。

"好吧,"他说,"既然是你说的,那我就吃一两片吧。"

拉萨贝娜公爵夫人很清楚自己应该做些什么。他从油味知道,她不光在烤排骨,还在一只大黑锅里熬油,准备炸土豆配大白菜丝。

蓝色的火焰,烤肉的铁钎,接着烤炉发出的火焰喷向记忆的靶子,使这幅情景更是栩栩如生。"你知道。"他想有人与他共享,"我们本可以回来——在上头北面的住处——自己照料自己。鬼知道我们在这里。"在感情的驱使下,他走到她身旁,在她一边屁股上拧了一把。

公爵夫人不喜欢这样。"小心烫着!"她喊道,"看看肉是不是烧过头了。"

它们一块块样子怕人。"烧过头了,都卷了起来。"

一怒之下,她猛地把他推到一边,让他弯着腰在一旁观看、皱眉头;她刚接触到的生活使她像姑娘时那样毫无幽默感。"肉烤得松脆些容易咽。"她非常专横自信地宣称。

她也许同西拉和伊尼德一样不把他放在眼里。在这三个目空一切的女人面前,像他这样一个上了年纪的老人和一个日暮途穷的演员,最希望得到的不是崇拜,而是尊重。

多萝茜至少还是递给了他一盘吃的。食物烧得不烂,装得又满,很合他心意。他津津有味地狼吞虎咽起来,连烤肉边上烧焦的肥肉及盘底炒焦的菜也不放过。他似乎忘了什么,多萝茜把酒瓶朝他推去,看他是否还记得礼节。然后她一声不吭地站在一旁观察,看见他郑重其事地对待面前那块不成样的东西,先是咬了一两块鼓鼓的淤血块,接着红色的东西真的噗的一声喷射出来。她转过身去,说不出是恼了还是在感叹。他那动作使他变成了一个想好吃的东西想得要命的小孩子。这时他注意到旁边还有一个老牲口贩子,浑身被雨水湿透,坐在同一间厨房里咀嚼老板的厨师施舍的一份油腻的食物。

马克罗里冷不防地蹿了出来,似乎是想用这种方式让骗子们吓一跳,从而使自己免除晚来的难堪。

他根本不理会屋里的女人,突然抬头冲着男演员说道:"我要去把送去卖的那群母羊赶来。"他隐隐约约地笑了笑,露出牙齿。"要是您想去,"他很勉强地邀请说,"您用完早餐我们就走。"

马克罗里把吉普车开得飞快,仿佛能干掉巴兹尔·亨特爵士,他自己就是死了也在所不惜。车子后座上站着一只灰不溜秋披着垫子的牧羊狗,像个老妇人似的哀鸣着,紫红的舌头一直垂到司机的肩上。

木麻树像一只只黑色的落在地上的鸟儿。当这块向前疾驰的钢铁像一把剪子插进他们肮脏的羽毛时,它们躲着、拍打着翅膀。斜坡上,一棵棵光秃秃的大树像是在维护传统的殉道精神。每当车子剧烈颠簸使人几乎折断脖子时,阳光从天空中火星般洒下。当他们蜿蜒行驶在山坡上时,一根断了头的蓟草尖从巴兹尔爵士脸上一划而过。

吉普车冲下雨水冲蚀的山脊,拐上一堵长满了已经枯萎的杂草的褐色大坝。

"那边!"巴兹尔指着一个地方喊了起来,"你可以让我在那儿下车。"

这种出奇的要求着实使马克罗里吃了一惊。他反问道:"为什么?"

巴兹尔·亨特爵士解释说:"我以前常来这儿捉蜊蛄。想在那地方逛一下。"他不敢承认的是想再体会一下让脚趾踩在烂泥里的感受。

尽管如此,马克罗里的惊奇变为了忧虑;他怎么也不能心安理得地看着他堕入歧途。"大坝里已干涸得差不多没水了。反正淹不死人。待我回来时带你回去——如果你还在这儿。"

巴兹尔一口应承。

马克罗里开足马力离去,可一会儿又折了回来,不放心地叮咛道:"我大约去一小时。"

巴兹尔叫主人放心,说他一定会充分利用在坝上的一分一秒的。

马克罗里又开车走了,脸上绷得紧紧的,毫无笑意。他本来也许希望能从客人嘴里掏出些秘密来,要不就是想陪客人多待一会儿,尽管他其实很不情愿。

大坝远处尽头孤零零地长着一棵树,比起巴兹尔·亨特记忆中的那棵小树粗大多了。他仿佛看到自己仍然可以用双手搂住树干,一节一节地往上爬,光着膝盖紧紧夹住树干。爬行中,被他压死的蚂蚁的气味和他手脚在树干上的滑动压住了荆豆的芬芳和盘旋在灌木丛中的花蕾上小山雀的欢唱声。头顶上，一只山鹊惊恐的鸣叫声渐渐变弱，有一两次掠夺者的头几乎伸进山雀窝，但又被山雀啄退。山雀蛋是喜鹊的花生米。他极想搞到一巢红色小鸟，他那时没能抓到的就是红鹊。

也许永远也抓不到。他从树上掉下来时吓得心都从嗓子眼里蹦出来了。他觉得肺裂开了，两叶肺摊在地上活像两只瘪塌的气球。手臂上的一阵剧痛使他觉得自己还活着。他想象臂骨肯定戳破皮肉露了出来。可看上去却依然照旧，肌肉组织也没有扑扑跳动的症状。他担心虽然现在没跌死，但迟早还是会因手上的伤口而死。

牧马呼哧呼哧地慢慢跑来。天哪，你在做什么呀，孩子？父亲看上去比平时矮了一截 更加气喘吁吁 他下马时 身上的马裤绷得紧紧的。怎么回事巴兹尔？他浑身汗毛都竖了起来。恐怕我把胳臂摔断了。那些发红的吓人的毛孔。你到底怎么搞的——我们不知道——自己去好好想想。一个男人，一个做父亲的手在这种情况下竟然颤抖不止，真令人心寒。要是你哭起来，他就更不知道怎么办了。把手放好。站到我跟前来。用那只好手搂住我的脖子。你挨得太近，他鼻子呼出的气喷到你身上。躺下来孩子，靠着我让我托住你。一路上，你一边靠着马肩和马鞍的前鞒，另一边贴着父亲的腹部。颠簸得很厉害，你皮肤下面的骨头发出吱吱嘎嘎的尖叫。他浑身的火气一直透入你冰凉汗湿的肌体。要不了多久的，巴兹尔我的孩子。父亲竭力想爱护他，可弄得你直想哭，又想举起扭伤的胳臂。最后你还是笑了。

巴兹尔·亨特爵士一拐一拐地朝着他曾经从上面掉下来的那棵树走去。他要在树下躺一会儿。即使父亲已不在场，对于他这样上了年纪,并且稍稍有了点名气的移居国外的人来说,这真是难得的享受。地面不软不硬,正好合适,还带有往昔的芬芳:一种蚂蚁与荆豆花混在一起的气味。

艾尔弗雷德·亨特对他十分溺爱,可他的爱给人的印象却很勉强和做作。而母亲则可能是你所爱的。她爱你时总是说:你是妈妈的心肝哟,妈妈爱你,你爱妈妈吗,巴兹尔？随后就是一阵热烈的亲吻。要不就是给些薄荷奶油,或者更丰厚些,给几个硬币。我才不信你会爱我,也许你只属于你爸爸或者你只爱你自己？于是,在莫里顿大道和"库杰里"之间,在伊丽莎白和艾尔弗雷德·亨特之间便展开了一场乒乓球赛,一来一往,总是父亲失利。

你们都加入了。多萝茜至今仍在那里打。

巴兹尔爵士睁开眼。大树的另一边枝叶稀疏,透过树叶望得见天空。他突然感到,他确实爱过谁,而不仅仅一直在逢场作戏。

他坐起身,回头望望,开始脱掉鞋子。不管这算不算是任性,他得让脚趾接触到稀湿的泥土。

四周静得出奇,仿佛万物都在屏声静息地注视着他,于是他动作更加小心了。不,他注视着他那双柔软、洁白的双脚:依旧像他过去认为的那样好看,又长又窄。这是祖祖辈辈顺着犁沟翻地,踩在马镫里骑马放牧形成的。可现在这双脚除了绕着舞台迈方步外已变得无用了。连真正走到几里以外的多佛都走不动了。也许,这正是他演不好李尔的原因吧。

大坝边上,泥地里零零落落地印着一行羊蹄印。他感到脚有点痛:真不该听凭感情的驱使,又回复到光着脚板的孩提时代。幸好此刻他看不到自己的面容,可他的双脚在尖利的泥地上小心地走着,像跳舞一样,显得很好笑。走啊,走啊,直走到松软的泥土,走到更松软的地方,走起来毫不费力,脚下发出咯吱咯吱的响声。人的肉体可不像这泥土这样会体贴人、爱抚人；在某个吉祥的夜晚，一张训练有素的嘴说出的某些只言片语也许才能与之相比。

"在这样的一个夜晚。"面对着澳大利亚的白昼，他的思绪透过神圣的黑暗，看见许多灰白的圆盘举了起来，准备接住他撒下的种子。

> 在这样的一个晚上
> 迪多站在空旷的海岸旁
> 挥舞柳枝召唤情人
> 返回到迦太基……①

他叉开双腿，把裤子尽量提得高高的，绷得紧紧的，全神贯注地倾听他自己的声音（他最大的罪恶），而他声音的一部分真的从碧空反射回到他耳中。他再仔细一听：双脚在浑浊的水面上激起的涟漪一圈圈向外扩散开去的同时，漂荡在泥潭之上，他听见红鹊扑打着翅膀向空中飞去。随之而来的寂静烧灼着他的皮肤，却正是对他的喝彩。他的艺术竟然如此和谐地和周围的环境融为一体，巴兹尔·亨特爵士感到非常高兴。

要是讨厌的马克罗里提前回来怎么办？巴兹尔爵士眉头一皱，开始旋转起来，想摆脱此种情形下虽不会受人指责，却令人尴尬的处境。一不留神，他跌倒在一个坑里，险些摔了个大跟头。他那双演莎士比亚戏剧的腿连步子都迈不稳了。脚板底下有个什么痒痒的东西使他又恢复了平衡。他记得臭肉是蜊蛄最好的诱饵。他还记得那只装臭肉的坛子，远远地放在大家闻不到的地方；还记得在

---

① 本段出自莎士比亚的戏剧《威尼斯商人》第五场第一幕。

那个复活节,他匆匆地吞下早饭,将一块腐烂发绿的羊肉用绳子系好。抓蝲蛄本身并不能给他带来多少乐趣,主要的是能使她发急:我不　亲爱的　你身上这么臭别抓住我　巴兹尔　臭孩子是吻不得的。

阳光照在流水冲蚀了的大堤上,依然亮得刺眼,使他眼睛都睁不开。另外,阳光似乎有意要捉弄他一下。斑驳的阳光反射在坝面上,映出了一只斑斑点点的老虾,一阵阵抽搐,虾钳时紧时松,伸出棕黄色的水面向他呼唤,也许是在向他求救呢。可怜的妈妈冷了。哦,是的,他怜悯她,可先得替自己着想(多萝茜不必包括在内,她很会怜惜自己)。还要切记母亲的修身哲学:一个人要是每每有求必应就会被淹没在仁慈的海洋里这等于是一种变相的自杀。一切警句格言迟早总要搞得你身败名裂。水中折射的想象中的虾钳跟放在抽丝花边床单上的现实中的手,都是使人烦恼的同样的什么东西。

那东西就在这儿,从巴兹尔爵士右脚底下的烂泥中冒出,但不是欢快地撩拨他的记忆的蝲蛄。由于整个上午,他都处在天真无邪的心境中,所以此刻精神变得不堪一击,脚下凸起的玩意儿使他受的创伤,远甚于锈铁钉、破瓶子或者锯齿般的罐头盒之类的利器。痛苦烦恼之中,他的两只手臂在空中乱舞起来,挣扎着向干燥的地方走去。他的下颚紧缩,喉头扯得紧紧的。但他一时还无法走动,只能在心中想想而已,因为双腿还深深地陷在褐色的淤泥中,随时都有患败血症、炭疽热的危险,甚至死亡也会不期而至。

他好歹爬到了堤岸上:嵌在泥土中的羊蹄印或羊齿印似乎不顾他的伤势,还在一个劲地啃咬他的脚。他一跛一跛地走向那对他不再慈悲的草地,身后留下了一摊鲜红的血迹。他的脚一直在流血不止。

怎么办好呢？在这一潭死水里洗吗？还是用一块根本谈不上无菌的手绢将已感染的皮肉包起来？巴兹尔坐在刺人的草地上，有一阵子几乎将脚伸到了嘴边，想吮吸一下伤口，但发觉自己没有肢体柔软的舞蹈家的本事，无法把脚凑到嘴边。

他也不再是孩子啦。要说是，也只是个被人遗弃的陷入自私和愚蠢而不能自拔的老孩子。他侧耳倾听，但听不见那匹可靠的红棕马驰来的响声。

待他重新振作起来以后（其实只不过是割了个口子，普通得很），他竟把那块脏手绢扎在伤脚上，包得好好的。幸亏当时没人看见，也没人听见；给人听见就更丢人了：有那么一阵子，他的想法一下都迸出来了。

晌午时分，他听见了几声狗叫。一群羊朝他走来：羊群虽然挤在一起，但跳来跳去就像纠缠在一起的一只只蚕茧。起初听不到声响，过后传来一阵阵窸窸窣窣的声音，最后听到的是喘气声。见到坝上的人影后，羊群停止不前了，带头羊急得直跺脚。满耳朵听见的都是仿佛用法兰绒布蒙着的咳嗽声。那只老牧羊狗来回奔跑，一发现情况就蹦蹦跳跳地跑过去，而马克罗里的吉普车，则用车头驱赶着落在后面的羊，像在勒紧一条无形的绳索，把羊群赶到一块儿。

他包着脚坐在大坝和这些献身者之间的一座小土丘上，与他们这一考虑周到的行动毫不相干。

最后，马克罗里才瞅了他一眼。"怎么啦？"他连嗓门都不愿抬高。

巴兹尔·亨特感到自己在这儿完全是多余的人，绷着脸没有出声。他拎着一只鞋，跛着脚朝吉普车走去，可车子却根本不打算停下等他。

"你怎么搞的？"马克罗里的话音单调，平淡无味，消失在尘埃之中。

巴兹尔爵士嘟哝道:"脚给划破了。"

"你怎么知道!你穿着这双鞋不会伤到哪儿的。英国人做的?"

"我把鞋脱了。是在大堤那边划破的。"

"天哪!你在作什么孽哟?脱鞋下水啦?"

"嗯!是在那儿涉水的。"

他们说话的时候,羊群并没有停下来。当他们继续赶着羊群前进时,巴兹尔爵士发现自己由于对主人没有好感,竟觉得吉普车也不顺眼起来。一如这受伤的演员能得以栖息的铁疙瘩,马克罗里的身躯也显得神圣不可侵犯,巴兹尔的脚开始悸动起来,但与吉普车的震动合不上拍。牧羊人不时地朝下看看:一想到巴兹尔竟在这里光着脚在水里走来走去,他恶心得想吐,惊讶不已。他透过那黑黑的、黏结在一起的睫毛斜视着那条包着手帕的腿,在他看来,它不过是一件不会伤害人的物体。

忽然他说:"一会儿就会好的。"听了这话,似乎最吃惊的还是他自己。

巴兹尔立刻听出,这是他训斥孩子的声调:此时,你已像白痴那样被当作马克罗里家的另一个孩子了。

不过这家伙也为自己的过失后悔不已,大声责骂狗来掩饰自己的情绪。那狗却似乎在嘲笑他的主人,小舌发出颤音。

巴兹尔愁容满面,伤口扑扑直跳,临时凑合的绷带上渗出了一块暗红色的血迹,实在令人担心。显然,在"库杰里"他根本不可能期望得到任何怜悯。无论是这个庄稼汉还是那两个泼妇,都不会对他怀有恻隐之心。父亲的亡魂难见踪影,母亲又不会理会他的祈祷——这不难理解。

安妮·马克罗里装作很关心的样子。"哦,天哪!——我们马上为你包扎。"她喊得如此大声，以便显示出自己在意外事故面前很坚定。

她拿起这样，又丢下那样东西，忙乱起来。"多萝茜和几个孩子一起到河边去了，一会儿就会回来。"她满怀希望地添了一句，从门帘的缝隙里朝外张望，其实河并不在那个方向。

巴兹尔可不像马克罗里夫人那么热切地盼望他姐姐回来。

高高的椅子上，一个一岁左右的孩子哇地哭了起来。刚才在一边喂她，一边将梨子装入瓶子的母亲，这时又回到了孩子身边，用一只汤匙敲打着一只塑料碟，易于消化的面包糊从碟子里泼出来，洒得附近的厨房地上一塌糊涂。

"哦，心肝！看！妈妈也吃，咱们一块儿吃好吗？那该多好啊！"这个社会福利工作者此时采用了一种她认为可以达到双重目的的语气，既亲切，又严厉。

她一不留神，将一勺面包糊倒在婴儿的脸颊上，婴儿哇的一声又哭开了。

巴兹尔爵士坐在那里看着一只苍蝇在装了半瓶的蜜梨中遭受了灭顶之灾。

"罗里哪儿去了？"他夫人问道，似乎急于想知道，可她的手仍在不停地拍打着孩子。"多萝茜倒是很靠得住。"她叹了口气。

巴兹尔爵士不禁疑惑起来：她姐姐通过什么手法赢得了这个疯女人的尊重？他真想学会这个诀窍。

正在这时，多萝茜来了，身后跟着马克罗里的两个孩子。那些孩子似乎还不想离开她，依依不舍地缠在她身边。多萝茜的裙子和一只胳膊肘上满是青草的绿渍，眼睛充满倦意和巴兹尔看来像水一样的光芒：绿荧荧、黄灿灿的。

胖莫格用手指着巴兹尔说："噢，看哪，巴兹尔把脚给弄伤了。"

另一个年纪稍大些的姑娘,由于和公爵夫人有过一些接触,看过她存放衣物的衣橱,懂得一些社交礼节,瘦削的脸一下子红到了耳根。

而多萝茜则因为光线太刺眼,一时难以辨清周围的环境。巴兹尔觉得这会儿她美极了,几乎不复是他的姐姐了。

过了一会儿,她才吃惊地发现出了什么事。"哦,亲爱的,看你把自己折磨成什么样子了!真是!"

马克罗里家的人们还在一边傻乎乎地指手画脚的时候,多萝茜·亨特唰的一下穿过厨房,冲到他弟弟的跟前解开那块脏手绢。她头垂得很低,使他一时以为她会将双唇贴到伤口上去。她的两片嘴唇向前噘去,剧烈地颤抖着。

巴兹尔满心欢喜。

"你没发烧吧?"多萝茜喊道,"说不定有点?"她轻手轻脚地检查起来,一边冷冷地下着命令。马克罗里夫人和众姑娘们都很乐意听从她的指挥。

只有那婴儿可怜巴巴地在未吃完的盘子后面呆呆地望着大家,像是在考虑该不该皱起眉头哭闹一场。

在马克罗里家的大多数人眼里,多萝茜依然是前一天晚上到达时的那位公爵夫人。他们已和她混熟了,虽然说不上亲密无间,却也可以算是建立了信赖和友好的关系,倒是巴兹尔觉得多萝茜与先前判若两人。她走近看他伤口时明显表现出来的同情,她表现出的非凡的才能,甚至比这更甚一层,表现出的权威,似乎都使他认不出来。自从她进屋以来,她还没有正眼望过他一次。

马克罗里夫人放下一只铁皮盆子,然后莫格端过来,倒上水。她给他在盆子里洗过脚后,又用珍妮特从楼上取来的药粉、药棉和各式各样不大清洁的绷带给他消毒包扎起来。

包扎完毕后，多萝茜态度又冷淡起来了。"行了。"她转过身去对安妮·马克罗里一个人表示，"我们这种土办法我信不过。我得打电话请个医生。"

现在可不是能将医生随便请到"库杰里"来的时候了；那天晚上，愠怒的马克罗里只得用吉普车将亨特姐弟送往戈岗。

当他们在暮色中翻过铁路、驶近小镇时，看见艾尔弗雷德塑像背对着他们。巴兹尔用手捅了捅多萝茜，可她根本没心思开玩笑。按理说他应该知道，他姐姐一贯是一个庄重得有些呆板的人。

由于在医生那里耽搁了好久，所以在回来的路上，他比较容易地抑制了心中想要再看看父亲塑像的欲望。他们猛地一下冲入山中，四周一片漆黑，车内弥漫着消毒药水的气味。白天发生的一连串事件和医生给他上的药使他感到头昏脑涨。多萝茜的头发散了开来，有一两次飘到他的脸上。马克罗里连声诅咒该死的道路，诅咒沉沉的黑夜。巴兹尔和多萝茜坐在车后座上，不时被抛得碰来撞去挤在一起，他们又恢复了镇定。他们仿佛刚刚参加了一次乡村舞会回来，从失望中觅得了快乐，但没有喝得太醉。

他们跨进厨房，见到的是面容严峻的马克罗里夫人。她盯着她丈夫说："我还以为你们出事了呢。"

这时，大家才感到饿了。

当他们用了在"库杰里"看来是标准的晚餐后，巴兹尔马上就上床了。白天发生的一系列事情使人们大惊小怪，过于紧张，现在这一切已开始慢慢平息下来。毫无疑问，一切都会很快恢复原样的。

多萝茜手里拿着父亲的《巴马修道院》，溜进书房。她并不是很想看这本书，只是因为拿着它可以不受任何人干扰地想自己的心事。书房里炉火熊熊，不同的是今晚的炉火是新生的，屋里显得有些冷，而且充满烟火味。她盘腿坐在两用床的破弹簧上,伸手掀掉罩在床上用以遮住裂口和变形鼓胀的皮革的印度床单。她趴在床上,从弹簧与地板之间的地方向里望去,确信没什么可怕的,便放心地坐了下来,觉得凑合着还算舒服,不过同时也,是的,感到少了点什么。

她过了一辈子舒适而孤独的生活,可这天却忙乱得几乎没有一刻独自待过:她的脖子被孩子们搂得黏糊糊的;指甲缝里还塞满了上午洗盘子时留下的油污;衣服和胳膊肘上还有青草汁染上的斑迹。如果说她还想梳洗一下的话,那无非是出于习惯罢了。不知怎么的,她对自己这副邋遢相还真有点留恋哩。她躺在那儿,漫不经心地翻着书,但一个字也看不进去。越来越高的炉温使她的胳膊感到烫得更加难受。想象中她看见一个个还魂女尸,脸上的皮萎缩得像皮革一样,出现在道路旁或坐在卡车里。平时,她一定会为这种感觉感到惊奇,可今天她自己干燥的皮肤像针刺一样,疼得要命。

当然,整个形势很不妙。无论巴兹尔起先有什么打算,他现在可能会改变主意。你得设法解救他,不是粗暴地,而是花几天时间不声不响地铺平逃遁的道路,离开这肮脏、丑陋和与他俩其实没有什么关系的破房子。当然不可能和目前住在这屋里的人一起逃,即使是你的朋友安妮·马克罗里也不行。安妮似乎巴不得离开这儿。你之所以卖力地洗盘子、喂她边吃边吐的婴孩、帮助这位母亲把半自愿半被迫地降低了的身份提高起来,都是为了这一目的。

是畜生般的罗里使这位母亲成了这副模样。

拉萨贝娜夫人极力想把自己的注意力集中到书上。她不愿让莫斯卡伯爵看见她与法布里齐奥谈话。不幸的是,一本如此负有盛名的法国名著被译成英语后,竟成了一篇模仿意大利短篇小说的蹩脚货。即使如此,父亲还是从中觅到了安慰;母亲曾这样表示过。

多萝茜躺在两用床上,脸贴在带漩涡形花样的床垫上。她闭上眼睛，决心让艾尔弗雷德·亨特的精神，他的仁慈、清白及一切美德渗透进她的身心。若不是清白无辜，他怎么会如此容易地成为一个好人呢？另一个德行高尚的人阿诺德·威勃德也一样。可他们俩没有一个是值得缅怀的。多萝茜·亨特睁开眼：也许，做一个不起眼的好人比做一个不起眼的坏人要好一些。

不，你并不坏，只是在社会交际容许的某些方面不那么诚实罢了，而且只是出于必要才稍有那么一点不诚实。这种德行是从母亲那儿继承下来的。

多萝茜决定追求艾尔弗雷德的仁慈，但同时最使她烦恼不安的却是母亲贪婪的性欲。在艾尔弗雷德的书房里，他经常清高自娱，与他的朋友阿诺德畅谈，还谈论钟表等。多萝茜睁开眼睛：周围一座钟也没有。她从来没有像现在这样无力抵挡伊丽莎白的影响。无论母亲说什么，毫无疑问，她曾经钟情于别的男人。爱德华·皮尔算是一个；更至交的，肯定是那颗落在床底下的袖扣的主人。然而总的说来，母亲的放荡也许只是精神上的：占有而不是被占有。

今天晚上怎么屋里到处都是母亲的形象？也许她死了？哦，天哪，决不会！她太奸诈、太残忍了，即使死了也难解你心头之恨。

多萝茜倾听着电话铃响。在这寂静的乡村屋子里，急促的铃声响起来时，就像电话机马上会从墙上挣脱出来似的。然而，她听到的却是一阵脚步声。她毫不迟疑地认出是马克罗里：脚步声又沉重又笨拙，不会再是别人。这正是她所惊慌恐惧的。她会出于恐惧而屈从于朋友的丈夫吗？或者是出于好奇？她还有时间考虑考虑。

马克罗里在敲门了，随后他蹒跚着进门来。

一个男人敲门后竟然不等她邀请就擅自闯入，她先是觉得好笑，接着感到很气愤。再说，她当时那副模样肯定像个白痴：直挺挺地躺在床上，头微微翘起，呆呆地望着入侵者。

马克罗里嘿嘿一笑,两眼闪闪发光,双唇湿漉漉的,比她记得的要丰满。

"让你受惊了,是吗?"

"我为什么要受惊?"拉萨贝娜夫人含糊不清地反问道。

他也不搭腔,一屁股坐在艾尔弗雷德·亨特的皮靠椅上。

只要她需要,巴兹尔完全可以救她。可她不想让巴兹尔·亨特爵士看见她和罗里在一起交谈(她甚至因为脑海里闪现出罗里这个名字而蔑视自己)。

"时间不早了吧?"她提醒道,并且还非常突然地加了一句,"难道你妻子不会怀疑你到哪儿去了吗?"

"每到夜里,我常常在她上床以后,出来转转,干它一两杯,再考虑考虑要办的事。"

听他这么一说,她仿佛真的看见他在咕咚咕咚地喝酒。他不会,或者说更可能是无法,将他不那么明确的其他念头告诉她。她只能凭空把那些念头视为一捆捆绑得结结实实,却在翻动扭曲的蛇,要不就是一堆密密麻麻的毛毛虫。她轻蔑地垂下嘴角,耷拉下眼皮。当然,还不至于没有想到她那晃动着的柔软的手腕;无论戴或没戴手镯,这手腕终归是她的财产。

像许多姿色平平的女人一样,她很自负,马克罗里不是也对自己的想法很自负吗?如果不是,他会以此来炫耀吗?也许他急于表白,他的大脑远比他那软弱无力——好在是这样,否则便是令人讨厌的——躯体管用。罗里·马克罗里的身材穿什么衣服都不合身:衣服穿在他身上使本来应该遮掩的地方变得更为显眼。

拉萨贝娜夫人使自己更全神贯注地望着自己的手腕。

"你们这些人总是骑在我们头上。"罗里忽然冒出这么句话来。他的裤子高高地缩到小腿上面。

"哪些人?"公爵夫人尖刻地问道,"你这个'骑在你们头上'是什么意思?"

"安妮·'柯克卡尔蒂'·罗伯森、巴兹尔·亨特爵士,还有你。"她意识到他在继续惩罚她,不肯叫她的名字,更不用说称她的头衔了。"你们这些人全都一个样,都是些冷酷无情、老奸巨猾、自命不凡的人。"

可怜的被玷污了的安妮!

"你和你妻子生了那么多孩子,你肯定很爱她吧?"

简直语无伦次,罗里没有答话。

"不管我个人有什么不是,"多萝茜急不可耐地说,生怕马克罗里会为她开脱,事实上,他并没有那么做的迹象,"我弟弟可是一个出类拔萃的人——一个杰出的演员。"

马克罗里说:"我可从来没进过该死的剧院大门。"

她自己也从来没看过巴兹尔的表演,可这没有关系。不会有人,甚至母亲也不会责备她的不忠,说她吝啬情感。感情不像那曲折离奇的东西——爱,感情是一种纯洁无瑕的快乐,完全是无偿的。

可马克罗里想的却完全是另一码事。"你在读的那本书——我也曾经读过几页。"他边说边扯着指节上的疱痂。

"是吗?"对真理的信仰使她一反常态,变得强硬起来。

"对我来说这本书完全是无事瞎起哄,乱七八糟。"说完又补了一句,"我一点也看不懂。"

正是在这一点上,拉萨贝娜公爵夫人被一种相对的谦卑所征服了。"应当承认,是有点乱七八糟,"她感到自己的头发根都在冒汗了,"但也确实说明了些东西——不管我们是否已经意识到了。"因为说得词不达意,她心里阵阵绞痛,床上的破弹簧像是要嵌进她背上的肉里似的。(你尽可以闭上双眼,可不管你愿意与否,你耳朵里听到的是一个男人的喘息声。)

罗里就像他坐着的那把椅子一样,纹丝不动。"我只是相信,"他说,"看得见、摸得着的东西。我看这就是我们要养孩子的原因。你有过孩子吗,多萝茜?"

"没有。"由于他直呼其名,她的声音听起来更加沮丧。

"巴兹尔呢?"

"也没有,不,他有过。我相信他有过一个孩子。""伊莫金"从来不能令人信服,眼下就更不必说了。

这时,马克罗里为自己陷入困境而不安起来。"像你们这样的人当然可以摆脱这类琐事。你们不需要孩子。你们有时间——有精力——用好话和各种打算去——说服你们自己——和别人。"

没理由说这番话伤了她的心:她的整个一生都是在极度的空虚中度过的。马克罗里:光他的双臂就引起了她的极度反感。

"他在大坝上逛了整整一个上午!你知道吗?他扯着嗓子喊叫。我看不见他,但从远处可以听到他的声音,像是在念该死的诗文。你知不知道他一个人在那儿念诗?"

"我怎么会知道?"她呼哧呼哧地喘着粗气。"他那是在炫耀,也许是自我炫耀——倾听自己的声音。"她并不存心想出巴兹尔的丑,都是这个冷冰冰的马克罗里迫使她这样做的。

马克罗里笑了,开心得像个孩子。"我真佩服老巴兹尔。"

多萝茜心里有数,两片嘴唇此刻薄得不能再薄了。"我还以为我们两人你一个也瞧不起呢。"

"对着火热的天空大喊大叫!他总能如愿以偿。"

"他应该那样,难道那不是他的本行吗?"

"还有鞋子,那双英国鞋!他很机智——这个巴兹尔!"

多萝茜说她该就寝了,她的胳膊纤细、瘦弱。她觉得自己仿佛被人无缘无故地踩踏过一样。

马克罗里在把炭火弄在一起,头也不回地在她背后喊了声:"睡个好觉吧,多萝茜!"如果说他脑袋迟钝,不善言辞,那他的身躯则是极富表达能力的;他背部的每一块肌肉都在说话。

在这间黝黑、废墟一般的房间里,响起了伊丽莎白·亨特最后的笑声。到处是裂缝的楼梯上满是她裙子窸窸窣窣的声音。上楼梯时,多萝茜走到中间楼台停了下来,头靠在一根杉木柱子上。要是母亲此时真的活生生地站在眼前,她准会伏在她肩上痛哭一场。不管怎么说,总算没让巴兹尔看见她和那个乡巴佬谈过话;他没听见她那些叛逆的话,亲眼看见她与马克罗里的通奸行为。对此马克罗里自己仍然毫无觉察。

穿过屋后的院子,不远处有几个精心设置的马厩,但如今的作用不过是使人缅怀往事罢了。藤蔓丛中有一口钟,钟面发白,早已停止报时了。不过狗倒常喜欢到这院子里来拉屎、睡觉;母鸡也常在过道上徘徊寻食。走过一条和钟楼子相连的拱道,有一座比较有用,因而还没有被人遗忘的小棚房。棚子是用铁皮和石板砌起来的,并用坚固的网架加固。整个摇摇欲坠的棚子,除了有几处风雨在铁皮上留下的锈斑外,已经变得灰蒙蒙的。

巴兹尔·亨特曾经到这儿来过好几趟。这天一大早他又悠闲地向这里走来。在"库杰里",他除了精神上的负担外什么别的事都不用管。

走到关闭着的棚屋门前,他停下来,从石板墙上拣了一两块碎片,将它们一块块地扔进布满灰尘和蜘蛛网的烟囱里。虽然这样做并不能得到什么,但他发现这样消磨时间与童年时代许许多多玩法一样十分有趣,使人感到宽心。

他扔完石子后，四下张望，看看是否有人注意到他。要是被成人看见了，他可以一笑了之，可要是让小孩看见了，那准会露馅。幸好附近阒无一人。

他把扣在木门闩上的铁锈一拨开，笨重的门就吱吱呀呀地打开了。门后面挂着一块亮闪闪的门帘，护着后面洞里的秘密。他掀开门帘钻了进去，毫无必要地弯着腰，因为筑在楣梁上的燕子窝比他的头发还高出好几英尺呐！和以前进来一样，他旧地重游而兴奋得心怦怦直跳。

隐藏在库房的阴影中，所有这些用具和机器现在更使人相信像一件件雕塑，尽管这些神秘的物件上仍然保留着其实际功能的痕迹：犁头上粘着泥；一排木头盒子里盛着一粒粒尚未播种的玉米。他掀开一只盖子，里面飘溢出一股刺鼻的化肥味。他用手触了触残存的过磷酸钙，娇嫩的指尖立即像陈年的老玉米一样皱缩起来。

他被吸引着继续往前走着：一下撞到一只虽然长满铁锈可还有弹性的收割机机座上，同时一座绿色的墙挡在他前进的道路上，一直延伸到河边的低地。他感觉到有只手搭在他的肩上，使小巴兹尔不至于掉到河里去。当时他讨厌那双使他的自尊心受到伤害的保护之手；在永远挣脱了那双手的许多年之后，他又希望能得到它们：一双有力而柔顺、感觉迟钝却十分善于体贴的手。

巴兹尔漫无目的地乱闯，总是更深地陷入阴暗之中。但他知道，自己有意留着一个角落最后才去。这儿的大部分实用机器都重又变得像过去一样成了使人讨厌的东西，但没有什么比远处那个角落装的东西更使他喜欢了。他浑身颤抖，高兴得弯下身去拣起一只靴子。他记不起前几次来时看见过它。靴子的皮面上长了很多霉菌，一般人谁也不肯把脚塞进去。巴兹尔忽然决定要穿穿它，于是就硬撑了进去。他脚后跟抬得比蜷缩的脚趾还高，跛着脚还可以走几步,但毕竟不像他想象中那么困难:他原本可以穿着这只怪靴步行到多佛呢!

就这样他跌跌撞撞最后来到那个角落,艾尔弗雷德·亨特那辆宾利轿车停在跟前等他,轮胎瘪瘪的。艾尔弗雷德这辆车子与棚子里所有铭刻在记忆中的东西大为不同,使它们黯然失色。它挺直的车篷、凸出的车灯、涂镍的外壳和那以前是鼓鼓的,现在已瘪下去的车胎,都使人想起一位被废黜了的温厚的君王,或者说是"库杰里"晚期的艾尔弗雷德。

巴兹尔穿着靴子,跳着寻找他小时候藏在那儿的铁钉,用它来继续挖掘炉中被火焚化了的蚱蜢遗体。他拣啊拣,拣得口角流涎。一个人嘀嘀咕咕,或者半啜半泣。为这个世界上发生的残杀和折磨而啜泣,也为别人尚未意识到这点而啜泣;但愿你幸运地不受伤害地寿终正寝。

"你在干吗,孩子?"

"没干吗,爸……爸爸。"克服了轻微的口吃,你的声音似乎又充满了无限的力量。但是,取代口吃的却是跛腿。

巴兹尔停止了拣死虫,以便留点下次再拣。他爬进小车。车里稀少的空气及防腐油的气味,使他几乎喘不过气来。他的手触到了齿轮,隐约觉得它还可以启动,便动手掸掉了靠背以及其他东西上的灰尘,使它们多少露出了本来面目,既雅致又奢侈。他东摸摸、西碰碰,差不多摸遍了车上的一半装置,他掀起一块胡桃木的三夹板盖:打火石的气味还残留在引擎内,这是不是他的臆想?不,没错:圆而狭长的玻璃瓶内肯定还有香味。她很讨厌那些在开车的路上还要涂香水的丑女人。她自己是否也用过这玩意儿,像她轻蔑地称为"社交女人"那样呢?人们有时会干自己最反对的事。只是虚饰一下,亲爱的,闹着玩呢!

他们沿那同一条望不到尽头的车道开进戈岗。他俩从两边压过来,使他几乎无容身之地:不管怎么说,他毕竟是他们的小儿子啊。天色多可爱,艾尔弗雷德,山峦显得格外温柔。因为是个男人,爸爸说好天气使样样东西都变得温柔可爱了。他说这话时声音像是在和母亲窃窃私语:略微嘶哑而带有节奏。母亲坐在那儿并不朝群山看一眼。过了一会儿,她笑了。有些话我怎么也不会对大夫说——至少不会对特里威克大夫这号人说出"乳房"①这两个字。父亲一笑,喷出一股烟。这有什么不可以的,贝蒂,我觉得很正常。烟味从你头上盖了过去,像是一座桥。哦,是很自然,我也承认。她向他伸过手去,可一眼看见我夹在中间,就又缩了回去。因为在开车,他戴了一副羚羊皮手套,手套的后截在手腕处翻转过来。戴上手套,除了有只手上紧紧地束着根表带外,他的手腕显得光秃秃的。爸爸的手腕附近光溜溜的没有一根汗毛。母亲突然想起了他们的小儿子,看哪,巴兹尔,亲爱的,看那些羊羔,难道不可爱吗?都是些刚刚出生的小羊羔。你说他听懂了吗?父亲开车很细心,每逢驶到水坑前,他总是要将车速减慢。他肯定不懂,你又没发音。他们又互相取笑了一会儿。

车继续朝前开,风向开始变了。迎面刮来的风吹得她的薄纱裙飞舞起来,飘拂到了你的眼球上。

还没有哭出来,可眼泪已淌了下来。巴兹尔·亨特爵士不得不掏出伊尼德在圣诞节送给他的手绢,擦去渗出的几滴眼泪。

"是巴兹尔吗?"

声音极其真切,比那人影更令人毛骨悚然。声音反射在门道上

---

① 此处"乳房"的原文为 B-R-E-A-S-T,是为了防止孩子听懂而在交谈中将单词拼出而不发音。故后文会出现讨论巴兹尔是否听懂了的对话。

遮光的门帘上,消失在黑暗之中。他真傻,竟忘了掩上门。还好,没让她看见他蹦蹦跳跳的场面:多亏堆积在他俩之间的长满铁锈的机器成全了他。

"你在干什么?"她问道,换了别人也会这么问的。

"没干什么,"他有些火了,"看看这玩意儿。你记不起父亲的轿车了吗?"

"我?我想还记得。"

他早就发现女孩子的记忆没有男孩子强。尽管她背着光,他看不清她的脸,可他知道多萝茜的表情肯定与其说话的口气一样,俨然是一位老成懂事的姑娘那副极不赞成的模样。

她绕过横七竖八的机器走了过来,缩着本来就很窄的肩,用一只纤细发亮的手将扁平的胸脯压得更为扁平。他三下两下爬下车。尽管他俩已成了生死与共的难友,他也不能让她对这一系列不断闪现在眼前的景象和情感有丝毫的觉察。

她刚要走到面前,他将车门砰的一声关上,背对着镀镍的车身站在那儿。

"我想和你谈谈,"她说,"这地方对我们来说真是再隐秘不过了。"她四下望了一下,身子微微一抖。

他心里明白,她打算谈论的任何事情他都不想听。

多萝茜确实用心谋划了一番。她几次看见巴兹尔钻进棚屋,就动了这个念头。这天早晨,她避开了众小孩的耳目,躲在贮藏室的窗帘后面窥探。那儿不时飘进一股牛奶味,使她烦躁不安,可她还是坚持了下来。

现在总算和她兄弟碰到一起了。她觉察到他并不欢迎她。干涉他个人的娱乐向来使他难受。

正因为如此,她一边小心翼翼地用长长的指甲顺他外套上的一条长缝刮着,一边说:"我想就我们目前所处的情况谈谈。我们得摆脱这种状况。我的意思是说,我们不能没完没了地白吃人家的饭。"她双手不停地拨弄着那条长缝,想到自己考虑周全,她竟称心地笑了。

置身于剧场之外,巴兹尔总喜欢采用拖延的方法,所以他不以为然地砸了声舌头。"白吃?你可不能这么说呀,嗯?他们将首先注意到这点。马克罗里是一定会让我们知道这一点的。"

"马克罗里,那个天下第一号受虐狂?他也许正在默默地烦躁不安呢,过了这么多个星期。你以为才多久?"

他俩谁也不打算做一番认真的计算。

"无论极乐村要多长时间才能提供一个空位子,我们得过我们的生活。"多萝茜看了巴兹尔一眼,想得到他的赞同。他从她的眼神里看到了自己的担忧,不想把事情讲得太露骨。

"我们本可以简单地一走了之,"她说,"远远地离开'库杰里',我是说——离开这个不属于我们的国度。"

"但我们没有这样做。"他这样说的时候,发觉她一直在提防着他说谎。

现在她真的失望了。"这地方对你可能有好处——这你也许不打算承认。"她提高了嗓门,以便从喉咙里挤出讥讽的口吻来,"我一向恨——恨这个地方!"尽管尘土和蜘蛛网使这间棚子与世隔绝,它也无法吞噬多萝茜的喊声:声音经久不息地回响着。

似乎是他出卖了她。

"嗯,好吧,"他边说边把她引向大门,"待我们什么时候心平气和了再谈。"他无可奈何地在她身边一跛一跛地走着。

"你怎么啦?"她倒抽了口冷气,"你的腿不方便?是那伤口?哦,亲爱的,我以为它已经治好了——完完全全地好了呢。"

"这跟脚不相干。"两人都停了下来,朝他那隐没在阴影中的下肢望去。"是这只靴子!"他们并没有移步,可他却做出要跌倒的样子。

"靴子?"她乜斜着眼,双眉紧蹙,两个眼珠直勾勾的,流露出一副对某个突如其来的不明之物的极其厌恶,甚至恐惧的神情。他肯定有什么地方惹她生气了。

她转而急急地向门口走去。

"我拣来就穿上了。"他高一脚、低一脚地跟着她,极力为自己开脱。"也不知着了什么魔,我执意要试一试。无非是一时冲动,就这些。你从不冲动吗,多特?"

"不知道,反正我是不会这么干的。"

他撞到一台松土机上,然后赶到了她身边。

"现在我要脱掉它了。"

"哦,巴兹尔,你疯了吗?"她嘶声喊道。

他一下子坐在一块很多疤痕、像是木头墩的东西上面,使劲地脱那只惹事的靴子。"好吧,就算我是个大傻瓜!"他脱得直喘粗气,"行了吧?还难过什么?"

要是脱不下来怎么办?根本没有能脱下来的迹象;天生的残疾也决不会连得这么牢。

"多萝茜——你得去——拿——一把——刀来!"吐出这几个字也费了他好大的劲。

"刀?让我怎么对他们说?"他姐姐的话毫无幽默感。

她也不管自己穿的是长筒袜,一下子跪在尘土和树皮碎片上,动手扯那双肮脏的靴子。"要是我们不能,你我之间——我们都不——那么——"她吞下了后半截话,纤长易折的手指甲戳到霉花花的皮子里面,用力往下一撕,就像他们孩提时代力争自由、自我辩解时一样。

拉萨贝娜公爵夫人一下子侧倒在地上,手里拿着他俩齐心协力从巴兹尔爵士脚上拽下来的那只靴子。

"你怎么会?"她气得说不下去了,"你这只蠢驴,巴兹尔!"她拿靴子捶打着尘土,几乎是在哭喊,可又好像是在笑。"只有上帝知道你是个什么样的演员。哦,在骗……骗大家!"她呜咽着说不出话来:她的澳大利亚自我又在折磨多萝茜·拉萨贝娜了。

"是的。"他承认。

他把她扶了起来。

当他们俩冲过遮光门帘时,她平静了下来。

"我们是该好好地考虑一下。"他应允道,说着还使劲拧了一把她的胳膊肘。

多萝茜心里明白,该考虑的还是她自己。"你没关门,回去把门关上好吗?马克罗里也许最不喜欢让门开着。"

"好吧,"他同意说,"我去关门。"

一瞬间,多萝茜觉得最好他先找到他另一只鞋子,这他也意识到了。否则光穿着袜子走过大院,说不定会碰上主人,受到指责。

于是,巴兹尔再次返回棚屋。公爵夫人径自走了。这样做更好些:有人看见,也不会说他们有什么密谋。

安妮·马克罗里郑重其事地说:"多萝茜,我不知道,你没来的那阵子我们是怎么过日子的。"

多萝茜咬断一根线头。

安妮不停地数落起他们的德行来。"还有巴兹尔,他确实是一个好伙伴,罗里很赞赏他。"

要是她的手抖得不那么厉害,多萝茜本可以重新穿好针的。

"我觉得所有的演员,除了演戏就一事无成。"其实,她根本就没碰见过别的演员。"据我观察,巴兹尔不同演员在一起就很不自然。"这时,她的声音骤然绷紧。

安妮有点莫名其妙:"你怎么啦,亲爱的?"

"我戳到指头上了。"她撒了个谎。

简单吃完午餐后,两个女人一起上楼来到仍旧是针线房的屋里,为女孩们翻改衣服。("你真会想,多萝茜。今年这些可怜的小家伙可以穿得像个样子了。")多萝茜·亨特以前常坐在这间屋子的一个角落里恼恨自己竟会屈服于怒骂、指责。过了多年,母亲依然栩栩如生地站在那儿,身上叮叮当当地布满别针和彩色丝线。还有这张桌子,多萝茜和巴兹尔言归于好时常在上面用火钳刻自己的名字。巴兹尔还非常乐观地在名字周围刻了一颗不对称的心。

一束冬日的阳光和一只味道很大的煤油炉,使两个女人干活的这间空荡荡的房间暖洋洋的。地平线异常清晰,低洼之处一定开始结霜了。晚上肯定又会冰冷刺骨。

"你真的喜欢缝纫吗?"安妮恭恭敬敬地问。

"我喜欢的是裁剪。"多萝茜应道。

她喜欢听笨重的裁衣剪子的咔嚓咔嚓声,而且她也还是个出色的裁剪手,这是她不久前才听人说的。经她朋友一提,她惊奇地发现自己在不少方面都比别人强。

她对着快要完工的衣服蹙起双眉,凑到眼前特别近的地方察看。其实她的眼力很好,根本不必这样。显然,只要她肯留在这个爱与信赖的小圈子里,她肯定不会有负众望的。但一想到自己许诺要做的事使这成为不可能,心里就不免一阵难受。一如周围的群山会在寒冷中被压得萎缩,一如屋子里生锈的炉子会渐渐冷却,朋友们对她怀有的爱似乎也会更加强烈,使她更不配。

安妮·马克罗里和女孩们对寒冷已习以为常了，但多萝茜谈笑之间擤了一把早就想擤的鼻涕。"角落里的那个破模特儿——还有什么用吗？"

安妮抬头看了一眼说："没什么大用处，我们用它来插针。"

"我奇怪你竟会觉得那也值得保留。我们小时候把它当作妈妈的化身——当时它在缝衣间里倒是必不可少的。现在它也许已满是蛀虫，成了朽木，你或许可以叫它危险之物吧。"

"我倒没想过这些。反正，它一直在那儿。"

莫格说："我们给它穿上衣服，好吗？珍？"

珍妮特冰冷、苍白的面孔唰的一下红了。她正在急不可耐地等着穿公爵夫人（她的朋友！）给她缝制的新衣服。

多萝茜头低垂在衣服上说："你们还记得那些扎满针的小人吗？你们用蜡做出那些小人，把它们扔进火里——那些你们希望早死的人据说就死了。"

安妮说："不，我不知道有这事儿。真是迷信透顶！不管怎么说，我们并不盼着谁死。"

"他们真的死了吗？"珍妮特问。

"看来是吧，只要你心诚，准会灵验的。"

莫格在模特儿上又插进了许多枚针。"你试过吗？"

"没有，"多萝茜说着，眼睛望着窗外看不见的景色。"我只知道有个人做了个小人，可是没有勇气把它烧掉。我想她或许觉得自己正在变得越来越小——实际上她亲口告诉我说凡是动了这种邪恶之念的人都会萎缩干瘪。"

像一群化为琥珀的苍蝇，马克罗里家里的人个个僵直地钉在那儿不动。有好一会儿，屋里死一般的寂静。后来安妮蠕动了一下，看看手表，又拧了一下。"瞧，我们一副病态！"她哈哈大笑着回头望着窗户。

"珍妮特的衣服总算做完了。"多萝茜抖了抖衣服,拿给她们看。她自己也因多少做了点好事而感到宽慰。"美中不足的是缺根腰带。"

"是啊,"安妮说,"珍妮特用蓝的好,"她心不在焉地信口答道。广阔天空使她感到茫然。

"我不喜欢蓝色!"珍妮特火了,一把抓过衣服贴在身上,弄得新衣服皱巴巴的。"你知道我要红的,妈妈。"

安妮身心交瘁,哪还顾得上考虑这种小事,就说:"蓝的你穿好看,亲爱的。红的看上去——嗯,有些古怪。"

"你怎么知道我穿什么合适?你怎么知道我穿蓝的就不会显得古怪呢?"

珍妮特朝多萝茜投去求援的目光。她爱多萝茜,并认为只有她才理解自己,才会替自己说话;而多萝茜明白她最多只能为珍妮特缝上一条红边,以后则只能在远方与她保持通讯,直到衣服穿烂。

母亲叹了口气,说:"红的就红的吧。"

莫格·马克罗里躲在模特儿后面唱起歌来:

> 红袍红袍,他穿红袍去睡觉,
> 蓝衣难看她也穿着去上床。
> 唯有紫色大褂谁也不想要!

唱到最后一个字,她将剪刀戳进模特儿身上去。顿时,发出一股霉味,真叫人失望!她原来也许希望得到更有意思的东西,比如虫子,或者血什么的。她又用力戳了一下——还是没有什么。

莫格的母亲似乎对腰带的颜色并不过于计较。她忧虑别的事情去了。

"呀,都这么晚了!"她走到窗前吃惊地发现,"罗里开车出去了。他从不告诉家里一声有事上哪儿去找他。屋里万一出了什么事呢?或者出那种事呢?"她打开窗,把头伸出去。"他会翻车——压死自己的。哦,我们确实听说过某人曾摔断了腿,最后被人发现躺在布满白霜的草场上。罗里这个人从不替别人着想——最不会替他的妻子着想。"

灯光的照耀和她与丈夫间的挚爱使安妮·马克罗里显得神采奕奕。多萝茜竭力不让自己妒忌朋友这不花一分一厘钱增添的美。

莫格嘟哝道:"要是我折断了腿,我就到乡村医院去,那儿的护士长和护士们会为我忙得晕头转向。我开刀摘扁桃腺时,有个护士总让我和她睡一张床,把我搂着睡。接好断腿比切扁桃腺要的时间长得多。"

珍妮特本想就这么个令人难堪的家而向拉萨贝娜公爵夫人道歉,但是不知道如何开口,只好等公爵夫人做点什么或说点什么以缓和一下这种使大家心乱如麻的场面。

但是多萝茜一动不动地坐在桌旁。最后还是安妮起身走近她,握住朋友的双手,说:"天哪,你是怎么看我们的呢!这段时期也真够你受的!"这时,安妮在高处摆来摆去的脸仿佛要贴到多萝茜脸上去了。

多萝茜耸起肩膀:被人吻,使她觉得别扭,所以她总是竭力避免。"过了好长时间了吗?"她从安妮手中挣脱,"哦,一定很久了,真对不起。"

"我可不是那意思!"安妮为自己的笨拙而懊恼地哼了一声。

针线房的门上挂着一本当地药商印发的日历,自从二月份以后,日历一直没人翻过。

"可事实上是这样!"多萝茜执拗的声音嗡嗡直响,"这本日历可以作证!"

在她决心与自己的意念抗争的过程中,椅子吱吱嘎嘎发出一阵尖叫,随后砰的一声歪倒在地上,被身子压弯的木头弹了两下。

她两只胳臂在地上挣扎时,大家笑得声音都变了调。这时,莫格喊了起来:"哈哈,我抓到她的腿了。哎呀,像条铁丝!"

珍妮特用她冰凉的手捂住了朋友的双眼。

"不,多萝茜,亲爱的!你是我们的,我们需要你!"安妮喘着粗气,极力想把话说清楚。"这你知道吗?"

多萝茜只知道这时得把日历拿过来。莫格在那日历纸上画了许多乌黑的纹线,宛如天书。她得一页一页撕下,直到弄清事实真相为止。

她真的把三月份的撕掉了。然后,就被作为他们的女拉奥孔①抬着穿过门道,下到一个楼梯平台上。一路上,大家推推搡搡,笑闹个不停。似乎还有人在哭泣,或者听起来很像。针线房里取暖用的火噼噼啪啪地响着,伴随着他们从窗下经过走下吱吱作响的楼梯。那声音嘶嘶作响,像是有人在艰难地喘气,一直当他们走到更黑暗的地方,这种声音才完全消失。

莫格还在不停地念叨:"她像是条铁丝!我就想变成这样——做个角斗士——或做个杂技演员。"

当他们下到底层石头路面时,听见汽车开进并停在大院里的声音。女人们赶紧闭上嘴巴,动手整理头发。

"是罗里。"安妮认真地喃喃低语。

---

① 拉奥孔,希腊神话太阳神阿波罗在特洛伊城的祭司。他警告特洛伊人提防希腊人的木马计,因此触怒战神雅典娜,使他和两个儿子一起在一次祭祀中被两条巨蛇缠死。

莫格还是不住地嬉笑打闹,露出她的肌肉。"或做个拳击师!"多萝茜认定这孩子神经不太正常。这也是她想摆脱"库杰里"影响的原因之一。

"别听她的。"珍妮特请求她朋友公爵夫人。

也许电话会突然响起来,你没有一刻不在倾听它的响声。它一响起来就响个不停,像是要从墙上挣脱出来似的。

安妮跑了出去,不是去接电话,而是去接她丈夫,把他带了进来。多萝茜断定安妮肯定在他嘴里塞了圣饼,因为两口子都显得那么温顺,好像刚刚参加了圣餐回来,罗里嘴里还在嚼最后的一点圣餐哩。

"多萝茜像往常一样一直在帮助我们。"安妮竭力把后来才想到的话说得很虔诚。

马克罗里总算对客人挤出了一点笑容,可立刻又为咳嗽吞没了。

拉萨贝娜公爵夫人表示要去梳理一下。她垂下眼睑。她也许犯下了渎圣罪,感到浑身被松针刺着,同时,又仿佛觉得有无数柳条抽打在她身上。此时,她弟弟巴兹尔又不在身边,无法与她共担耻辱。

莫格·马克罗里一边大声吼着"呃——呃——呃",一边把她那个头发剪得短短的脑袋朝公爵夫人的大腿上钻。

两位家长沉浸在柔情蜜意之中,没有制止或为自己的孩子向她道歉;而珍妮特不大明白是怎么回事,躲躲闪闪的。

棚屋那段插曲以后,巴兹尔注意少与人接触。但冬天的阳光驱散了寒冷,使他又振作了起来。气候恰如不断减少的自由,儿时开学前返校或是幕布拉起前半小时,都会有这种感觉。尽管如此,他的意志却从来没有像如今这样不受任何形式的意图或要求的限制;而他与别人生活中发生的一切毫无关联则缺德得既令人厌烦又令人欣喜。

中午时分,厨房里女人喊喊喳喳的声音渐渐消失之后,他三分饥饿七分习惯地偷偷溜进去,撕下一片面包,掰下一块奶酪。他大口吞咽着淡面包和乏味的奶酪,一手抓过自己的书,趁着别人没能夺走他此刻需要的幽静之时匆匆地离开厨房。

在原先是果园的地方,他感到十分紧张。那儿有树丫形成的树棚;被阳光和寒霜刷白了的草地;四周布满木莓的枝蔓和光秃秃的草莓丛。他躺在那儿,说不上是理解,但起码也是在研究他的脚本。他真蠢,把它带来"库杰里",使自己回想起过去的失败和挫折。当然,演坏一个角色总比演坏整部戏强:宁可演不好李尔王也不愿受来自杰克的威胁。

他于是不断想起自己做过的错事。这些铁石心肠的人是自然因素造成的吗?这些名词有的像石头一样反弹在他身上;另一些则融化在他沉睡的皮肤上(我心中唯有一处为你感到歉意);另一些则在睡梦中变得支离破碎(你就是那物体本身;没有人理睬的人还不如一只可怜的叉在叉上的光溜溜的动物)。根据《圣经》,现实是疯狂的暴君,而不是年迈的皇后,他的王冠不会一摘就掉,他呆滞的眼睛不时发出大理石般清澈而冷酷的光芒。

即使刚醒时,梦中的内容他也想不起来了。鱼或是鱼贩子?或者是墓地。在原来四周是围墙的果园里,地面肯定很坚硬。他本来很喜欢李子的香味和清脆的声音,可反倒挨了一顿鞭子,粘了一身刺。西沉的夕阳还徘徊在风化了的砖墙上不肯离去。而他的睡衣也因梦魇而揉皱汗湿了。他醒来后全身紧张得发直,而后又感到很冷。于是,站起来,将书塞进口袋,穿过金色的夕阳,以免有人找到他。

恰如果园一样,小河边也自然充满夏日的各种声音。

每当他想到"库杰里"的小河,就免不了要想起河边葱茏的垂柳。然而(现实总是现实,无论是对暴君或笨拙的演员全都一样),现在,等待他的却是一只只铁笼。无疑,这些铁家伙传递着某些暗示,敦促人们考虑如何逃脱。

他挑了一个笼子,在里面可以跪在河边坚硬的泥地上。他小时候常常这样探出身去饮水,然后也不管舒服不舒服地躺在那儿,注视着自己的倒影。今天晚上,他跪在那儿,搅动着褐色的流水,还痛痛快快地往脸上泼水以便洗去沾在上面的污垢。水急速地流过水底的石头,他鼓起勇气抬头向前望去,在这条光亮的隧道的另一头可以看见自己的面孔。坦率地说,他一生曾有一两次考虑过自杀,可都没有死成,两次都因河水太浅,不管怎么说,他天生不是想自杀的那号人:戏剧性的举动要有观众欣赏才能使人信服。

想到这,巴兹尔暗自觉得好笑,同时意识到有人寻来了。

"巴兹尔?"

她走过来了,脚下的枯枝被踩得噼噼啪啪直响,要躲开他的姐姐是不可能了。而这次他跪在地上,比上次玩弄那辆旧车更显得狼狈。

可是,没有迹象说明她想占他的便宜。她走近时,身子似乎在微微颤抖。她今天一反常态,换了衣服去吃饭,到"库杰里"以来,这还是破天荒的头一次。她本想穿简朴一些以免惹人讨厌,可拉萨贝娜公爵夫人就有这种天才,将人们的注意力引向她并不华丽的衣着。她那一身紧身的白衣在马克罗里家空气混浊的厨房里显得格外耀眼。他以前没见过她穿白衣;以前他只知道她是个永远那么年轻的寡妇,一个很会讲排场的法国女人。

她双手抱胸,显得很随便。"我们已经开始怀疑你为什么要撇下我们了。"她说话时轻声柔气的,却有点儿一本正经的味道。

"我们?指的是谁?"他站起身,对受过伤的膝盖特别留神。

她不做直接回答:"安妮担心丰盛的晚餐会没人吃哩。"

"她招待我们吃什么?"

"你猜?"

分明她也没心思开玩笑。

接着她将脸贴住他的脸。他觉得她皮肤滑腻,使她的热情显得更为亲切、自然。他们之间的关系现在已变得亲密无间了,他们也认为这是理所当然的。

亨特姐弟于是手拉着手一起往回走。他们互相依偎着爬过堤岸,又饶有兴趣地一起涉过干涸的河床,踏着冬青草回到他们的住处。

安妮·马克罗里送孩子上床后,又回到了厨房。她丈夫和客人仍旧坐在那儿,面前是一大堆吃剩的葡萄干布丁。

"你们爱吃吗?"她觉得应该问一下。

他们正在专心致志地听安妮的丈夫讲些什么,多萝茜不愿搭理;巴兹尔使劲揉了一下眼角,算是做了答复,并希望得到谅解。至于安妮·马克罗里,她觉得将食物摆出来请客就算尽了本分,他们爱不爱吃则无关紧要;也许她的生活经历或者她的苏格兰出身使她相信人是为了活命而不是为了享受才吃东西的。

罗里还在滔滔不绝地讲着。这她一开始就看出来了,因为她对此已习以为常了。

"安妮会说我喝醉了。"马克罗里说,"可一个男人——特别是一个血气方刚的男人——总应该将炉火烧得旺旺的。"他瞒着别人喝下的酒在他眼里闪着光芒,可他却连酒瓶都没让他的客人见过一眼。

安妮说:"我不敢告诉你们什么特别的事情——不管怎么说,不是什么要紧事。"

她在一桌残羹剩肴旁欠身坐下,两个胳膊肘夹得紧紧的,双手插到沾满灰尘的蓬乱的头发里。她说起话来很拘谨,看上去一副醉态,其实她根本没喝酒。她本可以尽情地醉一醉,发发脾气,对抗一下罗里的烂醉。

"特别是寒霜降临时,"马克罗里说,"男人尤其需要借酒浇心。"

"要是在夏天呢?"他妻子问道。

"夏日里酒便是第二活力。"马克罗里为自己的话而哈哈大笑起来。

坐在一旁倾听他们谈话的亨特姐弟也疑惑地笑了。他们紧抿着嘴,唇上沾满羊油,不住地打着哈欠。

巴兹尔的舌头在嘴里翻滚,感到很惆怅。他仿佛站在伦敦某个火车站熏黑的屋梁下,等候着列车将他送返不成功的中部巡回演出。他闭上眼睛,想把这种沮丧的心情抹去,然而却发现自己的舌头还是在那因吃羊油而发腻变厚的口腔里翻滚,好像是在一条鲸鱼的肚子里:与《圣经》里约拿的鲸鱼不同,把它吞下肚去的鲸鱼也许至死也不会将他吐出来。

情绪低落之中,他听见马克罗里家的人还在那儿唠叨。"我们的儿子罗伯特——我们老大——你们没见过他,"马克罗里说着对客人咧嘴一笑,为自己的疏忽表示歉意,"是一个整洁、事事有条不紊的小伙子——又很冷静——他将做到他父母做不了的事。"

安妮的鼻孔抽搐了几下,闭上了眼睛。"小罗伯特是地地道道的罗伯森家的人。"

"你身上罗伯森家的味道是否太多了点?"她丈夫咬牙切齿地说道,"太'柯克卡尔蒂'啦!"他身子斜过桌面做着鬼脸。

安妮仍然没有抬头看他,只是笑着回答说:"以前是这样!"说完她睁开眼,微笑着看了看她的朋友多萝茜·亨特,然后又把头转向她丈夫,两只胳膊肘在餐桌上插得更深了。"你以为我这是在抱怨我最引以为豪的东西被消除了吗,罗里?"

罗里不安地蠕动起来,把头皮抓得都露了出来,发出像扫碎玻璃似的声音。"罗伯特一定很有出息。"他打了个饱嗝,听上去像是在轻声呻吟,伸手抓了一两下胳肢窝。

安妮用胳膊肘撑着,摇晃着身子。"我认为当父母的最好别过早地给孩子下结论。"

拉萨贝娜公爵夫人感到有些尴尬,从桌旁站了起来。她原以为也许不会有人注意到她,但这根本不可能。于是她便寻找起自己的手提包来。她忘记把它搁在哪儿了。要是现在能找到,手里多少还有个东西拿着。

马克罗里还在那儿着迷似的数落着。"他是注定会成功的。他继承了他祖父的沉着、冷静的气质——又从他父母可怜的失败中吸取了教训。"

多萝茜终于找到了手提包。

"罗伯特很富有,就像这位法国公爵夫人和这位爵士演员一样。"不管他说这话是出于自卑还是伤感,亨特姐弟的注意力却集中到了鳄鱼皮手提包和一副红玉及镶有金银丝边的袖扣上。

多萝茜口干舌燥,几乎透不过气来,简直想不顾巴兹尔是否仍然想抗争下去而退出这场成功的赌博:作为一位演员,他也许决定奉陪到底,而她却觉得马克罗里夫妇对她既不妒忌,亦不憎恨,而是相当敬重。尤其安妮,对她更是爱慕。

她的性格或相貌不可能有那么大的吸引力。那么是不是因为她的白连衣裙?这衣服一点也不做作,她认为它和她别的衣服一样,毫不华丽。安妮似乎对它很感兴趣;马克罗里眼里则流露出了爱慕的神色,不是爱她这身衣服,也不是爱衣服下面的身子(她心中有数),而是爱她所代表的那个人。

这时安妮解释道:"多萝茜,我们只见过你母亲一面。她开车上这儿来,那是她和我父亲刚做成这笔买卖不久。我怎么也忘不了她。当时她也穿着一身白的。"

多萝茜话音有些恼怒:"她即便上了岁数,还爱矫揉造作地穿一身白衣服。"

巴兹尔不禁动情地想替他母亲说上几句:"她总忘不了演戏的那一套。"

"据我看,亨特太太有些轻佻。"马克罗里慢慢回忆了起来,"她问我,我们以前是否见过面。后来她确定我们是初次相遇。不管怎么说,她希望我们能再次见面。"马克罗里的眼睛和嘴唇都在回味着也许他仍在细想的情景。

安妮却不慌不忙地说:"是的,她喜欢逗引人,不论是男的还是女的。即使你明知她的用意,也没有什么关系。你被她那两只眼睛搞得神魂颠倒。那双手更是诱人!还有她那甜蜜的声音。"

"她人不错。"马克罗里承认。

"我很爱你母亲。"安妮说。

现在,他们目不转睛地盯着的是她的女儿多萝茜,巴兹尔抬起头来也开始注意她了。老天在上,巴兹尔难道就不爱伊丽莎白·亨特吗?多萝茜·拉萨贝娜尽量想用两只手臂遮住自己的身子,不过这样也许只能使人以为她肚子痛。

巴兹尔还在不断打量她的时候,电话铃声响彻了整幢房子。安妮起身去接电话;今晚她穿着一双男人的毡拖鞋。多萝茜打开手提包,取了一面镜子,却不敢照,也不敢看她弟弟一眼。

安妮没去多久。"又是埃米莉太太打来的。她对我说没人能理解她,问我能不能帮助她。"

"你回来这么快,不可能帮她多少忙吧。"

"我告诉她最好还是找其他人去。我们已破产了。"

"破产了!"马克罗里将手中的勺子猛地敲在盘子边上,敲得那么用力,把盘子都打烂一块,碎片飞了起来。

"啊,天哪!"安妮笑着,靠在她丈夫身上,然后俯身拾起碎片。她说她想睡觉了。

巴兹尔也离开了厨房:响得像警报似的电话铃声使他感到很不安。马克罗里也摇摇晃晃地走了出来,那缓慢笨拙的模样显然表示,无论他妻子无声的劝诱还是客人的光临,都无法改变他真正的私生活。

这时,多萝茜为自己一直盼着能来个电话把他们唤回去而感到羞愧,同时也因自己穿着这身洁白的衣裙而害臊。她一时竟迁怒于自负高傲、不知天高地厚的马克罗里。直到他离开屋子后好一会儿,她还在生他的气。烈酒使他更霸道了,他眼露凶光,额上青筋突起。他那一身肌肉更令人讨厌。她还讨厌他身上的气味,他的汗毛更使她恶心。

她原来平静的呼吸变得急促起来。

她不仅对马克罗里的肉体反感,还不喜欢他那样提到母亲,说她怎样从车上(向马克罗里家的人)走下来,(刚才这一番话巴兹尔听懂了多少?)穿一条白连衣裙。当你在母亲屋里穿上这身衣裙时,镜子是否意识到这就是亨特的裙子呢?马克罗里暗示母亲是色情狂的那些话是为了掩盖他的真实想法。你是第二个色情狂吗?一个尚未有机会施展自己本事的色情狂!一旦上帝知道你在那方面的所作所为,他也会嫌弃你的。即使光有意念也是罪恶的。(巴兹尔刚才盯着什么?)瘦削的胳膊保护不了什么要害部位的。

多萝茜低下头来发现她的裙子透明得使她像裸体一样,这她以前可从未想到。(巴兹尔,一个心事重重、有教养的人——口袋里装着莎士比亚的剧本,是绝不会注意到这类事的。)

马克罗里肯定注意到了。

大厅里光线并不很暗,那面椭圆形的花梨木柜的镜子反射出一股刺骨的寒光。这丑怪的镜子肯定是罗伯森从"柯克卡尔蒂"带到"库杰里"来的少数几件东西之一。它本应该嘲笑这个姓亨特的,然而却似乎是在引诱她:屁股仍然毫无瑕疵;淡紫色的皮手套一直戴到手肘;在镜子里摇晃不定的面庞慢慢地融成一泓清水。

她没有醉,很可能是因为穿着母亲的白衣裙促使拉萨贝娜公爵夫人向伊丽莎白·亨特证明她也会慷慨一下或自我表现一番。她伸手到包里去摸钱夹。她记得它从未被塞得这么胀过:里面的钱来自母亲赠送的那张支票。手上拿着那么多钱既使多萝茜兴奋也使她难受。她决定不去数它,这样显得更有气度。她漫不经心地抓了一把钞票。这时,她止不住想要证实一下自己到底有多慷慨,并且觉得这样一来就没有人可以指责她吝啬了。

尽管还听得见书房里马克罗里点着的炉子在噼啪作响,但没有迹象表明他仍在那儿。她在门口停下来倾听,不由自主地将半掩着的门轻轻推开。

他躺在火炉边,跷起一条腿,双肩和头向旁边倾斜,以帮助另一条腿维持身体的平衡。他闭着双眼,但并不是在养神。她进去时,他喉头动了一下,显然没有睡着。无意之中,她的眼光竟落在这个令人讨厌的人的胯下,可她来找这个人只是为了对他履行一下义务。

"马克罗里先生,"她开口说道,在此逗留期间她只有一两次用他的姓来称呼他(而且少不了带点讽刺口吻),"恐怕我和我弟弟在此打搅你们太久了。"一阵冷漠袭来,才使她没冒出"在此揩你们的油"这句话。

说这话时,她站在那儿,手上使劲捏着那把票子。她本可以把它们捏出汗来,可它们那么干燥,几乎很容易就会冒出火星,甚至着起火来。

马克罗里睁开眼睛朝她望来。今晚,他是否在厨房里就注意到了她那裙子下面显露出来的赤裸的身子?或者不如说他在倾听着伊丽莎白·亨特容光焕发地走出车子时发出的声音的回响?

拉萨贝娜公爵夫人结结巴巴地接着说:"希望你收下这……这是我俩的……作为对你殷勤款待的一点谢意。当然还有你妻子。"马克罗里抬了抬眉毛,仿佛怀疑安妮和巴兹尔之间有什么勾当。

"请收下。"公爵夫人听见自己声音响得震耳。

马克罗里露出一副在他说来特别欢快的神色。"我从来认为友谊是不能用金钱换来的,多萝茜。友谊不像爱情。"

要是他就此住口就好了,可他偏不:他继续朝她微笑着,笑她提了一个不可能实现的建议。更糟的是,笑她竟提出招待,而这他只是半心半意地履行。

除了在想象中以外拉萨贝娜公爵夫人还从未遇到过这样的情况。"对不起,我显然把话说得太简单了。同时,我发觉我误解了你刚才在餐桌上用的一个比喻。"

多丢人啊,竟选用了这么个为他耻笑的字眼。他可能从来没听到过呢。她的双重过失使她一阵发抖,像被人在松弛的皮肤上用钢刷子拖了一下一样。

于是她将票子扔进她手提包黑洞洞的肚子里,感到松了口气。

"多么充实的生活,"公爵夫人喃喃低语道,"还有你的孩子们——你肯定会从孩子们身上得到最好的报答的。"

他依然盯住她不放。于是,她转身走了。

转过身子时她甚至连自己的脚步声都没听见:伊丽莎白·亨特在后面追逐着她。无论是什么名字——休伯特、爱德华,还是罗里——你难道不知道,多萝茜,你追求的是同一个人?母亲逼迫你重温往事,使你无法不感到羞辱。经过走廊,爬上楼梯时,她手臂不由自主地又一阵发抖。登楼梯时更不行了,当你心中的念头与比较素朴的服装发出的节拍一致时,它就被刺激增大起来。没有谁——更不要说你多萝茜——会公开供认情人的名字。阿诺德不是,是的话就太荒唐了,那么……?

多萝茜把这些声音挡了回去,耳朵里嗡嗡直响。要是巴兹尔在这儿,他们会拉起手,通过热量的传递来再次证明他俩是心心相印的。此刻她是多么希望能得到这种爱抚:这种爱抚的标签上写着抵挡冷冰冰的老年的唯一可靠的保证。

在这幢房子的该死的小阁楼里,今晚冷得手脚要爆裂似的。离开了空气混浊的厨房,登上楼梯,巴兹尔真的可以感到手背上的冻疮裂开了。他从小就吃冻疮的苦头。大人们用秘鲁香膏涂在水肿的冻疮上,还给他戴上无指手套。今晚在楼梯上和在艾尔弗雷德·亨特的梳妆间里,他又重新体尝了往日的痛苦。将垫子放在床上,压在毯子上;垫子的重量能使手不至于冷得颤抖。要是他的经受了时间和气候煎熬的膀胱又使他回到幼年时期的话,那么,马克罗里家里的女人第二天准会在地板上发现一张地图!是的,她是个唠叨的泼妇。唯有他当救济品分发员的女儿伊莫金能给他以安慰。可她不是他亲生的。要是她和他有血缘关系,那她身上必然潜伏着高纳里尔①。世上考狄莉娅这样的人是不多见的。

多萝茜究竟上哪儿去了?他常常感到奇怪,女人们为什么会长时间锁在浴室里不出来,那儿有什么可干的?

---

① 高纳里尔,莎士比亚的戏剧《李尔王》中的人物,李尔王的女儿高纳里尔残酷地虐待父亲,而考狄莉娅则真心爱着父亲。

他走进父母的房里。"你在干吗,多萝茜?"不管她在不在,他得听听自己的声音。

事实上,她此刻正站在屋子中央一盏没有灯罩的灯下,那灯光仿佛仍然是伊丽莎白·亨特的王国里不断流出来的成串成串的水晶念珠。多萝茜双手叉腰站在那儿,浑身流动和闪烁着悲哀,瘦削的鼻子哽塞住了,显得很肿。

起初,他只顾欣赏她的艺术技巧,可作为演戏的行家,他情不自禁地接受了这一启示。"你担忧什么啦,亲爱的?"他瓮声瓮气的使人泄气的声音显得分外真诚,令人信服。

他们俩活像在演出生离死别的人一样,颤抖着扭到一块儿了。

"哦,巴兹尔!"她的一声喊叫简直把他的耳朵都快震聋了;身上一股——也许两人都有——羊膻味。"我们除了彼此以外,得到了些什么呢?除了——破产,又有什么呢?"

"我们破产了?"他断定她肯定念错了台词,要不,就是自己记错了。

他们在大床上,在马克罗里家的旧毯子下,有了更重大的发现,那不是悲伤,不是爱情,不是失望,也不是恐惧,而是兼而有之。伊丽莎白·亨特专爱睡大床,她在大床上度过了一生这么多时间,到现在还是如此。在这摇晃的床架上,她的孩子们的骨头会在痉挛中折断,先她而死去。

假若他不是那么从一间屋到另一间屋地瞎闯,而是在做祈祷,那该多好啊!可时隔多日了,对谁祈祷呢?对他自己吗?

现在一切都已无济于事。也许只有磨碎器本能地爱奶酪。两个妻子都不爱你,而是想把你吞了,而大多数情妇则是因为另有一番算计。

可是多萝茜!"多萝茜?"你简直不敢相信,他抱着的这个相当干瘦的女人竟是多萝茜。要是醉了那倒也好了,可马克罗里偏偏留神没让他俩喝醉。

"怎么啦,亲爱的?"清醒有时比醉酒更让人烦恼;她全神贯注得连口都不愿开。

她觉得要是她曾经喜欢而不是试图去爱休伯特的话,那他也许还会有所反应。爱能使四肢冻僵,而感情却能使本能融化。

她和巴兹尔相互抚慰着。

夜间什么时候,他不愿两人再睡意蒙眬、赤身裸体地睡在一块儿了。"你想到没有,多萝茜,他们会在这床上抓住我们的。"这番不假思索而说出的直率话使他们的肌肤骤然分开:浑身又冰凉了。

她觉得必须冲破这使她感到窒息的黑暗。

他看着这手脚迟钝的女人跌跌撞撞、踉踉跄跄地挣扎着走到窗前,伸手去拉窗帘,最后用力抬起窗户。

头顶一轮明月又圆又大,高高地挂在周围的矿山上。她精疲力竭,又被窗口吹进来的寒风一吹,猛地向后倒去。要不是他在后面扶住,并且用赤裸的身子抚慰她,她准摔倒在地上了。

"你该承认这儿的风景是优美的。"她弟弟的目光越过她的肩头望着"库杰里"的夜景。

"哦,天哪,这我们知道!"她只得同意,"美是美——可土地并不肥沃。"

"这就是在别的时候它显得不美的原因之所在。"

"别的时候不属于我们。"

这使得他不由得用手抚摸他姐姐睡前才束扎好的头发。

她听见他把自己带回床上。这张床已经成了一座布满冰封的山岭和漆黑的火山口的海岛。他俩躺在床上挤在一块儿,身上盖着破烂的毯子,他却在竭力想象先前希望得到的那种温暖。

第十一章

"天冷吗,护士?"

"是的,亲爱的,天很冷,"曼胡德护士回答道,"或者说,这儿很冷。"

在公园尘沙更多的一头,人们跺着脚,活动着身子,穿着正常情况下气候很温和的地方人们在天气骤然变冷时临时凑合的那种代用服装。身上的衣服和飞舞的沙土,使那些散步者步履沉重,个个都像四五十岁的人了,但说不定其中的大多数人,到了夏天,脱了那些笨重的衣服,结果却是强健有力的年轻人。

曼胡德护士庆幸自己穿着羊毛外套,衣服颜色粉红,毛茸茸的,她穿起来有些臃肿,但没有办法,她该穿厚实些。

"床冷冰冰的。"亨特太太抱怨说。

"你会感到暖和的。你已经有了个暖水瓶,还穿上了外套和袜子。你的脚是暖的。"护士给刚午睡醒来、像虾干一样的病人翻了个身。

"啊,不是身子!我刚才做了一个梦。"

"是不是个好梦?"

"不,不是个好梦。我睡在我的床上,我不知我丈夫在哪儿,也许他已经死了。不,比这还糟糕。孩子们还没有出世,他把我孤零零地抛在'库杰里'出走了——留下两个孩子,巴兹尔和多萝茜,他们是双胞胎,是吗?"

曼胡德护士不明白这话是什么意思。(倘若她自己怀着的是双胞胎又该怎么办呢?)

"在梦里,他们是,"亨特太太说,"但真的是不是我可记不得了,他们是吗,护士?"

"知道的应当是您,您生他们的。真是天晓得!"

"在梦里,他们要求成为双胞胎,我听到他们在我肚子里呼喊——他们骂我,因为我阻止他们互相爱恋。"

曼胡德护士用力把椅子推在一边,因为用力过猛,椅子翻倒了,几乎打着这个老家伙了。

"那不足为奇,"亨特太太记起来了,"那些无法相爱的人,常常会责备别人。我就经常这样。我责备过艾尔弗雷德,这就是他为什么必须离开,并把两个讨厌的孩子留给我的原因。你知道,这两个孩子不是他的。"

"这我可从来没听说过。"

"噢,我从他那里得到了这两个孩子,但我使他们完全变成我自己的。这就是两个孩子所怨恨的——已经在怨恨了——是他们为什么要在我肚子里抗议的原因。"

"无论怎样,根据您自己的说法,亨特太太,该责备的是您。"

"谁知道?"

亨特太太意识到她的话打动了护士的心,她的手开始抚摸起来,她用护士们常用的口吻问道:"你好吗,护士?你似乎还好。"

"我很好。"怀孩子算不上什么病。

"我的客人来了以后,我们俩都会感到好些的。"

"啊？您相信肯定有人来看您吗？没有人告诉过我。"

"他们没告诉过你？这屋子里有些女人只想着自己的事，从来不考虑在他们头脑以外还会发生什么事情。"

曼胡德护士本不该再问了，但还是非常好奇地探问道："您这位客人我认识吗？"

"是威勃德太太，是她自己提出要来的，我可没有想到她会来。"亨特太太说得十分肯定。

护士恢复了自信。她从来没有见过威勃德太太，很想看看律师喜爱的是个什么样的人；她甚至还建议说："最好让我把您打扮一下，让您给客人留个最好的印象。"

"不，"亨特太太说，"威勃德太太是个很正派的女人。"

曼胡德护士更想快些看到这位太太了，所以当门铃响起来时，她就一直跑到扶梯口，倚在栏杆上，好像希望在诚实遮掩一切瑕疵之前，能意外地发现一两处秘密。

李普曼太太正在打开门，来人穿着一件若干年前时装记者也许称为"驴子黄"的衣服。曼胡德护士看出，威勃德太太属于那种讲究穿戴却又不在这上面花费过多的女人。衣服是用来穿的，威勃德太太的服饰似乎说明了这一点，但并不是说她穿着就不讲究。这身衣服正是所谓的"最佳款式"。衣服的质料，虽说不那么吸引人，却也一定花费了她不少私房钱。威勃德太太总的外表表明她是一位上层妇女：这又是一桩秘密。显然，亨特太太所说的那种难以理解的"正派"，绝不是威勃德太太的贵妇人身份所决定的。因为亨特太太自己就是一个贵妇人；亨特太太所谓的正派只是一种断断续续的、女人的见解而已。曼胡德护士觉得，有一点总比没有要好得多。为了解开威勃德太太这个谜，她必须更好地观察她。这位跟管家站在客厅里的律师夫人，除了大夫和牙医不可回避的注视和孩子们的凶狠目光外,也许还从来没有被人这么仔细地注视过。但曼胡德护士却完全没能达到目的:她好像被人叫去赞美一只褐色的、有裂痕的花瓶,因为它是一件有价值的古董。而她所看到的,只是毫不新奇的外形和平平常常毫无生气的褐黄色。看到后来,她感到悲伤起来,这个不可理喻的褐黄色家伙使她觉得自己成了一个说谎的人,一个骗子,一个未婚的母亲,一个色情狂。

楼下李普曼太太对律师夫人说:"威勃德太太,您以前来过这儿,一定知道路吧?"

威勃德太太歪着头,那副模样表现出惊奇、好笑,可能还带点冷嘲。"我当然知道怎么走,但这是很久以前的事了。是的,我知道怎么走。"她知道管家希望听到的就是这句话。

其实,威勃德太太倒喜欢能在这幢她早就熟悉的屋子里自由活动。管家退下以后,在楼顶观望的护士看到律师太太迟疑了一下,不知先开哪扇门,上哪个房间,因为她时间很紧迫。显然,亨特太太提到的那种难以理解的正派在威勃德太太身上占了上风,她开始用她那双不那么时新,但质地优良,可能是定做的鞋子,试探着走上楼梯。

护士感到有利的时机来到了,尽管有利的成分只是那么一点儿。于是,她站了出来。"啊,威勃德太太,"她一边大声说道,一边走下几步,"要是您忘了路,我来给您带路!"她朝站在下面的那张有些惊奇的脸笑了笑。"我是曼胡德护士,您以前不曾听到过我的名字吧?"弗洛拉知道自己并不诚恳;这不正是你惯常的伎俩吗?"可您不算是生人——您是威勃德先生的太太嘛。"说着,护士举起一只手,想掩住喉咙里发出的咯咯笑声。

"我不认识你,但从我丈夫那里听说过你。"威勃德太太用一种也许是因登扶梯而产生的喉音说道。

曼胡德护士心中纳闷,她到底听说过多少呢?夫妻之间的生活可能会平淡无奇,但那并不妨碍他们绘声绘色地谈论别人。所以当律师的妻子继续登上楼梯时,护士的眼光盯得更紧,脸上依然挂着平时最甜蜜的笑容。

虽说,律师夫人的脸在上楼梯的大部分时间里被一顶天鹅绒帽子的帽檐挡着(帽子的一边夹着一只倒置的、用灰硬的绸布做成的蘑菇状帽结),可当她小心翼翼地到达楼梯顶时,曼胡德还是看到了她那擦过粉的皮肤。整个说来,没有什么可指摘的。如果说她的嘴是整治过的,那一定既不是以今天这种不合情理的自然方式,也不是以过去对待亨特伤痕那样的方式进行的。威勃德太太的嘴是所谓的自然之物。为此,倘若不是因为心急或神经过敏而瞎擦乱抹香粉的话,那你也许就不会怪罪她脸上抹了粉。当来客走到楼梯顶时,曼胡德护士注意到她脸上有块填满了粉的麻点;靠近鼻子的地方长着雀斑,那上面也沾着粉。弗洛拉·曼胡德被威勃德太太的麻点吸引住了,这可是无法掩盖的;至于那雀斑,这个苦恼的人竭力去遮掩它们的时候,暴露出了她诚实正派的一些小瑕疵。这使曼胡德护士对她变得热情了起来:她希望威勃德太太,尽管脸上长着伪装得不妙的雀斑,可以与贝蒂·亨特相匹敌。贝蒂已决计不做任何修饰打扮。

"真难!"为了打破沉默,这个消瘦而整洁的女人喃喃地说。

有一会儿她也目不转睛地看着这个容光焕发的美貌护士,好像在注视着她自己年轻时值得怀恋的早晨。随后由于她们两人谁也没有什么话可说或有什么事可做了,威勃德太太便默默地跟着曼胡德护士朝过道走去。

亨特太太清了一下自己的喉咙——这个动作不仅仅暗示喉里有痰,也提高了几乎沉在枕头里的嗓音。"想得真妙,"她说,"拉尔——到这里来看我。"尽管嘴上这么说,这老东西却朝相反的方向望着。

"不只是这个意思,亨特太太。"威勃德太太晃了一下脑袋,从那翅形的绸帽结中发出一种像饰针羽毛晃动的声音说,"我想来感谢您送给我的礼物的。"她的脸唰地红了,也许是因为她此刻没有佩戴那礼物的缘故,"信难以充分表达我的谢意,而且常常会在邮寄时遗失。"她垂头望着,声音更亲切些,"您说呢?"

亨特太太睁开眼睛。"呃,我有时能看得很清楚,比如今天。但看不太远。你在那里就好像沉在水下,到这儿来,坐在这小椅子上,靠近我身边坐吧。"

客人顺从地走过去,护士忙把椅子拉到床边。虽然自己被排斥在一旁,护士却一点也不生气:对一个旁观者来说,眼前的一切太使人感兴趣了。

亨特太太发出一种像鸭绒一样柔和的声音;她抚摸着威勃德太太一只手的手背。手上戴的手套此时已经脱去。"雀斑,拉尔——你仍然有雀斑!没什么问题吧?常听人们说,对上了年纪的人来说,雀斑会变得危险起来的。"

"这我倒从来没有想过。"威勃德太太承认。

曼胡德护士看见客人的脸皮又红了,脸色越红,堆积在那颗麻点上的白粉就变得更加明显起来。

"为什么呢,拉尔?"亨特太太问,"我看你一定得找医生看看,让他检查一下你的雀斑。这样做才对,对吗?"

"对——不错,但我不喜欢人家对我说我不想听的话,也不愿成为别人痛苦的根源。"

"哼!这对其他那些不承认现实的人有什么好处——让你身患不断扩散的癌症活在他们中间?"

亨特太太激动得一阵咳嗽,曼胡德护士忙给她水喝。

"什么——我想跟朋友谈点知心话,你怎么还在这里,护士?叫管家泡茶,茶就够了。我想我们不想吃什么东西。威勃德太太对吃食从来就不感兴趣。"

威勃德太太双手交叉放在膝上,望着前面微笑着,看上去的确很诚实。

"我相信李普曼太太是不会忘记泡茶的。不过,现在是否太早了点,亨特太太?"

亨特太太盯着护士,后者离开房间走了。

"我还有一位护士每天都给我带玫瑰花来,她今天一定忘了,我闻不到玫瑰的香味。"

"现在还不到玫瑰花开的季节。"

"是呀,所以一点玫瑰香都没有。"

"我记得您很爱玫瑰。假如现在是开花的季节,我一定会给您带一些来的。"

"对,就是她。长得很漂亮,总是那样。她以为我闻不到花香,但是我能。"

威勃德太太压根儿不喜欢玫瑰。她朝一面镜子望了一眼。此刻,她单独跟这个令人不快的老太婆待在一起,却好像感到还有其他人在场。

"他的名字是不是叫'阿诺德'?"亨特太太继续追问下去。

"谁?"

"律师。"

威勃德太太用十分沙哑的嗓音答道:"是的。"

"你还记得那山羊胡子吗?"

"什么?"

"红升麻属植物。"

"我猜不透您的意思,亨特太太。"

亨特太太笑起来了。"你过去是懂得很多植物名称的。"

"我的记忆力不如过去了。"

"我的双湾的沟酸浆属植物啊!"亨特太太模仿着某个人的声音说。

威勃德太太坐在那里看着她那双骨节突出的手。"孩子们好吗?"她问她的保护人,"我希望他们能有时间来我家坐坐。"

"他们忙着自己的事呢。噢,对啦!"亨特太太叹了口气说,"你家的花园真不错,拉尔!"

威勃德太太非常高兴有自己在镜子中的影像做伴,尽管那是个丑陋的影像,她的(癌症的)雀斑掩盖了她那么多安慰她所爱的人的笨拙的企图。

"我丈夫爱你吗?"亨特太太追问道。

"我简直没想过他会爱我。"威勃德太太回答道,"事实上,你知道他不爱我。"

"是的,我就是这么个疑神疑鬼的人。"亨特太太激动地说。

护士端着茶走了进来,威勃德太太松了一口气。

"这是您最喜欢的茉莉花茶,"曼胡德护士说,"您闻到它的香味了吗?"

一切照旧都是为了取悦伊丽莎白·亨特,但过去最喜欢香气的她转过头去,几乎没闻一下。

威勃德太太咽下了她所不愿意承认的东西——她对伊丽莎白·亨特的真实感情。

当曼胡德护士倒好茶,把茶杯递过来时,她想弯一下指头,但这个指头像她的身体一样,似乎变得不那么灵活了。"让我扶您起来,亨特太太,我帮您用茶好吗?"

"当然不用,"接着,又加了一句,"放在那里好了——谢谢。"

曼胡德护士马上离开了。威勃德太太坐在那里喝茶,但喝得太快,嘴给烫伤了,眼泪也流了出来。她想,她的(癌症的)雀斑此刻一定像锈斑一样。她不敢再对着镜子打量自己了。

亨特太太不肯碰一下茶,这就是她们将面临的一场危机。"我的丈夫在哪里?"她问。

"我想,"威勃德太太喘着气说,"已经埋掉了。"

"知道的事你就不必再提醒我了。"亨特太太说,"我的意思是说,阿诺德——他待你好吗?"

"他是一个令人尊敬的人,我已经跟他结婚了。"

"啊,拉尔!他爱你吗?"

威勃德太太竭力想说出个"是的"。为什么要让这家伙开始用她的利爪,现在又用她的报复心来探测你袒露的襟怀呢?"他爱我。"她肯定地说道,觉得好像跳进黑暗的深渊一样。

亨特太太老是那么紧紧地盯住她,使威勃德太太感到自己完全丧失了抵抗的能力。

"阿诺德没有毛。"折磨威勃德太太的人似乎又想起来了。

"您这是什么意思?他甚至到现在也还没有秃顶。"威勃德太太被她自己的笑声震惊了。

"他的胡子呢?"

"我说不上来,但每天早晨他都刮胡子,用那把几年前姑娘们劝他用的电动剃须刀。"

"没有红升麻属植物。"亨特太太咕哝了一声,因为她此刻已经想到其他事情上去了。

威勃德太太感到自己的眼珠转动不大灵活,非常干涩,但是她还是阻止不了眼泪落到她的茶渣里去。她的上颚已被烫烂了。

亨特太太说:"现在我记起来啦,拉尔,为什么我会被说服送你那根项链。我也不知道为什么我说是'被说服'而实际上是'被迫'——是用这个词吧?如果我们承认的话,那么生活大半就是强制或者巧合。所以我拿出了那根项链,那是我在布龙比岛的暴风雨中佩戴过的。它保存了下来,我想由你来保存这根项链。"

这算是慷慨呢还是欺骗?拉尔·威勃德吃不准;若不是平素得到阿诺德的训练,她可能会哭起来了。

这时,亨特太太决定说:"我得请你走了。我累了。不过还不像格拉迪斯·雷德福那样疲倦。他们不得不给她输氧了。你还记得格拉迪斯吗?"

"不记得了,"威勃德太太说;她的杯子差点从茶托上跳起来,"你的记性真好。"

"谢谢。"亨特太太说,"我没有别的事要说了。"

威勃德太太开始戴手套。亨特太太一定听到了,但她看起来并不显得轻松。

"你愿意吻我一下吗,拉尔?"她问。

威勃德太太笑起来了:"咳,当然愿意!您以为我不会吻你,是吗?"她明白自己这时因说谎而脸红了,甚至黑暗中,她也宁愿吻阿诺德。

亨特太太那瞎了眼的脑袋从挂着项链的脖子末端抬了起来,样子显得又老又讨厌。拉尔·威勃德感觉自己好像处在蒸汽的包裹之中,或者说处在一种怜悯的感情之中;在这种状况之下她心里又恐惧起来,倒不是因为她所具有的那种腐败了的人性,而是透过这层面罩,依然存在的关于伊丽莎白·亨特的美貌的传说。

绝望之中,她想起了若干年前她和女儿们一起在欧洲旅行时发生的一件事。她们一行带着新教徒那种相当怀疑和不信任的神情,慢悠悠地穿过卢尔德镇,发现自己自然而然地排在一列长长的队伍后面。等排在他们最前面的马乔里发现他们原来被圈在一群在洞穴中向幻景顶礼膜拜的人们中时,已经太晚了。他们无路可走。有人看见,马乔里像罗马人那样弯下腰,真的吻了一下面前的那块岩石。她们被推搡着向前走去之前,希瑟转过身来,脸上带着那种嘲讽的,如果说不是痛苦的潮红色。只见她高高地昂着头,从旁边走了出去,怎么!啊,怎么办?接着,拉尔·威勃德不无虔诚地弯下腰去,在离泥泞的岩石表面好几英寸远的地方,吻了吻空气。她昏昏沉沉地走了出来,庆幸自己既没有显得卑俗,又避免了受到精神上的亵渎和卫生上的污染。

现在,在这儿,亨特太太的嘴唇在她身子下面颤悠悠地毫无结果地寻找着目标。

威勃德太太迅速地弯下腰去:她吻了吻靠近这个比她更老的女人的脸上的空气。

伊丽莎白·亨特一定听见她的吻声了,她的头又重新埋在枕头里,显得很满足。"爱我吧!"她喃喃自语,简直不是在对她的客人说话。

这也许是另一次征服,但不像征服那种抽象的个人:无论如何,它与其他的征服一起被铭记在心中。

威勃德太太走了。她很高兴到处都没有看到管家或护士:不然的话,她们可能会向她提些问题,或者,更糟的是,她们会用某种方式恭维她几句。她眼盯着自己的脚,朝楼下走去,手帕蒙着嘴巴,以填补本应是那一吻的真空。她仍然有她的丈夫,美人没有把他毁掉。如果她能阻止死神的到来,死也奈何她不得。

尽管如此,威勃德太太还是哭了起来。

曼胡德护士被主人打发出来以后,便到花园里乱逛,她的身子犹如一支铅笔。大脑就是笔芯,在那里乱涂乱画。只有当她是小孩时,她才关心过所谓的风景。那时候你有时间去注意一片树叶、一只昆虫(也许还会以杀死昆虫而取乐),或者一堆牛粪(捡起干牛粪,当滚木球玩)。那以后,往往是你自己挡住了自己的视线,除了看见一片朦胧之外,看不见眼前的树木和别的东西。

她在亨特太太的花园里撕下一两片树叶,一片放在嘴里吮吸,另一片扔了。接着她把手藏进她那毛茸茸的羊毛衫袖子里。她不知道自己身子这个样子还能在老练的目光下掩饰多久,也不知道律师夫人是否已经听见什么风声了。

护士望着年迈的威勃德太太走出屋子经过花园向街上走去,威勃德太太思绪纷杂,竟没有注意到周围的一切。尽管如此,弗洛拉·曼胡德还是轻轻地将裹在肚子上的裙子拉平,接着,叉起毛茸茸的粉红色的双臂护住两只下垂的乳房。

大门咔嚓一响,威勃德太太走了。

模糊不清的花园上空,天色是明净的;在跑马场和修道院上空,高悬着一块白云,像撕下的一团棉花,夹着一丝雨意。弗洛拉·曼胡德摸了摸自己的脸,白净、红嫩的脸也肿了。如果可能的话,她早就让那个陌生人(并非一定要真正的陌生人)吻去她的独立了。

这时,那小铃丁零丁零地响了起来,这神圣的铃声召唤你去工作。对于这项工作,玛丽·德桑蒂显示了她的献身精神。

曼胡德护士坚定地攀上这条曲折,甚至有些危险的小路(亨特太太总喜欢告诉别人有两个人如何在这条小路上跌断了他们的腿),朝她不想为之献身的工作走去。她的双臂在羊毛衫里漠然地垂挂着,而从前她可根本不是这样的。倘若她当时就能冷淡漠然一些的话,那么,绝不会发生和科尔·帕多的事,那该死的巴兹尔·亨特爵士也不会闯进她的生活中来。

　　暮色之中的花园显然使弗洛拉·曼胡德的激动心情无法平静下来：鸟蛋上的斑点是否吮吸一下斯诺你能把那吸出来吗？你干吗要唾弃它　双眼上有斑点的狗　老妇人眼睑上的雀斑　男人胳膊肘上的黑痣　龇牙咧嘴的弗洛　你在想些什么　你不仅不识字　不懂音乐　也不明白自己究竟爱什么和想要吃什么　呵　科尔呀。

　　洛蒂·李普曼站在渐渐暗下来的客厅里，看上去活像只从小溪岸边跑出来的小老鼠。

　　"怎么啦，弗洛拉朵拉？你病了吗？"

　　弗洛拉·曼胡德说："我稍稍有点肚子痛。"

　　虽然洛蒂是块纯金，而且一直就在旁边，可她太纯了，不能把秘密告诉她。

　　"她在打铃叫你呢。"李普曼太太说。

　　"不用你说了，我早听见了！你不可以先答应一声吗——洛蒂？"

　　"我自己也在做准备。她要我晚些时候去。"李普曼太太说。

　　暮色与思绪纷繁之中，护士初看管家像只小心谨慎的小畜生，但现在发现她今天特别镇静，甚至显得有些容光焕发。虽然她仍然穿着一件沾满厨房油污的旧羊毛衫，脚上拖着一双舒适的便鞋，但她的头发却比以往任何时候都梳得光滑。即使在这样昏暗的光线下，她头上那笔直而发白的分缝仍依稀可辨；在灰暗的客厅里，那双满怀希望的眼睛显得更加明亮。

　　"过一会儿我会到她那儿去的。"李普曼太太两片生就暗黑的嘴唇动着重复说道，因为那个虽然护士能猜出，但她无权泄露的秘密而垂下她那描过油彩的眼睑。

　　对弗洛拉·曼胡德来说，这太不可思议了。她走上楼去。当她经过浴室时,她感到一阵恶心,于是进去想吐出来。她站在那里以一种忏悔的心情朝便盆望去,但什么也没有吐出来。除非过了这阵恶心,否则什么都不好办。这会儿洛蒂一定带了她所喜欢的茶食,准备上病人的房间了。

一个人说话的声音终于冲出其所禁锢的地方断断续续地传到护士耳中。"我要你给我化一下妆,曼胡德护士。"

护士听到自己的名字,感到有点讨厌。她突然回了一句:"该做的时候您却又不愿做。"

"威勃德太太可能会因此而不了解我的。"

如果她这话把弗洛拉·曼胡德也算进那些了解她的人中去的话,那真枉费了心机,因为她正为自己的处境而忧心忡忡。事实上,她此刻脾气很不好,根本没有心思猜三想四。

她猛地拉了一下床头灯的开关绳,当灯光射出以后,亨特太太没有像往常那样做一番关于谁来付账的训诫。今天晚上,这老东西只是温顺地等待着,头昂得高高地等她化妆。

由于心境不佳,曼胡德护士噼噼啪啪地翻腾了一阵,才把化妆盒取来,用力掷在床边的柜子上。亨特太太没有吭声,虽然她的喉咙口上的软骨抽搐了几下,但她的脸还是为那即将降临的美容笑了笑。

今晚,当弗洛拉·曼胡德给病人的面颊上涂油膏时,她竟没有问一下为什么要化妆。亨特太太也没有暗示,她只是任其摆布。恍惚中她没有想到有人会背叛她。

毫无疑问,这位圣像的护理人从来也没有像今天这样缺乏虔诚的意念。如果这回她真的给她胡乱涂一下,那么又怎么样呢?于是,她抹去灰尘,然后涂上一层吓人的闪闪发光的绿色。她还在偶像的鲜红的嘴旁厚厚地描了一圈黑色。这样,这偶像残忍的嘴就不可能溢出唾液来了。如果说钢一般颜色的眼睑磨砺了剑锋,那么,那些剑眼就会在最具备报复性的时刻闪闪发光,而那些受害者则将接二连三地在笑声中倒下。

弗洛拉·曼胡德为她自己的杰作哈哈大笑了起来。

"都准备好了吗?"亨特太太问,"她立即要来为我跳舞了。"

"如果您能看得见的话,您一定会开心死的!"曼胡德护士露出牙齿一笑,"你们俩今晚可以同台演出了。"

当她用原来是罩衣的一块玫瑰花缎子裹好亨特太太的身子,扶她坐在椅子上时,曼胡德护士发抖了。好像电梯升起来了,在消毒走廊的尽头,那些戴口罩的人等待的不仅仅只是眼前这位病人。

她有些心烦意乱,想到假发,便去取来,可无意中拿了那顶绿色的。这顶假发亨特太太只戴过一次,以后就再也没要来戴过。(虽然我不能看到它 护士 但我却感到戴起来不像个样——有那么个想法。但今天晚上它完全合适。)

当她梳理好那些毫无生气的头发时,曼胡德护士尽可能漫不经心地拍着假发说:"飘动得多么自由自在啊!"

今天,亨特太太对一切都逆来顺受,笑着说:"我想象的正是这样。"接着她想起说:"还有我的珠宝,护士!你忘了吗?"焦急的心情使她差不多打了一个嗝。

无论她有没有打嗝,姑娘还是把珠宝盒子拿了过来。当亨特太太身上戴满珠宝以后,她似乎很欣赏它们互相碰撞发出的响声。"人们多么喜欢自讨苦吃啊!"她咯咯地笑了几声。

曼胡德护士把两颗很大的绿宝石扣在亨特太太的耳垂上。绿宝石撞着她的脸颊,半天才停止摆动,若不是有椅背挡着她,一只绿宝石胸针就足以把她拖倒在地上了,说不定,那锋利的针尖还会刺进她的心窝。

事实上,曼胡德护士在别胸针时已经刺到了她的皮肤。但是,正如你所知道的那样,这老东西虚荣心太强,再说年纪也不小了,所以一点都没有感觉出来。

护士轻轻地抹去表皮刮破处凝结的一点血,即使她用酒精棉花擦拭伤口,伊丽莎白·亨特现在不会发怒,也不会有丝毫的疼痛感。

然而,她喘过气来问道:"你把星形戒指给我戴上了吗?蓝宝石戒指呢?"

"戴了这些戒指,你的手指会动不了的。蓝宝石戒指不戴了,就戴我替你戴好的这些吧。"弗洛拉·曼胡德这位艺术家不高兴了。

"一定要戴上。"亨特太太坚持说。

她们俩于是在天鹅绒托盘里翻寻起来。摸起珠宝来,亨特太太的手指就比护士的手指灵敏多了。

"它不在这儿!"曼胡德喊得那么响,超过她病人耳聋所需要的程度。

"我的星形戒指!会不会掉到地板上去了?我曾给过你一只,对吗?是粉红色的——一只是粉红色的,曼胡德。"

曼胡德护士趴在地板上,在椅子周围寻找着。"是的,是粉红的——是粉红色的。您总不会以为我拿了您的蓝宝石戒指吧?我可两样都不想要。"

亨特太太笑了笑,说:"我不是这个意思。"

曼胡德护士满身尘灰,上气不接下气地站起身来时——一把鼻涕一把眼泪地抽噎着说:"肯定有谁偷走了。"

"是的,"亨特太太笑道,"或许我把它当礼物送人了。凯蒂有那么多玩具,老是送人,而事后又往往记不起来。这没有关系——最终——是这样吗?"她没有把玫瑰缎子包裹得很紧,而是让它随随便便地披在肩头,线条十分优美。"现在,你去叫她来好吗?"由于竭力控制自己急不可耐的心情，嘴唇抖了起来。"告诉她我已准备好了。"

弗洛拉·曼胡德走到门边又回头看了一下，担心自己所创造出来的东西不像样子。老贝蒂·亨特的绿色和银色的假面具在房间深处闪烁着。没有人会谴责你，说你刻毒，因为你只不过是突出了它的本来面目而已。至于亨特太太，她是知道自己现在这副恶鬼模样的，并且愿意承担一切后果。

另一方面，你永远也无法弄清自己身上的邪恶中，有多少是你本人所具有的，又有多少是别人强加于你的，是科尔·帕多、亨特太太以及你所要反对的一切人所强加的——或者说，是上帝强加给你的，倘使世上真有上帝的话。问题是这个世界上并没有上帝，没有任何科学能证实他的存在。不像这个孩子，使你心慌，像要把你的头炸开，并且使你恶心呕吐。这个孩子是真正的实在之物：不管你是好心或歹意，反正是你自己精心制造的产物。没有人会为这事而受到指责，巴兹尔·亨特爵士更不会。

弗洛拉·曼胡德用力一甩将身后的门关上，但不是去叫唤管家，而是向浴室冲去，险些与李普曼太太撞了个满怀，慌忙中，她一时竟认不出撞到谁了。

李普曼穿着她声称亨特太太答应送给她的那套古怪礼服。这身礼服，按理说，任何大脑健全的人都会把它看成一种可怕的玩笑。但实际上，它倒还可以穿。当年，伊丽莎白·亨特那两条放肆的腿在灰蒙蒙的灯光下跳狐步舞时，她身上的薄绸就会在那给人以液体金属感的闪闪发光的表面之下，或者说在永不停息的水流之下，像波浪一样蜷缩起来。这样，这礼服就几乎盖不住她的膝盖。正因为如此，现在这个粗短的犹太女人还能穿上它。当然，这绝非为了炫耀，而是出于对这已经改成朴素的束腰外衣的礼服的崇敬心理。

这犹太女人经过护士身旁时,严肃地低着头,头发盘在脑袋上,眼睛盯住她所向往的高处。洛蒂·李普曼一定忘了她脚上的疼痛。如果说她注意到了那个坐在那里的人打扮得花花绿绿,那她是故意不去计较;她太忠心耿耿,或者说太出神了。亨特太太笑了,她颤颤悠悠地伸出那只满是珠宝的手,算是准备打拍子。洛蒂·李普曼接受了这只手的指挥,同时也接受了其他的协定。

弗洛拉·曼胡德从未介入过任何秘密勾当:若不是她拒绝,和科尔·帕多在一起时就差点介入了;当老太婆愿意与她一起分享其生活经历时,如果她也有同样的心境(不那么呆板、无知和惧怕),她也差点介入。现在,护士立在门边,捧着肚子,注视着将要发生的事情,嘴唇不停地乱动,不知在咕哝些什么。

当洛蒂·李普曼走到房子中央时,咔嗒咔嗒地用力碰了两下鞋跟,接着又单脚跪下行了一个姑娘的屈膝礼。弗洛拉·曼胡德非常明白,她所能看到的仅仅是跳舞者的背部:过去是亨特太太裸露在外的那些像念珠一样的脊背的地方,现在是洛蒂·李普曼颈背上那束紧紧束着的发髻。

弗洛拉被充满房间的虔诚气氛镇定下来(应该悄悄过去,打开窗户换换空气),开始从远处数起脊骨来。虽然她不是天主教徒,而洛蒂则是个犹太人。

呵 你感到难受 走出去 把肚里的东西吐出来 或者把这整包东西除掉。(有人会在便盆中发现它 并为此而谴责你吗?)

这一切都没有妨碍直接参加者的行动。伊丽莎白·亨特与一名新手,即洛蒂·李普曼一起举行着一项仪式,后者已经转过身来,开始跳起她们的舞了。

舞蹈者先是迟疑不决地移动了一下,粗短的手臂犹豫了一会儿,然后安然伸向天空。这是她以前从未跳过的一种舞:她踏着的每一根枝丫都发出惊人的响声,变成金属的树叶,撕扯着她光滑的头发,所以她急忙缩起脖子。她的"观众"伸手抓住她的背,把她拖到中间,正准备用边上长着淡红色毛的爪子,或者像白棒棒糖似的手指来拧她的奶头,掂量她那不够丰满的乳房和圆锥形的屁股。

因为这些都是跳舞者所经历过的,所以她这时又被引到了自己熟悉的猪猡中去,继续粗野地跳着,虽然这也许不符合她导师的期望。

节拍器变得不稳定起来了。"难道这就是我付钱要你跳的吗?今晚你太放肆了。"绿宝石在瞪着眼睛。

如果她不是经常带着一个基督教徒无法想象的比例奇特的十字架的话,洛蒂·李普曼此时看起来一定会更加愁苦。

"等一下嘛,亨特太太,我总得先摸索一下吧,是吗?"她的声音里含有一丝悲苦。

她用一只畸形的脚支撑住自己,伸出另一条腿,腿上青筋盘根错节,脚上一只补丁加补丁的舞鞋。倘若不是那礼服的帮衬,她可能像一堆肉似的摔在地上,摔在自己肉体的缺陷中间。这衣服表现出一种诗意,这种感情她的内心世界可以帮助她表达出来;它反映了对爱情的忠贞,以及她暂时认定的快乐。

"都是些老掉牙的餐馆里跳的舞,"亨特太太不停地唠叨,因为她的管家喜欢听她唠叨,"一百年前我就不跳这种舞啦。"

这些舞实在太熟悉了　那些男人把你推来搡去　大鼻子碰到了你的耳朵根　萨克斯管　呵　对啦　很熟悉他们的兽欲　难道你不选择就和那　那个政治家阿索尔乱搞关系　其实你心里挺有底的　淫欲的最后喷射　摆脱男人　无论如何　今晚得摆脱

如今,在你的生命即将终结时,你有希望看到你似乎始终向往却想象不出的某种东西。至于你为什么希望通过一个浑身冒着热气,忠心耿耿,却常常令人讨厌的犹太女人来发现这种东西,却是你无法解释的。此刻,那犹太女人正单脚直立,站在水帘的那端(肉眼能看见的就是这些)。因为你们俩都是凡人,都不可避免地存在缺点。

为了鼓励她的管家,亨特太太说道:"亲爱的,我想你的舞姿将非常独特,只是动作有些僵硬。"

洛蒂·李普曼咯咯大笑了起来,差一点跌倒。接着她们两人一起满意地高声大笑起来了。

"一对疯婆娘!"曼胡德护士顿着脚穿过房间开门换点新鲜空气,任那两个疯女人在那里闹腾:她再也忍受不下去了;她看不出其中有什么可笑之处,今天晚上她是个局外人;她钻进浴室,把自己锁在里面。

严肃而爱挖苦人的洛蒂·李普曼也不知道自己为什么会笑。由于她年轻时可能犯下什么亵渎神明的罪过,她的肋骨痛了起来。可至少她得到了解脱。她可以自由地把纯粹的快乐与快乐的源泉掺和在一起(不是弗洛拉朵拉加以残酷地歪曲的那种快乐)。于是,洛蒂跳了几个记忆中早年跳过的舞。那时候,她在街上扭动着她的围裙,两条长辫子在背后甩来甩去。

亨特太太安静了下来:"现在,我看得出,你已经跳得出神入化了。"她感到空气在她周围流动;衣裙在她手旁擦过时,有一瞬间勾在戒指上。

洛蒂·李普曼当然还在跳舞,但闭着眼睛,鼻孔收缩,好像她面前站着一具挺立起来的尸体,还带着焚烧肉时的恶臭。

在这弥漫着牛粪、霜冻、亚麻仁饼和热腾腾的牛奶味的早晨,亨特太太那织锦缎子盖着的膝盖顺着自己的节奏微微地晃动着。如果你跳舞的话,凯特,你会把你血液中的冻疮跳出来。当你旋转时,那件口袋下面烧了一个洞的旧方格女裙像气球一样鼓胀起来。凯特·纽特利什么样了呢？可能还在牛奶房外面等着。因为天冷，凯特把短裤都尿湿了。如果换了我的话，我将一直跳下去，直到短裤干了为止，没有人知道我想成为一个职业舞蹈家。从某种意义上说，你说的是实情。那时候，在有霜的早上，天空老是那么混沌一片。过去的事比朦胧的现实要清楚得多，每个细节都很清楚。

洛蒂·李普曼最后爱上了她跳的舞，或者说被她的舞爱上了。她跳着，抚摸着自己的胳膊和双肩，两只手尽力按在她萎缩的黑皮肤上，十指深深地插进肉里。那双可怕的眼睛，张着大嘴，准备接受她的身体也许难以承受的喝彩。

伊丽莎白·亨特也承受不了。当她在钢椅上越陷越深时，她那仿佛是用金属丝串起来的肢体发出吱吱嘎嘎的响声。她双膝的骨头从锦缎长袍下凸突出来，法兰绒睡衣和羔羊皮的女鞋已不再使她感到舒服了。跳舞者唤醒了她的四肢，她因此而呻吟起来。当她与使自己着迷的舞蹈抗争时，她听见周围全是那个女人喘气的声音。首先，你不会因此而重新变得温柔：这是鞭笞，是砍劈，近似于谋杀。所以伊丽莎白·亨特呻吟了起来，像一头侧躺在地上的受伤的母牛。

它　是呀　它是一头快死的灰褐色的母牛。肋骨白白地穿过牛皮露出来。（它们可能不一定白白地露出来，但是也许真的露出来了。）瞧它那眼睛。你没有任何挽救这头母牛的办法——你自己也难保。你用你的脚趾轻轻碰了一下牛的肋骨（事实上　如果你要做一个诚实的人　你就得踢一下母牛　因为这庞然大物快要死了　跑去找凯特　告诉她这是头皮包骨头的瘫痪的母牛　不要说是庞然大物　她会搞不懂的　可凯特这个人找起来总是找不到）。她们在后门叫唤了起来。伊丽莎白吗？你上哪儿去啦？你不知道我们正为你担忧吗？

为了表示你神经还正常　你不属于他们的那伙人　你跳起舞来　除非是作为他们所"爱"的孩子　反过来也"爱"他们　每个人都在干他应该干的事情。我发现一条半死的母牛！呸！腐烂了的东西！它站不起来了,原来是条老母牛。他们说这可怜的东西　所以站不起来是因为天太早了　你知道吗,伊丽莎白·索尔克尔德？你心里就一点同情心也没有吗？你跳舞,因为你比那些爱你的人知道得更多,比屋子墙上的石头知道得更多。(怜悯完全是个人的事,是你自己和你必须躲避的对象之间的一种微妙的东西。)

伊丽莎白·亨特试图把她笨拙的嘴唇伸到跳舞的人在她身旁激起的阵阵旋风之上。她想要抓住什么,但又抓不着。她成了她椅子的囚犯。她所有的努力都像喝醉了酒一样,既没有必要,也没有实效。她慢慢地躺下了。

既然她的另一个自我已经从情人们用肉体来表达温柔的企望中解脱了出来(可悲的是,因为笨拙而无力,他们并没少摸),他们的行为变得异常多变。他们过去肯定是在有树林的地方跳舞　开始

阳光在树干间闪烁　噼啪有声　或许是呼啸　载着你疾驰向不治之疾的火车　衰老　死亡和腐烂　不　你听见的一定是垂老临终的声音　透过一扇扇长满苔藓的门　小鸟的鸣叫　闪闪发光　接着海鸥遮得天空黯然失色。(那天海鸥是怎么被戳穿的?)

洛蒂·李普曼的头发已经蓬乱了,尽管头发仍是她身体的一部分,可却在过着另一种生活了。头发朝两边披挂着,那条粗硬辫子甩过来打在亨特太太的嘴上。

这一下刺痛了她,刺得她非常难受,这在两人急速奔走时本是预料之中的事。

当舞蹈接近高潮时,洛蒂·李普曼抖掉衣服上装饰的金属小圆块,不过月光照耀下的那件舞衣仍完好如初。

亨特太太逐渐平静下来了：听见早晨这时候的波涛声 海浪在有珍珠贝的浅滩上一起一落 推涌着贝壳 完整的华人指甲 碎片 碎片最终成了沙子。

亨特太太能感觉到沙子的摩擦声。向夜班护士要点光吧。蓝玻璃杯里有一颗冰冷的眼球。或者,还是那个姑娘吗？女士们一发现自己怀孕总是变得不能自制和郁郁不乐。

一个女人还在那儿跳,没有任何明确目的地跳着。

这时,李普曼太太突然脚步沉重地走了过来。"你还希望我干些什么？"她气喘吁吁地冲着亨特太太的膝盖问道。

"没有什么了,去吧！你在伤害人,我好像并不感到很欣赏。"

这位管家十分痛苦：她还没有完全从驱除妖魔的仪式中解脱出来。

但亨特太太无情无义。"把护士叫来。"她命令道,"我想解手。"

她有一颗蛀牙,但她不准备花钱修补,想等到她付清了预订的那件咖啡色的长袍的钱再说。

曼胡德护士站在浴室玻璃窗前,试着用一根她专门藏着剔牙的毛管做的牙签碰了一下她的那颗蛀牙,痛得她差点大叫起来。(这牙签或许有用吗？……我一直用的是树皮 但梅维斯 她发誓说她用的是发夹……呸！不是一根针！)

公园里的大鹈绕着湖叫的声音使夜色更浓了。他们发现在湖面上漂流着一具尸体：是个男人。在这老女人的寝室里,得意扬扬跳舞的洛蒂,足以将抹墙的灰泥震荡下来。跳到老巫婆的行列中去,跳个够！哈哈！或者,当你把自己托付给圣母马利亚以后,爬上十字架吊死在街角。再不,就打下一个埋伏,躲在汽车游客旅馆的门厅里自杀。(调查表明,这个25岁的受过良好训练的护士被发现用她自己的围巾勒死在"太平洋堡垒"一间卧室的地板上,已有两个月的身孕。弗洛拉·曼胡德护士平时一个人住在兰德维奇的一套房子里。她的房东,63 岁的弗雷德·维德勒先生闻讯大为吃惊:"真不明白,"维德勒先生说,"为什么要夺去这样一位好姑娘的生命。"57 岁的维德勒太太心情过于沉痛,难以发表意见。"她差不多是我的亲生女儿。"她镇静下来以后轻轻地这样说。86 岁的富有的社会名流、牧场主的寡妇伊丽莎白·亨特太太告诉警察说:"是的,我想她是一个诚实的人,可谁又能说'诚实'是什么意思呢? 她已经跟我儿子或者是那个药剂师订了婚,我忘记了究竟是跟谁了。我已把我的粉红色宝石戒指给了她,以确定那种关系。我请你注意,不是蓝色的那枚。就我个人而言,我一直把她看成一个白痴,充其量不过是个养儿育女的女人,她的行动很快就证明她确是那样一个人。但我想,你确实可以把她看成是个诚实的人。你能证明自己也是诚实的吗? ——你自已怎么样,警官先生?")

曼胡德护士对自己的尸体解剖感到有点满意。如果她怀孕时间没有这么长,那么,那颗偷来的蓝宝石就一定会在她激动的心里掀起轩然大波。而现在,这只不过是断断续续的悸动罢了。当然,当起诉开始以后,它迟早会掀起大波浪的。

她起先没有意识到有什么东西在顺着她的两条大腿流淌,因为她感到牙痛,看到了大鹞,听见了沉重的舞步,想到了蓝宝石和只注意到下腹部的感觉。

那东西缓缓地滴渗出来,还没有真的一涌而出。

然而,她下身已经湿漉漉的了。

啊 神圣的血 啊 神圣的上帝 喔 神圣的主啊 她并不相信上帝 但只要有时间和可能她就会更加关心的。

弗洛拉·曼胡德把身子清洗干净后,要不是她此时那么愤懑,她本可能掉那么一两滴眼泪的。她懊恼的是她竟自己骗自己说已怀了两个月的身孕。还是个护士!

一阵咚咚的敲门声。"来啦。什么事?洛蒂?"

"亨特太太希望你去一下,弗洛拉朵拉。"

"希望我去?"她尖声喊叫起来,"岂不是太滑稽可笑了吗?"其实她也知道并不那么可笑,但弗洛拉·曼胡德很放肆,喜欢拿别人取乐,告诉他们自己闹的笑话。

洛蒂那模样仿佛刚从地狱里爬出来,披头散发的,本来就满是窟窿的衣服这时已差不多成了破布条:只有那双眼睛还显出她是个人。

两人都显得忧心忡忡,曼胡德护士想了想,问道:"那颗星状蓝宝石——她告诉你了吗?那颗蓝色的——有人偷了它!"尽管你可能知道这等于在洛蒂心里开了一刀,弗洛拉·曼胡德却因为自己摆脱了责任而哈哈大笑起来。

管家呻吟了一下,移动着她那双软弱无力的双脚。"他们将谴责的肯定是我,哼!"她拖着沉重的步子缓慢地朝门口方向走去。

小铃又丁零丁零地响了起来。多年前,纯属鬼使神差,弗洛拉·曼胡德和斯诺·滕克斯曾用力推开另一扇颜色更深、表面包皮、装有饰钉的大门。当她们站在污水盆旁时,刚好铃声响了起来,表明无足轻重的小人物也能变成大人物,只要你使自己相信这点,只要你有能力看得更深一些,远一些,而不是伸长脖子去留心那些超出自己理解能力的事,或者所有那些红色爱尔兰人的脖颈,就不会使自己毛骨悚然,浑身起鸡皮疙瘩或者咻咻地傻笑。

如今沿着楼道传来的仍是同样的铃声,所不同的只是响得更为愤怒和绝望。

怎么啦,亨特太太?弗洛拉·曼胡德感到自己像只橡皮球似的跳跃着走进屋去：告诉她那压根儿没怀上的胎儿，一起大笑一场，老东西很快就会忘记的。"您有什么吩咐？"护士问道。

"我是个命该登基的人。我要你帮我坐到那皇座上去。"

帮忙，确实不错。曼胡德护士力气大得很，她一只手便把这捆挂满珠宝的法兰绒、沾着婴儿爽身粉的锦缎、邋遢的丧服一下子抱了起来。

她把那捆东西砰的一声放在便桶上。"好了，亲爱的，握紧点。"看见那双爪子还在摸着找那红木扶手，她又问："坐稳了。您坐稳了吗？"

亨特太太喃喃地说："稳了。"平稳总是偶尔才有的。

曼胡德护士又感到她那令人快乐的血在细细流淌。"如果你现在感到快乐——舒适的话——我还有一两件事要做。我把门打开，这样，你需要我的时候，只要喊一下就行了。噢，这是你的小铃。"她拿过一张凳子放在便桶旁。把铃放在那上面。

她不由得想到，召唤弗洛拉·曼胡德的同一铃声也同样会召来圣灵（不是因为她有什么不敬的意图，她也许最终会信的。然而，科尔又会怎样想呢？）。

亨特太太没有抱怨什么。她的鼻子深思般一动不动；她的思想那么集中，所以听见护士离开感到高兴。现在没有人能帮助她了，只有她自己和神的怜悯。

如果说她要尽力定期坐坐马桶，那完全是一种取悦护士和医生的形式。正像她曾经预见的那样，她现在要干的事情不是撤回她的遗嘱，而是使身体具有足够的力量，以便能站立起来，坚定地朝水里走去。眼前的问题是，在她的注意力不得不集中在别的更重大的意外事故上而陷入混乱之前，到底还剩下多少时间？她从平纹细布边缘被卷起的样子看出：这是一种威胁，除非大地、海洋和天空肯赐以恩惠；这种状态又被动物的情感，那种带有蓝色触须、闪电般的目光及像水煮蛋似的畸形的章鱼的情感所扰乱。

艾尔弗雷德　我的最最亲爱的　无论我遭到了怎样的挫折我都向你乞求帮助。

我也知道一旦眼睛注视到什么，我就得一个人干些什么。

迈开惊人的步伐　去感受脚趾间又软又温和的沙土　起先这重大的决定使得步履沉重　风又刮了起来　吹动层层白云　像击在肋骨之间的拳头　这解释了肯定是灵魂的呼号　倒不是怕灵魂会被吹走　反正它总是要被吹跑的　而是期待着能接触一下从未接触过的珍贵的水　水从身子的裂缝和洞穴间渗了进来　蓝色的波峰上天鹅在等待　到了一定的时间　每只都发出压抑着的黑色的爆炸　它们深红色的嘴只啄那些异国人　对大多数人来说不再被人谈起比冰冷的水仁慈地涌上过于乐观却又是必不可少的心灵更为可怕　肉拳头是挚爱和格斗用的　不是延续生命用的　除非把它作为仁慈　作为珍宝送给人。

也许那七只天鹅聚集起来是为了毁灭人的意志　这意志曾与天鹅的武器势均力敌　它们的重重的拍击像深红色的痛苦　它们的翅膀像烈性腐蚀剂　啊　不要这样　我的光明的黑鸟　还是让我们——拥抱在一起吧。

一直等到我不再用虚幻的东西来填补我的空虚　我自己就是这样的永生。

透过浴室的窗户，曼胡德护士看到月亮已经升起来了：月亮很圆，或者说差不多圆了（人们看见的那一瞬间，月亮总是显得不那么圆）。

弗洛拉将胸部靠在窗台上，轻轻地哼着歌，歌声通过她的鼻子，擦过她的牙齿。如果过去有人向她求爱的话，她一定已把它献出来了——但不是肉体的爱：看在上帝的分上，不是男人们！而是对某种目的或思想的支持。但是，不幸的是她所缺少的正是思想，这点科尔曾不时加以暗示，唯有对那个她不愿侍候的人是例外，并且科尔一再表明他将因此而怨恨她。这时，她那双松弛的嘴唇懒洋洋地（不是肉欲地）发出了笑声。她因月经来潮而忏悔，她相信，她只得安于这不稳定的工作了。她迫切地希望玛丽·德桑蒂能立即到来，这样，她就可以用圣玛丽也会确认是改变了的姿态，而不是以粗野的热情，给德桑蒂留下深刻的印象。

她马上就要回到她的病人那里去，和病人一起庆祝她的这个变化。她要用从未体验过的温柔替这老东西擦屁股。伊丽莎白·亨特具有察觉别人弱点的天赋，不会像老淫妇那样嫌三嫌四，当着你的面大笑，把你的好意撕得粉碎——尽管她是能够那么做的。

这是铃声吗？不是那种一声高于一声的银铃丁零声，而是一种薄锡纸皱缩时发生的嘎吱声，一种舌头突然伸平静止下来发出的声音。

曼胡德护士急匆匆地离开窗户，震得窗框都抖动起来，窗格玻璃也发出了格格的响声。

当她到达卧室时，固定在木杆上的薄布窗帘像波浪一样翻腾。每次起风你不在屋里时就是这样。鼓鼓胀胀的窗帘占满整个房间，一定是窗帘掀倒了小铃，它现在正躺在地毯上。

亨特太太可能就是为此感到大为不安的。

护士快步走去关窗。"天气变了！"她大声说道，"不会有危险的！"（其实，在多萝茜公爵夫人使大家开始关心起气候之前，弗洛拉·曼胡德从没考虑过什么气候，你生来就处在这样的气候中，因为你无法避免它，也就只好随遇而安了。）"这点风您不会受不了吧，是吗？"

亨特太太已经从她的宝座上滑到一边去了,可两只手仍然死死抓住红木扶手。一边屁股,虽然已经干瘪了,在玫瑰锦缎皱缩成一团的地方却像象牙一般地闪耀着。那双眼睛透过面具呆望着。这副面具是她的侍仆创造力的最佳产物。

"亨特太太?"

护士在把这图腾放回它的传统位置上去时感到从未有过的乏力和笨拙。

尽管她处理过好几具尸体,但这却是死在弗洛拉·曼胡德手里的第一个人。为此,她走过来,走过去,大口喘着气,想着该怎么办才好。

她当然知道该怎么办。书本告诉过你,老师的讲授也告诉过你:马上把珠宝拿走,护士,否则,就可能会落到不应该拿的人手中。通常的做法是:堵塞每一个漏洞,以防漏掉任何东西。

虽然,当你的情感被绞得粉碎以后,你的大脑还能变得像消化道那样具有功能。当她将尸体放到床上时,她还是禁不住好几次触摸尸体。倒不期望有活过来的迹象(她这方面很有经验),而是启示?她斗胆希望:她的空虚将能由理解来充实。

说到做什么,护士已卷起袖子,准备去履行她所受训练中最令人不快的一项职责。这时,她的手臂与其说是漂亮的,倒不如说是强壮的。接着,她走过去打电话,报告医生他们的病人已经死了,并要他做最后一次出诊,证实她的职责确实已经完成了。铺着地毯的楼台在她脚底发出吱吱嘎嘎和雷鸣般的响声。

第十二章

巴兹尔最后一次睡着时,曾决心要早点醒来,以防马克罗里可能会闯进来。但当他睁开眼睛时,便意识到自己失败了。天色仍然尚早:事实上,淡淡的月光仍然斑斑点点地洒在屋里。那为什么又恐惧得寒心?他用床单盖住自己的下身,好像他的父母正站在他的床边一样。

多萝茜醒来时,被压得像散了架似的。不是承受着一个重物吗?不过,她对巴兹尔笑了笑。

笑容还荡漾在脸上,多萝茜又闭上了眼睛。她不必着急,因为这张床算是她的,她可以在上面再睡一会儿。

她完全醒过来时,也条件反射地感到恐惧。当她一把抓住床单盖住她的胸脯时,床单发出嘶嘶的响声。

"电话!"不知是哪个喊出这两个字,喊声在另一个人心里产生了恐惧的回响;铃声响着,响彻这座死一般的房子,响着。

铃声戛然而止,搞不清到底是对方搁下不打了呢,还是有人接了电话。

为了逃离这张使人恋恋不舍的床,巴兹尔用了很大的力气,扯得他那两只圆家伙十分疼痛。他差不多是仓皇逃进了另一间房里,风吹过他光裸的身子使他很气恼。谁也不能说没有责任;然而,他也许本能地会把责任归咎于多萝茜。

或者因为精疲力竭,或者因为欲望得到了满足,多萝茜的反应要来得慢些。在把邪恶的念头永远遮掩在习俗之中以前,她也许长期沉溺在自己的更为肮脏的思想中。她躺在那里,紧紧抱住那堆在晨光熹微中显得灰不溜秋的床单和羊毛毡。当那因为电话而引起的恐惧感慢慢消退以后,她才把它们丢开。她顺着鼻子尖看了一眼自己暴露在外、隐约可辨的四肢。这些肢体变成了休伯特更为模糊的声音:你如此疯狂地保护自己的身子,同时又委身于别人。①

拉萨贝娜公爵夫人倏地翻身下床。先做出一副愁眉苦脸的样子。冷峻的光线越来越亮,她无法遮掩面颊上令人伤心的压痕。在拖鞋声音到达她的房门以前,她还来得及用衣服严严地遮盖住她全身的鸡皮疙瘩和抖动的肌肉。

"进来呀!"②公爵夫人用一种很自然的语调喊道。她突然低头在镜子中看见自己的头发乱得不成样子;她觉得人们可以看到她的心在裹得很紧的睡衣下面怦怦地跳动。

马克罗里太太真可以成为传递噩耗的妙手:态度直率,语言精确(夹着一些苏格兰腔),正直诚恳,以确保与这位她即将使之受惊吓又将加以安慰的听者之间建立一种令人崇敬的关系。可是,这位信使未能抛弃她满嘴的秽语;她应有的感情被客观的理智抑制着,以致她的眼睛像患甲亢病般地鼓了出来。

"他们打电话来!"她开始说,但话头马上又卡住了。

于事无补的是,巴兹尔爵士又从穿衣室走了进来,边走边整理他匆忙披上的那件睡衣上的带子,用手掌抚平因睡觉而弄乱了的头

---

① ② 原文为法语。

发。在做这些无关轻重的事情时,这位大演员过人的注意力仍然没有受到妨碍;他不想被人指责企图夺取别人的发言权。

"他们打电话来!"那位报信人重新说起,"威勃德先生打电话来。"她自己改口说。

"你想跟我们说什么呢,亲爱的安妮?"①

如果她没有第二种文字的修养,拉萨贝娜夫人可能也会模仿起她朋友悲痛的语气来。她怜惜地握着后者的两只手,安抚着说:"喂,好啦,别害怕。"②公爵夫人非常指望巴兹尔爵士给她翻译一下,却看出他不肯帮忙。而其实,他如果肯的话,对他们两人中任何一个这都没有多大关系。

对安妮·马克罗里来说,就更没有多大关系了:对于灾难她已完全麻木了。"亨特太太,你的母亲——死了,"她说,"昨天晚上。"报信人说得如此笨拙,而又肯定,讲到后面口水都飞到公爵夫人身上来了。

巴兹尔爵士的眼睛湿润了,但不是忧伤,而是怀疑。(多萝茜认为她弟弟的表情显得有点傻)"她怎么死的?"他问得也够傻乎乎的。

"我不知道。"马克罗里太太啜泣着答道。

拉萨贝娜公爵夫人皱了皱眉头,低垂下眼睑,责备她兄弟的不老练;同时她自己脸上摆出一副悲哀相。"她也许在睡眠中安安静静地死去的,我想老年人都这样死的。"

她无法阻止烦恼在心中升腾,她把它化作了喘气。烦恼也罢,喘气也罢,反正已激起了她朋友的悲痛。

"你们多悲伤啊!"马克罗里太太哭着说。

为了遮掩自己因在母亲之死中插有一手而产生的羞愧,也为了

---

①② 原文为法语。

庆贺自己在别人心目中,也只有在别人心中而留下的清白无罪的印象,多萝茜拥抱了这位可怜的妇人。"你心肠太好了!对你的同情我非常感激。"事实上,安妮·马克罗里的纯真足以使人感激得痛哭流涕。

多萝茜的虚伪也激起了巴兹尔的蔑视(难道一个妄自尊大的女人,能仅靠基督教义的信仰而克服其虚伪吗?),无论怎样说,他有他自己的更重要的角色要扮演:做儿子的角色。

于是,巴兹尔爵士紧了紧小腿,开始大步走了起来,边走边跺脚(在寒冷的早晨,这样做是可以原谅的),把双手更深地插进睡衣的口袋。自从他们来到"库杰里"以来,他偶然发现,这睡衣和体面的安妮·马克罗里自己穿着的那件外衣一样质地非常单薄。但这对他并没有任何妨碍:他扬了扬眉毛,脸侧对着窗口(窗子朝东,此刻太阳正从群山后面升起来),他开始发表他等待已久的演说。

"我想,每一个人都会同意,母亲一生得到了她所期望的一切:美貌、财富、各方面的成功、忠诚的朋友,及其——朋友。我们如果要哀悼她,那就错啦,对吗?我感到,她在享尽天年以后,是不会因为死而后悔的,(如果他用了'过世'这样的字眼,那一定会令人震惊不已的;而若不是多萝茜,他可能也已经倒下了。)即使她当时已经意识到自己要死了。一个过惯享乐生活的人,到最后一刻会变得害怕起来,我想可能会有这种情况,但我希望母亲不会那样。"他看了一眼多萝茜,无论欣赏与否,她一直待在那里听他讲话。

她的悲哀已经干涸了:也许拉萨贝娜夫人预先已做了这件她或许并不赞同的事情,或者说,因为马克罗里太太在替他们哭泣。

安妮看来真的被感动了。"无论怎么说,这对孩子们来说是太可怕了!"这时,她自己的六个孩子大多已经陆陆续续地从床上爬了起来,在她背后稀稀拉拉地站成一排。

这种场面让多萝茜意识到,丧失亲人有时也会成为一种奢侈的享受。她捏了她朋友一把,表示她本人对此决不欣赏。

巴兹尔爵士皱了皱眉;他还没有讲完话呢。"嗯,没有人,甚至她最热忱的崇拜者也不例外,能否认母亲是个讲究享受的人。要否定这点是徒劳的。我怎么会忘记——我到达的那个夜晚——丁香花仙女。"笑声恢复了他为之闻名的金嗓子,传出一种与其说是辛酸的,还不如说是慷慨激昂的感情。

"可怜的妈妈,"多萝茜开始用短促而尖细的笑声或是咳嗽声,哧哧地说,"孑然一人在那幢房子里同那些女人在一起!她们会如何欺骗她啊!幸亏她还能够看到乐观的一面。母亲性格外露,很可能就因为这一点,她才能挨过了那么些年。但她的孤独是令人可怜的。"

马克罗里太太在衣袋中找出一块揉得很皱的紫红色薄绢,擦了擦鼻涕。"我不了解她。"她说。她也许还想在心目中保持亨特太太在"库杰里"的台阶前下车时那种令人目眩的形象。

巴兹尔爵士字斟句酌地说出最后一句话:"尽管她有不少过错,她仍不失为一个很有魅力的女人。"他不想看多萝茜:"作为她的儿子,我感到很幸运。"

多萝茜也不愿看巴兹尔。此时,小牧场冷冷地散发着雾气。她搓了搓自己的手背,瞥了一眼她那只旅行钟。"我们得把东西收拾起来了,"她对着房间里的人说,"不早点赶到那里对不住威勃德先生。我能想象出他的悲痛:我的父母是他的挚友,只是碰巧又是他的委托人。"

由于她竟把他排除在亲属之外,巴兹尔大为光火:"对任何过了一定年龄的律师来说,死亡不过是另一种形式而已。我不会替威勃德担忧;他草拟的遗嘱实在太多了。"

马克罗里太太突然回到现实之中,想起来说:"我该去给你们准备早餐了。"

巴兹尔压低嗓门恳求说:"在这样的早晨,就不必多费心了。"他望着她,眼角的皱纹挤成一堆。

虽然安妮·马克罗里是个事事认真的人,但她此时已沉浸在忧郁的回顾和愿望之中了。"没有你,真不知道姑娘们要怎么办!还有那缝纫课!"

多萝茜开始仔细地整理她那鳄鱼皮箱:这是从爸妈那儿得来的礼物。"至少,每个人的夏衣都已做完了,我们不是还可以通信吗?"当安妮后面跟着一帮孩子离去时,多萝茜含含糊糊地提议。

时间取舍了他们的话题以及其他多余的装腔作势。

巴兹尔爵士被气氛的急转直下弄得心灰意冷。他走进穿衣室,把自己的东西丢进他的箱子里。"多萝茜,你不认为上路前应当吃一块排骨吗?"

这句话太刻薄了,她不愿回答。今天她必须专注于她的朋友在她身上发现的美德,她发现自己确实也具备了一部分这些美德,在任何情况下,她都不愿为她弟弟的肮脏行为分担罪责。

那个令人憎恶的,实际上①吓人的胖女孩子莫格出现在她身旁。"便桶是什么,多萝茜?"女孩站在台阶上,边嚼边发问。

被剥夺了头衔和清静心境的公爵夫人厉声说:"真的,我一点儿也不知道。"但她颤抖起来了。

"他说她死在便桶上。"

"谁说的?你怎么知道的?"

"我听到那位先生——律师——这样告诉妈妈的。"莫格嘴里继

---

① 原文为法语。

续嚼着,眼睛望着多萝茜。

简直无法不抗议:滚!给我滚!让我一个人在这儿!但公爵夫人没有这么说,却挤出一丝微笑来,以遮掩自己的冷淡。"你不认为应该帮忙准备早餐吗?"

莫格说不,没有必要。但没过多久,想看的看够了,就自己走开了。

"可怜的老阿诺德·威勃德,"多萝茜冲着邻室说道,"他现在一定十分不安——以谨慎著称的他变得如此不谨慎:竟然会就一只便桶——对一个陌生人——在电话里唠唠叨叨!"

巴兹尔已经到了门口。"我不明白你的意思。"她无法相信他的话:他耷拉着脑袋,那模样显得十分卑下,像在哀求什么。

"难道你没听到?母亲是死在便桶上的?"她希望他能跟她一起暗自庆贺,她自己已经大笑起来了。

但她发现巴兹尔仍然一脸严肃的表情。"多萝茜,"他向她走来,"没有人会知道我们的秘密。这使我们彼此依靠,是这样吗?看在仁慈的上帝分上。"

她把他的话挡开了:"我想,会有许多人更老练地对你施以仁慈。"

"是的。"他说,"只是因为他们对我不如你我之间那么了解。"

他本想和多萝茜交交心,结果却不成,或者说,除了让人感到闪闪烁烁的恐惧以外,什么也没得到。

"我不明白你的意思,巴兹尔!"

"昨晚的事儿似乎不难理解。"

"不要再提起昨晚的事了!永远不要再提了,我要——啊,忘记这件事!"要是她能锁上门,把钥匙丢了,永远不再开门,那该多好啊!

事实上,他已经听到她把他锁在门外了。

就这样,他们继续各自收拾东西,中间安全地隔着一道墙。

马克罗里太太在吃早饭时提到,她丈夫给汽车加足了汽油,保证他们可以开到戈岗。她说,罗里感到十分抱歉:他已去他们庄园远处修理一扇昨晚被他撞破的大门了。

他们将见不到马克罗里了。像动物和孩子一样,他每逢碰到丧事总是避开。马克罗里家的孩子们,除了那胖胖的莫格和婴孩之外,都在丧失亲人的亨特姐弟面前低垂下了眼睑。

莫格对着茶杯哧哧地笑了起来:"在便桶上!"

他们离开餐桌时,巴兹尔爵士想起得给他们分发些角币。

孩子们高兴起来了,而做母亲的则变得眼泪汪汪。"能认识你们俩是多么美的事啊,就好像——差不多——一个人第一次来到世上一般。"

想起心地淳朴的人绝对不会斗胆一试的冒险,以及他们绝对想不到的欺诈,拉萨贝娜公爵夫人的眼睛湿润了。

她寻找她的手提包,但发现不在身边,于是提醒了她弟弟一句,也算在安慰自己:"巴兹尔,你肯定你没有忘掉什么东西?例如你的睡衣。休伯特,"她说漏了嘴,可已无法挽救了,"就常常把他的睡衣扔在枕头下面。"

巴兹尔咕哝着说:"不用穿它们了。"

莫格扑哧一声笑了,将一口奶茶喷回那只她一直在摆弄着的杯子里。

在吻别和答应互通音讯之后,亨特姐弟就要走了,马克罗里家的人站在院子里哆嗦着送别。拉萨贝娜夫人巧妙地用舌头尖舔了舔重新涂了唇膏的嘴,看看上面是否沾上了那个婴孩脸上的麦片粥。

巴兹尔和公爵夫人坐在车里透过车窗望着车外。

巴兹尔身子靠前,倚在他姐姐的身上,多萝茜斜侧着身子,变得更为僵直,这样一来,就可能使巴兹尔显得更为突出。大家都迫使自己相信事情确已发生,而事实上,尽管脸上挂着梦幻一般的微笑,亨特姐弟是最不相信人的人。

巴兹尔爵士踩动油门,车子很不体面地冲向前。这时公爵夫人伸出手臂久久地挥动着。初升的阳光照在她在"库杰里"一直不曾戴过的戒指上,非常刺眼。

他们坐着车子走了。

晚上余下的时间,她不停地翻滚,这边翻到那边,膝盖简直碰到她的下巴。一会儿又平躺着,两条腿不自然地在黑暗中僵直地伸着。对此,她早有准备,开始数自己从这边转到那边的次数,不过开始数得太晚了。有一段时间肯定没有睡着(永不睡着是她毕生所求的),压折了一只耳朵上的软骨(像亨特太太一样),她感到这软骨再也挺不起来了。(需要我替你按摩一下吗 亲爱的? 不 谢谢 护士 过会儿就会好的。)

伊丽莎白·亨特……的孀妇(威勃德先生会把这消息登在《先驱报》上的)。明天不行,现在太晚了,后天。那些名字里某些真有其人的名字会成为你早餐桌上的笑料——如果你有时间的话。只有当死亡发生在你所不了解的人身上,发生在某些人,某些你几乎不了解或者完全不了解的父母身上时,才会被相信是确有其事。病人中死亡的比例相当大,因为幸运的是,病人尽管真实,归根到底,毕竟是你所不了解的。一直到伊丽莎白·亨特……在她家里……安详地……

她伸手摸着把灯扭亮。可要是那家伙头重脚轻翻倒实在不合算。她把手缩了回来,又翻了个身。必须小心地用药棉擦巴杰莉拿

来的口罩　吃了炒蛋后去叫出租车　可能会影响你的运气　喂　对　是找医生　吉德利大夫吗？（除了那个胖胖的、只会讨好恭维的吉德利以外还会是谁？）我是曼胡德护士　大夫　我有事要告诉你　我的病人——亨特太太死啦。

他说他马上就来。（吉德利平时喜欢说美语，只是在亨特太太面前，他才变得更像个英国人。）他的声音很激动。看来他对一位富有的老妇人的死亡很关心。

啊呀——这只压折了的耳朵：完全清醒了。弗洛拉·曼胡德为软骨做了按摩。没有别人做的。

她把枕头从停放在床上的尸体下扔了出来，把死尸的两条腿尽量放直，合起那双曾经是亨特太太的眼睛。当她去拿药棉时，家具被震得摆晃起来，差不多要碰到天花板了。她准备好了羊毛小拭子，用水浸湿，以便使它们能稳稳地放在盖子上。（倘若贝蒂·亨特还活着，那她也许会因此而大发脾气，去掉"许多不必要的废物"。）对必定要来的圣玛丽来说，这些东西是否放得够整齐了？

弗洛拉渴望着德桑蒂护士能快点来。她此刻最希望得到的是一种持续感。亨特太太不在，这种持续感也许能由德桑蒂来恢复。她会用那双大眼睛看着你：宽恕你。伊丽莎白·亨特则从来不宽恕人。

曼胡德护士在等待吉德利或德桑蒂来到时，不住地看表，其间想起应该通知李普曼太太一声。尽管这样做有些令人不快，但终究也算是一桩使命。于是，她沿着走廊走到曾经是用人住的地方，门缝里露出的光亮映出管家房门的轮廓。

"李普曼太太在吗？"她一本正经地敲着门，一下，两下；用人的房门是用一些比较薄、比较便宜的木料做成的，而主人的则是用那种极其坚硬的雪松制成的。

过了一会儿,李普曼太太答道:"我不能见你,弗洛拉。"

"我有件重要的事情要告诉你。"说罢,她推开了门。

"你不必告诉我。整幢屋子里的人差不多都知道了。"洛蒂·李普曼正坐在那狭小的房间的地板上,头抵着胸,对着门口用德语说,"我们所有的一切都被剥夺了。"

由于跳舞,李普曼太太的头发松散蓬乱,现在辫子仍然松散地垂在脑后;脸色是灰白的、阴沉沉的,只有眼睑和嘴唇例外,天生显得更暗一些,像褐色的无花果;脸颊上带有黄色的伤痕,其间还带有一些猩红色。

"如果你已经知道了,那就……"曼胡德护士的注意力逐渐消失了;至少,惊讶理顺了她的神经,使她警觉地在门口站定了。

管家一会儿侧过这边脸,一会儿侧过另一边脸,紧紧地贴着身后的衣橱抽屉,想远远地避开——如果可能的话——在她赤身裸体时闯进来的人。管家挂在东歪西倒的衣橱镜上的一条毛巾也随之摇晃起来,连抽屉上的拉手也颤颤悠悠地抖着。

这时,弗洛拉摆出一副专横的护士的架子是不合适的,她现在想和气一些。"啧啧,你把衣服撕烂了。"看见如此明显的事她只得说点什么。

这衣服能幸存下来,简直就是个奇迹。时间和近来的狂舞使它处于即将完全支离破碎的状态;但这并不能解释她为什么要故意疯狂地把衣服从抵肩处往下撕开的原因。这件继承来的衣服的毁坏使李普曼太太的胸脯完全裸露在外。

她的脸一直这么转过来转过去,但她发出的声音就好像牛群在夜幕中被运上海岸送去市场时发出的那种声音。

要是在平时,弗洛拉一定会因此而高兴起来,或者说,会让自己想遮盖的内心情感流露出来。但现在时间太紧,责任太重大了;前门的铃声已经响了起来,如果是吉德利,那他一定早在那里坐等亨特太太死去,否则,不可能来得这么快。

所以,她也轻快地说:"我劝你从地板上爬起来。洛蒂,这样下去,你的关节会僵硬,你会后悔的。"她为自己维护了体面而得意,又说了一句:"等会儿我给你点擦脸的药。"话说到这儿就戛然而止了。

土灰色脸上的伤痕,毛孔张启着,看起来像块去污石一般,但这是一块正在呼吸,又呼吸不畅的去污石。犹太管家的头继续抵着衣橱的抽屉,摆晃着,抽屉上的锡拉手也不住地抖动着。若不是要去为吉德利开门,你肯定会起一身鸡皮疙瘩。

因为这儿还有个讨厌的医生:无论巴杰莉如何花言巧语,也无法掩盖这么一个事实,即这身戴假胸、头插联锁梳的女人,抵挡不住医生、茶园主和演员们的诱惑。

自从她第一次发现这个事实的一瞬间之后,曼胡德护士已经捞到了一些似乎很可靠的证据。现在,她在大厅镜子里的影像十分令人信服,也很漂亮。她从头巾下猛地扯出几绺头发,披散在额前——不是为了吉德利,而是为了上帝!为了自己的士气,她应该具备她所希望具备的信心。

这个肥胖而丑陋的医生在灯光下站在门廊里。在开门以前,曼胡德打开了电灯。他一如往常,带来了他的医疗袋,除了双眼闪闪发光外,丝毫没有异常的表情。可能是想表现出对这既悲痛又隆重的场合的尊重,他显出一副充满内疚的样子。

吉德利医生以其胖男人的声音说道:"你真走运能找到我,我和我的妻子去赴了一次无聊的鸡尾酒会,刚刚回到家里。"

("我的妻子"一定是个被糟蹋了的花一般的人。)

"她静静地死去了——在我毫无知觉的情况下。"曼胡德护士十分高兴自己出口这样顺当。

"我想她是不会后悔的。"他的声音有点浑浊而笨拙,然后他发现肚子里的酒给他壮了胆。"八十四岁了,是吗?"

"……六。"由于能纠正医生的错误,护士感到虽不能支配医生,但信心更足了。"今晚她精神最好,又是化妆,又是开玩笑,管家还为她跳过舞。"医生的下嘴唇不能接受这一点。"后来,她想解手,"护士边说边走上扶梯,"当我去帮她离开便桶时,发现她已经死了。"

"在她的一生中这还是第一次犯了疏忽的错误。"护士似乎并不欣赏这句话。

亨特太太这一观念比老妇人本身更使她感到比人略胜一筹。

他们走进屋子,来到难以置信地躺在亨特太太床上的尸体旁边。潮湿的小拭子妨碍你看到下面的东西,是人的眼睑呢抑或是彩色面具上的割缝。由于护士在它下巴上捆了条绑带,取走了假牙,使得其面颊上的绿色阴影更显突出。嘴唇边缘的线条已经消失,黯然的猩红色翻了出来,使得嘴巴看上去像条缝口,也因此增强了面具的效果。

医生低声笑了起来。"你们俩在玩什么古怪的游戏!"他抓住尸体的一只手腕,翻了翻眼皮,冷漠地舞弄了一阵听筒,然后用食指弹了一两下躺在床上的物体。"现在,伊丽莎白·亨特寿终正寝了。"

曼胡德护士一阵恶心。不,她早就死了! 她不是亨特太太本人,而是她所代表的某种东西吗? 生命,也许是。像月经开始来潮一样,你感到生命在鞭策你向前。暖融融黏糊糊的,这时,爱与生命恢复了。弗洛拉·曼胡德恨吉德利医生,因为,现在看来,他恨过亨特太太。

当他坐在那张最舒适的椅子上写死亡证明书时,她开始忙她自己的事情了。她要给尸体洗洗身子,并希望自己一个人干这事儿。

当她取来了盆子时,医生似乎还要继续坐下去。

"我得洗一下我的病人,医生。"她提醒说。

"为什么不呢,护士?"他对伊丽莎白·亨特身体的一分一寸不是都了如指掌吗?

她可以用背部把床遮掩住的。

"但愿你能因此而大发洋财。你的名字不是叫'弗洛拉'吗?"

"我可一件东西也不想要。"如果这个龌龊的男人强迫她谈论德行,那么,这一次,她感到自己说的不是假话。

"富人中哪怕是最吝啬的,也会记得在遗嘱里提到他们的护士。如果他们自己没这样做,律师也会提醒他们的,同时也会提醒他们提到医生,这是合乎逻辑的,不是吗? 不过,他们差不多总是来不及这么做。自然,有时候病人会爱上医生。可那是另一码事。"他非常愚蠢地笑了起来。

吉德利大夫("格雷厄姆")有位年轻(有钱)的妻子,两个孩子已经上了正正规规的学堂,自己的开业地点又十分理想,小日子过得蒸蒸日上。他不仅是歌剧院和交响音乐会的常客,还是全澳赛马总会的会员。弗洛拉·曼胡德却十分憎恶他。

当她面对她第一次接触的真正的死尸时,她应当能够表现得温柔些。虽然,她还得学着做。当她擦洗着这些萎缩得十分厉害的四肢、瘪皮囊一般的乳房时,一种怜爱之情沿着她用劲的手臂一阵阵地喷射出来,而不是缓缓地流出来。伊丽莎白·亨特生前惯于拒绝别人对她施加慈爱,但这种天性恐怕很难说明她真正的心境。至少,这样费劲地洗她的尸体可以帮助护士忍受身旁这讨厌的医生。

"他们说,她是个非常有感情的女人。嗯,你一定知道。"

正在忙碌的曼胡德身子俯得更低了: 她得保护亨特太太;她得首先用海绵擦去她自己在亨特脸上留下的邪恶的痕迹。想象中,这面具似乎确实带有一种纯真的表情。擦完以后,伊丽莎白·亨特的美,尽管只是一种观念,便翱翔于已经恢复了本来面目的头颅之上了。

当她最后用法兰绒抹完嘴时,从呼吸声她发觉吉德利医生紧靠着她站在身后。噢,不,靠得还要近:他正用自己的身子,肥胖的男人的身子,擦着她的屁股。

"弗洛拉,嗯?"同时淫荡地用下身戳了她一下。

"吉德利大夫,"她盯着他说,因为现在她已经转过身来无法避开他身子的任何部位:既不能避开从脸颊上伸出来的淡红色的胡子,也不能避开威胁着要在床上将她压在身下的腹部。"如果你已经忘了你的妻子,我可没有忘记我的病人,我要尊重她。"

医生猛地叹了口气,喷出一股威士忌酒味,恢复了几乎为护士摧垮的镇定。"情操真是高尚,就像教科书上要求的一样。可你难道不知道,教科书上说的全都是假话?"

简直是放屁!倘若不是德桑蒂护士出现,她可能会把他撵出去。德桑蒂穿着她出门穿的衣服。瞧她那眼睛!

由于来了夜班护士这样的专职人员,医生马上恢复了自己的职业姿态。"你就会看到,护士,"他说,"这儿死了个人。"说罢,他大笑起来,也许为了他自己,也为小曼胡德。

德桑蒂护士走到床边,摸了摸死人的双脚,便走出去换她的护士服。

现在,吉德利医生可以自由离开了。他歪着头,眨了一下眼睛,究竟是对这漂亮的护士呢,还是对已死去的病人,抑或是对她自己在镜子里的身影,这就很难说了;不过,最大的可能是镜子里的身影,他嘴唇湿润,四肢鼓鼓胀胀的,几簇时髦的头发卷曲在脸颊两旁,这是他内心最得意的肖像。而留给曼胡德护士的印象却只是两条赤裸的小腿,或者说,两团巨大而又白皙的、快要胀裂的球状肌肉,它们从地毯上开拔走了。

当玛丽·德桑蒂回来时,曼胡德已经把死人的尸体洗好了。而擦干死尸上的水迹,堵上尸体上的口子(感谢上帝!),缚住膝盖的则是德桑蒂。

两个护士压低声音交谈了几句,两人说的都是很实际的安慰话。曼胡德护士拿来一张新洗过的床单盖住尸体。她们把床单打开,把皱缩在尸体隆起和突出部位的地方拉平,然后,曼胡德开始给尸体修剪指甲,德桑蒂把手帕盖在尸体的脸上。在干这些事时,她们的手不住地相碰,身子也不时地相撞,或擦肩而过。每当这时,曼胡德就感到差不多要把自己羞于对伊丽莎白·亨特表达的爱情表达出来。

最后,德桑蒂护士问道:"你不知道你下班的时间早过了吗?"

"嗯,知道,我就走,而且再也不回来了,甚至再也不穿这该死的护士服了。"她说她不想再当护士了:这是她刚刚才意识到的。

"我希望你好好想一想,弗洛拉。"

"这关你什么事!"

如果圣玛丽不用她的教名称呼她的话,这一决定会使她更有理由感到高兴的。她板着脸走了出去,以避免脆弱的心灵受到损伤——她竟变得如此脆弱,这是她万万没有想到的。她换下护士服,但没有马上回到寝室去。如果她还能记起如何拼写单词和如何组织句子,她就要给德桑蒂写封信,感谢她道义上的支持;至于亨特太太,她不想再看她一眼,不想再看那张蒙着手帕的脸。

现在你在狭小和像棺材似的黑屋子的硬床上辗转反侧　这棺材不可能比失眠更狭窄　对了　你应该有能力去更换那些多少是属于你的东西或至少应该建议这么干　唯一想躺倒受罪的是李普

曼 她死命地抵着那些锡拉手 以致拉手都嵌入了肉里 啊 上帝啊 现在仍然是在同一个夜晚。

弗洛拉·曼胡德又一次差点想把灯拧亮,但她不敢正视眼前发生的事情,不敢正视那些油漆过的轮廓分明的墙角和一堆洗过的陶器。一切都是过去的好,尽管有些细节比较阴暗,想起来让人害臊。

所以说 在伊丽莎白·亨特死去的这个晚上 你仍在歪歪曲曲的小径上奔跑 并没有感到树枝鞭打切割着你的面颊 亨特的死仍然萦绕在你的脑际 就像那条你出于敬爱而替她缚上而实际并不需要的软麻布绷带一样 嗅到那上面有胶棉的味道 很感激 是的 你 心中充满感激之情。

弗洛拉·曼胡德拉上大门时,倒抽了一口冷气:因为洛蒂太疯疯癫癫了,门是从来不闩的。阿诺德·威勃德差不多老昏了,护士们则喜欢无端抱怨。波塔尼路一带的炼铁高炉啦,炼油厂啦,看上去真吓人,有时候,当你透过纱窗看着它们时,跟前就会出现一只燃烧着的十字架。好了,你不再需要去看这可怕的情景了,再不会通过莫里顿大道的纱窗去看这可怕的情景了。

弗——洛——拉 这样一字一字拼出使你感到更为真实 你简直不能相信自己终于自由了 如果你喜欢的话 你可以漫步在公园之中 或者躺在草地上休息 晚上不行 单独在外的人会被人杀害 应该在光天化日之下 那时候太阳的重量就是它的温暖 那正是你所渴求的。

此刻,天上没有太阳,她开始轻快地朝街上走去,它不依靠太阳,就像不依靠任何男人一样。亨特太太死了,你永远不会回来了,也不会再穿护士服了。不会再看见塑料袋,也不会看见只有在今天下午才打开的羽纱盒子了。

为了不再想她那只美丽的袋子,她加快了脚步。凉气透过她的衣服,虽没有穿过她的肋骨,但吹在她的肋骨之上,使她哆嗦了一下。她忘了现在正是冬天。

她一直这么走着,为了走而走着,走过安扎克,走向金斯福德。在霓虹灯的照耀下,她漫无目的地沿着马路牙子走着,然后走进格拉迪斯街。但在到达维德勒家门前的车道之前,又沿着对面的人行道返了回去。她不能忍受向维迪和维德谈话。她快步走过她从来没有听到过名字的街道:坚堡、特兰特、德里兰、科雷利亚、坎伯朗、多博。在重新穿过广场之前,她差不多跑了起来,接着又避开了一种仍然喷射在凸嵌的电线杆上的蓝光。重新走进广场时,她大口大口地呼吸,以便在狂奔以后喘过气来。

如果你那时聪明些,你一定会和洛蒂一起为亨特太太跳舞。

在贝尔维外面,两盏奶油色球形灯罩照耀的地方,有一个人影;第三盏灯罩,或长圆的萝卜,或一张疲惫不堪的女人的脸,这张脸上带着五光十色的记忆和逐渐消失的怒气,一双眼睛呆呆地瞪着。

"认识我吗,弗洛拉?"声音是从一张满是自我怜悯的活像橡皮洞似的嘴中挣扎着发出来的,"我能轻而易举地知道是谁向我走来了,这点别人谁也不知道。"

这个人无法支撑自身的重量,倒在地上:手腕不住地拍打着摔肿的膝盖,脑袋在紧缩的僵硬脖子上晃动,身子已经差不多滚到了路旁的水沟里。一辆车子从她身边驶过,在车前灯的照耀下,她的眼睑显得更为苍白,嘴更像是潮湿、滑顺的橡皮。

"是你——斯诺?"今晚就数现在最倒霉了。"你怎么啦?"

"啊,上帝,弗洛拉!我还以为是夜游神呢。你没有看见我被石头打得浑身发青?"

"可是在沟里?"

"要是你出不来又有什么办法?"斯诺的头现在更加软绵绵地贴

在地上。

弗洛拉朝这个她唯一活着的亲戚弯下腰去,背后吹来的风把她的短裙掀起,她感到从来没有过的笨拙和无能。按理说,她应该跪下身去,可她又不想弄脏自己的长筒袜。其实这也并非真正的原因:她本可以拉住她表姐的手,猛地将她从她躺着的地方拉起来。可她没有这么干。

"你还一个人过,斯诺?"

"一个人过。"

"你的朋友呢?"

"哪个朋友?卡拉吗?"

"我碰到过的那个,是叫阿力克斯吧?"

"是有个阿力克斯,走了。"

"那么,卡拉呢?"

"不是卡拉,卡拉也自己走了。倒有个叫凯的,把我扔了,今天晚上。就是因为这个我才喝得这么醉的。"

斯诺·滕克斯开始,不是哭,而是一点点地滴起酒或是眼泪来。她用一只手猛地一把抹去她嘴角或者鼻子上挂下来摇晃不定的银帘。

"你等着,斯诺,我去找个人来,"护士由于经常弯腰抱病人,腰都受了损伤,"来帮你起来。"

"我自己能起来——只要我愿意。"

"那么叫一辆出租汽车——送你回家。"

"我不要,我不想单独一个人待着。弗洛拉?"斯诺·滕克斯伸出一只手,但只抓住了黑暗:弗洛拉·曼胡德已经退后了。

事实是:你无法忍受她碰到你;斯诺也许会永远粘在你身上的。

"出租汽车最快,亲爱的。酒吧间里一定有电话,我可以用。打到红十字会。"太高,太亮,脚跟匆匆沿着人行道奔去。

斯诺坐在马路牙子上吃力地呼喊道:"你可得回来噢,弗洛拉,你应该到这儿来。早在香蕉镇待的时候我就感到,我们俩最好是同居在一起。"

"好的,斯诺。你等着。"

酒吧的门要使劲才推得开:一定是屋里的恶浊空气将它粘住了。男人们发出一阵阵充满啤酒味的笑声,仿佛要把冰镇过的玻璃酒杯贴在每个人,尤其是这个挤进来的女人脸上。

"你不会让我失望的,是吗,弗洛拉?"斯诺仍在马路牙子上叫着,"你同我一起度过余生。"

"好的,好的。"

弗洛拉(曼胡德护士!)用力把门推开。屋子的一端,男人们站在那儿盯着这个侵入他们领地的不速之客。这些男人,无论是勾起指头,指着大啤酒杯想建立微妙关系的、眼睛瞪得圆圆的大胖子,还是善于奉承、显得更知道用酒来提精神的瘦个子,都是性欲极强的家伙。谁说你能没有女人?至少女人能成为永久的财产:在烤架上烤牛排,熨衣服,拾掇屋子。做妻子的往往很会精打细算;不过,这是另一码事儿。瞧门口这个姑娘,搔首弄姿,那么风骚,就是把她按倒在小车后座上做爱也不会引起多少责骂。

也算弗洛拉·曼胡德运气,贝尔维酒店就在拐角上,她可以径直走到那儿去。她一边走,一边叽叽咕咕地向撞到的人道歉。她穿过对面的门,来到另一条街上。这时,她的双手拼命在衣裙上擦,仿佛要擦开她的愧窘,甚至羞耻:那些臭男人,那个喝醉酒的表姐,更糟糕的是她自己给自己带来的愧窘。

她又来到了疯狂的霓虹灯光下。自从亨特太太死了以后,这样的夜景成了她的生活。不会让我失望的,是吗,弗洛拉?见鬼!如果斯诺已把这想法植进你的大脑,那么她所能抱怨的,不会比你所能解释的要多。

远处,一辆警车放慢了速度,车里有人朝这个方向望来。没法和这位狗警察解释　说你不过是个刚从酒醉的表姐那儿脱身的人　不是他们所希望的马路天使　你甚至已不再可以辨认出是个护士　你不过是个毫无能力毫无希望　茫茫然不知何去何从的女人而已。

但是,警车驶过去了。

还没走到小街,你就开始往回跑了起来,脚踝没在沙土里,没命地逃脱这个死胡同。整条街都是沙子,真碍事!当你咯吱咯吱地走着时,就像被砂纸擦着一般难受。

弗洛拉·曼胡德感到自己似乎永远到不了自己想去的地方:街旁的木栅、十字路口的沙土都在阻止她。以前,她曾在一次赶公共汽车时把一只鞋给弄丢了,现在,要是警车能把斯诺带走,那她倒情愿再丢一只鞋。事实上,你也许会使每个你所想得起的人都失望的。

躺在这张狭小的床上　分得清何时是春天何时不是春天　就像分得清能人和蠢蛋　粮食和草皮　漏斗和隧道　分得清你自己的抱怨一样　如果你发现警车停下了你又该怎么办　贝尔维边上开着门　哦　不是门　只是进进出出的过道　和所有人一样　斯诺已经死了　你是个唯一幸存的人　还有伊丽莎白·亨特　她从手帕和被单下放出一股褐色的气流　和周围的暝色混合在一起　你真傻　因为亨特太太躺得好好的　根本没在棉花毯上蹬破一个洞　棉毛织物不会破。

又经过广场,这可能已经是第十五次了,弗洛拉·曼胡德听到了汽车往来的尖叫声。即使决心排除一切障碍的伊丽莎白·亨特也不可能阻止交通,何况自己。弗洛拉绊了一下,跌跌撞撞地碰在商店的橱窗上,橱窗先弯了一下,随后顶着她挤扁的鼻子震动几下平静下来。亨特太太得势时,手指常会发抖;而如果失势时,手指则会僵硬得像动物的脚爪。即使在夜晚睡梦中也不会去想这个死去的女人,只有傻瓜才会相信什么影响之类的事。

今晚,药店的橱窗一分为二,一边摆着特许专卖的润肤药,一边是"全民灭蝇运动"所需的灭蝇剂。店主人一直都没把橱窗布置搞起来。他没有空闲考虑这种事,而是放手让贝弗·西尔斯去干。西尔斯是个蠢蛋,而店主人似乎并没有注意这一点。现在已经很晚了,药房当然已关门了,所以她沿着路边,走上楼梯来到店主的住处。在褐色石墙的裂缝中,垂下一簇差不多也是褐色的芦笋蕨。当店主打开门时,飘出一股煤气和煎焦了的排骨味。

他说:"我正在煎几块排骨。"

她擦过他身边,径自朝厨房里走去。拿出烤肉一看:猪油都快烧起来了,肉上冒出的烟熏得她两眼生疼。

"快煎好了。"他说,仿佛他所想干的事件件都很顺手似的。

肉烤成这个样子,她也没有多少办法了,她只得关掉煤气。

她在厨房的桌子边坐了下来,她从来没像现在这么需要坐下来休息休息。

科尔问:"我该为你做些什么?"

"亨特太太死了,今晚上去的。我想她是我最后一个病人了。"

"讲这些干吗!这个亨特太太有些什么财产?"

"我不知道。我想,她已经享尽了天年。噢,你以为你这么长时间地装神弄鬼就能得到你所想得到的一切?"

"她在遗嘱上提到你了吗?"他一边的嘴角抽搐了一下,仿佛自上次事故以来还一直没有复原似的。曼胡德最讨厌他这个表情,因为每当这以后,他们俩就会互相对骂起来。

"不知道。"她说。说得很缓和,却感到了不可救药的愚昧。

桌上的碗碟之间,熏肉皮丢在厚厚的猪油层之上,莴苣叶被醋浸得枯萎不堪;科尔的一本书也丢在那里:《琐罗亚斯德言论集》①。他究竟要为谁占卜是很明显的,但此刻她是那么的愚昧无知,也许,这样的状态一直会持续下去。

"如果你是来这儿寻求解答的,那你知道你将得到唯一的答案。"

"我什么也不想知道。"她说。

从烧焦的排骨上发出来的气味,使她的眼睛更加难受:眼泪流了下来。

在摇晃不定的另一端,科尔依然不停地说着:"从你所告诉我的来看,你一直恨那个老太婆。"

"是的!"她喊了起来,"不——我不恨她!她比谁都更了解我,我只是不喜欢她追究我的心思罢了。"

"我了解你,弗洛拉。"他在她身边坐了下来,"我知道你是怎么一个人,你是这样的。"

"我什么都不是!"

他在吻她的大腿,吻她大腿之间的地方,而她,这个正在大出血的傻瓜,把他的头按在自己的腹部。她感到实在难以开口告诉科尔,自己裤裆里已满是血污,什么事也干不了。

他替她去拿了些给她睡觉的东西,又为她的"创伤",也就是面颊上被树枝划破的地方,拿来了一块敷料。

当血液开始从她大腿间流出来时,她愿意和他一起分享曾经享

---

① 琐罗亚斯德(约前628—约前551),波斯预言家,拜火教的创始人。

受过的快感,但不想把唯有自己一人知道的事情告诉他。除非亨特太太已经猜出来了。巴兹尔·亨特爵士那个她误认为怀上,又不复存在了的孩子将永远不为他所知:不正经的接触有时也是需要的,一点儿也没有什么害处。

不眠可能成为某种美德　自从他在你身边以来　他还不曾盘算过床笫的存货　尽管睡在隔壁的一张长沙发上　可能从来没听见他睡在这张双人床上的声音　在这张新婚之床上挤得紧紧的　她用她的蓝宝石戒指敲着床板　这戒指是你的　这不是棺材吗　护士在那边　在播种她的最后一颗种子　我看见那种子在你身上生长发芽　像只剥了皮的小兔子　啊　亨特太太　你怎么这么不仁慈(傻笑)为什么老是恨助产士　难道你不是肉长的　亨特太太　我的希望　我的孩子都是活生生的人　但愿神圣的蓝宝石显灵。

海加思小姐把茶放在他的临时记录册旁。"我让他们早做准备。晚了,你就可能没有时间享受了。"

她老在他身旁蹑手蹑脚地走来走去,又往往站得很近,以显得十分体贴,而这,却使他十分恼火。更使他受不了的是,她近来说话变得含含糊糊。

"你说什么?"他只得再问一遍。

"……在他们到来之前享受一下。"海加思小姐解释说,即使这次,也有半句话听不清楚。

她走到门口,转过身来。"我要替公爵夫人和巴兹尔爵士准备茶点吗?"问题的重要性使她把话说得很响。

威勃德先生眼睛向上一翻,目光越过他的眼镜,盯着海加思说:"到他们来的时候,你可以为他们准备午餐了。"

尽管她雇主前额上的皱纹表示出一种严肃的神情,海加思知道他不过是在开玩笑。为此,她大笑了起来。她那圆圆的无边眼镜和齿龈也为此显出一种不适当的感激之情。

阿诺德·威勃德没有笑。由于在丧礼上待的时间过长,他感到寒气已经沁进了他的右半侧身子和右腿。

亨特太太曾坚持说她不认识什么北郊的居民,可谁都知道,她是在北郊火葬场被焚化的。她生前拥有这个火葬场的股票。河那边的送葬者坐在长而黑的出租客车里,赶来哀悼。在接近教堂时,汽车放慢了速度,然后,以似乎是超自然的原动力,缓缓地经过修剪得很齐整的灌木丛,驶完剩下的路程。头顶上,火葬场的烟囱里冒出的黑烟像羽毛一般轻盈飘荡。这时,恰到好处地从悉尼方向吹来一股黑风。

在葬礼之前,阿诺德·威勃德站在那里接受朝他递过来的微笑,即使在这时,他也怀疑那股黑风贬低了他的身价:他感到腰部阵阵酸痛。来送葬的人不多。年岁和健康迫使亨特太太早就脱离了周围世界,她的朋友大多已离她而去——或者死了。在任何情况下,来参加葬礼的不是朋友,而是新近结识的熟人,就像你乘船出发时的送行情况一样。不过,今天来的也确实有那么几个是朋友:几个老态龙钟、穿着长呢大衣或皮毛衣服的老人。他们步履蹒跚地走着,笨拙地脱下那些过时的衣服,带着一种非常好笑的不信任神情,混浊的眼睛看着前方。

一直等到人们都走得差不多了,律师才走进教堂。他经过稀稀拉拉坐着人的几排长凳,走到他与死者的关系所决定应该坐的那排,坐了下来。在他背后不远的地方,坐着亨特太太的清洁工和一对男女青年,可能是清洁工的女儿和女婿。(他发现,库什家的人属于最虔诚的送葬者之列。)还有巴杰莉护士。她不穿护士服也总是显得像个护士的样子。这时,她冲他微微一笑,像是对着一个病人。

在这令人心碎的环境和他自己之间,不时地穿插着疼痛的信息,阿诺德·威勃德为此十分高兴。他老在座位上挪动身子,看看是否在需要时能产生疼痛。附近什么地方有一股樟脑丸的气味,还有支气管炎咳嗽的声音,一双戴着黑羊皮手套的手正费劲地在一只很小的罐头里取咳嗽药。

亨特太太生前不曾资助过这位牧师(所有漂亮的牧师都已去世了)。但这位穿着狗毛领大衣的牧师在演说时却非常虔诚和认真。他以一种给人以安慰的温情,叙说着死者的仁慈、美貌和天赋,谈到她与人为善的丈夫、卓越的子女,还极为谨慎地介绍了她富裕的经济情况。顿时,一股明白无误的天国仙气,在圣洁的人们心中唤起了对伊丽莎白·亨特的形象的回忆。但阿诺德·威勃德心中的形象却有它的污点:一定是亨特太太平时对他的责骂部分唤起了他的回忆。

他很快地朝四周看了看,或者是想在右屁股上产生出疼痛,或者是想迫使自己清楚地看见亨特太太的形象,或者是想责备那些姗姗来迟者。不管怎么说,反正他皱了皱眉。他发现德桑蒂护士来迟了。她穿着那件好像是平时常穿的深蓝色外套,外加一顶糟糕透顶的极为难看的橘黄色帽子。

德桑蒂在走廊后排座位上坐了下来。她一定在没人打扰的情况下看过那具棺材,然而,从她的眼睛可以看出,此刻,她既不望着棺材又不望着别的。如果她不把脸蒙起来的话,她头上的大洋葱头般的帽子也许什么也遮掩不住。他承认她办事精明,但总觉得这顶帽子选得不合时宜。回去时,他必须叫她搭自己的车子走,他要和她一起谈谈亨特太太。谈话本身就将是一种慰藉,因为就像往常一样,德桑蒂护士可能会提起不少亨特太太的轶事。究竟会是些什么,他不得而知。他从不以为别人有什么了不起的能耐,那个好心的拉尔肯定没有,甚至已故的亨特太太也不可能。所以,当德桑蒂在葬礼后打开她锁着的橱柜——她蒙着的脸,从中显出神秘的智慧时,他一定会惊得瑟瑟发抖。

阿诺德·威勃德突然感到羞愧难当。他猛地转过身去,看着牧师、棺材,以及那些非到火化时不会移动的打皱的布幔。由于起先不时地蠕动身子,他现在整个身子的右侧都在隐隐作痛。(拉尔会因此而担心死的;他将不告诉她,尽管他的行动最终会暴露自己的痛苦。)

由于这天火葬场很忙,葬礼也就匆匆地结束了,没有受到什么影响。其间没有什么人爆发出悲恸之声,只有在零零落落的地方,有那么一点悲伤的意思。伊丽莎白·亨特本人的作风并不鼓励过度的感情流露。

后来,在他们等候着机器把棺材放下来时,传来了一阵金属碰撞声,还有药水洒在贴砖上的声音。一会儿,那只漆得锃亮的大盒子动了起来。它先是抖了抖,然后歪歪斜斜地朝布幔分开的地方移去。尽管他毫无军人气质,可律师觉得应该挺直身子摆好架势站好:也许这正是他身后的人希望他做的。他并没有在看,可这别人无法觉察。声音却是他无法避免的:声音盖过他的耳背和在吱吱嘎嘎的体内怦怦的心跳声强行钻进他的耳膜。事实上,他最终还是聆听起来。

当他重新睁开眼睛时,布幔已经合上了。若不是想起她遗嘱上的第十款,他的心绪一定会一落千丈。"……我的律师和朋友阿诺德·威勃德在他方便的那天,将我的骨灰撒在我曾经住过的房子对面那座公园的湖里……"这时,他腰上的疼痛便不期而至,使他大为高兴。

他又站在露天里,在和一张张抑制着感情的脸(有的他竟认不出来)互致悼念之辞时,他的腰一阵阵作痛。那些对死者例行完了职责的人漫步在花圈之中,一一察看花圈挽联上的名片,也许是想发现谁和他们想象的一样吝啬,谁又和想象的一般无聊。

阿诺德·威勃德竭力想记起自己应该做些什么。噢,对了!顺便载德桑蒂回家去。他开始寻找那顶橘黄色的帽子,目光沿着两条火葬场的出口通道搜寻而去,通道的两边分别是死人的纪念碑和修剪得过于平整,以致显得很不自然的灌木丛。两条都没有那橘黄的标记。最后,他倒为此感到很轻松。是啊,他们在回家去的漫长的路上能有那么多话要说吗?在所有人中他只选择德桑蒂护士,这他又怎么向拉尔解释呢?

回家以后,他对妻子说:"你幸好没有去。"

"你知道,如果你要我去,我就会去的。可你没那个意思。"她又补充了一句,"也许她并不想要我去。"

他注意到拉尔正戴着亨特太太叫他转送给她的那条项链。她的脖子发红而皱缩,项链上的绿宝石点缀着脖子上的斑点。

"开得成功吗?"她说罢脸唰的一下红了,也许是想到自己用词不当。"嗯,你知道,只要稍一怠慢,她就会狂躁起来。真不知道如果她晓得自己的葬礼开得不成功会气得怎么个样子。"

阿诺德·威勃德感到屁股一阵剧痛,她一定从他脸上看了出来。

"噢,亲爱的,怎么啦?"

"没什么,"他说,"稍有点坐骨神经痛。"

"哟——"她呻吟起来。

他感到很得意。

"我为什么不快去药剂师那儿弄张膏药来?"她这么说,想得到丈夫的允许。

"没什么大不了的。"他做了个鬼脸。

他不是个自虐狂,但希望摆脱拉尔这种善意的干扰,独自一人忍受这剧烈的疼痛。他朝她苦笑了一下,借以表示他欣赏她的同情,同时一只手轻轻地拍着她的手——这是几乎半个世纪以来他们表达爱情的一种方式。

阿诺德太太小心翼翼地等到丈夫吃第二块大马哈鱼时,才又开口问道:"有我认识的人吗?"

"有护士、清洁工,除此以外,都是些似熟非熟的面孔,这就是我为什么不参加俱乐部的原因。"阿诺德继续嚼着他的大马哈鱼。

拉尔咽了口水,润润嗓子。"孩子们呢?"

阿诺德一边往下咽鱼,一边摇起头,显得很烦躁。"我告诉过你不是吗?多萝茜得了偏头痛。"当他把餐具放回盘子时,刀叉从他的手指间滑脱,掉在粉红色的油灰地面上,铿锵有声,同时落下的,还有两三块白白的鱼骨头。

拉尔双眼瞪得圆圆的,沉重地喘着气,她一定以为那是一种叛逆行为。

"巴兹尔去了,"他不得不说了出来,因为他最终还是会被他妻子逼出来的,"但没有露面。我相信他们一定会去事务所——这是大家事先说好的——去审阅那份遗嘱。"

事实上,尽管律师这次去得比平时要早,可多萝茜在他之前就已经到了事务所。

"你一定无法想象头痛病对我有多大的影响。不过我可以告诉你,只要出现一次,就不堪忍受。"

痛苦,无论是特殊的还是一般的,使多萝茜睁大了双眼,痛苦之情几乎要从眼眶里满溢而出。眼前的这位多萝茜,比阿诺德记忆中的要漂亮得多。

公爵夫人一定看出了他的心思,因而她的笑容中也露出几分悲戚。她早已忘了轻易成功的滋味。刚才,她从穿衣镜中已经发现,自己很有魅力:这是疲乏加宽慰的结果。有一套衣服她穿了格外迷人。这衣服有些陈旧,可又不致显得褴褛而失其奢侈,就像她的那件波斯皮袄一样,黑貂皮的领子上别一枚饰针——一颗巨大的水痘珍珠,下衬一块大钻石,这是她那不幸的婚姻带给她的绝无仅有的珍宝中的一件。如果说她已被"库杰里"的不适,甚至震撼弄得精疲力竭的话,那么,她如今所以还能支撑,原因就在于她知道母亲摆脱了她和巴兹尔设下的死胡同,替自己选择了一条合情合理的道路,知道自己斯文的,噢,对——堂皇的贫困生活从此一去不复返了。(毫无疑问,肯定有不少恶毒的小人会从另外的角度看待过这一事情,他们会嫉妒她即将享受的清闲;那些一贯贫穷的人一点不了解名义上的富人所处的贫困,他们的态度往往使多萝茜大为光火。事情并非他们想象的那样,举例来说,那枚饰针其实不过是几乎不存在的事物的象征。)

公爵夫人提起精神,注意起眼前这位体面的老头,他正一面专心谈论天气,一面暗暗地欣赏她的姿色。她得想出一些格外动听的话,来应酬这位头脑简单的家伙,使他永远也猜不出她没有出席母亲葬礼的真正原因。

于是,她捏了捏椅子上的皮扶手,面颊侧着贴在貂皮领上,对他说:"当然,我很同情你。像你这样明白事理的人肯定会感到十分痛苦。昨天,你和我弟弟在一起,吃了苦,我很感激。至于巴兹尔,那实在算不了什么——对演员来说,葬礼是练习技艺的好机会。"

阿诺德·威勃德决定不泄露这么一个事实:她弟弟使他们大失所望,没有露面。他担心她也许会从中获得意外的好处。

而这时,多萝茜心里想的却是倘若她坐得离阿诺德似乎更近些,她会不会用力捏他一把。事实上,他们两人之间的距离本可以使这种动作显得很有戏剧性,甚至具有运动员的架势,无论如何,她没有这种欲望,真奇怪,母亲的死似乎断绝了她所有的欲念,首先是渴望有位父亲的欲念。有一刹那,她又被那个梦吓着了:律师滑溜溜的睾丸拖过她的大腿。

她瞥了一眼手表说:"我看我弟弟又会像往常一样迟到。"说完这句并不值得一笑的话,她哈哈大笑起来。

笑声立即引来了巴兹尔·亨特爵士。

他戴了一顶粗花呢帽子,歪戴着盖住了一只眼睛。她觉得他有些气喘。她发现自打上次分手以来他脸上新添了一股蛮气,或者是他在扮演一个粗野的角色,或者是因为他内心的粗鄙浮上了脸面。

尽管如此,巴兹尔显然是想扮演一个清醒的角色。"早上好,多萝茜,威勃德。"他在那张很不舒服的椅子上坐了下来,拳头对拳头地抵住胸脯,好像别人真的会相信他不知如何处置它们似的。

如此表演以后,他按次看了自己的两个同伴,然后才开口说:"有些最使人悲伤的东西,意志薄弱者是无法体会的。"

多萝茜本能地意识到,这十有八九是莎士比亚的话,因此,对巴兹尔的自命不凡十分反感。

可威勃德却喃喃道:"不错。"还笑了笑,同时低头看了桌上的文件。

巴兹尔把律师的宽容看作对自己的感情,不过,他敢肯定也会得到多萝茜的仁慈吗?多萝茜不露声色,她甚至看都不肯看他一眼,就好像她情愿相信地板,也不愿相信在他们之间发生的姐弟之情。

"正如大家所知,"律师开口了,"还是亨特太太遗嘱的事。"

多萝茜看上去很痛苦。从巴兹尔歪着脑袋的模样,她看出他正在考虑着什么。"是啊,"他有些气急地说,"还是遗嘱。"

她想起了眼睫毛睁开闭拢的声音。"你真的能听见这种声音吗?也许,这只是一种触觉,不是吗?"

自从离开"库杰里"以来,她已经成功地把一些想法逐出了自己的脑海。让它们重新归来,她可受不了。

拉萨贝娜夫人打开手提包,拿出手帕,紧紧地捂住嘴。

决心不让悲恸在事务所爆发的律师忙插进来说:"当然,我们都熟悉你们父亲遗嘱上的规定:遗孀在世时,财产归其所有;遗孀过世后,财产平分给孩子们。"

巴兹尔至少是真的被感动了;使他感动的是从头到尾都适用的两个字——孩子。他微微颤抖了一下。

多萝茜恢复了镇定:金钱具有巨大的安定力。她只是有点儿吃惊——她往往是这个样子——惊异父亲竟要"平分"他的财产。作为女的,她本以为将受到亏待。

"所以,"律师继续说道,"你们各得到一份相等的遗产。但对你们母亲的遗嘱,我们得加以特别的考虑。我想,她的遗嘱是够明白无误的了。"他把副本交给两人,"不过,亨特太太做的每件事都是正确的。"

有人笑了起来。

"你不同意,多萝茜?"

"噢,我想,就某种意义上来说,是那么回事。"至于这"某种"以外的,她则闭上眼,缄口不谈。

阿诺德·威勃德脸红了。"至少,我希望你们能发现她的遗嘱是十分确切的:除了一两件小小的遗产外,其余的你们还是一人一半。"

巴兹尔和多萝茜的脸阴了下来,可又阴得恰如其分。

"这些要给她的用人——有的已经死了;这份,"他咳了一下,"五千元是给我妻子的——惊人的——动人的——慷慨。"

多萝茜回忆起雀斑和夏日的气息。"多美的——母性。我一直很爱她。"对自己的宽宏大量她颇感得意。

"恐怕亨特太太的过错在于没有提到她垂暮之年所依靠的那些人。我不止一次地提醒她在遗嘱中别忘了她的护士和管家李普曼太太,可当时,尽管她年事已经很高,她竟不相信她自己会倒下去。后来,我就不为此事打扰她了,因为,我认为这问题她过世后我们之间可以很容易地加以解决。"

"当然,得分些给护士,"巴兹尔·亨特爵士同意了,"这也是一种惯例,对吗?"

多萝茜长时间地凝视她的一只鞋尖;有些事她宁肯让男人们去决定,除非他们被天真无知引入歧途,否则不加评论。

"你建议给她们多少,阿诺德?"巴兹尔仿佛在排练中,扯着嗓子大声向坐在戏院大厅前排座位暗处的导演请教。他并不怕,而是尊重他的女主角,除非需要进行客观的判断。

阿诺德·威勃德板着脸,完全变成了另一个人。"我相信,德桑蒂护士、巴杰莉护士和曼胡德护士会认为五百元是可以接受的一种表示。"他重新开口时说。

"每人五百元?够了!"这时的巴兹尔爵士即使不戴那顶粗呢帽也显得十分洋洋自得。

多萝茜梦幻般地笑了笑——不是冲着巴兹尔。然后,点点头,咳了一下,让律师知道自己是同意的。

"那管家李普曼太太呢?"

"上帝啊,怎么把她给忘了!"巴兹尔对此很惊愕。

"也给五百吧?"威勃德先生问,"你们的母亲很看得起她,尽管她很少让她看出这一点。"

"一个挺不错的厨师。"巴兹尔想起来了,如果你喜欢这个中欧佬的话。

两个男人都拿眼看着拉萨贝娜公爵夫人。她半晌才边笑边回答说:"我想李普曼太太的确还不错。"

"那么,就给五百啦?"

"噢,我才不那么吝啬呢!"公爵夫人喜形于色地抗议说。

"我还想提议,"律师低着头好像在跟他的图章戒指说话,"提,提议给那个清洁女工——库什太太一笔小小的赏金。"

"给她五百元!"巴兹尔爵士拍了一下巴掌:厌烦心理在迅速地消耗他库存的忍耐。

"清洁女工?"公爵夫人抬起头来,满脸惊讶,"就是那个从雷德芬用出租车接来的人吗?"

"库什太太的确住在雷德芬,"律师证实说,"她还有个患癫痫症的丈夫。"

"还有静脉曲张症呢!"公爵夫人沉下脸说,"我们三个人都不应当对癫痫和静脉曲张感情用事。我一眼就看出那个清洁工是个工作效率最低的人,我不明白为什么我们一定要给她多于一百元的赏钱。"

沉默。沉默也许使多萝茜·亨特——如果不说是拉萨贝娜公爵夫人害臊了:只有具有理性头脑的女人才能使男人免于感情冲动。

"如果你真的那么以为,那就算了。"威勃德先生喃喃细语。

"干吗要说什么真的假的,关键是要面对现实!"公爵夫人异常激动,不得不把手按在大腿上的手提包上,以支撑自己。

"给清洁工一百元。"巴兹尔深吸了一口气,这是件无关紧要的小事,他介入以缩短对此事的争论。

多萝茜让步了,同时明确表示:微不足道的让步并不会使她放松思想警惕。

"最后,"律师说;不过真的最后一项吗?"还有亨特太太个人所有的一些东西——她的家具——房子。"

巴兹尔哼了一声;多萝茜叹了口气。

"假如你们不想保留什么,"律师认真建议说,"最好全部拍卖处理掉。当然还有些——具有感情价值的物件——例如珠宝等。"他转向多萝茜说。

"还剩有些珠宝吗?"拉萨贝娜夫人沉思着突然问道,"护士们个个都捞了一把。"

"还有电工和冰箱修理工。"

亨特家的后代不约而同地大笑起来。

直到突然瞥见了站在一旁的老头子,多萝茜才明白自己其实经常遭到生活的打击。"也许我还想要那些珠宝。"她语气缓和了一些,摆出一副很有教养的怒容,以表明自己并不那么急于想要那些珠宝:无论如何,母亲的珠宝谈不上漂亮,只能说是奇异。

威勃德先生点点头:"那就只剩下屋子啦。"

"啊,拍卖,拍卖掉。多萝茜?"

她本不想赞同,却又不得不应和,因为这是最切合实际的办法。她打开了手提包。今天早上令人不愉快的紧张气氛竟使她感到心口一阵灼痛。

"还有一点。"律师提出说。

啊,天哪!巴兹尔站起身来,从衣服的前襟上掸去想象中的面包屑。

"遗产在清理期间要防范莫里顿大道的土匪小偷。我已经询问过德桑蒂护士和李普曼太太,估计她们会出于对亨特太太的忠心,留下来当看守人的。"

对这项安排,亨特姐弟找不出反对的理由,尽管巴兹尔预料这两个看守人很可能会使他们伤透脑筋。而多萝茜则恰恰相反,认为处在合适地位的女人会变得意气沮丧,养成节俭的习惯的。

"很抱歉,这场讨论从某些意义上说使你们受到了折磨。"律师向他的当事人这么说,而从他的脸上看,遭受磨难的正是他自己。

多萝茜朝他笑了笑。"事情都办完了。"她温柔地说。她还能表示出温柔,至少对那些绝对不威胁她平静的人能这样。"或者说,我的事情已办完了。你得留下来拍卖。"

"你还没有打算离开我们,是吗?"

"我已订了票。明晚就飞巴黎。"

巴兹尔终于迫使多萝茜把目光转向他了:他发出一种很不成体统的难听声音:"溜得也真够快的,难道不是?肮脏——无论如何,狡猾,典型的狡猾!"他那脸刚来时的得意劲——很可能是酒精所致——这时已荡然无存,只剩下一脸皱纹,他仿佛站在悬崖的边缘,身子倾斜得太厉害了,或者说,他是站在空中?

"有什么理由要留下来?"她急忙说道,生怕巴兹尔提出个理由来,"干吗要待在这个不属于我的国家里?除非确有必要,否则我一刻也不想在这儿多待。"

"你说得不错。是该走了。我只是想,我们可以亲亲密密地一块儿走。"

"我可记不起我们有谁依靠谁的时候——在任何程度上——在任何问题上!"

这么说了一通之后,她的目光又移开了。她不知道自己是否已经流血了,但意识到自己身上已经裂开了一个伤口。阿诺德·威勃德送他们到电梯旁。其间,他非常合乎时宜地提出要在第二天晚上送多萝茜去机场。她也希望他能这么做,因为她觉得这么一位不动感情的庸人,可以缓和一下她在机场的紧张情绪。电梯来了,亨特姐弟很快地走了进去。电梯里的人朝里挤了挤,给他们腾出个位置。不知怎么的,这些陌生人脸上一副惊恐的目光。

心里害怕的是多萝茜:假如她甩不掉巴兹尔怎么办?如果他像那些缠绕在她脑际、想忘又忘不掉的恶魔一样,从地球的这边跟到地球的那边,那又怎么办?他们一起沿着马路大步走着,步履合拍,默默地走着。他们的个头一般高低,所以巴兹尔走近她,搂住她时,他俩的眼睛都处在同一水平线上。两人只好停了下来。

"你的力量,多萝茜,也许正是你最大的弱点。"

她的力量?就她这么个动摇不定、胆小、丑陋、无助的人!(但愿城堡会坍下来,把你碾进砾石路面:把这个戴着趾高气扬的帽子、豁着嘴唇的巴兹尔也一起砸进去,埋在钢筋混凝土之下;两人埋在一起。)

"我该走了。"拉萨贝娜夫人尽可能优雅和漫不经心地用声音拉了个弧形。

他脸上马上堆出那种职业魔术师的笑容:"肯定又是搭法航,对吗?"

"还需要你问?我到曼谷再换法国飞机。"

两人大笑起来,笑声同繁忙的街道上传过来的乱哄哄的声音在一起,散落在他俩身边,仿佛依稀可辨。

这时,多萝茜猛扑在一大堆蛇身上——他想象这些蛇正在她体内蠕动。啊,不是"想象",而是真的。它们难道不是他放出并加以玩弄的吗?他感到它们还在他的皮肤上滑行。

但多萝茜已钻进了一条她选择好的街道。

巴兹尔·亨特爵士把帽子戴得更歪些,(在任何情况下,你从不让自己受玻璃橱窗的蒙骗而去观望。)他咯吱咯吱地朝前走着:一则因为他那双罗圈腿,二则因为年纪大了。他准备要一杯双料苏格兰威士忌,或者两杯——或者一整瓶,就像葬礼那天一样,啊,葬礼。(记住你已经继承了一笔财产,可以买回你逝去的青春,重操艺术,重新获得——差不多所有人的爱戴。)

一扇旋转门把巴兹尔爵士推进另一个世界:异乎寻常的微弱灯光或坐在黑色玻璃隔间里的几对男女突然发出的笑声打乱了他的步伐:他面带微笑咕哝着在门口站了很久,结果他一边耳朵被仍在旋转的一块隔板打了一下,将他的帽子撞得飞转。坐在玻璃隔间的人们的笑声倾泻在这位不知名的丑角身上(或者他们是否认出了这位被派错了角色的名演员?),至少,还有个侍者跑上前来,迎接这位戴着帽子的演员。戴这样的帽子,在无论什么情况下,都显得是个错误。

巴兹尔爵士大步走到柜台,要了一杯双料苏格兰威士忌,只是一杯。他需要镇定心中的鬼魂。(地狱的边境传来声音:不要看!坐在酒吧另一端,正热情又拘谨地扬起眉毛的是女演员西拉·斯特奇斯,巴兹尔·亨特的妻子。他们说是他逼迫她嫁给他的。)

在曼谷,拉萨贝娜夫人重新进入了她的世界。

"想吃点什么吗,夫人?"[①]

"不,谢谢。"[②]这话倒确实是真的。

法国班机上的空中小姐的问话这么没有人情味,以致有些人(譬如澳大利亚人,澳大利亚人特别强调"热情")会认为是傲慢的表

[①②] 原文为法语。

示。多萝茜和空中小姐微笑着对视了一阵,她们彼此更为了解了。

这以后,多萝茜·拉萨贝娜便背靠在椅子上,闭上了眼睛。好几个星期,好几个月,也许在她的整个一生中,还从来没像现在这样轻松过。现在她不必按别人设想的、完全不合她自己的性格的方式去行事。她甚至觉得自己已经达到了她相信可以达到的超人的境地:免除了一切骚扰,向理所应当的归宿走去,摆脱了一切欲望(啊,上帝!对了——摆脱那些讨厌的身子,东摸西抓的手)。

有那么一两次,她甚至宽慰得啜泣起来,在椅背的套子上摇晃着脑袋,直到想起自己的发型才停了下来。她马上重新调整自己的姿势。这回更实际了,心也定了下来。她斜坐在那儿,两条小腿压住她那只放珠宝的箱子。

当她得到那些从母亲那儿继承来的珠宝时,她考虑将它们重新镶好,尽管它们中间有许多可能已无法佩戴了。她将它们视为情感的纪念物而加以保存,因为世上即使最坏的母亲也不一定就会破坏感人的母爱。(如果命运之神送给你一个孩子,你将成为怎么样的一个母亲呢? 拉萨贝娜夫人感到欣慰的是自己新近变得超然物外,并不需要就此做出答复。)

现在的问题是,她该如何在这精神(也包括经济)解放的境地中行事。她想,首先得搜遍所有的橱柜和抽屉,彻彻底底地搜寻。她要好好地清点一回。只把那些质地最佳的必需的服装保留下来,最好是黑色的,尽管她穿绿的最好看:杏黄和碧绿,我喜欢后者,而不喜欢前者。① 还有鞋子:她也许会沉溺于——不是酒宴,而是屈从于自己的弱点,以优雅的方法掩盖丑中之最。她看见她平常经常穿的鞋子(这鞋子比那些时髦货要经久耐用得多),有条不紊地排放在

---

① 原文为法语。

她的衣柜①底下的黄铜横条上,其中有她最珍爱的那双熟牛皮鞋。长期以来,她尽力擦拭,使它们亮得像盛放着圣餐的金属盘。

多萝茜·拉萨贝娜满心得意,她环顾四周,看看是否有人注意到她了。然而,那些专司他们安全幸福的严厉天使们所控制的灯光,逼使其他乘客程度不同地进入了休眠状态。靠在她身边的那个巴基斯坦人脸色都泛黄了。公爵夫人移步来到过道。

对了,还有书。图书馆比任何别的地方都更需要清点:那卷帕斯卡②著的《给一个外省人的信》之所以吸引人,有人怀疑不是因其论据,而在更大程度上是因其封面。公爵夫人已经培养成了对法国名著、对她自己在它们中度过的愉快岁月的崇敬心理。(剔除掉这类书:布尔热的、巴塔耶的——带这些书简直就是错误。莫洛亚?待定。)

还有男人。因为一切业已完结,所以,并不是说某个年长的名著鉴赏家就不想偶尔提出分享分享下列精品:司汤达及奥迪隆·雷东的名作,黑蘑菇馅鸡,一瓶两个人共享的美酒。

公爵夫人在对人世间的享乐重新估价时,突然想到该改革一下自己精神上的训导。她仿佛看见一只陌生的手,虽然是男人的但却相当敏感,在那仿佛是由她的权力所变幻的、刚洗净的白色床单上写着什么。她被自己虔诚的抱负所陶醉,也不顾椅背套子是如何的肮脏,就将头向后靠去。救救我吧,我的上帝,她坚持要求说,让我重新生活。③然后又非常谨慎地说:圣母马利亚,现在并且在我们临终之时,为我们这些罪人祈祷吧!④

---

① 原文为法语。
② 帕斯卡(1623—1662),法国科学家、思想家、散文家。
③④ 原文为法语。

这时飞机开始晃动,那个巴基斯坦人在裹着的毛毯里呻吟起来。多萝茜尽可能地不理睬这种说明人类脆弱的证据,其间,不由得后悔当初她飞往母亲病榻途中没认真地听那个和她同机的、经历过风暴眼的荷兰人的叙述。

刚才袭击他们的几乎算不了风暴,只比有人用胳膊肘推了一下稍强一点。假定这摩擦着这脆弱机壁的敌对自然力注定要带来灾难,那么死亡也是非常不可能的。她所惧怕的是灵魂出窍的那一刻,看不到天主温和的气球自动地轻拍而去,而只是一只皱巴巴的皮背包(她看见她原先那个新教灵魂就是这个样子),皮背包里塞满了怀疑、自尊和残忍。无论天主教士们如何干练,也还是无法把这些从她身上去掉。

如果眼下坐在旁边的不是这个黑人,而是那个荷兰人,她相信她会有勇气抓住他的膝头,要求经历过风暴眼的他谈一下对风暴眼公正的评价。如果风暴眼并没有保留在这位目击者眼中的话,怎么办?

至于母亲:母亲能就她在布龙比岛上的经历说些什么呢?能有什么超自然的力量可以使伊丽莎白·亨特这么一个淫荡、虚伪、势利、浅薄的灵魂放出光芒吗?(可怜的妈妈!诅咒死人是罪过的:圣母马利亚,现在并且在我们临终之时,为我们这些罪人祈祷吧,阿门。①)

你走在一条无名的街道上　四周相当静寂　这些光亮得给人以希望的鞋子都是你的　新巴黎世家牌的习惯　你一直在这教堂里搜寻一捆捆排列整齐的浅绿色细条实心面　圣水坛的黑水从不接触梅毒水　用空气签上你的名字　我的膝盖衰老了　冷冰冰的

---

① 原文为法语。

可还能以信仰的名义捐献十五个第纳尔　顽固的宗教多么可怕　穿袜子的律师　啊不　这是新教的说法　这种说法绵羊山羊不分　这些黄皮肤的手提供的不是干净的圣饼　而是装在圣餐杯里的　我父给了我的什么东西①　它满了出来　可污水不溢出来　在那无法形容的容器中摩擦着扩散着啊。

拉萨贝娜公爵夫人的头懒洋洋地晃着,她的呻吟声同那巴基斯坦人的呻吟声混成一片。

逃啊逃　逃脱那个荷兰人的诅咒　难道你看不出　是我,我的父②　我的上帝了解我　知道我说的是真话　我的灵魂既不是天主教的气球　也不是新教的背包　我就是这只飞行的鞋盒　祷文从中喃喃有词　感谢上帝,我们七点零五分在奥利机场着陆。③

巴兹尔·亨特爵士拒绝食用似是而非的晚餐,即使给他真正的晚餐,他也未必会有胃口。他告诉空中小姐说,他还要一小瓶苏格兰威士忌,他用手指比画着,使那酒瓶显得更为细小。

空中小姐是个丰满的女人:如果丰满正是你一贯的追求的话。他自己并不丰满。返程的飞行没有使他感到自己已经苍老,只是对着盥洗室里的镜子他对此才多少有点感觉。

是不是因为妈妈死了,原先藏匿在她小儿子体内的苍老浮上了表面?当然这纯粹是胡扯。今晚他满脑子怪念头:是苏格兰威士忌造成的。无论如何,他可从来不曾关心过——嗯,倒是喜欢过她,时断时续的——从地球的另一个半球把这作为安全的寄托。她在那儿,通常只是作为一种抽象的物体,有时则被当作专断的发号施令者。

---

①②③　原文为法语。

或者是肉体：尽管隔着一定距离，可她还是看得见、摸得着的。出于对肉欲的尊重，或者，出于演员的习惯，她犹豫不定地，可显然是故意地站在楼梯的尽头。（所有漂亮的女人在进入社会之前都经过一番周密的安排和准备，或直觉地，更可能是她们在其感到妙龄少女第一次青春萌动之际反复排练之后，方才行动。）然后，她走下楼梯。至此，她仍未显露她的全副媚容，而是把它遮盖在虚假的谦逊之内，至少她的鼻尖是如此。因为当她偷看自己的双腿时（那么近视——这她既不承认也不否认），她的双唇已经微微地窃笑过了。当她走到第四层楼梯时，从里面射出来照在她身上的灯光灭了。这可是你千载难逢的良机，尽管你有决心看一下花瓣飘零的奇迹，可从来未能如愿；而这正是她往下走时发生的奇迹。这女人春心荡漾，需要和站在下面的人共度良辰。下面那些人个个憋住气，控制住脉搏和不够老练的举止，等待着。她把阳光洒在他们身上。她裙子的沙沙声、她扔下去的珠宝，使他们从渴望中解脱了出来，从"是的，亨特太太；不，亨特太太；您看上去气色很好"这类恭维中解脱了出来。在最后一刻，他们并没得到慰藉，而是被弄得醉醺醺的。

她的笑就是芳香。巴兹尔！你不是在床上吗？这是我的"母亲"。

巴兹尔·亨特爵士看了看其他的乘客，想威吓他们一下。可没人在注意他。那张从盥洗室镜子里带回来的脸也没有出汗：这只微微腐烂了的水果——她的儿子。

如果松一松领带，解开衣领，他也许会好过些。如果自始至终不忘：肉体和晚香玉不过是个假象，死亡才是真实，那他就不会这么痛苦了。那老女人涂满油腻的唇膏，披着紫色的假发，斜眼送着秋波。你干吗要让我等啊，亲爱的？而事实上，一切都以恶魔般的速度向你冲击。

从他们在,哈哈,"库杰里"的几周探险回到翁斯洛旅馆后,巴兹尔发现有封米蒂·杰克寄来的信。(不必费事将它转寄去戈岗了:该彻底休息了。)这时,他又从口袋里掏出这封皱巴巴、被汗水浸湿的信,选了几节,大声读了起来——他总是这个样子。

"……那以后,巴兹尔·亨特,你就杳无音信了。你不会打退堂鼓了吧?……我的一切和你的利益是一致的……我的想法正在具体化……我一直寄希望于你。难道这不是思想的相通吗?不只是我们思想相通,说到底,是和全体观众相通的。这也就是剧院的功能之所在!"(不错,米蒂:不仅在现在这种锣鼓喧天的戏中是如此,远在上演道德剧时也是如此。)"我的触角告诉我:我所渴求于你的——也就是说我们的事情——已经确实发生了,你很快就会把那些将使我们的计划切实可行的细节告诉我的。我已经使阿伦森激动起来,而且非常激动。他说我们可以演《屠宰场》这出戏。他出钱,这我无须告诉你……我非常急于,这你可以想象,听到……写得差不多了,我只能引用一下阿伦森的原话:'对话剧来说,如果有一个像巴兹尔爵士那么能干的人,对公众以自己的方法解释真理,那将是再好不过的事了……'"(噢,是吗?把你的身子亮给他们看看,管它是个什么样子。)

巴兹尔·亨特爵士笑了;他觉得笑声很不爽脆。不过,这有什么!他有的是钱,而钱是不会让你失望的。

他又要了一小瓶苏格兰威士忌,站在那儿等着,双手交叉放在大肚子上。(每次演出之前,他的肚子就会瘪下去,就好像当你有了自制力时,就会把掺水烈酒丢掉一样。)

啊,假如他重新粉墨登场,再演一次李尔,那一定会使所有人,杰克和阿伦森以及戏剧界的那些轻狂后生大为惊惶失措。在演技完全离开他之前,他还要挖掘出足够的凭直觉而能看见、闻见和知晓的感觉。有时他会想,在灵魂无可挽回地枯竭之前,还是有机会回首,抓住那逐渐消失的露珠中的光亮。这是不是太过分啦?可别忘了,他吃过苦头,难道不是?这只可怜的头上长着锐角的动物!不过,他现在至少已经摆脱了那个年迈濒危的母亲和姐姐兼同谋——多萝茜,可以展望自己成熟的岁月了。

在这架不适意的飞机里,他尽量压低嗓子说话,将声音送进口腔,让它在其中滚动,然后从中挑出最为动听的。这样做的结果使他感到很满意。不错,他是成熟了。

哟 什么气味 是密封的顶架上烂苹果的气味 如果你把它们从架上碰下来 新鲜的苹果就会满地乱滚乱撞 而烂苹果则会在机舱上堆成一座座赤褐污秽的坟墓 这些苹果是妈妈的 亲爱的 是我故意把它们放在这儿的 究竟为了什么你不需询问 因为每个人都有一半时间不知道自己在干些什么 我的苹果 亲爱的 你演你的戏 是吗 我可不想来打扰 真见鬼 她会把她的声音从皱巴巴的裹尸布下面拖出来 那戏名是什么 但我觉得她的小儿子并不想告诉别人 尤其不想告诉自己的母亲 因为这是个和所有人包括我的(我的还是"我们的"?)生殖器有关的问题 巴兹尔·亨特 米蒂·杰克 阿伦森和佩武·奥迪安斯 年复一年地演李尔 老太婆只是笑 她在她紫色的假发下收藏着什么 你号召去探查 探查那假发 那用彩色黏土制成的不合规格的王冠 这王冠在去多佛的路上将遭受更大磨难 丑儿女们能将它捶打得像样些 希斯特尔和莫恩 我们已派伊尼德和西拉去赋予它更大的意义 但愿你能很清楚 米蒂 我是个需要静心养神不容干扰的演员 除非在演出前 把它高高地系在树上 只有一个观众对它顶礼膜拜 乞求那落下来时就会腐烂的部分能给剧院带来

福音　我可不是大傻瓜　最后号召一下　巴兹尔　吹两遍哨子　再吹第三遍　然后才开始行动　你也许永远无法尝到另一半时间的滋味　巴兹尔爵士　那是伊尼德的事　伊尼德浑身是病　有一只瘦削的手肘　到哪儿都可以认出来　巴兹尔爵士进入大门的唯一计划　就是把所有说过在伺候法国的贵族以及勃艮第和葛罗斯特的同时　表达出我们自己的较为阴暗的用心　朝臣们嘲笑那些不戴护身　头上留着刘海的男人　东摇西晃的曼谷使演员表中的每个人都心灰意懒　如果他们不照顾葛罗斯特的婴儿　那么一场真正赚钱的演出就会很快把你搞垮　今天他们就喜欢亮出睾丸　发出孩子般响亮的笑声　引得所有的观众发笑　等待那只垂吊胸前的乳房击中了她自己的眼睛　这没什么可笑的　多萝茜·康华尔　难道我不是合法的姐姐　杰克挥得皮鞭作响　是的是的　每个人都在其中　每个人都是每个人　这很荒谬　是吗　生活就是比圣诞节的童话剧还要圣诞节的童话剧　多萝茜坚持说　这是真正的童话剧里的姐弟　啊　胡说　我的胡子上满是小鸟　观众喜欢这个　年轻的侏儒和那些可液化的占卜人排在一起　组成这么个凹坑　这肯定不是临时编加的　进来一个嘴上没毛的国王　戴着真正的花冠　童话剧的道具　披着紫色的假发　身上有可怕的伤口　让真正的国王下马　朝臣们用身子组成了楼梯　天哪　这是埃斯米·贝伦格　要不就是朱迪思·萨默萨奇　是出来埋葬一位领导人　小希尔利·阿尔巴内西抱怨说　盖在她手上的泥太多了　出场的侄女们也太多了　不过　你难道看不出　这完全是只单帆航船　披紫色假发的国王叉开了她的双腿　向外挤　巴兹尔　用劲　除非是在话剧中　否则挣脱子宫的羁绊就是你自然而然的目标　嗯　事情就这么发生了　不是吗　他们把你从紫色的阴毛下拉了出来　侍从们扭动着身子　有的快活地享用鲜美的水

果　如果你有时间　如果不是有人的脚后跟挡住了你的眼睛　如果你没在别人的身上窒息　那么　至少你会降生下来　穿黑紧身裤的米蒂·杰克说　他天生是我们国王中的国王(谎话)巴兹尔走上前来说　嗯　乡亲们　我来了　我的真正角色就是充当你们的弄臣(这时铃声轻轻地响了几下)　观众挺喜欢这个　那个老国王打了个哈欠　她不感兴趣　她只想从下面钻出来爬进棺材里去当弄臣一人大演特演时　侄女们真想大笑却又忍住不笑　那个长胡子的国王(一个秘密的兄弟)　问　那个狗杂种在哪儿　每个人　包括多萝茜都是自由人　可以在紧要关头捏断她所喜欢的家系　弄臣独摘胜利果实　我将和我的姐姐中午时一起去睡觉　多萝茜会因此而杀了你　更不要说伊尼德　希斯特尔　希尔利　莫恩　及所有其他人了　唯有那个考狄利娅会宽恕你　她这个人至关重要　也许能帮帮你　可她又不在　她老是缺席　无论谁扮演她的角色都只得取消　米蒂

　　啊　演出的间歇　油彩的海洋　漆皮丛林　玻璃山　白色的机场　流线型的耐波他药丸　观众如往常一样很快又回到了剧场里汗水还没有干　发现了动机　你没看出他还是他自己　因为他患小动脉硬化症　这我已经看出来了　今天每个人都很聪明

　　幕拉启了　或者说　如果有幕布的话这时该拉启了

　　如此说来　干吗不把考狄利娅这个角色取消　米蒂　噢　将来会取消的　戴紫色假发的国王(打着哈欠微笑着)说　所有这些女儿都很无趣　她们的一生就是长长的绝经期　我挑选我那做弄臣的儿子和我一起躺在我的棺材里　那口气就好像多萝茜·康华尔会答应似的　我就是要杀死我们那位弄臣——兄弟——儿子——国王　观众哑然　接着弄臣说啊　多萝茜　你的心是仁慈的　仁慈用便帽换王冠　噢　对了　请你帮我解开纽扣　观众发

出一阵雷霆般的喊声　多萝茜·康华尔说　哈哈纽扣是淫秽的(她一把拉出阴茎　众人骇然)　戴黏土王冠的国王说　如果你把我的舌头也许小舌也拔掉　那我就自由了　准确地说那时我就不再是演员啦　观众拥向走廊　去会见全体演员　半路上　演唱与观众混合在一起　这以后　演员们回来把国王装进棺材。

那个戴紫色的假发的人在耀眼的阳光下死去。

"巴兹尔·亨特爵士!"

"嗯,什么事?"

"再过十五分钟我们就要降落啦。"

"谢天谢地,在哪儿降落?"

"荷兰的阿姆斯特丹。"像所有的空中小姐一样,她此刻正笑吟吟地望着这位有病的、在这里又显得十分讨厌的老头。

"不错,一次很短的航程!"说话的依然是弄臣。

他必须系好领带,扣好衣服,如果那里的纽扣还在的话。问题是他已把那该死的纽扣扯掉了。

如果他的舌头还能发出能表达意思的声音,就给杰克打个电话。(弄臣:你不会捉弄我这般年纪的人,是吗?弄臣的姐姐:别傻了!谁都知道,年轻人是会那么做的。)

如果梦境是真的,那你就可能不会去杀人,不会和你姐姐睡觉,不会冥思苦想职业自杀的方法。(米蒂·杰克:现在你总该清楚了吧——如果你还有些创造力的话——创造性的艺术总是存在着伟大的自杀风险。)

梦境　啊　双腿之间是温乎乎的。

说服那个随军女贩发发慈悲,再给一瓶苏格兰威士忌。

阿诺德·威勃德几乎从不晚于五点半离开他的事务所。除非因交通特别和他的时间表作对，否则，他可以指望六点钟打开自家的前门。当他把他的帽子挂在头重脚轻的桃花木衣架上以后，便开始对着大厅里祖父留下来的钟核对时间。在事务所里的比尔·亨特的这口时钟和他自己那蓝色珐琅质数字的一只金表的时间总是一致的。他不仅要使自己的表与时间一致，而且要时间与表一致，这样，就给他一种安全感。可今晚，他在核对时间时发现差了五分钟。

多年来，他已经养成了习惯，每当激动或做错事时，总要发出一种轻轻的啧啧声。此刻他又在发出这种声音。

拉尔的声音从起居室传来。"是你吗？阿诺德？"她总是这么发问，而回答她的从来没有别的哪个。

她戴着眼镜，一副对她的脸盘来说显得太大太重的眼镜。做女儿的常把她们自己儿女的袜子拿来让她缝补。此刻，她正专心致志地看着一只正在缝补的袜子。

"你会把眼睛弄坏的。"他警告说，尽管两人早就知道，夫妻的关系是不可能有所改善了。

他打开电灯。她对自己缝补的东西非常得意：它不使你想起织景画吗？她就喜欢把这拿出当证据。灯光下，她正冲着那只缝补球笑着。

他弯下身，吻了下她那瘦骨嶙峋的前额，避免碰到她薄薄抹了一层粉的面颊：这时候吻她面颊未免太过于亲热了。

"我想我该休息了。"他告诉她。

"啊，亲爱的，你感冒了吗？"

"没有，我刚从事务所回来。"

她没有再说话，叹了口气。这样的话她以前也听到过。

他替自己倒了杯临睡前喝的威士忌,比平时要多得多,接着一饮而尽,生怕被拉尔看到。倒不是怕她反对:他是自己最严厉的法官。而在今天,不断浮现在脑海里的思绪使他成了自己最不喜欢的对象。更糟的是,他从拉尔紧皱的眉头和她噘得老高的嘴看出,她想安慰安慰他。

"下个星期四,"他告诉她说,"拍卖商将在莫里顿大道办理拍卖事宜。房子本身也要拍卖。"

"要拖这么久?"是长久还是短暂,威勃德太太也搞不清楚。她只知道他们的生活不会再被命令和琐事搞得混乱不堪。("她是在威吓你,这你得承认。"她曾这么斗胆说过,可过后不久就希望自己没有说。)

律师上楼,到他们所谓的书房里去了。至少,这儿有他的几本法律方面的书,还能在星期天下午坐在这儿回复几封他妻子根本无法对付的书信。除此之外,这屋没多大用处,他离开事务所后总想在这儿坐上一会儿,避开骚扰,如果有人问他的话,他一定会这么解释。再说,书房里也有一口钟,需要他照看。

今晚,对着金表核对了时钟以后,阿诺德·威勃德走到书架旁,取出霍尔斯伯里的第十五卷。他举止僵硬(他几乎可以听见自己骨头的碎裂声),然而又是那么不慌不忙,每个看见他的人都会认为这是一种经过深思熟虑的不诚实举动。

事实上,这确实是不诚实的:他记得的两次不诚实行为中的一次。

当他在书后面的空间找到了自己所要找的东西以后,便在写字桌旁坐了下来,身旁是一盏他舅公留下来的带有绿色灯罩的台灯。

他抚摸起手上的珠宝,回忆着往事,不但感到同样的内疚,而且更深地陷入不诚实之中而不能自拔。

最后,他的目光落在蓝宝石戒指上,祈求隐匿其中的星形宝石保护自己。

他把闪光的戒指戴在左手的小手指上,戴在那枚从二十一岁以来一直戴着的扁平的蓝色图章戒指之上。蓝宝石痛苦地闪着光。

他平时黯淡、含蓄的双眸,这时放射出了光芒。围困在肋骨之中的他(唯有一次他从中解脱了出来)感到呼吸也成了一种折磨。更使他遭受折磨的是这蓝宝石戒指的眼睛。它闪烁着呈直线或十字形的光芒,催人深思反省。

他简直不堪忍受,闭上了眼睛。他宁可通过记忆去重温自己被别人灌醉酒的情景。那时,人轻飘飘的,肉体仿佛化为乌有,奶头有一种想象不到的橡皮味,湿漉漉的。也许,在别人眼里这就是"诗意",但他不得不承认,自己根本无法从中看出其诗意来。

听见有人上楼的脚步声,他大吃了一惊。他扔下戒指,它滚到哪儿去了?在写字桌下?还是在其他地方?

"阿诺德吗?"

是他亲爱的妻子;他一时花了眼睛,无法面对她。

"你不在考虑问题吧?"她问。

"在!"

她像被烫了似的退了出去。

他跪下身,找到那枚戒指后,重新将它放进书架,用那本霍尔斯伯里的书填住空位。他的珠宝将在那儿继续暗暗地发出光芒。

巴杰莉护士来了,李普曼太太正在餐室里给大伙儿上午餐。

巴杰莉在吃鸡肉时腾出口来说:"一切照旧,是吗?唯有她,"她咽了一口鸡肉,"和弗洛拉·曼胡德例外。"

也不知什么原因,其他人都不愿谈论此事。"小弗洛拉怎么啦?"不问也不自然。

德桑蒂表示不知道。李普曼太太也不想答话,她的脸色从来没有像现在这么蜡黄过。有的犹太人的脸色近似于黑色。

巴杰莉护士说:"也许她已经认定他是她命中注定的丈夫。好吧,祝她好运!"她叹了口气,笑了起来,同时,又叉了一块鸡肉塞进嘴里。(她得为这些东西付账:进口的奶油酱汁有股异味,就像女人酸臭的内衣——对此,她思想上却不想承认。)

"你们去参加拍卖吗?"巴杰莉护士问。在座的人太沉默寡言了,她想使她们高兴起来。

德桑蒂和李普曼太太实在激不起对拍卖的热情。

巴杰莉护士也许是随口说说:"我自己可要买些纪念品。如果我有钱的话,我就把一切都买下来——而事实上这是不可能的。"她露出牙齿笑了笑,嘴里的一口鸡肉又掉回她的盘子里。"也许,还要替我的朋友赫克特波护士找件礼物。"

"哪个护士?"李普曼太太问道。

"温弗雷德·赫克特波,新西兰奥克兰人。前年她和我一起去过豪勋爵岛,你不记得了?"

在场的人似乎都奇怪地无动于衷。巴杰莉护士歪着头,耷拉着一只肩膀,开始用面包蘸剩下的酱汁。她们两人都明白她知道她俩不了解的东西;可我们大家不是朋友吗?

"你肯定想得起来,是吗,护士?"巴杰莉的嘴角没能盛住一滴灰色的、气味陈旧的酱汁。"温·赫克特波——一个高大的姑娘,脸红彤彤的。嗯,她现在已经长大成人了。如果说和过去有什么区别,那就是脸更红了。我们不是曾在一起当过产科护士吗?"

德桑蒂护士只得承认,自己想不起曾和一个红脸膛的温弗雷德·赫克特波一起当过产科护士。

"有些人,一些恶毒的人,"巴杰莉护士屈起一个指头,轻轻地把面前的那滴酱汁弹掉了,"有许多人极其恶毒,不是吗?他们说温·赫克特波到了中年后变得像甜菜根一样红。如果果真如此,那一切都将无济于事。我和她从不谈及她的苦恼。此外还有些同样损人的家伙说,她所以脸这么红,是因为饮酒所致。我敢担保,完全不是那么回事。这倒不是说她不喝白兰地,在社交场合上她也喝些,可从来不喝太多。"

如果不是李普曼太太开始清理盘子了,巴杰莉护士肯定还会津津有味地再蘸一蘸盘里的酱汁。除了忘掉自己以外,对此你毫无办法。

"赫克特波和我已商定要乘火车周游新西兰,游遍南岛北岛。"她控制住没放屁后——又是那酱汁所致——巴杰莉这样告诉她们。

德桑蒂抬起头来,朝着墙壁露出鼓励的微笑。

玛丽·德桑蒂近来体重不断增加。"这全靠亨特太太——她的礼物,"巴杰莉护士声音相当响,"那五百元钱。"她用一只手指勾起那只尚未用过的调羹。"你认为——说真的,护士,你认为这里头没人作假?我本以为能从亨特太太那里得到更多些,她是那么慷慨,那么可爱的一位妇人。我的意思是说,这也许并非出于她自己的愿望,可能有人从中作梗,指使她这么做的。"

德桑蒂护士可能一直在听,也可能一直没听。

"你不会认为我这个人太不知好歹吧?"巴杰莉护士坚持说,"多亏了亨特太太,我才能和温·赫克特波一起去新西兰走一趟。如果这笔遗产稍微多点——温发了很大一笔横财——我们说不定可以去游日本。"

早餐室里静得可怕。大家还得坐在那儿,完成亨特太太过去常说的,而巴杰莉护士现在所指的"午餐"。

巴杰莉护士突然哼着鼻子说道:"看起来我真有点旅游热似的!"这句自白使她咯咯笑了起来。"这你会明白的,李普曼太太。"她转向管家说道,后者这时给她们端来了"蛋糕"①。

"啊,我跑的地方不少,可我并不喜欢跑。"

这德国人的命运也真够惨的。

管家把布丁分到碟子里时,巴杰莉护士注意到她手上裹着绷带。

"你受伤了,是吗,亲爱的?"

"没什么。手指给切了一下。一把新的菜刀,我以为没那么锋利。"

巴杰莉护士啜了啜牙。"伤点皮毛是不会使你残废的。"尽了她的职责后,她可以转向较为严肃的话题了。"但你这次倒是可能的,"她说,"如果你不觉得我啰唆的话,威勃德先生尽管心眼很好,可是总过于软弱。巴兹尔·亨特爵士是个十足的君子,这你们可以看得出。我对演员毫不熟悉,但好人还是可以认出来的。"不知什么东西迫使巴杰莉顿了顿,"倒是多萝茜公爵夫人——我觉得她是可能会在遗嘱上插一手的。"

德桑蒂护士低头看着自己的盘子;李普曼太太的目光看得很远:也许正盯着自己到过的地方。

"那颗蓝宝石戒指找到了没有?"

"就我所知,还没找到。"德桑蒂回答说,"当家具卖完、地毯掀开后,一切都会明白的。"

"也许。但我觉得这是不可能的。"

"可能吧。"

---

① 原文为不正确的德语。

"我有一种——直觉。"巴杰莉对此十分得意,"事实上,假如我不是护士——可我不会放弃护士工作——我常想我可以当警察。我的直觉总是正确的。"一阵大笑,几乎暴露了她所有苍白的齿龈,接着嘴猛地合住了。在同行面前因为精神的力量而放肆大笑,也许是有点太过分了。

"你也准备一个人外出走走吗,护士?"

"啊,不。我不能去!在这儿坐了这么几个月后,我不能去。"一想起自己近来的无所事事,德桑蒂似乎就会火冒三丈。她在椅子上沉重地挪了一下。

巴杰莉一向认为,德桑蒂这个人无可指摘,是个坚强的人。同时,她也钦佩这位同行那副特有的端庄仪容。而今天,脱了护士服的德桑蒂把端庄也脱去了。机智是机智,可在整个午餐过程中,德桑蒂竟一点也不发表意见,甚至连她的脸也不例外。你不能说她和那个犹太女人一样显得很忧郁,倒应该说她平静:她脸上带着那种心地纯真的修女所特有的安详、圣洁的神情。

这时,德桑蒂提高了嗓音,面前的桌布都惊呆了。"事实上,我已接受了一位病人,明天就要走了。既然拍卖商就要占据这幢房子,离开早就是无疑的了。"

"当然,我们有我们的职业义务。"巴杰莉对此十分坚定。"病人难对付吗,护士?"

"一个双腿瘫痪的姑娘。"

巴杰莉护士摇了摇头,怜悯之情彷徨于想象中的这位小姑娘和管家放在她面前的那片蛋糕之间。"温·赫克特波私自接受了一个病人——一个靠人工肺呼吸的男孩,她最终为他垮了下来。"这时,巴杰莉护士觉得吃点儿奶油也许不会有失体面。

"奶油呢,李普曼太太?我说吧,这蛋糕看上去挺不错的。你的布丁总是很好吃。"

可李普曼太太和德桑蒂都无心去碰那蛋糕。

也许德桑蒂护士的心早就不在这儿了。她微微笑着,可这是超然物外的笑,当她闭上眼睛时,这微笑仍同她的思想在一起,留在她的唇际。

事实上,她此刻又来到了那间她曾去过的屋子,坐到了那个姑娘的床边。

"你叫什么名字?"她听见自己的声音打破沉寂在询问。

"艾琳娜。"

"你真幸运,有个这么美的名字。"

"是吗?"

"我觉得很美。"

"我恨它!"

时间大约十一点啦,可艾琳娜还直直地躺在床上用针在扎着一张卡片。她那一头毫无光泽的头发顺着她脸颊两侧,垂过肩头,一直披到虽然很小,却显然已经发育成熟的胸脯上。那件套衫上印有黄绿色的图案,那盖住她双腿的裙子,皱褶过于死板,有如石头一般。德桑蒂想起她在一座坟里看见的死人。

姑娘还在扎着那张卡片。

"你是不是坐到椅子上好些?"护士问道。

"啊,我会坐到椅子上的:我会好端端地坐在椅子上的。今天和明天,嗯,明天。"她狠狠地把针扎进卡片。

"你喜欢读书吗?"

姑娘摇摇头,把这个建议完全否定了。"我看电视——如果有精彩节目的话。"

"你对什么最感兴趣?"

姑娘扔下卡片。"我喜欢看野兽发怒,尤其喜欢看它们互相残杀。"她自顾自大笑起来,然后斜眼看了看这个墨守成规的护士。"你认为你会喜欢我吗?"

"只要我慢慢地真正了解了你,也许会的。"

"啊,我这个人很坏——比你所想象的还要坏!"她的手一阵痉挛,将那长长的绿色裙子揉成一团,拉过她的脚和瘫痪的双腿。

护士起身抚平裙子。由于这个陌生人提到了自己不愿提及的话题,姑娘的敌对情绪明显增加了。

德桑蒂护士发现弓形窗户的窗台上有一碗银莲花。屋外的花园曲径通幽,果实累累,闪烁着光亮。

"这银莲花是你花园里长的吗?"她问道,想说点别的。

"我不知道。嗯,我想它们是的。"姑娘似乎不愿意考虑任何超出她内向的思维以外的东西。

"我上一个病人很爱花。她虽然眼睛看不见,但喜欢闻花的香味,喜欢抚摸花。她最喜欢玫瑰花,我总是清晨剪来玫瑰,把还沾着露水的玫瑰花插在她的屋里。"

你几乎可以听见那姑娘在倾听,睫毛不时闪动着。"服侍病人,"她说,"一定很讨厌!我宁愿周围老是有一批漂亮健全的好人。即使他们冷漠、残酷也没有什么。我不想与需要我怜悯的人待在一起。可怜别人——这是世上最最惹人恶心的行动。"

"亨特太太不是病人,"德桑蒂护士说,"她只是老了。她年轻时很美——很成功。当需要时,她也会变得冷漠和残酷的。"

"她幸福吗?"艾琳娜问。

"不完全幸福,她也是个人。最后,我感到,年龄迫使她认识到她所经历的远比她当时自以为要经历的多得多。"

艾琳娜依靠双肘,两手笨拙地抓着床沿,将身子往枕上移高了些。长期以来,她的双肩和胳膊已经发育得格外有力。护士注意到了这一点,因此不打算帮她。

"那很好嘛。可我将经历些什么呢?"姑娘问道。

"我说你得有意志——你有吗?拿出意志来。"

她没有回答。她又开始用针扎起卡片来。

"这是什么?"德桑蒂护士问,"你在刺图案吗?"

"图案?什么也不是。"艾琳娜突然侧过身子,用针刺向那只伸出的手。

她从疼痛和惊愕中清醒过来,德桑蒂护士——她们两人双双注视着已经泛上皮肤表面的血珠。

护士问:"你干吗要这么干,艾琳娜?"

姑娘的嘴唇、眼睑都变厚了。"以后你不会来了。"她喃喃道。

"如果你想要我来,我还会来的。"

床上,姑娘又滑回到较低的位置。护士又一次想起了坟墓里的死人。所不同的是,这张脸上现出了斑痕,泪水从颤抖的眼睑里涌了出来,更突出了,如果说不是照亮了,人的丑陋。

当德桑蒂发现艾琳娜似乎不会再说什么时,便离开了。

姑娘的母亲正在外面等着护士。"现在你知道你所面临的任务了吧?"弗莱彻太太开始大声说了起来,声音在这贴砖的厅堂里回荡,更显得冷冰冰的。"我不想和你一起进屋去,因为艾琳娜把一切她认为不好的东西统统归罪于我。"姑娘母亲那张满是皱纹的漂亮脸蛋竭力想把情况说得有趣些。如果没有女儿的拖累,她也许是尽可以享乐一番的。

"如果你认为合适,"德桑蒂护士告诉她,"我星期四再来。"

"感谢上帝!"弗莱彻太太用一种职业的悠闲喊出这个字眼,她如此有劲,以致杜松子酒味都喷了出来,弥散在她们周围。她们站在那儿,商定护理的时间以及不可不谈的报酬问题。

"如果需要的话,我可以住进来。"德桑蒂对弗莱彻太太说。

"要是你没有别的事要照顾就来吧!"由于感激和惊讶,弗莱彻太太更为紧张不安起来。接着,她说:"事实上,前一位护士就是被她折磨走的。这点我若不提醒你也许是不公平的。她很古怪,只相信罪恶的东西。"姑娘的母亲笑了。

护士再次说她将在星期四去她们那儿。

现在玛丽·德桑蒂一边注视着巴杰莉护士狼吞虎咽地吃蛋糕①,一边在考虑一旦弗莱彻太太问起自己的生活经历自己如何回答。自从亨特太太去世以后,有关她父母亲的记忆已经淡忘了:如果他们会以肉体的形式再现的话,那他们的脸一定是那种因天长日久而变得黯淡无光的木佛像似的脸。她自己穿的衣服就是一种习惯。她捧着书坐着的时间远比她读书的时间要长。(但丁临死的时候发出了早已遗忘了的她父亲的声音。)还有欲望。在翁斯洛旅馆的花园里,她曾令人难以置信地盯着巴兹尔·亨特爵士在地上打着拍子消磨时光的光滑的足踝。在她的个人生活中,肉欲的消失也许是最为痛苦的,因为它导致了一个最为令人羞耻的奇特的念头——死亡。如果她已经答应了未来的雇主,她还会戴着那顶帽子去参加葬礼吗?她对亨特太太的第二次背叛由于巴兹尔·亨特爵士的缺席而变得无足轻重。

巴杰莉护士舀起最后一匙可爱的奶油,拿起最后一片杏仁布丁。

德桑蒂护士已把那顶橘黄色的帽子扔掉了。她可以毫不虚假地对艾琳娜母亲说:她已经完全自由了。

---

① 原文为德语。

"那家姓什么?"对巴杰莉护士来说,姓名相当重要。

"弗莱彻。"

"哪家弗莱彻,嗯?"

德桑蒂护士实在不知道。

"嗯,有家做面粉生意的弗莱彻。那家里也有珠宝吗?廉价的珠宝,不过便宜的最终往往成了最好的。我看你交了好运了,护士。"

巴杰莉既然吃完就应该走了:到一个先前的病人,如今的朋友那儿去。"替我向李普曼太太道别,亲爱的。看得出来,今天是她最难受的一天。"

天本身也是阴郁的。巴杰莉护士庆幸自己带了伞。她打开伞时,大滴大滴的冰凉的雨点已经从紫色的云层中洒落下来。

"啊呀!"她一边嘚嗒嘚嗒地沿小路走,一边大声嚷嚷,"我怎么走得回去啊?"

无论如何,她不会在这失去主人的屋子里待下去的。这也令人不可思议。她想到自己将同朋友温·赫克特波在车厢里热情地交谈。窗外,新西兰的风光飞快地向后倒去:同沉默一样,这景色使巴杰莉护士感到意气消沉。

德桑蒂站在小路上观看了一会儿闪电。巨大的冷冰冰的雨点砸在她的脸上,就好像这是它们选定的目标似的。白色的闪电也冲她而来,虽然并不带有恶意。

下午五点以后,风暴过去了。李普曼太太给她们煮了咖啡。中午看着巴杰莉护士吃完一顿饭以后,两个女人都无法引起食欲来。

坐在厨房里静静地呷着咖啡的德桑蒂羞愧地意识到,在热烈期待之中,尽管自己对管家怀有一颗热爱之心,却忘了问一下李普曼太太明天的打算。

"你觉得你将做些什么?"德桑蒂护士问道,她希望自己的语气能传达她强烈的兴趣和重新燃起的热情。

"我将和朋友们在一起。"李普曼太太用一种她惯有的低沉的声音答道,接着,用她通常对亨特太太说话时用的那种沙哑的高音说,"或者,"她装了个怪相,"带上我的东西去中央铁路候车室,坐上一会儿,集中集中我的思想。"她闭上一只眼睛,另一只眼睛则闪烁着自嘲的光芒。

她们一起笑了起来。德桑蒂护士一眼瞥见了李普曼腋窝下抖动着的针织帽、皱巴巴的蝴蝶结以及那杆装有圆头的手杖。

不一会儿,护士站起身,去收拾自己的行装。已经打好包裹的李普曼太太走进另一间屋子。她的东西一直在这儿等着她来打包。这屋子实际上可以当作一间罕见的候车室。所不同的是,在梳妆台上,靠着镜子,在绣着花边(这一定是某个已死去的女仆的杰作)的狭长桌布上,竖着一幅深褐色的图片,尽管已经褪色,尽管手指印已经蚀进他们的体内,可画面上的情侣仍然在空荡荡的音乐台前拥抱着。

李普曼太太脱了衣服,走进浴室。起先,那永远有股煤气和火焰味的热水器在铜管里隆隆作响,使她吓得要命,但她对这类微小的影响已习惯了。仆人浴室的窗外,天色火红。从亚历山大和滑铁卢家的烟囱里冒出股股浓烟夹带着火苗。狭小的浴室令人窒息,可李普曼太太没想到要打开窗子。

躺在蒸气腾腾的浴缸里,李普曼太太看着自己的头发——与其说头发,倒不如说是蕨类或水生植物的根须——漂浮在肩膀周围,散落在这个仍然结实得出奇的身子的胸前,接着她伸出手顺着脑袋后面的架子摸到那把新近才买的很好用的菜刀。她手腕上的脉搏在向她眨着眼睛:此时此刻,她的命运全集中到了她的手腕上。她小心翼翼地切开了两只手的血管。

她闭上眼睛,随着死去的亲人,以及那两个融为一体的情侣一起飘去。这时,如果她有心看一下的话,她就会看见一片红玫瑰,又逐渐变成紫红。接着,还在眨巴的眼睑变得枯涸,眼神飘移不定。如果她笑一笑,或者沉下去的话,那她就能啜饮自己奉献给周围那些更令人窒息的人的玫瑰。

德桑蒂想睡一觉,却又老睡不着。自知无法入眠,她索性起身,从一间屋子走到另一间屋子,将窗推开。她的血管、她的心随着生命在剧烈跳动。家具发出呻吟的裂碎的声音,有的似乎快要倒塌了。有时她意识到自己手脚太笨拙,弄得响声太大,手脚放得更轻了,免得吵醒了管家。

亨特太太的屋子不明不暗、朦朦胧胧,屋里到处都是空花瓶:水晶质筒形的和银质喇叭形的一排排地摆着。那张大床犹如梦幻的水在不停地波动着。床上的银太阳(她是这么以为的)把银光洒在玫瑰木的床头上;银光下,这大床更像一只怀疑它自己影子被入侵的、趴在那儿的大蟹。

德桑蒂护士呆呆地望着这间即将随家具的搬空而失去感情和联系的屋子,心里思忖自己将如何向躺在床上的姑娘——她未来的病人表达她亲眼目睹的这屋子里的美,以及她所理解的爱。她又感到自己成了一个粗劣的修女。也许她是老了。但在她笨拙的肉体内,心还在跳动。

眼见晓色渐开,她走下楼去。她在睡衣外加了一件外套,拎起那只她总是装满了鸟食的锈铁罐子。花园中,还只听见头一批醒来的鸟儿的叫声,而她自己则是株会走动的树木。

睡衣的下摆很快被露水湿透,沉甸甸的,变得像她自己的肉体一样沉重。她给鸟儿的食盘里盛满吃食。当她把手伸上去时,越来越亮的晨光给她的手臂罩上了一层光环。

街道上,一个过路的早班工人看出她是在履行一种仪式,目光又从她身上移开。

低洼处,冒出单独一枝深红色的玫瑰花苞,也许它将在天亮后开放。

当她在那儿履行自己神圣的职责时,晨光洒满了公园。鸟儿追逐着她,拍打着空气。她的手颤悠悠地把过多的鸟食撒下去。她走到哪里,鸟儿就停栖在哪里的草地上。

当阳光升上来时,她开始步履艰难地往回走,沿着小路(这儿至少有两个人摔断过腿)拖着那湿透了的睡衣,喉咙肿胀起来。小勺子碰在生锈的铁罐上,叮当作响。

她上到最后一级台阶时,突然想到应该把第一朵也是最后一朵玫瑰花带给艾琳娜·弗莱彻。在离开之前,她要回来剪下花朵:那时,花将开得更美。

她将剩下的鸟食统统倒进坡上的盘子里。鸟儿早已抓住了那赤褐色盘子的边缘,当她姗姗走近时,便四处散开,然后又飞回来,或升腾,或俯冲,或迂回,或直接冲撞,摇曳着光的流苏,以及从盘中溢出来的鸟食。她感到鸟爪在她头发上寻找可攀持的地方。

她迅速低下头,以躲避露水和光的折射,躲避翅膀的骚动以及自己难以抵制的快乐。有一次,她举手抹去一根蓝色的楔形的鸽子毛。可光是无法抹去的:现在,光变得如此强烈,无所不在,她已被光所俘获。

不一会儿,她走进屋子。在大厅里,她低下头,为在伊丽莎白·亨特的穿衣镜中看见的东西而惊奇,但一点也不感到害怕。

1973年诺贝尔文学奖授奖辞

瑞典学院　阿图·伦德维斯特

国王陛下，诸位亲王，女士们，先生们：

瑞典学院将今年的诺贝尔文学奖授予澳大利亚作家帕特里克·怀特。在像历次一样简短的授奖理由上，提到"他以史诗般的和擅长于刻画人物心理的叙事艺术，把一个新的大陆介绍进文学领域"。在有些地区，这句话多少有点被误解了。其实，这句话的意图，只在于强调帕特里克·怀特在其祖国文学中的突出地位；因此，不应该被理解为除了他的创作以外，澳大利亚文坛上就不存在一大批重要作品了。

事实上，澳大利亚文学界已经拥有前后相继的一长串作家，使澳大利亚文学明显地具有澳大利亚自己独有的特色。因此，在世人眼里，澳大利亚文学早就不应当被看作仅仅是英国传统文学的一种延伸。在这里，只要举出亨利·劳森和亨利·汉德尔·理查森的名字就足以说明问题了。劳森是移居澳大利亚的挪威水手劳森的儿子，他在自己的短篇小说中，真实地描写了形形色色的澳大利亚的现实生活；而女作家亨利·汉德尔·理查森，则在一系列重要的长篇小说中，翔实可信、规模宏大地追忆了自己的父亲，通过以其父亲作为代表,再现了残留在澳大利亚的英国生活方式。人们同样不能忽视许多志向远大而有点晦涩深奥的诗人,他们提高了澳大利亚人民对于本国的认识,增强了他们语言的表现力。

帕特里克·怀特的作品,尽管有其独特的一面,但是,不容否认,它们同时体现了澳大利亚文学的某些典型特征,这主要表现在采用了澳大利亚的社会背景、自然历史和生活方式。众所周知,怀特与西德尼·诺兰、阿瑟·博伊德、拉塞尔·德赖斯代尔等杰出的绘画艺术家有着密切的关系。这些艺术家以自己的画笔等创作工具,努力要达到怀特在作品中力求达到的那种表现力。同时,怀特的影响日趋明显,好几个最有才华的年轻作家,从不同的方面师法他的艺术,成为后起之秀,也是令人鼓舞的现象。

然而,同时必须强调指出的是,怀特并不像他的某些具有代表性的同行那样,只把目光盯在澳大利亚特有的事物上。虽然他的小说大多以澳大利亚为背景,但他主要关心的是写人,写那些超越地区和民族界线、其面临的问题和生活环境都极不相同的人。即使在他最有澳大利亚特色的史诗《人树》中,尽管自然和社会扮演了重要的角色,但他的主要目的仍然是刻画人物的内心世界。小说中的人物,与其说是以其典型或不典型的移民生涯,不如说是以其独特的个性而跃然纸上。当怀特陪同他的探险家福斯进入澳洲大陆的荒野以后,那荒野就首先成了演出沉迷于尼采式意志力并为之自我献身的戏剧的一个舞台。

人们会觉得特别的,是帕特里克·怀特笔下的主要人物往往或多或少地置身于社会之外:往往是些侨民、行动乖张或智力不全的人,更多的则是神秘主义者和狂人。看来,怀特似乎发现自己最易于在这些穷困潦倒、无依无靠的人身上发掘出他所神往的人性。《乘战车的人》中的人物就是这样一类人。由于侨民的行为与社会习俗相悖,他们备受迫害和折磨,但从精神上说,他们又是上帝的选民,是不幸中的胜利者。《坚固的曼陀罗》中的两兄弟亦是如此,他们具有矛盾的特性:很能应付自如而又精神空虚;举止笨拙却资质颖悟。从某种意义上说,怀特的最新也是最长的两部小说中,两个贯穿始终的主要人物——《活体解剖者》中的艺术家和《风暴眼》中的老太太——也非例外。在怀特笔下,艺术家的创作冲动被描绘成一种诅咒;这种创作激情使艺术家的艺术产生了毁灭一切的后果,使创作者和接近创作者的人都沦为它的牺牲品。至于《风暴眼》中的老太太,作者则以她在一场飓风中的经历为神秘的中心,从这个中心得出人生的深刻见解,从而揭示出她充满不幸的一生,直到她死。

帕特里克·怀特的作品相当难懂,究其原因,则不但因为他有其特殊的认识和特殊的题材,而且同样因为他别具一格地把史诗的真实和诗歌的感情熔于一炉。在画面宽广的叙述中,怀特采用了高度浓缩的语言,锻词炼句,哪怕是细枝末节也不例外,同时,以极度的艺术夸张和微妙的心理描写,始终如一地追求最强烈的艺术表现力,使真和美紧密相连,融为一体:美,是放射光华和生命、激发天地万物和各种现象的诗意的美;真,纵然一瞥之下可能令人厌恶和惊恐,却是它自身的揭示和解放。

帕特里克·怀特是一位社会批评家,正如一切名副其实的真正作家一样,他主要通过写人来批评社会。他首先是大胆的心理探索者,同时又随时准备提出人生的观念,或者说提出一种神秘的信念,从中获得教益和启迪。他与自身的关系,犹如他与别人的关系一样,是错综复杂、充满矛盾的:崇高的企求和刻意的否定,激情热望和清教徒主义互相抗衡,形成了鲜明的对照;与他自己的高傲气质截然相反,他赞颂谦恭和自卑——一种持续不断的、要求赎罪和做出牺牲的负疚心理。他在高尚地、孜孜不倦地追求理想和艺术的同时,又疑惑两者的前途,因而不断地受到困扰。

由于他的文学创作,帕特里克·怀特已经名扬四海,并在这一领域内,成了澳大利亚首屈一指的代表。他在孤独中,在种种逆境中,无疑也是在迎击强大的反对势力中创作的作品,已经逐渐地赢得了越来越广泛的承认,取得了永垂文学史的地位,尽管他自己或许还不太相信自己的成就。对于帕特里克·怀特性格上极其顽强地表现自我、勇敢地攻击最棘手的问题的一面,人们有所争议;然而,正是因为这种性格,才造就了他无可争议的伟大。不然的话,他就不可能在忧郁中向人们提供这样的慰藉和信念:人生的价值,必然超过当前迅速发展的文明所能提供的一切。

瑞典学院对帕特里克·怀特今天的缺席深感遗憾,但是,我们竭诚欢迎他的代表和挚友,杰出的澳大利亚艺术家西德尼·诺兰。现在,让我敦请您,诺兰先生,从国王陛下手中接受授予帕特里克·怀特的诺贝尔文学奖。

朱炯强　译

一把解剖灵魂的手术刀
——《风暴眼》译后记

1973年,瑞典皇家学院在斯德哥尔摩宣布:"本年度的诺贝尔文学奖授予澳大利亚作家帕特里克·怀特",因为"他史诗般的和擅长刻画人物心理的叙事艺术,把一个新的大陆介绍进文学领域"。这一年,正好是《风暴眼》(*The Eye of the Storm*)——怀特的第九部长篇小说出版、发行的一年。

怀特是一位才华过人的多产作家,迄今为止,共发表了十一部长篇小说、两部短篇小说集、六部剧本和一部自传。这些作品大多以澳大利亚为社会背景,反映澳大利亚的生活方式,但写作风格和艺术手法却同传统的澳大利亚作家大相径庭,不论在遣词造句或结构布局上都独具一格,既明显地存在着欧洲传统文化的影响,又鲜明地反映了作家自己的个性和创作特色。

怀特的父亲是一位澳大利亚农场主,母亲也出身于富有的农场主家庭。怀特于1912年出生于英国,当时他父母正旅行欧洲,在伦敦逗留。

怀特的童年是在澳大利亚悉尼的乡间度过的。童年时代的怀特身体羸弱多病，但思维敏捷，观察入微，想象力过人。他自幼酷好读书，喜爱文学，九岁时就陶醉在莎士比亚戏剧的剧情之中，萌发了创作的激情，上中学前就凭借丰富的想象力创作了名为《墨西哥大盗》(*Mexican Bandits*)的剧本。十三岁时，怀特赴英国读中学。度过了他称之为"监狱生活"的四年以后，回到澳大利亚。这时他头脑中逐渐产生了当作家的念头，对今后的生活道路作出了选择。他在自传《镜中疵斑》中写道："我在离开深恶痛绝的英国中学，回到时刻怀念的澳大利亚之后，逐渐意识到自己的愿望是成为一个作家。不，与其说是逐渐意识到，倒不如说是一种需要。我周围是一片真空，而我的天性正需要这样一片天地，以期可以满怀激情地生活。"在回到澳大利亚后的两年中，他按捺不住心头的创作冲动，尝试着写过三部小说，但因功力有限未能问世。

可是，怀特并没有因此而丧失信心。1932年，他再赴英国，在剑桥大学皇家学院专攻现代语言，并开始大量阅读法国和德国的文学作品，游历了许多欧洲国家，受到良好的艺术熏陶。他曾一度偏爱戏剧，希望成为演员。这一切对他后来的创作无疑产生了巨大的影响。

大学毕业后，怀特没有立即返回澳大利亚，而是决定留在伦敦，以实现当作家的夙愿。1939年，他的第一部小说《幸福谷》(*The Happy Valley*)问世，两年后又发表了《生者和死者》(*The Living and the Dead*)。这两部小说虽未引起评论界的重视，却奠定了他走上文学道路的基础。

第二次世界大战期间，他服役于英国空军情报部门，被派在中东一带工作，直到1948年才回到澳大利亚。同年，第三部小说《姨母的故事》(*The Aunt's Story*)发表。这次重返祖国，是他创作上的一个重大的转机。怀特自己认为，回澳大利亚对他来说是极其重要的，因为艺术家"绝对不能离开哺育他们成长的故乡故土，哪怕是墨尔本人行道上的尘埃、悉尼阴沟里的垃圾"。由于怀特把创作的根基深深地扎进自己熟悉的土地，从而使他很快进入了文学创作的高峰时期。

怀特早期师法英国作家乔伊斯、伍尔夫和劳伦斯的风格技巧，深受欧洲传统文化的影响，但他是一位独树一帜的现代派作家。他的作品不以情节取胜，而以人物的塑造、心理的刻画和灵魂的解剖见长。他笔下的人物往往是一些性格孤僻、行为乖张，与现实生活格格不入，为社会所遗弃的人。实际上，怀特似乎认为自己最易于在这些穷途末路、无依无靠的人身上发掘出他所向往的人性，从而刻意表现人世间的敌视、丑陋、罪恶和荒谬等现象。在《幸福谷》中，怀特描写了一批毫无生活情趣、无所适从、麻木不仁的人。他们希望找到彼此间有意义的联系，却一直徒劳无获，找到的不是无情的冷漠就是露骨的敌视。在《乘战车的人》(*Riders in the Chariot*)中，怀特描绘了令人心寒的人毁灭人的场面，那里的人们几乎都嗜血成性。书中的老处女哈尔小姐的话是发人深省的，"人会为了一点微不足道的小事去杀人……也许就因为天气不好，也许仅仅是饭后不适"。总之，在怀特的笔下，人都是恶的，社会总是充满了敌意和仇视。

然而，怀特创作的基本主题却在于：探索人生的意义和价值，寻找生活的真谛。在小说《姨母的故事》中，怀特描写了一位孤独的未婚妇女追求人生意义、爱情和满足的一生。她的追求，其实可以看作是怀特本人的追求。然而在世风日下、腐朽没落的资本主义社会中，他是不可能找到人生的真谛的，只能在黑暗中探索，见不到光明，陷入迷惘和消极悲观之中。正是由于这种悲观情绪，他作品中的主要人物才总是与社会格格不入，而且具有矛盾的两重性：从肉体上说是活人，从情感上说只是死人。怀特这一观点在《生者和死者》中表现得非常突出，和 D. H. 劳伦斯的观点极为相似。

也许正因为如此，有的西方评论家对怀特持全面否定的态度，认为他的小说"异常地富有敌意"，是"歇斯底里的厌世之作"，有的甚至说他是"蓄意制造混乱"，而更多的评论家则对他的写作手法提出异议，抱怨他的作品过于冗长、晦涩、不可理喻。

这最后一点倒近乎事实。怀特的小说大多篇幅浩瀚、寓意深奥、用字冷僻、比喻奇特，而且没有什么情节。他着眼于人物的塑造和景色的描绘。怀特曾对英国广播公司的记者说："对我来说，人物是至关重要的，情节我不在乎。"所以有人认为怀特的作品根本就不能算是小说，只是他自己才明白的天书；有的则称他的小说为散文，是"文学味太重的散文"。

怀特的创作主题和表现手法在《风暴眼》中得到了充分的体现。有人说，怀特在《风暴眼》中重复了他前几部小说中的人物，因而毫无价值；但有的评论家却因此而推崇《风暴眼》，认为这部长篇小说是"怀特二十五年中全部作品的大规模集中"。在谈到其表现手法时，有位评论家给了我们这么一个形象的比喻：如果设情节为横坐标，设人物塑造为纵坐标，那么《风暴眼》就是一条沿纵轴而下的陡峭的抛物线。

《风暴眼》的故事情节很简单。一个叫亨特的老太太到了风烛残年之际，儿子巴兹尔和女儿多萝茜怀着共同的目的——夺取遗产，都匆匆从国外赶回来，在老太太的病榻周围进行着尔虞我诈、煞费苦心的明争暗斗。对此，亨特太太一目了然。她亲口对子女们说："你飞来——是为了看着我死——或者，如果我死不了，就向我要钱。"确实，儿女盼望母亲早点死去，甚至准备冒天下之大不韪，谋害亲生母亲。律师诈偷并用，捞一点是一点。就在这张笼罩着钩心斗角气氛的病榻上,亨特太太在恍惚中重温了她的一生,疯狂地追求着生活、探求着人生的意义和价值。

这似乎是屡见不鲜的题材,但怀特却以独特的表现手法赋予它新意。他不是直接揭露资本主义社会中的丑恶,而是把笔触探到人物的内心深处,从心理剖析入手,表现人与人之间的隔阂和敌对,揭示人物的腐朽、堕落的灵魂,引起人们对那个社会的思考和怀疑。

无疑,小说的中心就是那个病床上的亨特太太。伊丽莎白·亨特出身贫寒,但却聪明漂亮,她以自己的美貌叩开了金钱的大门,成了富有的牧场主艾尔弗雷德的妻子,一生中享尽了荣华富贵。她在物质上应有尽有,但始终不能满足自己的欲望。她摆脱了家庭的束缚,过着放荡的生活,疯狂地追求想象中的"极乐"境地。对这样一个典型的极端利己主义者,一个对世俗生活贪得无厌的追逐者,怀特冠以"亨特"(Hunter)的名字是不无道理的,因为英文"hunter"的意思就是"追猎者"。

生活曾给予她过多的权势和荣耀。可权势和荣耀有多大,她承受的孤独和寂寞就有多大。在物质生活上,她可以宣称自己为女皇,但在精神上却是个孤家寡人。孤独像毒蛇一样纠缠着她,啃噬着她的心,既使她痛苦不堪,也促使她重新估量人生的真正价值。她渴望有人做伴,渴望有人谈话,"哪怕是个头脑简单的人,甚至笨蛋也行"。她觉得只有将自己编织进别人的生活图案,才能满足自己空虚的心灵,才能挽救自己。但结果却发现自己不但根本不能见信于人,甚至连自己的躯体也不愿陪伴那颗不甘沉寂的心。她只能自叹自怜,自我反省,自我发现,自我否定,在痛苦中度过一生:真实生活中的一生和乱梦中的一生。

在这里,作者刻意表现的是这么一种思想:心灵上的折磨,就是因为孤独。孤独是不可摆脱的阴影,铜臭窒息了一切,世态炎凉,人情冷漠,自私自利,正如《风暴眼》中的一个非常贴切的比喻:人人都是海岛。尽管与海水、空气相连,但谁也不会向谁靠拢,而且"最冷峻、最不友好的海岛莫过于自己的儿女"。具有讽刺意味的是,尽管亨特太太一生中不仅希望成为物质生活上的女皇,而且希望成为精神上的皇后,但结果,她的一生却是庸庸碌碌的一生、贪得无厌的一生,最终只能以便桶当宝座,在便桶上自己统治自己,在充当皇后的梦幻中倒毙在便桶之上。

然而,亨特太太在狂热的追求中没能达到的"极乐"境地,却在她心灰意冷,放弃了追求的时刻出现了。在她将近七十岁那年,她和女儿一起去布龙比岛消夏。由于争风吃醋,女儿弃她而走,刚认识并为之倾心的生物学教授不告而别,连岛上的伐木人也对她置之不理。她孑然一身,几乎对生活完全丧失了信心,以致在风暴面前毫无惧色,置生死于度外,忘记了自我的存在。一阵风暴过后,天地骤然平静,周围是一片闪光的静谧,呈现出一个神奇的世界。被风暴撕碎衣衫、划破面庞的亨特太太意外地进入了梦寐以求的"极乐"境地。她找到了平静,找到了剔除一切人类丑恶的自我。一切占有欲都消失了。平时贪得无厌的亨特太太,这时竟因摘下的兰花容易枯萎而住手。她仿佛超脱了一切。"她的身躯已不能算是身躯,至少不能算女人的躯体了:有关她女性的神话已经被暴风雨砸碎了。现在她只是个生物,或者更像位于这块阳光宝石中的一点瑕疵。"

在风暴眼中,人摆脱了纷繁的社会,与大自然融为一体,人性得到了净化。也许,在这里,怀特的寓意是:这个混浊的社会,只有经过风暴的洗涤才能稍稍干净一些。同时,怀特还通过风暴眼这个很有力度的比喻,表达了他始终认定的一种观念:人只有经历大苦大难,才能大彻大悟,才能达到至乐至福的境界。从这一点上看,怀特似乎深受陀思妥耶夫斯基和托尔斯泰的观点的影响。我们可以大胆地认为,亨特太太僵卧病榻,在乱梦中回忆一生,反省自我,乃是处在内心世界的风暴眼中。此时此刻,她遍历沧桑,彻悟过来,认识了狂乱的人间和世态。自然界中的风暴眼,应该是与之相互照映的。她在病榻上发现了自我,也否定了自我。

与亨特太太迥然相异的,是她的女儿多萝茜。她的一生不是为了发现自我,而是为了摆脱自我、逃避自我。她早年远嫁法国,出场时是被遗弃的公爵夫人。在法国,她极力企图摆脱自己从小养成的澳大利亚习气,但一直不能如愿,因此,婆婆鄙视她,丈夫另找新欢,左邻右舍也常常奚落她。当她和丈夫离婚,回到澳大利亚时,却又装腔作势地要表现出法国人的矜持,喜欢别人仍然称呼她从法国带回来的空头衔——公爵夫人。她身上的两种气质都在顽强地表现自己,以至于作者只得按其澳大利亚名字多萝茜和其法国名字拉萨贝娜夫人,分别描写她的两个自我。这两个自我很不协调,矛盾重重,使得她无所适从,简直不知道自己的归属,只得在巴尔扎克、司汤达和福楼拜的小说中寻找自己的天地,最终成了多萝茜·桑斯维利娜①。

澳大利亚的自我使她顽固、吝啬;法国的自我则令她自命不凡、矫揉造作。但两个相互矛盾的自我都统一在世俗地追求金钱和地位上。她嫉妒母亲的美貌,觊觎母亲的财产,艳羡公爵的头衔,骗取夫家的首饰,与弟弟既钩心斗角,又沉瀣一气,乃至在双亲的卧榻上发生乱伦关系,疯狂地、不择手段地追求金钱和物质享受。小说中有一段提示灵魂的潜意识的描写,赤裸裸地揭露了她回澳大利亚的目的"是从一个老太婆手上诱骗一笔数目可观的金钱,而这老太婆又碰巧是我的母亲。有时,我固然真诚地爱她,但同时又恨她(天

---

① 桑斯维利娜,《巴马修道院》中的女主角。

哪,确实如此!),所以,一旦诱骗不成,勒索就比较情有可原了;又因为她自己就是一个最大的恶棍……如果诱骗和勒索俱告失败,将一个老太婆或者母亲置于死地又算得了什么呢?"

如果说亨利太太终于在病榻上发现和否定了自我,而她的女儿,多萝茜·拉萨贝娜夫人却执意抛弃自我,那她的儿子巴兹尔则属于另一类型。他厌恶现实生活,力图逃避自我,又不时地回首寻找失去的自我,却不知道什么是他失去的自我。他从母亲身上秉承了演员的气质,早年在英国的舞台上获得过成功,得过爵士头衔。但成功并没有给他带来多少欢愉,随着岁月的流逝,他当演员的境遇每况愈下。他在英国挣扎了大半生,却落得众叛亲离的下场。他在穷困潦倒之际,回到澳大利亚寻找往日的踪迹,希望重新振作起来,不料在途中就故态复萌,沉溺于酗酒和纵欲之中而不能自拔。回到澳大利亚以后,他又一心盘算着如何攫取母亲的遗产。应该说,他确实追本溯源,接触到故土、亲人了,但又发现自己"被自然环境所接受"不过是"暂时的满足而已"。他竭力寻找失去的自我,却又无法摆脱现实的自我。

如果说他确实还曾发现过自我的话,那就是他作为演员,在艺术天地中遨游之时。事实上,他虽然具有演戏的天赋,但在现实生活中由于他极其善于见风使舵、逢场作戏,所以不能进入自己所扮演的角色。他演了几十年的莎翁笔下的李尔王,还是无法真正进入角色。这是因为,正如他的第一个妻子一针见血地指出的:"他老是扮演着同一个角色——他自己,而且是个相当令人发腻的角色。"他是一个并不明白自身角色的角色。

从以上三个主要人物身上,我们不难看出怀特是在极力表现社会中普遍存在的精神危机——围绕着金钱表现出的堕落的、丑恶的人性。书中,怀特在我们面前展现了一系列令人作呕的镜头:酗酒、纵欲、乱伦以及钩心斗角、争夺财产等等。如同大多数严肃的现代派作家一样,怀特不是为了暴露而暴露的。他所孜孜以求的,乃是理想和艺术。怀特在描写人的非理性的欲望和混乱的同时,反映了人物在不同程度上对理性世界的追求。我们完全可以这样说:怀特暴露的目的,乃是希望世界上能够少一些罪恶,人人能够找回失去的自我,恢复真正的人性,虽然他自己也不知道究竟应该怎么做。

怀特自称是悲观主义者,但这部小说所表现的观点却并非是绝对的悲观主义,他毕竟看到人世间存在的美与善,毕竟对人类抱有一定的信心。小说中的德桑蒂护士是个修女一般忠于职守的人。她没有更多的奢求,只希望做好自己的工作。她把自己的一切都奉献给别人,"她的工作就是她的信仰"。无论是亨特太太,还是后来的瘫痪女孩,她都为之倾注了,或者准备倾注自己的全部心血。当然,她也有她的矛盾,也有她的痛苦,常常因为"自己困于世俗的肉体和超脱凡尘的精神之间,居然无法获得合理的统一"而苦恼不堪。亨特太太的管家李普曼太太也是这么一个平凡而善良的女性。这个犹太女人幸免于希特勒的毒气室后,就一心一意地替主人效劳,任劳任怨。亨特太太一死,她便在浴室里用菜刀切开手腕上的血管,让鲜血在水中化成两摊深红色的玫瑰花般的斑迹,连同自己的生命,奉献给最爱玫瑰的亨特太太。(诚然,这是两个宗教色彩很浓的人物,但至少从一定的角度反映了人性美。)布龙比岛上的沃明夫妇也是怀特笔下的理想人物。他们朴实无华,热爱生活,待人诚恳热情,家庭生活十分和谐。还有岛上的伐木工,真正做到了富贵不可淫,贫穷不短志。怀特一反全书沉闷、缓慢的基调,用较为轻快的笔触描写了这些正直、善良的劳动人民。他对这些人是极富同情心的。这种同情心在他的剧本《快乐的灵魂》(A Cheery Soul)及其他小说中也有鲜明的体现。

尽管西方评论家对怀特有这样那样的评价,但几乎都承认"怀特是他创作天地中的国王"。因为他不仅具有特殊的题材和认识,而且,"别具一格地把史诗的真实和诗歌的感情熔于一炉"。怀特的语言功力深厚,极能得心应手地创造自己的艺术天地。他锻语炼句,不仅用字十分细腻、准确(正因为如此,涉及的词汇量很大,不免招来"用字古僻"的非难),而且往往不拘一格,冲破传统语法规则的束缚,根据实际需要锐意创新,甚至用不完整的句子充当一个段落,因而具有独特的表现力。同时,怀特又是个广泛运用比喻,尤其是暗喻的专家,竟有"暗喻爆炸的作家"之称。在《风暴眼》中,他使用的大量比喻,有的含义深刻,用心良苦(如把人比作海岛,不孝子女比作埋在子宫里的倒钩等等);有的信手拈来,只取其象征意义,未必有深邃的含义,不必将它们分析得玄而又玄;有的则牵强附会,荒诞不经,让人摸不着头脑,也许作者只想借此表示,这个世界本来也就是这么荒诞不经、无法捉摸的。

在写作手法上,怀特深受乔伊斯、劳伦斯和伍尔夫的影响。在《风暴眼》中,怀特频繁地使用意识流的手法,把不同时期的不同经历有机地联系了起来。在心理描写方面,既继承了传统的内心独白手法,也汲取了弗洛伊德的观点,大量地掺进潜意识的描写,使人物的意识大多处于自由漂流的状态;思绪所及,有时是有关的回忆和联想,有时则是毫不相干的事物。这主要反映在对梦境的描写上。

弗洛伊德以梦幻说明人生,认为梦幻是通往潜意识的大道,可以反映人的本能和理性的矛盾,表现潜意识和性心理活动。怀特接受和掌握了这一观点,运用在自己的作品中。在《风暴眼》中,怀特利用梦境把亨特太太荒淫无耻的一生和盘托出,把她的灵魂揭露得一丝不挂,彻底撕掉了她清醒时的那副伪善画皮。有些梦看起来似乎十分荒谬、混乱,但细细体会,就不难发现梦中描写的其实都是人物的真实感受和思想,而人物清醒时倒是十分矛盾和混乱的。这些梦既是对亨特太太一生的回顾,也是她临终生活的一部分,难怪她要一再否定自己是在做梦了。在描写梦和潜意识的过程中,怀特照搬了乔伊斯在《尤利西斯》中的写作技巧,整段整段,甚至几页几页不用一个标点,有力地表现了思维的不可分性。(考虑到我国读者的阅读习惯,我们采用了在该用标点的地方留下空格的处理方法。)

此外,怀特继承了亨利·詹姆斯创导的"主观"描写技巧,即从作品人物的视角出发来进行叙述,而不是由作者来陈述。这样,作者的视角与作品人物的视角融为一体,使读者更深刻地感受到作品的思想倾向。

怀特的作品在世界上很受重视。他的小说已被译为法、德、俄、日、西班牙、捷克、波兰、瑞典、芬兰等文字,我国也有学者介绍了他的一些短篇小说。但通过这部"大规模集中"的长篇小说,我们不仅可以看到资本主义社会的腐朽没落,而且可以熟悉和研究怀特作为独特的现代派作家的风格和写作技巧。我们认为,这部书对于我们研究现代派艺术,借鉴和学习语言大师的创作手法,应该是有一定价值的。

本书的译者分工如下:朱炯强第1—4章,徐人望第5—7章及第10章,姚暨荣第8、9章,任明耀第11、12章。互审后,由朱炯强负责通校全书。

朱炯强

THE EYE OF THE STORM By PATRICK WHITE
Copyright：© 1973 BY PATRICK WHITE
This edition arranged with Jane Novak Literary Agent
Through BIG APPLE AGENCY, INC. , LABUAN, MALAYSIA.
Simplified Chinese edition copyright：
2020 ZHEJIANG LITERATURE AND ART PUBLISHING HOUSE
All rights reserved.
本书中文简体字版版权，浙江文艺出版社独家所有。
版权合同登记号：图字：11－2017－299号

图书在版编目(CIP)数据

风暴眼/(澳)帕特里克·怀特著;朱炯强等译.—杭州：
浙江文艺出版社,2020.1(2025.3重印)
ISBN 978－7－5339－5873－2

Ⅰ.①风… Ⅱ.①帕… ②朱… Ⅲ.①长篇小说－澳大利亚－现代 Ⅳ.①I611.45

中国版本图书馆 CIP 数据核字(2019)第221671号

策划统筹：曹元勇
责任编辑：李　灿
文字编辑：庄馨丽
封面设计：周伟伟
责任印制：吴春娟

风暴眼

［澳］帕特里克·怀特　著
朱炯强　徐人望　姚暨荣　任明耀　译

出版：浙江文艺出版社
地址：杭州市环城北路177号　邮编：310003
网址：www.zjwycbs.cn
经销：浙江省新华书店集团有限公司
印刷：浙江新华数码印务有限公司
开本：880毫米×1230毫米　1/32
字数：493千字
印张：21.125
插页：6
版次：2020年1月第1版
印次：2025年3月第4次印刷
书号：ISBN 978－7－5339－5873－2
定价：88.00元(精装)

版权所有　侵权必究
(如有印、装质量问题，请寄承印单位调换)